Peter Prange
Himmelsdiebe

PIPER

Zu diesem Buch

Als Laura Paddington bei einer Vernissage in London Harry Winter das erste Mal begegnet, ist dies der Beginn einer großen Leidenschaft – zwischen ihr, der kaum zwanzigjährigen Malerin, und ihm, dem großen Außenseiter der Kunst. Gegen den Willen ihrer Eltern folgt Laura Harry ins Paris der Dreißigerjahre. Dort scheint das Leben ein einziges Fest zu sein, ein niemals endender Rausch. Doch als sich auch in Paris die Welt gegen sie verschwört, fliehen die beiden nach Sainte-Odile, ein Dorf im Süden Frankreichs, das zum Paradies ihrer Liebe wird. Zu einem Paradies, aus dem sie schon bald vertrieben werden. Denn die Zeiten sind dunkel. Und so muss sich in einer Odyssee, die sie quer durch Europa führt, zeigen, was stärker ist: die Wirklichkeit oder die Phantasie, die Barbarei oder die Liebe.

Peter Prange, geboren 1955, promovierte mit einer Arbeit zur Kultur- und Sittengeschichte der Aufklärung. Der Durchbruch gelang ihm mit dem Roman »Das Bernsteinamulett« (als Zweiteiler verfilmt für die ARD). Bekannt wurde er vor allem durch seine historischen Bestseller »Die Principessa«, »Die Philosophin«, »Der letzte Harem« oder zuletzt »Die Gottessucherin«. In 24 Sprachen übersetzt, haben sie eine internationale Gesamtauflage von zweieinhalb Millionen Exemplaren.
Weiteres zum Autor: www.peterprange.de

Peter Prange

HIMMELS DIEBE

Roman

Piper München Zürich

Mehr über unsere Autoren und Bücher:
www.piper.de

MIX
Papier aus verantwortungsvollen Quellen
FSC® C083411

Ungekürzte Taschenbuchausgabe
Februar 2012

erschienen im Verlagsprogramm Pendo
Umschlag: semper smile, München, nach einem Entwurf von HildenDesign, München
Umschlagmotiv: shutterstock
Satz: Fotosatz Amann, Aichstetten
Gesetzt aus der Minion
Papier: Pamo Super von Arctic Paper Mochenwangen GmbH, Deutschland
Druck und Bindung: CPI – Clausen & Bosse, Leck
Printed in Germany ISBN 978-3-492-27342-8

»Niemals nüchtern sein!«
M. E.

»Meine Kunst ist weiser als ich.«
L. C.

Dem Andenken einer Jahrhundertliebe gewidmet

Für Ernst Hüsmert,

der mir als Erster die andere Seite gezeigt hat

VORBEMERKUNG

Die nachfolgende Geschichte ist keine Tatsachen-Biografie, sondern ein Roman auf der Grundlage eines historischen Stoffes. Die darin dargestellten Handlungen und Konflikte sind zum großen Teil frei erfunden. Rückschlüsse auf die wahren Vorkommnisse und Begebenheiten, insbesondere die Privatsphäre der beteiligten Personen betreffend, sollen in keiner Weise nahegelegt oder ermöglicht werden. Die Namen sämtlicher Handlungsträger sind Erfindungen des Autors. Alle intimen Szenen sowie die Dialoge und die Darstellung der Gefühlswelt des gesamten Handlungspersonals sind reine Fiktion.

ERSTES BUCH

DER GROSSE ZAUBERER

LONDON
1937

1

Laura liefen die Augen über. In was für eine Welt war sie da hineingeraten?

Sie sah die Bilder an den Wänden zum ersten Mal. Und doch war es, als wären sie ihr seit Urzeiten vertraut. Eine unwirkliche, überwirkliche Traumwelt tat sich vor ihr auf, ein Spiegellabyrinth ihrer eigenen Sehnsüchte und Ängste. Dunkle Wälder, die verschlungene Pfade in das Dickicht der Lüste wiesen … Fleischfressende Blüten, die in erschreckender Schönheit auf ihre Beute lauerten … Paradiese des Verbotenen, die bevölkert waren von Vogelwesen mit drohenden Augen und Pferdefüßen … Abgründe der Glückseligkeit, über die räuberische Nachtigallen wachten …

»Ich glaube, wir kennen uns«, sagte jemand hinter ihr in fürchterlichem Englisch mit deutschem Akzent. »Haben wir nicht schon mal miteinander geschlafen?«

Laura fuhr herum. Aus der Menge der Ausstellungsbesucher trat ein Mann auf sie zu, wie eine Erscheinung aus jener Welt, in die sie gerade hinabgetaucht war. Groß und schlank wuchs er vor ihr aus dem Boden, gewandet in ein schwarzes Cape, hager, in aufrechter Haltung, ein Gesicht wie Cäsar, mit weißem Haar und doppelt so alt wie sie.

»Der Große Zauberer …«, flüsterte sie.

»Wie bitte?«

Mit spöttischem Lächeln erwiderte er ihren Blick, die unglaublich hellen, fast kalten blauen Augen sezierend auf sie gerichtet. Laura erfasste ein Brennen, als hätte jemand ihr Innerstes entzündet. Ja, das war er, der Große Zauberer, von dem sie als Kind geträumt hatte: der Mann, der sie verwandeln würde – der Mann, dem sie niemals begegnen durfte.

Unter Aufbietung ihrer ganzen Willenskraft fasste sie sich und erwiderte sein spöttisches Lächeln.

»Ja, ich erinnere mich«, sagte sie, »wenn auch nur flüchtig. Haben Sie nicht versucht, mich zu befriedigen?«

Für einen Moment schwoll sein schmales, römisches Gesicht an wie ein gigantischer Ballon, und statt ihr eine Antwort zu geben, explodierte seine Nase.

»Eine Erinnerung an meine Soldatenzeit im Krieg«, sagte er, nachdem er sich geschnäuzt hatte. »Bei der Inspektion einer Kanone hat mich der Rückstoß erwischt. Seitdem kommt es manchmal zu solchen Detonationen.«

»Und ich dachte schon, Sie wollten nachholen, was Sie damals versäumt haben?«, sagte Laura mit einem Grinsen.

Lachend reichte er ihr die Hand: »Darf ich mich vorstellen? Harry Winter.«

Bei der Nennung seines Namens zuckte sie zusammen. Mein Gott, das war der Mann, zu dessen Ehren die Ausstellung veranstaltet worden war! Der Schöpfer der Bilder an den Wänden, die den kahlen, schmucklosen Raum der Themse-Galerie in einen Tempel rätselhafter Zeichen und Symbole verwandelten! Der berühmt-berüchtigte Harry Winter!

Zögernd streckte sie ihm den Arm entgegen. »Laura Paddington.«

Mit ruckendem Vogelkopf trat er auf sie zu. Laura gab sich Mühe, das plötzliche Zittern ihrer Hand zu unterdrücken. Was würde passieren, wenn dieser Mann sie berührte? Vielleicht würde er sie in eine Kröte verwandeln, als Strafe für ihre Respektlosigkeit?

Bevor er ihr die Hand geben konnte, klingelte jemand mit einem Glas, und das Gesumm in der übervollen Galerie verstummte.

»Bitte entschuldigen Sie mich.« Mit bedauernder Geste deutete er auf die erwartungsvollen Gesichter ringsumher. »Meine Beerdigung kann offenbar nicht länger warten.«

»Ihre *was*?«, fragte Laura.

»Meine Beerdigung«, wiederholte er. »Ich habe beschlossen, mich heute zu Grabe tragen zu lassen. Und ich würde mich freuen, wenn Sie mir die Ehre des letzten Geleits erweisen. – Aber das ist doch kein Grund, sich zu erschrecken«, fügte er hinzu, als er ihr Gesicht sah. »*Mors porta vitae.* Die Wiederauferstehung ist im Preis inbegriffen.«

2

»Na, hab ich zu viel versprochen?«

Geraldine, Lauras beste Freundin und Kommilitonin aus der Kunstakademie von Professor Bonenfant, führte sie durch das Gewühl der Vernissagegäste. Frauen in Kleidern, die tiefer ausgeschnitten waren, als die frühe Tageszeit erlaubte, standen neben demonstrativ gelangweilten Männern herum, die ausnahmslos so taten, als würden sie sich für die Bilder an den Wänden noch weniger interessieren als für die Dekolletés ihrer Begleiterinnen. Das Einzige, was sie miteinander zu verbinden schien, waren die Sektgläser in ihren Händen.

»Und was kommt jetzt?«, wollte Laura wissen, als Geraldine neben einer Säule stehen blieb, von wo aus sie auf eine kleine Bühne blicken konnten, auf der ein goldener Altar aus Pappmaché aufgebaut war, mit einem Tabernakel als Aufsatz.

Geraldine schüttelte den aschblonden Pagenkopf und zog ihr Gouvernantengesicht. »Warte nur ab.«

Laura hatte eigentlich gar keine Lust auf die Matinee gehabt, und noch beim Frühstück war sie unschlüssig gewesen, ob sie ihre Freundin überhaupt begleiten sollte. Wozu sollte sie sich Bilder anderer Künstler ansehen? Sie war selber eine Künstlerin! Doch

Geraldine hatte ihr ein Spektakel in Aussicht gestellt, das ihr den Atem rauben würde. Außerdem hatten ihre Eltern ihr den Besuch der Ausstellung kategorisch verboten. Laura sollte in drei Wochen am Hof debütieren, und ihr Ballkleid war immer noch nicht fertig.

»Wie gefällt er dir?«, fragte Geraldine, als Harry Winter die kleine Bühne betrat.

»Von wem redest du?«

»Tu nicht so scheinheilig! Von IHM natürlich.«

»Ach so.« Laura zuckte die Schultern. »Ein schöner Mann ist er nicht gerade. Aber er versteht es großartig, gut auszusehen.«

»Kein schöner Mann? Angeblich hat er mehr Frauen zugrunde gerichtet als Bilder gemalt.«

»Dann muss er wirklich ein Künstler sein.«

»Pass auf, die Vorstellung beginnt.«

Als Laura sich wieder nach vorne wandte, trat eine elfenhafte, zerbrechlich wirkende junge Frau mit einer Mähne aus goldenen Locken zu Harry Winter auf die Bühne. Laura runzelte die Stirn. Sah sie wirklich, was sie sah? Die Frau trug ein fast durchsichtiges Kleid aus beiger Seide und darunter – NICHTS! Durch den hauchdünnen Stoff waren ganz deutlich die Spitzen ihrer Brüste zu erkennen und auch die dunkle Wölbung ihrer Scham. Mit wehenden Schleiern umtanzte sie Harry Winter. Die grünen, staunenden Augen unverwandt auf ihn gerichtet, griff sie unter sein Cape und holte aus dem Dunkel darunter einen Gegenstand hervor, der auf den ersten Blick wie ein nackter muskulöser Unterarm aussah, sich in Wahrheit aber als etwas entpuppte, wofür Laura nur das Wort Priapus einfiel. Von irgendwoher ertönte ein Harmonium, und während die Akkorde anschwollen, hob die Elfe den künstlichen Phallus in die Höhe, küsste ihn unter Tränen und verschloss ihn dann in dem Tabernakel auf dem Altar.

»*In pace requiescat*«, verkündete sie mit trauerumflorter Stimme, als die Orgeltöne verebbten. »Möge er ruhen in Frieden.«

Eine unbekannte Erregung erfasste Laura. Der Skandal ihres Lebens war, dass sie noch Jungfrau war. Alle ihre Versuche, dies zu ändern, waren an der Schüchternheit der infrage kommenden Kandidaten gescheitert. Sie hatte bisher noch nicht mal einen erwachsenen nackten Mann gesehen – außer vielleicht im Zeichensaal, aber das zählte nicht. Jetzt begriff sie mit jeder Faser ihres Leibes, warum sie unter diesem Defizit so sehr gelitten hatte. Das Organ, das die Elfe auf der Bühne gerade mit ergreifend zärtlicher Wehmut in dem Tabernakel einschloss, schien auf geradezu perfekte Weise für jenen Dienst geschaffen, den die Natur dafür vorgesehen hatte.

»Sag mal, machen die sich lustig über uns?«, fragte Laura.

»Das kann man bei Harry Winter nie wissen«, erwiderte Geraldine. »Manchmal sind seine Scherze reiner Blödsinn, manchmal bitterer Ernst. Meistens aber beides gleichzeitig.«

»Dann kann ich für ihn nur hoffen, dass seine Elfe den Schlüssel nicht verliert«, sagte Laura.

»Den Schlüssel zum Tabernakel?« Geraldine schaute sie mit hochgezogenen Brauen von der Seite an. Dann grinste sie über das ganze Gesicht. »Na, du bist ja ganz schön beeindruckt.«

»So ein Blödsinn!«, zischte Laura.

»Blödsinn? Aha!«

»Pssssst!«

Während Laura ihrer Freundin die Hand vor den Mund hielt, trat Harry Winter an den Rand der kleinen Bühne, und ohne eine Miene zu verziehen, hob er die rechte Hand, um ein Gelübde zu leisten, mit der feierlichen Ernsthaftigkeit eines Priesters.

»Ich habe beschlossen, mich künftig nur noch zwei Dingen zu widmen«, erklärte er, »der Kunst und dem Krieg. Noch diesen Monat werde ich nach Madrid aufbrechen, um gegen die Faschisten zu kämpfen. Wir werden die Barbaren dieser Welt besiegen. Mit dem Gewehr – und mit meinen Bildern!«

Er hatte noch nicht ausgesprochen, da brandete so lauter Applaus auf, als würde der Schlachtenlärm des spanischen Bürgerkriegs mitten in London ertönen.

3

Kaum war Harry Winter von der Bühne verschwunden, leerte sich die Galerie, als würde ein riesiger Staubsauger das Publikum aus den Ausstellungsräumen saugen. An der Garderobe herrschte dafür umso dichteres Gedränge. Es war schon fast Herbst, die Damen mussten ihre Dekolletés mit wärmenden Nerzen verhüllen, um keinen Husten zu riskieren, bevor die Ballsaison anfing.

»Kommst du noch mit in die Akademie?«, fragte Geraldine, während die Garderobiere den beiden jungen Frauen die Mäntel reichte. »Professor Bonenfant gibt einen Empfang. Er meint, Harry Winter würde vielleicht auf einen Sprung vorbeischauen.«

Laura zögerte einen Moment. Dann streifte sie ihren Mantel über und schüttelte den Kopf.

»Nein«, sagte sie. »Ich hab noch einen Termin. Du weißt schon«, fügte sie hinzu, als ihre Freundin nicht gleich verstand, »beim Arzt.«

Geraldines Gesicht verdüsterte sich. »Immer noch wegen derselben Sache?«

»Ja«, nickte Laura, dankbar, dass Geraldine das hässliche Wort nicht ausgesprochen hatte. »Immer noch wegen der *Sache.*«

Geraldine holte tief Luft. »Ist es so schlimm?«

Bevor Laura antworten konnte, zerschnitt die verzweifelte Stimme einer Frau den Stimmenteppich im Foyer.

»Du darfst mich nicht verlassen!«, rief sie. »Wir gehören zusammen! Auch wenn du nicht mehr mit mir schläfst!«

Die Frau hatte französisch gesprochen, doch so viel Französisch verstand auch Laura. Verwundert drehte sie sich um. In der Glastür, die den Ausstellungsteil der Galerie mit dem Vorraum verband, stand Harry Winter. Vor ihm am Boden kniete die Elfe. Sie trug jetzt ein hautenges feuerrotes Kleid, das vom Busen bis zu den Knien aufgeschlitzt war und unter dem sie ebenso deutlich erkennbar nackt war wie zuvor unter ihrem durchsichtigen Seidengewand. Ihre Lockenpracht war zerzaust, die verängstigten

Augen standen voller Tränen. Während die übrigen Ausstellungsgäste so taten, als wäre nichts, um sich mit gesteigerter Emsigkeit ihrer Garderobe zu widmen, konnte Laura nicht den Blick von dieser Frau lassen, die mit beiden Armen Harry Winters Beine umklammerte wie eine orientalische Sklavin.

»Bitte, lass mich nicht allein! Ich liebe dich! Mehr als mein Leben!«

»Warum weinst du?«, erwiderte Harry Winter, gleichfalls auf Französisch, während er behutsam ihre Hände nahm, um ihr vom Boden aufzuhelfen. »Du hast alles von mir gelernt, was Liebe ist.«

»Aber ich muss dir etwas sagen! Etwas Schönes!«

»Nein, Florence. Unsere Zeit ist vorbei. Du bist jung und hübsch, du kannst dir die Männer aussuchen. Also, steh auf und mach dich an die Arbeit!«

Laura war entsetzt. Wie konnte dieser Mann in der Öffentlichkeit über so intime Dinge reden? Gleichzeitig war sie fasziniert von seiner Ruchlosigkeit. Was für ein freier Geist ... Während sie noch versuchte, ihre Empfindungen zu sortieren, kehrte Harry Winter der Elfe den Rücken und kam auf sie zu.

»Ich werde zwar von irgendeinem Professor erwartet«, sagte er, jetzt wieder in seinem grauenhaften Englisch. »Doch lieber würde ich den Abend mit Ihnen verbringen, Miss Paddington. Darf ich Sie zum Essen einladen?«

Laura dachte keine Sekunde nach. »Aber natürlich«, sagte sie. »Vorausgesetzt, es ist kein französisches Lokal.«

»Oh, Sie hassen gutes Essen? Wunderbar – ich auch!«

Mit einer Verbeugung bot er ihr seinen Arm an. Doch Geraldine hielt sie zurück.

»Hast du vergessen, dass du noch einen Termin hast?«

Laura sah erst ihre Freundin an, dann Harry Winter, der sie mit spöttischer Aufmerksamkeit musterte, ohne sich im Geringsten um die Elfe zu kümmern, die gerade mit lautem Schluchzen zurück in die Galerie verschwand. Laura spürte, wie ihr Herz jubelte, obwohl sie gleichzeitig vor Angst kaum sprechen konnte. Sie wollte, sie *musste* diesen Mann kennenlernen! Er war der Mann, auf den sie schon immer gewartet hatte.

»Nun, Miss Paddington?«

»Der Arzt soll sich gedulden«, beschied sie ihrer Freundin. Dann wandte sie sich zu Harry Winter. »Was stehen wir hier noch herum?«, fragte sie und hakte sich bei ihm unter. »Gehen wir! Ich kenne ein hervorragendes Lokal, ganz in der Nähe. Mit so schlechtem englischen Essen, dass wir ungestört von irgendwelcher Kauakrobatik miteinander reden können.«

4

Das Restaurant war ein übervoller, lauter Pub, in dem es wahlweise Fisch und Chips oder Roastbeef mit Minzsoße gab. Harry und Laura hatten sich für Fisch und Chips entschieden. Eine gute Wahl. Obwohl sie schon über eine Stunde am Tisch saßen, hatten sie keine Minute mit Essen vergeudet.

»Aber Sie haben ja gar nichts angerührt«, sagte der Kellner, als er ihnen den Kaffee brachte.

Harry leerte seinen Teller in einen Sektkübel, ohne Laura auch nur eine Sekunde aus den Augen zu lassen. Er hörte weder das Lärmen an der Theke noch das Tellerklappern an den Nachbartischen. Er konnte nichts anderes als sehen. Laura war eine deliziöse Miniatur, so schön, als habe er sie selbst in einem seiner Träume geboren: ein helles ovales Gesicht, zwei große schwarze Augen, ein voller, dunkelroter Mund, der sich in das bezauberndste Lächeln verwandeln konnte, das er je gesehen hatte. Vor allem aber faszinierte ihn die naive und gleichzeitig schamlose Art, mit der sie sich bewegte und sich hin und wieder eine ihrer schwarzen Locken aus der Stirn blies, als könne sie damit alle Wirklichkeit vertreiben. Sie war eine Windsbraut – Kindfrau und Femme fatale in einem. Mein Gott, was für eine Lust musste es sein, mit diesem Geschöpf sein Gelübde zu brechen ...

»Haben Sie keine Angst, sich mit Gott anzulegen? Oder mit der Polizei?«, fragte sie.

Sie sprach in einem fast unverständlichen Kauderwelsch aus Englisch und Französisch. Doch Harry mutete es an wie eine nie gehörte Ursprache. Ihre dunkle raue Stimme klang, als würde darin ein unendlicher Reichtum an Erfahrung mitschwingen. Dabei war sie höchstens zwanzig.

»Gott ist mein ältester Freund«, erwiderte er. »Wir treffen uns einmal die Woche, um Schach zu spielen. Obwohl der alte Mistkerl ständig mogelt.«

»Dann bin ich gespannt, was er beim nächsten Mal zu Ihrem Auftritt in der Galerie sagen wird.«

»Wer sich nicht traut, sich mit Gott anzulegen, ist kein Künstler. Und wer Angst hat vor der Polizei, taugt nicht mal zum Anstreicher.« Harry nahm einen Schluck von seinem Kaffee, dann wechselte er das Thema. »Sie sind mir übrigens noch eine Auskunft schuldig. Wen haben Sie mit dem Großen Zauberer gemeint?«

Laura zögerte einen Augenblick. Mit Entzücken stellte Harry fest, dass sie errötete.

»Ein Traum meiner Kindheit«, erklärte sie. »Fast jede Nacht erschien mir der Große Zauberer im Schlaf. Ich wünschte mir nichts sehnlicher, als dass er mich aus meinem Körper befreit. Und mich in ein Wildpferd verwandelt – oder zumindest in einen Jungen.«

»Ein wunderbares Motiv für ein Bild.« Vor Begeisterung griff Harry nach ihrer Hand. »Haben Sie mal versucht, es zu malen?«

»Woher wissen Sie, dass ich Künstlerin bin?«, fragte sie.

Harry hatte es nicht gewusst, nur gehofft. »Ihre Haut verrät Sie«, sagte er. »Sie kommt zu oft mit Terpentin in Kontakt.« Warm und trocken lag ihre Hand in der seinen, ohne dass Laura den Versuch machte, sie ihm zu entziehen. Am liebsten hätte er sie geküsst. Doch er wusste, was dann passieren würde. Also legte er ihre Hand brav zurück auf den Tisch. »Erzählen Sie mir von Ihrer Malerei. Was sind Ihre Motive – ich meine, außer Fisch und Chips?«

»Professor Bonenfant lässt uns immer nur Äpfel malen«, sagte sie, während sie auf ihre vereinsamte Hand schaute. »Immer wieder denselben Apfel, bis er völlig verschrumpelt und verfault ist. Dann gibt's den nächsten.«

»Was das wohl zu bedeuten hat?«, fragte Harry.

Mit einem Grinsen blickte Laura zu ihm auf. Offenbar hatte sie die Anspielung verstanden.

»Weshalb haben Sie eigentlich dieses komische Gelübde abgelegt?«, wollte sie wissen. »Weil Sie schon so alt sind?«

»Dann wäre das nichts, worauf ich stolz sein könnte«, seufzte er. »Nein, im Gegenteil. Ich bin es leid, ständig von Dada herumkommandiert zu werden. Er schert sich einen Dreck um mein Alter. Nie gibt er Ruhe, immer ist er auf der Suche.«

»Dada?« Laura runzelte die Stirn.

»Mein Alter Ego. Das Vogelwesen auf meinen Bildern. Außerdem … – Aber das kann ich nicht sagen, ohne zu erröten.«

Wieder wärmte dieses Lächeln ihr Gesicht. »Hab schon verstanden. *Möge er ruhen in Frieden …*«

Harry war jetzt so begeistert, dass er seine Hände unter die Schenkel klemmen musste. Vorsicht: Erektionsgefahr! Nur über seine Augen war er nicht Herr. Obwohl er ihnen befahl, sich abzuwenden, saugten seine Blicke sich an Laura fest. Was für eine Küsserin würde sie wohl sein? Küsste sie nach Taubenart, ohne Hintergedanken? Oder bevorzugte sie vielleicht mondäne Küsse?

»Haben Sie schon mal was von Sigmund Freud gelesen?«, fragte er.

»Nein. Aber umso mehr Spaß macht es, über ihn zu reden.«

»Dann muss ich Ihnen ja nicht erklären, was Sublimation ist«, sagte er. »Mein Leben lang habe ich meine Kräfte in der Liebe vergeudet, nun will ich mich endlich auf meine Kunst konzentrieren. Und auf meine Mission. Die Freiheitskämpfer in Spanien brauchen meine Bilder.«

»Sie meinen, was Mönche können, das schaffen Sie auch?«

»Was wissen Sie über Mönche?«

»Ich wurde im Kloster erzogen. Eine Zeit lang wollte ich sogar

Nonne werden, Nonne oder Heilige. Aber sie haben mich von der Schule geworfen. Ich galt als unerziehbar. Sie hielten mich für übergeschnappt, weil ich immer nur in Spiegelschrift schrieb.« Laura blies sich eine Locke aus der Stirn. »Doch jetzt sitzen wir hier schon über zwei Stunden, und Sie haben mir immer noch keinen Antrag gemacht. Was ist der Grund für Ihre Unhöflichkeit?«

Harry musste laut lachen. »Das ist nicht persönlich gemeint«, erwiderte er. »Nur, die Liebe hat mir nichts mehr zu bieten. Ich habe schon alles erlebt, was es auf diesem Gebiet zu erleben gibt. Das einzige Abenteuer, das mich noch interessiert, ist die Kunst.«

Er zündete sich eine Zigarette an. Hatte er sie beeindruckt? Ohne zu fragen, nahm Laura eine Zigarette aus seinem Etui, steckte sie mit seinem Feuerzeug an und fing gleichfalls an zu rauchen.

»Meinen Sie das wirklich im Ernst?«, fragte sie und blies ihm unverwandten Blicks den Rauch ins Gesicht.

Harry kannte dieses Spiel. Schon seine Mutter hatte ihn, wann immer sie ihn in Verdacht gehabt hatte, er würde lügen, gezwungen, ihr in die Augen zu sehen, und jedes Mal hatte er ihrem Blick standgehalten, sodass sie ihm hatte glauben müssen – egal, ob er gelogen oder die Wahrheit gesagt hatte. Doch der Blick aus den großen schwarzen Kinderaugen, mit dem Laura ihn jetzt prüfte, war viel schwerer auszuhalten. Er hatte das ungute Gefühl, dass dieses Mädchen ganz genau wusste, was er selber ganz und gar nicht wusste – nämlich, was er eigentlich von ihr wollte.

»Das fragen Sie, obwohl Sie in meiner Ausstellung waren?«, erwiderte er. »Jedes meiner Bilder ist der Beweis, wie ernst es mir ist.« Laura zuckte nur die Schulter. »Ich bin in keiner Ausstellung gewesen.«

»Wollen Sie mich beleidigen?«, rief er so laut, dass ein paar Köpfe sich nach ihm umdrehten. »Was haben Sie dann den ganzen Vormittag in der Galerie getrieben?«

Sie machte einen Zug an ihrer Zigarette. Ohne den Blick von

ihm abzuwenden, erklärte sie: »Ich bin in Ihrer Seele spazieren gegangen.«

Für einen Moment verschlug es ihm die Sprache. Etwas Intelligenteres hatte noch kein Kritiker je über seine Ausstellungen geschrieben. Er war über ihre Antwort so beglückt, als hätte sie ihm einen Kuss gegeben – nicht nach Taubenart, sondern sehr mondän. Eine Weile blieb er stumm, um den Zauber ihrer Worte zu genießen.

»Und?«, fragte er schließlich. »Ist das nicht viel spannender als der Austausch von Körpersäften?«

Laura verzog immer noch keine Miene. »Gehört in der Kunst nicht beides zusammen?«

Abermals fehlten Harry die Worte. War der Teufel in die Gestalt dieses Mädchens geschlüpft, um ihn zu verführen? Was Laura sagte, entsprach seiner eigenen Auffassung von Kunst und Leben auf geradezu wundersame Weise. Jedes Bild, das Wahrheit für sich in Anspruch nehmen konnte, war nichts anderes als ein Traumbild seines Schöpfers. Noch mehr beeindruckte ihn aber, dass Laura sich der Bedeutung dessen, was sie da so beiläufig von sich gab, überhaupt nicht bewusst zu sein schien. Wie ein Kind, das mit traumwandlerischer Sicherheit die schwierigsten mathematischen Gleichungen löst, ohne die geringste Ahnung von seinem Genie zu haben.

»Woher wissen Sie das alles?«, fragte er. »Von Ihrem Apfelprofessor? Sie sind viel zu jung für diese Dinge.«

Laura nahm den Löffel aus dem Senftopf und fing an, damit ihre Serviette zu bemalen. »Als ich Ihre Bilder sah«, sagte sie, mehr zu sich selbst als zu ihm, »war es wie ein Wiedererkennen. Als würde ich eine Welt betreten, in die ich längst hineingeboren war.«

Eine Weile sprach sie kein Wort, um schweigend zu malen, als wäre sonst niemand im Raum.

»Darf ich mal sehen?«, fragte Harry, als sie mit ihrem Senfgemälde fertig war.

Wortlos schob sie ihm die Serviette zu. Ihre Zeichnung stellte einen Mann mit wehendem Haar dar. Auf der Höhe seines Herzens leuchtete ein Mond aus seiner Brust, der eine dunkle zerklüftete Landschaft beschien, wo flügelschlagende Reiher giftige Nattern verschlangen.

»Sie hätten eine bessere Ausbildung verdient als Äpfelmalen«, sagte Harry. Vor Aufregung hatte er ganz vergessen zu rauchen. Die Asche hing wie ein krummer Wurm an seiner Zigarette, und die Glut war bis auf den Filter heruntergebrannt.

»Worüber denken Sie nach?«, wollte sie wissen.

»Wie wir die Zeit nutzen können«, erwiderte er. »Ich werde noch eine Woche in England sein. Was schlagen Sie vor?«

»Eine Woche?« Laura zögerte keine Sekunde. »Dann müssen Sie unbedingt Cornwall sehen.«

»Gut«, sagte Harry. Er drückte seine Zigarette aus und stand auf. »Wann fahren wir los? Jetzt gleich? Mein Galerist hat mir sein Auto geliehen. Es steht in einer Garage am Piccadilly Circus. Ich glaube, das ist nicht weit von hier.«

Er hatte Widerspruch erwartet, vielleicht sogar Empörung. Doch Laura hatte nur ein Bedenken: »Und Florence?«

Harry trat auf ihre Seite des Tisches, um ihr vom Stuhl aufzuhelfen, und lächelte sie an, so großartig er nur konnte. »Welche Florence?«, fragte er zurück. »Ich bin ein freier Mann.«

5

Noch in derselben Nacht kamen sie in Cornwall an. Der Gasthof, den sie angesteuert hatten, klebte wie ein Taubennest am Rand einer Felsenklippe hoch über dem Meer und hatte drei Zimmer. Zehn Minuten hatten sie gebraucht, um den Wirt aus dem Bett zu klingeln. Jetzt standen sie an der Rezeption. Während Harry die Anmeldeformulare ausfüllte, griff Laura zum Telefon und ließ sich mit London verbinden.

»Um Himmels willen – *wo* bist du?«

Die Stimme ihrer Mutter, die so klar und deutlich zu vernehmen war, als stünde sie neben ihr, schnappte fast über. Laura hielt sich den Hörer vom Ohr, damit ihr Trommelfell keinen Schaden nahm.

»In Cow's Creek. Ich kann nichts dafür, dass der Ort so heißt.«

»Komm auf der Stelle zurück! Dieser sogenannte Künstler ist ein gemeiner Sittenstrolch! Dein Vater und ich haben uns erkundigt!«

»Ich kann dich nicht verstehen, Mama. Es rauscht so in der Leitung. Aber mach dir keine Sorgen. Geraldine und ich haben ein Zimmer nur für uns allein. Außerdem sind alle Schüler aus meiner Klasse mit dabei. Mr. Amrose, der Bruder des Galeristen, du weißt schon, hat hier einen Gasthof.«

»Du sollst auf der Stelle zurückkommen, hab ich gesagt! Wenn dein Vater das erfährt – nicht auszudenken! Er kriegt einen Herzinfarkt!«

»Die Verbindung ist fürchterlich, Mama, ich kann dich kaum noch hören.«

»Wenn du morgen nicht wieder da bist, sag ich deinem Vater Bescheid. Dann hast du ihn auf dem Gewissen! Willst du das?«

»Ich muss jetzt Schluss machen, Mama. Ich melde mich wieder bei euch, spätestens in einer Woche.«

Ohne die Antwort ihrer Mutter abzuwarten, hängte Laura den Hörer auf die Gabel. Das wäre geschafft! Doch wie würde es jetzt weitergehen?

»Wir brauchen zwei Zimmer«, erklärte Harry in seinem grauenvollen Englisch.

Gähnend griff der Wirt zum Schlüsselbrett. Sein Bademantel hatte das gleiche gelb-rote Streifenmuster wie die Tapetenwand hinter der Rezeption.

»Zwei Zimmer?«, fragte Laura. »Sind Sie ein Anstreicher, der sich vor der Polizei fürchtet?«

Wortlos reichte Harry ihr den Füller. Laura runzelte die Stirn. Wollte er wirklich, dass sie in zwei getrennten Zimmern schliefen?

Oder wollte er nur den Schein wahren? Unsicher unterschrieb sie das Formular, das auf ihren Namen ausgestellt war.

Eine schmale Stiege, die nur von einer flackernden Funzel beschienen war, führte hinauf in den ersten Stock. Auf dem Treppenabsatz öffnete der Wirt die Türen zweier nebeneinanderliegender Zimmer, um sich dann mit einem anzüglichen Grinsen zu verdrücken. Eine schwarze Katze beäugte sie von ihrem Schlafplatz auf einer Bank. Laura spürte, wie ihre Hände feucht wurden. Welchen Vorwand würde Harry sich wohl einfallen lassen, um sie in ihr Zimmer zu begleiten? Plötzlich bekam sie Angst. Diesem Mann warfen sich wunderschöne, halbnackte Frauen zu Füßen, und sie war nur ein ahnungsloses Mädchen.

»Ich wünsche Ihnen eine angenehme Nacht«, sagte Harry.

»Wie bitte?« Laura glaubte, nicht richtig gehört zu haben.

»Vielleicht sehen wir uns ja in unseren Träumen.«

Bevor sie etwas erwidern konnte, war er in seinem Zimmer verschwunden, zusammen mit der Katze, die hinter ihm durch den Spalt gehuscht war. Gleich darauf wurde von innen ein Schlüssel umgedreht.

Gleichzeitig erleichtert und enttäuscht, blickte Laura auf die geschlossene Tür. Wollte er sich über sie lustig machen?

Irritiert trat sie in ihr Zimmer. In der Kammer roch es nach Bohnerwachs und frisch gewaschener Wäsche, und über dem Bett hing, als einziger Schmuck im Raum, ein kleines schwarzes Kruzifix an der gekalkten Wand – die Wirtsleute mussten Katholiken sein. Laura streifte die Schuhe ab und spitzte die Ohren. Sollte auch sie den Schlüssel umdrehen? Wenn sie abschloss, war er gezwungen anzuklopfen. Dann konnte sie sich so viel Zeit nehmen, wie sie wollte, um ihm zu öffnen – wenn überhaupt. Die Vorstellung, ihn zappeln zu lassen, gefiel ihr. Allerdings, wenn sie abschloss, konnte es sein, dass er sie für eine prüde kleine Klosterschülerin hielt und auf der Stelle kehrtmachte.

Was zum Teufel sollte sie tun?

Als sie das Bett aufschlug, hörte sie durch die Wand Schritte.

Offenbar hatte er sich noch nicht schlafen gelegt. Während nebenan die Dielen knarrten, wechselten in Laura mit jedem seiner Schritte Bangigkeit und Mut.

Nein, sie würde die Tür nicht abschließen. Sie löschte das Licht, zog sich nackt aus und schlüpfte unter die Decke.

Allmählich gewöhnten sich ihre Augen an die Dunkelheit. Sie spürte das raue Leinen auf ihrer Haut, und eine wunderbare Erregung durchrieselte ihren Körper. War das alles wirklich und wahrhaftig wahr? Sie in einem einsamen Gasthof, zusammen mit Harry Winter? Oder träumte sie das alles nur und würde gleich in ihrem Mädchenzimmer aufwachen, in dem düsteren, bedrohlichen Palast ihrer Eltern?

Silbriges Mondlicht schien in ihre Kammer, sanft bauschten sich die Vorhänge im Nachtwind vor dem Fenster. Vom Strand wehte das Rauschen der Brandung herauf, während nebenan immer noch die Bohlen unter den Schritten dieses Mannes knarrten, den sie erst seit wenigen Stunden kannte.

Wer war dieser Mann? War er wirklich der Große Zauberer, der sie befreien würde? Aus ihrem Körper und ihrem kleinen, erbärmlichen Leben? Oder war er ein gemeiner Sittenstrolch, wie ihre Mutter sagte?

Mit leisem Rasseln schlug irgendwo im Haus eine Uhr. Wohlig gähnend zog Laura sich die Decke über die Schultern. Sie war so müde, dass sie die Augen nicht länger offenhalten konnte. Seit zwanzig Stunden hatte sie nicht mehr geschlafen. Die Bilder des vergangenen Tages kehrten zu ihr zurück, wie aus einer anderen Welt. Der Schleiertanz der Elfe … Die Wehmut im Gesicht der Frau, als sie den Priapus küsste … Diese unglaublich hellen, fast kalten blauen Augen, mit denen Harry Winter die Menschen sezierte … Seine Reden über Dada und Gott …

Die Erinnerungen hallten in Laura nach wie in einem neuen, ungebrauchten Musikinstrument, dem man die allerersten Töne entlockt hatte. Plötzlich wurde es ihr zu heiß, ungeduldig streifte sie die Decke vom Leib. Sie hatte gehört, erotische Anziehung sei ein chemischer Vorgang, doch Chemie war in Wahrheit Alchemie, und damit kannte ein Zauberer sich aus. Sein Gelübde fiel ihr ein. Würde er es für sie brechen? Sie wagte kaum, es sich vorzustellen, und konnte doch an nichts anderes denken. Sie würde sich fühlen wie eine Königin.

»Laura ...?«

Leise pochte es an der Tür. Erschrocken fuhr sie im Bett auf. Draußen dämmerte bereits der neue Tag.

War sie etwa eingeschlafen?

»Laura ...«

Während er ihren Namen wiederholte, öffnete er einen Spalt weit die Tür. Laura biss sich auf die Lippe. Warum ertönten keine Fanfaren? Warum wurden keine Trommeln gerührt? Zitternd griff sie nach dem zerknüllten Laken, um ihre Blöße zu bedecken. Doch kaum hatte sie die Hand gehoben, ließ sie sie wieder sinken. Nein, wenn sie durch diesen Mann zur Königin werden sollte, wollte sie ihn wie eine Königin empfangen. Während eine Gänsehaut ihren ganzen Körper überzog, richtete sie sich mit untergeschlagenen Beinen auf ihrer Matratze auf und blickte erhobenen Hauptes zur Tür.

»Schämen Sie sich nicht?«, zischte er durch den Spalt. »Ich weiß, dass Sie nackt sind.«

Laura holte tief Luft. Da ging die Tür auf, und Harry trat herein. Doch statt sie anzuschauen, bedeckte er mit der einen Hand seine Augen und warf ihr mit der anderen den Staubmantel zu, den sie bei der Ankunft an der Rezeption abgelegt hatte.

»Ziehen Sie sich bitte an«, sagte er. »Ich muss Ihnen etwas zeigen. Ich warte so lange draußen.«

Damit trat er wieder hinaus auf den Flur und schloss die Tür hinter sich.

»Mistkerl!«

Leise fluchend griff Laura zu ihren Kleidern.

Von wegen Sittenstrolch ...

6

Harry Winter wartete draußen in der Morgendämmerung. Eingehüllt in sein schwarzes Cape, lehnte er an dem schlammbespritzten Vauxhall seines Galeristen und rauchte eine Zigarette.

»Oh, eine Nonne«, sagte er mit seinem spöttischen Lächeln, als sie in der Tür erschien, und schnippte die Zigarette fort. »Da lacht mein katholisches Herz im Leibe!«

Laura warf den Kopf in den Nacken und stapfte aus dem Haus. Sie hatte ihren Schal wie einen Schleier um das Haar gebunden, sodass keine einzige Strähne darunter zum Vorschein kam, und mit einem Stück Bindfaden das Kruzifix aus ihrer Kammer an ihrer Halskette befestigt. Jetzt prangte es wie ein Amulett der Unberührbarkeit auf ihrer Mantelbrust – eine unübersehbare Reminiszenz an die vergangene Nacht, die keine gewesen war.

»Ich hoffte, damit Ihren schlechten Geschmack zu treffen«, sagte sie. »Umso schöner, wenn mir das gelungen ist. Aber warum jagen Sie mich zu dieser nachtschlafenden Zeit aus dem Bett? Wollen Sie Beeren sammeln fürs Frühstück? Oder vielleicht Kühe melken?«

»Pssst ... Kommen Sie einfach mit!«

Ohne sie um Erlaubnis zu fragen, nahm er ihre Hand und zog sie mit sich fort, in Richtung zweier keltischer Megalithen, die sich wie ein gigantisches steinernes Tor über der Steilküste erhoben. Obwohl sich alles in ihr dagegen sträubte, folgte sie ihm. Warum zum Teufel tat sie das?, dachte sie, als sie an seiner Hand durch das Tor auf die andere Seite trat. Der Mistkerl hatte sie die ganze Nacht vergeblich warten lassen und hätte eine Bestrafung verdient. Mehr über ihre eigenen Gedanken stolpernd als über die Wurzeln und Steine auf dem schmalen Trampelpfad, stieg sie mit ihm die Klippen hinunter zum Strand. Obwohl sie ziemlich wütend war, musste sie grinsen. Er in seinem schwarzen Cape und sie mit ihrem weißen Schleier – sie sahen wirklich aus wie Pater und Nonne.

»Was soll ich hier?«, fragte sie, als er sie auf halber Höhe des Hanges aufforderte, auf einem Felsvorsprung Platz zu nehmen.

»Nichts«, sagte er. »Oder genauer: Alles! Sie sollen *sehen.*«

Frierend in ihrem dünnen Mantel, unter dem sie nur ein bisschen Unterwäsche trug, setzte Laura sich an seine Seite. Nebelfetzen hingen zwischen den Dünen und über dem Fjord, den die bewaldeten Felsen wie zwei riesige Arme umschlossen. In der Ferne glitten schemenhafte Fischerboote über das Wasser, die vom nächtlichen Fang heimkehrten, begleitet vom einsamen Kreischen der Seevögel. Auf einmal, leise, ganz leise, glaubte Laura ein Flüstern zu hören. Was war das? Land und Meer verschmolzen in den grauen Schwaden der Morgendämmerung zu einer Traumlandschaft, in der die Seelen der Dinge zu sprechen anfingen, mit seiner, Harry Winters, Stimme.

»Die Natur ist ein Tempel, wo jede Säule lebt und zu uns redet mit geheimnisvollen Zungen ...«

Während er die Worte murmelte wie ein Priester, verwandelte sich vor ihren Augen die Welt in ein magisches Reich, voller Geister und Fabelwesen. Noch nie gesehene Formen und Figuren tauchten aus dem Zwielicht auf, Schatten und Schimären, wimmelnde Rieseninsekten, wuchernde Farne und Blätter, tanzende Kobolde und Feen, die sich wieder und wieder aus sich selbst gebaren, unendlich wie das Licht und die Dunkelheit. Laura wagte kaum zu atmen. Alles sah sie auf einmal vor sich, das Sichtbare und das Unsichtbare, in einem einzigen, allumfassenden Blick: Tod und Leben, Vergehen und Entstehen, Fäulnis und Keimen. Sie fühlte sich wie Alice im Wunderland. Ja, Harry Winter war der Große Zauberer, und seine Kunst war das Sehen. Vor ihren Augen verwandelte er alles, was war. Jedes Ding bekam eine neue Gestalt, eine nie geahnte Bedeutung. Es war, als würde er für sie die Welt aufs Neue erschaffen.

»Von wem haben Sie gelernt, so zu zaubern?«

»Von meinem Vater«, erwiderte Harry. »Er war Taubstummenlehrer – und ein begeisterter Hobbymaler. Jede freie Minute verbrachte er mit der Staffelei im Freien. Doch alles, was er malte, musste streng nach der Natur sein. Die Natur war für ihn alles, und Kunst galt nur, wenn sie die Natur wiedergab. Bis er eines Tages, ich war noch keine zehn Jahre alt, eine Landschaft malte, in die der Ast eines Baumes hineinragte und so den ganzen Anblick verdarb. Da geschah das Ungeheuerliche! Zum ersten Mal im Leben verriet mein Vater die Natur, indem er den Ast in dem Bild unterschlug. Aber dieser Verrat quälte ihn so sehr, dass er die ganze Nacht kein Auge zutat, und als er am nächsten Morgen immer noch darunter litt, hatte ich eine Idee. Ich ging in den Keller und …«

»Nicht sagen!«, fiel Laura ihm ins Wort. »Ich weiß, was Sie getan haben!«

»Da bin ich aber gespannt!?«

»Sie haben eine Säge geholt und den Ast abgeschnitten. Damit die Natur wieder mit dem Bild übereinstimmte.«

Harry drehte sich zu ihr um und sah sie mit seinen hellen blauen Augen an. Doch diesmal lag kein Spott in seinem Blick, nur grenzenloses Staunen.

»Woher wissen Sie das?«, fragte er.

»Das war nicht schwer zu erraten«, behauptete sie. »Eine andere Möglichkeit gab's doch gar nicht.«

»Sie haben recht«, erwiderte Harry. »Eine andere Möglichkeit gab es nicht.« Immer noch hielt er die sezierenden Augen auf sie gerichtet. »Das war mein Urerlebnis. Damals habe ich eines für immer begriffen.«

»Nämlich?«

»Dass die Vorstellungskraft mächtiger ist als jede Wirklichkeit.«

Laura schaute ihn an wie eine Erscheinung. »Was sagen Sie da?«, flüsterte sie.

Der Gedanke verwirrte sie so sehr, als wären eins und eins plötzlich nicht mehr zwei, sondern drei oder zehn oder fünftausendeinhundertsiebenundzwanzig. Dabei brachte er doch nur eine Wahrheit zum Ausdruck, die, einmal ausgesprochen, niemand leugnen konnte, der seine fünf bis sechs Sinne beisammen hatte.

»Vernünftige Menschen«, fuhr Harry fort, »passen ihre Vorstellung der Wirklichkeit an, unvernünftige Menschen hingegen versuchen, die Wirklichkeit ihren Vorstellungen anzupassen. Weshalb wirkliche Kunst, ob im Leben oder in der Malerei, immer von unvernünftigen Menschen stammt.«

Noch während er sprach, erfüllte Laura die Ahnung einer bislang ungeahnten Macht. Nichts war unmöglich, wenn das Unvernünftige das wirklich Vernünftige war! Eine fast unsinnige Hoffnung stieg in ihr auf, und schneller, als sie denken konnte, fragte sie:

»Was meinen Sie – können Sie mir beibringen, auch so zu *sehen*?«

Harry wiegte den Kopf. »Haben Sie nicht selber gesagt, Sie sind unerziehbar? Keine Angst«, fügte er rasch hinzu, als er ihr Gesicht sah. »Unerziehbare Schüler sind die einzigen, denen man was beibringen kann. Aber vorher muss ich eines wissen. Warum malen Sie?«

Laura schaute wieder aufs Meer. Am Horizont lösten sich die ersten Nebelfelder auf, und ein zartrosa Schein kündete vom Aufgang der Sonne. Angesichts dieses Schauspiels, das sich seit Millionen von Jahren täglich wiederholte und doch großartiger und eindrucksvoller war als jedes Schauspiel, das je ein Mensch auf einer Bühne oder Leinwand inszeniert hatte, fühlte Laura sich plötzlich ganz klein.

»Weiß ein Dieb«, fragte sie leise, »der im Himmel auf Raubzug geht, mit welcher Beute er zur Erde zurückkommt?«

Aus Angst, etwas Dummes gesagt zu haben, wich sie seinem Blick aus. Doch sie glaubte zu spüren, dass Harry neben ihr nickte.

»Ein Künstler darf nur wissen, was er *nicht* will«, sagte er. »Wenn er weiß, was er sucht, ist er kein Künstler.«

»Ich will aber etwas *finden*!«, rief sie und schaute ihn an.

Harry erwiderte ihren Blick. Er schien von ihrer Antwort maßlos enttäuscht.

»Und – was wollen Sie *finden*?«

»Mich selbst!«, rief Laura. »Die Gesichter meiner Seele! Die Gesichter, die ich noch nicht kenne. Die Gesichter, die man mir verboten hat. Weil ich es nicht länger aushalte in dem einen engen Leben!«

Eine Weile sagte er gar nichts. Sein Schweigen war so intensiv, dass Laura schlucken musste. Plötzlich wurde sie sich bewusst, dass sie unter ihrem Mantel fast nackt war, und sie begriff, warum er sein seltsames Gelübde geleistet hatte: Er wollte damit die Realität korrigieren, wie durch das Sehen ... Im selben Moment nahm Harry, ohne die Augen von ihr zu lassen, ihr Gesicht zwischen seine Hände, der Schleier rutschte von ihrem Haar, und als wäre es die einzig vernünftige Antwort, die es auf ihre stumme Frage gab, küsste er sie.

Als Laura die Augen wieder aufschlug, glaubte sie, in seinem blauen Blick zu schwimmen. Ein erregender Gedanke blitzte in ihr auf. War er der Einzige, der zaubern konnte?

Als wäre sie der Leibhaftige, stieß Harry sie zurück. Er sprang auf und machte mit den Fingern ein Kreuzzeichen in ihre Richtung.

»*Vade retro, satana!*«

7

Lachend kletterten sie die Klippe hinauf. Laura freute sich auf das Frühstück, mit frischem Brot und dampfendem Kaffee. Ihr Magen war ein einziges großes Loch. Komisch. Hatte man solchen Hunger nicht erst nach einer Liebesnacht? So stand es jedenfalls in den Romanen.

»Vielleicht werde ich ein paar Tage länger bleiben«, sagte Harry, als sie am Felsrand das steinerne Tor erreichten, das zurück zum

Gasthof führte. Die Nebelschwaden hatten sich inzwischen aufgelöst, der Fjord lag im hellen Sonnenschein zu ihren Füßen, und das Wasser in der Bucht glitzerte, als würden sich darin Abermillionen Fische tummeln.

»Du willst noch bleiben?«, fragte Laura und nestelte an ihrem Kruzifix. »Bei mir?«

»Nein, bei der Katze!«, lachte Harry. Dann wurde er ernst. »Herrgott noch mal – natürlich bei dir. Bei wem denn sonst? Alles, was ich hier tue, ist doch ein einziger verzweifelter Antrag. Hast du das nicht gemerkt?«

Laura war glücklich wie ein Kind, das am Geburtstagsmorgen aufwacht und die verpackten Geschenke sieht. Doch lieber würde sie sich die Zunge abbeißen, als Harry einzugestehen, wie viel ihr seine Worte bedeuteten.

»Hast du keine Angst«, spottete sie, »dass deine Kameraden in Spanien ohne dich den Krieg verlieren?«

»Das werden sie nicht wagen«, erwiderte er. »Sie wissen genau, meine Bilder bewirken mehr als tausend Kanonen, und warten deshalb mit der Offensive auf mich. Aber zum Teufel – was ist das?«

Laura blickte in die Richtung des Gasthofs. Im Hof stand ein Polizeiwagen mit vergitterten Fenstern. Dahinter, in der Haustür, erkannte sie den Wirt, im Gespräch mit zwei Beamten. Der eine trug eine Uniform, der andere einen Trenchcoat.

»Wonach suchen die wohl?«, fragte Harry und kratzte sich die Nase.

»Vielleicht nach ein paar entsprungenen Anstreichern?«, meinte Laura.

Noch während sie sprach, kamen die Polizisten auf sie zu. Der uniformierte Beamte tippte mit zwei Fingern gegen seinen Helm.

»Constabler Baxter«, stellte er sich vor. »Sind Sie Harry Winter?«

»Allerdings«, bestätigte Harry in seinem grauenhaften Englisch. »Warum?«

»Dieses Telegramm ist heute Morgen aus London gekommen.« Der Constabler zog einen Umschlag aus seiner Uniformjacke. »Es liegt eine Anzeige gegen Sie vor – wegen Unzucht.«

Harry war zu keiner Antwort fähig. Während sein Gesicht anschwoll wie ein Ballon, um in einem lauten Nieser zu explodieren, wurde Laura blass. Sie hatte keinen Zweifel, wer dahintersteckte.

»Hat zufällig ein Mr. Paddington die Anzeige erstattet?«, fragte sie.

Der Polizist warf einen Blick auf das Telegramm. »Richtig. Woher wissen Sie das?«

»Mr. Paddington ist mein Vater!« Sie schlug mit dem Handrücken auf das Telegramm. »Was soll der Quatsch? Nur weil ich minderjährig bin? Mr. Winter hat sich nichts zuschulden kommen lassen! Wir haben in getrennten Zimmern geschlafen! Nicht wahr, Harry?«

Der putzte sich gerade die Nase.

»Ich weiß«, erwiderte der Polizist, »wir haben mit dem Wirt gesprochen und die Zimmer überprüft.«

»Na also! Dann lassen Sie uns jetzt gefälligst frühstücken!« Sie schob den Beamten beiseite und nickte Harry zu. »Komm«, sagte sie auf Französisch. »Hier stinkt's!«

»Findest du? Ich dachte, das wäre die Landluft.« Er steckte sein Taschentuch ein und reichte ihr den Arm. »Ja, gehen wir. Bevor der Kaffee kalt wird.«

Sie wandten sich zum Gasthof. Der Wirt, der sie vom Eingang aus beobachtete, wischte sich die Hände an der Schürze ab und öffnete die Tür.

Doch sie hatten noch keine zwei Schritte getan, da versperrte der Polizist ihnen den Weg.

»Es steht Ihnen natürlich frei zu tun, was Sie wollen, Miss Paddington«, sagte er, »aber Mr. Winter bleibt hier!« Um seinen Worten Nachdruck zu verleihen, hielt er Harry am Arm zurück.

»Was fällt Ihnen ein?«, protestierte Harry. »Sie haben kein Recht, mich anzurühren!«

»Wir wollen Ihnen die Landluft nicht länger zumuten«, erklärte der Zivilbeamte, der bisher geschwiegen hatte, in fließendem Französisch. »Zu Ihrem Verständnis, Mr. Winter«, fügte er sodann auf Englisch hinzu, »die Klage lautet nicht auf Verführung Minderjähriger, wie Sie offenbar vermuten, sondern auf Pornografie, in Verbindung mit Gotteslästerung.« Er nahm seinem Kollegen das Telegramm aus der Hand, faltete es wieder zusammen und ließ es in der Brusttasche seines Trenchcoats verschwinden. »Nach unseren Informationen waren bei dem Vorfall rund zweihundert Personen anwesend, die die Sache jederzeit bezeugen können.«

Laura begriff. Der Auftritt in der Galerie … Harry war genauso sprachlos wie sie. Mit großen Augen und offenem Mund stand er da, ohne dass ein Ton über seine Lippen drang. In seinem schwarzen Cape sah er aus wie ein Zauberer, dem ein Kunststück misslungen war und dem man nun den Applaus versagte.

»Mr. Winter«, sagte der Zivilbeamte, »hiermit teile ich Ihnen mit, dass man Sie zum ›unerwünschten Ausländer‹ erklärt hat. Sie haben achtundvierzig Stunden Zeit, England zu verlassen.« Er gab dem Constabler mit dem Kopf ein Zeichen. »Abführen!«

8

Am Abend war Laura wieder in London. Doch nicht bei ihren Eltern, sondern bei Geraldine. Sie hatte ihrer Freundin vor der Kunstakademie aufgelauert, um sich für ein oder zwei Nächte bei ihr zu verstecken, bevor sie auf die große Reise ging.

»Bist du wahnsinnig?«, fragte Geraldine, als sie von ihrem Plan erfuhr.

»Ich bin noch nie so vernünftig gewesen«, erklärte Laura. »Außerdem, du hast mich doch selber zu seiner Ausstellung geschleppt. Keine Ruhe hast du gegeben, damit ich ihn kennenlerne.«

»Als Künstler – ja! Aber doch nicht als Mann!« Verständnislos schüttelte Geraldine den Kopf. »Und du willst wirklich mit ihm durchbrennen? Mit einem wildfremden Menschen?«

»Wenn sie Künstler aus England jagen, habe ich hier nichts mehr verloren. – Darf ich?«

Ohne die Erlaubnis ihrer Freundin abzuwarten, biss Laura ein Stück von der Wurst ab, die auf einem Tisch zwischen Geraldines Malutensilien lag, und spülte mit einem Schluck Wein nach, der nach Terpentin schmeckte. Egal – Hauptsache Alkohol! Laura war nie zuvor Auto gefahren, und heute hatte sie eine Strecke von dreihundert Meilen zurückgelegt. Nachdem die Polizisten mit Harry verschwunden waren, hatte der Wirt den Schmied aus dem Dorf geholt. Der Schmied fuhr auch einen Vauxhall und hatte ihr beigebracht, wie man das Auto bediente.

»Ich brauche deine Hilfe«, sagte sie. »Geld, Kleider – vor allem meinen Pass. Du findest ihn in der Mittelschublade meines Schreibtischs. Am besten gehst du jetzt gleich. Um diese Zeit sind nur die Dienstboten im Haus. Meine Mutter spielt heute Bridge, der Abend ist ihr heilig, und mein Vater kommt nicht vor neun aus der Firma.«

»Wo wollt ihr überhaupt hin?«, fragte Geraldine.

»Ich gehe mit Harry nach Spanien.«

»Um Gottes willen! In Spanien ist Krieg! Sämtliche Faschisten und Kommunisten Europas schlagen sich da die Köpfe ein.«

»Hier ist auch Krieg! Mein Vater hat Harry angezeigt! Sie haben ihn abgeführt wie einen Verbrecher!«

»Ist dir eigentlich klar, auf was du dich einlässt? Was erwartest du von diesem Mann?«

»Ich will von ihm Sehen lernen! Sehen und Malen und Leben!«

»Leben?« Geraldine lachte laut auf. »Er hat geschworen, keine Frau mehr anzurühren!«

Laura blies sich eine Locke aus der Stirn. »Als Kind wollte ich Nonne oder Heilige werden. Jetzt habe ich endlich die Chance! Wer weiß, vielleicht lerne ich sogar die Kunst der Levitation!«

»Du lernst höchstens die Kunst des Verhungerns«, erwiderte Geraldine und nahm gleichfalls einen Schluck von dem Wein. »Herrgott, Laura – in drei Wochen ist Hofball. Du wirst dem König vorgestellt. Deine Eltern haben dafür Himmel und Hölle in Bewegung gesetzt.«

Statt einer Antwort verdrehte Laura die Augen. Ihre Eltern hatten in der Tat Himmel und Hölle in Bewegung gesetzt – doch nur, um sich ihre eigenen Träume zu erfüllen. Ihr Vater hatte in seinem Leben mehr Geld verdient, als er ausgeben konnte, und bereits ein Schloss gekauft – mit so vielen Erkern und Türmchen und Spitzbogen, dass zwei Dutzend Angestellte nötig waren, um den scheußlichen alten Kasten instand zu halten. Lauras Mutter, die eine Vorliebe für Tüll hatte und jedem erzählte, dass sie in ihrer Jugend mit Schriftstellern verkehrt habe, war zwar nur die Tochter eines Landarztes, behauptete aber, vom österreichischen Kaiser Franz Joseph abzustammen. Um endlich die Wirklichkeit ihren Träumen anzupassen, hatte sie sich in den Kopf gesetzt, Laura mit einem Lord oder Earl zu verheiraten.

»Die begehrtesten Junggesellen von London prügeln sich schon jetzt um deine Tanzkarten«, sagte Geraldine. »Ich wette, du wirst auf dem Ball ein Dutzend Anträge bekommen.«

»Mit den versnobten Milchgesichtern würde ich höchstens in den Sandkasten gehen, aber nicht ins Bett. Außerdem habe ich schon einen Antrag. Das genügt.«

Geraldine schüttelte den Kopf. »Tu nichts, was du später bereust«, sagte sie. »Harry Winter könnte dein Vater sein!«

»Nur wenn du glaubst, was in seinem Personalausweis steht«, erwiderte Laura. »In Wirklichkeit ist er viel jünger als ich. Er ist in der Zukunft geboren!«

»Du bist ja nicht mehr bei Trost!« In ihrer Erregung nahm Geraldine einen Lappen und fing an, ihre Pinsel zu reinigen. »Und was ist mit deiner Untersuchung?«, wollte sie wissen. »Du hast selber gesagt, wie dringend die *Sache* ist. Du darfst das nicht auf die leichte Schulter nehmen. Die *Sache* hat möglicherweise einen sehr ernsten Namen. Soll ich ihn aussprechen, damit du Vernunft annimmst?«

»Halt sofort den Mund, ich warne dich!« Laura sprang auf, und ohne auf die Pinsel zu achten, nahm sie Geraldine in den Arm und drückte sie an sich. »Bitte, du musst mir helfen. Du bist meine einzige Freundin.«

»Ach Laura …«

Unsicher erwiderte Geraldine ihren Blick. Doch bevor sie etwas sagen konnte, wurden draußen Schritte laut, und im nächsten Moment flog die Wohnungstür auf.

Laura fuhr herum. Herein rauschte ein in Tränen aufgelöster Tüllengel, zusammen mit einem bocksbeinigen Teufel, dem zwei Hörner aus der Stirn zu wachsen schienen. Ihre Eltern.

»Gott sei Dank«, riefen die zwei wie aus einem Munde und stürzten sich auf sie. »Gott sei Dank, du bist noch da!«

9

Wo war Laura?

Ihre Freundin Geraldine, die mit ihrem Pagenkopf und dieser entsetzlichen Vernünftigkeit in ihrem Pferdegesicht auf Harry wie die Erzieherin eines Mädchenpensionats wirkte, hatte ihn benachrichtigt, dass seine Windsbraut nach London zurückgekehrt sei – in die Obhut ihrer Eltern. Sie habe auch den Vauxhall mitgebracht, hatte Geraldine hinzugefügt und ihm den Schlüssel gegeben. Der Wagen stehe in der Garage am Piccadilly Circus und könne dort jederzeit abgeholt werden.

Würde er die Windsbraut jemals wiedersehen?

Er hatte Laura aufsuchen wollen, um zu erfahren, was geschehen war. Er konnte nicht glauben, dass sie freiwillig zu ihren Eltern zurückgekehrt war – das wäre glatter Verrat gewesen. Doch die zwei Polizisten, die ihn rund um die Uhr bewachten, bis er das Land verließ, hatten ihm unter Androhung einer Geldstrafe, die seine finanziellen Mittel überstieg, verboten, sich dem Schloss, in dem William Lloyd Paddington seine Tochter gefangen hielt, auf weniger als hundert Schritt zu nähern.

Harry hatte nur eine Möglichkeit, sich zu rächen: durch Entzug seiner Kunst. Zusammen mit Bertram Amrose, dem Kurator seiner Ausstellung und Besitzer der Galerie, hängte er nun unter Aufsicht der zwei Polizisten seine Bilder von den Wänden, um sie in Kisten zu verpacken und zurück nach Paris zu expedieren.

»Wollen Sie die Ausstellung wirklich abbrechen?«, fragte Bertram Amrose, der mit seiner schwarzen Hornbrille, dem schwarzen Anzug und den glänzenden schwarzen Haaren aussah wie ein Hornkäfer auf zwei Beinen. »Bitte, Mr. Winter, ich beschwöre Sie! Lassen Sie Ihre Verehrer nicht büßen für die Ungerechtigkeit, die man Ihnen angetan hat.«

»Ein Land, das mich wie ein Ungeheuer behandelt, hat meine Bilder nicht verdient«, sagte Harry. »In Deutschland fing es auch damit an, dass man mir Pornografie vorwarf. Dabei hatte ich nur *Adam und Eva* zitiert – ein Bild von Albrecht Dürer! Deshalb bin ich ausgewandert, lange bevor dieser österreichische Anstreicher in Deutschland an die Macht kam.«

»Aber London ist doch nicht Berlin!«

»Wenn Sie mich fragen, steht England heute genauso am Rand des Faschismus wie damals Deutschland. Das gilt übrigens auch für Frankreich. Da wurde ich auch schon verfolgt, von meinem eigenen Schwiegervater! Er hat einen Steckbrief auf mich ausstellen lassen!«

»Florences Vater? Ich wusste gar nicht, dass er Politiker ist.«

»Er ist ein hohes Tier bei der Pariser Polizei, also sozusagen Faschist von Beruf. Obwohl Florence und ich nie heiraten wollten, hat er uns zu der Ehe gezwungen, deren Ende wir in Ihrer Galerie begangen haben. Weswegen ich jetzt wiederum Ihres Landes verwiesen werde. Ja, die Kreise schließen sich, die Schlinge zieht sich immer weiter zu. Wie eine Seuche breitet die Barbarei sich aus, in ganz Europa.«

»Werden Sie von London direkt nach Madrid reisen?«

»Wenn es nach mir ginge, würde ich lieber heute als morgen die Uniform anziehen, um mit meinen Kameraden in Spanien zu kämpfen«, erklärte Harry. »Kunst und Geist gegen die Barbarei! Aber vorher muss ich noch nach Köln.«

»Um Himmels willen«, rief Bertram Amrose. »Was wollen Sie in Deutschland? Die Nazis haben Sie auf die Liste der entarteten Künstler gesetzt.«

»Das betrachte ich als die ehrenvollste Auszeichnung, die heutzutage einem Maler zuteilwerden kann!«

»Sie sollten es lieber als Warnung betrachten! Wenn Sie Angst vor dem Faschismus in England haben – die Deutschen werden Ihnen zeigen, was Faschismus wirklich heißt.«

»Ich fahre nicht zum Vergnügen dorthin zurück. Ich will mich von meinem Sohn verabschieden. Seine Mutter, meine erste Frau, ist Jüdin. Bis jetzt hat Bobby bei seinen Großeltern gelebt, um seine Druckerlehre zu beenden. Aber als Halbjude wird ihm in Deutschland der Boden unter den Füßen heiß. Er hat ein Visum für Amerika beantragt.«

Voller Misstrauen schauten die Polizisten zu ihnen herüber. Hatte das Wort Deutschland ihren Verdacht erregt? Oder das Wort Jude? Als Harry ihre Blicke mit einer Grimasse erwiderte, wandten sie sich vor Verlegenheit den Resten seiner Ausstellung zu. Während sie die Bilder an den halbleeren Wänden anstarrten, kopfschüttelnd und mit verrenkten Hälsen, weil sie nicht wussten, wo oben und unten war, schlugen sie sich mit ihren Gummiknüppeln immer wieder in die Hände. Als würden sie sich innerlich für die Niederschlagung eines Streiks oder Aufstands rüsten.

Harry musste an sich halten, um sich nicht zu übergeben. »Wenn ich nur wüsste, welches Schwein mich verraten hat«, sagte er und nahm das nächste Bild von der Wand, bevor die Polizisten es mit ihren Blicken besudelten.

»Wahrscheinlich ein Spitzel von Lauras Vater«, meinte Bertram

Amrose. »Mr. Paddington ist ein sehr reicher und mächtiger Mann.«

»Ich glaube eher, es war diese Geraldine«, sagte Harry. »Sie ist die geborene Gouvernante. Außerdem mag sie mich nicht, das spüre ich genau. Aber klären Sie mich auf. Wie funktioniert so was bei Ihnen in England? Ich meine, wenn ein Mädchen aus gutem Hause, das mit einem Ausländer durchgebrannt ist, in den Schoß der Familie zurückkehrt?«

»In der Regel ganz einfach.« Bertram Amrose nahm die Brille ab und putzte die Gläser. »In drei Wochen ist Hofball. Soweit ich weiß, gibt Laura Paddington dort ihr Debüt. Danach wird es etwa zwei Monate dauern, bis die *Times* ihre Verlobung mit irgendeinem Lord oder Earl verkündet.«

Harry verstaute das Bild behutsam in einer Kiste und bedeckte es mit einer Schicht Holzwolle. »Ja«, sagte er, während er Hammer und Nägel nahm, um die Kiste zu verschließen, »das Leben ist ein *Jeu de vérité.*«

»Ein was?«

»Ein Wahrheitsspiel. Darin zeigt sich immer ganz von alleine, wie es wirklich ist.« Mit einem einzigen Schlag versenkte er den ersten Nagel. »Aber vielleicht ist es ja besser so. Ich weiß nicht, ob ich mein Gelübde gehalten hätte, wenn sie mitgekommen wäre, außerdem wäre es eine entsetzliche Verantwortung gewesen, ich meine, sie ist ja noch ziemlich jung ...«

Seine eigenen Worte ekelten ihn so sehr an, dass er mitten im Satz verstummte. Was für ein gottverdammter Lügner er war! Seine sämtlichen Bilder hätte er in die Themse geschmissen, wenn Laura dafür bei ihm wäre. Während er einen Nagel nach dem anderen in die Kiste hämmerte, sah er sie vor sich. Mutterseelenallein saß sie im Turmzimmer ihres elterlichen Schlosses. Umgeben von gesichtslosen Augen, die aus der Dunkelheit auf sie starrten. Ein Kerker aus Blicken und Angst.

Dafür sollten die Faschisten büßen! In Spanien würden sie bezahlen, was sie diesem Mädchen angetan hatten!

In stummer Wut schlug Harry den letzten Nagel ein. Dann rüttelte er noch einmal an den Latten, um ihre Festigkeit zu prüfen.

»Weg damit!«

Während Bertram Amrose die Kiste hinaustrug, nahm Harry ein Blatt Papier. Er musste sich von alledem erholen, und die Kunst war seine einzige Zuflucht, die einzige Wirklichkeit, in der er es länger als fünf Minuten aushielt, ohne verrückt zu werden.

Ohne einen Plan oder eine Absicht begann er zu zeichnen. Nur ein vager, unbestimmter Wunsch führte seinen Stift: der Wunsch, Laura irgendwie zu helfen, sie aus ihrem verfluchten Kerker zu befreien.

Wie hatte sie ihn genannt? Der Große Zauberer?

Plötzlich spürte er eine Hand auf seiner Schulter.

»Bin ich das?«, fragte eine raue, dunkle Frauenstimme.

Als Harry aufsah, blickte er in dasselbe Gesicht, das er soeben gezeichnet hatte. Ein junges, hellhäutiges Mädchen mit langen, schwarzen Locken, noch schwärzeren Augen und einem vollen roten Mund: eine deliziöse Miniatur, die sich gerade in ein Wildpferd verwandelte.

10

»Und deine Eltern?«, wollte Harry wissen.

»Welche Eltern?« Laura erwiderte spöttisch seinen Blick. »Ich bin eine freie Frau!«

Irritiert, beinahe erschrocken, runzelte er die Stirn, und das Lächeln verschwand von seinen Lippen. Laura glaubte nicht richtig zu sehen. Sie hatte erwartet, dass er sie mit offenen Armen empfing – und jetzt dieses Gesicht! Konnte er sich nicht vorstellen, was sie riskiert hatte? Als sie ihren Eltern erklärt hatte, dass sie London in vierundzwanzig Stunden verlassen würde, um Harry nach Spanien zu folgen, hatte ihre Mutter einen Nervenzusammenbruch erlitten, und ihr Vater hatte nur einen einzigen Satz gesagt: »Dann wird dein Schatten die Tür unseres Hauses nie wieder verdunkeln.« Obwohl der Notarzt ihre Mutter ins Krankenhaus eingeliefert hatte, war sie gegangen. Sie hatte die Aufregung genutzt und war verschwunden, als die Sanitäter mit der Bahre aufkreuzten. Nie hätte sie dazu den Mut gehabt, wenn sie Harry nicht begegnet wäre.

War es das, wovor er jetzt zurückschrak? Aus Angst, dass sie ihm womöglich eines Tages vorwerfen würde, sie aus ihrer alten, behüteten Welt gerissen zu haben?

Als wolle er ihre Vermutung bestätigen, sagte er: »Du bist kaum älter als mein Sohn Bobby. Zu ihm würdest du viel besser passen.«

»Dein Sohn heißt Bobby? Ein schöner Name. Aber nicht so schön wie Harry.« Sie zeigte auf das Bild, in dem er sie in ein Wildpferd verwandelt hatte. »Oder will der Große Zauberer seinen Zauber wieder rückgängig machen?«

Statt einer Antwort küsste er sie.

»Irgendjemand ist immer das Opfer«, flüsterte sie. »Lass uns noch heute aufbrechen. Je früher wir England verlassen, desto besser.«

»Hast du denn überhaupt keine Angst?«, fragte er. »Nicht mal vor dem Krieg?«

»Nein«, sagte sie. »Ich laufe ja nicht davon – und erst recht nicht deinetwegen. Ich tue es nur für mich.«

Endlich kehrte sein Lächeln zurück. »Die Windsbraut wird zur Kriegsbraut. Ich sehe das Bild schon vor mir, ich muss es nur noch malen. Für unsere Freunde in Spanien.«

Sie machte sich von ihm los. »Schließen wir einen Vertrag. Ich schenke dir meine Jugend, dafür bringst du mir bei, wie man zaubert.«

»Willst du nicht erst mal kochen lernen?« Als er ihr Gesicht sah, nickte er. »Du meinst es also wirklich ernst?«

»Was für eine blöde Frage! Und ob ich es ernst meine! Ich will alles von dir lernen, was du weißt. Um endlich Sehen zu lernen! Und Malen! Und Leben! Zusammen mit dir!«

»Psst«, machte Harry und legte ihr einen Finger auf die Lippen. »Nicht so laut!«

Er deutete mit dem Kopf auf die Polizisten, die sie vom Flur her beäugten. Sie hatten Laura noch nicht erkannt, aber wenn sie eins und eins zusammenzählten, würden sie gleich nach ihrem Ausweis fragen. Zum Glück kam in diesem Augenblick Mr. Amrose die Treppe herauf und verwickelte die zwei Beamten in ein Gespräch.

»Also gut, abgemacht«, sagte Harry auf Französisch. »Aber nur unter einer Bedingung.«

»Nämlich?«

»Dass du mein Gelübde respektierst.« Er nahm ihr Kinn und blickte ihr in die Augen. »Du kannst mich in deinen Träumen haben. Da kannst du meine Frau und Geliebte sein. Aber nur da.«

»Bild dir ja nichts ein«, erwiderte Laura. »Ohne dein Gelübde hätte ich mich gar nicht in dich verliebt. Pass du lieber auf Dada auf. Damit er dir nicht über den Kopf wächst.«

»Und noch was«, fügte Harry hinzu, ohne auf ihre Bemerkung einzugehen. »Ich werde niemals ›Ich liebe dich‹ zu dir sagen.«

»Gott sei Dank!«, lachte Laura. »Ich hasse Männer, die so kitschiges Zeug reden.«

ZWEITES BUCH

DIE WINDSBRAUT

PARIS
1937–1938

1

Kann ein Mensch irgendwo auf der Welt einsamer sein als in Paris?

Inmitten eilig hastender Studenten, die in immer neuen Scharen aus den Hörsälen der Sorbonne auf den Boulevard Saint-Michel strömten, irrte Florence durch das abendliche Quartier Latin. Ein feiner Nieselregen senkte sich wie ein unsichtbarer Schleier aus der Dunkelheit auf sie herab. In den Pfützen spiegelten sich die Gaslaternen des prachtvollen Boulevards, zusammen mit den Scheinwerfern der vorüberbrausenden Automobile. Während das Hupen und Lärmen sie nur wie aus weiter Ferne erreichte, kroch ihr die kalte Nässe immer tiefer in den Nacken. Florence schlug den Mantelkragen hoch und lief durch das Gewühl, ohne jemanden anzuschauen. Sie wollte nur einen Menschen sehen – Harry! Doch der war nicht da, und sobald sie den Blick hob, sah sie an seiner Stelle lauter fremde Gesichter. Hausfrauen, die mit ihren Einkaufskörben in den Häusern verschwanden, um für ihre Männer das Abendessen zu richten. Studenten, die im Eifer einer Diskussion vor den Bistros gestikulierend die Bürgersteige verstopften. Touristen, die mit ihren Reiseführern in den Händen jede Hausfassade wie ein Wunderwerk betrachteten. Und immer wieder Liebespaare. Liebespaare, die Händchen haltend über Pfützen sprangen. Liebespaare, die aneinandergeschmiegt ihre Mappen gegen den Regen über die Köpfe hielten.

Liebespaare, die sich in Hauseingängen oder im Schein einer Laterne küssten, als gäbe es weder Kälte noch Nässe, sondern nur ihr Glück auf dieser Welt.

»Verflucht!«

Ein Auto war direkt neben Florence durch eine Pfütze gerauscht und hatte sie über und über vollgespritzt. Wie gelähmt stand sie da, unfähig, sich zu rühren, und blickte dem Wagen hinterher. Erst als ein Passant sie anrempelte, wischte sie sich das Wasser aus dem Gesicht und hastete weiter, leise ein Ave Maria flüsternd. Seit ihrer Kindheit hatte sie nicht mehr gebetet, nicht mal in dem katholischen Hospital, in dem sie ein paar Jahre als Krankenschwester gearbeitet hatte. Ihre Eltern hatten sie im Geist der Aufklärung erzogen, doch durch Harry hatte sie wieder beten gelernt. Warum hatte er sie verlassen? Es war doch erst gestern gewesen, dass er für sie eine andere Frau verlassen hatte. Jetzt traf sie dasselbe Schicksal. Wie hatte sie nur glauben können, es würde ihr anders ergehen? Alle Frauen, die sich in Harry Winter verliebten, hofften, er würde ihre Liebe erwidern, und alle hatte er sie zerstört. Er besaß eine Anziehungskraft, gegen die es keine Abwehr gab. Dabei war sein Herz mit einem Panzer aus Eis umgeben, an dem jede Nähe gefror. Wäre er wenigstens nach Spanien gefahren, um dort im Kampf zu sterben. Seine Kunst für den Krieg! Aber statt seine Ankündigung wahr zu machen, war er einfach nach Paris zurückgekehrt, um hier sein altes Bohème-Leben weiterzuführen.

Wieder spritzte eine Fontäne neben Florence auf, doch diesmal gelang es ihr, rechtzeitig auszuweichen. Die Trennung in London war die schlimmste Demütigung ihres Lebens, in einer endlos langen Reihe von Demütigungen, die sie durchlitten hatte. Sie war bereit gewesen, ihre Liebe auf dem Altar seiner Kunst zu opfern und wie eine Nonne an seiner Seite zu leben. Doch statt für die Kunst hatte er sich für dieses englische Flittchen entschieden, als hätte er nie das Gelübde geleistet, mit dem er für alle Zeiten seinen Weibergeschichten abgeschworen hatte. Fünf Wochen war das jetzt her, fünf Wochen täglicher Erniedrigung. Immer wieder hatte sie ihm aufgelauert, seit er wieder in Paris war. Sie hatte ihn angebettelt und angefleht, dass er zu ihr zurückkehre, aber er weigerte sich, mit ihr auch nur zu reden. Dabei musste sie ihm doch etwas Wichtiges sagen, etwas, das sie ihm schon in London hatte sagen wollen, etwas, das ihn genauso betraf wie sie selber. Weil es sie für immer miteinander verband.

Warum hatte sie nicht auf ihren Vater gehört? Er hatte sie vor Harry gewarnt und alles getan, um ihr diesen Mann auszureden.

Eine Glocke schlug an, ganz in der Nähe. Ein wenig abseits des Boulevards erhob sich in der Dunkelheit die uralte Kirche von Saint-Germain-des-Prés. Florence schaute zum Turm hinauf. Achtmal ertönte die Glocke – jeder Schlag eine Drohung. Auf einmal bekam sie Angst. Sollte sie vor dem Bildnis der Jungfrau vielleicht eine Kerze anzünden, bevor sie mit Harry sprach? Diesmal würde sie sich nicht abwimmeln lassen, das hatte sie sich geschworen. Wenn er nicht mit ihr sprach, würde sie sich das Leben nehmen – vor seinen Augen!

Sie wandte sich in die Richtung des Gotteshauses, aber nach nur wenigen Schritten verharrte sie. Im Eingang der Kirche kopulierten zwei Hunde. Der Rüde rammelte, als ginge es um sein Leben. Florence sah im Scheinwerferlicht der vorüberfahrenden Autos sein schmales, helles Glied, das sich in rasender Schnelligkeit hin und her bewegte. Doch plötzlich, von einer Sekunde zur anderen, löste sich der Rüde von der Hündin, und ohne sie auch nur noch einmal zu beschnüffeln, lief er davon.

»Kann ich Ihnen irgendwie helfen?«

Eine Studentin, viel jünger als sie, schaute Florence an, mit einem Gesicht wie eine besorgte Mutter.

»Was fällt Ihnen ein, mich so anzuglotzen?«

»Ich dachte, Sie hätten vielleicht den Weg verloren.«

»Scheren Sie sich zum Teufel!«

Auf der anderen Straßenseite, jenseits der Kreuzung, erstrahlte das *Café Flore*. Während die Studentin in der Menge verschwand, überquerte Florence die Straße, unwiderstehlich angezogen von dem gläsernen Lichterglanz. Im *Café Flore* traf Harry sich fast jeden Abend mit seinen Freunden. Mit klopfendem Herzen trat sie an die hell erleuchtete Fensterfront. Nein, sie hatte sich nicht geirrt. Die ganze Corona war in dem Lokal versammelt: die berüchtigtsten Maler und Dichter und Frauenverführer von Paris, unter Aufsicht von René Pompon, ihrem Hohepriester. Tränen rannen über Florences Gesicht und vermischten sich mit den Regentropfen auf ihrer Haut. Wie oft hatte sie zusammen mit ihnen gefeiert, jeden Einzelnen kannte sie – sie hatte ihnen aus der Hand gelesen, sie wusste ihre Geburtstage und die Namen ihrer Mätressen. Jahrelang war sie ihr strahlender Mittelpunkt gewesen, Pompon hatte sie als betörende Quelle der Inspiration und ihrer aller Muse gepriesen – keine Muse sei so »phantastisch« wie sie. Täglich hatte sie diese Männer mit ihren Einfällen verwirrt, und mit einem halben Dutzend hatte sie sogar geschlafen, um sie zu einem Gedicht oder Gemälde zu inspirieren. Doch niemand schien sie zu vermissen. Im Gegenteil. Jetzt thronte an ihrer Stelle, Seite an Seite mit Harry, dieses kleine englische Miststück und hielt Hof wie eine regierende Königin.

Plötzlich drehte Harry sich um und blickte über die Schulter, um einen Kellner zu sich zu rufen. Aus Angst, dass er sie sehen könnte, machte Florence einen Schritt zurück in die Dunkelheit. Lautlos, wie in einem Stummfilm, lachten und tranken die anderen jenseits der Fensterfront in dem taghellen Café. Während Harry dem Kellner ein Glas Wein abnahm, legte er seinen Arm um die Engländerin und küsste sie auf den Mund. Dabei traten ihm vor Lüsternheit fast die Augen aus dem Kopf. Florence wollte sich abwenden, doch sie konnte es nicht. Irgendetwas befahl ihr, auch diesen Schmerz auszukosten.

»Heilige Muttergottes, bitte für uns …«

2

Wie einen gespenstischen Schemen hatte Harry Florence hinter der regennassen Glasfront erkannt. Um Gottes willen – wollte sie etwa hier hereinplatzen, um ihn zur Rede zu stellen? Ausgerechnet heute? Es gab nichts mehr zu bereden zwischen ihnen, das wusste Florence so gut wie er. Er liebte sie nicht mehr. Das war nicht seine Schuld, sondern die Schuld der Liebe.

Um Florence in die Flucht zu schlagen, hatte Harry vor ihren Augen Laura geküsst. Nervös zündete er sich eine Pfeife an. Er hatte seine sämtlichen Freunde eingeladen, um ihnen heute Abend die Windsbraut zu präsentieren, zur offiziellen Aufnahme in ihren Kreis. Laura sollte die neue Muse der Gruppe werden. Das war die einzige Chance, sein Gelübde zu halten, bevor Dada ihm über den Kopf wuchs, und er würde nicht zulassen, dass Florence ihr Debüt verdarb. Doch ob ein Kuss reichte, um sie davon abzuhalten?

Noch im Küssen hatte Laura sich ihm entzogen und war durch eine Tür in den Personaltrakt gehuscht. Was wollte sie da? Harry spähte vorsichtig aus dem Fenster, ob Florence verschwunden war. Ein Platzregen war ihm zu Hilfe gekommen und hatte sie in die Flucht geschlagen. Erleichtert wandte er sich wieder seinen Freunden zu und verlangte lautstark eine neue Runde.

Da ging ein Raunen durch den Saal.

»Ah, da ist sie ja!«

Eine Tür flog auf, und herein tanzte Laura. Sie war noch einmal verschwunden, um vor ihrem Auftritt zu duschen – in ihrem Kleid! Die Spitzen und Fransen klebten nun an ihrem nassen schlanken Körper wie Algen am Leib einer schaumgeborenen Venus.

Im selben Moment waren alle Sorgen vergessen.

»Meine Herren – die Windsbraut!«, rief Harry und erhob sich von seinem Platz. »Sie ist gezeugt aus lichtem Leben, aus ihrem eigenen Geheimnis, aus Poesie. Wie keine Zweite versteht sie sich auf die geheime Alchemie der Elemente. Sie stammt aus der Welt hinter den Spiegeln, unter ihren Händen verwandeln sich die Dinge in ihr Gegenteil. Zum Beweis hat sie für uns eine alchemistische Mahlzeit zubereitet, nach einem uralten englischen Rezept.« Mit einer Verbeugung drehte er sich zu Laura um. »Wenn wir vielleicht die Speisenfolge wissen dürften?«

Statt einer Antwort tauchte Laura ihren Zeigefinger in einen Senftopf und beschrieb damit den Spiegel an der Wand. Natürlich in Spiegelschrift.

»Vorspeise: Tintengefärbter Sago-Kaviar in Bananenbrühe«, übersetzte Harry für das staunende Publikum. »Erster Gang: Hase, mit Austern gefüllt … Zweiter Gang: Melone an kandierter Nachtigall …«

Applaus brandete auf.

»Mir läuft schon das Wasser im Mund zusammen!«

»Und was gibt es zum Nachtisch?«

Harry bat mit erhobenen Armen um Ruhe.

»Die Windsbraut glaubt nicht an Gott, nur an den Rausch. Mit ihr werden wir niemals nüchtern sein! Nüchtern sein heißt, vor der Realität kapitulieren. Sie ist gekommen, um uns von dieser Angst zu befreien. Sie wird uns mit ihren Hirngespinsten füttern, damit die Quelle unserer Einfälle nie mehr versiegt. Kommt her, die ihr nüchtern und einfallslos seid! Berauscht euch an ihr.« Er sog ein paar Mal an seiner Pfeife und blies dann den Rauch in ihr Haar. »Trinkt von ihren Locken! Mirakellocken! Sie wirken stärker als Haschisch und Alkohol!«

Der Rauch stieg von ihrem nassen Haar auf wie die Dämpfe einer magischen Quelle. Als Erster erhob sich Pierre Lauréat von seinem Platz, Harrys bester Freund, mit dem er sich vor Jahren dessen Frau Jelena geteilt hatte, bevor diese mit Amador Talmí durchgebrannt war, dem einzigen Genie Europas, das sich zu den Faschisten bekannte. Während Pierre den Rauch inhalierte, verließ einer nach dem anderen in der Runde den Tisch, um von Lauras Locken zu trinken. Harry war stolz auf sie, als hätte er sie selber erschaffen. Wie eine griechische Tempelpriesterin stand sie da und nahm die Huldigungen seiner Freunde entgegen.

Nur auf einen machte sie keinen Eindruck: René Pompon. Wie aus Beton gegossen, verharrte er an seinem Platz, die Hände vor der Brust gefaltet. Harry stieß einen leisen Fluch aus. Von Pompon hing alles ab. Nur wenn er Lauras Auftritt mindestens einmal »phantastisch« nannte, würden die anderen sie akzeptieren. Versagte er ihr aber seinen Beifall, war sie durchgefallen, noch bevor der Abend zu Ende war. Und Humor gehörte nicht zu Pompons Stärken.

Mit bloßen Füßen tanzte Laura auf ihn zu.

»Sind Sie hier der Papst?«, fragte sie ihn in ihrem englisch-französischen Kauderwelsch.

»Wie kommen Sie darauf?«, erwiderte Pompon.

»Sie sehen so pompös aus! Sie sollten sich in Rom bewerben! Der Heilige Stuhl erwartet Sie! Doch bitte entschuldigen Sie mich jetzt. Ich muss mich ums Essen kümmern.«

Ohne seine Antwort abzuwarten, tanzte sie zur Küche hinaus. Ein paar Gäste pfiffen und johlten vor Begeisterung. Harry wäre es lieber gewesen, sie hätten etwas leiser ihren Beifall bekundet. Denn Pompon verzog keine Miene. Wie ein Großinquisitor, der gerade einen Hexenprozess eröffnet, saß er da.

»Warum bist du wieder in Paris?«, wollte er von Harry wissen, als Laura fort war. »Ich dachte, du wolltest gegen die Faschisten kämpfen. Hat *sie* dich davon abgehalten?«, fragte er mit einem Blick in Richtung Küchentür. »Florence war bereit, dich nach Spanien zu begleiten.«

Harry begriff. Von daher wehte also der Wind! Pompon lehnte Laura ab, weil er immer noch ihre Vorgängerin verehrte. Florence hatte ihm einmal aus der Hand gelesen und ihm den Nobelpreis prophezeit.

Da ihm nichts Besseres einfiel, nahm Harry Zuflucht zur Wahrheit. »Ich konnte mich nicht entscheiden – ich meine, ob ich nach Madrid oder nach Köln fahren sollte«, sagte er. »Also bin ich meinen Bildern gefolgt. Und die waren in Paris.«

Sein Freund Pierre kam ihm zu Hilfe. »Harry hat im Schützengraben nichts verloren. Seine Front ist die Malerei. Seine Gemälde sind für die Faschisten viel gefährlicher als seine durchsiebte Leiche.«

Pompon zuckte nur verächtlich mit den Achseln. »Seine Gemälde können Franco so wenig aufhalten wie deine Gedichte. Das können nur Gewehre.«

»Und warum bleibst du dann hier in Paris?«, fragte Pierre. »Statt nach Spanien zu fahren, um gegen Franco zu kämpfen?«

»Soll das eine Kritik sein?«, erwiderte Pompon scharf. »Du weißt so gut wie ich, dass ich hier unersetzlich bin. Ohne mich würde die ganze Bewegung auseinanderbrechen.«

»Bewegung?«, wiederholte Pierre. »Was für eine Bewegung? Wir sind keine politische Partei! Nur du führst dich auf wie ein Diktator!«

»Seit wann hast du was gegen Diktatoren? Ausgerechnet du?«

»Was willst du damit sagen?«

»Was jedermann in Paris weiß: dass du ein Stalinist bist!«

Das eine Wort genügte, und der Lärm im *Café Flore* erstarb. Harry wusste nicht, was er davon halten sollte. Laura war zwar aus der Schusslinie. Aber die Stimmung war zum Teufel.

»Ja, ich bekenne mich zu Josef Stalin«, erklärte Pierre in die Stille hinein. »Und ich habe keinen Grund, mich dafür zu schämen. Stalin ist der einzige Politiker in Europa, der imstande ist, die Faschisten in Schach zu halten.«

»Dass ich nicht lache!«, entgegnete Pompon. »Stalin ist selbst ein Faschist. Er ist kein bisschen besser als Hitler! Statt Hitler in Schach zu halten, wird er sich mit ihm verbünden. Damit sie zusammen die Freiheit ausrotten.«

»Halt sofort deinen Mund! Das ist eine gottverdammte Lüge!«

»Lüge? Das ist die gottverdammte Wahrheit!«

In verbiestertem Schweigen blickten die beiden sich an. Wo war die wunderbare Leichtigkeit geblieben, die Laura eben noch verbreitet hatte? Harry hätte seine zwei Freunde ohrfeigen können –

mit ihrer verfluchten Politik versauten sie ihm das ganze Fest. Er hatte für diesen Abend seinen letzten Sou ausgegeben, sämtliche Getränke gingen auf seine Rechnung! Jetzt fehlte nur noch, dass Pompon eine leere Flasche nahm, um sein geliebtes Wahrheitsspiel zu spielen.

»Hört auf zu streiten«, sagte Harry. »Was soll die Rechthaberei? Rechthaberei ist Gift für jede Revolution! Apropos«, fügte er hinzu und griff in die Innentasche seines Jacketts, »ich habe ein kleines Manifest geschrieben – zum Thema Erektionsgefahr. Eine Abrechnung mit dem klerikalen Ungeziefer, das uns die Lust an der Liebe vergällen will. Wollt ihr mal hören?«

»Das interessiert jetzt nicht«, knurrte Pompon.

»Das interessiert *immer*!«, behauptete Harry.

»Unsinn«, widersprach Pierre.

Als Harry ihre Gesichter sah, ließ er sein Manuskript stecken. Auch wenn die beiden sich am liebsten an die Gurgel gesprungen wären – darin, dass der Spaß vorbei war, wenn die Politik anfing, waren sie sich offenbar einig.

»Die Bekämpfung des Totalitarismus ist eine ästhetische Notwendigkeit«, erklärte Pompon. »Stalinisten haben in den Reihen unserer Bewegung nichts verloren. Genauso wenig wie Faschisten.«

»Was soll das heißen?«

»Muss ich dir das wirklich erklären?«

Pierre wurde blass. »Du … du willst mich also exkommunizieren?«

»Auch wenn du mich für einen Diktator hältst«, erwiderte Pompon, »das maße ich mir nicht an. Nein, hier kann nur das Wahrheitsspiel entscheiden. Hat jemand eine leere Flasche?«

Alle rückten näher an den Tisch. Harry hatte es kommen sehen – das Wahrheitsspiel erfreute sich im *Café Flore* größter Beliebtheit. Meistens ging es darum, die sexuellen Nöte der Teilnehmer bloßzulegen – eine Art öffentlicher Psychoanalyse, die Pompon mit schulmeisterlicher Pedanterie zelebrierte. Je peinlicher, desto aufregender! Dabei waren die Regeln so einfach wie beim Kindergeburtstag: Auf wen der Flaschenhals zeigte, der durfte an den jeweiligen Kandidaten eine Frage stellen. Die Antworten mussten strikt der Wahrheit entsprechen – wer bei einer Lüge erwischt wurde, musste zur Strafe eine Lokalrunde zahlen.

Heute war also Pierre dran. Schon wanderte eine leere Flasche in die Mitte des Tisches.

»Meine Herren – die Suppe!«

Pompon wollte gerade die Flasche kreisen lassen, da betrat Laura den Saal, eine große dampfende Terrine vor sich her tragend. Sie war gekleidet wie eine Kellnerin: weiße Bluse, schwarzer Rock, weißes Häubchen auf dem schwarzen Lockenhaar.

»Die Suppe kann warten!«, herrschte Pompon sie an.

»Tut mir leid«, widersprach Laura. »Die Suppe besteht darauf, *jetzt* gegessen zu werden. Das hat sie mir selbst gesagt.«

»Haben Sie mich nicht verstanden? Wir haben hier gerade Wichtigeres …«

Pompon verstummte mitten im Satz. Als Laura die Terrine abstellte, entdeckte Harry den Grund. Ihm fiel fast die Pfeife aus dem Mund: Am Brustbesatz ihrer Bluse waren zwei Löcher ausgeschnitten, aus denen ihre nackten, mit brauner Schokoladenkuvertüre bestrichenen Brüste hervorschauten.

Es war, als hätte jemand in einem dunklen, muffigen Raum ein Fenster aufgestoßen, und herein flutete eine helle, freundliche Frühlingssonne. Endlich war wieder Leben im Lokal. Stalin und der spanische Bürgerkrieg waren vergessen, alle riefen und lachten durcheinander, und als Laura ihre Schöpfkelle in die Suppe tauchte, wurden ihr zwei Dutzend Teller gleichzeitig entgegengestreckt.

Sogar Pompons Betongesicht zerschmolz zu einem Lächeln.

»Was für eine reizende Verkleidung«, sagte er.

»Verkleidung?«, protestierte Laura. »Das ist meine Nachtischuniform. In der Nonnenschule habe ich gelernt, dass eine gute Hausfrau stets ihr eigenes Dessert sein sollte.«

»Es lebe die Nonnenschule!«, sagte Pompon und reichte ihr seinen Teller.

»Und wer darf sich auf den Nachtisch freuen?«

Obwohl Pierre es war, der die Frage gestellt hatte, suchte Laura mit ihren Augen Harry.

»Nur wer seinen Teller leer gegessen hat«, sagte sie und blies sich eine Locke aus der Stirn.

Bei dem Blick aus ihren schwarzen Augen erwachte Dada aus tiefstem Schlummer. Harry atmete durch. Doch Laura war schon wieder beschäftigt.

»Wie hieß die Suppe noch mal?«, wollte Pompon wissen.

»Bananenbrühe mit tintengefärbtem Sago-Kaviar«, erklärte Laura, während sie seinen Teller auffüllte. »Auch *consommé de vérité* genannt – Wahrheitssuppe. Sie stärkt nicht nur den Körper, sondern vor allem den Geist. Aber was ziehen Sie für ein Gesicht?«

Harry musste an sich halten, um nicht laut loszulachen. Pompon hatte den Löffel schon zum Mund geführt, doch plötzlich bremste er ab, als habe man ihm Gift serviert. Mit gefurchter Stirn und spitzen Lippen nahm er einen Tropfen von der Suppe.

»Nun?«, fragte Laura. »Wie lautet das Urteil Eurer Heiligkeit?«

»Man kann das Gebräu kaum genießen, so abscheulich schmeckt es.« Pompon schüttelte sich. »Was wir damit sagen wollen«, fügte er dann, wieder ganz Papst, hinzu, »Ihre Suppe ist im höchsten Grade – *phantastisch*!«

3

Unter dem Beifall der Gäste verließen sie das *Café Flore.* Obwohl Laura in lautes Triumphgeheul hätte ausbrechen können, wahrte sie die Haltung, die man von einer neu gekrönten Musen-Majestät erwarten durfte. Ohne ihre Untertanen eines Blickes zu würdigen, hakte sie sich bei Harry ein und zog das feierlichste Gesicht, zu dem sie fähig war. Doch der Weg bis zur Tür war wie ein verwunschener Pfad, der mit jedem Schritt ein Stückchen länger statt kürzer zu werden schien.

»Was für ein Debüt«, sagte Harry, als sie endlich auf der Straße waren.

»Du meinst, ich habe sie erobert?«, fragte Laura und hüpfte um ihn herum.

»Erobert? Du hast sie verzaubert!«

Laura sah ein Blitzen in seinen Augen. War das Dada, der ihr ein Zeichen gab? Sie spürte noch einmal den Kuss, den Harry ihr gegeben hatte, und ihre Knie wurden weich. Doch statt sie erneut zu küssen, schaute er in den Himmel.

»Der Regen hat aufgehört«, sagte er. »Was meinst du – bist du schon müde, oder machen wir noch einen Spaziergang?«

»Einen Spaziergang. Müde bin ich erst, wenn ich schlafe.«

Die meisten Lichter in den Häusern waren erloschen, einsam und verlassen lag vor ihnen der Boulevard. Nur eine einzelne Gestalt huschte über die Kreuzung und verschwand im Schatten der Kirche. Während sie Hand in Hand durch die leeren Straßen in Richtung Seine schlenderten, war es so still, dass Laura glaubte, das Singen der Sterne zu hören, die hier und da zwischen den Wolken blinkten. Tief sog sie die feuchte Nachtluft ein. In nur wenigen Stunden würde der neue Tag anbrechen, aber sie fühlte sich so hell und wach, als wäre sie gerade erst aufgestanden. Obwohl sie keinen Tropfen Alkohol getrunken hatte, war sie immer noch wie berauscht. Von all den Worten und Ideen und Gesprächen der vergangenen Stunden, die in ihr perlten wie Champagner.

»Wie haben dir meine Freunde gefallen?«, wollte Harry wissen, als sie den Pont Neuf erreichten.

»Es ist, als hätte ich endlich meine wahre Familie gefunden. Meine alte Familie hat mir immer einreden wollen, ich wäre verrückt. Jetzt weiß ich, dass ich es bin.«

»Gott sei Dank!«, lachte Harry. »Aber was hättest du gemacht, wenn einer von deinen neuen Brüdern und Cousins seinen Teller tatsächlich leer gegessen hätte?«

»Du meinst – wegen dem Nachtisch?« Neugierig blickte Laura ihn von der Seite an. »Hattest du etwa Angst?«

»Pompon hat fast die ganze Suppe ausgelöffelt«, sagte er, ohne ihren Blick zu erwidern. »Obwohl er sich fürchterlich geekelt hat. Was meinst du wohl, warum er das getan hat?«

»Dafür hat er von dem Austern-Hasen nur zwei Bissen geschafft. Und die kandierte Nachtigall hat er nicht mal angerührt. Dabei habe ich mir mit der die größte Mühe gegeben. Nein, er hatte keinen Nachtisch verdient, genauso wenig wie die anderen.«

»Er hat den ganzen Abend nur mit dir gesprochen. Er hat für dich sogar sein Wahrheitsspiel geopfert.«

»Ist da vielleicht jemand eifersüchtig?«

»Unsinn! Aber weißt du, wie oft er *phantastisch* gesagt hat? Sechsundzwanzig Mal!«

»Hast du etwa mitgezählt?«

»Natürlich! Das ist einsamer Rekord. So aus dem Häuschen habe ich Pompon noch nie erlebt, nicht mal bei …«

Plötzlich blieb Harry stehen.

»Florence?«

Laura schaute in die Richtung der Cité. Vor ihnen, in der steinernen Ausbuchtung des Brückengeländers, wartete die Elfe.

»Was willst du?«, fragte Harry. »Hast du uns etwa aufgelauert?«

»Ich muss mit dir sprechen«, sagte Florence.

»Siehst du nicht, dass ich in Begleitung bin?«

»Ich lass mich nicht mehr von dir abwimmeln! Es geht um uns beide! Um dich und mich!«

Harry fasste Laura am Arm. »Komm, gehen wir nach Hause!«

»Ich warne dich! Du musst mir zuhören! Oder es geschieht ein Unglück!«

Statt ihr zu antworten, machte Harry auf dem Absatz kehrt. Dabei zog er Laura so energisch mit sich fort, dass ihr nichts anderes übrig blieb, als ihm zu folgen.

»Harry!«, rief Florence. »Wenn du jetzt gehst, bringe ich mich um!«

Entsetzt blieb Laura stehen. Tatsächlich! Die Elfe war auf die Brüstung geklettert und bereit zum Sprung.

»Du hast deinen Badeanzug vergessen!«, rief Harry ihr über die Schulter zu.

»Gott möge euch beide für immer strafen!« Mit dem Fluch auf den Lippen, sprang Florence in die Tiefe.

»Um Himmels willen!«

Mit einem Schlag war Laura nüchtern. Sie riss sich von Harry los und stürzte zum Geländer. Schwarz und böse schäumten die Fluten der Seine zwischen den Brückenpfeilern hervor. Von der Elfe war weit und breit keine Spur.

»Kümmere dich nicht um sie«, sagte Harry. »Das Wasser ist so kalt, da hat kein Mensch Lust zum Ertrinken.«

»Bist du wahnsinnig?«

Ohne auf ihn zu achten, rannte Laura los. Sie wusste nicht, was sie tun konnte – aber irgendetwas *musste* sie tun! Sie war bereit, sich in die Fluten zu stürzen, und spürte schon das kalte Wasser.

Sie hatte das Ende der Brücke noch nicht erreicht, da sah sie einen weißen Schatten im Fluss. Die Elfe! Wie Hamlets Ophelia trieb sie die Strömung hinab. Gespenstisch bauschte sich ihr Kleid und trug sie empor. Die Liebe hatte sie in den Tod getrieben ... Außer Atem blieb Laura stehen und stützte sich auf das Geländer. Aber was war das? Als die Leiche in die Nähe des Ufers kam, erhob sie sich aus den Fluten. Nein, Ophelia hatte sich nicht ertränkt – Ophelia lebte! Als hätte sie nur ein nächtliches Bad genommen, strich Florence sich die nasse Lockenpracht aus dem Gesicht und kehrte zurück an Land.

»Sie hat es mal wieder geschafft«, knurrte Harry. »Immer muss sie im Mittelpunkt stehen.« Er formte seine Hände zu einem Trichter vor dem Mund und beugte sich über die Brüstung: »Den Hustensaft findest du im Badezimmerschrank, Liebling! Zweite Schublade von unten!«

Für einen Moment verschlug es Laura die Sprache. Dann musste sie prusten vor Lachen.

Harry grinste. »Ich hab doch gleich gesagt, du brauchst dir keine Sorgen zu machen.« Er nahm ihr Kinn in die Hand, und während das Grinsen von seinen Lippen verschwand, schaute er sie an. Sogar in der Nacht waren seine Augen so blau wie ein klarer kalter Winterhimmel. »Mein Gott, womit habe ich dich eigentlich verdient?«

Auf einmal war Laura so feierlich zumute wie in einer Kirche.

»Langsam glaube ich wirklich, du bist der Große Zauberer«, sagte sie.

Er beugte sich vor, um sie zu küssen. Laura schloss die Augen. Und als sie seinen Kuss erwiderte, spürte sie, wie sehr er sich nach ihr sehnte, so deutlich, als würde ein Zauberstab sie berühren.

»Was ich dich noch fragen wollte«, flüsterte sie. »Hast *du* deinen Teller eigentlich leer gegessen?«

4

Längst graute der Himmel über den Dächern der Stadt, und von der Straße drangen die Geräusche des Morgens in die Mansardenwohnung herauf. Paris erwachte. Doch Harry stand immer noch vor seiner Staffelei und malte.

»Was würde dich mehr inspirieren?«, fragte Laura. »Wenn ich meine Locken anzünde? Oder soll ich lieber Mozart zweistimmig furzen?«

Harry antwortete nur mit einem unartikulierten Brummen.

»Oder wie wär's mit einem Nonnentanz? Schließlich bin ich deine Muse. Und als solche bin ich laut Dienstvertrag verpflichtet, alle Viertelstunde eine Inspiration zu produzieren. Das habe ich erst neulich in der Zeitung gelesen.«

Wieder keine Reaktion. Laura fühlt sich, als hätte sie einen Kater. Niemals nüchtern sein? Das Leben als Rausch? Sie war sich ganz sicher gewesen, dass Dada sie heute erlösen würde. Sie hatte ihn so deutlich gespürt beim Kuss auf dem Pont Neuf. Keine zehn Minuten hatte der Weg von dort in die Rue Jacob gedauert, wo sie mit Harry in zwei Dachzimmern hauste. Doch Dada hatte sie im

Stich gelassen. Statt sie zu küssen und über sie herzufallen und ihr die Kleider vom Leib zu reißen, war Harry an die Staffelei gegangen, kaum dass er die Tür hinter sich zugemacht hatte. Er hatte nur die Idee für ein Bild skizzieren wollen. Das war jetzt zwei Stunden her.

Warum wollte er nichts von ihr wissen? Aus Angst vor den drei Worten, die er versprochen hatte, niemals zu ihr zu sagen?

Obwohl ihre Wohnung so winzig klein war, dass sie kaum genug Platz für all die unverkäuflichen Bilder bot, die sich an den Wänden stapelten, hatte Harry sein Gelübde gehalten – sechs endlose eiserne Wochen lang.

»Manchmal sehne ich mich fast nach meinem Apfelprofessor zurück.«

Laura hatte eigentlich nur mit sich selber gesprochen, aber Harry hatte sie gehört.

»Bereust du, dass du mit mir gekommen bist? Dann vergiss bitte eines nicht – du hast das für dich getan.«

»Das habe ich auch, verdammt noch mal! Trotzdem ...«

Ohne den Pinsel aus der Hand zu legen, schaute er von der Staffelei auf. »Trotzdem was?«

»Ach nichts!«

Am liebsten hätte sie sich in Luft aufgelöst, aber weil das nicht ging, wandte sie sich wieder ihrem eigenen Bild zu, einem Selbstporträt, das sie gleich nach ihrer Ankunft in Paris angefangen hatte, mit dem sie aber nicht vom Fleck kam. Sie hatte von Harry Sehen und Malen und Leben lernen wollen. Malen hatte sie gelernt. Sie hatte riesige Fortschritte gemacht, sich neue Techniken angeeignet, neue Ausdrucksmöglichkeiten entdeckt – Professor Bonenfant hätte gestaunt! Aber leben? Sie konnte sich nicht entscheiden, ob sie sich auf ihrem Bild als Wildpferd oder Schaukelpferd darstellen sollte. Wenn das so weiterging, würde sie eines Tages enden wie Florence – eine hysterische Muse, die sich aus unerfüllter Liebe in die Seine stürzte. Und Harry malte und malte, als ginge ihn das alles gar nichts an.

»Was ist das eigentlich für ein Manifest, das du geschrieben hast?«, fragte sie mit möglichst gleichgültiger Stimme.

»Über Erektionsgefahr?«

»Ja, deine Abhandlung gegen das klerikale Ungeziefer.«

»Wenn es dich interessiert – das Manuskript ist in meiner Jacke.«

Sie legte den Pinsel beiseite, um die Blätter zu holen. Sie hatte noch keine zwei Sätze gelesen, da hielt sie die Luft an. Der Text war eine Aneinanderreihung der schamlosesten Begriffe, die sie je schwarz auf weiß gesehen hatte. Da war vom Expertenfick die Rede, vom Brot- und Butterfick, von Küssen auf sündige Körperteile, Küssen auf brave Körperteile, Küssen nach Taubenart, Küssen ohne Hintergedanken, mondänen Küssen. Und immer wieder von Erektionen. *Die Liebe ist der Todfeind der christlichen Moral …* Das hatte Harry geschrieben – ausgerechnet! Derselbe Mann, der an ihrer Seite lebte wie ein Mönch!

Laura war so wütend, dass sie seinen Verbalerguss am liebsten in den Kamin geworfen hätte, aber es gab in der Wohnung keinen. Gleichzeitig, und das machte sie noch wütender, bewunderte sie seine Willenskraft. Er begehrte sie doch genauso wie sie ihn! Jeder Blick war der Beweis! Aber Liebe und Freiheit, so hatte er ihr erklärt, würden einander ausschließen, und er habe sich für die Freiheit entschieden.

Aus den Augenwinkeln schielte sie zu ihm hinüber. Harry hasste es, wenn man ihn beim Malen beobachtete, nicht mal Fragen nach dem Fortschritt seiner Arbeit durfte man ihm stellen, so wenig wie einem Priester, der gerade Brot und Wein wandelte. Ein klammheimlicher Verdacht beschlich Laura. Bestand am Ende wirklich ein Zusammenhang zwischen seiner Enthaltsamkeit und seiner unglaublichen Produktivität? Sie stellte sich vor, wie statt Farbe sein Sperma aus dem Pinsel auf die Leinwand quoll.

»Wenn du Lust auf einen Mann hast – ich glaube, Pompon wäre nicht abgeneigt«, sagte Harry, der ihre Gedanken zu ahnen schien. »Aber deshalb musst du doch nicht rot werden!«, lachte er, als er ihr Gesicht sah. »Bitte bediene dich, mir macht es nichts aus!«

Laura drehte das Radio an, damit er nicht merkte, wie sehr sein Vorschlag sie verletzte. Genauso hatte er mit Florence geredet, in der Galerie von Bertram Amrose. Während aus dem Radio ein leiser Akkordeonwalzer ertönte, griff Laura wieder zu ihrem Pinsel, um nur nicht nichts zu tun. War sie zu ewiger Jungfernschaft verdammt? Manchmal träumte sie von dem Haus ihrer Eltern. Es war ein finsterer Kerker gewesen, gewiss, aber wenigstens ein großer. Hier lebte sie in einer Wohnung, die ihr Vater keinem Dienstboten zugemutet hätte, und das Geld war so knapp, dass sie manchmal drei Tage lang keine warme Mahlzeit zu sich nahm. Ihre einzigen regelmäßigen Einkünfte waren die Überweisungen ihrer Mutter. Sie schickte jeden Monat fünfzig Pfund, damit Laura endlich zum Arzt ging – wegen der *Sache.* Doch sie war nie beim Arzt gewesen. Alles Geld, das sie hatten, ging für die Miete drauf. Und für die Rechnungen im *Café Flore.*

»Fertig«, sagte Harry. »Willst du mal sehen?«

Die ganze Zeit hatte er mit höchster Konzentration gemalt. Jetzt wirkte er plötzlich todmüde. Sein Gesicht war grau, und seine Augen lagen in tiefen Höhlen. Während er sich den Kittel auszog, trat Laura zu ihm an die Staffelei.

Als sie das Bild sah, machte sie unwillkürlich einen Schritt zurück.

Eine Furie in schreienden Farben sprang ihr von der Leinwand entgegen, ein furchterregender, wütend bedrohlicher Drache, der alles, was sich ihm in den Weg stellte, zerstörte und vernichtete. Nur ein kleines, zierliches Vogelwesen versuchte, ihn aufzuhalten – Dada, der Vogelobere, Harrys Alter Ego, das auf seinen Bildern immer wiederkehrte.

»Was ist?«, fragte er. »Gefällt es dir nicht?«

Eine Weile stand Laura einfach nur da und staunte. Würde sie jemals fähig sein, so etwas zu malen? Harry hatte den Auftritt seiner Frau einfach in Kunst verwandelt. Der Drache war Florence und zugleich viel mehr: das ganze Drama des Lebens, mit all seinen Ängsten und all den dunklen Mächten, die es bedrohten. Simsalabim.

»Was für ein wunderbares Bild …«

»Nicht wahr?«, erwiderte er. »Ein weiteres wunderbares Bild, das jedoch leider, leider unverkäuflich sein wird. Wie alle anderen Bilder, die ich seit unserer Rückkehr gemalt habe.«

»Die Pariser sind Idioten«, sagte Laura. »In London wärst du ein reicher Mann.«

»Es ist, als hätte jemand das Licht ausgeknipst. Die Galeristen wollen nichts mehr von mir wissen, und die Sammler lassen sich nicht blicken. Irgendjemand versucht, mir das Wasser abzugraben.« Er sah aus wie ein großer Junge, den man um seinen Lohn betrogen hat.

»Armer Harry.« Obwohl Laura gerade noch so wütend auf ihn gewesen war, dass sie ihn am liebsten erwürgt hätte, erfasste sie eine Woge der Zärtlichkeit, die ihren Körper regelrecht flutete. Der Anblick eines seiner Bilder reichte, um ihm alles zu verzeihen. »Hast du eine Ahnung, wer dir schaden will?«

Harry zuckte die Schultern. »Nicht im Geringsten. Ich tue doch keiner Fliege was zuleide.«

»Lass dich nicht verrückt machen!«, sagte Laura. »Pompon hat erzählt, dass nächste Woche irgendeine reiche Amerikanerin nach Paris kommt. Mit einem Flugzeug voller Dollars, um Bilder zu kaufen.«

»Debbie Jacobs«, sagte Harry verächtlich. »Die klappert die Ateliers von ganz Europa ab, um in New York ein Museum zu eröffnen. Als wären Ateliers Warenhäuser und Bilder Kurzwaren oder Unterwäsche. Weil die Amis selbst keine Kunst haben, glauben sie, sie könnten sie kaufen.«

»Und ob die Amis Kunst haben!«, protestierte Laura. »Hast du schon mal ihre Geldscheine gesehen? Schönere Kunstwerke kann ich mir im Moment gar nicht vorstellen!«

»Meine kleine nüchterne Engländerin«, sagte er und lächelte

sie an. »Mach dir keine Sorgen. Ich bin ja bereit, dieses amerikanische Monster zu empfangen.« Dann wurde sein Gesicht ernst. »Und zwar deinetwegen.«

»Meinetwegen?«

Laura erschrak. Der letzte Brief ihrer Mutter – sie hatte ihn aus Versehen auf dem Küchentisch liegen lassen. Hatte Harry ihn gelesen und wusste von ihrem Geheimnis?

»Ja, deinetwegen«, bestätigte er. »Ich habe vorgestern bei Lafayette einen Anzug anprobiert, den ich mir leider nicht leisten kann. Um ihn nicht kaufen zu müssen, habe ich ihn eine Stunde lang im Kaufhaus spazieren getragen, durch sämtliche Abteilungen, bis ich ihn leid war. Dabei habe ich ein Kleid gesehen, das dir großartig stehen müsste. Es sieht aus wie der Duft eines zarten Parfüms.«

»Ach Harry«, sagte sie und hauchte ihm einen Kuss auf die Wange. »Was bist du nur für ein wunderbares Ungeheuer? Zum Glück habe ich es aufgegeben, dich zu verstehen.«

»Das zeichnet dich vor allen anderen Frauen aus«, sagte er. »Aber pssst! Halt mal den Mund!«

Er lief zum Radio und drehte den Ton lauter. Gerade hatten die Nachrichten begonnen. Der Sprecher redete furchtbar schnell, und Laura musste sich höllisch anstrengen, um den französischen Wortschwall zu verstehen. Auch wenn sie nicht jeden Satz mitbekam, begriff sie doch den Sinn der Nachricht. Sie betraf den Mann, der vor ihr stand.

»… die Ausstellung *Entartete Kunst* schlägt in Deutschland derzeit alle Rekorde. Schon zwei Millionen Besucher haben die Sammlung der Nazi-Regierung gesehen. Sechshundertfünfzig konfiszierte Werke aus zweiunddreißig Museen, die nach der Ausstellung zerstört werden sollen, darunter Bilder von Ernst Barlach, Max Beckmann, Lovis Corinth, Otto Dix, Harry Winter …«

5

In endlosen Schleifen wand sich die Menschenschlange auf dem mit Hakenkreuzfahnen beflaggten Domplatz und wartete auf Einlass. Hunderte neugieriger Männer und Frauen wollten an diesem nasskalten Vormittag die Wanderausstellung sehen, die in einer Reihe umgebauter Möbelwagen untergebracht war und nun auf dem Weg zwischen München und Hamburg in Köln Station machte. In den Transportern hatte Propagandaminister Joseph Goebbels alles zusammentragen lassen, was die Nazis unter Kulturbolschewismus verstanden. Bobby Winter, der sich schon seit über einer Stunde die Beine in den Bauch stand, las zum x-ten Mal die Ankündigung auf den Plakaten, mit denen die Wagen beklebt waren.

Entartete Kunst… Gequälte Leinwand… Seelische Verwesung… Krankhafte Phantasien… Geisteskranke Nichtskönner… Seht Euch das an! Urteilt selbst! Besucht die Ausstellung!

Alle Deutschen waren aufgerufen, sich die Werke der verfemten Künstler anzuschauen – zur Erziehung im arischen Geist. Bobby hatte lange gezögert, bevor er sich entschlossen hatte, die Ausstellung zu besuchen. Wollte er die Bilder seines Vaters wirklich sehen? Er war gerade drei Jahre alt gewesen, als Harry ihn und seine Mutter Mathilde wegen einer anderen Frau verlassen hatte. Bobby hatte damals beim Abschied gebrüllt wie am Spieß und wollte sich nicht mehr von ihm auf den Arm nehmen lassen. Seitdem hasste er ihn, mitsamt seiner Kunst, und als der Vater seiner jetzigen Frau Florence, ein hoher französischer Polizeioffizier, kürzlich aus Paris angerufen hatte, um sich nach irgendwelchen Papieren zu erkundigen, hatte Bobby keine Sekunde gezögert, ihm die gewünschten Auskünfte zu geben. Warum war er trotzdem hierhergekommen? Nur weil sein Chef, in dessen Buchdruckerei er als Lehrling arbeitete, ihm dafür den Vormittag frei gegeben hatte? Oder weil es vielleicht die letzte Möglichkeit war, sich von seinem Vater zu verabschieden, bevor er Deutschland für immer verließ, um nach Amerika auszuwandern?

»Na endlich!«

Plötzlich öffnete sich die Tür, ein Ruck ging durch die Reihe, und Bobby wurde in die Ausstellung gelassen. In dem umgebauten Möbelwagen war es so eng, dass man vor lauter Menschen kaum atmen konnte. Trotz des Gewühls erkannte Bobby sogleich ein Bild seines Vaters, es sprang ihm förmlich von der Wand entgegen: *Die Vogelhändlerin* – das Bildnis einer splitternackten Frau, deren Schoß nur durch eine weiße Taube verdeckt wurde. Im selben Moment bereute Bobby, dass er gekommen war. Vor der Absperrung stauten sich die Menschen zu einer riesigen Traube. Einige Betrachter beugten sich sogar über das Seil, um zu erspähen, was sich hinter dem Vogel verbarg, kichernd und mit lüsternem Grinsen. Der Anblick rief in Bobby all das in Erinnerung, was er an seinem Vater hasste. Dada, der Vogelobere … Der Frauenheld und Schürzenjäger, der seine Familie verraten hatte, um sich mit irgendwelchen Weibern zu amüsieren …

»Und so was nennt sich Kunst!«, sagte jemand hinter ihm in der Schlange. »Eine Verhöhnung der deutschen Frau ist das!«

Der Mann hatte eine Glatze, und zwischen seinen Lippen wanderte eine Zigarre hin und her, während seine Glupschaugen wie Saugnäpfe an dem Bild hingen. Bobby wurde übel. Selbsternannte Übermenschen wie dieser Fettsack, der sich an dem Bild seines Vaters aufgeilte, indem er sich darüber empörte, waren der Grund, warum seine Mutter 1933 aus Deutschland nach Paris geflohen war und ihn bis jetzt bei seinen Großeltern zurückgelassen hatte, damit er seine Lehre zu Ende bringen konnte. Unwillkürlich tastete Bobby nach dem Visum in der Brusttasche seines Jacketts. Seit der amerikanische Konsul es ihm ausgehändigt hatte, trug er es ständig am Körper.

»Solche Bilder gehören verbrannt!«, sagte der Zigarrenraucher.

»Richtig!«, bestätigte ein Nebenstehender. »Und die Dreckschweine, die so was malen, gleich dazu!«

Abermals krampfte sich Bobby der Magen zusammen, und seine Hände wurden feucht. Was würde passieren, wenn ihn jemand erkannte? Er war der Sohn eines dieser »Dreckschweine«, und dazu ein halber Jude! Nein, es war ein Fehler gewesen, die Ausstellung zu besuchen. Sowenig er das Bild seines Vaters ertrug – noch schlimmer waren diese gemeingefährlichen Spanner. Auf dem Absatz machte er kehrt und drängte zum Ausgang. Während er um sich spähte, ob irgendwo Gestapo lauerte, schnarrte aus einem Lautsprecher die Stimme Adolf Hitlers auf ihn herab:

»Als die Vorsehung mich zu eurem Führer bestimmte, habe ich geschworen, kurzen Prozess mit dieser Entartung zu machen. Das deutsche Volk verdient es, vor diesen kranken Hirnen beschützt zu werden. Diese Schänder der Schönheit und der Kunst gehören in geschlossene Anstalten für kriminelle Irre, bis sie wieder lernen, was deutsche Wesensart heißt.«

Es war, als ob Jauche von der Decke spritzen würde. Doch die Besucher der Ausstellung starrten zu dem Lautsprecher hinauf, als rieselte Manna auf sie herab, und eine Frau bekreuzigte sich. Bobby konnte es nicht fassen. Begriff sie denn nicht, dass es genau umgekehrt war? Dass sie sich selber in einem gigantischen Irrenhaus befand? Und die Maler dieser Ausstellung vielleicht die einzigen Normalen waren, die es in diesem Land noch gab?

Der Gedanke überkam Bobby wie eine Erleuchtung. Im selben Augenblick spürte er einen unbändigen Stolz. Hitler und seine Übermenschen hatten vor den Bildern seines Vaters Angst! So große Angst, dass sie ihren ganzen Machtapparat mobilisierten, um sie zu vernichten!

»Nun, was halten Sie von dem Schweinkram?«, fragte ein Aufseher, als er den Wagen verließ.

Bobby blickte den Mann an: ein offenes, sympathisches Gesicht, aus dem zwei freundliche blaue Augen schauten, dazu zahllose kleine Lachfalten an den Schläfen.

»Mein Vater gehört zu den Künstlern der Ausstellung«, platzte es aus Bobby heraus.

Die Lachfalten des Aufsehers strafften sich. »Was sagen Sie da?«

Bobby spürte den Atem auf seiner Haut. Der Mann roch nach rohen Zwiebeln und Fisch – wahrscheinlich hatte er Matjes-Heringe zum Frühstück gegessen.

Plötzlich hatte Bobby das Gefühl, dass es der Atem des Todes war, der ihn aus diesem freundlichen Gesicht anwehte. Panisch vor Angst lief er davon.

Irgendwo hinter dem Dom, zwischen zwei Masten mit Hakenkreuzfahnen, fand er eine öffentliche Toilette. Zum Glück war sie frei. Noch während er die Tür hinter sich zuzog, beugte er sich über die Schüssel, um sich zu übergeben, eine Hand an die Brust gepresst, damit das Visum nicht aus der Tasche rutschte.

6

Der Polizeibeamte, der in der Wachstube der Rue Jacob an diesem Abend Dienst hatte, goss gerade einen Gummibaum, als Harry mit seiner Vorladung das Polizeirevier betrat. In der Ecke gegenüber der Tür bullerte ein Kanonenofen und verbreitete eine gemütlich muffige Wärme.

»Hier steht, Sie wollen mich aus Frankreich ausweisen«, sagte Harry. »Wie kommen Sie dazu?«

Ohne seine Arbeit zu unterbrechen, warf der Beamte einen Blick auf das Papier. »Können Sie nicht lesen? Sie sind ein ›unerwünschter Ausländer‹.«

»Ich? Ausländer? In Paris?« Harry schnappte nach Luft. »Dass ich nicht lache!«

»Lachen Sie nur, Lachen ist gesund. Aber es wird Ihnen nichts nützen.« Der Polizist stellte die mit Wasser gefüllte Weinflasche ab, die er als Gießkanne benutzt hatte, und setzte sich an seinen Schreibtisch. »Wie ich sehe«, sagte er, während er in irgendwelchen Unterlagen blätterte, »sind Sie immer noch in Deutschland gemeldet.«

»Ja und?«, erwiderte Harry. »Ich lebe bereits seit 1925 in Paris. Ich habe eine gültige Aufenthaltsgenehmigung.«

»Mag sein. Aber das ist ja das Problem. Weil Sie gleichzeitig in Deutschland registriert sind. In Köln.« Der Beamte runzelte die Brauen und schaute von seinen Unterlagen auf. »Gibt es da nicht diesen seltsamen Dom, der nie fertig wird?«

Harry witterte Morgenluft. Wenn ein Mensch sich für Architektur interessierte, dann … Doch bevor er antworten konnte, wurde die Miene des Polizisten schon wieder amtlich.

»Sie haben zwei Wochen Zeit, das Land zu verlassen«, sagte er und klappte seinen Aktendeckel zu. »Die französische Regierung duldet keine doppelte Staatsangehörigkeit.«

»Zwei Wochen?«

Harry verschlug es die Sprache. Vor drei Tagen erst hatte er Post aus Deutschland bekommen – von seinem Sohn, der seit Jahren nichts mehr von ihm hatte wissen wollen! Bobby hatte geschrieben, dass er ihn besuchen komme, hier in Paris. Um sich mit seinem Vater auszusprechen, bevor er weiter nach New York reise. Harry hatte sich derart darüber gefreut, dass er im *Café Flore* eine Lokalrunde geschmissen hatte. Die Vorstellung, dass Bobby jetzt vielleicht nach Paris kam, während er selber zurück nach Köln musste, war dagegen so grotesk, dass es fast schon wieder komisch war.

»Sie können mich nicht ausweisen«, erklärte Harry.

»Und warum nicht?«, wollte der Beamte wissen.

»Ich gelte in Deutschland als entarteter Künstler. Wenn Sie mich dahin zurückschicken, können Sie mich gleich in ein Konzentrationslager stecken.«

»Entarteter Künstler?«, fragte der Polizist. »Was ist das? So etwas kennen wir hier nicht.«

»Eben darum lebe ich hier!«, rief Harry. »Paris ist die Stadt der Freiheit! Die einzige Stadt in Europa, in der man noch atmen kann!«

Ein geschmeicheltes Lächeln huschte über das Gesicht des Polizisten. Harry sah es mit Erleichterung. Der Glaube der Pariser an ihren eigenen Mythos war ungebrochen, und wer sie darin bestätigte, war ihr Freund – trotz Tausender Flüchtlinge aus Deutschland und Italien, die in der Illegalität beinahe verreckten, weil sie in Paris nicht arbeiten durften.

Harry beugte sich über den Schreibtisch und tippte auf das Dossier.

»Wer hat mich denunziert?«, fragte er. »Bestimmt irgendein gottverdammter Nazi, oder?«

Der Beamte wollte etwas erwidern, doch jemand anderes kam ihm zuvor.

»Das wollen wir nicht hoffen.«

Harry drehte sich um. Herein kam ein Zivilist mit gewelltem braunen Haar, feinem Oberlippenbart und einer Nelke im Knopfloch – Monsieur Philibert, Florences Vater.

»Unsere Informationen stammen von Ihrem Herrn Sohn, Monsieur Winter. Ich hatte unlängst das Vergnügen, mit ihm zu telefonieren. Ein sehr aufgeweckter junger Mann. Und ihm wollen wir doch nicht unterstellen, dass er ein Nazi ist, nicht wahr?«

Er nahm mit einer Gesäßhälfte auf dem Schreibtisch Platz, und während er dem Beamten, der bei seinem Anblick salutierend in die Höhe geschossen war, mit einer Kopfbewegung bedeutete, den Raum zu verlassen, drehte er die leere Weinflasche in seiner Hand.

»Was ist das für ein Spiel, das Sie mit mir spielen?«, fragte Harry. »Ein *Jeu de vérité*?«

»Wie immer sehr geistreich, unser deutscher Herr Schwiegersohn. Ja, vielleicht haben Sie recht, vielleicht ist es wirklich ein Wahrheitsspiel.« Philibert warf die Flasche in einen Papierkorb und schaute Harry an. »Meine Tochter liebt Sie, Monsieur, der Himmel allein weiß, warum. Sie wollte sich Ihretwegen das Leben nehmen.«

»Sie kennen Florence so gut wie ich und wissen, dass sie nur Theater gespielt hat.«

»Theater? Nun, für Sie mag das alles eine Komödie sein, aber in meinen Augen ist das ein fürchterliches Drama. Meine Frau und ich haben versucht, unsere Tochter im Geist philosophischer Vernunft zu erziehen. Doch Sie haben sie in solche Verzweiflung gestürzt, dass sie wieder das Beten angefangen hat, wie ein unmündiges Kind!«

»Das gibt Ihnen kein Recht, mich aus dem Land zu jagen.«

»Sie wollen mich über französisches Recht belehren?«, fragte Philibert. »Na, dann wollen wir mal sehen.« Er nahm den Aktendeckel vom Schreibtisch und schlug ihn auf. »Welche regelmäßigen Einkünfte können Sie nachweisen?«

»Ich habe keine regelmäßigen Einkünfte. Ich bin Künstler. Das ist Ihnen bekannt.«

»Aber von irgendetwas müssen Sie doch leben. So will es nicht nur die Natur, sondern auch das Gesetz. Ihre Aufenthaltsgenehmigung ist an die Bedingung eines Einkommens geknüpft. Jetzt schauen Sie mich nicht so vorwurfsvoll an, ich habe das Gesetz nicht gemacht.« Er strich sich mit dem Zeigefinger über seinen Oberlippenbart. »Heraus mit der Sprache, mein Freund! Wovon bezahlen Sie Ihre Miete? Die Rechnungen im *Café Flore*? Sicher haben Sie Verkäufe getätigt! Ihre Bilder gelten unter Fachleuten ja als ganz große Kunst.«

Als Harry seinen höhnischen Blick erwiderte, wusste er plötzlich, wer ihn seit seiner Rückkehr aus London in Paris sabotierte. Niemand anderes als dieser Mann – Florences Vater. Sein Einfluss war groß genug, um ihn bei sämtlichen Galeristen und Sammlern der Stadt unmöglich zu machen. Außerdem würde eine solche Niedertracht zu ihm passen. Als Philibert vor Jahren erfahren hatte, dass Harry und Florence eine Liaison unterhielten, hatte er den deutschen Entführer seiner Tochter steckbrieflich suchen lassen und erst Ruhe gegeben, als Harry sich bereit erklärt hatte, die »Entehrte« mit einem Maiglöckchenstrauß zu heiraten.

Harry hätte dem Lackaffen am liebsten ins Gesicht gespuckt. Stattdessen sagte er: »Ich erwarte in Kürze den Besuch einer bedeutenden Kunstsammlerin. Debbie Jacobs, sicher haben Sie den Namen schon mal gehört – eine der reichsten Frauen Amerikas.

Sie hat die Absicht, ein Museum in New York mit meinen Bildern …«

»Amerikanische Kunstsammlerin? Museum in New York?«, fiel Philibert ihm ins Wort. »Papperlapapp! Ich will wissen, wovon Sie hier und jetzt leben – Ihr Wolkenkuckucksheim interessiert mich so wenig wie der St. Nimmerleinstag. Darum zum allerletzten Mal: Was sind Ihre Einkünfte?«

Harry fühlte sich wie ein Mann, dem man schon das Hemd ausgezogen hatte und der nun auch noch die Hosen runterlassen sollte.

»Bin ich wirklich verpflichtet, Ihnen darüber Auskunft zu geben?«

»Ich fürchte ja. Andernfalls sehe ich nur noch die Möglichkeit – nun ja, Sie wissen schon.«

Harry atmete tief durch, und obwohl die Worte ihm kaum über die Lippen kamen, sagte er schließlich: »Die Eltern meiner Verlobten sind sehr wohlhabend. Sie schicken uns jeden Monat fünfzig Pfund aus London. Wenn Sie darauf bestehen, kann ich Ihnen die Belege der Überweisungen …«

»Aha!«, rief Philibert und schlug mit der Hand auf den Schreibtisch. »Wir sind also verlobt – obwohl wir kaum geschieden sind!« Er trat auf Harry zu und stieß ihm seinen Zeigefinger auf die Brust, einmal, zweimal, dreimal, wie die Mündung einer Pistole. »Sie haben die Wahl, Monsieur Winter. Entweder Sie kehren zu Florence zurück und sorgen dafür, dass meine Tochter wieder glücklich wird – oder aber …« Er sprach den Satz nicht zu Ende. »Zwei Wochen, Monsieur. Keinen Tag mehr. – Ich wünsche noch einen schönen Abend.«

7

Wie es sich für den Empfang einer echten Jacobs gehörte, schien die Sonne von einem stahlblauen Winterhimmel herab, als Debbies Maschine zur Landung auf dem Flughafen Le Bourget ansetzte. Aus der Ferne grüßte mit schlanker Eleganz der Eiffelturm, und links und rechts der Seine wuselte das Leben auf den von Raureif glitzernden Boulevards und Plätzen, als würde ganz Paris zu einer Musette tanzen. Aufgeregt beugten die Passagiere sich zu den Fenstern, um sich gegenseitig die Stadt der Liebe zu zeigen, und auch Debbie wäre zweifellos beeindruckt gewesen – allein, sie hatte diesen Anblick schon so oft genossen, dass er sie so gleichgültig ließ wie der Anblick einer hübschen Postkarte, die man selber schon unzählige Male verschickt hatte.

Sie kam gerade aus London, wo sie ein Dutzend Bilder für das Museum gekauft hatte, das sie in New York eröffnen wollte: eine Sammlung zeitgenössischer Kunst, die alles bisher Dagewesene in den Schatten stellen würde – *The Century Gallery of Modern Art*. Sie hatte kürzlich ihren vierzigsten Geburtstag gefeiert, doch zum ersten Mal in ihrem Leben verfolgte sie ein Ziel, das nicht allein um die Verführung eines Mannes kreiste. Sie hatte vor Beginn ihrer Reise bereits in Amerika eine Liste von Malern erstellt, die in ihrem Museum vertreten sein sollten, und mit derselben Zielstrebigkeit, mit der sie früher die berühmtesten und attraktivsten Männer aller Herren Länder erobert hatte, kaufte sie nun in ganz Europa das Beste vom Besten, was der Kunstmarkt hergab: Jeden Tag ein Bild oder eine Skulptur – das war ihr Pensum. Sie wollte mit ihrer Sammlung die berühmte Kollektion ihres Onkels Samuel übertrumpfen, und ihr untrüglicher Instinkt für Geld, den sie – außer dem Geld selbst natürlich – von ihren Eltern geerbt hatte, sagte ihr, dass erstklassige Kunst wohl nie wieder so billig zu bekommen sein würde wie in diesen Zeiten, die verdächtig nach Krieg rochen. Ob man vielleicht auch nach Deutschland reisen sollte, bevor die Schießerei von vorn anfing?

Ein schwarzes, unförmiges Taxi, das bei jeder Lenkradumdrehung ganz von allein zu hupen schien, brachte Debbie in die Stadt. Sie liebte Paris noch mehr als New York – in ungefähr jedem zweiten der zwanzig Arrondissements dürfte sie eine Affäre gehabt haben, und obwohl die Franzosen im Bett meistens nicht hielten, was sie bei Tisch versprachen, gab es doch auf der ganzen Welt keine zweite Sorte Männer, die den Weg vom Tisch zum Bett auf so unterhaltsame Weise zu gestalten wussten wie sie.

Als ihr Taxi in die Rue Jacob einbog, spürte Debbie, wie die Hormone aus alter Gewohnheit ihre Wirkung entfalteten. Wenn die Gerüchte stimmten, sah Harry Winter außerordentlich gut aus und verfügte zudem über einen unwiderstehlichen Charme. Nachdenklich zupfte sie sich an ihrem Ohrring. Der Schmuck war ein selbst gefertigtes Andenken ihres letzten Protegés und Liebhabers. Sie hatte ihn nach einer Liebesnacht auf dem Kopfkissen gefunden. Sehr hübsch, aber fürchterlich schwer – ganz wie sein Schöpfer.

Ob Harry Winter sich wohl auch auf die Anfertigung von Schmuck verstand?

Das Taxi hielt vor einem Haus, für das Debbie nur der Begriff Bruchbude einfiel. Aber das hatte nichts zu bedeuten. Die herrlichsten Blumen blühten bekanntlich dort, wo man zuvor ordentlich Mist gedüngt hatte, und Kunst entstand nicht in den teuren Appartements der Champs-Élysées, sondern in so erbärmlichen Behausungen wie dieser, hervorgezaubert aus den stinkenden, verfaulten Abfällen der Stadt. Debbie war für eine Sekunde beeindruckt von der Klugheit ihres eigenen Gedankens. Vielleicht sollte sie darüber mal ein Buch schreiben? Es wäre eine wunderbare Ohrfeige für all die aufgeblasenen und langweiligen Idioten, die zusammen mit ihr in der Park Avenue lebten.

Mit ihrem doppelt beringten Zeigefinger klopfte sie an das Klappfenster der Concierge. »Wo finde ich Harry Winter?«

Ein bebrilltes Eulengesicht mit Lockenwicklern im Haar erschien in der Fensteröffnung. »Dritter Stock links, Dienstbotenaufgang.«

Im Treppenhaus roch es nach in schlechtem Öl gebratenem Fleisch, und der Putz blätterte von den Wänden. Debbie spürte ein angenehmes Kribbeln, als sie auf die Klingel drückte. Was für Abenteuer sich hier wohl schon ereignet hatten? Sie sah leidenschaftliche Umarmungen, hörte das Rascheln von Kleidern und atemlos geflüsterte Liebesworte, wie in den Romanen von Balzac und Maupassant.

Da ging die Tür auf.

Debbie hob die Brauen. Ihre Erwartungen wurden auf das Erfreulichste bestätigt, wenn nicht übertroffen. Obwohl der Mann in der Tür, der sie mit kalten blauen Augen empfing, schon an die fünfzig Jahre sein musste, war er phantastisch gebaut, und seine Nase glich dem Schnabel eines gefährlichen Raubvogels.

»Harry Winter?«, fragte sie. »Sind Sie es persönlich?«

»Nein, ich bin nur sein Butler. Wen darf ich melden?«

Was für eine unverschämte Lüge ... Ohne mit der Wimper zu zucken, ging sie auf sein Spiel ein.

»Debbie Jacobs. Ich werde erwartet.«

»Bitte gedulden Sie sich einen Augenblick. Monsieur Winter ist gerade sehr beschäftigt.«

Damit wandte er sich ab und ließ sie in der Tür stehen, die er im Gehen halb hinter sich zuzog, ohne sie hereinzubitten. Debbie war ziemlich perplex. Wenn das immer noch ein Spiel sein sollte, war es keins mehr, das ihr gefiel. Durch den Türspalt sah sie eine winzige Wohnung, die aus einem einzigen heillosen Durcheinander von Bildern und Staffeleien und Flohmarktmöbeln zu bestehen schien. Mitten in dem Chaos stand eine unverschämt hübsche, junge Frau, die ohne Weiteres seine Tochter hätte sein können, dies aber ganz offenbar nicht war. Sie war seine Geliebte, für so etwas hatte Debbie einen ebenso untrüglichen Instinkt wie für Geld. Die beiden verhielten sich, als hätte nie jemand an ihrer Tür geläutet. Harry Winter war extrem missgelaunt, er schien aufgebracht zu sein. Ohne Notiz von ihr zu nehmen, fluchte er in einem grauenhaften Englisch über irgendwelche Schwierigkeiten, die er offenbar mit den Behörden hatte.

»Wenn sie dich fortjagen«, erwiderte die junge Frau auf seine Tiraden, »komme ich mit nach Deutschland. Ich bin noch nie in Berlin gewesen.«

»Was willst du da?«, fragte er. »Hakenkreuze besichtigen? Ich kann in Deutschland nicht arbeiten. Ich habe da Berufsverbot!«

»Wunderbar – dann hast du ja jede Menge Zeit. Ich habe auch schon eine Idee, was wir dort machen. Wir verwandeln die Hakenkreuze in Windmühlen. Ein paar Pinselstriche genügen. Oder in Käsekästchen. Außerdem sind fünfzig Pfund in Reichsmark wahrscheinlich viel mehr wert als in französischen Francs. Ich habe gestern im Radio die Wechselkurse…« Mitten im Satz verstummte sie und hielt sich die Hand vor den Mund, als müsste sie sich übergeben.

»Was ist? Was hast du?«, wollte er wissen.

»Ich weiß nicht. Mir ist plötzlich nicht gut. Ich habe so komische Blähkrämpfe – im ganzen Leib, von der Brust bis in den Magen. Als würde sich alles in mir zusammenziehen, um sich dann wieder aufzupumpen.«

»Das hattest du letzte Woche auch schon«, sagte er, sichtlich besorgt. »Willst du, dass ich dir einen Tee brühe? Auf jeden Fall solltest du mal mit einem Arzt darüber reden. So was ist doch nicht normal.«

Noch während er sprach, öffnete er eine Tür, hinter der ein Stapel ungewaschenen Geschirrs zu erkennen gab, dass sich dort die Küche befand. Debbie hatte die Nase voll. War das Harry Winters berühmter Charme? Sie war zwar schlechtes Benehmen gewohnt, schließlich verkehrte sie seit Jahren mit Künstlern, aber das war mehr, als sie tolerieren konnte. Sie öffnete die Tür und betrat den Raum.

»Wenn Sie so freundlich sein würden, Monsieur Winter in Kenntnis zu setzen«, sagte sie, bevor er in der Küche verschwand. »Vielleicht haben Sie meinen Namen nicht verstanden. Debbie Jacobs«, wiederholte sie. »Aus New York.«

»Oh pardon, Madame, Sie sind Amerikanerin?« Harry Winter war plötzlich wie verwandelt. Dienstbeflissen wie ein Ladenschwengel knöpfte er sein Jackett zu, knallte die Hacken zusammen und machte drei Bücklinge auf einmal. »Das ist natürlich etwas anderes. Bitte entschuldigen Sie die Unannehmlichkeiten. Was kann ich für Sie tun?«

Debbie wusste nicht, ob sie sich geschmeichelt oder veralbert fühlen sollte. Aber war das so wichtig? Schließlich war sie wegen der Bilder hier, nicht wegen des Malers, und nach allem, was sie an den Wänden sah, hatte sich die Reise gelohnt. Vor allem ein Feuer speiender Drache hatte es ihr angetan. Welche Geschichte sich hinter dem Bild wohl verbarg?

»Ich bin gekommen, um ein paar Ankäufe zu tätigen«, antwortete sie.

»Ankäufe tätigen?«, wiederholte er mit einer weiteren Verbeugung. »Wunderbar! Das kann niemand so gut wie eine original amerikanische Amerikanerin aus New York! Aber«, fügte er mit der Unterwürfigkeit eines Warenhausverkäufers hinzu, »sind Sie sicher, dass Sie in der richtigen Abteilung sind? Die Damenunterwäsche befindet sich im ersten Stock.«

Debbie blieb die Luft weg. Eine solche Unverschämtheit war ihr noch nie untergekommen! Sie wollte auf dem Absatz kehrtmachen, um die Wohnung zu verlassen. Aber dann fiel ihr etwas Besseres ein. Seine kleine Geliebte schien auch zu malen, ihre Hände waren voller Farbreste, und nirgendwo konnte man einen Künstler empfindlicher treffen als bei seiner Eitelkeit.

»Ich trage keine Dessous – die stören nur, wenn es drauf ankommt«, erwiderte sie kühl. »Ich dachte eher an ein Gemälde oder eine Zeichnung. Allerdings bin ich nicht sicher, ob ich hier das Richtige finde.«

So abschätzig wie möglich ließ sie den Blick über die Bilder schweifen, die sie tatsächlich in helle Begeisterung versetzten. Wenn ihr Onkel die wunderbaren Schätze sehen könnte, die in dieser scheußlichen Mansardenwohnung versammelt waren, er würde vor Neid erblassen. Während sie innerlich bei dem Feuer speienden Drachen Abbitte leistete, wandte sie sich einem Ölgemälde zu, das sich deutlich von den übrigen Bildern unterschied. Es zeigte einen mächtigen roten Hengst und eine gelbe Stute in einem Baum.

»Die Pferde?«, fragte Harry Winter irritiert. »Ich hätte gewettet, dass Sie sich für den Drachen entscheiden.«

»Der Drache ist nicht schlecht«, sagte sie mit einem Schulterzucken. »Aber nichts im Vergleich zu den Pferden. Mir gefällt der Geist der Rebellion, den sie verkörpern«, fügte sie mit einem Blick auf seine Geliebte hinzu. »Die Pferde sehen aus, als hätten sie schon manchen Reiter in den Graben geworfen.«

Voller Genugtuung registrierte sie, wie schwer er an der Kröte zu schlucken hatte. Eine Muse war dazu da, den Meister zu bewundern – nicht, um ihn auszustechen!

»Eine hervorragende Wahl, ich gratuliere«, erwiderte er mit angesäuerter Miene. »Sie haben Glück: Die Künstlerin ist anwesend. Darf ich sie Ihnen gleich mit einpacken?«

8

Laura fühlte sich, als trüge sie nur den Hauch eines zarten Parfüms auf ihrem Leib. Gleich nachdem Debbie Jacobs den Scheck ausgestellt hatte, war Harry mit ihr in der Metro zur Opéra gefahren. Die Zurückweisung seiner Bilder durch die reiche Amerikanerin hatte ihn so sehr verletzt, dass sie schon geglaubt hatte, er wolle mit dem Geld den Anzug kaufen, in den er sich bei Lafayette verliebt hatte, um bessere Laune zu bekommen. Er hatte eine Schwäche für elegante Kleidung, und vor die Wahl gestellt, ob er sich eine neue Krawatte oder eine warme Mahlzeit leisten sollte, hätte er sich im Zweifelsfall stets für die Krawatte entschieden. Er war so eitel, dass er sich sogar sein weißes Haar quer über den Schädel kämmte, nur damit man seine Halbglatze nicht sah, und erzählte jedem, der es nicht wissen wollte, dass er immer noch ohne Brille die Zeitung lesen konnte. Doch statt zu den Herrenanzügen hatte er Laura schnurstracks zur Damenabteilung geführt.

Auf seinen Wunsch trug sie nun zum ersten Mal das Kleid, das er für sie entdeckt hatte, aus Anlass ihres ersten verkauften Bildes, den sie an diesem Abend zusammen mit ihren Freunden im *Café Flore* feierten. Immer wieder musste Laura in einen der Spiegel an den Wänden schauen. Die Göttin, die ihr da entgegenblickte: War das ihr wahres Ich – das unbekannte Gesicht ihrer Seele, das sie sich selbst so viele Jahre verboten hatte?

Heute Nacht wollte sie die Antwort wissen. Das Kleid war wie ein ärmelloses Hemd geschnitten, ein einziges seidiges Schmeicheln, und darunter war sie splitternackt. Jede Form von Unterwäsche wäre Sünde gewesen. Dieses Kleid war einzig zu dem Zweck geschaffen, dass seine Trägerin sich darin selber spürte, rein und unverfälscht – so, wie sie wirklich war. Konnte es ein besseres Gewand geben, um Harry zum Bruch seines elenden Gelübdes zu verführen? Selbst Pompon hatte große Augen gemacht und es »phantastisch« genannt. Als hätte sie sich mit Ameisensäure eingerieben, brannten auf ihrer Haut von allen Seiten begehrliche Blicke. Vor allem Roberto Jiménez, ein neuer Gast im *Café Flore*, ein mexikanischer Diplomat, dessen Leidenschaft angeblich der Stierkampf war, verschlang sie förmlich mit seinen dunklen Augen, die vor Sinnlichkeit glühten. Ein Raubtier, das auf Beute lauerte.

Nur Harry schien Laura nicht zu beachten. Er war in ein Gespräch mit Pompon vertieft.

»Du hast Pierre wirklich exkommuniziert?«, fragte er.

»Mir blieb keine andere Wahl, das Wahrheitsspiel hat so entschieden. Pierre Lauréat hat nichts mehr in unseren Reihen verloren.« Pompon reichte Harry ein Blatt Papier. »Hier, das musst du unterschreiben.«

»Was ist das?«

»Eine Resolution. Darin rufen wir zum Boykott seiner Gedichte auf.«

»Bist du verrückt? Eher besuche ich die Sonntagsmesse in Notre-Dame! Pierre ist mein Freund! Außerdem habe ich gerade andere Sorgen. Mein Schwiegervater will mich aus Frankreich ausweisen.«

»Deine privaten Probleme gehen uns nichts an. Das Einzige,

worauf es jetzt ankommt, ist die Bewegung! Wer nicht unterschreibt, wird gleichfalls exkommuniziert.«

»Das ist Gesinnungsterror«, rief Harry. »Du bist ja schlimmer als der Faschist Philibert!«

Während er sprach, spürte Laura, wie sich ein dunkler Schatten über sie senkte.

»Darf ich mich zu Ihnen setzen?«

Sie drehte sich um. Vor ihr stand der Mexikaner, mit einer Karaffe Wein in der Hand. Unwillkürlich zog sie den Träger ihres Kleides hoch.

»Ich dachte, Sie interessieren sich nur für Stiere?«, sagte sie.

»Ich interessiere mich nur für die Schönheit«, erwiderte er in einem harten Französisch, das nach Sonne und Wüste klang. »Ihr Begleiter scheint allerdings nicht viel davon zu verstehen. Sonst würde er Ihnen nicht die Anbetung verweigern, die er Ihnen schuldet.«

Laura schaute hinüber zu Harry, in der Hoffnung, dass er Robertos Worte hörte. Doch Harry kümmerte sich nicht die Bohne. Warum ließ er sie den ganzen Abend alleine hier hocken? Es war doch seine Idee gewesen, ihren ersten Verkauf im *Flore* zu feiern! Wieder spürte sie diese Blähkrämpfe im Leib. Vielleicht gab es ja einen einfachen Grund, warum Harry sie keines Blickes würdigte. Vielleicht war sie ihm gleichgültig geworden, noch bevor er sie jemals angerührt hatte. Weil sie ein kleines dummes Mädchen war, ein hübsches Spielzeug, das in seinen Augen gerade mal zur Muse taugte, mehr nicht … Wie ein gottverdammter Spießer, der sich am Stammtisch von seiner Ehe erholt, unterhielt Harry sich mit Pompon, und ohne sein Gespräch auch nur für eine Sekunde zu unterbrechen, prostete er ihr mit einem zerstreuten Lächeln und leeren Weinglas zu.

Sie blies sich eine Locke aus der Stirn.

Was dann geschah, passierte von ganz allein.

»Finden Sie es nicht auch fürchterlich heiß hier?«, fragte Laura.

Noch während sie sprach, stand sie von ihrem Platz auf und

ließ dabei das Kleid von ihrem Körper fallen. Nackt, wie Gott sie erschaffen hatte, stand sie plötzlich im Saal.

Im selben Moment waren alle Gespräche verstummt. Während die Stille sich rings um sie her ausbreitete wie in einer Kirche, drehte Harry sich zu ihr um.

Endlich, endlich schaute er sie an! Laura erwiderte seinen Blick. Sie sah die Begierde in seinen Augen, die Erregung, das Verlangen, mit dem Dada an die Festung seiner Willenskraft pochte.

Mit einem Lächeln streckte sie den Arm nach ihm aus. »Komm«, sagte sie. »Gehen wir nach Hause.«

Die übrigen Gäste klatschten vor Begeisterung, doch Laura hörte den Applaus nur wie ein fernes Rauschen. Während er mit den Augen die Schönheit ihres Körpers trank, stand Harry ohne ein Wort auf und griff nach ihrer Hand.

Sah er endlich ein, wie absurd sein Gelübde war?

So plötzlich, wie der Applaus eingesetzt hatte, so plötzlich verebbte er wieder. Jeder im Saal schien zu spüren, was dieser Augenblick bedeutete. Das Gefühl eines nie erlebten Triumphes nahm von Laura Besitz.

»Nun mach schon!«, rief jemand in die Stille. »Lass sie nicht länger frieren.«

Der eine Zuruf genügte, um den Zauber zu brechen. Während Laura plötzlich am ganzen Körper zitterte, als wehte ein eisiger Wind in den Raum, verharrte Harry in der Bewegung. Statt sie zu berühren, waren da nur noch diese zwei kalten, stahlblauen Augen, mit denen er sie sezierte wie ein Insekt unterm Mikroskop.

Mit einer Stimme, die so frostig klang wie ein Eiszapfen, sagte er: »Wenn sie friert, ist das ihre Sache. Ich habe keine erotische Beziehung zu dieser Frau. Sie kann machen, was sie will.«

Die Worte taten Laura so weh, dass ihr die Tränen kamen. Für einen Augenblick war sie hinter den Spiegeln gewesen, doch jetzt hatte die Realität sie wieder. Während sich in dem Lokal ein enttäuschtes Raunen erhob, trat Roberto kurz entschlossen auf sie zu und legte ihr seinen Mantel über die Schultern.

War es wirklich aus und entschieden?

Noch einmal schaute Laura Harry an, in der Hoffnung, dass er seine Lüge eingestehen würde. Aber er tat es nicht.

»Machen, was ich will?«, sagte sie wütend. »Das werde ich! Am besten fange ich gleich damit an.«

Noch während sie sprach, kehrte sie ihm den Rücken zu. Roberto schaute sie an wie ein Torero einen Stier vor dem tödlichen Stoß, und sein Lächeln entblößte einen goldenen Schneidezahn. Sie nahm sein Gesicht zwischen die Hände und küsste ihn voller Leidenschaft auf den Mund.

»Gehen wir, mein Matador. Ich kann es gar nicht erwarten, von dir besiegt zu werden!«

9

Mit offenem Mund starrte Harry den beiden nach, wie sie durch die Drehtür verschwanden, hinaus in die Finsternis. Er wusste nicht, auf wen er wütender war: auf sich selbst oder auf Laura? Sie hatte ihn aufgefordert, sein Gelübde zu brechen – in der schamlosesten, wunderbarsten Weise, die ein Mann sich nur erträumen konnte. Ihr Auftritt war ihm so unter die Haut gefahren, als würden tausend kleine Dadas in seiner Seele hausen, von wo aus sie ihre Liebespfeile auf seinen Willen abfeuerten. Es ging um sein Leben, um seine Kunst – und er war verliebt wie ein Friseurgehilfe aus Köln-Nippes! Doch nachdem er der Versuchung widerstanden hatte, zog Laura jetzt mit diesem Wilden ab – einem Stierkämpfer aus Mexiko! Wenn Harry sich vorstellte, was der Kerl mit seiner Windsbraut treiben würde, wurde ihm schlecht vor Angst.

»Zum letzten Mal«, sagte Pompon in die Stille hinein, »entweder du unterschreibst jetzt die Resolution gegen Lauréat, oder ich muss dich auch exkommunizieren.«

Harry brauchte eine Weile, bis er verstand, wovon Pompon überhaupt sprach.

»Ach, leck mich doch am Arsch!«, rief er. Ohne zu zahlen, sprang er auf und stürzte zur Tür hinaus.

Draußen auf dem Bürgersteig lief er einer Frau in die Arme.

»Florence?«

»Ich habe auf dich gewartet«, sagte sie.

Dada jubilierte! Ohne zu überlegen, was er tat, nahm Harry ihre Hand. An ihrer Seite stolperte er den Boulevard Saint-Germain-des-Prés entlang. Dada kannte den Weg, er war ihn so viele Male gegangen. Doch kurz bevor sie das Haus erreichten, in dem Florence wohnte, regte sich noch einmal sein Verstand. Diese Frau war eine Verrückte! Wenn er sich jetzt auf sie einließ, war er für immer verraten und verkauft! Nie wieder würde sie ihn aus ihren Fängen lassen ... Egal! Was bedeuteten Verstandesgründe, wenn es eine weibliche Hand gab, die ihn führte? Harry wusste, dass er mit Laura nie die Ruhe finden würde, die er zur Arbeit brauchte, nicht in jenem Zustand permanenter Erregung, in dem er sich seit Wochen befand, hin- und hergerissen zwischen dem Verlangen, sie endlich zu besitzen, und dem Gelübde, das er vor dem Altar seiner Kunst abgelegt hatte. Florence war der Beelzebub, mit dem er den Teufel austreiben würde.

»Ich habe immer gewusst, dass du zu mir zurückkommst«, sagte sie, als sie die Haustür aufschloss. »Jetzt wird alles wieder gut.«

Die Wohnung war ein Geschenk ihres Vaters zur Hochzeit gewesen und lag im ersten Stock des Gebäudes, in dem die Rue des Saints-Pères auf den Boulevard Saint-Germain stieß, direkt über einem Tabakladen. Ohne das Licht anzuschalten, eilten sie an der Concierge-Loge vorbei die Treppe hinauf, und sie hatten die Wohnung kaum betreten, da rissen sie sich gegenseitig die Kleider vom Leib.

»Du hast mir so sehr gefehlt ...«

Harry fühlte sich wie ein Trinker, den man nach Monaten des Entzugs in einen Weinkeller ließ, in dem sich die Flaschen und Fässer bis zur Decke stapelten. Statt auszuwählen und in kleinen

Schlucken zu genießen, ließ er die Korken knallen und schüttete wahllos in sich hinein, was ihm in die Quere kam. Wie ein warmer Blitz schoss die Betäubung ihm ins Gehirn, ohne Umweg über den Magen, um sich vom Kopf aus im ganzen Körper auszubreiten, in jenem selig-süßen Wohlgefühl, das er so dringend benötigte wie die Luft zum Atmen und das er so lange hatte entbehren müssen.

Er hatte keine Ahnung, wie viel Zeit vergangen war, doch irgendwann war die verfluchte Gier gestillt. Dada hatte seinen Willen bekommen, müde und satt schlummerte er zwischen feucht verschmierten Schenkeln. Ein Gefühl von Dankbarkeit wallte in Harry auf, als er schließlich auf dem Rücken lag und Florence sein Brusthaar kraulte und dabei schnurrte wie eine Katze, während an der Decke die Scheinwerferlichter der Autos draußen vorüberzogen. Die Liebe war eine gefährliche Geschlechtskrankheit, und Dada hatte ihn fast so weit gehabt, dass er die drei Worte sagte, die zu sagen er sich verboten hatte. Aber Florence war sein *Remedium concupiscentiae*, sein Mittel gegen die Begierde – zumindest für diese eine Nacht.

»Als du neulich vom Pont-Neuf gesprungen bist«, sagte er irgendwann, »und mit deinen aufgebauschten Kleidern im Wasser triebst, da habe ich mir für einen Moment wirklich Sorgen gemacht.«

»Um mich? Wirklich?«, fragte sie. »Das hast du? Ach, du weißt ja nicht, wie glücklich du mich damit machst.«

Harry spürte, wie sie in der Dunkelheit zu ihm aufschaute. Doch statt ihr den Kuss zu geben, auf den sie hoffte, tastete er nach seiner Zigarettenpackung. Was für eine Erektion war das eben gewesen? Ihm fiel kein passendes Wort dafür ein. Entlastungsfick vielleicht? Aber vielleicht war das alles ja gar keine Frage der Wörter. Vielleicht war es eine Frage der Liebe. Vielleicht gab es die Liebe ja gar nicht. Oder wenn es sie gab, musste man sie vielleicht neu erfinden. Vielleicht, vielleicht, vielleicht …

»Du auch?«, fragte er, als er sich eine Gauloise ansteckte.

»Nein, lieber nicht«, antwortete Florence.

»Warum nicht? Du hast doch früher immer danach geraucht?«

Sie richtete sich an seiner Seite auf und streichelte sein Gesicht. Als er im Lichtkegel eines Autoscheinwerfers ihre glücksbeseelten Augen sah, überkam ihn eine fürchterliche Ahnung.

»Das ist es ja, weshalb ich unbedingt mit dir reden wollte. Begreifst du denn immer noch nicht?«, flüsterte sie, als er in stummem Entsetzen ihren Blick erwiderte. »Ich bekomme ein Kind von dir!«

10

Es war am frühen Vormittag, als Bobby das Treppenhaus zur Wohnung seines Vaters in der Rue Jacob hinaufstieg. Seine Mutter Mathilde hatte ihm die Adresse gegeben.

Wann hatte er Harry zum letzten Mal gesehen?

Bobby wusste es nicht mehr genau. Es war auf jeden Fall Sommer gewesen, als er seinen Vater besucht hatte – ein strahlend schöner Sommer in Paris. In einem todschicken Cabriolet, das Harry sich von einem Freund geliehen hatte, waren sie durch die Stadt gebraust, über die Place de la Concorde und die Champs-Élysées und dann weiter durch den Bois de Boulogne, an der Seine entlang bis hinaus nach Neuilly, und als sie in der Nacht zurückgekehrt waren, hatten riesige Scheinwerfer den Triumphbogen in die Farben der Trikolore getaucht – ein blau-weiß-rotes Lichtermeer. Florence hatte Münzen aus dem fahrenden Auto geworfen wie eine Karnevalsprinzessin Kamellen, und als die Passanten sich bückten, um das Geld aufzusammeln, hatte Harry gelacht und erklärt, wie sehr er alle Menschen verachte, die vor dem Mammon im Staube kröchen. Bobby war entsetzt über die Verschwendung gewesen – seine Mutter, die erst wenige Monate zuvor nach Paris geflohen war, um in Deutschland nicht als Jüdin verhaftet zu werden, hatte ihre goldene Uhr verkaufen müssen, damit sie ihm das

Geld für eine Zugfahrkarte hatte schicken können. Damals hatte Bobby sich geschworen, seinen Vater nie wieder zu besuchen, und hätte er nicht die Ausstellung gesehen, in dem die Nazis Harry Winter als abschreckendes Beispiel entarteter Kunst vorführten, wäre er von Köln aus direkt nach New York aufgebrochen, ohne den Umweg über Paris. Doch ausgerechnet die Nazis hatten in ihm den Wunsch geweckt, sich mit seinem Vater zu versöhnen.

Ob Harry wohl noch mit der verrückten Florence zusammenlebte? Auf dem Treppenabsatz blieb Bobby stehen. Die vielen Treppenstufen hatten ihn außer Atem gebracht. Oder war es die Angst vor dem Wiedersehen? Das Telefonat mit Florences Vater fiel ihm plötzlich ein. Ohne zu wissen, warum, beschlich ihn bei der Erinnerung ein ungutes Gefühl. Er hatte dem Polizeipräsidenten zwar nichts verraten, was nicht jedermann wissen durfte. Doch Monsieur Philibert hatte sich so überschwänglich bei ihm bedankt, als hätte er ein Staatsgeheimnis erfahren.

Bobby gab sich einen Ruck und klopfte an die Tür.

»Herein!«

Als er die Wohnung betrat, empfing ihn weder sein Vater noch Florence, sondern eine fremde Frau. Sie stand inmitten offener, halb gepackter Umzugskisten an einer Staffelei und schaute ihn mit großen, schwarzen Augen an, die wie zwei Kohlestücke glühten. Bobby machte unwillkürlich einen Schritt zurück. Wer war das? Eine neue Geliebte seines Vaters? Die Frau war kaum älter als er selbst, und obwohl sie ein zerschlissenes und mit Farbklecksen übersätes Hemd trug, war sie das schönste weibliche Wesen, das Bobby je gesehen hatte. Ihr Anblick verwirrte ihn so sehr, dass er kaum imstande war, einigermaßen zusammenhängend zu reden.

»Bitte … bitte entschuldigen Sie die Störung«, stammelte er. »Wohnt hier nicht Harry Winter? Ich … ich bin nämlich sein Sohn.«

»Das glaube ich auch ohne Ausweis«, erklärte die Fremde in so schlechtem Französisch, dass Bobby sie nur mit Mühe verstand. »Sie sind ihm ja wie aus dem Gesicht geschnitten. Mein Gott – was für eine Ähnlichkeit!« Sie legte ihren Pinsel beiseite und reichte ihm die Hand. »Laura«, sagte sie. »Laura Paddington. Und du musst Bobby sein, nicht wahr?«

»Woher wissen Sie das?«

»Hast du noch nie in den Spiegel geschaut?«, fragte sie zurück. »Außerdem hat Harry mir von dir erzählt.«

Bobby begriff: Ja, sie war seine Geliebte. Was sonst.

»Können Sie mir ... kannst du mir sagen, wo ich meinen Vater finde?«

Plötzlich wurde ihr Gesicht so hart, dass Bobby erschrak. Sie nahm den Pinsel, den sie gerade erst abgelegt hatte, wieder zur Hand und kehrte ihm den Rücken zu.

»Harry ist bei seiner Ex-Frau«, sagte sie, während sie an die Staffelei trat, um weiter zu malen.

»Bei Florence?«

»Ja. Offenbar hat er dort noch genitale Pflichten zu erfüllen. Kein Grund, sich aufzuregen«, fügte sie hinzu, als sie sein Gesicht sah. »Ich werde übrigens auch nur noch ein paar Tage hier bleiben. Die Wohnung ist schon gekündigt. Ich reise nach Mexiko. Warst du schon mal dort? Es muss wunderbar sein! Ich kann es kaum erwarten, die Maya-Tempel zu sehen.«

Sie gab sich alle Mühe, fröhlich zu klingen, doch Bobby glaubte ihr kein Wort. Ihr Versuch, ihn zu täuschen, machte ihn so verlegen, dass er kaum wusste, wohin er schauen sollte. Außer Dutzenden von Bildern, die überall im Raum verteilt waren, sah er auf einem Feldbett ein Steckenpferd liegen, das ihm früher einmal selbst gehört hatte. Jemand hatte damit seinen Vater für eine Zeitschrift fotografiert. Obwohl Bobby damals noch ein Kind gewesen war, war ihm das Foto ziemlich albern erschienen – sein Vater mit einem Steckenpferd, fast hatte er sich für ihn geschämt. Um irgendetwas zu sagen, fragte er nach dem Bild auf der Staffelei.

»Ist das von dir oder von ihm?«

Laura zuckte die Schultern. »Er hat es angefangen, bevor er

mich verlassen hat. Es heißt *Un peu de paix* – ein bisschen Frieden. Offenbar hat er den bei mir nicht gefunden.«

»Und darum malst du es nun fertig?«

Statt ihm zu antworten, blies sie sich eine Locke aus der Stirn und konzentrierte sich auf ihre Arbeit. Auf einer zweiten Staffelei lehnte ein weiteres angefangenes Ölgemälde, das Laura in Reithosen und Stiefeletten zeigte, in einem seltsam kahlen, geschlossenen Raum. Während über ihrem Kopf ein Schaukelpferd an der Wand schwebte, galoppierte draußen vor dem Fenster ein weißes Wildpferd davon.

»Warum malst du nicht lieber dein eigenes Bild zu Ende?«, fragte Bobby. »Ich verstehe zwar nicht, was es bedeutet, aber ich finde es wunderschön.«

Als Laura von der Leinwand aufschaute, schimmerten Tränen in ihren Augen. »Ganz einfach«, sagte sie. »Die Arbeit an seinem Bild ist die einzige Möglichkeit, mit ihm zusammen zu sein. Auch wenn er nicht bei mir ist.«

11

»Wie lange weißt du es eigentlich schon?«

»Was meinst du – dass ich schwanger bin?«

»Nein! Wann das Christkind kommt! – Herrgott, natürlich, dass du schwanger bist!«

»Ich … ich wusste es schon in London. Dr. Drieux hatte es mir einen Tag vor der Abreise gesagt. Aber ich wollte dir die Vernissage nicht verderben. Du hattest dich doch so auf die Ausstellung gefreut.«

»Und deshalb hast du mir die ganze Zeit was vorgemacht? Bist du wahnsinnig?«

»Ich *wollte* ja mit dir sprechen! Immer wieder habe ich es versucht. Aber du wolltest nichts von mir wissen! Nicht mal, als ich in die Seine gesprungen bin.«

»Willst du mir daraus jetzt einen Vorwurf machen? Wie zum Teufel sollte ich riechen, was los war? Keine normale Frau springt mitten im Winter in einen Fluss, wenn sie ein Kind bekommt. So was tut nur eine Verrückte!«

Harry fühlte sich wie in einem Albtraum. Als Florence ihm eröffnet hatte, dass er noch einmal Vater werden würde, war sein erster Impuls gewesen, sich im *Café Flore* zu betrinken. Aber dann hätte es geheißen, er würde sich vor seiner Verantwortung drücken, und diesen Vorwurf wollte er nicht riskieren. Also war er bei Florence geblieben, nicht nur die erste Nacht, in der die werdende Mutter tief und fest in ihrem Bett geschlummert hatte, als wäre sie im siebten Himmel, sondern eine ganze Woche lang, in der verzweifelten Hoffnung, dass Dr. Drieux sich vielleicht geirrt hatte und Florences Regel irgendwann wieder einsetzte. Aber ihre Regel scherte sich einen Dreck um seine verzweifelte Hoffnung, und als zehn Tage ohne einen Tropfen Blut vergangen waren, musste Harry einsehen, dass sein Albtraum Wirklichkeit war. In ihrem Nachthemd sah Florence genauso aus wie die Furie, die er gemalt hatte.

»Im wievielten Monat bist du?«

»Wenn der Arzt richtig gerechnet hat, in der elften Woche.«

Harry zählte an den Fingern nach. »Sehr gut, das sind noch keine vier Monate.«

»Was willst du damit sagen?«

»Muss ich dir das wirklich erklären?«

Florence wurde blass. »Nein!«, rief sie, »Das … das kannst du nicht wollen – unmöglich! Es ist mein Kind, *unser* Kind!« Sie schlug ein Kreuzzeichen und fing an zu beten. »Gegrüßet seist du, Maria, voll der Gnade, der Herr ist mit dir. Du bist gebenedeit unter den Weibern, und gebenedeit ist die Frucht deines Leibes …«

»Hörst du wohl auf der Stelle mit dem Unsinn auf!«

»Ja natürlich, sofort! Bitte verzeih mir!« Sie schlang die Arme um seinen Hals und küsste ihn. »Ich bin bereit, alles zu tun, was du willst. Du kannst weiter leben wie immer. Ich erwarte nichts von dir! Du kannst ins *Flore* gehen, du kannst andere Frauen haben, ich werde dich nicht daran hindern. Von mir aus kannst du dich sogar mit dieser Engländerin treffen.«

»Das hat sich erledigt.«

»Aber bitte, lass mir unser Kind!«

So plötzlich, wie sie ihn umarmt hatte, machte sie sich von ihm los. Sie lief zum Schreibtisch, öffnete eine Schublade und holte daraus ein Blatt Papier hervor.

»Da!«, sagte sie und reichte es Harry.

Misstrauisch schaute er auf das Papier. »Was ist das?«

»Eine unbefristete Aufenthaltserlaubnis«, sagte Florence. »Von meinem Vater. Ich hab ihm gedroht, mich umzubringen, wenn er sie dir nicht gibt. Damit kannst du überall in Frankreich leben! Wo immer du willst! Solange du willst!«

Harry starrte auf das Dokument, das sie in der Hand hielt wie einst Eva den Apfel. Eigentlich war es nichts weiter als ein unscheinbarer, schmuckloser Fetzen Papier. Und doch hatte es die Macht, über ein Leben zu entscheiden. Eine unbefristete Aufenthaltserlaubnis war in den Pariser Emigrantenlokalen ein Vermögen wert, und Harry kannte mindestens ein Dutzend Kollegen, die dafür ihre Seele hergegeben hätten. Außerdem hatte die Zeit, die inzwischen verstrichen war, nicht nur die Gewissheit seiner Vaterschaft besiegelt, sondern auch das Ende der Gnadenfrist, die sein Schwiegervater ihm eingeräumt hatte. Die Ausweisung hing wie ein Damoklesschwert über ihm, und diese Bedrohung ängstigte ihn so sehr, dass er seit Tagen kein einziges Bild mehr gemalt hatte.

Trotzdem – durfte er ein solches Geschenk annehmen?

»Bitte«, sagte Florence. »Nimm es – mir zuliebe! Ganz egal, wie wir uns entscheiden.«

Sie hielt ihm das Papier so dicht unter die Nase, dass er nicht länger widerstehen konnte.

»Na gut«, sagte er schließlich und steckte es ein. »Aber nur, weil du darauf bestehst!«

»Gott sei Dank«, rief sie und schlang erneute die Arme um ihn. »Ich wusste, dass du mich liebst!«

»Aber das hat nichts mit meiner Entscheidung zu tun!«, erwiderte er, als sie anfing, sein Gesicht mit Küssen zu bedecken. »Ein Kind ist das Letzte, was ich mir im Moment leisten kann. Ich bin pleite! Seit ich aus London zurück bin, habe ich kein einziges Bild verkauft.«

»Das wird sich ändern! Glaub mir, mein Liebling! Schon bald! Ach, ich kann dir gar nicht sagen, wie ich mich freue. Warte nur ab, wenn du dein Kind erst im Arm hältst, wirst du mir dankbar sein!«

»Um Himmels willen! Begreif doch endlich!« Er packte ihre Handgelenke, um sich von ihr zu befreien. »Das sind Hirngespinste! Ich tauge nicht zum Vater! Frag meinen Sohn! Bobby will seit Jahren nichts von mir wissen!«

»Das sagst du doch nur, weil du Angst hast! Aber dafür gibt es keinen Grund! Überlass alles mir! Du brauchst gar nichts zu tun! Ich werde mich um alles kümmern! Ich will nur, dass wir glücklich sind! Du und ich und unser Kind!« Wieder bedeckte sie sein Gesicht mit Küssen. »Sag jetzt nichts! Ich weiß ja, was du sagen willst. Aber mach dir keine Sorgen. Ich habe mehr Geld, als wir brauchen. Die Wohnung gehört mir, ich bekomme jeden Monat von meinen Eltern tausend Franc. Das reicht für uns beide, für uns drei ...«

»Nein, nein und nochmals nein! Ich tauge zum Vater wie ein Igel zum Arschwisch!«

Fast mit Gewalt stieß er sie zurück. Florence verstummte. Wortlos sah sie zu, wie er nach einer angebrochenen Flasche Rotwein auf dem Tisch griff und sich ein Glas einschenkte.

»Herrgott«, flüsterte er, »ist mir denn nirgendwo Ruhe vergönnt?«

Während er den Wein herunterspülte, fiel sein Blick auf das Bild an der Wand: *Dadas Paradies* ... Ein Doppelporträt in einer arkadischen Landschaft – er hatte es vor Jahren in einem Anfall von Wahnsinn für sie gemalt. Florence trug einen Brautkranz und hing irgendeinem schönen Traum nach, während Harry schon im Begriff schien, das Paradies zu verlassen. Jetzt kam das Bild ihm vor wie die unbewusste Vorahnung eines Abschieds. Hätte er damals nur in der Wirklichkeit vollzogen, was er beim Malen offenbar längst geahnt hatte ...

»Nimm doch Vernunft an«, sagte er. »Blicken wir den Realitäten ins Auge. Wir sind kein Paar mehr, wir sind geschieden! Hast du das vergessen?«

Florence zog ein Gesicht, als hätte er in einer fremden Sprache zu ihr gesprochen. »Kommt es darauf an?«, fragte sie. »Auf ein Stück Papier? Seit wann bist du ein solcher Spießer, dass du Liebe nach einer Urkunde bemisst? – Nein, lass mich ausreden«, sagte sie, als er widersprechen wollte. »Ich weiß ja, wovor du Angst hast. Du hast Angst, dass du nicht mehr zum Malen kommst. Aber das ist nicht nötig. Ich werde alles tun, damit du immer die Ruhe hast, die du für die Arbeit brauchst. Die Wohnung ist groß genug, auch wenn wir zu dritt sind. Du sollst das Esszimmer haben, ganz für dich allein. Und wenn du willst, mieten wir ein Atelier dazu. Ich habe mich umgehört. Die Concierge sagt, in der Rue de Seine gibt es ein Studio, mit einem riesigen Glasfenster, und gar nicht teuer ...«

Während sie sprach, schrillte plötzlich die Wohnungsklingel. Harry schrak zusammen. Sollte etwa Laura ...? Nein, das war unmöglich! Das musste der Briefträger sein! Harry dankte Gott, dass er die Post erfunden hatte.

Als er die Wohnungstür öffnete, traute er seinen Augen nicht. Auf dem Treppenabsatz stand weder der Briefträger noch Laura, sondern sein eigenes Ebenbild. Nur mit dunkelblonden Haaren und dreißig Jahre jünger.

»Bobby? Du?«, rief Harry und nahm seinen Sohn in den Arm. »Komm her und lass dich drücken! Seit wann bist du in Paris? Heiliger Bimbam! Ich kann dir gar nicht sagen, wie sehr ich mich freue, dich wiederzusehen!«

12

Im *Café Flore* saßen zu dieser Tageszeit nur ein paar vereinzelte Zeitungsleser und eine Handvoll Touristen an den runden Marmortischchen.

»Die Herrschaften wünschen?«, fragte der Kellner.

»Ein Mineralwasser«, radebrechte Bobby auf Französisch.

»Sei nicht so entsetzlich vernünftig«, protestierte sein Vater. »Ein Tag wie heute muss gefeiert werden! Mit Champagner!«

»Ich habe noch nie Champagner getrunken.«

»Dann wird es höchste Zeit! Um das Geld mach dir keine Sorge. Ich kann anschreiben lassen – ich hab hier Kredit.« Harry drehte sich zu dem Kellner herum und schnippte mit dem Finger. »Eine Flasche Veuve Clicquot!«

»Nein«, sagte Bobby. »Mineralwasser reicht völlig.«

Sein Vater zog ein Gesicht, als wäre Bobby in der Schule sitzen geblieben. Mit einem Seufzer fügte er sich in sein Schicksal und bestellte Mineralwasser und für sich selbst ein Glas Pastis. Bobby hatte gesehen, wie Harry sich von Florence Geld geliehen hatte, um ihn in dieses Café einzuladen. Offenbar setzte er alles daran, ihn zu beeindrucken. Doch der Wirbel, den er veranstaltete, war Bobby nur unangenehm. Er wollte keinen Wirbel. Er wollte mit seinem Vater über die Vergangenheit reden, um irgendwie mit ihm ins Reine zu kommen, bevor er alles hinter sich ließ und nach Amerika fuhr.

»Warum hast du Mathilde und mich damals verlassen«, fragte er, als der Kellner die Bestellung brachte. »Es war der schlimmste Schock meines Lebens.«

»Wozu dieses Pathos? Willst du Schauspieler werden?« Harry goss Wasser in den Pastis und rührte ihn mit dem Löffel um. »Ich habe mich damals gewundert, wie so ein kleiner Hosenscheißer überhaupt so spießig reagieren konnte. Unglaublich, wie du dich angestellt hast.«

»Angestellt?«, wiederholte Bobby. »Du warst mein Ein und

Alles. Ich habe dich abgöttisch geliebt. Und plötzlich wolltest du weg. Von einem Tag auf den anderen. Wegen irgendeiner Frau, die ich nicht kannte.«

»Du warst eifersüchtig, das war alles. Aber ich kann dich ja verstehen«, fügte Harry hinzu, als Bobby etwas einwenden wollte. »Ich bin als Kind auch eifersüchtig gewesen. Entsetzlich sogar. Als man mir sagte, meine Mutter hätte im Krankenhaus noch ein zweites Kind zur Welt gebracht, habe ich mir die Seele aus dem Leib geschrien. Am selben Tag war nämlich mein Kakadu gestorben. Er war einfach von der Stange gefallen und lag tot im Käfig. Das war natürlich Zufall. Aber für mich war meine Schwester daran schuld, dieses schlafende, rotgesichtige Wesen, das meine Mutter so zärtlich im Arm hielt.«

»Was willst du damit sagen?«, fragte Bobby entgeistert. »Dass du für mich so was wie ein Kakadu warst?«

»Wenn du wüsstest, wie ich an meinem Kakadu gehangen habe«, murmelte Harry abwesend. Dabei ließ er seinen Blick durch das Café schweifen, als suche er nach etwas, das er irgendwo in dem Lokal verloren hatte. Zwei junge, hübsche Holländerinnen steckten tuschelnd die Köpfe zusammen und schauten in seine Richtung. Plötzlich war Harry wieder hellwach. Er hob sein Glas und prostete ihnen zu.

»Musst du wirklich allen Frauen den Hof machen, die dir über den Weg laufen?«, wollte Bobby wissen.

»Wenn du es selbst mal ausprobieren würdest«, erwiderte Harry, »würdest du mich verstehen. Außerdem, wer behauptet eigentlich, dass ich das tue?« Seine Augen, die eben noch stille Belustigung ausgedrückt hatten, wurden plötzlich stechend hart. »Vielleicht Monsieur Philibert?«

Bobby biss sich auf die Lippen. »Du weißt, dass ich mit Florences Vater gesprochen habe?«

Harry zuckte die Schultern. »Du hast ja keine Ahnung, wie sehr du mir damit geschadet hast«, sagte er. »Sie wollten mich deshalb aus Frankreich ausweisen.«

»Um Gottes willen!« Bobby holte tief Luft. »Du darfst nicht nach Deutschland zurück. Auf gar keinen Fall! Ich war in der Ausstellung *Entartete Kunst.* Sie tun, als wärst du ein Verbrecher. Darum bin ich ja hier.«

»Was haben die Nazis mit uns beiden zu tun?«, fragte Harry irritiert. »Ich dachte, du bist hier, um dich von mir zu verabschieden.«

»Ja, aber nur, weil ich dein Bild in der Ausstellung gesehen habe«, sagte Bobby. »*Die Vogelhändlerin.* Du hättest die Besucher erleben sollen. Sie haben ihren nackten Busen angegafft und sich die Mäuler darüber zerrissen, während Hitler aus dem Lautsprecher grölte, um sie aufzuhetzen. Gegen dich und die anderen Künstler der Ausstellung.«

Harry blickte ihn über den Rand seines Glases an. »War das sehr schlimm für dich?«

Bobby schüttelte den Kopf. »Nein«, sagte er. »Ich war plötzlich furchtbar stolz auf dich. So stolz wie noch nie.«

»Du warst stolz auf mich? Wirklich? Wegen einem Bild mit nackten Titten?«

»Zugegeben, der Busen war mir peinlich. Aber – du hast den Nazi-Schweinen damit Angst gemacht.«

»Das ist ja großartig! Etwas Schöneres kannst du mir gar nicht sagen.« Harry griff nach seiner Hand. »Ach Bobby«, sagte er mit plötzlicher Zerknirschung. »Du hast ja recht. Ich bin ein Rabenvater. Ich bin ausgeflogen, kaum dass du ausgebrütet warst. Aber Köln und Deutschland – das war nichts für mich, viel zu eng und zu stickig, und Paris, wohin ich gehörte, wäre für dich nicht der richtige Ort gewesen.« Er trank einen Schluck, dann fügte er hinzu: »Nur eins kann ich immerhin behaupten. Ich habe nie jemanden belogen, egal was ich gemacht habe.«

Noch während er sprach, löste sich seine Zerknirschung schon wieder auf. Plötzlich kam Bobby ein Gedanke. Konnte es sein, dass sein Vater sich vielleicht selbst ein Fremder war? Ein Mann, der sich staunend dabei beobachtete, irgendwelche Dinge zu sagen oder zu tun, die er selbst befremdlich oder gar zweifelhaft fand? Weil er einfach in einer anderen Welt lebte, in einer anderen Realität als der Rest der Menschheit?

»Übrigens, damit du dir keine Vorwürfe machst«, sagte Harry und zog triumphierend ein Formular aus seinem Jackett. »Meine Aufenthaltserlaubnis. Die hat Florence ihrem Polizistenpapa abgeschwatzt.«

»Gott sei Dank!«, sagte Bobby. »Auch wenn ich nicht wusste, was dahintersteckte, als Monsieur Philibert in Köln anrief, hatte ich klammheimlich gehofft, dir irgendwie zu schaden.«

»Was ich bestens verstehen kann ...«

»Allerdings ...«

»Allerdings was?«

Bobby zögerte einen Moment. Er wusste nicht, wie er es sagen sollte. »Wenn Florence das für dich getan hat, dann bedeutet das, du bist wieder mit ihr zusammen? Obwohl ihr geschieden seid?«

»Ja«, bestätigte sein Vater. »Das heißt – nein. Die Sache ist ziemlich kompliziert. Wie soll ich dir das erklären? Was zwischen einem Mann und einer Frau passiert, ist nie eine einfache Frage von ja und nein.«

»Du meinst – wegen Laura?«

»WAS – die kennst du auch schon?« Harry musste laut lachen. »Hast du schon mal daran gedacht, Detektiv statt Schauspieler zu werden? Mit dem Riecher hättest du eine große Zukunft.«

»Um Laura zu finden, war kein Riecher nötig«, erwiderte Bobby. »Schließlich lebt sie in der Wohnung, an der dein Namensschild steht. Herrgott noch mal – sie ist kaum älter als ich! Sie könnte deine Tochter sein!«

»Allerdings. Deshalb hat sie sich auch in einen Stierkämpfer verliebt. Sie hat mir am Telefon gesagt, sie will mit ihm nach Mexiko reisen. Am Telefon – das stell dir mal vor!« Harry drehte sein Glas in der Hand und stieß einen tiefen Seufzer aus. »Na ja, wer weiß, wozu es gut ist. Vielleicht finde ich dann endlich die Ruhe, die ich brauche, um wieder zu malen. Im Moment bin ich so durcheinander, dass mir nichts mehr einfällt. Rein gar nichts! Als wäre mein Gehirn ausgetrocknet. – Aber sieh nur«, unterbrach er sich, »da kommt ja deine Mutter!«

13

Harry war aufgestanden, um seine ehemalige Frau mit einer Umarmung zu begrüßen.

»Woher wusstest du, dass wir hier sind?«

»Wo soll man dich sonst suchen, wenn nicht hier? Etwa in Notre-Dame?«

Mathilde erwiderte seine Umarmung mit gleicher Herzlichkeit. Bobby konnte sich nur wundern. Offenbar gab es nicht den geringsten Groll zwischen seinen Eltern.

»Wie immer eine Tasse Schokolade?«, fragte Harry.

»Ja, gerne, mit einer ordentlichen Prise Pfeffer! Schwarzwälderkirschtorte haben sie hier ja nicht.«

»Das ist das Schöne an dir – dass du dir immer treu bleibst.«

Während Harry die Bestellung aufgab, nahm Mathilde an ihrem Tisch Platz. Obwohl sie seine Mutter war, musste Bobby zugeben, dass sie äußerlich weder Florence noch Laura das Wasser reichen konnte. Im Vergleich zu ihnen wirkte Mathilde mit ihrer braven Ponyfrisur, dem rundlichen Gesicht und der untersetzten Statur wie eine Volksschullehrerin aus dem Gürzenich. Kein Mensch würde glauben, dass sie studierte Kunsthistorikerin war. Eine Weile fragte Harry sie nach ihren Verhältnissen aus. Mathilde lebte von Deutschstunden, die sie französischen Geschäftsleuten gab, außerdem schrieb sie ab und zu für Schweizer Zeitungen über Kunstausstellungen in Paris.

»Und die Liebe?«, wollte Harry wissen.

Während Mathilde von ihrem neuen Freund erzählte, einem emigrierten deutschen Journalisten namens Carl Altstrass, der für die Zeit von Bobbys Besuch in ein kleines Hotel gezogen war, lachten und blödelten die zwei um die Wette. Dabei berührten sie sich immer wieder an den Händen und warfen einander innige Blicke zu. Ihre Vertrautheit machte Bobby glücklich und traurig zugleich. So hatte er sich seine Eltern immer gewünscht. Doch erst jetzt, Jahre, nachdem sie sich getrennt hatten, schienen sie zueinander gefunden zu haben. Für eine halbe Stunde waren sie so etwas wie eine richtige Familie. Nur dass es in einer richtigen Familie keinen Vater gab, der sich mit seiner Frau über deren neuen Liebhaber unterhalten würde.

Aber würde ein richtiger Vater seine Frau so oft zum Lachen bringen wie Harry?

»Kommt mit nach Amerika«, platzte es auf einmal aus Bobby heraus.

Die beiden schauten ihn an, als wäre er von allen guten Geistern verlassen.

»Nach Amerika?«, fragte Mathilde. »Was sollen wir da? Die Amerikaner sind Banausen.«

»Das kannst du laut sagen«, pflichtete Harry ihr bei. »Neulich war eine Amerikanerin in meinem Atelier – angeblich eine Kunstsammlerin! Sie hatte mehrere Dutzend Bilder zur Wahl, aber kein einziges hat sie gekauft. Das sagt ja wohl alles!«

»Ihr könnt euch nicht vorstellen, was in Deutschland los ist«, insistierte Bobby. »Leute wie ihr kommen ins Lager. Oder verschwinden ganz einfach, ohne dass jemand weiß, wohin. Juden und Künstler stehen bei den Nazis ganz oben auf der Liste.«

»Was du nicht sagst«, erwiderte seine Mutter. »Genau darum sind wir ja aus Deutschland fort.«

Bobby schüttelte den Kopf. »Hier seid ihr auch nicht sicher, zumindest nicht auf Dauer. Die Nazis werden keine Ruhe geben, bis ganz Europa nach ihrer Pfeife tanzt.«

»Ich finde es wirklich rührend, dass du dir Sorgen um deine Eltern machst«, sagte Mathilde und tätschelte seine Hand. »Aber glaub mir, das ist nicht nötig. Du darfst das Geschrei der Nazis nicht für bare Münze nehmen. Hunde, die bellen, beißen nicht.

Auch wenn Hitler gerade Oberwasser hat – einen Krieg kann Deutschland sich nicht leisten.«

»Deine Mutter hat recht«, ergänzte Harry. »Hier im Ausland sieht man die Dinge klarer als bei euch. Der Nazi-Spuk ist bald vorüber. Hitler ist eine verkrachte Existenz. Der Mann wollte Maler werden und hat es nicht mal zum Anstreicher gebracht. Glaubst du im Ernst, so ein Versager nimmt es mit ganz Europa auf?«

»Warum wollt ihr nicht begreifen?«, fragte Bobby. »Ihr müsst weg von hier! Bevor es zu spät ist! Bitte, lasst mich mit meinem Chef reden. Vielleicht kann er euch ein Visum besorgen. Sein Cousin lebt in New York und kennt dort einflussreiche Leute. Er hat auch schon für mich gebürgt. Es wäre so schön, wenn wir zusammen …«

»Jetzt hör endlich auf mit dem Gerede«, fiel Harry ihm ins Wort. »Wir hatten uns so nett unterhalten, bis du damit angefangen hast. – Amerika«, sagte er voller Verachtung, »das ist doch lächerlich!«

Die Ignoranz seines Vaters verschlug Bobby die Sprache. Was konnte er noch vorbringen, damit Harry den Gedanken zumindest erwog? Plötzlich hatte er eine Idee.

»Dein Kollege Picasso scheint nicht deiner Ansicht zu sein.«

Harry, der gerade einen Schluck von seinem Pastis trank, verschluckte sich beinahe.

»Picasso?«, fragte er. »Wie kommst du denn auf den?«

»Ich war gestern auf der Weltausstellung am Trocadéro. Im spanischen Pavillon habe ich sein großes Wandgemälde gesehen – *Guernica.*«

»So – hast du?« Harry setzte sein Glas ab. »Ich fürchte, das Bild wird maßlos überschätzt. Wie übrigens dieser ganze Picasso.«

»Das glaube ich nicht. Das Bild ist das großartigste Kunstwerk, das ich je gesehen habe. Es zeigt, was Krieg wirklich bedeutet. Genauso wird es bald in ganz Europa aussehen.«

Harry schnaubte einmal durch die Nase. »Das sagst du doch nur, um mich zu ärgern.«

»Du meinst, weil das Bild nicht von dir ist?« Bobby schüttelte den Kopf. »Nein, wenn ich dich ärgern wollte, würde ich was ganz anderes sagen.«

»Da bin ich aber gespannt.«

Harry schaute von seinem Glas auf. Auch wenn er die zwei blauen Augen wie zwei Skalpelle empfand, hielt Bobby dem Blick stand.

»Nun gut, wenn du es unbedingt wissen willst«, sagte er. »Du willst nur wegen deiner Weibergeschichten hier bleiben. Weil du insgeheim hoffst, dass Laura nicht nach Mexiko fährt, sondern hier in Paris bleibt. Bei dir.«

14

Laura glaubte noch die scharfen Karboldämpfe aus der Praxis von Dr. Drieux zu atmen, als sie durch das Gewühl der Rue Saint-André-des-Arts nach Hause lief. Die Blähkrämpfe in ihrem Unterleib waren in den letzten Wochen so heftig geworden, dass sie nachts nicht mehr schlafen konnte. Manchmal, wenn sie wach im Bett lag, beschlich sie der absurde Verdacht, dass sie von Florences Fluch herrührten, bei ihrem Sprung von der Seine-Brücke. Weil sie wusste, dass das Unsinn war, hatte sie Dr. Drieux aufgesucht. Sie musste sich Gewissheit verschaffen. Dabei hatte sie auch die Untersuchung nachgeholt, die sie seit ihrer Flucht aus London immer wieder verschoben hatte, um endlich der *Sache* auf den Grund zu gehen.

Hätte sie das nur nicht getan …

Als Laura die Rue de Seine überquerte, versperrte ein Pferdefuhrwerk ihr den Weg. Ein Kohlehändler entlud gerade eine Fuhre Koks in einen Keller, sodass sie in die Rue Cardinale ausweichen musste, um nach Hause zu gelangen. Wie durch einen grauen, dichten Nebel sah sie die schwarzgesichtigen Arbeiter, die den Koks mit riesigen Gabeln in eine Kellerrutsche schaufelten. Sie hatte immer gedacht, die Krämpfe wären an allem schuld. Die Krämpfe, die ihre Eingeweide zusammenzogen und dann wieder anschwellen ließen wie einen Ball, den jemand in ihrem Leib aufpumpte, bis sie es nicht mehr aushielt. Sobald sie zu Hause war, würde sie einen Tee aufbrühen. Sie bewahrte in der Küche stets einen Sud von Orangenblüten auf. Der half ihr, sich zu übergeben.

Doch was würde das nützen? Ein kurzer Moment der Befreiung, mehr nicht. Dr. Drieux hatte ihr heute Morgen erklärt, dass die Krämpfe nichts mit der *Sache* zu tun hatten. Die Krämpfe waren nur ihre kleinen normalen Alltagsängste. Alles, was sie nicht verdauen konnte, was sie aus sich herauswürgen wollte, wenn es von ihr Besitz ergriff und sie belastete. Die *Sache* war viel heimtückischer, und gleichzeitig viel gefährlicher. Ein unsichtbares, bissiges Tier, das sich in ihrem Körper eingenistet hatte und sich darin ausbreitete und klammheimlich vermehrte, sich zerteilte in winzig kleine Untertiere, die sich wiederum in noch kleinere, noch winzigere Unteruntertiere zerteilten, und so weiter und so fort, bis in alle Ewigkeit. Jetzt hatte sich das große böse Muttertier in ihr festgebissen. Das jedenfalls behauptete Dr. Drieux.

»Ich rate dringend zur Operation«, hatte der Arzt gesagt und dabei auf dem Bügel seiner goldenen Brille gekaut. »Jede Prognose ist Spekulation. Der Körper macht, was er will. Sicher, manchmal geht es jahrelang gut und nichts passiert. Aber das ist die Ausnahme. Wenn Sie meinen Rat wissen wollen: Raus damit – und zwar so schnell wie möglich!«

Wovon sollte Laura eine Operation bezahlen? Die fünfzig Pfund, die ihre Mutter ihr jeden Monat aus England schickte, reichten kaum für die laufenden Ausgaben. Und selbst wenn es ihr gelang, das nötige Geld aufzutreiben, war sie nicht sicher, ob sie die Operation wirklich wollte. Wäre sie danach überhaupt noch eine Frau? Gleich nach der Untersuchung hatte sie vom Postamt aus ihre Mutter angerufen, zum ersten Mal, seit sie ihre Eltern verlassen hatte. Obwohl die Verbindung ziemlich schlecht gewesen war und die Leitung fürchterlich gerauscht hatte, waren ihr beim

Klang der vertrauten Stimme die Tränen gekommen. Ohne ihr einen Vorwurf zu machen, hatte ihre Mutter angeboten, nach Paris zu kommen, wann immer Laura sie brauche – und wenn sie dafür ihren Bridge-Abend opfern müsste. Ausgerechnet jetzt, dachte Laura, nachdem Harry sie verlassen hatte, um zu seiner Elfe zurückzukehren ... Wie sollte sie das ihrer Mutter erklären? Bei der Erinnerung an ihre Mutter fiel ihr Roberto ein. Er war in der Botschaft, um ihre Pässe abstempeln zu lassen. Keine Sekunde hatte sie seit der Untersuchung mehr an ihn gedacht, so wenig wie an Mexiko. Obwohl er alles tat, damit sie sich an seiner Seite wie eine Königin fühlte.

Als sie die Haustür aufschloss, spürte sie wieder die Blähkrämpfe im Bauch. Ob schwangere Frauen sich wohl so fühlten, wie sie sich jetzt fühlte? In London hatte sie diese Krämpfe nie gehabt, erst in Paris waren sie entstanden. Hatte das damit zu tun, dass sie Professor Bonenfant und seine verschrumpelten Äpfel manchmal vermisste? Trotz aller Vorschriften und Verbote? So wie sie manchmal ihren Vater und ihre Mutter vermisste? Sie versuchte, sich das Haus ihrer Eltern vorzustellen. Wenn sie an das finstere Schloss mit seinen Erkern und Türmen dachte, erschien es ihr immer als ein Haus der Angst. Trotzdem hatte sie das Gefühl, dass sie ihre Angst nur überwinden konnte, wenn sie in Gedanken dorthin zurückkehrte, mitten hinein in diese Angst, als einzige Möglichkeit, sie zu überwinden.

»Mademoiselle Paddington?«

Die Concierge streckte ihren Eulenkopf aus dem Fenster der Loge, um ihr etwas zuzurufen, doch Laura achtete nicht auf sie. War es nicht ihre eigene Schuld, dass alles so gekommen war? Weshalb war sie mit Roberto gegangen? Vielleicht, ohne es selbst zu wissen, auch nur aus Angst? Aus Angst vor Harry? Beim Anblick seines Sohnes hatte sie gewusst, welch fürchterlichen Fehler sie begangen hatte. Sie hatte Sehen lernen wollen, Sehen und Malen und Leben. Doch für eine Sekunde vermeintlichen Lebens, in der sie nichts weiter empfunden hatte als einen kurz aufblitzenden, reißenden Schmerz, und für ein paar Minuten Lust hatte sie womöglich ihr wirkliches, ihr eigentliches Leben geopfert. Nein, Harry hatte recht, tausend und abertausend Mal! Das war der Austausch von Körpersäften nicht wert ... Zwei Stufen auf einmal nehmend, eilte Laura die Treppe hinauf. Sie konnte es kaum noch erwarten, den Tee zu trinken, damit sie das Gekrampfe in ihrem Magen endlich auskotzen konnte.

Als sie die Tür zu ihrer Wohnung öffnete, schrak sie zusammen.

Vor ihr stand Harry, so wie er ihr beim ersten Mal erschienen war, hager, aufrecht, in seinem schwarzen Cape. Ganz in Gedanken versunken, betrachtete er das Bild auf der Staffelei: *Un peu de paix.*

Unschlüssig verharrte Laura auf der Schwelle. Offenbar hatte er sie nicht bemerkt. Jedenfalls gab er mit keinem Zeichen zu erkennen, dass er Notiz von ihr genommen hatte.

Weshalb war er zurückgekommen? Um seine Sachen abzuholen?

»Hallo Harry«, sagte sie, als sie die Stille nicht länger ertrug.

Es schien eine Ewigkeit, bis er reagierte. Wie in Zeitlupe drehte er sich um und schaute sie an, mit seinen blauen, kalten Augen. Dabei tippte er mit dem Finger auf das Bild, genau auf die Stelle, die sie selber ausgemalt hatte, um die entsetzliche Einsamkeit zu bekämpfen, die sie nach der Trennung befallen hatte. Sie hatte dort zwei kleine Figuren auf der Leinwand eingefügt, ein winziges Vogelwesen, umhüllt und beschützt von einer weiblichen Silhouette, im Schatten eines Waldes. Dada und die Windsbraut.

»Warst du das?«, fragte er.

Laura nickte, in Erwartung eines Wutanfalls. Stattdessen lächelte er sie an, mit einem ganz zarten, fast zerbrechlichen Lächeln, das sie noch nie zuvor an ihm gesehen hatte.

»Ich glaube«, sagte er, »Du bist der einzige Mensch, der mich versteht.«

15

Irgendwo spielte ein Radio. Aus dem Treppenhaus hallte lautes Kinderlachen empor, dazu die mahnende Stimme einer Mutter. Eine Etagentür fiel mit einem Knall ins Schloss, dann eiliges Fußgetrappel, das sich allmählich in der Tiefe verlor. Laura hörte es und hörte es nicht. Es war, als würde mit dem Fußgetrappel alle Wirklichkeit verhallen, alle Angst sich auflösen, sich verflüchtigen, wie die Krämpfe in ihrem Magen. Vor ihr stand der Große Zauberer, der Mann, von dem sie als Kind schon geträumt hatte: ein schwarz gefiederter Menschenvogel mit hellen, überklaren Augen und weißem Flaum an den Schläfen.

Endlich hatte er einen Namen.

»Dada«, sagte sie leise. »Bist du es wirklich?«

Statt einer Antwort nahm er sie in den Arm, und sie versanken in einem Kuss, der alle Fragen erübrigte.

»Was für ein Idiot bin ich gewesen«, flüsterte er, sein Gesicht an ihrem Gesicht, während seine Hände nach den Knöpfen ihrer Bluse suchten.

»Ein Riesenidiot ...«, flüsterte auch sie und tastete nach seiner Gürtelschnalle.

»Tantalusqualen hab ich gelitten ...«

»Die hast du verdient, mit deinem dämlichen Gelübde ...«

»Was für ein Gelübde? Ich weiß gar nicht, wovon du redest ...«

Sein schwarzes Cape glitt zu Boden, und plötzlich waren sie nackt. Irgendwo im Himmel hatte jemand eine große unsichtbare Flasche gedreht, um jenes uralte Wahrheitsspiel in Gang zu setzen, das schon Millionen und Milliarden von Menschen miteinander gespielt hatten und das doch mit jedem Menschenpaar, mit jedem Mann und jeder Frau, von Neuem anfing, wie beim allerersten Mal. Es gab nur noch ihre Blicke, ihren Atem, ihre Haut. Ohne dass ihre Lippen sich voneinander lösten, taumelten sie durch das Zimmer, die Arme, die Beine, die Körper ineinander verschlungen, als wären sie bereits ein einziges Wesen, und landeten auf dem Bett. Ächzend sank das Gestell in sich zusammen, doch es kümmerte sie nicht. Sie waren Adam und Eva, und bis zum Paradies war es nur noch ein Schritt.

»Du brauchst keine Angst zu haben«, hauchte Harry ihr ins Ohr. »Es tut nur einmal kurz weh!«

»*Du* brauchst keine Angst zu haben«, erwiderte sie. »Es hat nämlich schon mal wehgetan.«

Er hielt für einen Moment inne und schaute sie an. »Der Stierkämpfer?«

»Ja«, sagte sie. »Ich dachte, es ist einfacher, wenn ein anderer den Pflichtteil erledigt.«

Sein Gesicht schwoll an, und für einen Moment sah er aus, als würde er explodieren. Laura schickte ein Stoßgebet zum Himmel. Jetzt ja nicht niesen! Als hätte irgendjemand ihr Flehen gehört, schüttelte Harry den Kopf, und seine blauen Augen lachten schon wieder.

»Dann bleibt mir also nur die Kür?«

Laura breitete die Arme aus. »Hör endlich auf zu quatschen.«

Mit einem Seufzer nahm sie ihn auf. Seit Monaten hatte sie diesen Augenblick herbeigesehnt, ohne eine wirkliche Vorstellung zu haben, was passieren würde. In ihren Träumen hatte sie sich den Moment als einen ziemlich ernsten und feierlichen Akt vorgestellt – so ernst und feierlich wie die Tänze, die sie vor langer, langer Zeit geübt hatte, für den Debütantinnenball bei Hofe. Die Vermählung mit dem Großen Zauberer war schließlich ein magischer Augenblick! Doch die Wirklichkeit war viel schöner. Alles Leben war nur noch Gefühl, eine einzige tanzende Woge. Noch nie hatte Laura eine solche Leichtigkeit erlebt, ohne jede Peinlichkeit oder Angst oder Fremdheit oder falsche Würde. Während die Matratze unter ihr quietschte, flog sie jauchzend zum Himmel empor. Der Große Zauberer war kein Fabelwesen, sondern Dada, und sie, die Windsbraut, entführte ihn in die Lüfte. Nichts war mehr da, was sie am Boden hielt. Zusammen wirbelten sie im Kreise, zwei Tänzer in einem Ballett, höher und immer noch höher hinauf, als wäre alle Erdenschwere aufgehoben. Und als es nicht mehr höher ging, als sie vergingen vor Lust, um darin neu geboren zu werden, sagte Dada jene drei Worte, die Harry niemals hatte aussprechen wollen.

»Ich liebe dich …«

Aufgestützt auf beide Hände, sein Leib in ihrem Leib, blickte er ihr dabei so ernst und feierlich in die Augen, dass Laura schlucken musste.

»Habe ich was Falsches gesagt?«, fragte er erschrocken.

Sie schüttelte den Kopf. »Wie kannst du nur so blöd fragen?«

»Ich dachte, vielleicht verachtest du mich jetzt. Schließlich hatte ich dir versprochen, dich mit solchem Kitsch zu verschonen. Aber es musste sein. Weil …« Auch er musste jetzt schlucken, und noch einmal sagte er die Worte, die er sich verboten hatte. »Ja, Laura, ich liebe dich.«

»Ach Dada. Harry. Großer Zauberer.« Mit einem Lächeln nahm sie sein Gesicht zwischen ihre Hände und zog ihn zu sich, so nah, dass es näher nicht mehr ging. »Ich glaube«, flüsterte sie, »diesen Augenblick, den haben wir dem Himmel gestohlen.«

16

»Zweihundert Franc, nicht wahr?«, fragte Florence. »Soll ich jetzt gleich bezahlen, oder möchten Sie lieber nachher …?«

»Wenn's dir nichts ausmacht, Kindchen, jetzt gleich«, sagte Madame Clotilde. »Man kann ja nie wissen.«

»Ja, natürlich. Ich habe das Geld dabei. Hier.« Florence griff in ihre Manteltasche und reichte ihr das vorbereitete Bündel Scheine. »Drei Fünfziger und fünf Zehner.«

Madame Clotilde nahm das Geld und zählte nach. Sie sah aus wie eine bretonische Bäuerin: groß und stämmig und vor Gesundheit strotzend. »Mach dich schon mal unten frei«, sagte sie, ohne von den Scheinen aufzuschauen. »Wir fangen gleich an.«

Während Florence den Mantel ablegte, blickte sie sich um, ob es irgendwo einen Paravent gab, hinter dem sie sich ausziehen konnte, aber es war keiner da. Zum Glück trug sie einen langen, weiten Faltenrock. Als sie sich bückte, um ihre Strümpfe und den Slip darunter abzustreifen, bekam sie plötzlich Ohrensausen. Das kam wahrscheinlich von dem Chinin. Madame Clotilde hatte ihr am Telefon gesagt, sie solle vorher eine große Dosis von dem Fiebermittel schlucken, jede Stunde zwei Tabletten, mindestens fünf Mal, das würde die Prozedur beschleunigen.

Ob daher auch die Übelkeit kam? Oder kam die von der Angst?

In der kleinen Souterrainwohnung hing ein ekelhafter Fischgeruch. Bei der Vorstellung, dass Madame Clotilde hier heute Mittag einen Fisch ausgenommen hatte, mit denselben Händen, mit denen sie gleich in ihr herumwühlen würde, drehte sich Florence der Magen um. Angeblich war Madame Clotilde früher Hebamme gewesen. Obwohl alle nur ihren Vornamen kannten, kursierte im *Café Flore* seit Jahren ihre Adresse. Florence war nicht die erste Künstler-Muse, die abtreiben musste.

»Hab keine Angst, Kindchen«, sagte Madame Clotilde, »glaub nicht an die Schauermärchen, die man sich erzählt. Bei mir ist noch keine auf dem Stuhl geblieben. Manche sind am selben Abend tanzen gegangen.«

Sie klemmte das Geld unter einen Blumentopf und forderte Florence auf, sich auf ein gepolstertes, mit Plastik bezogenes Gestell in der Mitte der Wohnküche zu legen. Als Florence ihren Platz eingenommen hatte, blickte sie auf einen viereckigen erhöhten Tisch. Darauf stand eine Schüssel mit Wasser, und daneben, auf einer geblümten Decke, lag eine große Spritze mit einem Gummiballon sowie eine Reihe silbern glänzender Instrumente. Abgesehen von dem Fischgestank und der Blümchendecke war es nicht viel anders als in der Praxis von Dr. Drieux.

»Den Stuhl hat ein Tischler nach meinen Anweisungen gemacht«, sagte Madame Clotilde und streifte sich ein Paar Gummihandschuhe über. »Meine Mädchen sollen es bequem haben.

Der Tischler hat sich zwar gewundert, wofür ich so ein Gestell brauche, aber als ich ihm sagte, ich will ein Bordell aufmachen, hat er gelacht und nicht weiter gefragt.« Sie trat zu Florence, schlug den Faltenrock hoch und schob ihre Beine mit sanftem Druck auseinander. »Dann wollen wir mal sehen.«

Florence hielt die Luft an. Eine Freundin hatte ihr gesagt, bei ihr hätte es fast gar nicht wehgetan. Aber was half das gegen die Angst? Gegen ihren Willen musste sie immer wieder zu dem Tisch mit der Spritze und den Instrumenten schauen, während Madame Clotilde sich an ihrem Schoß zu schaffen machte. Um nicht den grauen Scheitel der Frau zu sehen, drehte Florence den Kopf zur Seite. Auf der Fensterbank, unter dem Blumentopf, klemmten die Geldscheine. Die hatte ihr Vater ihr zum Geburtstag geschenkt, für ein Wochenende am Meer … *Jetzt gleich oder nachher? Lieber jetzt gleich, man kann ja nie wissen* … Als Madame Clotilde einen Finger in sie steckte, brach Florence der Schweiß aus, und sie musste die Zähne zusammenpressen, damit sie nicht aufeinanderschlugen.

»Nicht so verkrampfen, Kindchen. Als es passiert ist, warst du doch auch nicht verkrampft, oder? Ach, was ihr auch immer für Sachen macht! Aber zum Glück gibt's ja Vaseline.«

Als Madame Clotilde die Creme auftrug, entspannte Florence sich ein wenig. Sie wusste, manche Frauen waren so trocken, dass sie stets Vaseline benutzen mussten, damit überhaupt ein Mann zu ihnen kommen konnte. Sie selber hatte solche Mittel nie gebraucht. Sie war immer bereit gewesen, egal ob morgens oder abends oder mitten in der Nacht. Sie schloss die Augen, um nicht mehr da zu sein. Es war, als würden ihre Gedanken sich von ihrem Körper lösen. Harry war ein so zärtlicher Liebhaber, verspielt wie ein junger Hund, und sie hatte ihm alles gegeben, was eine Frau einem Mann geben konnte. Keine einzige Stelle gab es an ihrem Körper, die er nicht besessen hatte … Wenn er zum Höhepunkt kam, bestand sein Gesicht nur noch aus seinen Augen. Immer größer und heller und blauer wurden sie. Florence hatte sich manchmal gewundert, dass sie nicht aus ihren Höhlen sprangen.

Ein metallisches Klirren holte sie in die Wirklichkeit zurück. Als sie die Augen aufschlug, sah sie Madame Clotilde, mit der Ballonspritze in der Hand.

»Was … was ist da drin?«

»Seifenlauge. Damit alles schön einweicht. Manche nehmen auch Kamillentee. Aber ich schwöre auf Seifenlauge, aus guter französischer Kernseife.«

Florence spürte, wie sich die Lösung in ihrem Unterleib ausbreitete, eine warme, sanfte Flut. Es brannte nur ein bisschen, das war alles.

»Hat's wehgetan?«

Sie schüttelte stumm den Kopf.

»Na also.«

Madame Clotilde legte die Spritze beiseite. Angespannt verfolgte Florence jede ihrer Bewegungen. Was hatte sie als Nächstes vor?

Da klingelte das Telefon.

Madame Clotilde strahlte über ihr ganzes breites bretonisches Gesicht. »Das wird meine Nichte sein. Sie ruft wegen Weihnachten an. Damit ich weiß, was sie sich wünscht.« Sie nahm den Hörer ab. »Bist du's, Mimi? Wie geht es meinem kleinen Liebling?« Sie hielt die Hand auf die Muschel und blickte über die Schulter. »Du brauchst im Moment gar nichts zu tun, Kindchen. Halt einfach nur still. Damit die Lauge einwirkt. Das dauert eine Weile.«

Madame Clotilde steckte sich eine Zigarette an. Während sie mit ihrer Nichte über Puppen und Puppenkleider sprach, wurde Florence auf einmal entsetzlich müde. Sie wurde immer müde, wenn sie Angst hatte. Schon in der Schule war das so gewesen, vor allen Prüfungen und auch im Abitur. Während sie sich fühlte, als hätte sie schweren, süßen Wein getrunken, sah sie durch das Souterrainfenster die Beine der Straßenpassanten, undeutlich und verschwommen, wie durch eine Brille mit zu dicken Gläsern. Ob das auch von dem Chinin kam? Kinder spielten auf dem Bürgersteig, direkt über der Wohnung. Obwohl Florence nur die Beine sah, glaubte sie die Stimmen zu hören. Wie sehr hatte sie sich auf ihr Kind gefreut. Sie wusste, es war ein Junge – sie hatte ihn im Traum ganz deutlich gesehen. Er hatte ein Gesicht wie ein kleiner wacher Vogel. Sie hatte sogar schon einen Namen für ihn gehabt. Félicien sollte er heißen – der Glückliche … Bald würde er beim lieben Gott sein … Ein kleiner, vogelgesichtiger, glücklicher Engel …

»Bist du etwa eingeschlafen? Na, du hast vielleicht Nerven!«

Florence hatte gar nicht gemerkt, dass Madame Clotilde ihr Telefongespräch beendet hatte. Jetzt bückte sie sich zu Boden und rollte eine Gummiplane aus. Als sie wieder aufstand, sah Florence, dass sie inzwischen eine weiße Plastikschürze trug. Sie sah aus wie Monsieur Bertrand, der Metzger in der Rue des Saints-Pères. Stöhnend zog sie eine große, flache Zinkwanne unter dem Küchentisch hervor und schob sie unter das Gestell, auf dem Florence lag.

»Das ist nur wegen der Schweinerei. Irgendwo muss das Zeug ja hin. Möchtest du vielleicht einen Schluck Calvados? Ich habe Selbstgebrannten, von meinem Schwager aus Brest.«

»Ich … ich glaube, lieber nicht. Das Chinin …« Florence hatte solche Angst, dass sie den Satz nicht zu Ende sprechen konnte.

»Ganz wie du willst, Kindchen.«

Madame Clotilde nahm eines von den silbernen Instrumenten und trat an ihren Stuhl. Der Stahl war so kalt zwischen ihren Schenkeln, dass Florence eine Gänsehaut bekam.

»Jetzt tut's ein bisschen weh. Nicht erschrecken – das muss so sein. Wenn's wehtut, ist das ein gutes Zeichen.«

Im selben Moment spürte Florence einen scharfen Schmerz, als würde ein Messer in ihren Unterleib fahren. Um nicht aufzuschreien, biss sie sich auf die Lippen. Während Madame Clotilde immer tiefer in sie eindrang, verwandelte sie sich selber in eine einzige große klaffende Wunde. Madame Clotilde stieß das Messer vor und zurück und zur Seite, drehte es in ihren Gedärmen, kratzte und schabte, hin und her, rauf und runter, um sie auszuweiden wie einen Fisch. Florence krallte sich mit beiden Händen an dem Stuhl fest. Es tat so höllisch weh, dass sie fast die Besinnung verlor. Wie durch Watte hörte sie die Stimme von Madame Clotilde, die bei der Arbeit immer wieder vor sich hin fluchte.

»So ein zähes Biest ... Als würde es sich an sein bisschen Leben klammern ... Manchmal glaube ich, die Bälger haben schon einen eigenen Willen ...«

Florence schloss die Augen und flüsterte ein Gebet. Sie hatte den Kelch angenommen, jetzt musste sie ihn austrinken, bis zur bitteren Neige. Es war der größte Beweis ihrer Liebe, zu dem sie fähig war. Wieder stieß Madame Clotilde in sie hinein, und wieder biss Florence sich auf die Lippen. Was bedeuteten die Schmerzen im Vergleich zu dem Lohn, der auf sie wartete?

»Na, wirst du wohl endlich! ... Himmelherrgottsakrament! Sonst hat es doch immer geklappt! ... Ja, Kindchen, pressen ... Genau so! Als hättest du Verstopfung! ... So ist es gut, jetzt nur nicht nachlassen! ... Noch einmal! So feste du kannst! ... Bald haben wir es geschafft ...«

Florence versuchte alles zu tun, was Madame Clotilde befahl. Sie nahm die Stimme in sich auf, damit sie zu ihrem eigenen Willen wurde. Wieder zog ihr Unterleib sich vor Schmerzen zusammen, und wieder strengte sie sämtliche Muskeln an, damit die Kontraktion sich verstärkte.

»Heilige Maria, Muttergottes, bitte für uns Sünder. Jetzt und in der Stunde unseres Todes ...«

Plötzlich brach irgendetwas aus ihr hervor, und eine warme Flüssigkeit rann an ihren Schenkeln herab.

»Amen!«

Madame Clotilde richtete sich zwischen ihren Beinen auf, das breite Gesicht hochrot vor Anstrengung. Mit einem grimmigen Lächeln streifte sie ihre Handschuhe ab. Sie waren über und über mit Blut verschmiert, genauso wie die Schürze vor ihrer Brust.

»Das war ein hartes Stück Arbeit, Kindchen. Aber du hast prima mitgemacht.«

Florence wusste nicht, ob sie noch wach war oder träumte. Sie spürte nur das Blut an ihren Beinen, hörte, wie es in die Zinkwanne unter ihr am Boden tropfte.

War es wirklich vorbei?

Wieder sah sie Harry vor sich, zärtlich schaute er sie an. Ein süßes, ohnmächtiges Gefühl überkam sie. Sie konnte es gar nicht erwarten, ihm zu sagen, dass es vollbracht war. Wenn sie ihm sagte, dass es kein Kind mehr gab, würde er sie wieder lieben wie früher. Für immer und alle Zeit ...

Während alles sich vor ihren Augen zu drehen begann, schwand Florences Bewusstsein dahin, und sie sank in Ohnmacht.

17

Mit lautem Knall löste sich der Pfropfen aus der Flasche, und rauchend schäumte der Champagner in die Gläser. Harry hatte seinen Sohn ins *Café Flore* eingeladen, zusammen mit Mathilde und Laura, um Abschied zu feiern. In weniger als zwei Stunden würde Bobby mit dem Zug nach Le Havre aufbrechen, um dort ein Schiff nach Amerika zu besteigen.

»Bevor du verschwindest, sollst du eins wissen«, sagte Harry, als er mit seinem Sohn anstieß. »Ich bin nicht ganz und gar gewissenlos gewesen, was dich betrifft. Vielleicht ist es einfach nur so, dass ich manchmal Angst hatte vor meinen eigenen Gefühlen.«

»Du brauchst dich nicht zu entschuldigen«, erwiderte Bobby. »Gute Väter gibt es im Dutzend. Ich habe sie bei meinen Mitschülern erlebt. Die meisten waren Nazis.«

»Du warst manchmal aber auch unmöglich zu deinem Vater«, sagte Mathilde. »Weißt du noch, wie du ihm das ganze Gesicht mit Schokoladenpudding eingeschmiert hast?«

»Das hast du wirklich getan?«, fragte Laura amüsiert.

»Allerdings«, antwortete Harry an Bobbys Stelle. »Damals hatte ich noch die Hoffnung, mein Sohn wollte Künstler werden wie sein Vater. Außerdem hatte er die Angewohnheit, mir immer von seinen Bonbons anzubieten. Nur wehe, wenn ich eins nahm und es mir in den Mund steckte! Dann brüllte er wie am Spieß. Und wenn er bei mir auf den Schoß saß, pinkelte er mich regelmäßig voll. Aber ich will mich nicht beklagen. Wahrscheinlich hat er die Unarten ja von mir.«

»Dann ist es umso besser«, lachte Bobby, »dass wir nicht zusammen unter einem Dach leben mussten. Ich glaube, das hätte nur Mord und Totschlag gegeben.«

Harry schaute seinen Sohn an. Die Ähnlichkeit war geradezu lächerlich. Und doch hatte er Bobby nie wirklich gekannt, und erst jetzt, nachdem sie ein paar Wochen miteinander verbracht, sogar Weihnachten und Silvester zusammen gefeiert hatten, wurde Harry bewusst, wie sehr er unter der Trennung gelitten hatte. Bobby war ein Wesen, das stets in Raum und Zeit von ihm getrennt gelebt hatte, eine geläufige und trotzdem völlig abstrakte Größe in seinem Leben, wie die Zahl Pi oder das Gravitationsgesetz. Wie gerne würde Harry jetzt mit ihm durch die Winkel vergangener Gemeinsamkeiten schweifen, um eine Ahnung zu bekommen, was das Wort Zukunft für sie beide bedeutete. Doch jetzt verschwand Bobby nach Amerika, auf einen anderen Kontinent, und bald würde ein ganzes Weltmeer zwischen ihnen liegen, Tausende von Kilometern.

»Mein Sohn Bobby«, nickte Harry. »Der größte Bewunderer Pablo Picassos.«

»Bist du immer noch beleidigt?«

»Jetzt reg dich nicht auf. Ich dachte nur, du könntest Kunst nicht ausstehen. Weil du mich nicht ausstehen kannst.«

Bobby wollte etwas erwidern, doch seine Mutter kam ihm zuvor. »Es ist normal, dass ein Sohn das Gegenteil von seinem Vater werden möchte. Weil er eigentlich keinen anderen Wunsch hat, als genauso zu sein wie er.«

»Und damit ich das begreife, muss er mir von Picasso vorschwärmen?«, fragte Harry. »Dabei bin ich mir gar nicht mal sicher, ob *Guernica* überhaupt ein richtiges Kunstwerk ist oder nur ein politisches Pamphlet.«

»Verstehst du denn nicht?«, sagte Laura, die fast die ganze Zeit geschwiegen hatte. »Bobby hat mit seiner Begeisterung für das Bild nur versucht, dir näherzukommen. Und kann es dafür eine bessere Brücke geben als die Kunst?«

Harry schaute erst Laura an, dann Mathilde und schließlich Bobby, der sich unter seinem Blick vor Verlegenheit wand.

»Offenbar bin ich von Philosophen umzingelt«, brummte er und hob sein Glas. »Kommt, lasst uns den Champagner austrinken.«

Noch einmal stießen sie miteinander an. Harry musste schlucken, als Bobby ihm in die Augen sah. Hatten sie den Anfang geschafft? Als sie ihre Gläser geleert hatten, schickte Harry seinen Sohn zur Kasse.

»Sag dem Patron, er soll anschreiben.«

»Ja, ja, ich weiß«, grinste Bobby, »du hast hier Kredit.«

»Ich komme mit«, sagte Laura. »Du kannst doch kaum Französisch.« »Das musst du gerade sagen.« Zusammen verließen sie den Tisch.

»Ein hübsches Paar«, sagte Harry, als die beiden untergehakt zum Tresen gingen. »Fast ein Jammer, dass die junge Dame schon vergeben ist.«

Mathilde nippte an ihrer Schokolade und blickte den Rauchwölkchen von Harrys Zigarette nach, die in die Richtung der beiden entschwebten.

»Eins würde ich gerne wissen«, sagte sie. »Was hat sie, was wir anderen nicht haben?«

»Laura?« Harry zuckte die Achseln. »Keine Ahnung. Ich weiß nur, sie ist die einzige Frau, die den Panzer durchbrochen hat. Ich werde sie niemals betrügen.«

»Und der Rückfall mit Florence?«

»Das hatte nichts zu bedeuten. Weil, das war, bevor Laura und ich …« Plötzlich verstummte er mitten im Satz. »Oh nein, nicht schon wieder!«

Durch die Fensterfront sah er draußen auf dem Bürgersteig Florence, mit einem Rudel Hunde im Gefolge. Das schlechte Gewissen packte Harry im Nacken wie eine kalte, nasse Hand. In der verzweifelten Hoffnung, dass sie ihn nicht sah, drehte er ihr den Rücken zu. Ihre letzte Begegnung war Silvester gewesen, auf der Party im *Café Flore*. Den ganzen Abend hatte sie ihn bedrängt, zu ihr zurückzukommen, hatte ihn in Gegenwart von Laura und Mathilde und Bobby umarmt und geküsst und ihm das Opfer vorgehalten, das sie für ihn gebracht hatte, als Beweis ihrer Liebe. Was warf sie ihm vor? Hatte er sie zur Abtreibung gezwungen? Sie hatte es doch freiwillig getan, ohne ihm etwas davon zu sagen! Als er sich geweigert hatte, ihr nach Hause zu folgen, hatte sie mit Tassen und Tellern nach ihm geworfen. Pompon hatte ihren Auftritt »phantastisch« gefunden.

»Bin ich eigentlich ein Ungeheuer?«, fragte Harry. »Ganz ehrlich!«

Gespannt schaute er in Mathildes grundanständiges Volksschullehrerinnengesicht.

»Ich weiß nicht«, erwiderte sie. »Aber ich glaube kaum, dass es jemandem geholfen hätte, wenn du noch eine zweite Familie gegründet hättest. Die erste ist dir schon ziemlich daneben gelungen.«

Ihre Antwort empfand er wie eine Absolution. »Pompon behauptet, sie will ins Kloster«, sagte er erleichtert. »Was meinst du – ist da was dran? Du kennst sie ja besser als wir alle.«

»Keine Ahnung. Sie will darüber nicht sprechen. Ich weiß nur, dass sie dreimal am Tag die Messe besucht.«

»Heiliger Strohsack! Und die vielen Köter, die sie überall aufliest! Angeblich ist schon ihre ganze Wohnung voll von den Viechern.« Vorsichtig spähte er zum Eingang. »Oh Gott, sie kommt!«

Florence hatte die Drehtür noch nicht durchschritten, da hatte sie ihn auch schon entdeckt. Im nächsten Moment stand sie vor ihm, mit bleichem Gesicht und geröteten Augen. Harry versank fast in seinem Stuhl.

»Keine Angst«, sagte Florence. »Ich lasse dich heute in Ruhe. Ich will mich nur von Bobby verabschieden. Er ist ja ein bisschen auch mein Sohn.« Dabei schaute sie ihn so traurig an, dass es Harry wehtat. »Erinnerst du dich noch, wie wir zusammen Münzen aus dem Auto geworfen haben? Damit Bobby lernt, dass Geld nichts bedeutet?«

Harry nickte und wollte etwas Nettes sagen. Doch Florence wandte sich ab und ging zur Kasse, wo Bobby und Laura mit dem Patron sprachen. Hilfe suchend schaute Harry zu Mathilde. Sie warf ihm einen Blick zu, der eine seltsame Mischung war aus Vorwurf und Mitgefühl. Während Florence Bobby umarmte, kehrte Laura zurück an den Tisch. In beklommenem Schweigen verfolgten sie zu dritt die Abschiedsszene, ohne zu hören, was die zwei miteinander sprachen. Harry sah nur, wie Florence beim Reden Bobby immer wieder an den Händen fasste und ihn ganz dicht zu sich heranzog. Dann küsste sie ihn auf die Stirn und verließ das Lokal, ohne noch einmal zu grüßen.

»Was hat sie gesagt?«, fragte Harry, als sie verschwunden war.

»Sie will für meine Zukunft in Amerika beten«, erwiderte Bobby.

»Na dann mit Gottes Segen!« Harry schaute auf die Uhr und stand auf. »Nun, ich denke, nachdem du die Rechnung erledigt hast, sollten wir langsam los. Der Zug wartet nicht.«

18

Die Lokomotive stand schon unter Dampf, als sie den Bahnhof Saint-Lazare erreichten. Harry war das nur recht. Abschiedsszenen waren ihm ein Gräuel. Je schneller der Zug abfuhr, desto besser.

»Achtung an Gleis vier!«, dröhnte es aus den Lautsprechern. »Bitte die Türen schließen und von der Bahnsteigkante zurücktreten!«

Eine kurze Umarmung, dann bestieg Bobby den Waggon. Harry reichte ihm die zwei Koffer, die er im *Café Flore* noch schnell für seinen Sohn mit einer Schnur zusammengebunden hatte, um irgendwie als Vater etwas zu tun. Denn Geld, das er ihm mit auf die Reise hätte geben können, besaß er nicht, so wenig wie gute Ratschläge fürs Leben.

Als der Stationsvorsteher die Kelle hob, beugte Bobby sich aus dem Abteilfenster, um seinen Eltern ein letztes Mal die Hand zu drücken.

»Ich schreibe euch, sobald ich ankomme.«

»Für mich *Poste restante*«, sagte Harry. »Laura und ich werden bald umziehen.«

»Gut. Aber versprich mir, dass du die Briefe abholst. Ich will versuchen, Visa für euch zu besorgen.«

»Jetzt fang nicht schon wieder mit dem Blödsinn an. Die Hitlerei ist vorbei, noch ehe du in Amerika bist! Anstreicher – mehr sage ich zu dem Thema nicht mehr!«

»Pass gut auf dich auf«, sagte Mathilde und streichelte Bobbys Gesicht. Obwohl sie mit den Tränen kämpfte, versuchte sie zu lächeln. »Mein kleiner Junge in New York! Ohne eine Menschenseele, die du kennst.«

»Macht euch um mich keine Sorgen. Mein Chef hat mir ein Dutzend Empfehlungsschreiben mitgegeben. Aber ihr beide, ihr müsst hier weg! So schnell ihr könnt! Bevor es zu spät ist!«

Noch während sie einander an den Händen hielten, knallten die Waggontüren zu. Plötzlich ein Pfiff, und stampfend und fauchend setzte die Lok sich in Bewegung. Harry und Mathilde traten von der Bahnsteigkante zurück und winkten. Eine Weile sahen sie noch das Gesicht ihres Sohnes, dann nur noch seine winkende Hand. Harry reichte Mathilde ein Taschentuch und nahm sie in den Arm. Als der Zug den Gleisen in die Kurve folgte, vergrub sie ihr Gesicht an seiner Brust.

»Jetzt ist er fort«, sagte Harry, nachdem der letzte Waggon in der Ferne verschwunden war.

Mathilde löste sich von seiner Brust. »Und du?« Tapfer putzte sie sich die Nase und wischte sich die Tränen ab. »Wirst du wenigstens in Paris bleiben, wenn du umziehst?«

Harry schüttelte den Kopf.

»Wo willst du hin?«

Er deutete mit dem Kopf in Richtung Ausgang, wo Laura am Ende der Gleise wartete.

»Alles, wonach ich mich sehne, ist, Paris hinter mir zu lassen und irgendwo mit ihr zu leben, wo es so was wie Heimat gibt.«

»Ich dachte immer, Paris ist deine Heimat.«

»Das dachte ich auch. Aber Paris ist nicht mehr die Stadt, in die ich mich damals verliebt habe. Paris hasst mich, und bevor ich anfange, Paris zurückzuhassen, haue ich lieber ab.«

»Glaubst du, dass du das schaffst?«, fragte Mathilde und gab ihm sein Taschentuch zurück. »Ich meine, du und eine einzige Frau …«

Harry zuckte die Schultern. »Wenn die Welt uns lässt … Auf jeden Fall ist es einen Versuch wert.«

Mit einem wehmütigen Lächeln blickte Mathilde zu ihm auf und strich ihm über die Wange. »Du bist und bleibst ein hoffnungsloser Träumer«, sagte sie. »Aber genau darum habe ich dich immer geliebt.«

DRITTES BUCH

TRAUMZEIT

SAINTE-ODILE-D'ARDÈCHE
1938–1939

1

Heiß brannte die Augustsonne von einem fast schwarzblauen Himmel herab, die flirrende Luft roch nach Lavendel und Thymian, und in den Gräsern und Büschen zirpten Millionen von Zikaden. Wie ausgestorben lag Sainte-Odile im gleißenden Licht, ein verträumtes Dorf jenseits der Zeit. Eine Handvoll Häuser, sandfarben verputzt, duckte sich um eine Kirche und einen Friedhof, das ausgetrocknete, steinige Flussbett, das den Dorfplatz säumte, wurde von einer Hängebrücke überspannt, und dahinter, am anderen Ufer der Ardèche, ragte eine schrundige, zerklüftete Felswand in den Himmel empor, als wäre die Welt dort zu Ende.

»Wo sind wir hier?«, fragte Laura und stellte ihren Koffer ab.

Harry wischte sich den Schweiß von der Stirn. »Geografisch in der Region Rhône-Alpes. Tatsächlich am Arsch der Welt. Ich bin vor Jahren mal durch Zufall hierher geraten. Ich dachte, das könnte das Richtige für uns sein. Aber was ziehst du für ein Gesicht? Bist du enttäuscht?«

»Im Gegenteil. Ich staune nur, dass es so etwas überhaupt gibt.«

Sie hatten den Bus, der die unbefestigte Straße von Avignon hierher gerumpelt war, eine Station vor dem Dorf verlassen, um das letzte Stück Weg zu Fuß zu gehen. Seit Paris lagen lediglich zehn Stunden Bahnfahrt hinter ihnen. Doch Laura hatte das Gefühl, als hätten sie in Wahrheit nicht nur ein paar hundert Kilometer hinter sich gelassen, sondern ganze Welten, die sie nun von ihrem früheren Leben trennten.

War es wirklich noch keine vierundzwanzig Stunden her, dass sie den Schlüssel zu ihrer Wohnung in der Rue Jacob abgegeben hatten?

»Grundkurs Sehen, Lektion eins«, sagte Harry und zeigte auf das schwarze Zypressenmeer im Tal, das sich in sanften Wellen zu wiegen schien, obwohl kein einziges Lüftchen wehte. »Was ist ein Wald? Antwort: Ein magischer Ort, ein Dickicht der Symbole. Ein gigantisches Fabeltier, ein übernatürliches Insekt. Ein Zeichenbrett ...«

Während Harry redete, verwandelte sich vor Lauras Augen die Landschaft in ein lebendes Bild. Versteinerte Arme griffen aus dem Pinienmeer nach dem glühenden Sonnenball, verschleierte Nymphen lauerten im Dunkeln auf Beute, vogelartige Wesen hockten in den Baumwipfeln und spähten ins Tal ... Ein seltsames Gefühl von Geborgenheit überkam sie, wie damals in der Themse-Galerie, als sie zum ersten Mal Harrys Bilder gesehen hatte, oder wie in Cornwall, auf den Klippen über dem Fjord, als würde sie in einen Traum zurücksinken, aus dem sie nur für kurze Zeit erwacht gewesen war ... Nichts konnte sie hier erreichen. Keine Florence, kein René Pompon und auch nicht ihre Eltern. Hier gab es nur noch den Großen Zauberer und die Windsbraut, den Wald und seine magischen Wesen, die sie begrüßten wie altbekannte, längst vertraute Geister.

»Sieh nur«, sagte Harry. »Ein Gewitter.«

Laura schaute in die Höhe. Tatsächlich, hinter dem Rücken der Felswand, die sich jenseits des Dorfes erhob, türmten sich schwarze, von Blitzen durchzuckte Wolken in den Himmel, während in der Ferne der Donner grollte: ein finsterer, böser Drache, der über den Berg steigen wollte, um in das Tal einzudringen.

»Die Wolken schaffen es nicht«, sagte Laura. »Sie bleiben an der Felskante hängen.«

»Ja, der Kamm muss eine Wetterscheide sein.« Harry nahm sie in den Arm und gab ihr einen Kuss. »Was meinst du?«, fragte er. »Wollen wir hier bleiben?«

2

Als Erstes brauchten sie ein Dach über dem Kopf. Bereits am nächsten Morgen machten sie sich auf die Suche. Madame Lulu, die unglaublich ungepflegte, aber offenbar herzensgute Patronin der Dorfkneipe mit dem hochtrabenden Namen *Hôtel des Touristes*, wo Laura und Harry untergekommen waren, hatte ihnen einen Tipp gegeben: ein altes, abgelegenes Winzerhaus in einem Weinberg, nur eine Viertelstunde zu Fuß vom Dorf entfernt. Die Besitzer lebten laut Auskunft der Wirtin in Avignon, eine Erbengemeinschaft, die kein Interesse an dem kleinen Anwesen hatte und es sicher für wenig Geld verkaufen würde. Madame Lulu musste es wissen – angeblich gehörte ihr das halbe Dorf.

»Das wird es sein«, sagte Harry, als sie an das Ende des steilen Pfades an einen verwitterten Torbogen gelangten.

»Meinst du, wir können hindurchgehen, ohne erschlagen zu werden?«, fragte Laura.

Der Torbogen führte zu einem halb verfallenen Steinhaus, das schon viele Hundert Jahre alt sein musste. Seit einer Ewigkeit schien kein Mensch mehr hier gewesen zu sein. Im Hof stand ein Leiterwagen mit gebrochener Achse, überall lagen eingerostetes Werkzeug und Schrotteisen unerfindlicher Herkunft im Staub. Dazwischen irrte ein blökendes Schaf umher.

»Ein wunderbarer Ort zum Leben«, erklärte Harry.

»Bist du sicher?«, fragte Laura.

»Ganz sicher. Wenn mich nicht alles täuscht, müsste hier sogar Mirakelkraut wachsen.«

»Mirakelkraut?«

»Hast du in der Schule nicht aufgepasst? Das weiß doch jedes

Kind! – Ah, da ist ja schon welches!« Summend vor Zufriedenheit nahm Harry ihre Hand und führte sie zu den Überresten eines Beetes. »Vor langer, langer Zeit lebte hier ein Mädchen, das war so hässlich, dass es nur verschleiert das Haus verließ. Doch seine Haare waren wunderschön, und sie verströmten einen solchen Wohlgeruch, dass ein Zauberer sich in sie verliebte. In dunkler Nacht wurde das Mädchen seine Frau. Als er aber am nächsten Morgen aufwachte und ihr Gesicht sah, war er so wütend über den Betrug, dass er sie tötete und in der Erde begrub. Nur ihre Locken schauten aus dem Boden hervor. Seitdem wächst in der ganzen Gegend Mirakelkraut.«

»Eine traurige Geschichte«, sagte Laura.

»Warte ab«, erwiderte Harry. »Sie geht ja noch weiter. Einmal im Jahr, im Frühling, wenn die Erde aus ihrem Winterschlaf erwacht, kommt der Zauberer wieder hierher, um nach dem Grab zu schauen. Jedes Mal, wenn er dann die Locken sieht, muss er an die wunderbare Nacht denken, die er und das Mädchen zusammen verbracht haben. Und die Tränen, die er dabei vergießt, bringen das Mirakelkraut zum Wachsen.«

»Dann hat er sie also geliebt?«, fragte Laura.

»Wer weiß? Vielleicht, wenn wir Glück haben, sehen wir ihn ja nächstes Jahr und können ihn selber fragen.« Harry bückte sich und zupfte ein trockenes Pflanzenbüschel aus dem Boden. Während er die Blätter zwischen den Fingern zerrieb, hielt Laura seine Hand unter die Nase. »Hier, riech mal, wie das duftet.«

Sie schloss die Augen und sog das Aroma ein. »Wenn ich's nicht besser wüsste, würde ich sagen – Thymian.«

»Dann sei nur froh, dass ich dein Lehrer bin. Eigentlich muss man Mirakelkraut rauchen. Eine Zigarette davon am Tag, und man wird niemals nüchtern. Aber manchmal wirkt es auch schon, wenn man nur den Duft einatmet. Kannst du was spüren?«

»Ich weiß nicht«, sagte Laura und schnupperte noch einmal an seiner Hand. »Aber vielleicht hast du recht. Vielleicht ist das hier wirklich ein wunderbarer Ort zum Leben.«

»Na also!«, rief Harry. »Dann wirkt es ja schon! Aber komm, wir wollen schauen, wie unser Palast von innen aussieht.«

Durch ein Holztor, das fürchterlich in den Angeln quietschte, gelangten sie in ein Gewölbe, das früher vermutlich der Stall gewesen war. Laura betätigte einen Lichtschalter. Zu ihrer Überraschung flammte eine schwache Deckenfunzel auf, offenbar gab es noch Strom im Haus. Eine windschiefe Treppe führte direkt in die Küche. Sie sah aus wie im Schloss von Dornröschen: ein einziges, millionenfach ineinander verwobenes Spinngewebe. Außer einem Tisch und ein paar umgekippten Stühlen entdeckte Laura unter den im Sonnenlicht flirrenden Fäden einen kleinen Kamin, in dem noch verkohlte Holzscheite lagen, und am Fenster einen Schüttstein aus Granit. Eine niedrige Tür führte in ein zweites Zimmer.

»Ich glaube, das ist unser Salon«, sagte sie und ging voran.

Die Luft im Nebenraum war so staubig, dass sie einen Hustenanfall bekam. Harry öffnete das Fenster.

»Wenn man ein Haus in Besitz nimmt, muss man nur wiederholen, was die Menschen getan haben, die früher darin wohnten. Als Erstes also lüften.«

Von der Anhöhe hatten sie einen wunderbaren Blick auf Sainte-Odile und das Tal. Auf dem Dorfplatz, zwischen Madame Lulus Bistro und der Kirche, spielten ein paar alte Männer Pelote, und am steinigen Ufer der Ardèche knieten Frauen im seichten, glitzernden Wasser und wuschen Wäsche.

»Kannst du das auch?«, wollte Harry wissen.

»Wäsche waschen?«, fragte Laura. »Ich dachte, das ist am Arsch der Welt Männersache.«

»Dann muss wohl das Wahrheitsspiel entscheiden«, erklärte er. »Vorschlag: Wer beim Vögeln als Erstes kommt, muss die nächste Wäsche besorgen.«

»Jedes Mal?«, fragte Laura. »Ich fürchte, dann kommen wir nicht mit dem Waschen nach.«

Lachend durchschritten sie den Raum, um Maß zu nehmen

und den schwingenden Holzboden zu prüfen. An den Wänden hingen ein paar gerahmte Gemälde – darunter eine Heilige Familie und eine halbnackte Zigeunerin. Während Laura die Bilder von den Spinnweben befreite, sammelte Harry die Gegenstände ein, die irgendwelche fremden Menschen hier vor Jahren abgelegt und vergessen hatten: Nägel und Schlüssel, Haken und Scherben.

»Das ist alles Kunst«, sagte er und legte seine Fundstücke in eine Ecke. »Aber was ist das?«

»Ein Grammophon!«, rief Laura, die den Apparat im gleichen Moment entdeckt hatte wie er. »Was meinst du, ob die alte Kiste noch funktioniert?«

Auf dem Teller lag eine Schallplatte, die von einer dicken Staubschicht bedeckt war. Laura pustete so lange, bis der Schellack wieder schwarz glänzte, und drehte die Kurbel. Als sie die Nadel auf die Rille setzte, war für ein paar Sekunden nur ein leises Knistern zu hören. Dann ertönte wie aus weiter Ferne die Melodie eines Walzers – so fein und zerbrechlich und zart, als käme die Musik nicht aus dem rotgoldenen Schalltrichter, sondern direkt aus dem Himmel.

»Darf ich bitten?« Mit einer Verbeugung trat Harry auf sie zu.

»Oh – will der böse Zauberer mit seinem Mirakelmädchen tanzen?«

Sie hob die Arme, und während er sich im Takt der Musik bereits auf der Stelle wiegte, ergriff sie seine Hand und schmiegte sich in seinen Arm.

»Grundkurs Leben, Lektion eins«, sagte er.

»Und die lautet?«

»Immer fleißig Wäsche waschen!«, erwiderte Harry und wirbelte sie im Kreis.

3

Die Musik war kaum verstummt, da klopfte es an der Tür.

»Darf man stören?«

»Madame Lulu!«

Die Wirtin der Dorfkneipe war noch ungepflegter, als Laura sie in Erinnerung hatte: eine graue Gestalt in einem sackleinenen Kleid, deren nackte, dunkelrot geschwollene Füße in offenen Gummipantinen steckten. Umso größer war der Kontrast zur Erscheinung ihres Begleiters: ein eleganter, hochgewachsener Mittvierziger, der trotz der Hitze einen Nadelstreifenanzug und Fliege trug und nicht mal zu schwitzen schien.

»Ich hab ja gleich gewusst, dass euch das Häuschen gefällt«, sagte Madame Lulu mit ihrem gutmütigen Bass. »Ein richtiges Liebesnest, wie geschaffen für zwei Turteltäubchen.«

»Apropos Turteltäubchen«, sagte Harry. »Wollen Sie uns nicht Ihren Begleiter vorstellen?«

»Aber selbstverständlich«, erwiderte Madame Lulu mit so breitem Lächeln, dass man ihre braunen Zahnstümpfe sah. »Das ist Maître Simon, Rechtsanwalt und Notar. Als er hörte, dass ihr euch für das Haus interessiert, hat er gleich die Erben in Avignon angerufen. Er ist berechtigt, in ihrem Namen einen Vertrag mit euch abzuschließen.«

»Solche Tüchtigkeit beeindruckt uns sehr. Aber geht das nicht ein bisschen schnell?«

»Ich wollte nur zu Diensten sein«, sagte der Notar. »Aber bitte, nehmen Sie sich für Ihre Entscheidung so viel Zeit, wie Sie brauchen.«

»Nein, nein, das Haus gefällt uns«, erwiderte Laura. »Wir sind uns doch einig, oder?«, fragte sie Harry.

»Wie viel soll es denn kosten?«, wollte der wissen.

»Zweitausendzweihundert Francs«, erklärte Maître Simon. »Einschließlich dem Weinberg und dem Olivenhain.«

»Das ist ja geschenkt!«, rief Laura.

»Das will ich meinen«, sagte Madame Lulu. »Ich hab mich auch mächtig für euch ins Zeug gelegt. Weil, ein so sympathisches Pärchen, das hätten wir gern in unserem Dorf.«

Maître Simon trommelte mit seinen manikürten Fingern auf dem Aktendeckel in seiner Hand. »Ich habe mir erlaubt, einen Vertrag aufzusetzen. Bevor die Erben es sich anders überlegen. Ich bräuchte nur ein paar persönliche Angaben. Wenn Sie mir bitte nach nebenan folgen?«

Der Notar ging mit Madame Lulu voraus. Harry hielt Laura am Arm zurück.

»Glaubst du wirklich, wir können uns das leisten?«, fragte er leise.

»Mach dir keine Sorgen«, flüsterte Laura. »Deine Windsbraut ist eine glänzende Partie.«

Sie gab ihm einen Kuss und trat in die Küche, wo Madame Lulu mit einem Lappen den Staub von den Stühlen wischte. Maître Simon wollte Harry den Vertrag geben, doch der reichte ihn an Laura weiter: »Mademoiselle Paddington ist die Käuferin.« Als Laura sah, wie peinlich ihm das Eingeständnis war, fügte sie rasch hinzu: »Monsieur Winter ist deutscher Staatsbürger – darum.«

»Ah, ich verstehe. Die Politik.« Maître Simon quittierte die Auskunft mit einem süffisanten Lächeln. Dann zeigte er mit seinem kleinen beringten Finger auf die Leerstellen im Vertrag. »Wenn Sie bitte die Freundlichkeit hätten, hier die Angaben zu Ihrer Person einzutragen.«

»Übrigens«, sagte Madame Lulu, als Laura sich an den Tisch setzte, »glaubt ja nicht, ihr müsst hier in der Einsamkeit versauern.«

Sie öffnete die Flügel eines Wandschranks, in dem ein Radio zum Vorschein kam. Kaum hatte sie eine Taste gedrückt, berichtete ein Nachrichtensprecher von irgendeinem Gipfeltreffen, das bald in München stattfinden würde, zwischen Hitler und dem Rest der Welt, zur Wahrung des Friedens in Europa. Doch das Röhrenlicht hatte noch nicht ganz aufgeleuchtet, da war Harry schon bei dem Wandschrank, um das Radio wieder auszuschalten.

»Das beschwört nur böse Geister herbei«, sagte er. »Uns reicht das Grammophon.«

Laura hätte ihn für die Antwort am liebsten geküsst. Was ging sie die Welt an? Während sie die Paragrafen des Vertrags überflog, versuchte sie erst gar nicht, die komplizierten französischen Begriffe zu verstehen. Das Glücksgefühl war viel zu stark.

»Dann fehlt wohl nur noch die Unterschrift«, sagte Maître Simon.

Laura tauchte den Füller in das Tintenfass. Doch als sie zu ihrem Namenszug ansetzte, krampfte sich ihr Magen zusammen, seit Monaten zum ersten Mal.

Einen Augenblick zögerte sie. Sollte sie wirklich unterschreiben? Das Geld, mit dem sie das Haus bezahlen würde, hatte ihre Mutter aus London geschickt – für die Operation, zu der Dr. Drieux ihr geraten hatte.

Als Maître Simon ihr auffordernd zunickte, legte sie den Füller aus der Hand.

»Was hast du, Schätzchen?«, fragte Madame Lulu. »Ist dir nicht gut?«

Laura schloss die Augen. War es möglich, dass das Mirakelkraut wirkte?

Als sie die Augen wieder aufschlug, sah sie Harrys Gesicht. Mit einem Lächeln schaute er sie an, als gebe es nichts auf der Welt als nur sie zwei und ihre Liebe.

»Nein«, sagte sie und schüttelte den Kopf. »Es ist alles in Ordnung. Ich habe nur noch mal die Kosten überschlagen.«

Ohne länger zu zögern, nahm sie den Füller und unterschrieb den Vertrag.

Wozu brauchte sie eine Operation, wenn der Große Zauberer bei ihr war?

4

Eine Zeit vollkommenen Glücks brach an. Als hätten die Götter nichts anderes zu tun, als sich um ihre Geschicke zu kümmern, erwachte Laura jeden Morgen mit dem Gefühl, dass das Leben eine wunderbare, überbordende Schatztruhe sei und jeder Augenblick darin ein funkelnder Juwel, den sie dem Himmel gestohlen hatten.

Kaum war der Kaufvertrag für das Haus unterschrieben und beglaubigt, bezogen Harry und sie ihr neues Heim. Zum Glück war es ihnen vor der Abreise in Paris noch gelungen, in der *Galerie des Beaux-Arts* eine Ausstellung zu organisieren und ein paar Bilder zu verkaufen. Das Geld, das sie dabei eingenommen hatten, reichte für alles, was sie hier zum Leben brauchten: Essen und Trinken, ein großes französisches Bett, Leinwand und Farben.

August und September flogen dahin wie im Rausch. Jeder Tag war ein neuer Tag der Schöpfung. Zusammen entrümpelten und reinigten sie das Haus. Sie befreiten die Wände von den Spinnweben, verputzten die schadhaften Stellen und strichen sie mit Kalkfarbe an. Sie reparierten die Fußböden, deckten das Dach mit Schindeln, um es gegen den Mistral zu sichern, erneuerten die zerschlagenen Fenster und setzten Schlösser in die Türen ein. Vor allem aber verzauberten sie das Haus mit ihrer Kunst. Unter ihren Händen verwandelte sich das Gemäuer nach und nach in einen Palast der Träume, in einen Ort der Magie, in eine verwinkelte Schatzkammer der Metamorphosen, in der die Funken ihrer Energien nur so sprühten. Während Harry aus den unscheinbarsten Fundsachen die phantastischsten Figuren schuf, Minotauren und Sirenen, Sphinxe und Riesen, mit denen er Hof und Garten schmückte, gestaltete Laura die Innenräume, kachelte die Küche mit bunten Scherben und Flaschenböden und bemalte Stühle und Schränke mit geheimnisvollen Zeichen und Symbolen. Und jeden neuen Raum, jede neue Nische ihres Zauberhauses weihten sie ein, indem sie darin miteinander schliefen.

Im Oktober ernteten sie die Trauben aus ihrem Weinberg. Fast eine Woche brauchten sie, um die sonnenschweren Reben von den Stöcken zu pflücken. Harry beauftragte den Schmied, den alten Leiterwagen im Hof zu reparieren, damit sie die Ernte ins Dorf bringen konnten, in den Schuppen von Madame Lulu, wo die Weinbauern der Umgebung eine Gemeinschaftspresse betrieben. Die Lese reichte für über hundert Flaschen. Schon jetzt freuten sie sich darauf, im neuen Jahr nur noch ihren eigenen Wein zu trinken.

So verstrichen die Tage und Wochen. Ohne Gefühl für die Zeit arbeiteten Harry und Laura an ihrem Zauberhaus und im Weinberg, malten in ihrem Atelier, das sie sich im Dachgeschoss eingerichtet hatten, badeten nackt in einem abgeschiedenen Arm des Flusses oder lagen einfach in der Sonne und tranken am Abend in der Dorfkneipe Wein. Nie dachten sie daran, welcher Tag gerade war. Sie vergaßen sogar, sich an den Wochenenden zu langweilen. Sie rauchten Mirakelkraut und kochten magische Speisen, um sich zu berauschen und keine Minute nüchtern zu sein. Und während die Wirklichkeit ihre scharfen Konturen mehr und mehr verlor, genossen sie einander, als wären sie zwei Körper in einer Seele, und so intensiv und sicher war ihr Gespür füreinander, dass sie, ohne sich umzudrehen, wussten, wann immer der eine hinter dem anderen stand.

5

»Was machst du denn da?«, fragte Harry, als er die Loggia im Dachgeschoss betrat.

»Ich arbeite«, erwiderte Laura.

»Das sehe ich. Aber seit wann haben wir eine Schneiderwerkstatt? Ich dachte, das ist unser Atelier!«

»Das ist es auch.«

»Ach so! Dann malst du wohl neuerdings mit einer Nadel?«

Laura saß am Fenster und vernähte gerade zwei Stücke Leinwand, während sich zu ihren Füßen weitere Leinwandbahnen am Boden wellten wie die Schleppe eines überdimensionalen Kleides. In der Herbstsonne, die golden durch die breite Fensterfront in die Loggia schien, sah sie aus wie eine Braut, die letzte Hand an ihre Aussteuer legt. Es fehlten nur noch die Brautmutter und ein paar Schwestern oder Cousinen als Brautjungfern.

Plötzlich sah Harry, was sie da auf dem Schoß hatte.

»Bist du verrückt geworden?«, rief er. »Das ist ja mein Bild!«

»Was du nicht sagst …«

»Hör sofort auf, darin rumzustechen! Willst du es ruinieren?«

»Im Gegenteil – ich mache es erst ganz.«

»Was zum Teufel soll das? Wenn du ein Kleid brauchst, fahr nach Avignon und kauf dir eins!«

Er griff nach der Leinwand, doch Laura gab ihm einen Klaps auf die Finger.

»Ein Kleid wäre auch keine schlechte Idee«, sagte sie. »Aber was ich mache, ist besser.«

»Und was soll das sein, wenn's fertig ist?«

Sie vernähte ihren Faden und drückte ihm ein Ende der Leinwand in die Hand.

»Halt bitte mal fest!«

»Wehe, du hast keine gute Ausrede!«, knurrte Harry.

Er hatte das Bild erst vor wenigen Tagen fertiggestellt – Dada in einem Garten geheimnisvoller Farne und Lüste. Erst jetzt erkannte er, dass Laura sein Bild mit einem ihrer eigenen Bilder vernäht hatte. Es zeigte die Windsbraut an einem festlich gedeckten Tisch mit einem übergroßen, perlmuttschimmernden Ei darauf. Und daran schlossen sich Dutzende weiterer Bilder an: Bilder von ihr, von ihm, von ihnen beiden – eine Collage all der Gemälde, die sie in den letzten Wochen und Monaten in ihrem Atelier gemalt hatten.

»Das ist unsere Himmelsbeute«, sagte Laura, während sie ihr Ende der Leinwand an einem Nagel aufhängte.

»Unsere was?«, fragte Harry.

»Himmelsbeute«, wiederholte Laura und nahm ihm die Leinwand aus der Hand, um sein Ende ebenfalls an einem Nagel zu befestigen.

Harry trat zurück, um besser zu sehen. Der Anblick verschlug ihm die Sprache. Vor sich sah er ein wucherndes Riesengemälde, ein Dickicht aus zahllosen ineinander verschachtelten und miteinander verästelten Bildern, das beinahe die ganze Wand bedeckte: eine wahnwitzige Landschaft seiner und ihrer Träume. Umgeben von dunklen Wäldern, tauchten darin immer wieder Dada und die Windsbraut auf, zusammen mit Kobolden und Elfen und Vampiren, mit Liebesvögeln und Paradiesvögeln, Nachtvögeln und Teufelsvögeln, die mit mächtigen Schwingen scheue Wildpferde und Schaukelpferde beschützten oder sich schwarzen bedrohlichen Rössern entgegenwarfen.

»Mein Gott«, flüsterte er, als er endlich begriff. »Alle Augenblicke, die wir dem Himmel gestohlen haben. Wie bist du darauf gekommen?«

»Ich wollte etwas haben, das nur uns beiden gehört. Wann immer einer von uns daran arbeitet, werden wir zusammen sein. Egal, wo der andere gerade ist. Solange wir leben.«

Harry gab ihr einen Kuss.

»Und was ist mit den Augenblicken der Hölle?«, fragte er leise.

»Ist das nicht dasselbe, wenn man sich liebt?«, erwiderte Laura mit einem Lächeln.

Harry schüttelte den Kopf. »Die Weisheit einer Königin.« Er nahm ihre Hände und führte sie an seine Lippen. »Ich glaube, dafür bin ich dir etwas schuldig.«

6

Es dauerte eine Woche, bis Harry sein Versprechen einlöste.

»Was um Himmels willen ist denn das?«, rief Laura.

Am Fuße des Weinbergs stand ein feuerrotes Cabriolet. Der Rücksitz war vollgeladen mit einer Staffelei und allen möglichen Malutensilien. Im Zündschloss steckte der Schlüssel.

»Bevor du auf dumme Gedanken kommst«, sagte Harry, während er ihr beim Einsteigen half, »der Wagen gehört uns nur heute. Maître Simon hat ihn uns geliehen.«

»Dann gibt es für den Rest des Tages kein Morgen mehr. Und wohin geht die Reise?«

»Nur ein bisschen Geduld.«

Harry ließ den Motor an. Es war ein wunderbarer Oktobertag. Der Herbst prahlte mit seinen herrlichsten Farben, und ein warmer Fahrtwind umschmeichelte Lauras Gesicht, blähte ihr Kleid und wirbelte ihr Haar durcheinander, während sie durch das Lignetal in Richtung Norden fuhren, wo sie nach einer Stunde einen kleinen Ort namens Largentière erreichten. Harry bog von der Landstraße ab und parkte den Wagen am Rand einer von Zypressen bestandenen Allee.

»So, da wären wir.«

Er stieg aus und holte die Malsachen aus dem Wagen. Laura schaute sich um. Furchtbar viel zu sehen gab es nicht. Ein verschlafenes Dorf, vielleicht dreimal so groß wie Sainte-Odile, nur dass es an einer Bahnstrecke lag, drum herum ein paar Weinberge sowie ein halb verfallenes Schloss, das sich am Ende der Allee auf einem kleinen Hügel erhob. Laura war ziemlich enttäuscht.

»Willst du etwa die Ruine malen? Sind wir deshalb hierhergekommen?«

»Ich denke, es ist an der Zeit, ernsthaft mit deiner Ausbildung zu beginnen. In dem Schloss ist eine Kunstakademie untergebracht. Die beste von ganz Frankreich.«

»Hier?«, fragte sie und stieg aus dem Auto. »In diesem Kaff? Das glaubst du doch selbst nicht!«

»Du wirst schon sehen. Aber wie wär's, wenn du auch mal mit anpacken würdest?«

Laura nahm ihm die Staffelei ab. »Das scheint ja eine sehr besondere Akademie zu sein. Wo man seine eigenen Malsachen mitbringen muss.«

»Besondere Schulen haben ihre besonderen Gesetze.«

Ein verwittertes Holztor war in die Mauer eingelassen, die das Schloss umgab. Harry betätigte den Türklopfer. Während sie warteten, steckte er sich eine von seinen Mirakelkrautzigaretten an.

»Möchtest du auch eine?«

»Ist das hier denn erlaubt?«

»Hier haben sie das Rauchen von Mirakelkraut *erfunden*! Ohne Zigarette kommst du gar nicht rein!«

Ein Hausmeister mit Schiebermütze, Schnauzbart und Pfeife im Mund, der Laura an den Pedell ihrer Londoner Akademie erinnerte, öffnete das Tor. Offenbar wurden sie erwartet, denn als Harry seinen Namen nannte, führte der Mann sie durch einen erstaunlich gepflegten Innenhof und dann eine Freitreppe hinauf in den ersten Stock des renovierten Hauptgebäudes. Vor einer Flügeltür machte er Halt.

»Vielen Dank«, sagte Harry und drückte seine Zigarette am Rand eines Mülleimers aus. »Wir kommen allein zurecht.«

Während der Hausmeister den Gang hinunter verschwand, öffnete Harry die Tür. Aus dem Saal schlug ihnen ein Lärm entgegen wie aus einer Kinderverwahranstalt.

»Bitte sehr – die Professoren!«

Laura musste laut lachen. Der Saal war bevölkert von weiß gekleideten Menschen jedweden Alters, die wild durcheinander lärmten und gestikulierten.

»Ruhe!«, rief eine ebenfalls weiß gekleidete Nonne mit einer Haube wie ein Dreispitz auf dem Kopf und klatschte in die Hände. »Unser Besuch ist da!«

Während der Lärm allmählich verebbte, drehten sich sämtliche Gesichter zu Laura und Harry herum. Dutzende von Augen starrten sie an, Augen, aus denen die unterschiedlichsten Gemütsverfassungen sprachen – kindliche Freude, vollkommener Stumpfsinn oder heller Wahn.

Laura konnte es nicht glauben. »Du hast mich in eine Irrenanstalt gebracht?«

»Habe ich dir zu viel versprochen?«, erwiderte Harry. »Genau, wie ich gesagt habe – die beste Kunstakademie von ganz Frankreich!«

Er ließ sie stehen, um die Nonne zu begrüßen. »Schwester Anna!«

»Meine Schützlinge freuen sich schon den ganzen Tag auf Sie«, sagte die Ordensfrau und schüttelte auch Laura die Hand.

»Dann wollen wir sie nicht länger warten lassen«, sagte Harry und begann, seine Malsachen auszupacken.

»Kannst du mir vielleicht erklären, was wir hier treiben?«, wollte Laura wissen.

»Kunsterziehung«, erklärte Harry. »Sehen fängt damit an, alte Wahrnehmungen aufzugeben, um Neues zu entdecken. Darin sind unsere Professoren Meister. Doch ich denke, wir sollten allmählich anfangen. Die Herrschaften werden sonst ungeduldig.«

Laura schaute ihn kopfschüttelnd an. »Ach Harry«, sagte sie. »Weißt du eigentlich, was für ein toller Mann du bist?«

»Natürlich«, erwiderte er. »Aber ich hatte schon Angst, du würdest es nie merken.«

7

Der restliche Tag war ein einziger Traum.

Nachdem Harry seine Professorenkollegen um sich versammelt hatte, begann er mit einer Schule des Sehens, die er als Kind schon entwickelt hatte.

»Es war ein paar Tage vor meiner Erstkommunion«, erzählte er Laura, während er unter den neugierigen Blicken seiner Zuschauer einen Papierbogen über einen Granitbrocken spannte und anfing, mit einem weichen Stift darüber zu reiben. »Ich hatte Fieber und lag krank im Bett, als plötzlich die Zimmertür sich vor meinen Augen verwandelte. Aus der Holzmaserung, die ich schon tausendmal gesehen hatte, ohne sie wirklich zu sehen, traten auf einmal gespenstische Fratzen hervor. Das war der Augenblick, in dem ich wusste, dass ich ein Maler bin.« Er drehte sich zu einem halbwüchsigen Mongoloiden mit einem Gesicht voller Pickel herum, der ihm schon die ganze Zeit angespannt über die Schulter blickte. »Herr Kollege, würden Sie der jungen Dame vielleicht erklären, was ich meine?«

»Hmmm?«

»Sagen Sie Mademoiselle Paddington einfach, was Sie sehen, Professor.«

Der Junge starrte mit blöden Augen auf das Papier, auf dem Laura nur die Struktur des darunterliegenden Steins erkannte. Plötzlich ging ein Strahlen über sein Gesicht.

»Da! Schwester Anna!« Aufgeregt zeigte er mit dem Finger auf eine Figur in der Schraffur, die Laura zuvor nicht bemerkt hatte. Tatsächlich, die Figur sah aus wie eine Nonne. Sogar einen Dreispitz hatte sie auf dem Kopf.

»Sehr fein beobachtet, werter Kollege«, sagte Harry. »Und was hat Ihnen die Augen geöffnet?«

»Hmmm ...«

»Ich verstehe, Erklärungen sind unter Ihrem Niveau. Dann erlauben Sie bitte, dass ich für Sie spreche. Worauf es ankommt«, wandte er sich wieder an Laura, »ist, dass wir keine Angst vor dem haben, was unsere Seele uns sagt. Nur wenn wir den Mut haben, aus unserer eigenen, inneren Bilderwelt zu schöpfen, erkennen wir die Kunst, die in allen Dingen verborgen ist. Dann bedarf es meist nur noch einer kleinen Zauberei, um sie Wirklichkeit werden zu lassen.«

Während er sprach, ließ er zur Begeisterung seines Publikums Farben auf Papier tropfen, presste Drahtgeflechte und Holzstücke auf bestrichene Leinwände und verschob Glasplatten auf Bögen mit frischer Farbe. Laura staunte über die rätselhaften Linien und Kreise, die dabei wie von selbst entstanden, nicht weniger als die übrigen Zuschauer, die angeblich Irren und Geisteskranken, die doch so viel besser und klarer sahen als die meisten sogenannten normalen Menschen und die sich nun gegenseitig darin überboten, die Zeichen und Symbole zu entziffern, die Harry mithilfe der alltäglichsten und banalsten Materialien sichtbar werden ließ. Bald hatte auch der Letzte von ihnen das Spiel begriffen, und Harry konnte sie sich selbst überlassen. Ohne Sinn und Verstand, doch mit dem Feuer ihres Wahns und der Unbekümmertheit ihrer Augen und ihrer Seelen fügten sie Dinge zusammen, die scheinbar nichts miteinander zu tun hatten und doch irgendwie zusammengehörten, wenn man sie nur miteinander in Beziehung setzte, und während sie Pappkartons mit mehreren Schichten Farbe bestrichen, um sie mit Spachteln in fließende Marmorierungen zu verwandeln, freuten sie sich wie Kinder über die geheimnisvollen Blasen und Rinnsale, die unter ihren Händen zutage traten.

»Kannst du dir bessere Lehrer vorstellen?«, fragte Harry. »An ihnen wollen wir uns ein Beispiel nehmen. Nicht nach einem Plan, sondern aus dem Unterbewussten müssen wir malen. Ein Bild ist nur gut, wenn es den Maler selbst überrascht, ihm als eine neue Wirklichkeit entgegentritt, von der er zuvor selbst keine Ahnung hatte.«

Laura war fasziniert. Und zugleich hatte sie Angst.

»Ich glaube, jetzt verstehe ich erst wirklich, was du damals meintest, auf den Klippen von Cornwall. Dass die Vorstellung stärker ist als die Wirklichkeit und dass die Verrückten die eigentlich Vernünftigen sind.«

Harry nickte. »Ich weiß nicht, wie es sonst ist – aber in der Kunst geht es nicht anders. Das Unsichtbare ist das Wirkliche, und das wahrhaft Wirkliche ist immer unsichtbar. Wenn du zum Beispiel ein Bild von einem Menschen malst, produzierst du nicht einfach sein Konterfei, vielmehr erschaffst du diesen Menschen aufs Neue, um ihn wahrer und wahrhaftiger zu erkennen als in der Realität. Er wird anfangen, mit dir zu reden und dir sein Innerstes offenbaren. Bleibt die Leinwand hingegen stumm, taugt dein Bild nichts, und du kannst es wegwerfen. Aber sag mal«, unterbrach er sich plötzlich. »Was malst du da eigentlich die ganze Zeit, während deine Professoren sich so für dich ins Zeug legen?«

»Nichts Besonderes«, sagte Laura.

Harry legte die Farbdose beiseite, mit der er gerade noch gekleckselt hatte, und trat zu ihr an die Staffelei.

»Nichts Besonderes?«, wiederholte er, als er ihr Bild sah.

Laura spürte, dass sie rot wurde – wie eine Kunststudentin im ersten Semester. Erst jetzt, als Harry ihr Bild betrachtete, wurde ihr bewusst, was sie gemalt hatte; eine Außenansicht der Schlossruine, in der sich ihre Kunstakademie befand. Die Fenster des verfallenen Gebäudes waren sehende Augen, die Türen sprechende Münder.

»Ein Palast der Visionen«, sagte Harry und gab ihr einen Kuss. »Der Genius loci in Öl.« Nachdenklich wiegte er den Kopf, während er das Bild betrachtete. »Das Einzige, was mich daran stört, ist, dass es auch von mir sein könnte. Darum kann ich der Kandidatin leider nur eine Zwei plus geben und keine glatte Eins. Oder was sagen Sie, Herr Professor?«, wandte er sich wieder an seinen mongoloiden Lieblingskollegen.

Der Junge zeigte auf das Bild und stammelte vor Begeisterung nur zwei Worte: »Schwester Anna!«

8

Es war schon spät am Abend, als Harry und Laura nach Sainte-Odile zurückkehrten.

»Schauen wir noch auf ein Glas bei Lulu vorbei?«, fragte er, nachdem sie das Cabrio vor dem Haus abgestellt hatten, wo Maître Simon in seiner Junggesellenwohnung lebte. Den Schlüssel hatte Harry einfach im Schloss stecken lassen, wie der Notar ihm gesagt hatte. Maître Simon meinte, die paar Dorfbewohner, die Auto fahren könnten, hätten selber einen Wagen, und Fremde würden sich in der Nacht nicht hierher verirren.

»Was sonst?«, erwiderte Laura und betrat das *Hôtel des Touristes.*

In dem verrauchten Bistro hockten nur ein paar Bauern an den Tischen und spielten Karten. Die meisten kannten Harry und Laura schon, doch noch immer schielten sie misstrauisch zu ihnen herüber, wenn sie hier einkehrten. Lulu brachte gerade ein Tablett mit gebrauchten Gläsern zum Tresen, um sie in einen Bottich mit trübem Wasser zu tauchen. Das war ihre Art zu spülen. Gesellschaft leistete ihr dabei Pepe, der Dorfbriefträger, ein rotbackiger, bildhübscher, doch leider taubstummer Bauernbursche von knapp dreißig Jahren, der mit aufgeregten Gesten und wild hervorgestoßenen Grunzlauten versuchte, ihr irgendwas zu erklären. Wahrscheinlich hatte mal wieder jemand die Adresse eines Briefes so unleserlich geschrieben, dass er sie nicht hatte entziffern können. So was machte ihn fuchsteufelswild.

»Wann wollt ihr zwei eigentlich heiraten?«, fragte Lulu, nachdem Harry und Laura sie begrüßt hatten.

Harry bekam einen Hustenanfall. »Heiraten?«

»Wir?« Laura musste laut lachen.

»Natürlich ihr! Wer sonst?«, brummte Lulu mit ihrem Bass. »Die Leute zerreißen sich schon die Mäuler über euch. Außerdem hat's lange keine Hochzeit mehr im Dorf gegeben. Zu wenig junge Männer. Sind alle im letzten Krieg gefallen.«

Während die Patronne ein paar Gläser aus dem Bottich fischte und mit einem schmutzigen Lappen abtrocknete, kratzte Harry sich am Kopf.

»Hm«, machte er schließlich, »darüber haben wir noch gar nicht nachgedacht. Aber bevor wir hier in Verruf geraten – warum eigentlich nicht? Was meinst du, Laura? Hast du Lust?«

Laura zuckte die Schultern. »Eigentlich wollte ich heute noch Wäsche waschen. Aber wenn wir es bis Mitternacht schaffen – von mir aus gerne!«

Harry grinste. »Also jetzt gleich?«

»Jetzt gleich!«, grinste sie zurück. »Vorausgesetzt natürlich, dass Lulu uns ihr Lokal zur Verfügung stellt.«

»Hab ich das richtig verstanden?« Die Wirtin schaute die beiden an, als wären sie nicht ganz bei Trost. »Ihr zwei wollt heiraten? Hier in meinem Bistro?«

»Ich kann mir keinen würdigeren Ort vorstellen«, erklärte Harry.

Lulu schüttelte lachend den Kopf. »Ihr Ausländer seid doch alle Spinner.« Sie schenkte die Gläser ein und nahm ein Tablett. »Macht, was ihr wollt. Ich muss mich um meine Gäste kümmern.«

»Hier geblieben!«, sagte Harry und hielt sie am Arm zurück. »Jetzt wird geheiratet! Und du bist unsere Trauzeugin!«

»Allerdings«, sagte Laura. »Nur – wer spendet uns den Segen?« Sie schaute sich in der Kneipe um. »Pepe!«

Während Lulu das Tablett wieder abstellte, strahlte der Briefträger übers ganze Gesicht. Wie immer, wenn er Laura sah.

»Hervorragende Idee«, sagte Harry. »Hochwürden braucht nur noch ein Ornat.« Er nahm sein schwarzes Cape ab und legte es Pepe um die Schultern. »Was für eine Karriere! Vom Briefträger zum Pfarrer!«

»Ihr seid wirklich verrückt«, sagte Lulu. »Heiraten! In meinem Bistro! Wo sind denn die Ringe, wenn ich fragen darf?«

»Hier«, erwiderte Laura und zeigte zum Beweis ihre unberingte Hand. »Achtzehn Karat! Du musst sie dir nur denken.«

»Die praktischsten Ringe der Welt«, sagte Harry. »Man kann sie nie verlieren, und stehlen kann sie auch keiner. Aber jetzt vorwärts, bevor es Mitternacht wird und meine Braut Wäsche waschen muss!«

Er nahm Lauras Hand und führte sie vor den Tresen, wo der Briefträger immer noch strahlte, als wäre er selber der Bräutigam.

Harry drückte ihm, in Ermangelung eines Breviers, Lulus Anschreibebuch in die Hand, erklärte ihm mit Händen und Füßen sein neues Amt und machte ihm vor, wie er den Segen spenden musste. Während Lulu grummelnd ihren grauen Kopf schüttelte, starrten die übrigen Gäste mit offenen Mündern zu ihnen herüber.

»Da Hochwürden kein Mann des Wortes ist«, sagte Harry, »schlage ich vor, wir sprechen die Trauformel selber.«

»Einverstanden!«

Als hätten sie sich verabredet, wurden sie beide mit einem Mal ernst.

»Bist du, Laura Paddington …«, hob Harry feierlich an.

»… willens und bereit«, fuhr Laura fort.

»… zusammen mit mir …«

»… Harry Winter …«

»… ein Leben am Rande des Wahnsinns zu führen …«

»… und niemals nüchtern zu sein …«

»… in guten und in schlechten Zeiten …«

»… bis dass die Wirklichkeit uns scheidet …«

»… dann antworte mir …«

»… mit Ja …«

Harry machte eine kurze Pause und räusperte sich, bevor er weitersprach.

»Somit erkläre ich uns …«

»… für Mann und Frau …«

Ihre Worte waren noch nicht verhallt, da schniefte Lulu laut auf. Während sie sich mit ihrem dreckigen Lappen die Tränen aus den Augen wischte, fuchtelte Pepe so heftig mit den Armen, dass das Brautpaar sicherheitshalber einen Schritt zurücktrat.

»Was will er uns nur sagen?«, fragte Harry.

»Na was wohl?«, erwiderte Lulu mit tränenerstickter Stimme. »Ihr sollt euch küssen, verdammt noch mal!«

9

Mit einer Laterne, die Lulu ihnen mitgegeben hatte, machten die zwei sich auf den Heimweg durch den nächtlichen Weinberg.

»Sollen wir noch ein paar Schnecken sammeln?«, fragte Harry.

»Du meinst, für unser Hochzeitsmahl?« Laura war begeistert.

»Im Keller habe ich eine Flasche Chablis versteckt. Für besondere Anlässe.«

»Ich glaube, ich habe den richtigen Mann geheiratet.« Laura schwenkte die Laterne und beugte sich unter die Reben. »Wie wünscht der Bräutigam die Schnecken? Mit Himbeersoße oder lieber mit Parmesan?«

»Mit beidem natürlich. Man heiratet schließlich nur ein paar Mal im Leben. Aber hör auf, so mit der Laterne rumzufuchteln. Im Dorf glauben sie sonst, wir morsen einen Notruf, und dann kommen Pepe oder die Feuerwehr und versauen uns die ganze Hochzeitsnacht.«

»Quassel nicht so viel, such lieber.«

»Nicht nötig. Ich habe schon welche gefunden!«

Laura beleuchtete die Stelle, wo Harry am Boden kniete. Zu seinen Füßen krochen zwei Schnecken durch das Laub. Doch erst als sie sich bückte, erkannte sie, was die beiden Viecher da im Dunkeln trieben.

»Ich wusste gar nicht, dass die das auch können«, sagte sie. »Ich glaube, dabei dürfen wir sie nicht stören. Außerdem würde ich keinen Bissen runterkriegen. Ich würde sie beim Essen die ganze Zeit so vor mir sehen.«

»Ich bin gerührt«, sagte Harry. »Und ich weiß auch schon, was morgen in der Zeitung steht: *Nur die Liebe hat sie gerettet!* Aber was wird aus unserem Hochzeitsmahl?«

Laura gab ihm einen Kuss. »Ich denke, wir fangen einfach mit dem Nachtisch an. Wenn ich mich recht erinnere, hast du sowieso noch einen bei mir gut. Oder hast du einen besseren Vorschlag?«

»Auf die Gefahr hin, dass du mich langweilig findest – nein!«

Hand in Hand eilten sie den Weinberg hinauf. Als sie in ihr Haus traten, machte keiner von ihnen Licht. Im Dunkeln schlichen sie die Treppe hinauf, als hätten sie Angst, die Götter könnten sie erwischen. Doch mit jeder Stufe, die sie ihrem Ziel näher kamen, wuchs ihre Ungeduld. Im Laufen knöpften sie sich Hemd und Bluse auf, kaum konnten sie unterscheiden, wem welche Hände gehörten, und sie hatten das Schlafzimmer noch nicht erreicht, da waren sie nackt.

»Sind wir jetzt richtig verheiratet?«, fragte Laura, als sie zusammen aufs Bett sanken.

»Noch nicht ganz«, erwiderte Harry. »Aber gleich.«

Mit einem Seufzer, der ihr selber peinlich war, breitete sie die Arme aus, um ihn zu empfangen. Als er zu ihr kam, war es wie beim ersten Mal. Doch das war es jedes Mal. Neu hingegen war die Langsamkeit, mit der er sie liebte.

»Haben die Schnecken dich inspiriert?«, flüsterte sie.

»Gefällt es dir nicht?«, antwortete er ebenso leise.

»Nein, mach bitte weiter. Genau so. Ich will jeden Millimeter spüren. Ein Leben lang.«

»Ganz wie die Braut befehlen …«

Sie liebten sich, bis der neue Tag anbrach. Draußen zwitscherten bereits die ersten Vögel, und die Dämmerung drang durch die Ritzen der Fensterläden, als Harry sich im Bett aufrichtete, um sich eine Mirakelzigarette anzuzünden.

»Du auch?«, fragte er.

Laura schüttelte den Kopf. Während sie sich in seinen Arm schmiegte, sah sie den bläulichen Ringen nach, die er mit seiner Zigarette in die Luft paffte.

»Ich glaube, mehr Glück geht gerade nicht.«

10

Spätherbstliches Schweigen füllte das Tal. Die Zikaden und Vögel waren verstummt, die Weinstöcke abgeerntet, nur die Sonne brannte noch mit sommerlicher Kraft vom lautlosen Himmel herab, als wäre die Zeit stehen geblieben. Nackt, wie sie dem Fluss entstiegen waren, kletterten Harry und Laura den steilen Pfad durch den Weinberg hinauf zu ihrem Haus. Sie hatten noch einmal in der Ardèche gebadet, vielleicht war dies der letzte warme Tag im Jahr. Der Pfad zwischen den Rebstöcken war so schmal, dass Laura vorausgehen musste. Harry hielt ein paar Schritte Abstand, um ihren Anblick zu genießen. Sie trug ihr Badezeug in einem Bündel auf dem Kopf und bewegte sich dabei mit einer Anmut, als wäre sie eine wiedergeborene Göttin. Sie war jung und schön und stolz. Und sie lebte auf der anderen Seite. Jeden Abend las sie dem Schaf, das sie inzwischen adoptiert und auf den Namen Helene getauft hatte, im Hof eine Gutenachtgeschichte vor, und das Schaf schaute sie dabei an, als würde es jedes ihrer Worte verstehen.

»Wo bleibst du?«

Laura drehte sich nach ihm um. Während sie eine Locke aus ihrer Stirn blies, streifte sie mit den Augen über seinen Körper. Ihre Schamlosigkeit faszinierte Harry jedes Mal aufs Neue. Er hatte am Anfang Angst gehabt, als er mit ihr aus Paris hier angekommen war, Angst, allein mit einer Frau im Paradies zu sein, Angst, dass die Blicke und Worte und Gesten sich nach ein paar Wochen abnutzen würden, um ihren Zauber zu verlieren, wie es fast immer zwischen Mann und Frau geschah, seit Adams und Evas Zeiten. War nicht jedes Gefühl schon einmal gefühlt? Jede Zärtlichkeit schon einmal getauscht? Er wusste ja nur zu genau, was ein Mann tun musste, um eine Frau zu erobern: wie man sie zum Lachen bringen, wie man sie provozieren konnte, wann man sie anschauen, wann man den Blick senken musste, wann der Zeitpunkt für die erste Berührung gekommen war. Aber mit Laura war alles anders. Die Liebe, die sonst mit tödlicher Gewissheit ins Gefängnis gegenseitiger Abhängigkeit führte, war mit ihr der Schlüssel zur Befreiung aus dem Kerker des eigenen Ich, eine ununterbrochene Quelle der Inspiration. Sie hatten sich ineinander verliebt, ohne sich aneinander zu gewöhnen – das war das Wunder, das mit ihnen passiert war. Als hätten sie die Liebe neu erfunden.

»Ich glaube, wir müssen heute noch mal Wäsche waschen«, sagte er und gab ihr einen Kuss.

»Hier?«, fragte sie. »Ist das nicht ein bisschen steinig?«

»Ich pass schon auf, dass du dir nicht wehtust.«

»Du hast leicht reden«, flüsterte sie zärtlich. »Du liegst ja auch nicht unten.«

Er sah das Lächeln in ihren Augen, das Lächeln ihrer Lippen.

»Ich mache uns ein Bett aus Laub. Außerdem, wer sagt, dass du unten liegen darfst?«

Noch während er sprach, hörte er ein leises, gefährliches Knurren.

Als er sich umdrehte, entdeckte er zwischen den Rebstöcken einen schäferhundgroßen Köter, der sich ihnen mit gefletschten Zähnen und gesträubtem Fell näherte.

»Wo kommst du denn her?«, fragte Laura und lockte den Hund mit ausgestreckter Hand zu sich. Im nächsten Moment war er bei ihr und steckte seine Schnauze zwischen ihre nackten Oberschenkel.

»Jag das Vieh fort!«, rief Harry.

»Warum? Bist du eifersüchtig?«

»Das ist ein Spion von Florence! Hast du nicht die Augen gesehen?« Er stieß den Köter von ihr fort, nahm ein Stöckchen und warf es quer über den Hang.

Als der Hund davonschoss, erblickte Harry eine Gestalt hinter dem Torbogen ihres Hauses: Pepe, den Dorfbriefträger. Die Hose hing ihm bis zu den Knien herunter.

»Oh, wir haben einen Zuschauer«, sagte Laura.

»Zuschauer ist gut. Er hat sich einen runtergeholt.«

»Pfui! Das will ich nicht gehört haben.«

»Warum nicht? Ich schätze, das sollte ein Kompliment für dich sein.«

Während sie seinen Namen riefen, stürzte Pepe davon. Bevor er auf der anderen Seite des Hofs im Weinberg verschwand, machte er aber noch einmal kehrt, um aufgeregt grunzend einen Brief aus seiner Posttasche zu holen und auf der Einfriedung abzulegen.

»Von Bobby«, sagte Harry, als sie den Torbogen erreichten und er die Handschrift auf dem Kuvert erkannte. Er nahm den Brief von der Mauer und öffnete ihn mit den Fingern. Es war der erste Brief von seinem Sohn aus New York. Was hatte er Schönes zu berichten? Vielleicht hatte Bobby ein hübsches amerikanisches Mädchen kennengelernt und sich verliebt …

Kaum hatte Harry zu lesen begonnen, verzog er das Gesicht.

»Was schreibt er?«, wollte Laura wissen.

»Ach, immer dieselbe Leier. Wir sollen Europa verlassen, seine Mutter und ich, und nach Amerika kommen. Mein Herr Sohn ist der Ansicht, Hitler würde das Münchener Abkommen brechen.« Harry faltete den Brief zusammen. »Was versteht der schon von Politik!«

»Willst du nicht zu Ende lesen?«

»Später«, sagte Harry und steckte den Brief in die Badetasche. »Wir haben jetzt Wichtigeres zu tun. Wir müssen unser Haus gegen die Dämonen schützen. Wie du siehst, geben sie sonst keine Ruhe.«

Laura schlüpfte in ihren Badeanzug. »Und wie soll das gehen?«

»Ich glaube, du hast schon wieder nicht in der Schule aufgepasst«, erwiderte er mit einem Lachen. »Dämonen kann man nur durch Dämonen abwehren. Das weiß doch jedes Kind!«

11

Über ein halbes Jahr brauchte Harry, um die Fassaden ihres Hauses mit all den Schutzgeistern zu versehen, die nötig waren, um ihr Zauberhaus vor den Heimsuchungen dieser Welt zu bewahren: vor ehemaligen Ehefrauen in Hundegestalt ebenso wie vor überbesorgten Söhnen und ihren Briefen.

Zum Glück waren die Außenmauern des Gebäudes aus losen Bruchsteinen aufgeschichtet, die kaum von Zement zusammengehalten wurden. In die klaffenden Fugen ließen sich mit Mörtel all die Fundstücke einfügen, die Harry im Haus und im Garten ihres Anwesens sowie auf dem Weg ins Dorf täglich sammelte, Scherben aus Ton und Porzellan, Krüge und Töpfe, rostige Drähte und Schlüssel, sogar Mistgabeln und Schaufeln. Während Monat für Monat Briefe von Bobby aus New York eintrafen, die Harry trotz Lauras Drängen meist ungelesen beiseitelegte, damit keine irritierenden Nachrichten ihn von seiner Arbeit ablenken konnten, wuchsen aus den Mauerritzen magische Chimären und Masken hervor, Nixenleiber und Pferdeköpfe, um die sichtbaren und unsichtbaren Dämonen abzuwehren, die in ihr Paradies einzudringen versuchten mit dem Ziel, ihr Glück zu zerstören.

Den Abschluss bildete ein überlebensgroßes Relief an der talwärts gewandten Fassade des Hauses. Ein zwei Stockwerke großer Riese mit mächtiger Knollennase streckte die Hände nach einer ebenso riesigen Begleiterin mit prallrunden Brüsten aus, zu deren Füßen sich ein kindliches Flügelwesen zum Abflug bereithielt: Dada, der König der Vögel, Harrys Alter Ego.

Obwohl das Relief seine Idee gewesen war, hatte Laura sich die Vollendung des Werkes ausbedungen – angeblich würde das Wichtigste fehlen, Harry habe es in seiner Blindheit vergessen. Am Morgen eines schwülwarmen, wolkenverhangenen Frühlingstags hatte sie sich an die Arbeit gemacht und ihn gebeten, das Haus nicht zu verlassen, bis sie ihn rief. Als er gegen Mittag Hunger bekam, sah er sich deshalb gezwungen, selber für sich zu sorgen. Er entschied sich für das einzige Gericht, das er eigenständig zubereiten konnte, ohne dass es wider Willen alchemistisch geriet – Rührei mit Schinken. Doch gerade als er die Pfanne auf den Herd stellte, kam Laura in die Küche gerannt. Sie hatte eine Maurerkelle in der Hand, und ihr Kittel war voller Mörtel.

»Du musst unbedingt rauskommen und es dir ansehen!«

Sie war so aufgeregt, dass ihm kaum Zeit blieb, die Pfanne vom Feuer zu nehmen. Sie fasste seine Hand und eilte mit ihm die Treppe hinunter.

Das Erste, was Harry auffiel, war ein Schatten im Hof. Als er am Haus hinaufschaute, sah er, woher der Schatten kam: Laura hatte Dada mit dem versehen, was ihrer Meinung noch gefehlt hatte. Groß und kraftvoll wie ein junger Baum ragte es aus dem Mauerwerk in die Höhe. »Ist der nicht ein bisschen groß geraten?«, fragte Harry.

»Wenn du wüsstest, was ich dabei empfinde, ist er noch viel zu klein«, erwiderte Laura.

Bevor er ihr antworten konnte, ertönte hinter ihnen wütendes Gebell. Harry drehte sich um. Der Köter aus dem Weinberg duckte sich mit gesträubtem Fell im Staub, die Augen in panischer Angst auf Dada gerichtet. Er fletschte die Zähne, knurrte und bellte, doch er war wie gebannt – unfähig, sich dem priapbewehrten Haus auch nur einen Schritt zu nähern.

»Es wirkt!«, rief Harry, außer sich vor Begeisterung. »Es wirkt tatsächlich! Besser kann es niemand beweisen! Kein Exorzist und kein Kunstkritiker!«

»Warum soll ein Hund dümmer sein als ein Schaf?«, fragte Laura. Sie nahm sein Gesicht zwischen ihre Hände und gab ihm einen Kuss. »Jetzt ist unser Zauberhaus fertig.«

12

Ein Jahr war vergangen im Paradies. Während flache, diskusförmige Wolkenscheiben am Himmel den Mistral ankündigten, staute sich unten im Tal, wo die Ardèche nur noch als ein Rinnsal durch ihr ausgetrocknetes Bett plätscherte, die Hundstagshitze des August. Nach einem langen, heißen Sommer ohne Regen war der Fluss beinahe versiegt. Laura saß nackt auf einem Stein, die Füße im seichten Wasser, und sah einem Schwarm winzig kleiner Fische zu, die um ihre Waden flitzten und tausend Schatten auf den hellen Sandboden warfen. Harry hatte sich auf einem Felsen ausgestreckt und döste in der Sonne. An seinem Körper waren noch die Spuren ihrer Liebkosungen zu sehen. Sie hatten sich geliebt und danach von dem Wein getrunken, den sie aus ihren eigenen Trauben gekeltert hatten.

»Bei den Penaten unseres Hauses«, hatte Harry gesagt, »nie will ich diesen Wein mit einer anderen Frau trinken als mit dir.«

Eine buntgefleckte Libelle schwebte sirrend über dem Wasser, nur eine Armeslänge von Harry entfernt. Doch er bemerkte sie nicht, gleichmäßig hob und senkte sich seine braungebrannte Brust im Rhythmus seines Atems, begleitet von leisen, seltsam sehnsüchtigen Schnarchlauten, wie nur er sie hervorbringen konnte. Laura musste lächeln. Ob es wohl möglich war, auf diesen Tönen zu tanzen? Das Haar war an seinem hageren Schädel zu flaumig weißen Federn getrocknet, wie bei einem Vogel.

Plötzlich wusste sie, dass sie nie wieder einen Mann je so lieben würde wie ihn. Wenn jetzt die Welt unterginge, wenn sie in diesem Augenblick sterben müsste, es wäre alles richtig und gut.

Eine Fliege setzte sich auf seine Nase. Sein Gesicht zuckte, einmal, zweimal, dann schwoll sein ganzer Schädel an, und mit einem lauten Niesen wachte er auf.

»Gott sei Dank, da bist du ja«, sagte er, als sein ängstlich suchender Blick sie fand. »Ich hatte geträumt, du wärst ganz alt geworden und hässlich und ich wäre zurück nach Paris gefahren. Allein, ohne dich.« Er stützte sich auf den Ellbogen auf und schaute sie an. »Versprich mir, dass du immer so bleibst wie jetzt. So jung und schön und stolz. Weil – sonst kann ich dich nicht mehr lieben und muss dich verlassen.«

»Ach Harry«, erwiderte sie. »Wenn ich heute Nacht den Mond am Himmel sehe, bin ich morgen vielleicht tot.«

13

Der Mistral, ein scharfer kalter Fallwind aus dem Norden, fegte bei strahlend blauem Himmel durch das Tal, rüttelte an den Häusern, dass die Fensterläden und Türen schlugen, und ließ die Blätter an den Bäumen flattern. Vornübergebeugt liefen die Einwohner von Sainte-Odile gegen den Wind durch das Dorf, Lulu räumte mit Pepe die Tische und Stühle von der Terrasse ihres Bistros, und die Bauern auf dem Markt spannten Netze über die Auslagen, damit das Obst und Gemüse nicht davonflog.

Solange der Mistral blies, fand Laura keine Ruhe. Die Nächte waren sternenklar, rund und gelb leuchtete der Mond vom wolkenlosen Himmel. Während Harry im Bett lag und schnarchte, stand sie oft stundenlang am leise klirrenden Fenster und schaute zu, wie draußen in der winddurchwehten Dunkelheit die Bäume sich unter den unsichtbaren Mächten bogen, die Zweige und Äste nach Süden gereckt, sturmgepeitschte Geister und Gespenster mit wehenden Haaren, denen der Mistral seine Stimme lieh. Obwohl das Heulen und Jammern Laura zu Tode ängstigte, konnte sie sich nicht von dem Anblick der gelben Scheibe des Mondes lösen. Harry nannte sie seine Windsbraut – war vielleicht der Mistral ihr wirklicher Bräutigam? Manchmal graute bereits der Himmel, bevor sie endlich ins Bett fand, und wenn sie nach unruhig bleiernem Schlaf erwachte, hatte sie Kopfschmerzen und war gereizt.

Seit über zwei Wochen schon wehte der quälende Wind, als

Laura eines Morgens in die Küche kam, noch ganz benommen von der Nacht. Der Frühstückstisch war gedeckt, aus dem Nebenraum krächzte das Grammophon. Harry stand fertig angezogen am Spülstein und schnitt einen Strauß Astern.

Auf einmal war Laura hellwach.

»Um Gottes willen, tu die Blumen weg!«, rief sie.

»Wie bitte?«, fragte Harry und drehte sich um.

»Die Blumen«, wiederholte sie. »Weg damit! Bitte!«

Harry schüttelte den Kopf und schnitt den Stiel einer Aster ab. Entsetzt sah Laura, wie Blut aus dem offenen Stängel quoll.

»Du hast sie umgebracht«, flüsterte sie. »Sie sind alle tot.«

Als Harry sie nur anschaute, riss sie ihm die Blumen aus der Hand, öffnete das Fenster und warf den Strauß hinaus. Während der Mistral die Astern fortwehte, blökte unten im Stall das Schaf. Mit lautem Klirren schlug das Fenster im Wind.

»Bist du verrückt?«, rief Harry. »Ich habe sie extra für dich geschnitten! Um dir eine Freude zu machen!«

»Siehst du denn nicht, dass sie bluten? Schnittblumen sind Leichen! Ich will keine Leichen im Haus!«

Kalt wehte der Wind herein und wirbelte eine Zeitung auf. Fröstelnd schloss Laura das Fenster. Die Zeitung drehte sich im Dreivierteltakt des Walzers, der immer noch aus dem Nebenraum krächzte, und sank kreisend zu Boden. Laura wurde schwindelig.

»Mach bitte das Grammophon aus«, sagte sie.

»Ach, die Musik gefällt dir auch nicht mehr? Ich dachte, das wäre dein Lieblingswalzer!«

»Du sollst das Grammophon ausmachen, hab ich gesagt! Ich kann es nicht ertragen!«

»Wenn du mich anschreist, mache ich überhaupt nichts!«

»Das wollen wir doch mal sehen!«

Laura dachte kurz nach. Das Radio! Harry hasste es wie die Pest! Sie schob ihn beiseite und marschierte quer durch den Raum. Als sie den kleinen Hängeschrank öffnete, in dem sich der Apparat verbarg, flatterten ihr Bobbys Briefe entgegen. Hier hatte er sie also versteckt! Ohne sich um die Briefe zu kümmern, schaltete Laura das Gerät ein. Zum allerersten Mal, seit sie in ihrem Zauberhaus lebten.

»Machst du *jetzt* vielleicht das Grammophon aus?«, fragte sie.

»Einen Teufel werde ich tun!«, erwiderte Harry.

Von einer Sekunde zur anderen verschloss sich seine Miene, und der Ausdruck seiner Augen wurde stechend hart. Doch Laura hielt seinem Blick stand. Würde dies ihr erster richtiger Streit? Harry gab bei diesem Auge-in-Auge-Spiel nie nach – Laura wusste, dass er schon seine Mutter damit betrogen hatte. Doch sie war entschlossen, es darauf ankommen zu lassen. Wenn er sich einbildete, er könne mit ihr machen, was er wollte, hatte er sich geirrt! Aus den Augenwinkeln sah sie, wie die Röhre des alten Apparats phosphorgrün aufleuchtete. Ein Militärmarsch ertönte mit anschwellendem Tschingderassabum und vermischte sich mit den Klängen des Walzers zu einer fürchterlichen Katzenmusik.

Wie auf Kommando hielten sie sich beide die Ohren zu. Während Walzer und Marsch unbeirrbar gegeneinander anlärmten, standen sie da, mit vorgestreckten Köpfen und verkniffenen Mündern, die Hände an den Ohren, und starrten sich an. Wer würde als Erster zucken? Verzweifelt kämpfte Laura gegen ihr eigenes Grinsen an. Ihr Streit war so grotesk wie das Walzer-Marsch-Potpourri, das in ihre Gehörgänge plärrte! Trotzdem, sie würde nicht nachgeben, diesmal nicht, sie presste die Zähne zusammen, damit kein Zahn zwischen ihren Lippen hervorblitzte und sie verloren hätte.

»Mäh!«

Die Tür flog auf, und das Schaf kam in die Küche gehoppelt. Im selben Moment war es mit ihrer Beherrschung vorbei, und beide prusteten gleichzeitig los.

»Haben wir noch alle Tassen im Schrank?«, fragte Harry.

»Die Tassen vielleicht«, sagte Laura. »Aber um die Teller mache ich mir Sorgen.« Lachend stürzte sie sich auf ihn. »Du hast verloren!«, rief sie und trommelte mit den Fäusten gegen seine Brust.

»Gib zu, dass du verloren hast! Ich hab nur gegrinst, ohne Zähne. Aber du hast als Erster gelacht!«

»Ist ja schon gut«, rief er. »Ich gestehe, ich habe verloren!« Plötzlich wieder ernst, griff er nach ihren Handgelenken und schaute sie an. »Meine Windsbraut ...«

Laura spürte, wie ihr wieder schwindlig wurde. Doch diesmal war es ein sehr angenehmes Gefühl.

»Will Dada mir vielleicht etwas sagen?«, flüsterte sie.

»Das kann ich auch selber«, erwiderte Harry, ebenso leise wie sie. »Ich ... liebe ... dich.« Ohne den Blick von ihr zu lassen, nahm er ihr Gesicht zwischen die Hände und gab ihr einen Kuss. »Gott sei Dank bist du so, wie du bist.«

Ihre Lippen hatten sich noch nicht voneinander gelöst, da brach die Marschmusik ab, und die Stimme eines Nachrichtensprechers ertönte.

»Achtung, Achtung!«, schepperte es aus dem Lautsprecher.

Laura starrte auf das Radio. Während im Hintergrund weiter der Walzer ertönte, glühte die Röhre in einem so intensiven Grün, wie sie es noch nie gesehen hatte.

»Wir unterbrechen unser Programm für eine Sondersendung«, verkündete der Sprecher. »In den Morgenstunden ist die deutsche Wehrmacht auf Befehl ihres Führers Adolf Hitler in Polen einmarschiert. Damit sind die Vereinbarungen des Münchener Abkommens außer Kraft gesetzt. Eine Stellungnahme der Regierung steht noch aus, aber Ministerpräsident Daladier hat für neun Uhr eine Pressekonferenz anberaumt, die wir mit Spannung erwarten ...«

14

Zwei Tage später, am 3. September 1939, erklärte die französische Regierung Deutschland den Krieg. Zugleich wurden alle in Frankreich lebenden deutschen Staatsbürger aufgerufen, sich bei den Behörden zu melden. Die Präfekturen der Départements hatten ebenso wie die Bürgermeistereien der Städte und Gemeinden Anweisung erhalten, alle »feindlichen Ausländer« bis auf Weiteres in provisorisch einzurichtenden Internierungslagern unterzubringen.

»Oh, du bist noch nicht fort?«, fragte Lulu, als Harry am Sonntagmorgen mit Laura im *Hôtel des Touristes* aufkreuzte. »Hast du den Anschlag am Rathaus nicht gesehen?«

Aus dem Radio über dem Tresen ertönte die *Marseillaise.* Harry schaute sich nach einem Platz in der brechend vollen Kneipe um, wo die Kirchgänger nach der Messe ihren Frühschoppen tranken, doch an den Tischen war nichts mehr frei.

»Natürlich habe ich den Anschlag gesehen«, sagte er mit einem Schulterzucken. »Doch was geht mich das an? Ich bin kein ›feindlicher Ausländer‹.«

»Nicht?«, sagte Lulu. »Ich dachte, du bist ein *boche.*«

Im hinteren Teil des Raumes ging es zu wie auf einem Exerzierplatz. Umringt von Bauern im Sonntagsstaat, marschierte Pepe in seiner Briefträgeruniform salutierend auf der Stelle. Trotz seiner Taubheit fuhr ihm der Rhythmus der Nationalhymne so in die Glieder, dass seine Beine in die Höhe flogen. Als er kehrtmachte, erblickte er Harry und Laura. Im selben Moment erstarrte er. Seit dem Vorfall am Weinberg hatte er ihre Post immer auf der Mauer neben dem Torbogen abgelegt, ohne ihr Anwesen zu betreten. Panisch grunzte er ein paar Laute, dann stolperte er durch den Hinterausgang davon.

»Was ist denn in den gefahren?«

Lulu schaltete das Radio aus und schenkte zwei Gläser ein. Während Maître Simon, wie stets mit Fliege und Nadelstreifenanzug, Laura mit Handkuss begrüßte, nahm Harry die Gläser entgegen.

»Was ist ein *boche*?«, wollte Laura wissen.

»So nennen die Franzosen die Deutschen«, erwiderte Harry. »Nur – ich bin kein Deutscher.«

»Ah, Sie haben noch rechtzeitig unsere Staatsbürgerschaft erwerben können?«, fragte Maître Simon. »Da fällt mir aber ein Stein vom Herzen.«

»Nicht direkt«, entgegnete Harry. »Aber ich hasse die Nazis mehr als jeder Franzose. Sie haben mir schon früher den Krieg erklärt als Ihrem Land.«

»Ich fürchte, darauf kommt es jetzt nicht an«, sagte der Notar. »Im Krieg zählt nur der Pass. Die Gesinnung ist Nebensache.«

»Frankreich ist die Heimat aller Antifaschisten«, erwiderte Harry. »Außerdem lebe ich hier seit achtzehn Jahren und habe eine unbefristete Aufenthaltsgenehmigung.«

»Trotzdem, Sie sollten einen Asylantrag stellen. Wenn Sie wünschen, bin ich Ihnen gerne behilflich.«

»Das wird nicht nötig sein. Ich habe beste Beziehungen nach oben – nach *ganz* oben sogar.«

»So, haben Sie?« Maître Simon schaute Harry mit erhobenen Brauen an. Um seinen Mund spielte ein feines Lächeln. »Na dann auf Ihr Wohl, Monsieur Winter«, sagte er schließlich und hob sein Glas.

Harry prostete dem Notar zu, doch irgendwie war ihm die Lust vergangen, länger zu bleiben. Es war dunkel und stickig in dem Bistro, während draußen wunderbares Wetter herrschte. Die Sonne würde bald in ihr Atelier scheinen, Laura und er sollten lieber das Licht nutzen, um an der *Himmelsbeute* zu arbeiten, statt die Zeit hier sinnlos zu vertrödeln. Er hatte am Morgen eine großartige Idee für ein Bild gehabt: Dada reitet auf einem Schaukelpferd durch die Lüfte …

In einem Zug kippte er sein Glas hinunter.

»Zahlen!«

Staubige Hitze hing über dem Marktplatz, als sie ins Freie traten. Der Mistral hatte sich in der Nacht gelegt, die Luft war wieder warm und weich wie Seide. Friedlich schlenderten die Hausfrauen an den Ständen entlang, um die Besorgungen für das Mittagessen zu erledigen. Das sollte Krieg sein? Kaum konnte man sich vorstellen, dass die Bauern gestern noch ihre Waren mit Netzen gegen den Wind hatten sichern müssen. Hitler war in Polen beschäftigt, er hatte keine Truppen, die er nach Frankreich schicken konnte. Das war doch sonnenklar.

»Was meinst du mit Beziehung nach ganz oben?«, fragte Laura, als sie durch den Weinberg nach Hause gingen. »Hoffst du, dass Florences Vater dir vielleicht hilft?«

»Florences Vater?«, erwiderte Harry. »Wie kommst du denn auf den?« Als er sich umdrehte und ihr Gesicht sah, erschrak er. Laura sah aus wie früher manchmal in Paris, wenn sie über die Krämpfe im Magen klagte und sich ihren Orangenblütentee braute. Harry gab ihr einen Kuss auf die Stirn. »Hab keine Angst. Hier sind wir so sicher wie in Abrahams Schoß.«

»Wirklich?«

»Wenn ich es dir sage.« Harry schüttelte den Kopf. »Glaub mir, uns kann nichts passieren. Wozu haben wir unsere Schutzgötter?«

15

Die Morgensonne weckte Laura aus süßem Schlummer. Wohlig räkelte sie sich unter der hellen, warmen Liebkosung, dann öffnete sie blinzelnd die Augen. Harry lag neben ihr im Bett, leise schnarchend auf dem Rücken, mit ausgebreiteten Armen wie ein König, dem nichts und niemand etwas anhaben konnte im fernen Reich seiner Träume. Nur seine spöttisch lächelnden Mundwinkel verrieten, dass er in Wirklichkeit schon wach war.

»Was denkt der Mann mit dem eisblauen Blick?«, fragte Laura.

»Dass er die Taubenküsse seiner Windsbraut mag«, murmelte Harry, ohne die Augen zu öffnen. »Doch mehr noch ihre mondänen Küsse, gespendet von Lippen, die purpurrot sind von edlen Begierden.«

»Wenn ich nur wüsste, wie dieser Mann heißt?«

Während sie sprach, beugte sie sich über ihn, um ihn zu küssen, sowohl nach Taubenart als auch mondän.

Da hämmerte es unten an der Haustür.

»Wer kann das sein?« Überrascht fuhr sie in die Höhe.

»Vielleicht Pepe?« Harry schlug die Augen auf und grinste. »Er ist in dich verliebt und will nicht, dass du mich verwöhnst. Taubstumme haben manchmal einen sechsten Sinn.«

»So ein Quatsch!«

Laura sprang aus dem Bett und streifte sich Harrys Schlafanzugjacke über, die vom Abend noch auf dem Boden lag. Barfuß lief sie die Treppe hinunter. Das Schaf im Stall schaute sie vorwurfsvoll an.

Wieder hämmerte es draußen an der Tür. »Aufmachen! Das ist ein Befehl!«

Notdürftig knöpfte Laura die Jacke zu und schob den Riegel zurück. Als die Tür sich mit quietschenden Angeln öffnete, zuckte sie zusammen. Im Hof standen zwei Gendarmen, mit blauen Käppis und schwarzen Capes. Der kleinere Beamte hatte einen Schnurrbart und hielt ein Paar Handschellen bereit.

»Wen wollen Sie denn verhaften?«, fragte Harry, der ihr in der Schlafanzughose gefolgt war. »Unser Schaf? Dann gebe ich zu Protokoll, dass es auf den Namen Helene hört. Für Ihre Personalien.«

Laura musste laut lachen. Der Beamte schob sie beiseite, ohne jeden Sinn für Humor.

»Sind Sie der deutsche Staatsbürger Harry Winter?«

»Nein, ich bin der Kaiser von China«, erwiderte Harry. »Ja, natürlich bin ich ich. Wer sollte ich sonst sein?«

»Sie haben eine Stunde Zeit, Ihren Koffer zu packen!«

Als Laura das Gesicht des Polizisten sah, verging ihr das Lachen. Bevor sie wusste, was geschah, legte der Kerl Harry die Handschellen an.

»Sind Sie verrückt geworden?«

»Fluchtgefahr!«, erwiderte der Beamte.

»Im Pyjama?«

»Vorschrift ist Vorschrift!«

Auch Harry war plötzlich ernst. »*Vive la France!*«, knurrte er nur, als der Gendarm die Handschellen zuschnappen ließ.

16

Plötzlich ging alles rasend schnell. Es war, als wären sie an einem Ende der Welt in einen Tunnel gefahren, um am anderen Ende der Welt wieder aufzutauchen – aus ihrem Traum in die Realität in nur einer Sekunde. Während Harry auf Anweisung der Polizisten einen Stapel Formulare ausfüllte, suchte Laura in fliegender Eile irgendwelche Sachen zusammen, von denen sie hoffte, dass er sie im Lager brauchen könnte. Dreißig Kilo Gepäck, so hatte man ihr erklärt, dürfe er mitnehmen, einschließlich Kleidung und Büchern. Doch was war mit Pinseln und Farben? Was war mit Geld? Was mit Lebensmitteln und Wein? Vor lauter Geschäftigkeit blieb ihr keine Zeit, einen klaren Gedanken zu fassen. Die Handschellen lösten die Gendarmen nur noch einmal, damit Harry sich anziehen konnte.

Von den Polizisten wie ein Verbrecher flankiert, verließ er eine Stunde später das Haus.

»Du musst Bobby schreiben«, sagte er, als sie den Weinberg hinuntergingen. »Er kennt in Amerika wichtige Leute. Sie können uns vielleicht helfen.«

Am Straßenrand wartete ein Militärlastwagen, auf dessen Pritsche zwei Dutzend Männer zusammengepfercht waren. Einer war noch im Schlafanzug, ein anderer hatte sogar eine Nachtmütze auf dem Kopf. Offenbar waren sie wie Harry aus dem Bett heraus verhaftet worden. Ein Soldat, der den Lastwagen bewachte, stieß Harry den Kolben seines Gewehres in den Rücken, damit er auf den Wagen kletterte.

»Wo bringen Sie ihn hin?«, fragte Laura.

»Im Rathaus liegen Listen aus. Die können Sie jederzeit einsehen.«

»Wie lange wird er fort sein?«

»Das werden Sie zu gegebener Zeit erfahren.«

Der Soldat verriegelte die Heckklappe, dann stieg er ins Fahrerhaus und ließ den Motor an. Während die Gendarmen ihre Pistolen zückten, damit kein Häftling auf die Idee kam zu fliehen, setzte sich der Lkw in Bewegung. Eine schwarze, stinkende Auspuffwolke hüllte Laura ein.

»Harry!«, rief sie. »Harry – um Himmels willen!«

Erst jetzt wurde ihr bewusst, dass sie sich noch nicht mal verabschiedet hatten. Während Laura dem davonrumpelnden Laster hinterherlief, beugte Harry sich über die Heckklappe und versuchte, ihre Hände zu berühren. Doch der Wagen fuhr schneller, als sie laufen konnte.

»Hab keine Angst«, rief Harry. »Der Spuk ist bald vorbei … In ein paar Wochen … bin ich zurück … Dann trinken wir den Wein … aus unserem Weinberg …«

Durch den Motorenlärm hörte sie nur noch Fetzen seiner Worte. Während Harry ihr mit beiden Armen zuwinkte, kam aus dem Weinberg ein schwarzes Ungeheuer hervorgeschossen – der streunende Köter, Florences Spion. Laut bellend sprang er an den Reifen des Lkws hoch.

Dann verschwand der Wagen in einer Kurve, und Laura war allein.

VIERTES BUCH

ENTZWEIUNG

LES MILLES/SAINTE-ODILE
1939–1940

1

Freiheit, Gleichheit, Brüderlichkeit!

In rostigen Lettern prangte die Devise der französischen Revolution über dem Tor, durch das der Militärlastwagen in das Internierungslager rumpelte. Harry empfand die Worte als zynischen Angriff auf seine Person. Reichte es nicht, dass man ihn verhaftet hatte? Musste man ihn auch noch verhöhnen? Er war bereit gewesen, für Freiheit, Gleichheit und Brüderlichkeit in Spanien sein Leben hinzugeben. Jetzt markierten dieselben drei Worte den Ort seiner Gefangenschaft.

Das Lager war eine mit Stacheldraht umzäunte Wiese am Stadtrand von Largentière, jenem Ort, in dessen Nervenheilanstalt Harry erst vor wenigen Monaten Laura in der Kunst des Sehens unterrichtet hatte, und bestand aus einer Baracke für die Wachmannschaften sowie einer Handvoll Zelten für die Gefangenen. Abgesehen von dem Stacheldraht, sah das Ganze aus wie ein Pfadfinderlager. Aber Harry ließ sich nicht täuschen – er kannte den Genius loci besser als der Bürgermeister des Ortes und wusste, dass in Largentière nichts so war, wie es schien. Außerdem waren ihm Pfadfinder so wenig geheuer wie Nazis. Die meisten Menschen wurden bekanntlich zu Faschisten, sobald sie eine Uniform besaßen. Sein ehemaliger Schwiegervater war dafür der lebende Beweis.

»Alle Mann absitzen!«

Mit entsichertem Gewehr verlieh ein Sergeant dem laut gebellten Befehl Nachdruck. Nur widerwillig leistete Harry der idiotischen Aufforderung Folge. »Absitzen« – waren sie etwa auf Pferden hergeritten? Wenn er seinen Hintern befragte, konnte er es fast meinen. Obwohl die Fahrt nur eine Stunde gedauert hatte, spürte er sämtliche Knochen im Leib, als er mit den anderen Gefangenen von der Ladepritsche des Lkws kletterte. Doch schlimmer als die blauen Flecke, die ihn an jedes einzelne Schlagloch erinnerten, war die Entgeisterung, die von ihm Besitz ergriffen hatte. Am Morgen hatte er noch mit Laura im Bett gelegen, und sein einziges Problem war die Frage gewesen, ob sie Dada mit einem Taubenkuss oder auf mondäne Weise verwöhnen würde. Er konnte nur hoffen, dass er mit seinem Versprechen recht behielt und der Spuk bald vorbei war.

»In einer Reihe angetreten!«

Stolpernd nahmen die Gefangenen vor der Baracke Aufstellung. Die meisten hatten sich unterwegs miteinander bekannt gemacht. Abgesehen von einem Wiener Handelsvertreter namens Alois Waluschek, der in Avignon irgendwelche Geschäfte betrieb, waren sie alle Emigranten, die aus Deutschland hatten fliehen müssen, weil ihnen dort das KZ drohte – den einen wegen ihrer jüdischen Herkunft, den anderen wegen ihrer politischen Gesinnung. Am 14. Juli, dem französischen Nationalfeiertag, hatte man sie in den Zeitungen noch als heldenhafte Antifaschisten gepriesen, die ihre Heimat aufgegeben hatten, um den Idealen der Menschlichkeit treu zu bleiben, und der Präsident der Republik hatte sie die edelsten Verbündeten Frankreichs genannt. Jetzt stellten sie offenbar eine solche Bedrohung dar, dass fünf Offiziere und zehn Unteroffiziere nötig waren, um zwei Dutzend von ihnen zu bewachen. Während der Sergeant sein Gewehr auf sie richtete, riss sich Harrys Nebenmann die Nachtmütze vom Kopf und hielt sie vor die Brust wie ein Ulan seinen Federbausch. Wäre das alles nicht so unfassbar gewesen, Harry hätte sich kaputtgelacht. Doch er verstand genug vom Theater, um zu wissen, dass manche vermeintliche Komödie sich am Ende als Tragödie entpuppte, und wenn ihn nicht alles trog, war er genau in ein solches Drama hineingeraten.

»Achtung! Stillgestanden!«

Der Lagerkommandant, ein kleinwüchsiger Hauptmann namens Lelouche mit schwarzem Oberlippenbart und fanatisch glänzenden Augen, trat vor die Gefangenen, um eine Ansprache zu halten. Während er auf den Fußballen wippte, um größer zu erscheinen, als er in Wirklichkeit war, berichtete er von seinem zivilen Beruf als Hutmacher in Lyon und appellierte an jeden einzelnen Gefangenen, seine Fähigkeiten in den Dienst der Gemeinschaft zu stellen, um sich im Lager nützlich zu machen.

»Was können Sie? Was sind Sie von Beruf?«

Ehe Harry wusste, wie ihm geschah, stand der Kommandant vor ihm und tippte ihm gegen die Brust. Harry war so verwirrt, dass ihm nichts Besseres einfiel als die Wahrheit.

»Maler. Das heißt … ich bin Künstler«, stammelte er.

»Oh, ein Pinselquäler?«

Mit verächtlicher Miene wandte Capitaine Lelouche sich ab, um die anderen Gefangenen zu befragen. Harry verfluchte seine dämliche Antwort. Wenn man beim Militär war, musste man Koch oder Sattler sein! Wahrscheinlich würde man ihn nun zum Latrinendienst einteilen.

Als der Kommandant kehrtmachte, um in die Baracke zu gehen, sah Harry sich schon bis zu den Knien in der Scheiße.

»Außerdem bin ich gelernter Anstreicher!«, rief er dem Kommandanten nach.

Als hätte ihn eine Wespe gestochen, fuhr der Capitaine herum.

»Ihr Name?«

»Harry Winter.«

Capitaine Lelouche schaute ihn an wie ein Zahnarzt seinen Patienten, bevor er zur Extraktion schreitet.

»Wer hat Ihnen erlaubt, hier rumzubrüllen?«, fragte er. »Kommen Sie heute Abend auf die Kommandantur. Ich habe eine passende Aufgabe für Sie.«

2

Laura nahm das Sieb aus dem Becher, ließ es in den Spülstein fallen und trank einen Schluck von ihrem Orangenblütentee. Bitter schmeckte der Sud auf ihrer Zunge, bevor er durch den Schlund in den Magen rann, um sich in ihrem ganzen Körper auszubreiten. Jetzt konnte sie nur hoffen, dass der Tee ihr half, sich zu übergeben. Denn die Blähkrämpfe waren noch schlimmer als damals in Paris, als Harry sie zum ersten Mal verlassen hatte, um seinen genitalen Verpflichtungen bei Florence nachzukommen. Es war, als hätten sie sich irgendwie in ihrem Unterleib verfestigt, zu einem bösen, harten Klumpen, der ihr wie die Faust eines Riesen im Magen saß.

Hatte der Köter im Weinberg ihr diesen Klumpen einverleibt?

Die Tasse in der Hand, stand Laura in der Küche und starrte ins Leere, während die Einsamkeit aus den Mauerritzen von allen Seiten auf sie zukroch. Auf dem Fußboden lag eine ausgetretene Kippe – Mirakelkraut, das Harry geraucht hatte. Plötzlich erkannte sie, wie alt und schäbig ihre Behausung war. Mit überdeutlicher Schärfe sprang ihr die Wirklichkeit entgegen. Das Haus war gar kein Zauberhaus, sondern ein erbärmliches Drecksloch. Die Decken und Böden in den winzig kleinen Zimmern waren krumm und schief, die Gardinen voller Flecken, die Steinfliesen rissig und die abgestoßenen Stellen an den Simsen so hässlich, dass man sich vor sich selber schämen musste. Es war, als hätten die Dinge rings um sie her über Nacht ihre Seele verloren. Sogar der Wald, den sie durchs Fenster sah, war nicht mehr derselbe. Früher war er ein magischer Ort gewesen, bevölkert von freundlichen Geistern und Nachtigallen, die wachsam in den Baumwipfeln hockten. Jetzt war der Wald nur noch ein Haufen totes Holz.

Warum hatte der Große Zauberer sie verlassen?

Auf dem Küchentisch lagen Bobbys Briefe. Laura hatte sie gelesen, gleich nachdem die Soldaten Harry fortgeschleppt hatten, nur um irgendetwas zu tun gegen dieses übermächtige Gefühl der Einsamkeit. Die Briefe enthielten lauter Nachrichten, die sie nicht begriff. Von brennenden Synagogen in Deutschland und zertrümmerten Fensterscheiben war darin die Rede … Von Menschen, die gelbe Abzeichen tragen mussten und wie Vieh durch die Straßen getrieben wurden … Von Polizisten in braunen Uniformen und Steine werfenden Halbwüchsigen … So werde es bald in ganz Europa aussehen, schrieb Bobby. Und immer wieder flehte er seinen Vater an, zu ihm nach Amerika zu kommen, zusammen mit Mathilde, seiner Mutter.

Ein Geräusch unten im Stall schreckte Laura auf. Wer war das? Lulu? Pepe? Oder – sie hielt den Atem an – wollte man sie jetzt auch abholen? Um sich zu bewaffnen, nahm sie einen Blumentopf von der Fensterbank und lauschte angespannt in die Stille hinein. Irgendjemand kam die Treppe herauf. Ein Gedanke zuckte durch ihr Gehirn. War das vielleicht – Harry? Weil alles nur ein böser Scherz war?

»Mäh!«, blökte unten das Schaf.

Plötzlich wurde Laura schlecht. War das die Wirkung des Suds oder die Enttäuschung? Sie wollte gerade den Blumentopf abstellen, um das Plumpsklo im Hof aufzusuchen, da flog die Küchentür auf, und ein schwarzes, Zähne fletschendes Biest schoss auf sie zu.

Im selben Moment, in dem sie den Köter erkannte, warf sie ihm den Blumentopf entgegen. Doch das Geschoss verfehlte sein Ziel. Laut kläffend floh der Hund zurück auf die Treppe. Laura folgte ihm nach, hinunter in den Stall. Im Laufen schnappte sie sich einen Spaten, der irgendwo an einer Wand lehnte. Der Hund war das Böse, alles, was sie verfolgte, der Teufel, die Angst!

Durch die offene Kellertür rannte das Biest hinaus, Laura hinterher. Doch als sie im Hof war, sah sie nur noch sein schwarzes Hinterteil, das im Weinberg verschwand.

»Verdammtes Mistvieh!«

Wie eine Idiotin stand sie da, mit ihrem Spaten in der Hand.

Zitternd vor Erregung, würgte sie die aufsteigenden Tränen hinunter. Nein, sie durfte nicht weinen, nicht, wenn sie allein war!

Als sie sich umdrehte, kam das Schaf aus dem Stall. Das Tier schaute sie mit so treuen Augen an, als würde es ihre Verzweiflung verstehen. Laura kniete sich zu ihm und vergrub ihr Gesicht in dem stinkenden Fell.

»Jetzt habe ich nur noch dich«, flüsterte sie.

Mit dem Tier im Arm durfte sie weinen, doch von dem Gestank wurde ihr speiübel. Zum Glück waren es bis zum Klo nur wenige Schritte.

Als sie sich erhob, sah sie Dada. Über dem Tor, an der Hauswand, strotzte er mit seiner Männlichkeit, als wäre nichts geschehen.

Bei dem Anblick wich Lauras Übelkeit bitterer Enttäuschung. Warum hatte Harry sie belogen? Er hatte ihr versprochen, sie vor der Welt zu schützen. Aber er hatte sein Wort nicht gehalten. Im Gegenteil. Er hatte sie im Stich gelassen, wie damals in Paris, als er seinen genitalen Verpflichtungen nachgekommen war, und seine Schutzgeister hatten jämmerlich versagt.

Plötzlich wusste sie, was sie zu tun hatte. Mit beiden Händen packte sie den Spaten und schlug Dada den strotzenden Pfahl vom Leib.

Als sie das Blut sah, das aus der klaffenden Wunde spritzte, warf sie den Spaten fort und erbrach in hohem Schwall den Inhalt ihres Magens, noch bevor sie das Klo erreichte.

3

Die Latrine im Lager von Largentière war kein überdachter Abort, sondern nur ein Balken über einer Grube, in die die Gefangenen ihre Notdurft verrichteten. Von hier aus hatte man einen herrlichen Blick über das Lager mit der Baracke und den Zelten, insbesondere aber auf das Schloss. Während seine Kameraden kamen und gingen, um sich auf dem Balken zu erleichtern, stellte Harry täglich seine Staffelei unweit der Latrine auf, um den Auftrag auszuführen, den Capitaine Lelouche ihm am ersten Abend seiner Internierung erteilt hatte. Der Kommandant wollte seine Frau mit einem Ölgemälde beglücken, damit sie sich im fernen Lyon ein Bild machen konnte von der Aufgabe ihres Gemahls und seines Beitrags zum Sieg Frankreichs über die deutschen Faschisten. Die Idee dazu war dem Capitaine gekommen, als Harry zur Strafe für sein Rumbrüllen beim Appell auf allen vieren den Fußboden der Schreibstube mit einer Zahnbürste geschrubbt hatte.

»Ich weiß auch schon den Titel«, hatte Lelouche gesagt. »*Souvenir aus Largentière.*«

Zum Glück hatte Laura alle Utensilien eingepackt, die Harry zum Malen brauchte, sodass er gleich mit der Arbeit beginnen konnte. Durch die Vorgabe des Kommandanten ergab sich die Komposition des Bildes praktisch von selbst, und er hätte nur einen Nachmittag gebraucht, um die Leinwand entsprechend vollzupinseln. Tatsächlich ließ er sich wesentlich mehr Zeit. Er wusste ja nicht, zu welchen Arbeiten man ihn einteilen würde, wenn er mit dem Gemälde fertig war. Jeden Morgen wurden zwei Gefangene abkommandiert, um die Jauchegrube unter dem Donnerbalken auszuheben. Typhusgefahr! Harry war noch kein einziges Mal an die Reihe gekommen, der Auftrag des Kommandanten hatte ihn davor bewahrt. Der Wiener Handelsvertreter Waluschek hatte sich bereits über die Vorzugsbehandlung des Herrn Künstlers beschwert.

Sechs Wochen konnte Harry die Sache hinauszögern. Dann platzte Capitaine Lelouche der Kragen, und er befahl kategorisch die sofortige Fertigstellung des Bildes.

»Meine Frau hat nächste Woche Geburtstag! Soll ich mit leeren Händen dastehen? Sie wissen doch, wie Frauen sind! Oder sind Sie etwa andersrum?«

»Gott behüte, *mon capitaine*! Ich habe sogar in Frankreich geheiratet.«

»Na also! Dann beeilen Sie sich! Außerdem – wenn meiner

Frau das Bild gefällt, vielleicht kann ich ja was für Sie tun. Haftverschonung aus humanitären Gründen, wenn Sie verstehen ...«

Noch am selben Abend erschien Harry mit dem fertigen Bild auf der Kommandantur. Um es gegen den Regen zu schützen, der seit dem Nachmittag niederging, hatte er es in eine Decke gehüllt. Auch konnte ein bisschen Spannung nicht schaden.

»Na endlich!« Voller Erwartung sprang Capitaine Lelouche von seinem Schreibtisch auf. »Spannen Sie mich nicht länger auf die Folter! Packen Sie es schon aus!«

Harry stellte das Bild auf einem Stuhl ab, und wie ein Zauberkünstler, der eine Taube aus seinem Zylinder flattern lässt, zog er die Verhüllung fort.

»*Voilà!*«

Der Anblick versetzte Capitaine Lelouche in einen Zustand tiefer Sprachlosigkeit. Offenbar schien er etwas von Kunst zu verstehen! Mit offenem Mund, den Oberkörper vorgebeugt, die Hände auf dem Rücken, betrachtete er das Bild eine lange Weile, ohne ein Wort zu sagen. Harry roch schon den süßen Duft der Freiheit.

»Darf ich fragen, wie es Ihnen gefällt?«

Der Kommandant räusperte sich mehrere Male, bevor er zu einer Auskunft fähig war.

»Was die Darstellung der Baracke und Zelte betrifft«, sagte er schließlich, »so sind sie hervorragend getroffen. Und auch das Schloss erkenne ich zweifelsfrei wieder. Aber der Rest?« Er richtete sich auf und blickte Harry irritiert an. »Nun, ich bilde mir ein, dass ich durchaus über eine künstlerische Ader verfüge. Ohne die könnte ich als Hutmacher gar nicht existieren. Aber – sehen die Gefangenen nicht eher aus wie ... wie Pfadfinder in einem Ferienlager?«

»Das ist ein beabsichtigter Effekt«, log Harry, ohne mit der Wimper zu zucken. »Ich wollte damit Ihr humanes Regiment zum Ausdruck bringen.«

»Ich verstehe, sehr schmeichelhaft. Trotzdem, irgendwie ist alles so rätselhaft. Zum Beispiel diese Gestalt hier!« Er tippte mit dem

Finger auf die Leinwand. »Fliegt einfach durch die Luft. Soll das ein Schlossgespenst sein?«

»Das ist eine Windsbraut, *mon capitaine*. Eine symbolhafte Darstellung des Genius loci.«

»Windsbraut? Genius loci?« Der Kommandant schüttelte widerwillig den Kopf. Plötzlich rastete sein unsicherer Blick ein, der Oberkörper straffte sich, und seine Augen bekamen ihren fanatischen Ausdruck. »Wenn Sie mich fragen«, erklärte er, »ist das Ganze eine Beleidigung des guten Geschmacks. Da weiß man ja nicht, wo oben und unten ist. Die einfachsten Regeln der Kunst sind Ihnen fremd. Wo ist die Raumperspektive? Der Goldene Schnitt? Nein, mein Herr, Sie haben kein Recht, solche Scheußlichkeiten zu malen!« Er kniff die Augen zusammen, um Harry zu fixieren, und wippte auf seinen Fußballen. »Oder wollen Sie sich über mich lustig machen?«

»Um Himmels willen, nein! Die Windsbraut ist meine eigene Frau!«

»Das wird ja immer schöner! Was hat *Ihre* Frau auf *meinem* Bild verloren?«

Harry fiel aus allen Wolken. Der süße Duft der Freiheit wich dem muffigen Bürogeruch der Kommandantur. Fieberhaft überlegte er, wie er einem uniformierten Hutmacher in zwei Sätzen erklären konnte, was eine Windsbraut war, ohne seine Lage noch mehr zu verschlimmern. Schließlich versuchte er es mit einem Vorschlag zur Güte.

»Wenn Sie möchten, kann ich das Gesicht nach dem Vorbild Ihrer verehrten Frau Gemahlin korrigieren. Sicher haben Sie eine Fotografie, die Sie mir zur Verfügung stellen können.«

»Wollen Sie behaupten, meine Frau ist verrückt? In dem Schloss ist eine psychiatrische Klinik untergebracht! Eine Irrenanstalt!« Der Kommandant schnappte nach Luft, sein Oberlippenbärtchen zitterte vor Erregung. »Ich habe gleich geahnt, dass mit Ihnen was nicht stimmt! Schon beim ersten Appell sind Sie mir aufgefallen!« Capitaine Lelouche trat auf Harry zu und stieß ihm mit der Faust gegen die Brust. »Sie sind ein Nazi!«, rief er. »Ihr Geschmier ist der Beweis! Sie wollen meinen Kampf gegen den *Führer* sabotieren! Aber das werden Sie bereuen! Ich werde Sie ...«

Mitten im Satz wandte er sich ab, um mit knallenden Stiefelschritten durch sein Büro zu marschieren. Harry konnte die Jauche der Latrine schon riechen. Während die Regentropfen auf das Wellblechdach trommelten, blieb Capitaine Lelouche plötzlich vor dem Schreibtisch stehen und schaute Harry mit gefährlich kleinen Augen an. Offenbar war er zu einem Entschluss gelangt. Wie um Anlauf zu nehmen, schnappte sein Mund auf und zu.

Da klopfte es an der Tür.

»Herein!«

Ein durchnässter Unteroffizier betrat den Raum. Harry schickte ein Dankgebet zum Himmel.

»Was zum Teufel wollen Sie?«, fragte der Kommandant.

Der Soldat schlug die Hacken zusammen und salutierte. »Melde gehorsamst, unser Lager wird aufgelöst.«

»Wie? Was? Ich verstehe kein Wort!«

»Befehl von der Leitstelle. Alle feindlichen Ausländer aus dem Département Ardèche werden nach Les Milles überführt. Morgen früh kommen Transporter, um die Gefangenen unseres Lagers ...«

»Nach Les Milles?«, fiel Capitaine Lelouche dem Unteroffizier ins Wort. »Das ist ja fabelhaft!« Sein Gesicht strahlte wie ein Christbaum, als er sich zu Harry herumdrehte. »Na, da können Sie sich auf was gefasst machen! Glauben Sie ja nicht, nur Ihr Deutschen wüsstet, wie ein KZ funktioniert.«

4

»Weißt du, wo das ist – Les Milles?«, fragte Laura.

»Keine Ahnung«, sagte Lulu. »Aber schauen wir mal nach.«

Während die Patronne eine alte Landkarte auf dem Schanktisch ausbreitete, nahm Laura einen Schluck Wein. Es war noch so früh am Morgen, dass sie der einzige Gast im *Hôtel des Touristes* war. Pepe hatte ihr den Brief mit der Nachricht von Harry gebracht – seit sie allein in dem Haus lebte, händigte er ihr wieder die Post persönlich aus. Der Brief war von einer Behörde in Marseille. Kaum hatte Laura die Zeilen gelesen, hatte sie alles liegen und stehen gelassen und war ins Dorf gelaufen. Sie musste mit irgendeinem Menschen sprechen – die Nachricht war das erste Lebenszeichen von Harry, seit die Soldaten ihn verschleppt hatten! Lulu hatte ihr ein Glas Wein eingeschenkt. Der Alkohol tat gut. Zu Hause trank Laura keinen Wein – den Wein, den sie mit Harry gekeltert hatte, wollte sie nur mit Harry trinken.

»Ich hab's gefunden«, sagte Lulu.

»Wo?«, fragte Laura.

»Da!« Die Patronne tippte mit dem Finger auf einen winzigen Fleck. »Nur ein Katzensprung von Aix entfernt.«

Laura sah das Gewirr von bunten Linien auf der Karte und schöpfte Hoffnung. »Nach Aix fährt von Avignon sicher ein Zug.«

»Du willst Harry im Lager besuchen?« Lulu schüttelte den Kopf. »Ich glaube, das ist keine gute Idee.«

»Aber ich habe ihn so lange nicht gesehen. Wenn ich wenigstens einen Brief von ihm hätte. Letzte Woche habe ich geträumt, sie hätten ihm den Bauch aufgeschlitzt. Blutige Gedärme quollen ihm aus dem Leib.«

Lulu drückte ihre Hand. »Hab keine Angst«, sagte sie mit einem teilnehmenden Lächeln. »Wir sind hier in Frankreich. Bei uns wird nichts so heiß gegessen wie gekocht. Erst veranstalten sie ein Affentheater, um sich wichtig zu machen, und dann geht alles wieder seinen alten Gang.«

»Meinst du?«, fragte Laura unsicher.

»Bestimmt. Warte nur ab. In ein paar Wochen haben sich die Gemüter beruhigt. Dann kannst du es versuchen. Am besten, wir fragen Maître Simon, ob er dir helfen kann. Der findet für alles einen Dreh.« Lulu nahm die Flasche Wein und schenkte nach. »Komm, trink noch ein Glas.«

»Ich hab kein Geld mehr diesen Monat«, sagte Laura.

»Mach dir darum keine Sorgen, Schätzchen. Ich schreib es für dich an.«

5

»Pfui Teufel! Das schmeckt ja wie Hundepisse!«

»Das ist das Brom.«

»Was hat Brom im Tee verloren?«

»Das tun sie in alles rein, auch ins Essen. Damit hier nicht der sexuelle Notstand ausbricht. Und wir in unserem eigenen Sperma ersaufen.«

»Ich verstehe nur Bahnhof.«

»Bist du so blöd oder tust du nur so? Das Brom sorgt dafür, dass du keinen mehr hochkriegst. Ist dir noch nicht aufgefallen, dass hier nachts kaum einer wichst?«

Kühl senkte sich die Dämmerung über das Lager von Les Milles. An langen Tischen hockten die Häftlinge in ihren zerlumpten, dreckigen Kleidern und nahmen frierend ihr Abendbrot ein, aus Blechnäpfen, die nie richtig sauber waren, sodass alles immer nach allem schmeckte – die Kartoffeln nach Kohl und der Kohl nach Fisch. Während die ersten seiner Kameraden vom Hof in die Unterkünfte trotteten, sammelte Harry die leeren Käseschachteln ein, die vom Abendbrot auf den Tischen übrig geblieben waren. Das Lager war in einer ehemaligen Ziegelei untergebracht. Überall lagen zerbrochene Ziegel herum, der Staub drang in sämtliche Ritzen und Poren. Manchmal fühlte Harry sich selber schon wie ein zerschlagener Ziegelstein.

Fast zweitausend Männer hausten in den stillgelegten Fabrikgebäuden, die meisten stammten aus Deutschland und Österreich, ein paar aus Polen und der Tschechoslowakei. Den ganzen Tag mussten sie Ziegel schleppen, von morgens bis abends. Die Arbeit war nicht besonders schwer, doch ohne jeden Sinn. Unter dem Kommando brüllender Sergeanten fuhren Anwälte und Ärzte, Professoren und Warenhausbesitzer, Apotheker und Journalisten Unmengen von Ziegelsteinen in Schubkarren herum, warfen sie von Hand zu Hand und schichteten sie in irgendeiner Ecke des Fabrikhofs auf, um am nächsten Morgen den Stapel, den sie vor ein paar Stunden erst errichtet hatten, wieder zu zerstören und anderswo neu aufzubauen. Die Zeit nach Feierabend war bestimmt von Essen und Schlafen, Schmuggel und Schwarzhandel, Stumpfsinn und Streitereien, bevor ein Signal die Gefangenen zur Nachtruhe rief.

Harry hatte Glück gehabt, seine Unterkunft befand sich in der sogenannten Katakombe, einem großen Raum im Erdgeschoss des Hauptgebäudes zwischen den alten Brennöfen, in der Nähe der Waschräume. Im Schein einer trüben Funzel, die bei Tag und Nacht brannte und deshalb das Ewige Licht hieß, trafen sich hier die Schlaflosen, um mit Kartenspielen und Reden die endlose Zeit totzuschlagen. Im Flüsterton, damit die Wachtposten sie nicht hörten, diskutierten sie all die Dinge, über die sie während der Arbeit schon den ganzen Tag lang diskutiert hatten.

»Weihnachten ist der ganze Blödsinn vorbei. Dann lassen sie uns laufen.«

»Das glaubst du doch selbst nicht. Höchstens die Juden! Wenn Hitler Frankreich überfällt, können wir froh sein, wenn sie uns nicht an die Wand stellen!«

»Der Kommandant will eine Siebungskommission einsetzen. Um die Nazis auszusortieren.«

»Wen interessieren hier die Nazis? Sie sollten uns lieber erlauben, Briefe zu schreiben.«

»Ich brauche keine Briefe, ich brauche was auf die Gabel!«

»Darauf kannst du einen lassen! Endlich mal wieder fressen, bis einem der Bauch platzt!«

»Und dazu deutsches Bier, frisch vom Fass!«

»Ruhe im Puff! Ich will endlich schlafen!«

Harry beteiligte sich nur selten an den Gesprächen, die sich so sinnlos im Kreis drehten wie ein Kirmeskarussell. Fast immer ging es um die primitivsten Grundbedürfnisse – oder um die ewige Frage, wie lange ihre Gefangenschaft noch dauern würde. Die Optimisten waren optimistisch, die Pessimisten pessimistisch. Statt sich falsche Hoffnungen oder überflüssige Sorgen zu machen, verbrachte Harry die Abende lieber damit, die Böden der leeren Käseschachteln zu bemalen. Jeden Abend zeichnete er dasselbe Motiv: das Gesicht einer Frau. Jeden Abend dieselben Augen, denselben Mund, dasselbe Lächeln. Und jeden Abend verliebte er sich in diese Frau und in dieses Gesicht und in dieses Lächeln aufs Neue.

»Was soll das werden, wenn's fertig ist? Eine Wichsvorlage?«

Unwillig blickte Harry auf. Alois Waluschek, der Handelsvertreter aus Wien, mit dem er schon in Largentière zusammen gewesen war, schaute ihm über die Schulter. Niemand im Lager konnte den Fettsack leiden, doch da er angeblich ein Radio besaß, wagte keiner, sich mit ihm anzulegen. An einem Ort, an dem sogar Zeitungen verboten waren, war ein Radiobesitzer so etwas wie ein Hohepriester.

»Mit Nazis spreche ich nicht«, sagte Harry und vertiefte sich wieder in seine Zeichnung.

»Ihr großes Maul wird Ihnen noch vergehen. Nach Polen ist Frankreich dran, das ist so sicher wie das Amen in der Kirche. Und wenn wir erst Paris erobert haben, geht's Leuten wie Ihnen an den Kragen. Darauf können Sie Gift nehmen.«

»Haben Sie eigentlich keine Angst, dass die Lagerleitung Wind von Ihrem Radio bekommt?«

»Soll das eine Drohung sein? Wenn Sie mich verpfeifen, machen Ihre Kommunistenfreunde Hackfleisch aus Ihnen. Ohne mich wisst ihr Penner doch nicht, was in der Welt passiert.«

Harry spürte, wie seine Hand zu zittern begann. Obwohl Waluschek Österreicher war, verkörperte er alles, was Harry an Deutschland hasste. Er hoffte nur, dass der Mistkerl seine Angst nicht bemerkte. Laura schaute ihn vom Grund der Käseschachtel mit großen, schwarzen Augen an.

»Na, hat's dem Herrn Künstler die Sprache verschlagen? Aber was sehe ich da? Sie zittern ja!«

Harry legte die Käseschachtel beiseite und stand auf. Waluschek hatte zwar doppelt so breite Schultern wie er und war außerdem zehn Jahre jünger. Trotzdem – was zu viel war, war zu viel!

Die Gespräche in der Katakombe verstummten. Alle Augen waren auf Harry gerichtet.

Würde er es wirklich wagen, sich mit Waluschek anzulegen?

6

»Wieder keine Post von Harry?«, fragte Lulu.

Laura schüttelte den Kopf. Es war schon fast Mitternacht, seit zwei Stunden saß sie in der Dorfkneipe und trank. Sie hatte einen Eimer Schnecken im Weinberg gesammelt, und dafür hatte Lulu ihr eine Flasche Wein gegeben. Außer Laura waren nur noch ein paar Bauern, drei Bergwanderer und ein Viehhändler in der Kneipe. Und natürlich Pepe. Den ganzen Abend starrte er sie an, ohne sich an ihr sattzusehen. Doch sie schaffte es immer noch nicht, aufzustehen und nach Hause zu gehen. Sie würde erst gehen, wenn die Flasche leer war.

»Meinst du, dass er mir vielleicht Post unterschlägt?«

»Wer? Pepe?«, fragte Lulu. »Nie im Leben! Der freut sich doch über jeden Brief, den er dir bringen kann.«

»Ich muss endlich nach Les Milles! Ich muss Harry sehen! Ich halte das nicht mehr aus!«

»Du musst Geduld haben, Schätzchen. Maître Simon meint ...«

»Maître Simon kann mich mal!«

»Sei nicht so ungerecht! Maître Simon tut, was er kann. Ein paar Wachtposten lassen angeblich mit sich reden. Vielleicht kann er sie überreden, dass sie dich an den Zaun lassen.«

»Das hat Maître Simon schon vor einer Woche gesagt.«

In einem Zug trank Laura ihr Glas aus. Alkohol war das Einzige, was half. Seit zwei Monaten war sie nun schon allein. Mehrmals pro Woche schrieb sie Harry und gab die Briefe auf dem Rathaus ab, wie es die Vorschrift verlangte. Doch jedes Mal kamen die Briefe mit demselben Stempel zurück: *Unzustellbar.* Nur ein einziges Mal hatte sie Post von Harry bekommen. »Souvenir aus Largentières«, hatte er auf die Karte geschrieben. Darüber war eine Zeichnung gewesen, aber die hatte die Zensur geschwärzt, zusammen mit dem Text.

»Wahrscheinlich haben sie eine Kontaktsperre verhängt«, sagte Lulu. »Aus Angst vor Spionage. Das war im ersten Krieg genauso.«

Laura schenkte sich den Rest aus ihrer Flasche ein und prostete Pepe zu.

»Du hast ja keine Ahnung, wie ich dich beneide«, sagte sie. »Dumm sein und Arbeit haben – das ist das Glück!«

Der Briefträger begriff, dass er gemeint war, und antwortete mit einem seligen Grunzen.

»Wenn du so schlau bist«, sagte Lulu, »warum hältst du dich nicht selber daran – ich meine, was die Arbeit angeht? Du hast früher so hübsche Bilder gemacht. Warum hast du damit aufgehört?«

Laura zuckte die Schultern. Wie sollte sie Lulu erklären, was sie selber nicht begriff? Seit Harry fort war, hatte sie nicht mehr gemalt. Sie hatte Angst, das Atelier zu betreten, in dem sie so viele Stunden mit ihm verbracht hatte. Angst vor dem verlassenen Raum, der sie jenseits der Tür empfing. Angst vor der Einsamkeit, die aus den Ritzen der Wände und Böden kroch. Angst vor der weißen Leinwand, die so öde und leer war wie ihre eigene Seele. Angst vor der *Himmelsbeute*, die ihr Gefühl der Verlassenheit nur noch verstärkte. Wenn sie an ihr gemeinsames Bild dachte, überkam die Sehnsucht sie mit solcher Macht, dass sie Harry wieder einen ihrer sinnlosen Briefe schrieb, um nicht verrückt zu werden. Außer an ihn hatte sie nur an zwei Menschen geschrieben, einen Brief an Pierre Lauréat, seinen besten Freund in Paris, und einen an ihre Freundin Geraldine in London. Beide Briefe waren ohne Antwort geblieben.

»Wird es nicht langsam Zeit?«, fragte Lulu.

»Ich hab noch nicht ausgetrunken.«

Laura starrte in den Spülbottich am Tresen, in dem die schmutzigen Gläser schwammen. Wie Nebelschwaden waberten die Schlieren in dem brackigen Wasser. Voller Wehmut erinnerte sie sich an Cornwall. Wie sie mit Harry im Morgengrauen auf den Klippen gesessen hatte, hoch oben über dem Fjord, und er ihr all die Wunderwesen gezeigt hatte, die aus dem Nebel aufgestiegen waren, Schatten und Schimären, wuchernde Farne und Blätter, tanzende Kobolde und Feen.

Plötzlich zuckte Laura zusammen. In den Schlieren erschien ein Gesicht: Harry. Obwohl seine Züge im Wasser zitterten, erkannte sie ihn so deutlich, als stünde er im Raum. Er hatte den Mund weit aufgerissen, sein ganzes Gesicht war ein einziger Schrei.

Im selben Moment fiel es ihr wie Schuppen von den Augen.

»Ich muss nach Hause«, sagte sie. »Harry wartet auf mich.«

»Harry?« Lulu runzelte die Brauen. »Hast du zu viel getrunken?«

7

Obwohl noch ein Rest in ihrer Flasche war, stand Laura auf und verließ das *Hôtel des Touristes.* Mit einer Laterne in der Hand stolperte sie durch das ausgestorbene Dorf und dann den steilen Pfad durch den Weinberg hinauf zu ihrem Haus. Wie hatte sie nur so blöd sein können? Es hatte gar keinen Sinn, länger zu warten. Maître Simon würde sie nie und nimmer zu Harry bringen. Es gab nur einen einzigen Ort auf der Welt, wo sie ihren Geliebten finden konnte: in dem Raum, vor dem sie sich am meisten fürchtete. Sie hatte es Harry doch selber gesagt! *Wann immer einer von uns daran arbeitet, werden wir zusammen sein. Egal, wo der andere gerade ist …* Sie musste zurück in ihr Atelier, um die Einsamkeit zu überwinden. Nur wenn sie zu ihrem gemeinsamen Bild zurückkehrte und malte, Harry malte, sein Gesicht, sein spöttisches Lächeln und seine eisblauen Augen – nur dann würde er da und bei ihr sein.

Außer Atem erreichte sie das Haus, das von seinen eigenen Schatten verschluckt zu werden schien. Im Schein ihrer Laterne sah sie die zertrümmerten Reste von Dadas Männlichkeit, die immer noch im Hof herumlagen. Bei dem Anblick spürte sie wieder den Klumpen im Bauch, und ihre Zuversicht erlosch so rasch, wie sie gekommen war.

War sie wahnsinnig gewesen, Dada zu zerstören? Wie sollte sie ohne seine Hilfe den Mut aufbringen, das Atelier zu betreten?

Zitternd vor Angst öffnete sie das Tor. Im Stall knipste sie das Licht an und stieg die Treppe hinauf.

Als sie vor dem Atelier stand, geschah etwas, was noch nie geschehen war. Der Klumpen in ihr begann sich zu bewegen.

Irritiert fasste sie sich an den Bauch. Nein, sie hatte sich nicht geirrt, der Klumpen bewegte sich schon wieder, ganz deutlich sogar. Als würde etwas in ihr zum Leben erwachen.

Plötzlich fiel alle Angst von ihr ab, und eine Kraft durchströmte sie, die ihr das Gefühl einer bislang unbekannten Macht verlieh.

Hatte der Himmel entschieden?

8

»Wo bist du so lange geblieben?«, fragte Harry. »Seit Wochen warte ich schon auf dich.«

»Ich hatte Angst«, erwiderte Laura.

»Angst – wovor?«

»Dass du nicht da bist.«

Mit einem Stirnrunzeln schaute er von der Leinwand auf sie herab. »Hast du so wenig Vertrauen zu deiner Kunst?«

Vor einer Stunde hatte Laura mit der Arbeit an seinem Porträt begonnen, und seitdem sprach sie mit ihrem Geliebten, und er mit ihr. Endlich hatte sie sich aus dem Gefängnis der Einsamkeit befreit, in dem sie so lange eingeschlossen gewesen war. Die neue Kraft in ihrem Bauch hatte ihr den Mut dazu gegeben.

»Ich glaube, ich bekomme ein Kind«, sagte sie, während sie einen Schatten auf der Leinwand korrigierte.

»Von mir?«, fragte Harry.

»Nein, von Pepe. – Natürlich von dir! Ich bin ja nicht die Jungfrau Maria.«

»Bist du dir sicher?«

»Dass ich nicht die Jungfrau Maria bin?«

»Nein – dass du schwanger bist.«

»Beschwören kann ich es nicht, es ist doch das erste Mal. Aber kann der Himmel sich irren? Auf jeden Fall fühlt es sich genauso an, wie ich es mir immer vorgestellt habe.«

»Wie wär's, wenn du mal zum Arzt gehst? Ich habe gehört, Ärzte kennen sich mit so was aus.«

»Auf jeden Fall besser als du«, entgegnete Laura. »Aber sag mal, freust du dich denn gar nicht?«

Harry antwortete nicht.

»Wenn du nicht auf der Stelle sagst, dass du dich freust, bekommst du zur Strafe eine Falte extra verpasst!«

»Wehe! Mach mich ja nicht älter, als ich bin!«

»Selbst schuld!«, sagte Laura und malte eine senkrechte Furche zwischen seine Augen. »Das hast du nun davon!«

Er zog ein böses Gesicht, doch seine Augen lächelten sie zärtlich an. Ja, er schien sie genauso vermisst zu haben wie sie ihn. Während Laura malte, redete er wie ein Wasserfall, vor allem dummes Zeug. Eitel, wie er war, hatte er sie sogar gebeten, sich Mühe mit seinem Aussehen zu geben. Um ihm eine Freude zu machen, hatte sie nicht nur sein Haar quer über den Schädel gekämmt, damit seine Halbglatze darunter verschwand, sondern ihn auch in ein prachtvolles Federkleid gewandet, in dem er nun durch eine sonnenüberflutete Landschaft stolzierte. In der Hand trug er eine Laterne, in der ein kleines Wildpferd eingeschlossen war. Wie ein

Embryo im Mutterleib – so sicher und wohlig schien es darin geborgen.

»Warum weichst du mir aus?«, fragte Laura.

»Tue ich das?«, erwiderte Harry.

»Allerdings. Du hast gesagt, wenn man ein Bild von einem Menschen malt, würde man ihn besser begreifen als in der Realität. Aber du …«

»Hast du Grund, dich zu beschweren?«, fiel er ihr ins Wort. »Ich rede doch die ganze Zeit mit dir.«

»Ja, aber du blödelst nur rum, ohne mir eine Antwort zu geben.«

Sie wartete, dass er endlich die Worte sagte, die sie so gerne hören würde. Doch seine Lippen blieben stumm.

»Mach endlich den Mund auf! Bitte!«

Als er ihr wieder die Antwort verweigerte, erfasste sie plötzlich eine Trauer, die es nur im wirklichen Leben gab. Sie trat von dem Bild zurück und schaute Harry ins Gesicht.

»Erinnerst du dich an die Geschichte von dem bösen Zauberer und dem Mirakelmädchen?«

Harry musste niesen. »Natürlich«, sagte er. »Ich habe sie dir ja selber erzählt. Weshalb fragst du?«

»Manchmal habe ich Angst, dass du genauso bist wie er. Er hat das Mädchen umgebracht, nachdem er mit ihr geschlafen hatte.«

Während er ihren Blick erwiderte, füllte eine lange Weile nur sein Schweigen den Raum. Dann endlich öffneten sich seine Lippen.

»Wann kommst du zu mir ins Lager?«, flüsterte er. »Ich würde dich so gerne küssen.«

9

In der Katakombe herrschte so angespannte Stille, dass man das Rascheln der Ratten im Stroh hören konnte. Harry spürte, wie ihm vor Angst der Mund austrocknete. Seelenruhig zog Alois Waluschek sich die Jacke aus und hängte sie über einen Stuhl. Auf den Muskelbergen, die sich unter dem Hemd des Wiener Handelsvertreters abzeichneten, hätten als Malgrund ganze Wiesen und Wälder Platz gehabt. Harry konnte froh sein, wenn er diesen Abend überlebte, ohne dass der Kerl ihm die Zähne ausschlug.

Nein, er würde sich mit diesem Fleischberg nicht prügeln. Lieber eine Minute feige als ein Leben lang mit einem falschen Gebiss.

»Will der Herr Künstler im Jackett boxen?«, fragte Waluschek.

Harry wollte schon einen Rückzieher machen, da hatte er eine Idee.

»Hat jemand eine leere Flasche?«

»Wozu brauchen Sie die?«, fragte Waluschek höhnisch. »Sie sind doch selber eine!«

»Ich würde gern ein Spiel mit Ihnen spielen. Es heißt das Wahrheitsspiel.«

»Wahrheitsspiel? Was soll das sein?«

»Es wird Ihnen gefallen«, erwiderte Harry, während jemand ihm eine Flasche reichte. »Eine Art Prügelei. Nur dass man sich nicht mit Fäusten, sondern mit Fragen schlägt. Ein Spiel, um die Wahrheit über einen Menschen zu erfahren.«

»Ach so, wie beim Kindergeburtstag?«, sagte Waluschek. »Nein, das ist mir zu blöd.«

»Schade.« Harry zuckte die Achseln. »Ich dachte, Sie wären mutiger.«

»Wollen Sie behaupten, ich wäre feige?«

»Sehen Sie, das Spiel fängt schon an.«

»Und ob!« Waluschek riss Harry die Flasche aus der Hand und

ging zu dem einzigen Tisch im Raum. »Was ist der Einsatz?«, fragte er und ließ die Flasche kreisen.

»Wenn Sie mich bei einer Lüge erwischen, melde ich mich zum Latrinendienst. Und Sie?«

»Latrine kommt nicht infrage. Reichen drei Zigaretten?«

»Einverstanden.«

Während Waluschek eine Packung Gauloises aus der Tasche holte, trudelte die Flasche aus. Der Hals zeigte auf Harry.

»Sind Sie Kommunist?«, wollte Waluschek wissen.

»In Maßen.«

»Hab ich's doch gewusst!« Triumphierend blickte Waluschek in die Runde.

Jetzt war Harry an der Reihe. Wieder zeigte die Flasche auf ihn.

»Sind Sie jüdisch versippt?«, fragte Waluschek.

»Leider nicht«, sagte Harry. »Ich sehe nur so intelligent aus.«

Ein paar Männer lachten. Noch einmal drehte Harry die Flasche. Diesmal zeigte sie auf Waluschek.

»Nun, was wollen Sie wissen?«

Harry zögerte. Zum Glück war Laura nicht da – er würde sich sonst in Grund und Boden schämen. Doch was blieb ihm übrig? Im Pfadfinderlager galten Pfadfinderregeln!

»Wann haben Sie das letzte Mal onaniert?«, fragte er.

Waluschek zuckte kurz zusammen, dann hatte er sich wieder gefasst.

»Solche Schweinereien überlasse ich Ferkeln wie Ihnen«, knurrte er.

»Gelogen!«, erwiderte Harry. »Jede Nacht holen Sie sich einen runter. Trotz des Broms. Das ganze Lager bewundert Sie dafür.«

Waluschek zog ein höhnisches Gesicht. »Das kann jeder behaupten.«

»Ich kann es beweisen!«

»Da bin ich aber gespannt.«

Harry grinste. Leise nuschelte er ein paar unverständliche Worte.

»Was?«, fragte Waluschek. »Reden Sie lauter!«

Harry wiederholte sein Genuschel.

»Verflucht noch mal! Reden Sie so, dass man Sie verstehen kann!«

Harry holte tief Luft. »WER VIEL ONANIERT, HÖRT SCHLECHT!«, rief er so laut, dass es bis in den hintersten Winkel der Katakombe drang.

Die Männer brüllten vor Lachen. Waluschuk platzte fast vor Wut. Er war in die Falle gegangen.

»Du verdammter Kommunist!«

Ohne sich einschüchtern zu lassen, griff Harry nach den Zigaretten. Während er sie unter Waluscheks giftigen Blicken in die Tasche steckte, näherten sich plötzlich Schritte. Wie auf Kommando verschwanden die Männer zwischen den alten Brennöfen, wo ihre Strohlager aufgeschüttet waren.

»Licht aus!«

Im selben Moment wurden die Lampen gelöscht. Nur das Ewige Licht, für das es keinen Schalter gab, brannte weiter. Harry starrte in den dunklen Korridor, aus dem die Schritte kamen. Hatten sie die Wachen geweckt? Wenn sie Pech hatten, gab es dafür Arrest. Doch statt eines Soldaten erschien im Schein des Ewigen Lichts nur Erich Hirngiebel, ein Theologieprofessor aus Tübingen, der im Lager als Küchenhilfe arbeitete. Er war so aufgeregt, dass er kaum sprechen konnte.

»Sie können sich nicht vorstellen, was draußen los ist«, zischte er. »Am Lagerzaun sind – Frauen! *Unsere* Frauen!«

10

Wie in süßem Schlummer lag die alte Ziegelei da, als Harry mit seinen Kameraden ins Freie schlich. Vorsichtig schaute er sich um. Das weite, niedrige Hauptgebäude war von kahlen, weißen Höfen umgeben, auf die sich die Nebengebäude mit der Schreibstube, dem Krankensaal und dem Küchentrakt verteilten. Doch seltsam, von den Wachsoldaten, die sonst die ganze Nacht in Doppelposten auf dem Gelände patrouillierten, war weit und breit nichts zu sehen. Alles war menschenleer und verlassen.

»Los, mach schon!«

Jemand stieß Harry in den Rücken. Im Schutz der hohen Ziegelmauer, die das Areal zu beiden Seiten der Fabrik abschloss, huschten sie einer hinter dem anderen zum rückwärtigen Teil des Geländes, wo eine mit Stacheldraht gesicherte Böschung die Lagerinsassen an der Flucht hinderte. Schon von Weitem erkannte Harry die Schatten von Männern und Frauen, die am Zaun miteinander sprachen. Auch hier gab es keine Wachtposten, nur ganz am Ende der Böschung glaubte er die Glut einer Zigarette in der Dunkelheit aufglimmen zu sehen. Offenbar waren die Soldaten entschlossen, sie gewähren zu lassen. Harry spürte, wie sein Herz zu klopfen anfing. Sollte es wirklich möglich sein, dass er seine Windsbraut wiedersah?

Leises Flüstern empfing ihn am Zaun, in allen möglichen Sprachen. Er kniff die Augen zusammen, um besser zu sehen. Wo war Laura? Sie *musste* hier sein – Sainte-Odile war doch keine hundert Kilometer entfernt!

Auf einmal hörte er eine vertraute Stimme.

»Hier, Harry! Hier bin ich!«

Er trat an den Zaun und blickte durch den Stacheldraht. Als er die Gestalt auf der anderen Seite erkannte, traute er seinen Augen nicht.

»Mathilde?«, fragte er. »Bist du das?«

»Nein, der Heilige Geist«, erwiderte sie und grinste über ihr Volksschullehrerinnengesicht.

Harry war so überrascht, dass er kaum Worte fand. »Mein Gott, ist das schön, dich zu sehen. Aber sag – wie kann es sein, dass du frei rumläufst? Du bist doch eine Deutsche! Eine feindliche Ausländerin!«

»Sie hatten mich auch eingesperrt. In Gurs, im Frauenlager.

Aber sie haben mich wieder laufen lassen. Weil ich Jüdin bin. Sie meinen, wenn die Deutschen Frankreich überfallen, würden sie uns auch hier verfolgen.«

»Jude müsste man sein«, sagte Harry. »Beneidenswert!«

Mathilde machte einen Schritt zurück. »Weißt du eigentlich, was für ein Arschloch du manchmal bist?«

Erst jetzt kapierte Harry, was er gesagt hatte. »Entschuldigung. Du hast allen Grund, sauer zu sein.«

Er schämte sich wirklich. Doch zu seiner Erleichterung lächelte Mathilde schon wieder.

»Warum kann ich dir eigentlich nie böse sein?«

Durch den Zaun streckte er ihr seine Hand entgegen. »Ich bin dir so dankbar, dass du gekommen bist«, sagte er. »Das habe ich gar nicht verdient.«

»Da kann ich dir nicht widersprechen«, sagte sie und drückte seine Hand. »Aber, um ehrlich zu sein, ich bin gar nicht wegen dir hier.«

»Nicht wegen mir? Wegen wem denn sonst?«

»Wegen Carl.«

»Wer ist Carl?«

»Carl Altstrass. Der Mann, mit dem ich seit zwei Jahren zusammenlebe. Ich habe dir in Paris von ihm erzählt.«

»Ja, natürlich, wie dumm von mir.« Enttäuscht ließ er die Hand sinken.

»Carl ist auch hier«, sagte Mathilde. »Bist du ihm nie begegnet?«

Harry schüttelte den Kopf. »Wir sind hier so viele, da verliert man den Überblick. Neulich habe ich zum Beispiel Lion Feuchtwanger getroffen, den Schriftsteller …« Plötzlich fiel ihm ein, warum er überhaupt an diesem Zaun stand. »Hast du Laura gesehen?«

»Nein«, sagte Mathilde. »Die Frauen hier sind alle aus Gurs. Ein paar der ehemaligen Wärter dort bewachen jetzt euch. Von ihnen haben wir erfahren, dass ihr hier seid. Für ein paar Stangen Zigaretten haben sie sogar Mitleid. Deshalb schauen sie weg und lassen uns an den Zaun.«

Harry blickte noch einmal auf die Reihe der Frauen. Mathilde hatte recht. Laura war nicht dabei. Er hätte sie mit geschlossenen Augen erkannt.

»Hast du vielleicht irgendwelche Nachrichten von ihr?«, fragte er.

»Ich wollte wirklich, ich hätte«, antwortete Mathilde. »Aber ich habe keine Ahnung. Woher auch? Ich weiß ja nicht mal den Namen eures Dorfs.«

»Sainte-Odile-d'Ardèche! Hab ich dir das nicht geschrieben?«

»Nein. Du hast mir überhaupt nicht geschrieben. Aber mach dir keine Sorgen. Laura ist Engländerin, ihr kann nichts passieren.«

Harry klammerte sich mit beiden Händen an den Zaun. »Bitte Mathilde, wenn du irgendwie kannst, kümmere dich um sie. Unser Dorf ist nicht weit von hier, in der Gegend von Avignon.«

»Wie stellst du dir das vor? Ich muss zurück nach Marseille. Carl und ich ...«

»Bitte«, wiederholte er. »Ich mache mir schreckliche Sorgen. Laura ist ganz allein in unserem Haus, und wir haben weit und breit keine Nachbarn. Außerdem gibt es im Dorf einen taubstummer Spanner, der es auf sie abgesehen hat.«

Während er sprach, ging eine merkwürdige Veränderung mit Mathilde vor. Alles Lehrerinnenhafte verschwand aus ihrem Gesicht, um einer grenzenlosen Zärtlichkeit Platz zu machen. So hatte sie ihn seit einer Ewigkeit nicht mehr angeschaut.

»Carl ...«, flüsterte sie.

Irritiert blickte Harry über die Schulter. Ein Mitgefangener, den er noch nie gesehen hatte, ein Mann mit Halbglatze und Brille, trat neben ihn an den Zaun. Das musste ihr neuer Lebensgefährte sein. Als wäre Harry Luft, streckte er beide Hände durch den Stacheldraht, um Mathilde zu berühren.

»Hast du die Visa bekommen?«, fragte er.

»Noch nicht«, sagte Mathilde. »Aber der Konsul hat mir versprochen, dass er sich darum kümmert. Es fehlt noch ein Bürge. Aber was ist mit dir? Lassen Sie dich endlich frei?«

»Wenn der Kommandant Wort hält, schon übermorgen. Er hat von einer größeren Entlassungsaktion gesprochen. Angeblich betrifft sie nicht nur uns Juden, sondern alle Internierten, die besonders gefährdet sind.«

Harry horchte auf. »Auch Künstler?«

Erst jetzt registrierte Mathildes Freund, dass er überhaupt da war. »Keine Ahnung«, sagte er. »Aber halten Sie um Himmels willen den Mund! Der Kommandant hat mir das im Vertrauen gesagt. Damit nicht das ganze Lager verrückt spielt.« Er drehte sich wieder um und griff durch den Zaun nach Mathildes Hand. »Mein Gott, wenn ich mir vorstelle, dass wir nächste Woche vielleicht schon auf einem Schiff nach Amerika sind ...«

Im Mondlicht erkannte Harry, dass seine ehemalige Frau weinte. Als könnte es kein größeres Glück auf Erden geben, als an einem Stacheldrahtzaun zu stehen und einen Mann mit Halbglatze und Brille anzuschauen.

Warum tat sie das? Wusste sie denn nicht, wie sehr ihr Glück ihn verletzte?

Harry wartete eine Weile in der Hoffnung, dass die beiden noch einmal Notiz von ihm nahmen. Doch genauso gut konnte er darauf warten, dass der Mond vom Himmel fiel.

Mit einem Seufzer wandte er sich ab, um in die Katakombe zurückzukehren. Doch er war noch keine zehn Schritt weit gekommen, da blickte er in die Mündung eines Gewehrlaufes.

11

»Du darfst ihn nicht im Lager besuchen!«, erklärte Mathilde. »Auf gar keinen Fall! Du würdest nicht nur dich selber gefährden, sondern auch Harry!«

»Aber du und die anderen Frauen – ihr seid doch auch dort gewesen!«, erwiderte Laura.

»Wir hatten mehr Glück als Verstand. Die Wachen kannten uns aus Gurs und haben beide Augen zugedrückt. Aber nachdem sie selber erwischt worden sind, bekamen sie Befehl, auf jeden zu schießen, der sich dem Zaun nähert. Egal, ob von innen oder von außen. Carl zweifelt nicht daran, dass sie gehorchen, wenn es darauf ankommt.«

»Habe ich es Ihnen nicht gesagt?«, mischte Maître Simon sich ein. »Aber mir wollten Sie ja nicht glauben!«

Laura hatte sich solche Hoffnungen gemacht, als Mathilde vor einer Stunde bei ihr aufgetaucht war, zusammen mit Lulu und Maître Simon. Harry lebte! Er war gesund und es ging ihm gut! Doch statt ihr Mut zu machen, nach Les Milles zu fahren, versuchte Mathilde, sie mit allen Mitteln davon abzuhalten. Genauso wie der Notar und die Patronne.

»Hat er dir irgendwas für mich aufgetragen?«, fragte Laura.

»Nur, dass ich nach dir sehen soll«, sagte Mathilde. »Er macht sich große Sorgen um dich. Aber zum Glück geht es dir ja gut.«

»Gut? Ich werde langsam wahnsinnig! Seit Wochen will ich zu Harry, aber man lässt mich nicht!«

»Sei froh, dass man sich um dich kümmert. In Les Milles hast du nichts verloren. Offenbar glauben sie, dass es im Lager nur so von Spionen wimmelt. Wenn du hinfährst, riskierst du, dass sie Harry dafür bestrafen. Außerdem ist nicht gesagt, dass er überhaupt noch da ist. Vielleicht haben sie ihn inzwischen in ein anderes Lager gebracht. Oder aber freigelassen.«

»Und wenn sie ihn umgebracht haben?«, fragte Laura leise.

»Das glaube ich nicht«, sagte Mathilde. »Ganz bestimmt nicht.« Doch sie wich ihrem Blick aus.

Es entstand ein beklommenes Schweigen.

»Wenn du mich fragst«, sagte Lulu, »solltest du zurück zu deinen Eltern fahren. Das wäre das Allerbeste.«

»Nach England?«, erwiderte Laura. »Bist du verrückt?«

»Bei deinen Eltern wärst du in Sicherheit. Wer weiß, was dich hier noch erwartet.«

Laura schüttelte den Kopf. »Auf gar keinen Fall! Ich geh nicht von hier fort! Nicht ohne Harry!«

»Madame Lulu hat vollkommen recht«, sagte Maître Simon. »Noch sind Sie hier sicher, aber wer weiß, was passiert, wenn die Nazis erst in Frankreich einfallen. Übrigens«, fügte er hinzu, »wenn es eine Frage des Geldes ist, ich wäre bereit, Ihnen Ihr Haus abzukaufen, zum selben Preis, den Sie bezahlt haben. Wie Sie vielleicht wissen, suchen meine Verlobte und ich schon seit Längerem ...«

»Sind Sie von allen guten Geistern verlassen?«, fiel Laura ihm ins Wort. Sie kehrte dem Notar den Rücken zu und griff nach Mathildes Hand. »Sag, was würdest du an meiner Stelle tun?«

Mathilde zögerte nur einen Augenblick, dann sagte sie: »Ich würde hier bleiben und auf ihn warten. Ich bin sicher, irgendwann lassen sie Harry frei, genauso wie Carl.«

»Glaubst du wirklich? Carl ist Jude, Harry nur ein Künstler.«

Mathilde gab keine Antwort. Stumm nahm sie Laura in den Arm und drückte sie an sich.

»Hab keine Angst, sie werden ihm schon nichts tun. Schließlich sind wir in Frankreich.«

Laura erwiderte ihre Umarmung. »Danke, dass du gekommen bist.«

Eine Weile standen sie da und hielten sich wortlos an den Händen.

»Das nächste Mal, wenn wir uns wiedersehen, backe ich eine Schwarzwälderkirschtorte für uns«, sagte Mathilde. Mit einem Ruck machte sie sich von ihr los. »Ich muss jetzt gehen. Carl wartet im Auto.«

Sie gab ihr einen Kuss und verschwand zur Tür hinaus.

Laura schaute ihr nach, wie sie den Weinberg hinunterging. Am Fuß des Weges wartete ein Mann mit Halbglatze und Brille neben einem alten, verbeulten Renault und rauchte. Als er Mathilde sah, warf er die Zigarette fort, um sie mit einem Kuss zu empfangen.

»Sei nicht traurig«, sagte Lulu. »Maître Simon und ich sind schließlich auch noch da.«

12

Die folgenden Wochen war Laura so niedergeschlagen, dass sie ihr Dasein empfand wie ein übermächtiges Vakuum, das all ihre Gedanken und Gefühle in sich aufsog. Während Maître Simon sich um eine Besuchserlaubnis in Les Milles für sie bemühte, nahm die Passivität, zu der sie verdammt war, ihr jeglichen Antrieb, genauso wie jeglichen Appetit. Wenn sie überhaupt etwas aß, ernährte sie sich ausschließlich von Dosenerbsen, Kartoffeln und Kürbissuppe. Von Fleisch wurde ihr so schlecht wie von dem Orangenblütentee, von dem sie dennoch alle paar Stunden einen Becher trank, um sich zu übergeben. Die Krämpfe zerrissen ihr fast die Eingeweide, doch sie halfen ihr, den unerträglichen Druck im Magen wenigstens für Augenblicke nicht mehr zu spüren.

Manchmal, wenn sie morgens aufwachte, fasste sie im Halbschlaf neben sich, doch stets griff ihre Hand ins Leere. Dann lag sie stundenlang im Bett, starrte gegen die Decke oder weinte, unfähig, den Tag zu beginnen. An manchen Tagen saß sie nur vor dem Haus und sprach mit dem Schaf. Dabei schaute sie auf das Tal, wie sie es früher getan hatte, wenn Harry im Dorf war und sie auf ihn wartete, und erzählte dem Tier den Inhalt der Briefe, die sie längst aufgehört hatte zu schreiben, weil Harry sie ja doch nie bekommen würde. An anderen Tagen wieder überfiel sie eine nervöse Unruhe, eine unerträgliche Rastlosigkeit, die sie aus dem Haus ins Freie trieb, wie ein innerer, unabweisbarer Zwang. Dann sammelte sie im Weinberg Schnecken, für die Lulu ihr Geld gab, einen Sou das Stück, oder sie arbeitete wie eine Verrückte im Garten, sodass die Bauern sich verwundert nach ihr umdrehten. Die

Arbeit war ihr Purgatorium. Wenn der Schweiß ihr aus den Poren rann, hatte sie das Gefühl, sich zu reinigen, und sie arbeitete und schwitzte, bis all das Unreine, das Schmutzige, das Schlechte, das sie in sich spürte, durch die Haut aus ihr herausquoll. Doch kein einziges Mal ging sie hinunter zum Fluss, weder zum Wäschewaschen noch zum Schwimmen. Die Erinnerung an die Augenblicke ihres Glücks hätte sie nicht ertragen.

Am schlimmsten aber waren die Abende. Sobald die Sonne unterging, senkte die Einsamkeit sich auf Laura herab wie ein grauer Nieselregen. Dann trank sie Wein und versuchte zu schlafen. Doch nur in wenigen Nächten fiel sie in taubes Vergessen. Meistens verweigerte der Schlaf ihr seine Erlösung. Dann nahm sie all ihre Willenskraft zusammen und schleppte sich hinauf ins Atelier, um zu malen. Aus Angst, dass sie sich etwas antun könnte.

In der Dunkelheit wartete ein Paar hellblauer Augen auf sie.

»Du hattest mir einen Kuss versprochen«, sagte Laura.

»Dafür hättest du ins Lager kommen müssen«, erwiderte Harry.

»Aber das darf ich doch nicht! Es ist zu gefährlich! Sie würden dich dafür bestrafen!«

»Mag sein. Aber jetzt habe ich es mir anders überlegt. Ich habe keine Lust mehr, dich zu küssen.«

Seine Antwort war ein Stich in ihr Herz. »Sag mir wenigstens, wie es dir geht«, flüsterte sie.

Mit kaltem Spott erwiderte Harry ihren Blick. »Glaubst du, in meinem Alter brauche ich noch eine Gouvernante? Ich kann es nicht leiden, wenn jemand hinter mir herspioniert. Ich bin groß genug, um auf mich selber aufzupassen.«

»Aber ich will doch nur wissen, dass es dir gut geht! Weil ich dich liebe!«

Statt ihr eine Antwort zu geben, zuckte er die Schultern. Nichts schien ihm gleichgültiger zu sein.

»Außerdem hast du dein Versprechen gebrochen«, sagte er. »Am Rande des Wahnsinns wollten wir leben und niemals nüchtern sein. Nur darum habe ich dich geheiratet. Und was ist aus dir geworden? Eine verzweifelte Muse, die mir was vorheult und mir ein Kind andrehen will.«

Entsetzt trat Laura von ihrem Bild zurück. »Warum hast du das Mirakelmädchen umgebracht?«

13

Ein Klopfen an der Haustür weckte Laura am nächsten Morgen auf. Es dauerte eine Weile, bis die Laute durch die Wand aus Schlaf und Alkohol den Weg in ihr Gehirn fanden.

Wer konnte das sein? Maître Simon? Hatte er eine Besuchserlaubnis bekommen?

Eilig stand sie auf, streifte sich eine Hose und einen Pullover über und lief die Treppe hinunter.

Als sie die Haustür öffnete, stand nicht der Notar, sondern Pepe im Hof. Wie immer, wenn sie den Briefträger sah, war ihr erster Gedanke Harry.

»Was gibt's? Hast du Post für mich?«

Ohne die Augen von ihr zu lassen, kramte Pepe in seiner Tasche.

»Nun mach schon! Beeil dich!«

Endlich hatte er gefunden, wonach er suchte. Während er sie mit den Augen verschlang, reichte er ihr ein Telegramm. Laura erschrak. Ein Telegramm bedeutete nichts Gutes. Mit zitternden Fingern öffnete sie das Kuvert.

Als sie die ersten Worte las, stieß sie einen Freudenschrei aus.

»Das … das ist ja … WUNDERBAR!«

Weil niemand sonst da war, fiel sie Pepe um den Hals und gab ihm einen Kuss, mitten auf den Mund. Vor Glück grunzte er wie ein Schwein. Laura nahm seine Hände und tanzte mit ihm einmal im Kreis herum, bevor sie ihn stehen ließ, um durch den Weinberg hinunter ins Dorf zu laufen. Ein solches Ereignis musste gefeiert werden!

»Champagner!«, rief sie, kaum dass sie das leere Bistro betreten hatte.

Lulu stand in ihrer Kittelschürze am Tresen und machte mithilfe ihres Anschreibebuchs die Monatsabrechnung für ihre Stammgäste.

»Was ist denn in dich gefahren?«, fragte sie, als sie Laura sah. Sie nahm die Brille von der Nase und klappte das Buch zu. »Ich dachte, du stehst immer erst am Nachmittag auf.«

»Quatsch nicht so viel! Hol uns lieber eine Flasche!«

»Champagner am frühen Morgen?«

»Ja! Jetzt gleich!«

»Und wovon willst du die bezahlen?«

»Frag nicht so dumm! Schreib's an!«

Während Lulu grummelnd im Keller verschwand, fischte Laura zwei Gläser aus dem Spülbottich. Sie konnte es kaum abwarten, endlich anzustoßen.

»Und was gibt's zu feiern, wenn ich fragen darf?«, wollte Lulu wissen, als sie mit ihren Gummilatschen in den Schankraum zurückgeschlurft kam.

»Stell dir vor, sie lassen Harry frei!«, rief Laura.

»Nein! Das glaube ich nicht!«

»Doch! Ein berühmter Freund von ihm, Pierre Lauréat, hat einen Brief an den Ministerpräsidenten geschrieben, und der hat seine Entlassung angeordnet. Stell dir vor – der Ministerpräsident persönlich!«

»Leck mich am Arsch! Das ist allerdings ein Grund zum Feiern!«

Mit lautem Knall schoss der Pfropfen aus der Flasche. Laura reichte Lulu ihr Glas.

»Ich danke dir«, sagte sie, als sie miteinander anstießen.

»Wofür?«, fragte Lulu.

»Für alles. Ich weiß nicht, wie ich die Zeit ohne dich überstanden hätte.«

»Ach, Schätzchen. Dafür sind Freunde doch da.«

»Nein«, widersprach Laura. »Jeden Abend habe ich mich bei

dir ausgeheult. Außerdem hast du mir so viel Geld geliehen. Allein die Rechnungen von Maître Simon.«

»Vergiss nicht den Champagner!«

Lachend stießen sie ein zweites Mal an.

»Wie kann ich das je wiedergutmachen?«, fragte Laura.

»Mach dir darum keine Sorgen.« Lulu tätschelte ihre Wange. Dann setzte sie sich die Brille wieder auf die Nase und schlug ihr Anschreibebuch auf, um die Flasche Champagner einzutragen. »Wir werden schon eine Gelegenheit finden.«

14

Nein, die Götter hatten Harry nicht im Stich gelassen. Wie ein Lauffeuer hatte die Nachricht von seiner Entlassung sich in Les Milles herumgesprochen, und die Glückwünsche seiner Kameraden begleiteten ihn auf Schritt und Tritt. Dennoch konnte er sich an diesem Morgen seines Glücks nicht wirklich freuen. Schon seit über einer Stunde drängte ihn die Notdurft, und er stand noch immer in der Schlange vor der Latrine.

»Lecker Eis! Schokolade! Vanille!«

Laut rufend drängten zwei Häftlinge, die die Jauche der Aborte vor das Lager schleppten, mit ihren überschwappenden Kübeln an der Schlange vorbei, in der Harry darauf wartete, dass er endlich an die Reihe kam. Auf dem ganzen Gelände gab es nur sieben Aborte – für beinahe zweitausend Menschen. Manchmal standen bis zu hundert Gefangene vor den Holzverschlägen, die von Fliegenschwärmen ganz schwarz waren und einen infernalischen Gestank verströmten.

»Wie hat der heilige Augustinus gesagt?«, seufzte Erich Hirngiebel, der Theologieprofessor aus Tübingen. »*In faecibus nascimur, in faecibus morimur.*«

»Wie bitte?« Wilfried Kümmerich, ein Tierstimmenimitator aus Leipzig, verstand kein Latein.

»Im Kot sind wir geboren. Im Kot sterben wir.«

Harry verspürte ein solches Rumoren in den Gedärmen, dass er sich fast in die Hose machte. Wahrscheinlich war das die Kohlsuppe, die es am Vorabend gegeben hatte. Doch vor ihm standen noch über zwanzig Männer in der Reihe, und allein die Wachsoldaten hatten das Vorrecht, sich vorne anzustellen, egal wie lang die Schlange war. Im Prinzip musste man zwei Stunden im Voraus wissen, wann die Notdurft einen überkam, um halbwegs gesittet zu scheißen. Wenn Harry seinem Freund Pierre Lauréat dankte, dann nicht zuletzt dafür, dass er ihn von diesen Latrinengängen erlöste.

»Ihr Augustinus war ein weiser Mann, Herr Professor«, sagte Wilfried Kümmerich. »Aber er hat die Zeit dazwischen vergessen. Wir verbringen im Kot unser ganzes Leben. Zumindest an diesem schönen Ort.«

»Kopf hoch«, tröstete ihn Harry. »Hygiene wird maßlos überschätzt. Dass wir noch nicht verreckt sind, ist der Beweis.«

»Na, Sie haben gut Witze machen«, sagte der Tierstimmenimitator. »Sie kommen hier ja bald raus.«

Alois Waluschek, der nur ein paar Meter vor ihnen in der Schlange stand, drehte sich um.

»So? Tatsächlich? Der Herr Künstler gibt sich die Ehre?«

Harry genoss die neidvollen Blicke seiner Kameraden, ohne sich im Geringsten zu schämen. Vor zwei Tagen hatte man ihn auf die Kommandantur gerufen. Colonel Jospin, der ihm mit Handschlag zu der bevorstehenden Entlassung gratuliert hatte, war sichtlich beeindruckt gewesen von seinen Kontakten nach oben.

»Allerdings«, erklärte Harry. »Der französische Ministerpräsident persönlich hat sich für mich eingesetzt. Auf Intervention meines Freundes Pierre Lauréat. Ein berühmter Dichter. Auch wenn Sie ihn vermutlich nicht kennen.«

Es war ein solcher Genuss, das dem Fettsack ins Gesicht zu sagen. Doch zu Harrys Verwunderung schien Alois Waluschek nicht halb so beeindruckt wie der Kommandant.

»Ich weiß, ich weiß«, sagte er mit seinem öden Wiener Dialekt. »Doch an Ihrer Stelle würde ich mich nicht auf Ihre Kommunistenfreunde verlassen. Könnte nämlich sein, dass Ihnen der Führer einen Strich durch die Rechnung macht.«

Die Gespräche verstummten, und alle schauten Waluschek an. Der genoss die Aufmerksamkeit nicht weniger als zuvor Harry.

»Wissen Sie irgendetwas, was wir nicht wissen?«, fragte Wilfried Kümmerich.

»Kann schon sein ...« Scheinbar gleichgültig zuckte Waluschek die Schultern. »Haben die Herrschaften sich vielleicht mal gefragt, warum sie uns seit Monaten jeden Kontakt mit der Außenwelt verboten haben? Keine Frauen mehr am Zaun, keine Briefe? Weil sie die Hosen voll haben. Vor dem, was nun endlich eingetreten ist.«

»Nun reden Sie schon! Was haben Sie im Radio gehört?«

Während der dicke Wiener die Antwort hinauszögerte, kam Harry eine dunkle Ahnung. Vor einer Minute noch hatte er geglaubt, sein Drang zur Latrine sei sein größtes Problem. Doch sein Bedürfnis, sich zu entleeren, war mit einem Schlag erloschen.

»Sie können meinen Platz haben«, bot er dem Theologieprofessor an, der hinter ihm in der Reihe stand.

»Nanu, wohin wollen Sie denn so plötzlich?«

»Auf die Kommandantur!«

»Dann vielen herzlichen Dank!« Erich Hirngiebel zog ein verklärtes Gesicht. »Ich habe in meinem akademischen Leben manche Ehrung erfahren. Doch keine hat mich mit größerer Freude erfüllt als diese.«

15

»Zeit zum Aufstehen, Miss Paddington.«

Eine Stimme wie ein Sonnenstrahl küsste Laura wach. Als sie blinzelnd die Augen öffnete, sah sie Harry. Zärtlich schaute er auf sie herab.

»Einen schönen guten Morgen, Monsieur Winter«, flüsterte sie.

Jeden Abend vor dem Schlafengehen stellte sie das Bild ihres Geliebten vor ihrem Bett auf, damit sein Gesicht das Erste war, was sie morgens sah. Während sie sich streckte, hörte sie wieder seine Stimme.

»Los, raus aus den Federn!«

»Nur noch fünf Minuten.«

»Faultier! Haben wir heute nicht einen Termin?«

Plötzlich war Laura hellwach. Sie wollte an diesem Vormittag mit dem Bus nach Avignon fahren. Maître Simon hatte in Erfahrung gebracht, dass in der Sou-Präfektur Listen mit den Namen aller deutscher Gefangenen veröffentlicht würden, die in diesem Monat aus den südfranzösischen Internierungslagern entlassen werden sollten.

»Wie könnte ich das vergessen?«, sagte Laura und schlug die Decke zurück.

Als sie sich aus dem Bett schwang, spürte sie, wie es sich in ihrem Leib regte. Behutsam strich sie sich über den Bauch. Wieder fing der kleine Dada an zu strampeln. Freute er sich schon auf seinen Vater? Laura hatte nachgerechnet – es musste in der Nacht passiert sein, in der Harry zum letzten Mal bei ihr gewesen war. Ihre Periode kehrte zwar nach wie vor regelmäßig wieder, und auch ihr Bauch war immer noch so flach wie früher. Der Arzt, den sie in der Stadt aufgesucht hatte, behauptete deshalb, sie sei gar nicht schwanger. Doch sie ließ sich nicht beirren. Sie hatte von Frauen gehört, die bis zur Geburt ihre Tage bekommen hatten, und dass sie nicht dicker wurde, war kein Wunder – das bisschen, das sie aß, erbrach sie, kaum dass sie es zu sich genommen hatte. Außer mit dem Arzt hatte sie mit keinem Menschen über ihr Kind gesprochen, nicht mal mit Lulu. Harry sollte der Erste sein, der davon erfuhr.

»Sind Sie auch so aufgeregt wie ich?«

»Wie können Sie nur fragen?«

An seinem Gesicht sah sie, wie sehr er sich auf sein Kind freute.

Gott sei Dank, sie hatte sich in ihm geirrt – ihr eigenes Bild hatte sie getäuscht. Harry war nicht der böse Zauberer, der das Mirakelmädchen umgebracht hatte. Er war der Große Zauberer, der Mann, den die Götter für sie ausersehen hatten. Er konnte es gar nicht erwarten, sie in den Armen zu halten. Sie und ihr Kind.

»Welches Kleid schlagen Sie vor?«, fragte sie ihn und trat an den Schrank.

»Das wissen Sie doch ganz genau!«

Laura blies sich eine Strähne aus der Stirn. Obwohl es eigentlich noch zu kalt dafür war, nahm sie ein weißes Sommerkleid vom Bügel, das vorne durchgehend geknöpft war und bei jedem Schritt ihre Beine aufblitzen ließ. Immer wenn sie es trug, wollte Harry mit ihr schlafen. Er hatte es ihr noch in Paris gekauft, als Ersatz für das Seidenkleid von Lafayette, das er nach ihrem Nacktauftritt im *Café Flore* verbrannt hatte. Während sie die letzten Knöpfe schloss, drehte sie sich vor seinem Bild herum wie vor einem Spiegel.

»Gefalle ich Ihnen?«

»Nur ein bisschen«, log er. »Aber vielleicht sollten Sie mal nach der Uhr schauen. Sonst fährt der Bus noch ohne Sie ab.«

Laura griff nach dem Nachttisch, auf dem sie jeden Abend ihre Armbanduhr ablegte. Doch die Uhr war nicht da. Hatte sie sie schon im Badezimmer abgenommen?

Als sie die Uhr auch dort nicht fand, ging sie in die Küche und schaltete das Radio ein. Vielleicht gab es ja eine Zeitansage. Sie wollte gerade den Raum verlassen, um im Atelier weiterzusuchen, da hörte sie die Stimme eines Nachrichtensprechers. Sie hatte Glück gehabt, am Ende der Nachrichten folgte immer die Zeitansage.

In der Tür blieb sie stehen, um zu lauschen. Zuerst verstand sie nur die Wörter, die der Sprecher von sich gab. Doch als sie deren Bedeutung begriff, trocknete ihr der Mund aus.

»Heute in den frühen Morgenstunden ist die deutsche Wehrmacht in Frankreich einmarschiert. An breiter Front dringen die feindlichen Truppenverbände ins Innere unseres Landes ein, ohne auf Widerstand zu stoßen. Die Regierung hat inzwischen den Ausnahmezustand verhängt ...«

16

Während Militärmusik aus dem Lautsprecher schepperte, starrte Laura auf das Radio, dessen Röhre wie Phosphor glühte – ein Lindwurm aus einer fremden, bösen Welt. Warum hatte sie nur den verfluchten Kasten eingeschaltet? Harry hatte sie immer davor gewarnt! Doch sie hatte nicht auf ihn gehört, und jetzt waren die bösen Geister in ihr Zauberhaus eingedrungen. Sie riss den Stecker aus der Dose, nahm den Apparat und warf ihn durch das Fenster hinaus auf den Misthaufen.

Zehn Minuten später klopfte sie an die Kanzleitür von Maître Simon.

»Herein!«

Als sie den Raum betrat, schlüpfte eine Frau, die geschminkt war wie eine Pariserin, an ihr vorbei auf den Flur. Jeder im Dorf kannte sie, Mademoiselle Lautrec, eine Schauspielerin aus Toulouse, die einmal im Monat Maître Simon besuchte.

Der stand vor einem Spiegel und band seine Fliege. »Haben Sie es schon gehört?«, fragte er über die Schulter. »Das hat uns gerade noch gefehlt! Dabei hatte es ganz so ausgesehen, als hätte Monsieur Hitler in Polen genug zu tun. Aber bitte, nehmen Sie Platz.«

»Ich will nur eines wissen«, erwiderte Laura, ohne sich zu setzen. »Was passiert jetzt mit Harry? Bringen sie die Gefangenen um?«

»Wo denken Sie hin? Wir sind hier nicht in Deutschland!«

»Wir müssen sofort nach Les Milles!«

»Ohne Besuchserlaubnis? Was versprechen Sie sich davon?«

»Die Regierung hat die Freilassung meines Mannes verfügt. Ich kann es beweisen.« Sie zog das Telegramm aus ihrer Handtasche und reichte es dem Notar.

»Ich weiß, ich weiß«, erwiderte er. »Und seien Sie versichert, auch die Lagerleitung ist längst im Bilde.«

»Aber Harry ist immer noch nicht da. Wir müssen den Kommandanten zwingen, dem Befehl der Regierung zu gehorchen.«

»Nehmen Sie Vernunft an, Mademoiselle Paddington. Sie sind die Geliebte eines Deutschen. Ich glaube kaum, dass man Sie zum Kommandanten eines Internierungslagers vorlässt.« Er dachte kurz nach. »Nein, wenn die Sache einen Sinn haben soll, dann nur, wenn ich allein mit ihm spreche, als Ihr Rechtsvertreter.«

»Warum zum Teufel sind Sie dann noch hier?«

Maître Simon zögerte. Laura verstand. In dem Raum hing noch das Parfüm von Mademoiselle Lautrec.

»Geht es um Geld?«, fragte sie. »Sie haben gesagt, Sie wollen heiraten.«

Der Notar wandte sich wieder seinem Spiegelbild zu. »Nun ja, ich würde Ihnen den Gefallen gern umsonst tun«, sagte er, während er mit dem Taschentuch eine Lippenstiftspur von seiner Wange entfernte. »Aber solche Dinge sind mit Kosten verbunden. Man muss Eingaben machen, eventuell auch ein paar diskrete Geschenke verteilen.«

»Um was für eine Summe handelt es sich?«

»Sagen wir – fünfhundert Franc?«

»Um Gottes willen! So viel?«

»Ich weiß, das ist kein Pappenstiel.« Maître Simon steckte sein Taschentuch ein. »Gibt es denn niemanden, der Ihnen unter die Arme greifen kann? Vielleicht Ihre Eltern?«

»Ich … ich könnte meiner Mutter schreiben. Aber …«

Mitten im Satz verstummte sie. Erst jetzt registrierte sie den Strauß Tulpen auf dem Schreibtisch. Die Blumen waren voll erblüht, manche ließen schon die Köpfe hängen, und aus den Stängeln quoll unaufhörlich Blut in das Wasser der Kristallvase.

»Aber was?«, fragte der Notar.

»Bis das Geld aus London hier ist«, erwiderte Laura, »ist Harry längst tot.«

17

Sieben geschlagene Stunden hatte Harry in der Schlange vor der Kommandantur gewartet. Als er endlich an die Reihe kam, saß der Kommandant bereits beim Abendessen.

»Sie müssen mich sofort entlassen! Am besten noch heute!«

Colonel Jospin, ein eleganter Herr mit angegrauten Haaren, Historiker und Gymnasialdirektor im zivilen Leben, nahm in aller Ruhe einen Bissen von dem Beefsteak, das man ihm auf dem Schreibtisch serviert hatte, bevor er sich dazu bequemte, zu Harry aufzuschauen.

»Und was veranlasst Sie zu dieser Ihrer Meinung?«, fragte er und spülte mit einem Schluck Rotwein nach. »Soweit ich informiert bin, steht Ihre Entlassung erst in drei Wochen an.«

»Die Deutschen haben Frankreich überfallen«, rief Harry. »Wenn die Nazis mich erwischen, bin ich geliefert! Ich bin ein entarteter Künstler, und meine erste Frau ist Jüdin!«

»Ihre Sicherheit lassen Sie mal unsere Sorge sein«, erwiderte Colonel Jospin. »Oder wollen Sie die französische Armee beleidigen? Wenn ich Sie daran erinnern darf – Deutschland gab es noch gar nicht, da hatte Napoleon schon ganz Europa erobert.«

»Ich stehe unter dem persönlichen Schutz Ihres Ministerpräsidenten. Wenn Sie sich weigern, mich freizulassen, werde ich mich über Sie beschweren.«

Der Kommandant säuberte sich mit der Serviette den Mund, um das Mahl zu beenden. »Meinen Sie im Ernst, unser Ministerpräsident würde einen deutschen Spion beschützen?«

»Spion?«, fragte Harry. »Von wem reden Sie?«

»Von Ihnen.« Colonel Jospin holte eine Akte aus der Schublade seines Schreibtischs. »Mir liegt eine Anzeige gegen Sie vor, Monsieur. Aus Sainte-Odile d'Ardèche. So heißt doch der Ort, in dem Sie leben, nicht wahr?« Er schlug den Deckel auf und blätterte in der Akte. »Ah ja, da haben wir es ja. Sie sollen des Nachts mit einer

Laterne Morsezeichen gesendet haben. Die Aussage wurde überprüft. Sie stammt von einem französischen Staatsbeamten, einem Briefträger namens …«

»Joseph Morot, genannt Pepe«, fiel Harry ihm ins Wort. »Das ist ein taubstummer Idiot, der sich in meine Braut verliebt hat. Und überhaupt – Morsezeichen. So ein Quatsch! Wohin soll ich die denn gesendet haben?«

»Nach Deutschland natürlich!« Colonel Jospin schaute ihn an wie ein Lehrer, der von der Antwort seines Schülers zutiefst enttäuscht ist. »Nun, mein Freund, ich fürchte, Ihre Entlassung wird sich noch ein wenig verzögern …«

»Einspruch, Euer Ehren!«

Als Harry die vertraute Stimme hörte, fuhr er herum. In der Tür stand ein überaus eleganter Herr in einem Nadelstreifenanzug.

»Maître Simon?« Harry war noch nie so froh gewesen, einen Juristen zu sehen. »Sie hat der Himmel geschickt!«

»Höhere Kräfte waren tatsächlich im Spiel«, erwiderte der Notar. »Doch nicht der Himmel, sondern Mademoiselle Paddington.« Mit einer Verbeugung wandte er sich an den Kommandanten. »Bitte verzeihen Sie, dass ich einfach hier eindringe, aber Ihr Adjutant war so freundlich, mir zu erlauben, Ihnen meine Aufwartung …«

»Schon gut, schon gut!«, fiel Colonel Jospin ihm ins Wort. »Aber wer zum Kuckuck ist Mademoiselle Paddington?«

»Meine Braut«, erklärte Harry. »Eine Engländerin. Eine – Verbündete!«

»Gegen Hitler oder gegen mich?«

»Gegen Hitler natürlich!«

Der Kommandant schüttelte mit einem Lächeln den Kopf. »Und da behaupten die Leute immer, Engländerinnen verstünden nichts von Liebe.«

18

Ein sanfter, sonnengewärmter Wind wehte durch das offene Fenster den Duft von Thymian und Lavendel ins Haus, während die Grillen draußen im Garten sich schon auf den Sommer einstimmten. Den ganzen Morgen hatte Laura versucht zu malen. Aber unter der Eiseskälte des Blicks, der sie aus den blauen Augen ihres Geliebten traf, fror sie wie im Winter, und der Pinsel erstarrte ihr an der Hand.

»Warum kommst du nicht zu mir zurück?«

So oft hatte sie beim Malen mit Harry gesprochen. Doch seit Maître Simon aus Les Milles zurückgekehrt war, verweigerte er ihr die Antwort. Fünfhundert Franc hatte Laura sich von Lulu geliehen, und der Notar hatte ihr versichert, dass es sich nur um Tage handeln könne, bis Harry entlassen würde – der Kommandant habe ihm sein Wort gegeben. Aber die Zeit verging, ohne dass von Harry etwas zu sehen oder zu hören war. Inzwischen war der Klumpen in ihrem Bauch angeschwollen wie zu der Zeit, als sie noch die *Sache* hatte, und das Bedürfnis, sich zu übergeben, quälte sie fast so sehr wie das ewige Schweigen ihres Geliebten. Immer wieder lief sie in die Küche, um aus dem Orangenblütensud einen Tee zu brauen. Aber sie durfte nicht so viel von diesem Tee trinken. Der Klumpen in ihrem Bauch war nicht die *Sache*, der Klumpen bewegte sich, und wenn sie sich übergab, gefährdete sie ihr Kind.

»Liebst du mich nicht mehr?«

Stumm und kalt wie ein Fisch schaute Harry sie an. Manchmal, wenn sie morgens aufwachte nach ein paar Stunden Schlaf, wenn die Sonne auf ihr Gesicht schien und das Schaf, das sie zu sich ins Haus genommen hatte, damit es sie vor dem schwarzen Biest draußen beschützte, sein Fell an ihre Füße schmiegte, wenn sie sich reckte und das Licht der Sonne durch ihren Körper rieselte, genoss sie für Minuten das Glück des Vergessens. Sie war im Zauberhaus, unter dem Schutz der Penaten. Doch sobald sie die

Augen aufschlug und in Harrys Gesicht sah, holte die Erinnerung sie ein, und das Zauberhaus verwandelte sich in das Haus der Angst. Früher hatte sie immer gedacht, das Haus der Angst wäre das Haus ihrer Eltern. Aber sie hatte sich geirrt. Das wirkliche Haus der Angst war die Stille, das Alleinsein: die Einsamkeit in einem Paradies, das sie verloren hatte und in dem sie trotzdem gefangen war.

»Warum schweigst du? Warum sagst du nichts? Was habe ich verbrochen, dass du nicht mehr mit mir sprichst?«

Sie nahm ihre Tasse und warf sie Harry ins Gesicht. Der Tee rann an seiner Wange herab, als würde er weinen. Doch sein Mund blieb weiter stumm. Gab es einen schlimmeren Beweis? Die Zweifel an seiner Liebe waren Laura gekommen, als Maître Simon allein aus Les Milles zurückgekehrt war. Angeblich gab es noch ein paar Formalitäten, die der Entlassung im Wege standen. Doch vielleicht war das ja gar nicht der wahre Grund. Vielleicht hatte Harry sie einfach satt und benutzte den Krieg nur als Ausrede, um sie nicht wiederzusehen ... Weil sie nicht mehr schön genug für ihn war, nicht mehr jung und stolz genug ... Laura nahm einen Schluck Wein aus der Flasche, die sie am Abend aus dem Bistro mit nach Hause genommen hatte. Auf dem Heimweg hatte sie im Weinberg das Biest gesehen. Es hatte die Zähne gefletscht und sie böse angeknurrt. Aus seinen Augen hatte Florence sie angeschaut.

»Bist du wieder zu ihr zurückgegangen? Um deine genitalen Pflichten zu erfüllen?«

Laura versuchte seine Hand zu greifen, doch Harry rührte sich nicht. In kalter Reglosigkeit schaute er auf sie herab. Am Rande des Wahnsinns hatten sie leben wollen, in ihrer eigenen Traumwelt, um niemals nüchtern zu sein – bis dass die Wirklichkeit sie scheide. Tatsächlich war ihre Traumwelt zersprungen wie ein billiger Spiegel, und zurück war nur die Angst geblieben. Warum war sie mit diesem Mann hierhergekommen? In dieses öde, einsame Dorf am Ende der Welt? Sie war auf dieses Leben nicht vorbereitet, ein Leben in einem fremden Land, das nur durch Harry zu ihrer Heimat geworden war. Sie war doch eine Windsbraut! Das Einzige, was sie gelernt hatte, war, ihren Gefühlen zu folgen! Aber ihre Gefühle wurden nicht mehr erwidert. Sonst wäre er doch bei ihr.

»Bitte, Harry! Bitte komm zurück! Ich halte es ohne dich nicht aus!«

Mit ihren Lippen bedeckte sie sein Gesicht, küsste seine Stirn, seine Wangen, seinen Mund. Wenn er ihre Liebe spürte, würde er zu ihr zurückkehren. Die Liebe war stärker als die Wirklichkeit! Hatte er ihr das nicht selbst beigebracht?

Plötzlich hörte sie Schritte auf der Treppe. Der Schreck fuhr ihr so in die Glieder, dass sie sich an einem Stuhl festhalten musste. War sie verrückt geworden? Oder kehrte der Große Zauberer tatsächlich zu ihr zurück?

Wie eine physische Berührung spürte sie den Blick in ihrem Rücken.

Als sie sich umdrehte, stand Harry in der Tür. Er sagte kein einziges Wort. Aber aus seinen dunklen, warmen Augen sprach alle Liebe dieser Welt.

19

Das Zauberhaus war in nächtliches Dunkel getaucht. Nur die schmale Sichel des Mondes schien durchs Fenster in die Kammer, um die zwei Menschen auf dem Bett in einen silbernen Schleier zu hüllen.

Die ganze Welt war in Schlaf und Traum gesunken. Doch Laura war viel zu glücklich, um auch nur ein Auge zuzutun. Immer wieder tastete sie nach dem nackten Leib an ihrer Seite, um sich zu vergewissern, dass sie nicht träumte.

Leise schnarchend lag Harry da, schwer und liebessatt. Zärtlich betrachtete sie seinen schimmernden Körper, streichelte seine Brust, tastete nach den Malen auf seiner Haut, die sie mit ihren Nägeln und Zähnen hinterlassen hatte. Noch nie hatte er sie mit solcher Inbrunst geliebt wie an diesem Abend. Wie ein Verdurstender, der nach langem Irren in der Wüste endlich an den Quell der Oase gelangt, war er über sie hergefallen. In stummer, wortloser Lust hatte er sie genossen, bis zur vollkommenen Erschöpfung. So erschöpft war er gewesen, dass er wie ein Stein neben ihr in den Schlaf gefallen war, bevor sie auch nur einen Satz mit ihm hatte reden können. Er wusste nicht einmal, dass sie ein Kind von ihm bekam.

»Morgen, wenn du aufwachst, verrate ich dir ein Geheimnis, mein Liebster.«

Laura blies sich eine Strähne aus dem Gesicht, um ihn zu küssen – da polterte es an der Tür.

Erschrocken fuhr sie in die Höhe. Um diese Zeit? Wer konnte das sein?

»Harry«, sagte sie leise. »Wach auf!«

Doch ihr Geliebter hörte sie nicht. Ihre Worte drangen so wenig in seinen Schlaf wie der Lärm draußen. Sie sagte noch einmal seinen Namen, schüttelte seine Schulter. Aber Harry wälzte sich nur grunzend im Bett herum.

Wieder pochte es an der Tür. »Aufmachen! Das ist ein Befehl!«

Laura zog sich ein Kleid über und lief hinunter in den Stall, um zu öffnen.

Im Hof standen Soldaten der französischen Armee.

»Was … was wollen Sie?«

Laura war so entsetzt, dass sie kaum einen Satz zustande brachte. Ihr einziger Gedanke war Harry. Hoffentlich blieb er oben in der Kammer! Wenn die Soldaten ihn entdeckten, würden sie ihn auf der Stelle erschießen.

»In der Nähe Ihres Hauses wurde gestern Nacht Licht gesehen!«, sagte der Leutnant, der die Soldaten anführte. »Das haben Zeugen im Dorf berichtet.«

Laura fiel ein Stein vom Herzen. »Dafür gibt es eine einfache Erklärung«, erwiderte sie. »Ich habe im Weinberg Schnecken gesammelt. Das geht nicht ohne Licht.«

»Schnecken? Wir haben eine andere Vermutung.« Der Offizier entsicherte sein Gewehr und richtete es auf Laura. »Lassen Sie uns herein! Wir müssen Ihr Haus durchsuchen!«

»Wozu? Was soll das?«

»Sie stehen im Verdacht, Morsezeichen an den Feind zu senden.«

»Wie bitte? An welchen Feind?«

»Sie sind das Flittchen eines deutschen Spions! Los! Machen Sie Platz! Oder ich muss von der Waffe Gebrauch machen!«

Der Mann hatte den Finger am Abzug, zwei weitere Soldaten traten vor und zückten ihre Pistolen. Laura fühlte sich wie in einem Albtraum. Was konnte sie tun, um sie aufzuhalten? Plötzlich spürte sie das Kind in ihrem Bauch, ganz deutlich strampelte der kleine Dada mit den Beinen.

Im selben Augenblick wusste sie, dass sie noch nicht zum Sterben bestimmt war, und sie wurde ganz ruhig.

»Scheren Sie sich zum Teufel!«, sagte sie, ohne sich von der Stelle zu rühren. »Oder wollen Sie eine schwangere Frau abknallen?«

Während sie den Blick des Offiziers erwiderte, nahm ein unbekanntes Allmachtsgefühl von ihr Besitz. Es war, als trete sie aus dem Haus der Angst, erfüllt von einer dort gewonnenen Kraft, an der jede Bedrohung wirkungslos abprallte. Die Soldaten schrumpften vor ihren Augen, bis sie so klein und winzig waren wie Zwerge.

»Sie sind schwanger?«, fragte der Offizier. Unsicher wich er ihrem Blick aus. Offenbar spürte er, dass er gegen diese Kraft in ihr nicht ankam. Er sicherte sein Gewehr und hängte es sich über die Schulter. »Los Männer! Zurück zum Wagen!«

Kaum waren die Soldaten in der Dunkelheit verschwunden, verriegelte Laura das Tor und eilte zurück in die Wohnung. Als sie die Treppe hinauflief, ging oben das Licht an. Gott sei Dank, Harry war keinen Moment zu früh aufgewacht!

Bei dem Gedanken an ihn bekam sie solche Lust, als hätte sie seit einem Jahr mit keinem Mann mehr geschlafen. Eilig öffnete sie die Knöpfe ihres Kleides und streifte es von den Schultern. Kein Zentimeter Stoff sollte ihren Leib bedecken.

Als sie in die Schlafkammer kam, erstarrte sie. Auf dem Bett lag Pepe, der Briefträger, vollkommen nackt, und grunzte sie an.

Laura spürte, wie ihre Knie weich wurden, und griff nach dem Türpfosten. Doch ihre Hand ging ins Leere.

Dann wurde ihr schwarz vor Augen, und sie sank zu Boden.

20

»Wie oft haben Sie Ihre Frau betrogen?«

Ein paar Dutzend Häftlinge hatten sich in der Katakombe versammelt, um die Schlaflosigkeit mit dem Wahrheitsspiel zu vertreiben. Seit die Lagerleitung die Kontaktsperre verhängt hatte, war das Spiel zum beliebtesten Zeitvertreib der Gefangenen geworden. Bei keiner anderen Tätigkeit ließ sich die eigene Misere besser vergessen! Nacht für Nacht ließen sie die Flasche in der Katakombe kreisen, um sich gegenseitig die geheimsten Geheimnisse abzupressen. Wer beim Lügen erwischt wurde, bekam zwei Tage Latrinendienst. Doch auch ohne Androhung solcher Strafe sprudelte die Wahrheit aus den Männern nur so hervor. Unter dem Zwang, im Lager die intimsten Besorgungen in aller Öffentlichkeit zu verrichten, hatten sie sich ihre Scham längst abgewöhnt. Sogar Erich Hirngiebel zögerte nur kurz, als der Flaschenhals auf ihn zeigte.

»Zwei ... zweimal habe ich an meiner Frau gesündigt«, gestand er. »Einmal als junger Gemeindepfarrer mit einer Organistin, und einmal in Tübingen mit einer Doktorandin.«

»Oho! Worüber hat die Dame denn promoviert?«

»Über Gnade und Vergebung im Neuen Testament. Eine ganz vorzügliche Arbeit übrigens. *Summa cum laude.*«

»Amen!«, rief Wilfried Kümmerich, der Tierstimmenimitator, und klatschte in die Hände. »So soll es sein!«

Unter dem Applaus seiner Kameraden lief Erich Hirngiebel puterrot an. Eilig nahm er die Flasche und ließ sie abermals kreisen. Alle waren gespannt, wer als Nächster an die Reihe kam. Nur

Harry hatte kein Interesse an dem Spiel. Er war sich seiner Sache so sicher gewesen, als Maître Simon in der Kommandantur aufgetaucht war. Doch der Notar hatte nichts erreicht. Anstatt Colonel Jospin zu bestechen oder ihm mit einer Aufsichtsbeschwerde zu drohen, hatte er sich ausführlich nach dem absurden Spionagevorwurf erkundigt, den Pepe erhoben hatte. Am Ende des Gesprächs hatte der Kommandant erklärt, er werde eine Anfrage nach Paris schicken. Bis die entschieden sei, könne er es unmöglich verantworten, Harry zu entlassen.

Was würde passieren, wenn Waluschek recht behielt und die Deutschen Paris eroberten? Kam er dann je wieder hier raus?

Als die Flasche zum Stillstand kam, wies der Hals auf Harry. Alle Köpfe drehten sich zu ihm herum. Auch Laura schaute ihn an, vom Boden der Käseschachtel aus, die er mit ihrem Gesicht bemalt hatte. Ein stummer Vorwurf sprach aus ihren schwarzen Augen. Sie hatte das Wahrheitsspiel noch nie leiden mögen.

»Raus mit der Sprache«, rief Willy Weigand, genannt Stenz, ein Metzgermeister aus Altena im Sauerland. »Spannen Sie uns nicht auf die Folter!«

»Vielleicht kann der Herr Künstler ja nicht so weit zählen?«, sagte Alois Waluschek. »Oder ist er etwa gschamig?«

»Lasst mich in Ruhe«, sagte Harry. »Ich habe heute keine Lust auf Kindergeburtstag.«

Noch während er sprach, jaulten plötzlich Sirenen. Keiner blieb an seinem Platz. Was zum Teufel sollte das? Noch nie waren im Lager Sirenen gegangen. Wie Ratten, die nur ihrem Instinkt gehorchen, verschwanden die Männer zwischen den Brennöfen.

»Licht aus!«

Im nächsten Moment war alles dunkel. Nur das Ewige Licht brannte noch, die Funzel vor dem Waschraum. Auch Harry war in seiner Nische verschwunden. Während er gegen die Decke starrte, horchte er in die Dunkelheit hinein. Wieder jaulten die Sirenen.

»Aaaah, das ist Musik in meinen Ohren«, sagte Alois Waluschek. »Schöner als Mozart und Beethoven zusammen.«

»Sind Sie verrückt?«, zischte Erich Hirngiebel. »Das ist Fliegeralarm!«

»Na Gott sei Dank! Hermann Göring schickt uns seine Jungs, damit sie uns hier rausholen.«

»Halten Sie Ihr gottverdammtes Maul«, rief jemand. »Sonst gibt's was auf die Fresse!«

»Bitte keinen Streit, meine Herren. Das ist vielleicht ja nur ein Probealarm!«

»Träumt schön weiter, ihr Idioten«, lachte Alois Waluschek. »Wenn wir nichts abkriegen, dann nur, weil unsere Jungs wissen, dass hier auch anständige Deutsche eingesperrt sind. Nicht nur Juden und Kommunisten.«

21

In dieser Nacht fielen noch keine Bomben. Doch am nächsten Morgen gab die Lagerleitung Befehl, Unterstände zu graben, zum Schutz der Gefangenen vor Luftangriffen. Bis jetzt war vom Krieg in Les Milles noch nichts zu spüren gewesen. Aber wenn Italien sich mit Deutschland verbündete, konnte sich das schlagartig ändern. Der nächste italienische Flughafen lag nur eine halbe Flugstunde entfernt.

Zwei Tage lang überschlugen sich im Lager die Gerüchte. Besonders gefragt waren die Dolmetscher, ein Französischlehrer aus Paderborn und ein Weinhändler aus Straßburg, die als Verbindungsleute zwischen der Lagerleitung und den Internierten am besten informiert waren.

»Habt ihr eine Ahnung, was Mussolini vorhat?«

»Sobald wir was hören, sagen wir euch Bescheid.«

»Ihr müsst es doch wissen! Ihr seid doch von morgens bis abends auf der Kommandantur.«

»Allerdings. Wir haben heute sogar mit Colonel Jospin gefrühstückt.«

»Und – was sagt er?«

»Er hat uns gefragt, was Mussolini wohl vorhat.«

Die Schanzarbeiten wurden von einem Sergeant aus Brest geleitet, der von seiner Aufgabe nicht die geringste Ahnung hatte. Harry, der schon im Ersten Krieg Unterstände ausgehoben hatte, konnte nur hoffen, dass er die Folgen nicht am eigenen Leib zu spüren bekam. Der Graben verlief viel zu nah am Hauptgebäude entlang. Wer bei einem Bombenangriff darin Unterschlupf suchte, würde von den einstürzenden Mauern begraben.

»Haben Sie schon beim Ministerpräsidenten Beschwerde eingelegt?«, fragte Alois Waluschek, der neben Harry mit einer Spitzhacke den Boden traktierte. »Wird langsam Zeit mit der Entlassung. Sonst sehe ich schwarz für Sie.«

Harry versuchte, den Fettsack zu ignorieren. Seine Aufgabe war es, Zement und Sand zu mischen – der Sergeant war auf den Einfall gekommen, die Wände der Gräben zu armieren. Er goss einen Eimer Wasser in die Betonwanne und verrührte mit seiner Schaufel das Gemisch. Die Tätigkeit lenkte ihn ab. Schon als Kind war es seine Lieblingsbeschäftigung gewesen, in verschwimmenden Formen irgendwelche Strukturen zu erkennen. Jetzt sah er Lauras Gesicht in dem grauen, wässrigen Speis. Sie blies sich eine Strähne aus der Stirn und grinste ihn an, als wollte sie sich über ihn lustig machen. Ihr Anblick erfüllte ihn mit solcher Sehnsucht, dass es wehtat. Wo war sie? Was machte sie gerade? Vermisste sie ihn genauso, wie er sie vermisste? Manchmal musste er nachts Hand an sich legen, um nicht verrückt zu werden. Trotz des Broms, das die Franzosen ihnen ins Essen gaben.

»Ja, Jude müsste man sein«, sagte Waluschek. »Ich habe gehört, die sollen alle noch in dieser Woche entlassen werden. Ein sicheres Zeichen, dass es bald so weit ist.«

Harry biss sich auf die Lippen. Konnte der Mistkerl Gedanken lesen? Jedes Mal, wenn ein Jude entlassen wurde, dachte Harry voller Neid an Carl Altstrass. Er und Mathilde waren vielleicht schon in Amerika. Warum Carl Altstrass? Warum nicht Harry

Winter? Obwohl seine eigenen Gedanken ihm zuwider waren, konnte Harry sie nicht unterdrücken. Wahrscheinlich hatte Mathilde recht, manchmal war er ein ziemliches Arschloch.

»Ha... hatschi!« In einer gewaltigen Explosion detonierte seine Nase.

»Ja, so ein Künstler hat eine sensible Natur«, sagte Alois Waluschek. »Wittern wir allmählich die Gefahr?«

»Nur eine Allergie. Gegen Wiener Dialekt.«

»Die Witze werden Ihnen bald vergehen, mein Lieber. Genauso wie die Lust am Wichsen. Oder meinen Sie, ich hätte Sie gestern nicht stöhnen gehört?«

Harry wollte etwas erwidern – aber war der Mistkerl einen Streit wert? Um keine Antwort geben zu müssen, stellte er seine Schaufel ab und putzte sich die Nase.

Plötzlich hörte er ein leises, gefährliches Dröhnen.

»Scheiße! Sie kommen!«, schrie Erich Hirngiebel.

Noch bevor die Sirene ging, sah Harry die Maschinen am Himmel. Wie ein Schwarm gigantischer Mücken, die mit jeder Sekunde größer und größer wurden, brummten sie von Norden heran. Während die Sirene aufheulte, spürte Harry, wie die Angst kam. Zwanzig Jahre war es her, dass er zum letzten Mal einen Fliegerangriff erlebt hatte. Doch die Angst war immer noch dieselbe. Ganz langsam kroch sie vom Rücken in den Nacken.

»Alle Mann weg hier! Los, vorwärts! Marsch, marsch!«

Die Gefangenen warfen ihre Hacken und Schaufeln fort. Doch statt in die Unterstände trieben die Soldaten sie zurück ins Haus. Offenbar hatten die Franzosen selber kein Vertrauen in ihre Luftschutzgräben. Eilig wurden die Tore verrammelt, und auch die Fenster mussten verdunkelt werden wie in der Nacht.

Harry hatte kaum seine Unterkunft erreicht, da fiel die erste Bombe. Die Angst schoss ihm vom Nacken in die Adern, um sich wie flüssiges Blei in seinem Körper auszubreiten. Wieder das Dröhnen der Motoren, das immer näher kam, und wieder eine Explosion. In wortloser, drückender Spannung harrten die Männer auf ihren Strohlagern aus. Eingeschlossen in der Dunkelheit, zogen sie bei jedem Einschlag die Köpfe ein. Ein paar Gefangene, die schon den Ersten Krieg mitgemacht hatten, versuchten anhand der Geräusche abzuschätzen, in welcher Entfernung die Bomben einschlugen. Harry schloss die Augen und spürte das Pochen seines Herzens. Die Einschläge waren so nahe, dass die Mauern des Gebäudes wackelten und der Kalk von der Decke rieselte. Wieder sah er Laura. Das Lächeln war aus ihrem Gesicht verschwunden, sie sah aus wie eine trauernde Witwe. Panik überfiel ihn. Sollte er hier verrecken? In einer stillgelegten französischen Ziegelei? Im Bombenhagel eines deutschen Luftangriffs? Er krallte seine Hände ins Stroh, um das Zittern zu unterdrücken, das ihn am ganzen Leib erfasste. Bei seinem ersten Luftangriff als junger Soldat hatte er sich in die Hose geschissen. Hoffentlich passierte ihm das nicht wieder.

Als seine Angst sich etwas legte, verließ er sein Lager. In geduckter Haltung, wie er es vor einem halben Menschenleben gelernt hatte, kroch er zum Fenster. Durch eine Ritze der Verdunkelung lugte er hinaus.

»Was ist?«, flüsterte Wilfried Kümmerich. »Können Sie etwas erkennen?«

Leer und ausgestorben lag der Hof in der Mittagssonne. Nur ein paar Katzen spielten im Staub. Darüber, am tiefblauen Himmel, flogen Dutzende von Messerschmitts hinweg. Aus dem Schornstein der Küchenbaracke stieg eine einsame Rauchsäule empor. Harry wusste, er und seine Kameraden waren ihrem Schicksal vollkommen schutzlos preisgegeben.

»Wahrscheinlich haben sie's auf den Flughafen von Aix abgesehen«, sagte er. »Der ist keine drei Kilometer von hier.«

»Wenn so nah ein Flughafen ist, hätten die Franzosen uns hier nicht unterbringen dürfen«, erwiderte eine unbekannte Stimme. »Das verstößt gegen das Völkerrecht. Ich bin Jurist!«

»Dann machen Sie doch eine Anzeige! Das wird den Kommandanten schwer beeindrucken!«

»Still!«, zischte Waluschek. »Ich kriege gerade einen Sender rein!«

Während Harry zurück zu seiner Nische kroch, sah er vor sich in der Dunkelheit die Röhre von Waluscheks Radio aufschimmern. Es war das erste Mal, dass der Nazi so ungeniert den Apparat benutzte. War er sich seiner Sache schon so sicher, dass er das Versteckspiel nicht mehr für nötig hielt? Wie Schattengeister scharten sich im glimmenden Phosphorschein immer mehr Gefangene um den Wiener und sein Radio. Abgesehen von Waluschek hatten bisher die Nazis im Lager stillgehalten. Jetzt witterten sie offenbar Morgenluft und wagten sich aus der Deckung.

»Heute Morgen hat Benito Mussolini Frankreich den Krieg erklärt«, tönte es aus dem Lautsprecher. »Gleichzeitig haben italienische Einheiten in die Kampfhandlungen eingegriffen …«

»Na endlich spuren die Spaghettifresser!«, lachte Waluschek. »Keine drei Tage, dann sind wir hier raus!«

»Ganz meine Rede! Auf Adolf ist Verlass!«

Harry bekam eine Gänsehaut. War das der Jurist gewesen? Oder Wilfried Kümmerich, der Tierstimmenimitator aus Leipzig?

Während die Einschläge näher und näher kamen, hatte Harry ein Gefühl, als würde sich eine unsichtbare Hand um seine Kehle schließen und langsam, ganz langsam zudrücken.

Hatte Bobby also doch recht gehabt?

22

Obwohl der Sommer noch gar nicht richtig begonnen hatte, brannte die Sonne schon so heiß vom Himmel wie sonst nur im August. Seit dem frühen Morgen arbeitete Laura im Weinberg, und der Schweiß rann ihr in Strömen vom Leib. Hier draußen im Freien war die Verzweiflung leichter zu ertragen als in der dröhnenden Einsamkeit ihres Hauses, und körperliche Arbeit war die einzige Methode, um sich selbst und ihr Elend zu vergessen.

Die Reben der Weinstöcke blühten, es war Zeit, sie gegen Unkraut und Insekten zu schützen. Mit einer Disziplin, als müsse sie eine Schuld abtragen, wiederholte sie die Handgriffe, die sie von den Bauern in der Nachbarschaft gelernt hatte. Stundenlang hackte sie den steinigen Boden, bis ihr die Haut an den Händen platzte, und schleppte unter Aufbietung all ihrer Kräfte die schwere Kanne mit Kupfersulfat den Hang hinauf, von Rebstock zu Rebstock, um die Pflanzen einzusprühen. Das Gift war türkisblau – dieselbe Farbe wie die Augen ihres Geliebten.

Erst als die Dämmerung anbrach, kehrte sie zu ihrem Haus zurück. Wie jeden Abend empfing sie im Hof das Schaf. Das Tier scheuerte sich an ihrem Bein, da bellte irgendwo der streunende Köter. Eilig trieb Laura das Schaf ins Haus und verriegelte die Tür.

Das Biest war Florence. Sie wollte sich an ihr rächen, weil Harry ihr das Kind geraubt hatte. Jetzt wollte sie Lauras Kind rauben. Um es Harry zu schenken.

Als das Gemäuer sie in seinen Schutz nahm, bekam Laura einen Weinkrampf, und der Klumpen in ihrem Magen schwoll zu solcher Größe an, dass sie in die Küche lief, um sich einen Tee zu brauen. Sie hasste dieses Haus, in dem sie so glücklich gewesen war, es war schlimmer als jedes Gefängnis. Kaum hatte sie den bitteren Sud getrunken, musste sie sich übergeben. Als sie sich über dem Spülstein erbrach, hatte sie auf einmal das Gefühl, sie würde ihr Kind auskotzen, und für einen Augenblick verspürte sie eine so wunderbare Erleichterung, dass sie über sich selber erschrak. Aber dieses Gefühl dauerte nur einen Augenblick, dann war der Klumpen wieder da.

»Warum tust du mir das an? Ist das deine Rache?«

Obwohl sie wusste, dass es falsch war, war sie ins Atelier gegangen, um mit Harry zu reden. Sie konnte nicht anders. Sie hatte Harry in Pepe gesehen, ihren Geliebten in einem Kretin!

Wusste sie nicht mehr, was Wirklichkeit und was Einbildung war?

Durch den Schleier ihrer Tränen sah sie sein Bild. Kalt erwiderte Harry ihren Blick. Nur seine Lippen bewegten sich. Seit sie ihren Sinnen zum Opfer gefallen war und mit Pepe geschlafen hatte, sprach er wieder mit ihr.

»Alles ist deine Schuld«, sagte er. »Früher warst du jung und schön und stolz. Jetzt bist du alt und hässlich und voller Angst. So kann ich dich nicht mehr lieben. Darum habe ich dich verlassen.«

Laura hielt sich die Ohren zu. Wie hatte sie nur glauben können, er würde bei ihr bleiben? Er hatte ihr ja selbst prophezeit, was jetzt geschah. Er hatte es im Traum gesehen, hatte ihr gesagt, dass er sie verlassen musste, wenn sie nicht mehr so war, wie er sie haben wollte. Beim letzten Bad unten am Fluss war das gewesen, an jenem Tag, als sie begriffen hatte, dass sie nie wieder einen Mann so lieben würde wie ihn.

Wie im Rausch hatte sie damals gelebt. Jetzt war sie nur noch verzweifelt.

»Du hast Pepe zu mir geschickt«, sagte sie. »Du hast ihn verhext. Damit ich glaubte, du wärst es, der zu mir zurückgekommen ist. Das verzeihe ich dir nie.«

»Beeil dich mit dem Sterben«, antwortete er. »Die Hölle der Erwachsenen ist nicht halb so lustig wie die Hölle der Windsbräute.«

Gift sprühte aus seinen türkisblauen Augen. Um sich nicht die Pulsadern aufzuschneiden, nahm Laura einen Pinsel und fing an, ihr Bild zu übermalen. Das Bild war eine Lüge! Es zeigte Harry in einer sonnendurchfluteten Landschaft – doch in Wahrheit lebte er am Nordpol, in einer Welt aus Eis … Mit derselben Besessenheit, mit der sie den ganzen Tag im Weinberg gearbeitet hatte, bearbeitete sie nun das Porträt. Dutzende von Malen hatte sie Harry schon porträtiert, doch immer hatte sie ihn so gemalt, wie er es ihr beigebracht hatte. Jetzt malte sie ihn, wie sie ihn mit ihrem inneren Auge sah, dem Auge ihrer Seele. Die ganze Nacht verbrachte sie damit, die Wahrheit zum Vorschein zu bringen, die sie in sich selber fand, sein wahres Gesicht. Es war ein Antlitz aus Eis. Während rings um ihn her tiefer Winter Einzug hielt, verschwand alle

Zärtlichkeit und Wärme aus seinen Zügen. Hart und stechend blickte Harry auf die Schneekristalle zu seinen Füßen, und sein rotes Federgewand verwandelte sich in einen Fischschwanz: ein ferner, böser, grausamer Vater in einer erstarrten Eiswüste, die so klirrend kalt war, dass selbst das Wildpferd darin zum Eistier gefror.

Laura trat zurück, um ihr Bild zu betrachten. Es war das beste Bild, das sie je gemalt hatte. Das erste Bild, das wirklich ihr eigenes Bild war.

»Hast du es endlich kapiert?«

Längst war der neue Tag angebrochen, die Sonne stand schon hoch am Himmel, und im Garten sangen die Vögel, als Laura diese Stimme hörte, die nicht die seine war.

Sie legte den Pinsel beiseite und drehte sich um.

Vor ihr stand Geraldine, ihre Freundin aus London.

23

Nacht für Nacht sank mit der Dunkelheit die Angst auf die Ziegelei von Les Milles herab. Zweitausend Männer drängten sich in der Katakombe zusammen und warteten im Schein des Ewigen Lichts darauf, dass wieder die Sirenen heulten und die Flugzeuge kamen. Zwei weitere Angriffe hatten die Deutschen und Italiener nach dem ersten Bombardement bereits geflogen. Obwohl noch keine Bombe das Lager getroffen hatte, stank es in der Katakombe inzwischen wie in einer Latrine. Das Stroh am Boden war feucht von Kot und Urin.

Unter den Gefangenen kursierten ständig neue Hiobsbotschaften. Angeblich befand sich der Norden Frankreichs schon vollständig in deutscher Hand. Wann würde die Wehrmacht Paris einnehmen? Oder war die französische Hauptstadt schon gefallen?

Jeden Tag trafen neue Gefangenentransporte im Lager ein. Die Berichte der Ankömmlinge vermehrten die Angst nur noch mehr.

Die Deutschen hatten die Seine überschritten! Ganz Frankreich befand sich in Auflösung. Millionen von Flüchtlingen verstopften die Straßen. Züge wurden planlos hin und her geschickt, niemand gab den Insassen Nahrung oder Wasser, Kranke und Greise verreckten in den Waggons. Und während von Norden die Deutschen immer näher rückten, kamen von Osten bereits die Italiener.

Warum reagierte die Lagerleitung nicht? Wollten die Franzosen nicht begreifen, wie schnell die Faschisten machten? Schon morgen konnten sie in Les Milles sein! Und dann?

Die Nazis im Lager vermehrten sich wie die Karnickel. Kein Volksgenosse machte mehr ein Hehl aus seiner Gesinnung. Für Nachrichten verlangte Waluschek Geld, um Wein für die Feste zu organisieren, mit denen er und seine Kumpane ihre Befreiung im Voraus feierten. Wer nicht zahlte, wurde verprügelt. Nur eine Nachricht gab Waluschek kostenlos weiter: Mit tränenerstickter Stimme habe der französische Ministerpräsident die Amerikaner im Radio angefleht, Frankreich zu helfen – sonst sei sein Land verloren.

Am nächsten Morgen rückten die Wachsoldaten aus, um vor dem Hauptgebäude der Ziegelei zu exerzieren. Während sie zwischen den Gräben und Erdhaufen wie aufgescheuchte Hühner hin und her liefen, wurden rings um das Lager alte, verrostete Maschinengewehre aus dem Ersten Krieg in Stellung gebracht. Die Nazis im Hof feixten vor Vergnügen.

»Wir sitzen in der Falle, Colonel Jospin.« Zusammen mit Professor Hirngiebel hatte Harry den Auftrag bekommen, im Namen der Gefangenen mit dem Kommandanten zu sprechen. »Sie müssen das Lager auflösen.«

»Dazu besteht keine Veranlassung«, erwiderte der Offizier mit müdem Gesicht. »Wir haben alles unter Kontrolle.«

»Das würde ich niemals bezweifeln. Aber unter den Häftlingen sind Männer, die von deutschen Gerichten verurteilt worden sind.«

»So, Sie haben Verbrecher in Ihren Reihen?«

»Sie wissen genau, was ich meine. Die Männer haben Kopf und

Kragen riskiert, um aus Deutschland zu fliehen. Dutzende waren schon im KZ. Manche stehen auf Todeslisten, bloß weil sie Gewerkschaftler waren oder wagten, Adolf Hitler zu kritisieren. Wenn die Nazis das Lager übernehmen, sind sie verloren.«

»Und bitte«, fügte Erich Hirngiebel hinzu, »denken Sie an die Juden. Es sind immer noch welche im Lager. Sie reden offen von Selbstmord. Lieber wollen sie sich umbringen, als noch einmal Deutschen in die Hände zu fallen. Ein Apotheker verteilt bereits Giftkapseln.«

»Das alles ist mir bekannt«, erwiderte Colonel Jospin. »Und natürlich habe ich für den Fall ernsthafter Gefahr bereits Vorsorge getroffen. Die letzten Juden werden bis Ende der Woche entlassen. Sagen Sie das Ihren Kameraden.«

»Ich glaube kaum, dass sie das beruhigen wird.«

»Aber was zum Himmel soll ich denn tun?«

Harry zögerte einen Moment, bevor er die Forderung aussprach, die ihm aufgetragen worden war: »Lassen Sie alle Gefangenen außer Landes bringen. Noch diese Woche!«

Colonel Jospin sprang von seinem Schreibtisch auf. »Wie stellen Sie sich das vor? Im Lager sind inzwischen dreitausend Mann! Woher soll ich die Züge nehmen?«

»Dann geben Sie uns unsere Papiere und unser Geld zurück. Damit wir uns zu Fuß bis zur spanischen Grenze durchschlagen können.«

»Ausgeschlossen, auf gar keinen Fall. Wenn ich das tue, geht mir das halbe Lager durch.« Der Kommandant schüttelte den Kopf. »Das würde gerade noch fehlen – Tausende hungriger Männer, die die Gegend unsicher machen. Als hätten wir nicht schon genug Sorgen am Hals.« Er war so erregt, dass es ihn nicht mehr an seinem Platz hielt. »Haben Sie sich eigentlich mal gefragt«, sagte er, während er ans Fenster trat und auf den Hof hinausschaute, »wer uns den ganzen Schlamassel eingebrockt hat? Das waren keine Franzosen, das waren *Ihre* Politiker und Soldaten, meine Herren!«

»Im Namen Gottes, ich flehe Sie an«, rief Erich Hirngiebel. »Wenn Sie uns nicht laufen lassen, wird es ein Blutbad geben!«

Colonel Jospin drehte sich um. »Was verlangen Sie von mir? Dass ich meinen eigenen Landsleuten den Feind auf den Hals hetze? Sie sagen es ja selber: Unter den Gefangenen sind nicht nur Emigranten und Widerstandskämpfer, viele sind eingefleischte Nazis. Sie würden sich sofort den deutschen Truppen anschließen. Sie laufen zu lassen wäre Sabotage. Darauf steht die Todesstrafe!«

Harry schaute Erich Hirngiebel Hilfe suchend an. Doch der Professor war genauso ratlos wie er.

»Sehen Sie, dafür haben Sie auch keine Lösung«, sagte der Kommandant. »Nun, meine Herren, ich gebe Ihnen mein Ehrenwort als Offizier, dass ich alles tun werde, um Sie zu retten. Wenn die Deutschen wirklich kommen, werden Sie rechtzeitig abtransportiert.«

»Aber wenn die Deutschen da sind, ist es zu spät!«, erwiderte Erich Hirngiebel.

»Tut mir leid, mir sind die Hände gebunden. Mehr kann ich nicht für Sie tun.« Colonel Jospin kehrte an seinen Schreibtisch zurück und nahm einen Aktenordner in die Hand.

Harry begriff, dass das Gespräch beendet war, und wandte sich zur Tür. Draußen auf dem Hof hatte Alois Waluschek seine Nazi-Freunde um sich geschart. Obwohl für die Gefangenen Alkoholverbot herrschte, köpfte er vor den Augen zweier Wachtposten eine Flasche Champagner und verteilte großzügig Gläser. Zu seinen Kumpanen gehörten inzwischen auch Wilfried Kümmerich und Stenz Weigand. Der Metzgermeister hatte sogar sein Parteiabzeichen hervorgekramt und trug es offen am Revers.

Plötzlich kam Harry eine Idee. »Vielleicht gibt es doch eine Lösung«, sagte er.

Der Kommandant schaute mit gerunzelter Stirn von seinem Schreibtisch auf.

»Lassen Sie eine Umfrage unter den Gefangenen durchführen, Colonel. Wer im Lager bleiben will und wer sich freiwillig zum Abtransport meldet.«

»Wozu soll das gut sein?«

»So können Sie die Häftlinge voneinander unterscheiden«, erklärte Harry. »Wer sich freiwillig den Gefahren der Flucht aussetzt, ist mit Sicherheit ein Emigrant, der Angst hat vor den Deutschen. Kein vernünftiger Mensch würde sonst ein solches Wagnis auf sich nehmen. Schließlich sind wir in Feindesland. Nur die Nazis werden im Lager bleiben. Sie haben von ihren Landsleuten nichts zu befürchten …«

24

»Wo hast du mein Schaf hingebracht?«, wollte Laura wissen.

»Wo es hingehört, in den Stall«, erwiderte Geraldine. »So ein stinkendes Vieh in der Wohnung – das ist ja ekelhaft!«

»Bist du deshalb aus London hierhergekommen? Um mir mein Schaf wegzunehmen?«

»Nein, natürlich nicht«, sagte Geraldine. »Ich habe mir Sorgen um dich gemacht. Der Brief, den du mir geschickt hast, war so wirr wie von einer Geisteskranken. Aber darüber können wir ein andermal reden. Jetzt haben wir Wichtigeres zu tun.« Wie immer, wenn sie es ernst meinte, zog sie ihr Gouvernantengesicht. »Wir müssen raus hier! Das ganze Dorf ist schon voller Flüchtlinge. Belgier, Holländer, Franzosen. Die Deutschen können jeden Tag hier sein.«

»Und wo sollen wir hin?«

»Erst nach Spanien, und dann weiter nach Lissabon.«

»Ich kann nicht weg. Ich habe kein *Sauf-conduit*. Ohne das darf sich in Frankreich niemand vom Fleck rühren.«

»Ich habe mit Madame Lulu gesprochen. Sie kennt einen Notar. Der kann alle nötigen Papiere besorgen.«

»Du meinst Maître Simon?«

»Ja, ich glaube, so heißt er. Er hat sich jedenfalls schon bereit erklärt, die Sache für dich zu erledigen.« Geraldine zwinkerte ihr zu. »Ein heimlicher Verehrer?«

»Unsinn«, erwiderte Laura. »Er ist Anwalt und will für alles Geld. Womit soll ich ihn bezahlen? Ich habe keinen Pfennig. Nur Schulden.«

»Du kannst das Haus verkaufen.«

»Das Haus?«

»Warum nicht? Wenn du fort bist, brauchst du es sowieso nicht mehr.«

»Wie stellst du dir das vor? So was dauert Wochen, wenn nicht Monate.«

»Madame Lulu bietet an, das Geld für den Notar vorzustrecken. Du brauchst ihr nur eine Vollmacht zu geben, dass sie das Haus in deinem Namen verkaufen darf. Dann sind auch deine Schulden erledigt. Wenn du mich fragst, sie ist wirklich ein Schatz, deine Lulu.«

»Trotzdem«, sagte Laura. »Ich weiß nicht ...«

»Was gibt es da zu überlegen? Die Deutschen machen vor nichts Halt. Ich habe gehört, dass sie sogar Frauen vergewaltigen. Willst du riskieren, dass sie über dich herfallen? Für diese Bruchbude?«

Laura zuckte zusammen, als hätte ihre Freundin ihr eine Ohrfeige gegeben.

»Siehst du?«, sagte Geraldine. »Darauf hast du keine Antwort.«

Laura musste schlucken. Ihre Freundin hatte ja recht. Das Haus war eine Bruchbude, alles war schäbig und alt, und die letzten Wochen darin waren die Hölle gewesen. Aber es war *ihr* Haus. Nirgendwo war sie in ihrem Leben so glücklich gewesen wie hier, hier hatte sie ihr Kind empfangen. Wenn sie das Haus verließ, würde es sein, als würde sie sich ein Stück Fleisch aus dem Leib reißen.

Konnte sie das?

Geraldine sah ihre Unsicherheit. »Das Haus ist gar nicht der Grund, nicht wahr? Du willst nicht weg wegen *ihm*.« Sie zeigte auf das Porträt von Harry auf der Staffelei.

Laura nickte. »Ich muss doch auf ihn warten. Vielleicht kommt er ja doch noch zurück.«

»Das glaubst du doch selber nicht!« Geraldine schüttelte energisch ihren blonden Pagenkopf. »Erinnerst du dich noch, was ich in London gesagt habe? Dass Harry dein Vater sein könnte? – Nein, hör mir jetzt zu«, sagte sie, als Laura widersprechen wollte. »Du hast dir eingeredet, dieser Mann wäre dein Geliebter. Aber er war nur ein Vaterersatz. Schau dein eigenes Bild an – es ist der Beweis. Ein alter, hartherziger Mann. Und für den hast du alles aufgegeben, was du hattest.«

»Alles, was ich getan habe, habe ich für mich selbst getan«, sagte Laura.

»Red keinen Quatsch. Mir kannst du nichts vormachen.« Geraldine versuchte ein Lächeln. »Warum tust du nicht, was jede vernünftige Frau in deiner Situation tun würde? Schlaf mit irgendeinem anderen Mann, um ihn zu vergessen!«

»Halt sofort deinen Mund, oder …«

Statt den Satz zu Ende zu sprechen, öffnete Laura den Atelierschrank und holte daraus die zusammengefaltete Leinwand hervor, die sie dort vor sich selbst versteckt hielt. Die Collage war inzwischen zu solcher Größe angewachsen, dass sie sämtliche Möbel beiseiteräumen musste, um sie auf dem Boden auszurollen. Während sie die Leinwand ausbreitete, kehrte die Magie in das Atelier zurück. Dunkle Wälder wuchsen aus den gezackten Rissen des Steinbodens hervor, Blätter und Bäume und Farne, die bevölkert waren von Kobolden und Rieseninsekten, über die schwarze Nachtigallen wachten, während Pferde mit wehenden Mähnen durch die Lüfte galoppierten …

Geraldine gingen die Augen über. »Was… was ist das?«

»Das haben wir zusammen gemalt. Harry und ich. Unser Liebestagebuch.«

»Das ist ja großartig! Wie heißt es?«

Laura beantwortete die Frage nicht. »Ich habe Harry so viel zu verdanken«, sagte sie nur. »Alles hat er mir beigebracht. Sehen und Malen und Leben.«

Geraldine zeigte auf ein Pferd mit Lauras Gesicht, das einer nebeldurchwaberten Fjordlandschaft entstieg.

»Das gefällt mir am besten. Meine Freundin als ein Schaukelpferd, das sich in ein Wildpferd verwandelt.«

»Das hat Harry noch in London gemacht«, sagte Laura. »Am selben Tag, an dem ich beschlossen hatte, mit ihm nach Paris zu gehen.« Sie zögerte einen Moment, bevor sie weitersprach. »Verstehst du mich jetzt? Ich kann das unmöglich zurücklassen. Es ist alles, was ich habe, mein ganzes Leben. Und dein Auto ist viel zu klein, um die Leinwand mitzunehmen.«

»Ich wusste ja gar nicht, dass du auch praktisch denken kannst. Ich dachte, hier geht es um die große Liebe?« Als Geraldine ihr Gesicht sah, nahm sie Laura in den Arm. »Entschuldige, ich wollte dir nicht wehtun. Wahrscheinlich habe ich das nur gesagt, weil ich dich so sehr beneide.« Sie gab ihr einen Kuss. »Pass auf, ich habe eine Idee. Harry soll selber entscheiden, was aus euch wird.«

»Wie meinst du das?«

»Ganz einfach«, sagte Geraldine. »Wenn er dich liebt und zurückkommt, wird er sich um das Bild kümmern. Er wird es an einen sicheren Ort bringen, und er wird daran weiterarbeiten, bis ihr wieder zusammen seid. Garantiert.«

Laura sah ihre Freundin unsicher an. »Und wenn nicht?«

Geraldine hielt ihrem Blick stand. »Dann ist euer Bild wertlos. Genauso wie seine Liebe.«

Laura kehrte ihr den Rücken zu. Geraldines Vorschlag war ebenso vernünftig wie einfühlsam, und es gab nichts, was dagegen sprach – vermutlich würde ihre Idee sogar Harry gefallen.

Aber warum zum Teufel sagte er nichts?

Mit eisblauen Augen schaute er auf sie herab. Düster und reglos war sein Gesicht. Er schien so fern von ihr in seiner Eiswüste, wie für immer erstarrt in der klirrenden Kälte, die ihn umgab.

Schlug unter seinem roten Gewand überhaupt noch ein Herz, das sie vermisste?

Mit einem Ruck wandte Laura sich wieder ihrer Freundin zu.

»Geh ins Dorf und sag Lulu Bescheid. Maître Simon soll alles vorbereiten.«

25

Die ganze Nacht verbrachte Laura mit Packen. Sie durfte nur einen Koffer mitnehmen, mehr Platz gab es nicht in dem kleinen Fiat ihrer Freundin. Während sie ihre Habseligkeiten sichtete, um zu entscheiden, was sie unbedingt brauchte und was sie zurücklassen konnte, vergoren in ihrem Magen Geraldines Warnungen zu einem schwarzen, zähen Angstbrei, und sie musste sich mehrmals übergeben, ohne dass sie auch nur einen Schluck von ihrem Tee trank.

Warum hatte sie Geraldine nichts von ihrer Schwangerschaft gesagt?

Zwischen Unterwäsche und Socken fand Laura Harrys Pass. Auf der Fotografie war er so jung wie sie selbst. Als wolle er ihr Mut machen, lächelte er ihr zu. Beim Anblick dieses Lächelns überkam sie wieder das seltsame Gefühl von Allmacht, mit dem sie die französischen Soldaten zum Schrumpfen gebracht hatte, und für einen Moment wurde ihr fast schwindlig vor Glück. Eilig, bevor Geraldine es sehen konnte, steckte sie den Pass zu ihren eigenen Papieren. Auf diese Weise würde Harry immer bei ihr sein, und wenn der Mut sie unterwegs irgendwann verließ, brauchte sie nur die Fotografie anzuschauen, um neue Kraft zu schöpfen. Außerdem konnte sie den Pass in Madrid visieren lassen. Wer weiß, vielleicht würden Harry und sie, wenn sie erst wieder zusammen waren, ja gar nicht in Europa bleiben, sondern noch viel weiter fliehen, nach Afrika oder Indien oder Australien …

»Hallo? Dürfen wir reinkommen?«

Die Glocken der Dorfkirche läuteten gerade zur zweiten Morgenmesse, als Lulu vom Stall heraufrief. Laura klappte ihren Koffer zu und ging hinunter in die Küche. Maître Simon breitete irgendwelche Papiere auf dem Tisch aus. Trotz der frühen Stunde trug der Notar seinen Nadelstreifenanzug und Fliege. Wahrscheinlich ging er damit sogar schlafen.

»Haben Sie das *Sauf-Conduit*?«, fragte Geraldine, die schon reisefertig war.

»Selbstverständlich«, erwiderte Maître Simon und wedelte mit einer Urkunde in der Luft. »Mademoiselle Paddington kann ab sofort fahren, wohin sie will.« Er reichte Laura das *Sauf-Conduit* und legte ihr ein zweites Dokument vor. »Wenn Sie im Gegenzug vielleicht diese Kleinigkeit hier unterschreiben würden?«

Laura setzte sich an den Tisch. Die Buchstaben auf dem Papier vollführten vor ihren Augen einen so aberwitzigen Tanz, dass sie keine Zeile entziffern konnte.

»Was ist das?«

»Nur eine Vollmacht. Damit ermächtigen Sie Madame Lulu Garnier, Inhaberin des hiesigen *Hôtel des Touristes*, Ihr Anwesen mitsamt allen darin befindlichen Gütern in Ihrem Namen und Auftrag zu veräußern sowie alle Handlungen zu vollziehen, die mit dem Verkauf verbunden sind.«

Laura zögerte einen Augenblick. Sollte sie das wirklich unterschreiben? Mit einem einzigen Namenszug würde sie alles aufgeben, was Harry und sie hier geschaffen hatten: das Haus, den Weinberg, die Wandmalereien, die Möbel, die Skulpturen im Garten – sogar die Bilder, die sie nicht mitnehmen konnte und hier zurücklassen musste.

»Wir haben den Gesamtverkaufspreis auf dreitausend Francs festgelegt«, erklärte der Notar.

»So viel? Ich habe doch nur zweitausendzweihundert bezahlt.«

»Ich habe dir ja gleich gesagt, das war ein Schnäppchen.« Lulu lächelte sie mit ihren braunen Zahnstumpen an. »Jetzt machst du ein hübsches Geschäft und kannst außerdem alle deine Schulden bezahlen. Du weißt ja, Maître Simon hat eine Menge Geld für dich ausgegeben. Und von deinem Konto in meinem Anschreibebuch will ich gar nicht erst reden.«

Laura nahm den Füllfederhalter, den Maître Simon ihr reichte, und unterschrieb.

»Sind wir dann so weit?«, fragte Geraldine und streifte ihre Autohandschuhe über.

»Sofort. Ich will nur noch eine Nachricht für Harry dalassen.«

Laura überlegte. Tausend Dinge fielen ihr ein, die sie ihm mitteilen wollte. Es waren so viele, dass sie schließlich nur zwei Sätze zu Papier brachte.

Fahre mit Geraldine nach Spanien. Erwarte Dich in Lissabon.

Draußen im Weinberg kläffte der Köter. Laura ging in die Schlafkammer, um ihren Koffer zu holen. Als sie am Atelier vorbeikam, sah sie durch den Türspalt die Staffelei. Wie ein Zwang überkam sie der Wunsch, noch einmal die Bilder anzuschauen, die Harry und sie zusammen gemalt hatten, noch einmal die *Himmelsbeute* zu betrachten, bevor sie von hier verschwand, und sie musste sich Gewalt antun, um den Drang zu unterdrücken. Nein, sie durfte nicht zurück in das Atelier. Wenn sie Harry noch einmal sah, würde sie für immer in dem Raum gefangen bleiben. Also gab sie sich einen Ruck und lief die Treppe hinunter.

»Hat jemand das Schaf gesehen?«, fragte sie, nachdem sie den Koffer im Auto verstaut hatte.

»Das Schaf?«, erwiderte Geraldine. »Sag ja nicht, dass du dich von dem Vieh verabschieden willst!«

»Natürlich will ich das. Wenn ich einfach verschwinde, ohne etwas zu sagen, wird Helene mich vermissen und geht vor Trauer ein.«

»Blödsinn.« Geraldine öffnete die Beifahrertür und drängte sie zum Auto. »Dafür ist jetzt keine Zeit.«

»Mach dir keine Sorgen«, sagte Lulu. »Ich werde mich um alles kümmern. Wenn's sein muss, auch um dein Schaf. Komm her, Schätzchen, lass dich noch einmal küssen.« In den Augen der Wirtin schimmerten Tränen, als sie Laura umarmte. »Ich werde dich ganz schön vermissen. Das kannst du mir glauben.«

»Ich dich auch, Lulu.«

»Und was ist mit mir?« Der Notar verabschiedete sich mit einem Handkuss. »Kopf hoch, Mademoiselle Paddington. *Tua res agitur.*«

»Ich weiß, Maître Simon.«

Laura warf einen letzten Blick auf ihr Haus, dann nahm sie auf dem Beifahrersitz Platz. Der Anblick von Dadas Torso war mehr, als sie verkraften konnte.

»Na endlich«, sagte Geraldine und ließ den Motor an.

Im ersten Gang schaukelten sie den Hügel hinab. Laura drehte sich noch einmal um, um Lulu und dem Notar zu winken. Doch die beiden waren bereits verschwunden.

In der Ferne knatterten irgendwo Schüsse wie von einer Maschinenpistole.

»Höchste Zeit, hier abzuhauen«, sagte Geraldine. »Weißt du eigentlich, wie weit es bis zur Grenze ist?«

»Keine Ahnung. Aber ich schätze, dass wir heute Abend in Spanien sind.«

»Na, wunderbar, ich wollte schon immer wissen, wie Paella schmeckt. Ich hoffe nur, wir brauchen keine Visa. – Verflucht, was ist denn das für eine Sauerei?«

Laura beugte sich vor. Als sie sah, was Geraldine meinte, wurde sie zu Stein.

Am Straßengraben lag ihr Schaf, mit durchgebissener Kehle. Zwei tote Augen glotzten sie an, während der schwarze Köter im Weinberg verschwand.

FÜNFTES BUCH

GRENZLAND

SAINTE-ODILE / SAN SEBASTIAN
1940

1

Es war ein drückend heißer Junitag, als das Lager von Les Milles endlich aufgelöst wurde. Auf dem Fabrikgelände, wo sonst endlose Menschenschlangen vor den Baracken und Aborten ausharrten, herrschte heilloses Durcheinander. Unter dem Kommando aufgeregt brüllender Sergeanten drängten und stolperten ganze Heerscharen von Gefangenen zum Tor hinaus in Richtung Bahnhof, der sich in unmittelbarer Nähe der Ziegelei befand.

»Vorwärts marsch!«

Es war ein langer Zug, der für sie bereitstand. Wie lang er war, bekam Harry zu spüren, als er in der brütenden Hitze seine dreißig Kilo Gepäck an den unzähligen Waggons entlangschleppte. Ja, Colonel Jospin hatte tatsächlich Listen auslegen lassen, damit die Gefangenen selbst über ihr Schicksal entscheiden konnten. Von den dreitausend Mann im Lager hatten sich über zweitausend zum Abtransport gemeldet. Lieber wollten sie unterwegs verrecken als hier in der Falle warten, bis die Deutschen kamen, um sie wie Karnickel abzuknallen.

»Abteilung halt!«

Harry stellte seine Koffer ab und wischte sich den Schweiß von der Stirn. Mit lautem Zischen entwich der Dampf aus der Lokomotive. Hoffentlich explodierte der Kessel nicht! Der Zug sah aus, als wäre er schon im Deutsch-Französischen Krieg im Einsatz gewesen. Doch immerhin war es ein wirklicher Zug, der auf wirklichen Schienen stand, und die Schienen führten hinaus aus Frankreich, zur spanischen Grenze, in ein Land, wo sie die Chance hatten zu überleben.

»*Allez hopp!*«

Erich Hirngiebel, der Harry in dem Chaos nicht von der Seite gewichen war, blickte ratlos an der Waggontür hinauf. Der Einstieg war auf der Höhe seines in Ehren ergrauten Gelehrtenschädels, und es gab keine Leiter.

»Sind wir hier im Zirkus?«, fragte er mit einem Seufzer.

»Denken Sie an Ihre Frau, Herr Professor. Oder an Ihre Doktorandin.«

Ein paar jüngere Gefangene kletterten in den Waggon und streckten ihnen die Arme entgegen. *Zehn Pferde oder fünfzig Mann*, stand an der Außenwand geschrieben.

»Nach Ihnen, lieber Herr Winter!«

Im Wageninnern sah Harry nur vier Wände und eine Luke. Dazwischen quetschten sich die Gefangenen. Während er versuchte, in Richtung Luke zu gelangen, schoben die brüllenden Sergeanten immer noch mehr Gefangene hinein.

»Vorrücken, verdammt noch mal! Hier ist noch Platz für zehn Leute!«

Diejenigen, die drinnen waren, protestierten. Fehlte nur noch, dass sie auch noch die zehn Pferde hier unterstellten! Doch schon drängten die nächsten Männer herein, als ginge es nicht nach Spanien, sondern ins Gelobte Land. Harry spürte schon jetzt die Läuse, die er sich unterwegs einfangen würde.

»In dem Wagen ist zu viel Gepäck!«, schrie ein rotgesichtiger Leutnant.

»Wir brauchen mehr Waggons!«, schrie jemand zurück.

»Die haben wir aber nicht! Los, die Hälfte Gepäck muss raus!«

Unter den Gefangenen erhob sich empörtes Geschrei. Jeder hatte nur das Notwendigste dabei, aber selbst das Notwendigste war zu viel. Auch Harry musste sich entscheiden. In den zwei Koffern war sein ganzer Besitz. In dem einen waren drei Anzüge und ein Paar Stiefel, in dem anderen seine Malutensilien. Er hatte die Wahl zwischen Pest und Cholera. Einer der Anzüge war sein Lieblingsanzug, er hatte ihn bei Harrod's in London maßschneidern lassen, ein sündhaft teures Stück aus reinem Kaschmir.

»Aber das sind doch nur leere Käseschachteln«, sagte Erich Hirngiebel, als Harry sich für das Malzeug entschied.

»Ich weiß, Herr Professor, Sie sind Protestant. Aber wir Katholiken glauben nun mal an die heilige Wandlung.«

»Bitte verzeihen Sie meine Begriffsstutzigkeit.«

»Ein Anzug ist immer ein Anzug. Aber aus einer Käseschachtel kann ich machen, was ich will. Ich brauche nur Pinsel und Farben.«

»So sehr lieben Sie Ihre Frau?«, fragte der Professor.

Harry hätte nicht gedacht, dass ausgerechnet ein Theologe ihn jemals so gut verstehen würde. Die Tübinger Doktorandin musste hervorragende Arbeit geleistet haben – *summa cum laude*! Schweren Herzens warf er seinen Kleiderkoffer hinaus. Wer würde seinen Anzug wohl kriegen? Draußen irrten zwischen den Geleisen immer noch ein paar Lagerinsassen umher. Die armen Schweine hatten offenbar nirgendwo Platz gefunden.

»Warum fahren wir nicht endlich los?«

»Ja! Worauf warten wir? Die Deutschen sind schon hinter Lyon!«

Während unter dem Gefluche der Männer die letzten Gepäckstücke ins Freie flogen, kletterten zwei Wachsoldaten aus den französischen Kolonien in den Waggon – zwei Algerier oder Tunesier, die mit ihren Turbanen aussahen, als wären sie einer Operette entsprungen. Plötzlich ging ein Rucken durch den Waggon. Die Araber schlossen die Wagentür, ein Pfiff, und endlich setzte sich der Zug in Bewegung.

»Gott sei gelobt und gedankt«, seufzte Professor Hirngiebel.

Harry trat an die Luke und schaute noch einmal auf die Ziegelei zurück, in der er ein halbes Jahr seines Lebens damit verbracht hatte, Ziegel zu schleppen und Schlange zu stehen. Ratternd fuhr der Zug an dem Fabrikgelände vorbei. Am Tor standen ein paar

Offiziere und Colonel Jospin. Der Kommandant sah müde aus, aschfahl war sein Gesicht. Mit der behandschuhten Rechten winkte er den Gefangenen nach.

War er froh, dass er sie los war? Oder hatte er ein schlechtes Gewissen?

Hinter ihm, an einer geschlossenen Schranke, drängten sich die Männer, die freiwillig im Lager zurückgeblieben waren. Die Nazis, die nichts von den Deutschen zu fürchten hatten.

Harry beugte sich vor. Wo war Waluschek? Er erkannte nur Stenz Weigand und Wilfried Kümmerich, den Metzgermeister aus dem Sauerland und den Tierstimmenimitator aus Leipzig.

Auf einmal sah er den Wiener. Mit beiden Armen drängte er Colonel Jospin beiseite und reckte drohend eine Faust in den Himmel. Harry hörte sogar seine Stimme, der Akzent war unverkennbar.

»Freut euch ja nicht zu früh, ihr Kommunistenschweine! Wir kriegen euch noch!«

Harry kehrte seinen Rücken zur Luke und zog sich die Hose runter.

Sein nackter Arsch sollte das Letzte sein, was die Nazis von ihm zu Gesicht bekamen.

2

»Was sind das für Särge?«, fragte Laura.

»Särge?«, erwiderte Geraldine. »Wovon redest du?«

»Am Straßenrand. Siehst du sie nicht? Überall stehen welche rum.«

»Du spinnst ja. Ich sehe keine Särge.«

Geraldine trat die Kupplung und schaltete in den nächsten Gang. Laura kurbelte das Fenster herunter. Die Hitze in dem kleinen Fiat war noch unerträglicher als der Staub, der von draußen hereindrang. Wie ein endloses graubraunes Band zog die Landschaft an ihnen vorbei. Mit Harrys Pass, den sie seit ihrem Aufbruch in Sainte-Odile nicht aus der Hand gelegt hatte, fächelte sie sich Luft zu. Wie lange waren sie schon unterwegs? Eine Stunde? Zwei Tage? Immer nur Staub und Kurven und Felder, die verbrannt waren von der Sonne.

»Warum sagst du, dass du sie nicht siehst?«

»Was soll ich nicht sehen?«

»Die Särge!«

»Natürlich sehe ich keine Särge! Weil da keine Särge sind, Herrgott noch mal! Sperr doch die Augen auf! Da sind nur Bäume und ein paar Kühe!«

»Und was ist mit den Ziegen?«

»Okay, okay, die Ziegen habe ich vergessen. Ziegen sind da. Aber keine Särge! Hör endlich auf mit dem Quatsch!«

Laura schloss die Augen. Bildete sie sich die Särge nur ein? So wie sie sich eingebildet hatte, Harry wäre zu ihr zurückgekommen?

Zum Glück war Geraldine bei ihr. Geraldine war vernünftig. Sie würde ihr helfen.

Als sie die Augen aufschlug, waren die Särge immer noch da.

»Ich weiß, warum du mich anlügst«, sagte sie. »Du willst, dass ich mich nicht aufrege.«

»Allerdings«, erwiderte Geraldine. »Das wäre ein Anfang.«

»Aber du brauchst mich nicht zu belügen. Ich kann die Wahrheit vertragen. Vielleicht besser als du.«

»Welche Wahrheit?«

»Frag nicht so blöd. Die Särge natürlich.«

Geraldine antwortete nicht, stattdessen warf sie ihr nur ihren Gouvernantenblick zu und steuerte wortlos in eine Kurve. Laura musste husten, sie konnte kaum atmen vor Staub. Obwohl ihr der Schweiß nur so vom Leib strömte, kurbelte sie das Fenster wieder hoch.

Würden sie jemals irgendwo ankommen?

Als sie die Kurve passierten, tuckerte ein alter, verrosteter Lastwagen vor ihnen die Straße entlang. Von der Ladefläche hingen leblose Arme und Beine herab. Ohne das Tempo zu verringern, fuhr Geraldine schnurgerade auf den Lastwagen zu.

»Willst du uns umbringen?«, rief Laura.

»Keine Angst«, sagte Geraldine. »Die Straße ist breit genug.«

Sie setzte den Blinker und scherte aus. Als sie den Lkw überholten, beugte sich der Fahrer aus dem Fenster und winkte ihnen zu.

Laura atmete auf. Also gab es den Lastwagen doch! Sie hatte schon Angst gehabt, sie hätte ihn sich nur eingebildet.

»Jetzt weiß ich, wofür die Särge sind«, sagte sie.

»Fängst du schon wieder an?«

»Darin verstecken sie die Leichen.«

»Was für Leichen?«

»Von dem Lastwagen. Die Deutschen haben sie umgebracht. Und jetzt wollen sie, dass keiner was merkt.«

Sie hatte noch nicht ausgesprochen, da fing das Auto plötzlich an zu bocken.

»Verflucht!«

Geraldine riss das Lenkrad herum. Mit lautem Hupen donnerte der Lastwagen von hinten auf sie zu. Während sie auf den Straßengraben zuschossen, hielt Laura sich schützend die Hände vor den Bauch.

Zwei eisblaue Augen schauten sie an. War das die Strafe für ihre Flucht?

In diesem Moment geschah das Wunder. Für einen Augenblick, der eine Ewigkeit war, wurde Laura zu dem Auto. Sie war der Motor, die Kupplung, die Bremse, das Getriebe.

Immer noch hupend donnerte der Lastwagen an ihnen vorbei. Dann ein Knall, und alles war still.

»Das war knapp«, sagte Geraldine.

Laura erwachte. War es vorüber?

Als sie den Kopf hob, stand der Fiat vor dem Graben. Ein paar Kühe auf der Weide drehten verwundert die Köpfe nach ihnen herum.

3

Die Läuse brachten Harry fast um den Verstand. Es hatte keine zwei Stunden gedauert, bis sie das Kommando übernommen hatten. Unentwegt musste er sich kratzen, zum Teil an Stellen, von denen er bislang nicht mal gewusst hatte, dass es sie überhaupt an seinem Körper gab. An Malen war nicht zu denken. Ineinander verkeilt und verfilzt mit seinen Nachbarn, war er Teil einer Fuhre Menschen, die das Schicksal blind zusammengewürfelt hatte. Gleichgültig, ob man sich mochte oder zuwider war, hockte man aneinandergepresst im Stroh und schwitzte vor sich hin, während der Zug im Schneckentempo vorankroch und ohne ersichtlichen Grund bei jedem Weinfeld oder Kartoffelacker Halt machte. Schon jetzt stank es in dem Wagen wie in einem Affenstall. Harry vermisste den Waschraum von Les Milles. Hätte er doch besser den Kleiderkoffer mitgenommen? Solange er nicht malen konnte, waren die Käseschachteln in der Tat nur Käseschachteln.

»Wenn man nur wüsste, wohin die Reise geht«, seufzte Erich Hirngiebel.

»Die Wege der Franzosen sind so unerforschlich wie die des Herrn«, erwiderte Harry.

»Dieses ewige Zickzack macht mich ganz verrückt. Mal fahren wir nach Westen, dann nach Süden, dann nach Norden. Gebe Gott, dass sie uns zur spanischen Grenze bringen.«

»Beten ist Ihr Beruf, Herr Professor. Ich kann leider nur hoffen.«

»Oder besser noch, sie bringen uns übers Meer – nach Afrika, in eine ihrer Kolonien. Ich habe gehört, Algerien soll ein sehr schönes Land sein.«

Bei dem Wort Algerien bleckten die arabischen Wachsoldaten die Zähne. Der eine war ein bärtiger Mensch, von dem man kaum das Gesicht sah, der andere ein hübscher junger Mann mit Tieraugen.

»Hauptsache, sie bringen uns über die Rhone«, sagte Harry.

»Erst wenn wir auf der anderen Flussseite sind, sind wir halbwegs in Sicherheit.«

»Muss es korrekterweise nicht *der* Rhone heißen, lieber Herr Winter? Soweit ich weiß, sagen die Franzosen *le* und nicht *la* Rhône.«

Ein dicklicher Holländer, den jedermann beneidete, weil er es geschafft hatte, einen Klappstuhl in den Wagen zu schmuggeln, drehte sich zu ihnen herum.

»Wenn sie uns über die Rhone bringen, müssen wir nach Norden. Aber von dort kommen die Deutschen. Ich glaube eher, sie bringen uns nach Gurs.«

»Sie meinen – in das Frauenlager?«, fragte Harry.

»Nein, das können sie nicht machen – Männer und Frauen zusammen!« Erich Hirngiebel schüttelte den Kopf. »Was denken Sie, lieber Herr Cohen?«

Der Professor wandte sich an den Nachbarn zu seiner Linken, einen jüdischen Studenten aus Berlin, der gerade versuchte, sich trotz der drangvollen Enge seinen Gebetsriemen anzulegen.

»Ich habe nur eine Sorge«, erwiderte der junge Mann, »dass sie uns an die Deutschen ausliefern. Im Austausch gegen französische Gefangene.« Endlich gelang es ihm, den Gebetsriemen zu schließen. Er rückte seine Kippa zurecht und stand auf. »Wissen Sie vielleicht, in welcher Richtung Jerusalem liegt?«

Bevor er eine Antwort bekam, hielt der Zug abermals an. Außer dem Studenten drängten alle auf einmal zur Waggontür wie bei jedem Halt, in der Hoffnung, dass man sie an die frische Luft ließ. Auch Harry hatte seinen Platz verlassen. Vielleicht gab es in der Gegend einen Bach und man konnte sich waschen? Oder Bauern verkauften Obst und Käse am Zug? Doch auch diesmal blieb die Tür verschlossen. Harry schaffte es nur, einen Blick durch die Luke ins Freie zu werfen.

»Oh Gott! Das ist ja fürchterlich …«

Der Zug hatte auf offener Strecke gehalten. So weit das Auge reichte, wogten gelbe Weizenfelder. Doch mitten durch die Felder hindurch, auf einer Landstraße, die nur einen Steinwurf von den Bahngleisen entfernt lag, wälzte sich eine Prozession vorüber, wie Harry noch keine gesehen hatte. Sie bestand aus Fahrzeugen jedweder Art, Pferdekutschen und Automobilen, Leiterwagen und Puppenwagen, Handkarren und Ochsenfuhrwerken, Mopeds und Motorrädern, Fahrrädern und Traktoren, die über und über beladen waren mit Kisten und Koffern und Schränken und Stühlen und Matratzen. Und dazwischen schoben und drängten sich überall Fußgänger, Männer und Frauen, Kinder und Greise. Sie alle hatten nur eine Richtung: Westen – die spanische Grenze.

»Ist Ihnen nicht gut?«, fragte Erich Hirngiebel.

Harry gab keine Antwort. Sie blieb ihm im Halse stecken.

»Sie denken an Ihre Frau, nicht wahr?« Behutsam legte der Professor ihm eine Hand auf die Schulter. »Dann erlauben Sie mir, dass ich für Sie bete.«

4

Eine Kuh kam ans Auto und leckte an der Windschutzscheibe. Laura war fasziniert von der riesigen, großporigen Zunge. Geraldine drückte auf die Hupe, bis die Kuh verschwand.

»Ich sehe mal nach, was los ist.«

Sie stieg aus und klappte die Motorhaube auf. Laura hob Harrys Pass auf, der ihr zwischen die Füße gefallen war, und verließ gleichfalls den Wagen.

Draußen stank es nach Tod.

»Ich glaube, die Bremsen sind blockiert«, sagte Geraldine.

»Blockiert?«

Als Laura das Wort wiederholte, durchströmte sie ein seltsames Gefühl.

»Ich bin stolz auf dich«, flüsterte Harry.

Plötzlich begriff sie, was geschehen war. Sie selber hatte das Auto zum Stehen gebracht! In dem einen Augenblick, in dem sie das Auto gewesen war, hatte sie das Unglück aufgehalten, mit derselben Kraft, mit der sie in Sainte-Odile die Soldaten zum Schrumpfen gebracht hatte.

So musste Gott sich fühlen, wenn er im Himmel regierte.

»Was nun?«, fragte Geraldine.

»Ich dachte, du bist die Praktische von uns beiden.«

»Ich bin mit meinem Latein am Ende. Von Autos verstehe ich nichts.«

Laura konnte sich ein Grinsen nicht verkneifen. Wenn ihre Freundin wüsste ... Ohne Geraldine einzuweihen, beschloss sie, die Sache in die Hand zu nehmen. Mit ihrer neuen Kraft vermochte sie alles! Doch sosehr sie sich bemühte, sich wieder in das Auto zu verwandeln – sie schaffte es nicht. Der Fiat rührte sich nicht vom Fleck.

Als sie die Arme und Beine sah, die aus den Särgen am Straßenrand hingen, wusste sie den Grund.

»Das muss an den Leichen liegen«, sagte sie.

»Wenn du noch einmal damit anfängst, hau ich dir eine runter!«

Wütend knallte Geraldine die Motorhaube zu. Laura streckte der Kuh ihre Hand hin. Während die Kuh ihr die Hand leckte, knatterte ein Traktor heran. Geraldine sprang auf die Straße und winkte mit beiden Armen, um ihm den Weg zu versperren.

»Können Sie uns helfen?«, fragte sie, als der Traktor anhielt.

Der Bauer schaute sie misstrauisch an. »Sind Sie Deutsche?«

»Nein, Engländerinnen.«

Das Gesicht des Bauern wurde freundlich. »Das ist was anderes.« Er stellte den Motor ab und kletterte von seinem Sitz. »Ich komme nämlich gerade von einem Zug mit Deutschen, die unsere Soldaten zur Grenze bringen.«

Laura horchte auf. »Was waren das für Deutsche?«

Der Bauer überhörte ihre Frage. »Sechsundfünfzig Waggons hatte der Zug«, schimpfte er, »ich habe selber nachgezählt – nur für die verfluchten *boches*. Und unsere französischen Frauen und Kinder müssen zu Fuß über die Grenze fliehen.«

»Bitte, was waren das für Deutsche?«, wiederholte Laura und ließ die Kuh stehen. »Gefangene?«

Der Bauer zuckte die Schultern. »Feindliche Ausländer, soviel ich weiß. Aus irgendeinem von diesen Lagern.«

»Aus welchem Lager? Les Milles?«

»Keine Ahnung. Vielleicht.« Er nahm den Hut ab und wischte sich den Schweiß von der Glatze. »Der Zug stand an der Strecke nach Bayonne. Keine zwei Kilometer von hier. Ich habe den *boches* ein paar Kisten Aprikosen verkauft.« Mit dem Zeigefinger zog er sich ein Augenlid herunter. »Zum doppelten Preis natürlich.«

Laura spürte, wie die Kraft wieder in ihr erwachte. »Bringen Sie mich sofort dahin!«

»Wohin?«

»Zu dem Zug! Ich kann Sie bezahlen!« Aufgeregt kramte sie in ihrer Handtasche. Lulu hatte ihr hundert Franc gegeben, als Vorschuss auf den Verkauf ihres Hauses.

»Der Zug ist schon wieder abgefahren.«

»Dann müssen wir ihn verfolgen!« Sie streckte ihm einen Geldschein hin. »Los, machen Sie schon!«

Bevor der Bauer zugreifen konnte, nahm Geraldine ihr das Geld aus der Hand. »Bist du jetzt völlig übergeschnappt? Du willst den Zug verfolgen? Mit einem Trecker?«

»Harry ist in dem Zug!«

»Woher willst du das wissen?«

»Ich habe seine Stimme gehört.«

Ohne ein Wort kehrte Geraldine ihr den Rücken zu und drückte dem Bauern das Geld in die Hand. »Können Sie uns abschleppen?«

Der Bauer warf einen kurzen Blick auf den Fiat. »Kein Problem. Mein Dorf ist gleich da drüben, hinter dem Hügel. Da gibt es auch eine Reparaturwerkstatt.«

»Aber ich muss zu Harry!«, rief Laura auf Englisch, damit Geraldine endlich kapierte. »Er *ist* in dem Zug! Ich weiß es ganz genau!«

Der Bauer runzelte die Stirn. »Ist Ihre Freundin vielleicht ein bisschen…« Statt die Frage auszusprechen, fuhr er sich mit der Hand wie ein Scheibenwischer vor dem Gesicht hin und her.

»Keine Angst, es ist alles in Ordnung«, erwiderte Geraldine. »Sie will nur wissen, ob es in Ihrem Dorf auch einen Gasthof gibt.«

5

Ratternd fuhr der Zug durch die Nacht. Kalte, stinkende Dunkelheit füllte den Waggon. Harry döste im Stehen vor sich hin. Todmüde, doch unfähig, wegzudämmern, schwankte er mit den Bewegungen des Zuges hin und her, eingeklemmt zwischen Erich Hirngiebel und Siegfried Cohen, dem Berliner Studenten. Nur zwei Stunden pro Nacht durfte jeder im Liegen schlafen, die restliche Zeit musste man im Wechsel sitzen oder stehen – mehr Platz war nicht vorhanden.

»Verdammt noch mal, wer hat mein Gebiss geklaut?«

»Sind Sie noch richtig im Kopf? Kein Mensch braucht Ihr Gebiss!«

»Ich habe es vor dem Schlafen hier hingelegt. Jetzt ist es weg!«

»Dann müssen Sie es eben suchen. Irgendwo wird es schon sein.«

Harry schlug die Augen auf. Grauer, nebliger Tag kroch durch die Ritzen in den Waggon. Der Mann, der sein Gebiss vermisste, war ein berühmter Radioreporter aus Frankfurt, dessen Namen Harry sich allerdings nie hatte merken können. Er hätte nicht gedacht, dass ein solcher Mann ein Gebiss benutzte – als Reporter hatte er immer eine wunderbar klare Aussprache gehabt. Jetzt konnte er sich nur noch nuschelnd artikulieren. Während er auf allen vieren im Stroh herumkroch und jedermann weckte, stieg Harry über die algerischen Soldaten hinweg, die rechts und links der Waggontür mit ihren Gewehren schliefen, um zu schauen, wo sie waren.

Draußen regnete es auf irgendein Weinfeld herab. Fröstelnd schlug Harry den Kragen seiner Jacke hoch. Am Horizont zogen die Ausläufer einer größeren Stadt an ihnen vorbei. Waren sie nach Norden oder Süden gefahren? Wenn ihn nicht alles trog, roch die Luft nach Meer. Aber da war vielleicht auch nur der Wunsch der Vater des Gedankens – wenn sie ans Meer gelangten, würden sie in Sicherheit sein.

Drei Tage waren sie inzwischen unterwegs, und dauernd wechselten sie die Richtung. Sie waren durch Arles und Sète gekommen, durch Toulouse und Tarbes, Lourdes und Pau. Und immer wieder blieb der Zug irgendwo stehen, ohne dass jemand wusste, warum und wozu.

Würde das ewig so weitergehen, bis der verfluchte Krieg zu Ende war?

Harry kratzte sich im Schritt. Die Läuse waren offenbar auch schon wach. Zum Frühstück aß er die letzte der Aprikosen, die er bei einem Halt einem Bauern abgekauft hatte, zu einem unverschämt hohen Preis. Obwohl er seit einem Tag nichts mehr getrunken hatte, spürte er Druck auf der Blase. Neidisch blickte er auf die zwei Dysenteriekranken, die in einem abgetrennten Strohlager schliefen. Für sie hatten die Soldaten einen Kübel in den Wagen gestellt. Aber den durfte sonst niemand benutzen.

»Diesmal ist sie Ihnen aber ganz besonders schön gelungen«, sagte Erich Hirngiebel.

»Entschuldigung, Herr Professor, aber wovon reden Sie?«

»Von Ihrer Frau, lieber Herr Winter. Ich betrachte ihr Antlitz schon seit geraumer Zeit.«

Erich Hirngiebel reichte ihm die Käseschachtel, die Harry während einer Rast bemalt hatte. Das einzige Bild, das in drei Tagen zustande gekommen war.

»Wissen Sie eigentlich, was für ein Glückspilz Sie sind?«

»So? Finden Sie?«

»Allerdings«, sagte der Professor. »Es gibt für einen Menschen kein größeres Glück, als einen anderen Menschen zu lieben. Und

Ihre Liebe spürt man in jedem Pinselstrich. Aber bitte entschuldigen Sie mich. Ich möchte jetzt mein Morgengebet sprechen.«

Er faltete die Hände, und während sein Blick ins Leere ging, bewegten sich stumm seine Lippen. Harry wandte sich ab. Er beneidete den Professor um seinen Glauben – fast so sehr wie die Durchfallkranken um ihren exklusiven Abort. Wenn Erich Hirngiebel nicht mehr weiterwusste, fand er Zuflucht bei Gott. Harry hingegen wusste nicht einmal, was er hoffen sollte. Sollte er hoffen, dass Laura noch in ihrem Zauberhaus war? Ihm selbst hatten die Schutzgötter wenig geholfen, und wenn er sich vorstellte, die Deutschen stürmten den Weinberg hinauf, um in ihr Haus einzudringen … Er blickte auf ihr Bild in seiner Hand. Die Angst, die er in ihren schwarzen Augen las, war so groß wie seine eigene, und er verbot sich, den Gedanken zu Ende zu denken. Vielleicht hatte sie Sainte-Odile ja inzwischen verlassen. Aber was war dann? Wenn sie geflohen war – wo sollte er sie suchen? Er hatte die Flüchtlinge auf der Landstraße gesehen, ein heilloses Chaos, in dem ein einzelner Mensch verloren ging wie eine Stecknadel im Heuhaufen … Er konnte nur hoffen, dass Lulu sich um Laura kümmerte. Lulu kannte sich aus im Leben, und darauf kam es jetzt an.

»Wären wir doch nur im Lager geblieben«, klagte Siegfried Cohen.

Der dickliche Holländer drehte sich auf seinem Klappstuhl herum und zeigte auf Harry und Erich Hirngiebel.

»Das haben wir den beiden Klugscheißern zu verdanken! Sie haben den Kommandanten ja regelrecht angefleht, das Lager aufzulösen und uns zum Teufel zu jagen.«

Der Professor unterbrach sein Gebet. »Wir haben nach bestem Wissen und Gewissen gehandelt«, erklärte er. »Aber am Ende sind wir auch nur fehlbare Menschen.«

»Das hätten Sie sich früher überlegen sollen.«

»Sie sind aus freien Stücken mit uns aus Ägypten geflohen. Aber jetzt sehnen Sie sich nach den Fleischtöpfen dort zurück und geben uns die Schuld.«

»Ihnen mache ich ja gar keinen Vorwurf. Der Herr Künstler war der Anstifter! Weil er so furchtbar schlau ist!«

Harry spürte ein Kribbeln in der Nase. Hatte der Holländer vielleicht recht? Was sollten sie in Spanien? Von Les Milles bis Sainte-Odile waren es nur hundert Kilometer ... Der Lokomotivführer ersparte ihm die Antwort. Der Zug hielt mit einem so scharfen Ruck an, dass der Holländer von seinem Klappstuhl kippte.

6

Die Soldaten schoben die Waggontür auf. Der Zug stand in einem Bahnhof.

»Alles aussteigen. Hopp, hopp!«

Endlich! Obwohl seine Glieder ganz steif waren, beeilte Harry sich, ins Freie zu gelangen. Der Regen hatte inzwischen aufgehört, doch es war mindestens zehn Grad kälter als bei ihrer letzten Station. Schnuppernd sog er die Luft ein. Nein, er hatte sich nicht getäuscht, das Meer war nicht weit. Kalt, wie es war, musste es der Atlantik sein, ganz in der Nähe.

»Wir sind in Bayonne«, sagte Professor Hirngiebel. »Ich war einmal mit meiner Frau hier. Auf unserer Hochzeitsreise.«

»Dann kennen Sie sich ja hier aus. Erinnern Sie sich noch, wo die Toiletten sind?«

Harry war nicht der Einzige, der sein Wasser abschlagen musste. Hunderte von Männern standen bereits an den Geleisen, um sich zu erleichtern. Ungeduldig knöpfte er den Hosenstall auf. Der Druck war kaum noch auszuhalten.

»Ich weiß nicht, was schöner ist«, sagte sein Nebenmann. »Vögeln oder strullen.«

Harry hatte den Mann noch nie gesehen, die roten Haare wären ihm aufgefallen, aber er sprach ihm aus dem Herzen. Während er in den grauen Himmel schaute, vor dem sich in der Ferne die Doppeltürme einer Kathedrale erhoben, spekulierten seine Kameraden links und rechts über ihr Schicksal. Wie immer, wenn ein neuer Tag anbrach, schöpften sie Hoffnung. Die meisten spekulierten, dass ihre Zugfahrt ein Ende hatte, und glaubten an eine Evakuierung per Schiff. Warum sonst sollte man sie ans Meer gebracht haben?

Der plötzlich aufflackernde Optimismus war so ansteckend wie Harndrang.

»Eins steht fest«, sagte der Rothaarige. »In den Zug kriegen mich keine zehn Pferde mehr zurück.«

»Mich auch nicht«, pflichtete Siegfried Cohen ihm bei. »Eher esse ich Schweinefleisch.«

»Was meinen Sie, lieber Herr Winter?«, fragte Professor Hirngiebel. »Glauben Sie auch, dass wir endlich erlöst werden?«

Bevor Harry antworten konnte, hörte er seinen Namen.

»Monsieur Winter?«

Ohne sein Geschäft zu unterbrechen, blickte er über die Schulter. Hinter ihm stand ein französischer Hauptmann.

»Kommen Sie bitte mit.«

Harry spürte, wie sein Herz schneller zu schlagen anfing. Das konnte nur eins bedeuten – die Franzosen hatten sich entschieden! Eilig knöpfte er sich die Hose zu.

»Zu Befehl, *mon capitaine*!«

Der Offizier nahm ihn beiseite. Offenbar wollte er nicht, dass die anderen sie hörten.

»Soweit ich weiß, haben Sie einigen Einfluss auf Ihre Kameraden«, sagte der Hauptmann. »Es gibt eine wichtige Nachricht.«

»Na Gott sei Dank!«, rief Harry. »Und? Wohin geht die Reise? Nach Spanien? Oder kommen wir auf ein Schiff?«

Der Offizier schüttelte den Kopf. »Weder noch.«

»Weder noch?«, wiederholte Harry irritiert. »Was heißt das?«

Der Offizier zögerte. »Eigentlich wollten wir Sie von hier aus zu Fuß nach Spanien bringen. Die Spanier lassen noch immer Flüchtlinge ins Land. Aber …«

»Aber was?«

»Ich weiß, Sie haben gehofft, dass unsere Irrfahrt ein Ende hat. Doch leider muss ich Sie enttäuschen.« Der Hauptmann schluckte. »Sagen Sie Ihren Kameraden, Sie müssen zurück in den Zug.«

»Ich fürchte, dann gibt es einen Aufstand.«

»Wir haben keine andere Wahl. In zwei Stunden werden die Deutschen in Bayonne sein.«

»Die Deutschen? In Bayonne?« Harry glaubte nicht richtig zu hören. Fassungslos starrte er den Franzosen an. »Das ... das muss eine Falschmeldung sein«, stammelte er. »Wie sollen die Nazis so schnell hierherkommen? Sie sind doch erst an der Rhone.«

»Glauben Sie mir, es tut mir aufrichtig leid«, erwiderte der Capitaine. »Die Nachricht hat mich genauso überrascht wie Sie. Doch Zweifel sind ausgeschlossen. In wenigen Stunden sind die deutschen Truppen hier. Teilen Sie das Ihren Kameraden mit.« Er machte eine Pause und blickte Harry eindringlich an. »Und bitte«, fügte er hinzu, »vermeiden Sie jede Form von Panik!«

7

In schweren Tropfen klatschte der Regen gegen die Fensterscheiben des Gasthofs: *Hôtel de France* stand auf dem Glas in Spiegelschrift geschrieben. Während Laura mit dem Finger die wässrigen Spuren nachzeichnete, verwandelten die Tropfen sich in einen Urwald, in dem freundliche Kobolde miteinander tanzten. Schon eine Woche saßen sie und ihre Freundin in dem Pyrenäendorf fest. Laura hatte mit ihrer Macht die Bremsen des Autos zerstört, jetzt mussten sie warten, dass der Mechaniker die nötigen Ersatzteile besorgte. Das konnte noch eine Ewigkeit dauern. Während Geraldine die Tage auf dem Postamt verbrachte, um mit irgendwelchen fremden Mächten zu telegrafieren, nutzte Laura die Zeit, um mit den Tieren zu sprechen, die zum Gasthof gehörten. Ein feuriger Wallach hatte sich unsterblich in sie verliebt. Doch sie erwiderte seine Liebe nicht. Das erzählte sie gerade dem Regentropfen, der sich ihr als Chef der Kobolde vorgestellt hatte. Seit die Macht in ihr war, verstand sie sämtliche Sprachen. Geräusche, Farben, Formen – alles fand eine Entsprechung in ihr und gab ihr Antwort auf jede Frage. Sie war alles, und alles war in ihr.

»Darf ich mich zu Ihnen setzen?«

Ein Mann, der ein Gesicht hatte wie ein Hund, nahm an ihrem Tisch Platz, obwohl in dem Schankraum noch jede Menge anderer freier Tische waren. Seine Blicke trafen Laura, als würde jemand Nadeln in ihre Haut stechen. Sofort erkannte sie den Grund. Die Augen des Mannes gehörten Florence.

»Sind Sie auch auf dem Weg nach Spanien?«, fragte er.

»Bevor ich Ihnen antworte, will ich Ihren Ausweis sehen.«

Der Mann tat so, als würde er lachen, dabei fletschte er nur mit den Zähnen. Warum knurrte er nicht? Immerhin gehorchte er.

»Sie haben ja recht«, sagte er, »in diesen Zeiten kann man niemandem trauen. Die Deutschen haben überall ihre Spitzel. Aber von mir haben Sie nichts zu befürchten. Ich bin Belgier, Alexander Lubbers ist mein Name. Bitte überzeugen Sie sich.«

Er hielt ihr seinen Pass unter die Nase. Das Dokument war übersät mit Hakenkreuzen. Laura hatte es gewusst! Er war der Feind. Wahrscheinlich hatte er es auf ihr Kind abgesehen. Trotzdem, bevor sie ihn der Polizei ausliefern würde, wollte sie ihn auf die Probe stellen. Das verlangte die Gerechtigkeit.

»Ich habe meine Brosche verloren«, sagte sie. »Haben Sie eine Ahnung, wo sie sein könnte?«

»Vielleicht ist sie zu Boden gefallen«, sagte er. »Ich schau gleich mal nach.«

Er kroch unter den Tisch, doch er konnte nichts finden.

»Sind Sie sicher, dass Sie sie angesteckt haben?«, wollte er wissen.

»Ganz sicher.«

Er dachte kurz nach, dann schaltete er seinen Röntgenblick ein und zeigte auf die Handtasche, die Laura auf den Tisch gelegt hatte.

»Na, vielleicht haben Sie sie ja da drin.«

Sie öffnete den Verschluss und schüttete den Inhalt auf den Tisch.

»Tatsächlich, Sie haben recht.«

Funkelnd schaute die Brosche aus einer Zigarettenpackung hervor. Laura warf unauffällig einen Blick auf den falschen Belgier. Mit gespielter Gleichgültigkeit bestellte er ein Glas Wein bei der Wirtin. Woher hatte er gewusst, wo die Brosche war? Kein normaler Mensch konnte in eine geschlossene Tasche aus festem Leder sehen. Nein, es gab keinen Zweifel. Er war der Feind. Der Feind der Menschheit. Und nur sie, Laura Paddington, konnte ihn besiegen.

In dem Moment, in dem sie das begriff, empfand sie beinahe Verehrung vor sich selbst. Aber wie sollte sie ihren Auftrag erfüllen? Ihr Gehirn arbeitete schneller, als sie denken konnte. Es gab nur eine Möglichkeit, um die Menschheit vor dem Feind zu retten: Sie musste ihm das Wertvollste opfern, das sie besaß. Dann würde seine Macht verglühen. Sie griff in ihre Handtasche und holte Harrys Pass daraus hervor.

»Da«, sagte sie und reichte dem Feind ihre Opfergabe. »Das ist für Sie. Ohne Hakenkreuze.«

Der Mann zog ein Gesicht, als wäre sie nicht bei Verstand. Aber sie durchschaute ihn, ihr konnte er nichts vormachen. Obwohl seine Augen sich voller Gier an dem Pass festsaugten, traute er sich nicht, danach zu greifen. Wie ein Teufel, der Angst hatte, eine Hostie zu berühren. Weil er wusste, was dann geschah.

»Na los, worauf warten Sie?«

Der Feind rührte sich nicht. Laura unterdrückte einen Fluch. Ging es doch nicht ohne Hilfe? Sie strengte ihre ganze Kraft an, um die Polizei zu alarmieren. Wenn der Feind den Pass nicht nahm, um sich selbst zu vernichten, musste man ihn einsperren! Sonst war ihr Kind nicht mehr sicher.

Sie hatte gerade Kontakt zur nächstgelegenen Gendarmerie hergestellt, da öffnete sich die Tür, und Geraldine kam herein. Sie strahlte über das ganze Gesicht.

»Wir haben es geschafft!«, rief sie.

Laura atmete auf. »Sind die Ersatzteile da? Können wir endlich fort?«

»Viel besser!«, antwortete Geraldine. »Wir haben Visa für Spanien!«

8

»Wir sind vor unserem eigenen Phantom geflohen, Professor Hirngiebel.«

»Wie darf ich das verstehen, lieber Herr Winter? Was hat der Sanitäter Ihnen erzählt?«

»Offenbar hat Colonel Jospin von Les Milles aus in Bayonne angerufen. Er wollte dem Stationsvorstand unsere Ankunft ankündigen, wahrscheinlich, damit sie uns Essen an den Zug bringen. Aber die Idioten am Bahnhof haben nur verstanden, dass zweitausend Deutsche im Anmarsch sind – ein ganzes Bataillon Nazis! Darum haben sie uns zurückgeschickt. Wir haben vor uns selbst Reißaus genommen!«

Der Professor schüttelte fassungslos den Kopf. »Das heißt, wir könnten längst in Spanien sein?«

»Ja, das Ganze war ein Fehlalarm. Aber schauen Sie mich nicht so vorwurfsvoll an. Beschweren Sie sich bei Ihrem Chef! Der hat die Sache verbockt!«

Während Harry sich sein Hemd zuknöpfte, erblickte er in einer Fensterscheibe sein Spiegelbild. Mein Gott – mit der Glatze sah er aus wie sein eigener Totenkopf! Der Zug hatte sie von Bayonne nach Nîmes gebracht, und von dort hatten sie einen Fußmarsch von zwanzig Kilometern zu ihrem neuen Lager zurückgelegt, einem ehemaligen Gutshof mit dem Namen San Nicola. Ein Dutzend Sanitäter hatte sie im Hof empfangen, um sie gleich nach der Ankunft zu entlausen. Jeder Gefangene hatte sich nackt bis auf die Haut ausziehen müssen, dann hatte man sie am ganzen Körper rasiert und schließlich mit Pyrethrum desinfiziert. Von dem Puder musste Harry immer noch niesen. Außerdem juckte das Zeug fast genauso wie die Läuse.

»Und jetzt?«, fragte Erich Hirngiebel, als sie fertig angezogen aus der Entlausungsstation ins Freie traten.

Der Gutshof bestand aus einem Herrenhaus sowie ein paar kleineren Wirtschaftsgebäuden. Für die Gefangenen gab es nichts weiter als eine eingezäunte Wiese, auf der sie vorerst unter freiem Himmel kampieren sollten. Zelte würde es später geben, hatte man ihnen gesagt, und falls der Brunnen im Hof nicht ausreiche, um ihren Durst zu stillen, waren sie herzlich eingeladen, sich an den Maulbeerbäumen auf der Wiese zu bedienen. Das Ganze lag im hellen Sonnenschein und wirkte sehr freundlich und einladend. Außer dem Stacheldraht, der die Wiese umzäunte, erinnerte nichts an Gefangenschaft.

»Ich finde, hier lässt sich's aushalten«, sagte der dicke Holländer, der zusammen mit ihnen entlaust worden war. »Meinen Sie nicht auch, meine Herren?«

Harry pflückte ein paar Maulbeeren und steckte sie sich in den Mund. Auch wenn er den Holländer nicht ausstehen konnte – verglichen mit der Ziegelei von Les Milles war ihr neues Lager ein Paradies. Ein bisschen fühlte er sich, als wäre er in die Heimat zurückgekehrt. Der Atlantik mit seiner scheußlichen Kälte lag weit hinter ihm, jenseits der Pyrenäen. Er war wieder an *seinem* Meer, am Mittelmeer. Dunkelblau glänzte es in der Ferne, mit weißen Schaumkrönchen verziert und gesäumt von Pinienwäldern und Weinbergen. Gab es irgendwo auf der Welt eine schönere Gegend? Während der Saft der Beeren ihm von den Lippen troff, konnte Harry sich kaum vorstellen, dass er gestern noch in Bayonne um sein Leben gefürchtet hatte. Bei dem Befehl, in den Zug zurückzukehren, war Panik ausgebrochen, die Soldaten hatten wahllos um sich geschossen, und Hunderte von Gefangenen waren Hals über Kopf vom Bahnhofsgelände gestürmt, egal, welches Schicksal ihnen blühte.

»Der Krieg ist aus! Der Krieg ist aus!«

Machte da jemand Witze? Harry beschattete mit der Hand seine Augen. Vom Hof kam Siegfried Cohen herbeigerannt, wegen der Glatze erkannte Harry ihn erst auf den zweiten Blick. Der Student winkte mit einer Zeitung. Die Titelseite war schwarz umrandet.

»Die Franzosen haben kapituliert!«, sagte Siegfried Cohen, ganz außer Atem. »Waffenstillstand!«

»Geben Sie her!«

Harry riss ihm die Zeitung aus der Hand. Tatsächlich! Maréchal Pétain, der Chef der Vichy-Regierung, hatte sich ergeben. Neben dem Artikel war eine Karte abgedruckt, die das neue Frankreich zeigte. Das schraffierte Gebiet im Nordosten war von den Nazis besetzt, der weiß eingezeichnete Süden würde von der Besatzung frei bleiben.

Und Nîmes lag in der freien Zone!

Harry fühlte sich wie ein Kind an Heiligabend. War der Wahnsinn vorbei? Konnte er zu Laura zurück? Zum Glück hatte er in Bayonne kühlen Kopf bewahrt, statt sich von der Panik seiner Kameraden anstecken zu lassen.

»Ihr Chef ist besser, als ich dachte«, sagte er und grinste Erich Hirngiebel an, der ihm über die Schulter blickte.

Als er das Gesicht des Professors sah, wurde er blass.

»Ich fürchte, Sie haben den Artikel nicht zu Ende studiert.« Erich Hirngiebel tippte mit dem Finger auf den letzten Absatz. »Hier – Paragraf 19 der Waffenstillstandsbedingungen.«

Mit den Augen überflog Harry den Paragrafen. Nachdem er die letzte Zeile gelesen hatte, zitterten ihm die Knie.

Paragraf 19 bestand nur aus einem einzigen Satz. Darin verpflichtete sich die französische Regierung, alle deutschen Staatsbürger, die die Nazis verlangten, unverzüglich an das Deutsche Reich auszuliefern.

9

Harry bog den Stacheldraht in die Höhe und kroch unter dem Zaun hindurch ins Freie. Kein Mensch nahm Anstoß daran, wenn ein Gefangener das Lager verließ, um einen Spaziergang zu machen. Gleichgültig schauten zwei Wachsoldaten zu, wie er den Feldweg hinauflief und allmählich aus ihrem Blickfeld verschwand. Seit dem Waffenstillstand hatten die Franzosen jegliches Interesse an ihren Schützlingen verloren. Manche Gefangene machten sogar Ausflüge nach Nîmes, um mal wieder in einem Café zu sitzen oder sich mit Lebensmitteln zu versorgen.

An einem Bach ließ Harry sich nieder und packte sein Malzeug aus. Eigentlich war es gleichgültig, wo er malte, er malte ja sowieso immer dasselbe Motiv. Während er mit dem Bleistift Lauras Gesicht skizzierte, plätscherte zu seinen Füßen der Bach. Wochenlang war er eingesperrt gewesen, jetzt war er zum ersten Mal wieder in Freiheit, unter offenem Himmel, und rings um ihn her war nichts als ein plätschernder Bach, hügelige Wiesen, blau verdämmernde Pinienwälder und wunderbar reine Bergluft.

Mit einem Seufzer schaute er von seiner Zeichnung auf. Durfte er hier bleiben? Oder war es verbrecherischer Leichtsinn, in der Obhut der Franzosen zu warten, bis die Nazis ihn holten? Als entarteter Künstler stand er auf der Liste der Deutschen, die die Nazis von den Franzosen zur Auslieferung begehrten, sicherlich sehr weit oben.

Unentschlossen beugte er sich wieder über sein Bild. In seinem ganzen Leben hatte er es gehasst, Entscheidungen zu treffen. Und jetzt hing von seiner Entscheidung sein Leben ab. Aus dem Lager zu fliehen war ein Kinderspiel. Jeden Tag hauten Dutzende seiner Kameraden ab, die meisten nach Marseille, in der Hoffnung, sich im Labyrinth der Hafenstadt unsichtbar zu machen oder dort ein Schiff für die Flucht übers Meer zu finden. Auch die spanische Grenze war angeblich immer noch offen. Allerdings verlangten die Spanier einen Pass, und Harrys Pass war in seinem Haus in Sainte-Odile, genauer: im Schlafzimmer, ganz genau: in der zweiten Wäscheschublade von oben.

»Bist du etwa feige?«

Harry zuckte zusammen. Für einen Moment hatte er geglaubt, Lauras Stimme zu hören. Hatte er schon Halluzinationen? Nein, ihre Frage war nur Ausdruck seiner jämmerlichen Angst. Laura hatte recht, er war feige, er hatte die Hosen schon jetzt gestrichen voll, wenn er an Flucht überhaupt nur dachte. Denn egal, wohin er fliehen würde, ob nach Marseille oder in Richtung Spanien – nirgendwo würde er seines Lebens sicher sein. Die französische Regierung im sogenannten freien Teil Frankreichs war genauso faschistisch wie die Nazi-Regierung in Deutschland – wenn ein Polizist ihn erwischte, ging es heim ins Reich. Und selbst wenn es ihm gelingen sollte, sich unbemerkt von der Polizei durchzuschlagen – auch vor der Bevölkerung hatte er allen Grund, sich zu fürchten. Ohne ordentliche Papiere würden die Franzosen ihn für einen versprengten Nazi halten, für einen Feind, und entsprechend würden sie ihn behandeln.

Harry schaute auf Lauras Bild. Würde er seine Windsbraut je wiedersehen? Die Situation war so ausweglos, dass Siegfried Cohen sich in Nîmes schon Blausäure besorgt hatte.

»Pssst«, machte es plötzlich in seinem Rücken.

Harry drehte sich um. Als er sah, was er sah, zweifelte er an seinem Verstand. Aus einem Gebüsch schaute ihm ein Gesicht wie ein Uhu entgegen, ein Mann mittleren Alters mit Halbglatze und Brille.

»Herr Altstrass?«, fragte Harry ungläubig. »Carl Altstrass?«

»Nicht so laut!«, zischte der andere. »Sind Sie es, Herr Winter?«

»Ja natürlich, wer sonst?«, erwiderte Harry und fasste sich an den Kopf. »Ach so, die Glatze.« Er ließ sein Malzeug liegen und trat an das Gebüsch. »Um Himmels willen, wo kommen Sie her? Ich dachte, Sie sind längst in Amerika!«

»Wir haben die Visa noch nicht. Aber jetzt ist keine Zeit zum Reden! Bitte folgen Sie mir!«

»Wohin? Was haben Sie vor?«

»Keine Fragen. Vertrauen Sie mir. Mathilde hat mich geschickt.«

Harry klaubte seine Malsachen auf und verschwand mit Carl Altstrass in das Gebüsch. Dahinter schloss sich ein kleines Waldstück an. Seite an Seite krochen sie durch das Unterholz.

Harry konnte seine Neugier nicht länger beherrschen.

»Woher weiß Mathilde, dass ich hier bin?«

»Willy Kemmler hat es ihr erzählt. Sie hat ihn in einer Emigrantenkneipe getroffen, in Marseille.«

»Ich kenne keinen Willy Kemmler«

»Er war mit uns beiden in Les Milles. Ein Mann, so alt wie ich, Mitte vierzig. Er hat keine Zähne und nuschelt ganz fürchterlich.«

Endlich fiel es Harry wieder ein. Wie konnte er nur so begriffsstutzig sein? »Natürlich, der Radioreporter aus Frankfurt! Er hat sich in Bayonne aus dem Staub gemacht.«

Das andere Ende des Waldstücks wurde gleichfalls von dichtem Gebüsch begrenzt. Vorsichtig spähten sie durch die Zweige. Zwischen dem Wald und einer Wiese führte die Landstraße vorbei. Am Rand parkte ein verbeulter Renault.

»Das ist unser Auto«, sagte Carl Altstrass. »Los! Steigen Sie ein!«

In geduckter Haltung verließen sie das Gebüsch. Die Tür des Renaults war nicht verriegelt. Ohne zu wissen, was er tat, nahm Harry in dem Wagen Platz. In der Ferne sah er das Lager. Am Zaun glaubte er Erich Hirngiebel und Siegfried Cohen zu erkennen. Der Anblick versetzte ihm einen Stich. Hatte er je einen besseren Freund gehabt als diesen weltfremden Theologieprofessor? Fast musste er sich Gewalt antun, um den Blick abzuwenden.

»Und was passiert jetzt?«, fragte er.

»Das müssen Sie entscheiden«, sagte Carl Altstrass und ließ den Motor an. »Sie ganz allein.«

10

Endlich war der Fiat repariert und fahrbereit. Geraldine hatte bereits gepackt. Lauras Koffer lag noch offen auf dem Bett. Sie hatte erst ein paar Strümpfe hineingelegt. Und die Puppe.

»Ich fahre nicht nach Spanien«, erklärte sie.

»Wie bitte?«, erwiderte Geraldine. »Seit einer Woche verbringe ich mein Leben mit Telegrafieren, nur damit wir endlich aus diesem Land rauskommen.«

»Das hättest du besser nicht getan. Weißt du denn nicht, dass sie Gift durch die Telegrafenleitungen schicken? Du solltest schnellstens zum Arzt.«

»Jetzt hör endlich auf mit dem Quatsch. Wir sind hier nicht in der Kunstakademie, sondern im Krieg.«

»Oh, haben sie Professor Bonenfant zum General befördert?«

»Findest du das witzig?«

Geraldine zeigte ihr ein zerknittertes Schreiben. Laura erkannte den Briefkopf sofort, seit der Kindheit war er ihr so vertraut wie der Anblick von Sonne und Mond. *B.C.I.* stand darauf, *British Chemical Industries.* »Eine Bürgschaft vom spanischen Repräsentanten deines Vaters. Damit kommen wir bis Seo de Urgel.«

»Mein Vater ist der Teufel. Er hat den Mann mit den Hundeaugen geschickt.«

»Welchen Mann mit welchen Hundeaugen?«

»Tu nicht so scheinheilig. Du hast ihn selber gesehen. Er saß bei mir am Tisch.«

»Wenn du nicht endlich mit diesem Schwachsinn aufhörst, fahre ich ohne dich.«

»Dann wünsche ich dir eine gute Reise. Ich werde auf keinen Fall nach Spanien fahren.«

»Und warum nicht, verdammt noch mal?«

Laura schaute auf die Puppe in ihrem Koffer. Sie war aus rotem Stoff und hatte grüne Wollhaare.

»Weil ich zurück muss nach Sainte-Odile.«

»Darf ich dich daran erinnern, dass wir von da gerade kommen?«

»Deine Überheblichkeit kannst du dir ruhig sparen. Ich habe ein sehr gutes Gedächtnis.« Sie nahm die Puppe und gab ihr einen Kuss. »Wie konnte ich nur so verrückt sein, unser Bild dazulassen. Ich muss den Verstand verloren haben.«

»Du hast selbst gesagt, dass die Leinwand nicht ins Auto passt.«

»Das ist keine Entschuldigung. Es war Verrat. Und den kann ich nur wiedergutmachen, wenn ich nach Sainte-Odile zurückkehre. Wie soll Harry mich sonst finden?«

»Du hast doch einen Brief für ihn dagelassen. Außerdem können wir von Spanien aus Lulu anrufen. Wenn Harry nach Sainte-Odile kommt, sagt sie ihm, wo er uns finden kann. Spätestens in Lissabon seid ihr wieder zusammen.«

»So lange kann ich nicht warten. Wenn wir in Lissabon sind, weiß der Feind längst Bescheid. Oder stehst du auch schon unter seiner Kontrolle?«

»Laura, ich weiß deine Art von Humor sonst sehr zu schätzen. Aber jetzt ist keine Zeit für Scherze, hörst du? Unser Visum gilt nur fünf Tage. Danach kommen wir nicht mehr über die Grenze.«

»Soll ich deshalb Harry ein zweites Mal verraten? Er ist bereits auf dem Weg nach Sainte-Odile, das spüre ich genau. Wenn er mich dort nicht findet, wird er sterben vor Angst.«

»Sag mal, meinst du das alles tatsächlich im Ernst?«

Laura nickte. »Harry ist kein Verräter. Er würde niemals das Land ohne unser Bild verlassen.«

»Das wird mir jetzt zu blöd«, sagte Geraldine. Sie nahm einen Stapel Wäsche und legte ihn in den Koffer. »Was ist das eigentlich für eine Puppe?«, fragte sie. »Wo kommt die plötzlich her?«

»Die habe ich gestern im Dorf gekauft. Für das Baby.«

»Was für ein Baby?«

»*Mein* Baby. *Unser* Baby.«

Geraldine schnappte nach Luft. »Du – du bekommst ein Kind?«

»Ja, habe ich dir das nicht gesagt?«, erwiderte Laura so harmlos wie möglich.

Geraldine schüttelte ihren blonden Pagenkopf. »Im wievielten Monat bist du?«

»Sie haben Harry im September abgeholt, jetzt haben wir Juli.« Sie rechnete an den Fingern nach. »Also bin ich jetzt im zehnten Monat.«

Geraldine lachte laut auf.

»Was gibt es da zu lachen?«, fragte Laura erbost. »Nur weil mein Kind länger braucht als andere? Es ist ein besonderes Kind. Oder was glaubst du, warum ich keinen dicken Bauch habe? Mein Kind ist das Kind des Großen Zauberers!«

Während sie sprach, konnte sie sehen, wie das Gesicht ihrer Freundin sich veränderte. War das die Wirkung ihrer Macht? Das dumme Grinsen verschwand jedenfalls aus Geraldines Zügen. Laura registrierte es mit Genugtuung. Endlich hatte ihre Freundin begriffen.

»Verstehst du jetzt, warum ich unbedingt nach Sainte-Odile muss?«, fragte Laura.

»Meine arme, kleine Laura.« Geraldine nahm ihre Hand. »Ist ja schon gut, mein Schatz. Du hast mich überzeugt. Ich bringe dich zurück nach Sainte-Odile.«

Laura schaute ihre Freundin prüfend an. »Versprochen?«

Geraldine nickte. »Versprochen! Ich tu, was du willst. Ich muss vorher nur noch mal kurz telefonieren. Dann brechen wir auf.«

11

Es war kurz nach Mitternacht, als Harry Sainte-Odile erreichte.

»Ich weiß gar nicht, wie ich Ihnen danken soll«, sagte er und drückte Carl Altstrass die Hand.

»Bedanken Sie sich bei Mathilde«, sagte der und erwiderte seinen Händedruck.

Die beiden Männer tauschten noch einen Blick, dann stieg Harry aus. Würden sie sich jemals wiedersehen? Während Carl Altstrass den Wagen wendete, winkte Harry ihm nach. Nein, seine Flucht war keine Heldentat gewesen, von der er seinen Enkeln dereinst würde erzählen können – falls Bobby überhaupt je Kinder bekäme. Nur einmal war es unterwegs brenzlig geworden, an einer Tankstelle zwischen Nîmes und Avignon, weil sie den Fehler gemacht hatten, deutsch miteinander zu reden. Der Tankwart hatte Verdacht geschöpft und sie in ein Gespräch verwickelt. Doch zum Glück sprachen sie beide so gut Französisch, dass der Mann ihre Geschichte geglaubt hatte. Sie hatten sich als Elsässer ausgegeben, die auf der Flucht vor den deutschen Truppen nach irgendwelchen verschollenen Verwandten suchten.

Harry wartete, bis der Renault hinter einer Kurve verschwand. Dann ging er den Weinberg hinauf. Friedlich schlummerte das Dorf im Mondschein, nicht mal bei Lulu brannte Licht. War es wirklich möglich, dass er in ein paar Minuten Laura in den Armen hielt? Harry wagte es kaum zu hoffen – zu groß würde die Enttäuschung sein, wenn auch ihre Fenster dunkel waren.

Noch war das Zauberhaus hinter einem Hügelvorsprung verborgen. Obwohl er in der Dunkelheit kaum etwas sah, beschleunigte er seinen Schritt. Er hatte gar nicht gewusst, wie lang der Weg durch den Weinberg war.

Plötzlich sah er das Haus. Das Wohnzimmerfenster leuchtete strahlend hell in der Finsternis. Harry konnte sein Glück kaum fassen. Sogar Dadas Schatten erkannte er an der Fassade. Wie ein alter Freund grinste er ihm zu. Nur sein bestes Stück fehlte, offenbar hatte jemand ihn seiner Männlichkeit beraubt.

»*C'est la guerre, mon ami …*«

Eilig stolperte Harry das restliche Stück Weg hinauf. Außer Atem erreichte er das Haus. Als er im Hof stehen blieb, hörte er leise, ganz leise, die Klänge einer vertrauten Musik – so fein und zart, als kämen sie aus dem Himmel. Harry spürte, wie ihm Tränen in die Augen schossen. Laura hatte das Grammophon angestellt, und der Walzer, der durch die Finsternis schwebte, war *ihr* Walzer!

Er nahm den Schlüssel aus der Tasche und steckte ihn ins Schloss. Hoffentlich hörte sie ihn nicht, er wollte sie überraschen. Mit einer Hand am Griff versuchte er, die Tür zu öffnen. Doch der Schlüssel klemmte, keinen Millimeter ließ er sich bewegen.

War das Schloss eingerostet? Oder hatte Laura es ausgewechselt?

Harry ließ den Schlüssel stecken und ging ums Haus. Vorsichtig, um keinen Lärm zu machen, kletterte er die Böschung hinauf, von der aus er in das obere Stockwerk schauen konnte. Beide Wohnzimmerfenster waren geöffnet, immer deutlicher hörte er die Töne des Walzers. Das Lachen einer fremden Frau mischte sich in die Musik. Seltsam – hatte Laura Besuch? Um nicht die Böschung hinabzustürzen, hielt Harry sich mit einer Hand an einem Ast fest, während er mit der anderen nach dem Fenstersims tastete.

Als er in das Wohnzimmer schaute, zuckte er zusammen. Nur ein paar Armlängen von ihm entfernt, tanzte Maître Simon an ihm vorbei, zusammen mit Mademoiselle Lautrec, der Schauspielerin aus Toulouse, die einmal im Monat nach Sainte-Odile kam. Lachend warf sie den Kopf in den Nacken und drehte sich mit dem Notar im Kreise. Doch von Laura keine Spur.

Was hatte das zu bedeuten?

Harry wollte gegen die Fensterscheibe klopfen, um sich bemerkbar zu machen, doch mitten in der Bewegung hielt er inne. Konnte er Maître Simon trauen? Unwillkürlich zog er den Kopf ein. Sicher, sie waren früher befreundet gewesen, doch Menschenkenntnis war nicht seine Stärke, und seit der Krieg begonnen hatte, entpuppten sich ganze Scharen vermeintlicher Freunde als Verräter, die ihre Großmutter an den Teufel verkauften, um sich irgendeinen Vorteil zu ergattern. Warum nicht auch Maître Simon? Früher hätte Harry sich ja auch nicht träumen lassen, dass Pepe ihn verraten würde, und doch hatte der ihn als Spion angezeigt.

Harry kletterte die Böschung hinunter und eilte zurück ins Dorf. Es gab nur einen Menschen in Sainte-Odile, dem er bedenkenlos trauen konnte … Ohne sich um die Uhrzeit zu kümmern, trommelte er Lulu aus dem Bett. Es dauerte eine Ewigkeit, bis er ihre schlurfenden Schritte hörte. Im Nachtgewand öffnete sie die Tür.

»Mein Gott!«, rief sie, als sie ihn erkannte. »Seit wann hast du eine Glatze? Du siehst ja aus wie ein Gespenst!«

»Wo ist Laura?«, wollte Harry wissen.

Lulu spähte auf die Straße. »Komm lieber rein.«

Sie führte ihn in die Schankstube und machte Licht. Während sie zwei Gläser mit Wein füllte, erzählte sie, was seit seiner Verhaftung passiert war.

»Hast du eine Ahnung, wo sie jetzt ist?«, fragte er.

Lulu schüttelte den Kopf. »Nachdem sie mit dieser Engländerin davongefahren ist, habe ich nichts mehr von ihr gehört. Sie war furchtbar verwirrt. Sie wollte sich sogar von ihrem Schaf verabschieden.«

»Ja und? Sie hat das Schaf geliebt. Aber was hat Maître Simon in unserem Haus verloren?«

»Er ist der neue Besitzer. Laura hatte jede Menge Schulden.«

»Sie hat das Zauberhaus verkauft?« Harry schüttete sein Glas in einem Zug hinunter. »Sie muss verrückt geworden sein!«

Lulu kramte in einer Schublade und reichte ihm einen Brief.

»Den hat sie für dich dagelassen.«

Harry nahm den Umschlag und faltete das Blatt auseinander.

Fahre mit Geraldine nach Spanien, erwarte dich in Lissabon …

Als er die wenigen Worte las, musste er schlucken. »Das ist alles?«, fragte er. »Sie hat noch nicht mal unterschrieben.«

»Diese Geraldine hatte es furchtbar eilig«, erklärte Lulu, »es musste alles ganz schnell gehen.«

»Aber wie soll ich sie jetzt finden?«

Lulu schenkte ihm noch ein Glas ein. »Kommt Zeit, kommt Rat.«

»Dabei muss ich ganz in ihrer Nähe gewesen sein, direkt an der spanischen Grenze, wir hätten uns wahrscheinlich über den Weg laufen können.« Mit zitternden Händen faltete Harry den Brief zusammen und steckte ihn ein. »Warum hat der verfluchte Zug nur kehrtgemacht?«

»Was für ein Zug?«, fragte Lulu.

»Das erzähle ich dir ein andermal«, sagte er und stürzte auch das zweite Glas hinunter. »Jetzt brauche ich ein Zimmer.«

Lulu schüttelte den Kopf. »Bei mir kannst du nicht bleiben. Das ist zu gefährlich.«

»Warum?«

»Hier schnüffeln überall Spione herum. Sogar die Gestapo war schon im Dorf.«

»Aber wo zum Teufel soll ich dann schlafen?«

Lulu leckte sich die Lippen und dachte nach. Dann zwinkerte sie Harry zu.

»Ich glaube, ich habe eine Idee.«

12

»War das gestern die spanische Grenze, die wir passiert haben?«, fragte Laura. »Sag mir endlich die Wahrheit!«

»Nein«, antwortete Geraldine, »das war eine Straßensperre. Um die Autos zu kontrollieren. Das habe ich dir doch schon zehnmal gesagt.«

»Aber es sah alles ganz genauso aus wie an einer Grenze.«

»Die wollten sich bloß wichtig machen.«

»Warum hast du ihnen dann unsere Pässe gezeigt?«

»Das waren die Autopapiere und mein Führerschein.«

»Außerdem haben sie spanisch gesprochen.«

»Wir sind im Krieg, mein Schatz. Da geht manches drunter und drüber.«

Laura blies sich eine Strähne aus dem Gesicht. Das war die erste vernünftige Antwort, die Geraldine ihr gab.

»Ist deshalb die Erde so rot? Von dem Blut der Soldaten?«

Sie fuhren eine staubige Landstraße entlang, die sich in Serpentinen an einem Berghang herabschlängelte. Im Tal führte sie auf eine Stadt zu, die an einer lang gestreckten Meeresbucht lag. Obwohl die Sonne hoch am Himmel stand, war es überhaupt nicht heiß.

Laura schaute auf die Stoffpuppe in ihrem Schoß.

»Ich habe Angst«, flüsterte sie.

Geraldine warf ihr beim Fahren einen Blick zu. »Wovor?«

»Vor Harry. Er wird fürchterlich böse auf mich sein.«

»Du musst Harry nicht wiedersehen, wenn du nicht willst. Keiner kann dich dazu zwingen.«

»Aber ich habe ihm doch versprochen, dass ich zurückkomme. Ich darf ihn nicht verraten! Nicht schon wieder!«

Geraldine trat die Kupplung und schaltete einen Gang zurück. »Hör mal, Laura. Wenn du meine Meinung wissen willst ...«

»Dich hat keiner nach deiner Meinung gefragt!«

»Lass mich wenigstens ausreden!«

»Nein, lass ich nicht. Du willst Harry nur schlechtmachen. Das tust du schon die ganze Zeit.«

Schweigend erreichten sie das Tal. Während sie sich der Stadt näherten, war nur das Brummen des Motors zu hören. Erste Häuser säumten die Straße, die nun direkt am Meer entlangführte. Trotz des blitzblauen Himmels rollten riesige Wellen auf den Strand, um sich schäumend zu brechen und im Sand zu verlaufen. Seit Laura England verlassen hatte, hatte sie keine so breiten Strände und keine so hohen Wellen mehr gesehen.

»Das Meer ist auf der falschen Seite«, sagte sie.

»Wie bitte?«

»Wenn wir nach Sainte-Odile fahren, muss das Meer rechts liegen.«

»Wir sind mitten in einer großen Bucht. Da ist alles umgekehrt.«

»Erzähl keinen Mist! Das ist auch nicht das Mittelmeer. Am Mittelmeer gibt es nicht so hohe Wellen. Und erst recht keine so breiten Strände.«

»Und ob es die gibt! Bist du noch nie in Saint-Tropez gewesen?«

Laura drehte sich zu Geraldine herum. »Ich glaube, das war dieser Belgier.«

»Was für ein Belgier?«

»Alexander Lubbers. Der Mann mit den Hundeaugen. Der hat alles vertauscht.« Sie zögerte einen Moment, unsicher, ob sie Geraldine einweihen durfte. »Soll ich dir ein Geheimnis verraten?«, fragte sie schließlich. »Dieser Lubbers ist der Feind, der Herr im Haus der Angst. Er regiert die ganze Welt. Das weiß nur noch keiner.«

»Und woher weißt du das?«

»Er will, dass ich Harry umbringe. Weil Harry in Wahrheit mein Vater ist.«

Geraldine gab keine Antwort. Laura wusste, warum. Ihre Freundin war wie alle anderen. Sie wollte die Wahrheit nicht hören ... Laura holte den Pass aus ihrer Handtasche. Harry drängte schon seit einer ganzen Weile, dass sie ihn befreite. Harry wollte immer die Wahrheit wissen! Höchste Zeit, dass sie gehorchte! Mit einem strengen, vorwurfsvollen Blick schaute er sie an. Sie nahm den Pass und legte ihn zu der Puppe. Das würde ihn besänftigen. Die beiden gehörten zusammen, sie hatten sich lieb.

»Gleich sind wir da«, sagte Geraldine.

Laura schaute auf. Draußen sah es aus wie in einem amerikanischen Kinofilm – prachtvolle, stuckverzierte Häuser, eine mit Pappeln bestandene Strandpromenade voller Menschen, dahinter das schäumende Meer. Sogar ein Spielcasino erhob sich am Ende der Straße vor dem blauen Himmel.

»Das ist nicht Sainte-Odile«, sagte Laura.

»Wir waren ziemlich lange fort«, erwiderte Geraldine. »Inzwischen hat sich manches verändert.«

»Willst du dich über mich lustig machen? Ich erkenne gar nichts wieder.«

»Ich hab dir doch gesagt, dass sich vieles verändert hat.«

»Wo ist Lulus Bistro? Los! Zeig es mir!«

»Später. Erst müssen wir zu unserem Hotel. Sonst haben wir heute Nacht kein Bett.«

Geraldine betätigte den Blinker und bog von der Promenade ab. Über einen Kiesweg rollten sie auf ein Gebäude zu, das noch imposanter war als das Spielcasino und in einem riesigen Park mit weiß gestrichenen Pavillons lag. Vor der Freitreppe parkte Geraldine den Wagen und stellte den Motor ab.

Als sie aussteigen wollte, hielt Laura sie am Arm zurück.

»Sag mir endlich die Wahrheit. Wo sind wir?«

Geraldine erwiderte ihren Blick. »Nun gut«, sagte sie. »Du sollst die Wahrheit wissen. Wir sind nicht in Sainte-Odile. Wir sind in Spanien – in San Sebastian.«

»Ich hab's gewusst!«, rief Laura. »Du hast mich belogen! Die ganze Zeit! Warum?«

»Jetzt reg dich nicht auf. Ich hab's ja nur gut gemeint. Es ... Es sollte eine Überraschung werden.«

»Eine Überraschung?«, wiederholte Laura irritiert.

»Ja! Ich wollte dir eine Freude machen. Weil ... weil du doch heute Geburtstag hast.«

Laura runzelte verwundert die Brauen. »Ist heute denn der 3. Mai?«

Geraldine strahlte. »Hast du das wirklich vergessen? Dann ist die Überraschung ja gelungen!« Sie beugte sich zu ihr und gab ihr einen Kuss. »Herzlichen Glückwunsch, mein Schatz.«

»Danke«, sagte Laura. »Jetzt bin ich wirklich erleichtert. Um ehrlich zu sein, ich hatte schon fast an meinem Verstand gezweifelt.«

»Das gehört zu einer Überraschung dazu. Aber jetzt komm. Oder bist du gar nicht neugierig?«

»Und ob ich neugierig bin!«

Laura stieg aus dem Wagen und folgte Geraldine zu dem Hotel. Während der Kies unter ihren Sohlen knirschte, kam ihr plötzlich eine Idee. Wenn Geraldine ihr wirklich eine Freude machen wollte, konnte es nur eine Überraschung geben. Sie hatte Harry in das Hotel bestellt! Harry liebte Überraschungen über alles, und bevor sie in den Pyrenäen losgefahren waren, hatte Geraldine noch mal telefoniert ... Eilig lief Laura die Treppe hinauf. Sie konnte es gar nicht erwarten, dass Geraldine ihr Geheimnis lüftete.

»Womit kann ich Ihnen dienen?«, fragte die Dame an der Rezeption in fließendem Englisch.

»Bitte melden Sie uns Dr. Gonzáles«, antwortete Geraldine. »Wir werden erwartet. Geraldine Yarrow und Laura Paddington.«

Dr. Gonzáles – was für eine gerissene Tarnung! Während Laura so tat, als würde sie auf das Täuschungsmanöver hereinfallen, hielt sie Ausschau nach Harry. Der falsche Doktortitel war sicher seine Idee, eitel wie er war. Das Hotel jedenfalls war ganz nach seinem Geschmack – ein Prachtbau aus Gold und Spiegeln und Marmor! Nur die Gäste waren komisch. Im Foyer schlurften furchtbar viele alte Leute herum, manche sogar in Bademänteln und Pantoffeln. Sie passten eher in ein Altersheim als in ein Grandhotel.

»Mr. Paddington hat der Klinikleitung unser Kommen telefonisch angekündigt«, erklärte Geraldine der Empfangsdame.

»Was redest du da von meinem Vater?«, fragte Laura. »Ist der etwa auch hier? Und weshalb Klinikleitung? Sind wir in einem Krankenhaus?«

»Ja sicher, was dachten Sie denn?«, erwiderte die Empfangsdame. »Ah, da kommt Dr. Gonzáles ja schon!«

Laura blickte in die Richtung, in die die Empfangsdame zeigte. Aus einem Seitengang kam ein hagerer, weißhaariger Mann mit Hornbrille und Arztkittel auf sie zu. Doch trotz der Verkleidung erkannte Laura ihn sofort. Seine Augen hinter den dicken Brillengläsern verrieten ihn.

Der Mann war kein Arzt, der Mann war Alexander Lubbers: der Mann mit den Hundeaugen – der Herr im Haus der Angst.

13

Harry versuchte zu malen, doch das Glockengebimmel der Kühe, die auf der Wiese unter seinem Fenster weideten, raubte ihm den Verstand. Lulu hatte ihm Unterschlupf in einer Berghütte verschafft, ein paar Kilometer flussaufwärts der Ardèche. Seit einer Woche hauste er schon hier oben, abgeschieden von der Welt, auf die er aus solcher Höhe herabblickte, dass Sainte-Odile sich wie ein Spielzeugdorf im Tal verlor. Einmal am Tag kam Lulu zu ihm herauf, um ihn mit allem zu versorgen, was er zum Leben brauchte. Sogar Leinwand und Pinsel und Farben hatte sie ihm gebracht, damit er in seinem Versteck malen konnte.

»Warum hast du nicht auf mich gewartet? Hast du denn nicht gewusst, dass ich zurückkomme?«

Schwarz schimmerten Lauras Augen im Morgenlicht. Um die Einsamkeit zu bekämpfen, hatte Harry ein Bild angefangen. Splitternackt stand seine Geliebte da, eine Braut, die auf ihre Einkleidung wartete. Während ein reiherköpfiger Zeremonien-Dada ihr einen roten Straußenumhang um die Schultern legte, vergoss zu ihren Füßen ein gnomgesichtiger Zwergen-Dada bittere Tränen. War der Liebespfeil in der Hand des Reihers für immer zerbrochen? Jeden Tag, wenn Lulu ihn in seiner Hütte besuchte, hoffte Harry auf eine Nachricht von seiner Windsbraut, auf einen Anruf oder Brief, damit er wusste, dass sie noch am Leben war, dass sie ihn immer noch liebte, dass sie ihn genauso vermisste wie er sie. Doch jeden Tag schüttelte Lulu ihren grauen, zotteligen Kopf, und mit jedem Tag, den er ohne Nachricht blieb, vermehrten sich seine Sorgen wie auch seine Schuldgefühle. Lulu hatte ihm erzählt, wie sehr Laura gelitten hatte, nachdem er von den Soldaten verschleppt worden war. Genauso wie damals in Paris.

»Schau mich nicht so vorwurfsvoll an. Ich konnte nicht weg, sie haben mich festgehalten. Und bevor du wieder mit Paris anfängst – du hast gewusst, dass ich kein Heiliger bin!«

Die Vorstellung, dass sie jetzt irgendwo in Spanien herumirrte, irgendwo zwischen den Fronten der Faschisten und der Republikaner, war noch schlimmer als draußen das Gebimmel der Kühe. Er musste fort von hier, er musste nach Spanien, nach Lissabon, wo Laura auf ihn wartete, sonst würde er verrückt ... Aber wie sollte er das tun? Ohne Pass und ohne Geld war er in seiner Hütte gefangen. Während ihn ein unerträgliches Verlangen nach seiner Windsbraut überkam, übermalte er ihr Gesicht mit einer Maske aus roten Straußenfedern. Er hielt ihren Blick nicht länger aus, so wenig wie seine Liebe.

»Bist du deshalb abgehauen? Aus Rache für Paris?«

Ein kleiner, böser Gedanke kroch durch die Windungen seines Gehirns, um sich in seiner Seele einzunisten. Lulu hatte ihm erzählt, dass Laura seinen Pass mit nach Spanien genommen hatte. Vielleicht hatte sie das nur getan, damit er hier festsaß und sie nicht suchen konnte. Weil sie gar nicht wollte, dass er sie wiederfand ... Weil sie sich vor ihm aus dem Staub gemacht hatte ... Weil sie ihn nicht mehr liebte ... Je länger Harry darüber nachdachte, umso mehr fühlte er sich im Stich gelassen. Warum sonst hätte sie das Zauberhaus verkaufen sollen? Das war doch der Beweis, dass sie nichts mehr von ihm wissen wollte! Oder war alles nur so gekommen, weil jemand Dada seiner Macht beraubt hatte?

Harry wusste es nicht. Und es gab keine Möglichkeit, sich Gewissheit zu verschaffen.

»Kann ich reinkommen?«

Lulu stand in der Tür. In der Hand hielt sie einen Brief. »Post für dich.«

»Von Laura?« Harry riss ihr den Brief aus der Hand.

Lulu schüttelte den Kopf. »Aus Amerika.«

Mit dem Finger schlitzte er den Umschlag auf. Wenn schon keine Post von Laura, dann wenigstens von seinem Sohn.

»Pepe wollte den Brief gar nicht rausrücken«, sagte Lulu. »Postgeheimnis – hat er auf einen Bierdeckel geschrieben. Weil ja Lauras Name draufsteht. Ich hab ihm erklärt, ich würde den Brief für sie aufbewahren. Drei Cognac musste ich ihm spendieren.«

Ungeduldig faltete Harry den Bogen auseinander. Hatte sein Sohn ihren Notruf bekommen? Gab es Hilfe aus Amerika? Während Lulu irgendwelchen Tratsch aus dem Dorf erzählte, überflog er die Zeilen. Tatsächlich, Bobby hatte eine Möglichkeit entdeckt, wie Harry vielleicht aus Frankreich herauskommen konnte – ganz offiziell und ohne Gefahr. Eine Organisation in Marseille, American Rescue Committee mit Namen, habe es sich zur Aufgabe gemacht, wichtige europäische Künstler vor den Nazis zu retten. William Dry heiße der Mann, der die Organisation leite, ein Journalist. An den solle Harry sich wenden.

»Du könntest einen Kalender gebrauchen«, sagte Lulu. »Damit du hier oben die Zeit nicht vergisst. Soll ich dir einen besorgen?«

Harry gab keine Antwort. Während draußen die Kuhglocken läuteten, starrte er ungläubig auf den Brief.

War das die Chance, seine Windsbraut wiederzufinden?

14

Zwei Männer in weißen Kitteln nahmen Laura in ihre Mitte und führten sie eine Treppe hinunter. Geraldine folgte ihnen nach.

»Was haben sie mit mir vor?«, fragte Laura.

»Du musst keine Angst haben. Man wird hier für dich sorgen.«

»Du hast mich belogen! Das ist gar kein Hotel! Das ist das Haus der Angst!«

»Bitte, Laura, beruhige dich. Hier sind alle nur dazu da, dir zu helfen. Damit es dir wieder besser geht.«

»Wo ist Lubbers? Wo hat er sich versteckt?«

»Dr. Gonzáles wartet in seinem Sprechzimmer. Er ist ein hervorragender Arzt. Der beste in ganz Spanien. Deine Eltern haben Himmel und Hölle in Bewegung gesetzt, damit er sich um dich kümmert.«

»Lubbers ist kein Arzt. Er ist der Feind. Er will die ganze Welt regieren!«

Laura hielt sich mit beiden Händen am Geländer fest, doch die weißen Männer zerrten sie weiter. Am ganzen Körper zitternd vor Angst, stolperte sie die Stufen hinunter. Am Fuß der Treppe erstreckte sich ein fensterloser Gang, der von künstlichem Licht erleuchtet wurde. Einer der Männer öffnete eine Tür. Laura griff nach Geraldines Hand.

»Bitte, lass mich nicht allein! Du darfst mich nicht allein lassen!«

Ihre Freundin machte einen Schritt zurück. Als wäre dies ihr Zeichen, stießen die weißen Männer Laura in den Raum und schlossen die Tür hinter ihr zu. Der Raum war ebenfalls ohne Fenster. Trotzdem war es darin heller als draußen in der Sonne.

»Seien Sie herzlich willkommen, Miss Paddington.«

Am Schreibtisch saß Lubbers. Eine unreine Macht ging von ihm aus. Um sich zu tarnen, trug er immer noch den weißen Kittel und die dicke Hornbrille. Warum tat er das? Wusste er nicht, dass er sie nicht täuschen konnte? Wie durch zwei Brenngläser trafen sie die Blicke aus seinen Hundeaugen und brannten auf ihrer Haut.

Laura spürte, wie sich der Klumpen in ihrem Leib bewegte.

Plötzlich zerstob ihre Angst. Die Macht kehrte zu ihr zurück.

»Was wollen Sie von mir?«, fragte sie scharf.

»Ich soll Sie von Ihrer Frau Mutter grüßen. Ich habe vor einer halben Stunde mit ihr telefoniert.«

»Meine Mutter ist die Frau des Teufels.«

»Interessant.« Lubbers machte sich eine Notiz. »Darf ich Sie fragen, woher Sie gerade kommen?«

»Aus dem Zauberhaus.«

»Und – war es da schön?«

»Ich darf darüber nicht reden. Die Schutzgötter haben es mir verboten.«

»Natürlich.« Wieder kritzelte Lubbers ein paar Worte auf seinen Block. »Ich würde Sie gern in Ihrem Zauberhaus besuchen«, sagte er dann. »Vielleicht auf ein Glas Wein? Damit die Schutzgötter sehen, dass ich in guter Absicht komme.«

»Ah, Sie wissen von unserem Wein?« Laura schüttelte den Kopf. »Kommt nicht infrage. Von dem Wein dürfen nur der Große Zauberer und seine Windsbraut trinken.«

»Ich verstehe. In dem Fall würde ich selbstverständlich eine Flasche eigenen Wein mitbringen, wenn Sie gestatten. – Aber was haben Sie?«, unterbrach er sich. »Sie sind ja ganz blass!«

Laura zeigte auf die gläserne Blumenvase, die vor ihm auf dem Schreibtisch stand. Die Vase war rot von Blut. Entsetzt ließ sie den Arm sinken und fasste sich an den Bauch.

»Jetzt weiß ich, was Sie wollen!« flüsterte sie. »Sie wollen mein Kind! Sie wollen mein Kind umbringen!«

Lubbers nahm seine Brille ab und lächelte sie an. Es war, als hätte er eine Maske abgenommen. Während aus seiner Stirn zwei Hörner wuchsen, schimmerte durch das falsche Grinsen sein wahres Gesicht hindurch, wie ein Palimpsest durch eine Übermalung. Die Erkenntnis traf Laura wie ein Stromstoß: Deshalb hatte er mit ihrer Mutter gesprochen – Lubbers war ihr Vater! Mit einem Schrei fuhr sie zur Tür herum. Sie musste diesen Raum sofort verlassen! Aber sie war noch keinen Schritt in Richtung Tür gekommen, da packte sie einer der weißen Männer und drehte ihr beide Arme auf den Rücken.

»Soll ich?«, fragte der andere weiße Mann.

Ihr Vater nickte. Laura riss sich los und schleuderte dem Teufel ihre Puppe ins Gesicht. Im selben Moment fiel der andere weiße Mann über sie her und warf sie zu Boden. Mit Händen und Füßen setzte sie sich zur Wehr, sie schlug um sich und trat, sie kratzte, biss und schrie. Doch vergebens – wie in einem Schraubstock saß sie fest. Während einer der Männer ihren Kopf zu Boden drückte, beugte sich der andere mit einer Spritze über sie und stieß ihr die Nadel in den Schenkel.

»Das wird sie zur Besinnung bringen.«

Laura tobte und kreischte. Wo war ihre Macht geblieben? Durch die Beine ihres Peinigers sah sie ihren Vater. Mit verschränkten Armen saß er auf der Schreibtischkante und weidete sich an ihrem Anblick. Während er ihr zulächelte, leckte ein schwarzer Hund ihr übers Gesicht. Sie wollten eine Geburt einleiten! Damit sie ihr Kind verlor! Laura knurrte und bellte, doch der Köter wich nicht vom Fleck. Als sie den Atem des Tieres roch, wurde ihr übel, und alles begann sich zu drehen. Obwohl der Mann ihren Kopf immer noch zu Boden hielt, gelang es ihr, sich eine Hand vor den Mund zu pressen. Jetzt nur nicht kotzen! Wenn sie kotzte, würde sie ihr Kind verlieren.

»Zieht sie aus!«

Das war die Stimme ihres Vaters. Laura fühlte tausend Hände an ihrem Körper. Sie biss in einen Arm, der Mann sprang zur Seite, und für einen Moment war sie frei. Doch bevor sie wegrennen konnte, fasste der Mann sie an den Armen, und während er sie an den Handgelenken festhielt, riss der andere ihr die Kleider vom Leib. Laura schlug um sich, trat mit den Füßen nach ihren Peinigern. Doch die Macht hatte sie verlassen. Die Männer packten sie an Armen und Beinen, nackt flog sie in die Höhe und landete auf einem Bett. Lederriemen schlangen sich um ihren Körper und schnitten in ihr Fleisch.

Keuchend lag sie da und hörte ihren Atem. Was würde jetzt geschehen? Würden sie ihr das Kind aus dem Leib reißen?

Während das Gift in ihren Adern zu wirken begann, starrte sie auf die blutenden Blumen. Ein Wind erhob sich und brauste ihr in den Ohren. Plötzlich ein Knacken, ohnmächtig spürte sie, wie ihre Schädeldecke Risse bekam. Motoren dröhnten heran. Ein Lastwagen fuhr durch den Raum, von der Ladefläche hingen die Arme und Beine der Leichen herunter. Während eine Herde schwarzer Rösser über die Särge am Straßenrand galoppierte, wuchs aus dem Boden ein Urwald hervor. Nachtvögel hockten in den Kronen der Bäume und breiteten ihre Schwingen aus. Im Unterholz hockte ein Kobold, er hielt ein Baby im Arm und plauderte mit einem Schaukelpferd. Der schwarze Hund bellte einen Walzer, zwischen zwei Bäumen trat der Teufel hervor und forderte einen Rauschgoldengel zum Tanz auf. Zusammen mit einer Elfe drehten die zwei sich im Kreis. Laura wollte mit ihnen tanzen, wenn sie mit ihr tanzten, würden sie ihr das Kind lassen. Doch sie schaffte es nicht, ihre Arme und Beine waren festgeschnallt. Verzweifelt warf sie sich hin und her.

»Gebt ihr noch eine Spritze!«

Wieder fühlte Laura den Stich, diesmal in ihrem Arm. Heiße Lava schoss ihr in die Glieder, ein Blitzgewitter illuminierte ihr Inneres wie ein Feuerwerk die dunkle Nacht. Dann brach die Finsternis über ihr zusammen. Nur zwei große traurige Augen schauten sie an. Sie kannte die Augen, sie gehörten ihrem Schaf. Blut strömte aus der durchgebissenen Kehle auf ihren Leib, auf ihr Gesicht und drang in ihren Mund. In einem Schwall erbrach sie sich. Sie kotzte sich die Seele aus dem Leib, fast erstickte sie an ihrem Erbrochenen. Ihr Vater stieß mit dem Fuß das tote Schaf beiseite.

»Wie kann eine so schöne Frau so hässliche Dinge tun?«

Warm lief die Feuchtigkeit an ihren nackten Schenkeln herab. Laura öffnete die Augen. Vor ihr stand Harry. Er hatte sich verkleidet wie die anderen. Wie Lubbers und ihr Vater trug er einen weißen Kittel und eine Hornbrille.

»Eine so schöne Frau«, wiederholte er, »und so hässliche Dinge.«

»Bitte hilf mir!«, flüsterte sie und streckte die Arme nach ihm aus. »Wir müssen unser Baby retten.«

Eine lange Weile sezierte er sie mit seinem Blick. »Tut mir leid«, sagte er schließlich. »Ich habe zu tun.«

Angewidert schüttelte er den Kopf. Dann wandte er sich zur Tür und ging hinaus, gefolgt von dem schwarzen Hund.

15

Post – Post aus Marseille!

»Nun?«, fragte Lulu. »Kommst du raus aus Frankreich? Damit du endlich zu deiner Laura kannst?«

»Moment«, sagte Harry, »ich habe noch nicht fertig gelesen.«

Vor fünf Minuten hatte Lulu ihm den Brief gebracht, zusammen mit einem Abreißkalender, auf dem ein Foto von Maréchal Pétain prangte. Während sie den Kalender an einem Nagel aufhängte, las Harry das ersehnte Schreiben. William Dry, der Leiter des *American Rescue Committee* in Marseille, hatte tatsächlich geantwortet. Und er stellte sogar eine Lösung in Aussicht: Dry kannte eine reiche amerikanische Kunstliebhaberin, die schon für eine ganze Reihe verfolgter Künstler gebürgt und ihnen die Überfahrt nach Amerika ermöglicht hatte. Wahrscheinlich würde sie auch Harry helfen, wenn er sie darum bäte. Sie halte sich zurzeit in Südfrankreich auf, um sich um die Verschiffung ihrer Kunstsammlung in die USA zu kümmern.

Als Harry ihren Namen las, stieß er einen Fluch aus: »Ausgerechnet!«

»Schlechte Nachrichten?«, wollte Lulu wissen.

»Wie man's nimmt.« Harry ließ den Brief sinken. Dann sagte er: »Ich brauche deinen Rat als Frau. Wie würdest du reagieren, wenn ein Mann dir heute sagt, du hättest keinen Geschmack, und dich morgen bittet, für ihn zu kochen. Würdest du ihm verzeihen und ihm trotzdem was zu essen geben?«

Lulu grinste ihn mit ihren braunen Zahnstumpen an. »Nur wenn er gut aussieht und bereit ist, mit mir zu schlafen.«

»Nein, im Ernst«, erwiderte Harry. »Es gibt eine Amerikanerin, die Leute wie mich unterstützt. Das Schlimme ist nur – sie kennt mich!«

»Dann wäre die erste Bedingung ja erfüllt. Und die zweite wahrscheinlich auch.«

»Mir ist jetzt nicht nach Witzen zumute! Diese Amerikanerin wollte in Paris mal ein Bild von mir kaufen. Aber ich habe mich über sie lustig gemacht, und am Ende war sie stinksauer. Die wird einen Teufel tun und mir helfen!«

Lulu dachte nach. »Hat sie trotzdem ein Bild gekauft?«, fragte sie.

»Ja«, sagte Harry. »Aber nicht von mir, sondern von Laura.«

»Das ist ein gutes Zeichen!«, erklärte Lulu.

»Wie bitte?«

»Natürlich! Sie wollte dir eins auswischen! Also mag sie dich!« Als Lulu sein dummes Gesicht sah, nahm sie seinen Kopf zwischen die Hände und drückte ihm mit ihren feuchten Lippen einen Kuss auf die Stirn. »Ach Harry, du hast ja keine Ahnung, wie sehr die Weiber dich lieben. Setz dich hin und schreib ihr. Ich bin sicher, sie wird dir helfen.«

16

Die beiden weißen Männer brachten Laura in einen hell erleuchteten Raum, der nur aus weißen Kacheln bestand. Inzwischen kannte sie ihre Namen, sie hatten ihr täglich zu essen und außerdem Spritzen gegeben, während sie auf dem Bett festgebunden war. Der eine hieß Jesús und führte das Kommando. Der andere hieß Santos und gehorchte. Beide waren sie Diener im Haus der Angst.

»Wo ist Harry?«, fragte Laura.

Die zwei kümmerten sich nicht um sie. Als wäre sie ein Gegenstand, setzten sie sie auf einen weiß gekachelten Sockel und rauchten eine Zigarette.

»Sie hat sich von oben bis unten vollgeschissen«, sagte Santos. »Bis zum Hals, wie ein Baby. Warum lassen wir sie eigentlich nie aufs Klo?«

»Anordnung von Dr. Gonzáles«, erwiderte Jesús. »Je länger sie in ihrer eigenen Scheiße liegen, umso zahmer werden sie.«

»Dr. Gonzáles hat gut reden. Er muss die Schweinerei ja nicht wegmachen.«

Jesús machte einen Zug an seiner Zigarette und zuckte die Schulter. »Das ist Psychologie, davon hab ich keine Ahnung.«

Laura staunte, wie ungeniert die beiden in ihrer Gegenwart miteinander sprachen. Wahrscheinlich glaubten sie, sie würde sie nicht verstehen. Aber da täuschten sie sich. Sie verstand fast jedes Wort. Sie hatte als junges Mädchen ein Jahr lang in Florenz gelebt, und Spanisch war nur eine Abart des Italienischen. Nur wusste sie nicht, was der heimliche Sinn der Botschaften war. Vermutlich enthielten sie Anordnungen des Feindes. Damit er in Ruhe die Welt regieren konnte.

»Stecken wir sie gleich in die Wanne, oder soll sie erst unter die Dusche?«

»Am besten, wir nehmen den Schlauch und spritzen sie ab.«

Laura horchte auf. Meinten sie mit »Spritzen« das Zeug, das sie ihr gaben, wenn sie das Essen brachten? Das Essen war ungenießbar, sie rührte es nicht an, aber vor den Spritzen hatte sie keine Angst. Im Gegenteil. Die Spritzen beflügelten ihren Geist. Sie konnte dann Dinge sehen, die andere nicht sehen konnten. Ideen für Bilder, die sie malen würde, wenn Harry endlich Zeit hatte und sie befreite.

»Ziehst du sie aus oder ich?«

»Ich schlage vor, wir werfen eine Münze.«

Jetzt hatten sie sich verraten! Eine Münze bedeutete Geld! Laura musste sich beherrschen, um sich ihren Triumph nicht anmerken zu lassen. Sie fragte sich nur, woher sie Jesús kannte. Irgendwo hatte sie sein hübsches Bauerngesicht mit den roten Wangen schon mal gesehen.

»Kopf oder Zahl?«

Santos warf gerade eine Münze in die Luft, da ging die Tür auf, und herein kam Harry. Im selben Moment wurde Laura bewusst, dass sie unter ihrem Umhang nackt war. Ihr ganzer Körper brannte plötzlich vor Lust. Sie sprang auf und lief auf ihn zu. Seit der Zeugung ihres Kindes hatte Harry sie nicht mehr berührt. Obwohl die Lust sie fast zerriss, begrüßte sie ihn mit einem Hofknicks, wie sie ihn für den Debütantinnenball gelernt hatte.

»Sei willkommen, mein Erlöser.«

Als sie sich wieder aufrichtete, erwiderte Harry ihren Blick. Trotz der dicken Brillengläser sah sie, dass seine Augen fast aus ihren Höhlen sprangen. Kein Zweifel, er war genauso erregt wie sie.

»Komm zu mir, mein Zauberer. Ich habe dem Himmel diese Stunde für uns gestohlen.«

Mit beiden Händen riss sie sich den Umhang vom Leib. Während seine Augen größer und größer wurden, wich Harry vor ihr zurück.

»Rühren Sie mich nicht an!«

»Du brauchst dich nicht zu verstellen! Ich sehe doch, wie sehr du mich begehrst!«

»Keinen Schritt näher!«

Harry rang sichtlich um Fassung. Dann ging ein Ruck durch seinen Körper, und er richtete seine Augen auf sie. Laura spürte ihre Kraft. So hatte ihr Vater sie immer angeschaut, wenn sie als Kind ungezogen gewesen war. Dieser Blick war eine Mauer. Es war unmöglich, ihn zu durchbrechen.

»Ich denke, wir sollten Sie zuerst waschen«, sagte er.

»Und dann schläfst du mit mir, mein Geliebter?«

Traurig schüttelte er den Kopf. »Ich bin Ihr Arzt, Miss Paddington. Nicht Ihr Geliebter!«

»Warum lügst du mich an? Glaubst du wirklich, du kannst mich täuschen?«

»Sie sind krank. Sie brauchen Hilfe.«

»Oder schämst du dich, weil wir Zuschauer haben? Das brauchst du nicht! Wir zwei sind unsichtbar. Nur der Himmel kann uns sehen.«

Wieder schüttelte Harry den Kopf. »Arme, kranke Miss Paddington«, sagte er leise.

Dabei zog er ein so schmerzliches Gesicht, dass ihr Herz sich zusammenkrampfte, und die Lust, die gerade noch in ihr gebrannt hatte, wich der abgrundtiefen Trauer, die aus seinen Augen in ihre Seele sank. Nein, Harry konnte sie nicht täuschen, sosehr er es auch versuchte. Sie kannte ihn viel zu gut und wusste, dass er sie nur belog, um sie zu schonen. Er litt genauso wie sie, vielleicht sogar noch mehr. Sie sah es an seinem Gesicht. Er schaffte es nicht, mit ihr in den Himmel zu fliegen.

»Warum, Harry? Warum quälst du dich? Hat der Feind dir verboten, mich zu berühren?«

»Welcher Feind?«

»Der Herr im Haus der Angst!« Sie griff nach seiner Hand, doch wieder wich er vor ihr zurück.

»Sollen wir ihr eine Injektion geben, Dr. Gonzáles?«

Laura drehte sich um. Mit der Spritze in der Hand kam Jesús auf sie zu. Auf einmal wusste sie, wer er war. Sie hatte ihn nur nicht erkannt, weil er sonst statt eines weißen Kittels immer eine blaue Uniform trug.

»Pepe?«, fragte sie verwundert. »Wo kommst du denn her?«

Er gab ihr eine Antwort, die sie nicht verstand. Obwohl sie neugierig war, weshalb er plötzlich reden konnte, ließ sie ihn stehen. Sie hatte keine Zeit für ihn. Sie musste Harry aus seinem Bann erlösen.

»Warum hast du keinen Mut? Die Schutzgötter passen auf uns auf. Ich bin doch deine Windsbraut! Und du bist der Große Zauberer! Niemand kann uns etwas tun!«

»Was sind Sie? Eine Windsbraut?« Harry schien so verwirrt, als höre er den Namen zum ersten Mal.

»Ja, mein Geliebter! So hast du mich doch immer genannt! Wie kannst du das nur vergessen? Aber warte! Ich kann es dir beweisen!« Sie riss Pepe die Spritze aus der Hand und stach sich die Nadel in den Bauch. »Ich bekomme ein Kind von dir! Seit Monaten trage ich es in mir, für dich! Aber jetzt lasse ich es frei! Gleich kannst du es sehen!«

Sie packte die Spritze mit beiden Händen, um sie sich ein zweites Mal in den Bauch zu stoßen. Doch während sie ausholte, traf sie von der Seite ein Wasserstrahl, so hart und unverhofft, dass sie gegen die Wand taumelte. Wie ein Blitz durchzuckte sie der Schmerz. Während sie zu Boden sank, sah sie zwei kalte, stechende Augen. Ungläubig schaute sie ihn an.

»Hast du den Befehl gegeben, Harry?«

Ohne den Blick von ihr zu wenden, nickte er, das Gesicht undurchdringlich wie eine Wand. Laura fröstelte. Plötzlich war es ganz kalt in dem Raum, so kalt wie am Nordpol, und während Pepe sich über sie beugte, um ihr die Spritze aus der Hand zu nehmen, gefror Harry vor ihren Augen zu Eis.

»Was soll ich tun, damit du mich liebst?«, flüsterte sie. »Soll ich mich umbringen für dich?«

Er versuchte, seine Lippen zu bewegen, doch sie rührten sich nicht. Nur ein eisiger Hauch entwich seinem Mund. Obwohl sie seine Stimme nicht hören konnte, wusste sie doch, welche Antwort er gab.

»Ja«, sagte er.

17

Die Zeit, die nun anbrach, war für Harry ein einziges Martyrium. Allein Maréchal Pétain, von dessen Kalender er jeden Morgen ein Blatt abriss, konnte erahnen, welche Qualen er in der Einsamkeit seiner Berghütte durchlitt. Noch bevor Lulu sich auf den Weg zurück ins Dorf gemacht hatte, war Harry ihrem Rat gefolgt und hatte einen Brief nach Marseille geschrieben, in dem er Debbie Jacobs um ein Ticket für die Überfahrt nach Amerika, die Bürgschaft für ein Visum sowie um ein paar Hundert französische Francs zur Deckung seiner Reise- und Lebenskosten bat. Um ihr den Ernst seiner Lage zu verdeutlichen, hatte er ihr mitgeteilt, dass er nicht nur vollkommen mittellos sei, sondern dass ihn auch seine Windsbraut verlassen habe.

Zwar dauerte es nur wenige Tage, bis Debbie Jacobs reagierte, doch für die Beleidigung, die er ihr vor Jahren zugefügt hatte, ließ sie ihn zappeln. Statt einfach seine Bitte zu erfüllen, wie er wider alle Vernunft gehofft hatte, verknüpfte sie die Zusage ihrer Unterstützung mit einer Bedingung. Freiheit gegen Kunst – so lautete das Geschäft. Doch auf jeden Entwurf für ein Gemälde, den er ihr schickte, reagierte sie mit Kritik und verlangte einen weiteren Vorschlag. Harry verfluchte die Arroganz, mit der er diese Frau in seinem Atelier behandelt hatte. Würde sie ihm jemals verzeihen? Um sich der Folter des Wartens zu entziehen, malte er für sich selber ein Bild, das sein ganzes Elend zum Ausdruck brachte und zugleich das Elend seiner Zeit: eine Landschaft, die von Verwüstung und Tod gezeichnet war – *Nach dem großen Regen.*

Zwei endlose Monate vergingen, bis Debbie Jacobs ihn aus seiner Ungewissheit erlöste. Statt bis in alle Ewigkeit Briefe zu wechseln, so ihr plötzlicher Bescheid, solle Harry lieber nach Marseille kommen und möglichst viel Material mitbringen. Sie werde dann vor Ort die Bilder aussuchen, die sich für ihre Sammlung eigneten. Was im Gegenzug ihren Teil des Handels beträfe, so habe sie schon alles vorbereitet. Seine Flucht aus Europa solle via Lissabon erfolgen.

»Hab ich's nicht gesagt?«, triumphierte Lulu.

Harry schloss die Augen und küsste den Brief. »Lissabon …«

Der Name berührte ihn wie die Verheißung eines Glücks, das er fast schon verloren geglaubt hatte. In Lissabon würde er Laura wiederfinden. Zusammen würden sie ein Schiff besteigen, um nach Amerika zu fahren, ins gelobte Land.

»Noch eine Kleinigkeit«, sagte Lulu. »Wie willst du nach Portugal kommen ohne Pass?«

»Ach du Scheiße!«, rief Harry. »Daran habe ich gar nicht gedacht!«

»Was hast du eigentlich im Kopf? Nur deine Urwälder und Kobolde?« Verärgert schüttelte Lulu ihre grauen Zotteln. »Meinst du, ich könnte dich hier ewig verstecken?«

»Man könnte fast glauben, du willst mich loswerden«, schnaubte Harry.

Beleidigt kehrte er ihr den Rücken zu. Von der Wand blickte Maréchal Pétain auf ihn herab. Der alte General sah so freundlich und gütig aus in seiner goldbetressten Uniform – kein Mensch würde glauben, dass er mit dem Teufel paktierte. Und doch hatte er seinem Freund Adolf Hitler versprochen, auf Verlangen jeden Deutschen auszuliefern.

Warum hatte Laura nur seinen Pass mitgenommen?

Plötzlich hatte Harry eine Idee.

»Irgendwie schwant mir was von einem Sou-Präfekten in Ucel, der um ein paar Ecken herum verwandt ist mit Florence.«

»Wer zum Kuckuck ist Florence?«, fragte Lulu.

»Eine frühere Frau von mir. Ihr Vater ist ein hohes Tier bei der Pariser Polizei. Habe ich dir nie von ihr erzählt?«

»Oh Harry, du und die Weiber!« Mit einem Grinsen tätschelte Lulu seine Wange. »Ich schätze, das ist ein Fall für Maître Simon.«

18

Mit einem wunderbar leichten Gefühl wachte Laura auf. Sie hatte geträumt, sie sei ein Wildpferd und galoppiere über eine Frühlingswiese. Mit geschlossenen Augen blieb sie liegen, um den Nachklang ihres Traums noch eine kleine Weile zu genießen. Es musste Sonntag sein. Von draußen drangen Glockenläuten und Hufgetrappel herein, es roch nach frisch gewaschener Wäsche, und ein lauer Wind strich über ihr Gesicht, der in ihr eine ungeheure Sehnsucht weckte. Eine Sehnsucht nach Sauberkeit.

Plötzlich hörte sie ein leises Schluchzen. Sie öffnete die Augen. An ihrem Bett saß eine Frau und weinte.

»Geraldine?«

Mit verheultem Gesicht schaute ihre Freundin auf. »Habe ich dich geweckt?«

Laura wollte sich aufrichten, aber es ging nicht. Sie war mit Lederriemen an ihrem Bett festgebunden.

»Wo bin ich?«

»Weißt du das nicht?« Geraldine zog ein Taschentuch aus dem Ärmel und trocknete sich die Tränen. »Du bist in der Klinik von Dr. Gonzáles, in San Sebastian.«

»Ich bin in einer Klinik? Seit wann?«

»Seit fast einem Vierteljahr.«

»Hier? In diesem Zimmer? Die ganze Zeit?«

Laura schaute sich um. War das wieder eins von Geraldines Täuschungsmanövern? Sie selber hatte den Raum in ganz anderer Erinnerung. Es war ein fensterloser, weiß gekachelter Keller gewesen, der erfüllt war von künstlichem Licht. Ihr jetziges Zimmer sah aus wie in einem billigen Hotel. Außer einem Kleiderschrank aus lackiertem Holz sowie dem Nachttisch und dem Stuhl, auf dem ihre Freundin saß, gab es keinerlei Möbel. Nicht mal Bilder hingen an der Wand. Der einzige Ausblick war ein vergittertes Fenster, das auf einen Park hinausging.

»Ich habe Hunger«, sagte sie. »Gibt es hier Zimmerservice oder muss ich zum Frühstück ins Restaurant?«

Geraldine zog schniefend die Nase hoch. »Ach Laura«, sagte sie mit einem Lächeln, »du kannst dir gar nicht vorstellen, wie schön das ist, dich wieder so vernünftig reden zu hören.«

»Erzähl mir, was passiert ist«, sagte Laura »Warum hat man mich angebunden?«

»Wo soll ich anfangen?« Geraldine steckte ihr Taschentuch ein. »Weißt du noch, wie wir hier angekommen sind? Aus Sainte-Odile? Du dachtest, es wäre dein Geburtstag, und wir würden hier …«

»Das habe ich gar nicht gedacht«, fiel Laura ihr ins Wort. »Das hast *du* damals behauptet. Aber du hast mir die Unwahrheit gesagt, es war nicht der 3. Mai. Das hatte ich gleich gespürt. Das Wetter war viel zu warm.«

»Was … was sollte ich denn tun?« Geraldine zog wieder ihr

Gouvernantengesicht. »Wenn du dich selber gesehen hättest in all den Wochen. Du warst nicht mehr du selbst! Völlig außer Rand und Band bist du gewesen! Mal hast du gewiehert wie ein Pferd, dann hast du gebellt und geknurrt wie ein Hund. Und geblökt hast du auch und wolltest unbedingt ein Schaf sein …« Plötzlich unterbrach sie sich. »Ich weiß gar nicht, ob ich dir das überhaupt erzählen darf.«

Laura zog ihre Hand zurück. »Soll das heißen – ich war krank?«

Geraldine nickte. »Dr. Gonzáles glaubt, du hast irgendeine seltene Psychose. Aber er ist nicht ganz sicher, was für eine. Er wusste manchmal nicht mehr, wie er mit dir fertig werden sollte. Ich habe ihn deshalb gebeten, noch einen Kollegen zurate zu ziehen, einen Spezialisten. Er soll heute kommen, um dich zu untersuchen.« Wieder fing sie an zu weinen. »Sie … sie haben es mit einer Schocktherapie probiert und dir andauernd Spritzen gegeben, Insulin heißt das Zeug. Weil du immer versucht hast, mit Dr. Gonzáles …« Sie sprach den Satz nicht zu Ende.

»Wer zum Teufel ist dieser Dr. Gonzáles?«, fragte Laura. »Und was habe ich mit ihm zu schaffen? Ich weiß doch gar nicht, wer das ist!«

Geraldine schaute sie mit tränenverschmiertem Gesicht an. »Kannst du dich denn an gar nichts mehr erinnern?«

Laura dachte nach. »Doch«, sagte sie dann, »an die Spritzen erinnere ich mich. Weiße Männer haben sie mir gegeben. Sie haben mir damit diese Bilder in den Kopf geschossen. Warum sind die weißen Männer nicht hier?«

»Meinst du die Wärter?«

»Du kannst sie nennen, wie du willst. Ich habe Pepe trotzdem erkannt.«

Geraldine gab keine Antwort. Laura stellte es mit Befriedigung fest. Offenbar begriff ihre Freundin endlich, dass die Täuschungsmanöver nicht mehr verfingen. Während Geraldine ihr Taschentuch hervorholte, um sich die Nase zu putzen, tastete Laura mit den Augen das Zimmer ab. Es musste doch irgendeinen Anhalt dafür geben, was sie hier die ganze Zeit getrieben hatte.

Plötzlich zuckte sie zusammen.

Auf der Marmorplatte ihres Nachttischs lag eine Puppe: Sie war aus rotem Stoff und hatte grüne Wollhaare. Wie ein böses Gift kehrte die Erinnerung zurück und machte sie so traurig, als hätte ihr Herz aufgehört zu schlagen.

»Harry war hier«, sagte sie. »Es war ein schlimmer Besuch.«

»Harry?«, wiederholte Geraldine.

»Stell dich nicht dümmer, als du bist! Du hast doch selbst dafür gesorgt, dass er kommt. Das war ja deine Überraschung. Zu meinem angeblichen Geburtstag.«

Geraldine machte ein Gesicht, als könne sie nicht bis drei zählen. »Du meinst, Harry war hier in der Klinik?«

»Wo denn sonst, wenn ich die ganze Zeit hier war?«

Laura wunderte sich, wie begriffsstutzig ihre Freundin manchmal sein konnte. Erst jetzt merkte sie, dass sie vollkommen nackt war. Aber was waren das für Punkte auf ihrer Haut? Ihr ganzer Körper war davon übersät – winzig kleine rote Punkte. Waren das Mückenstiche? Oder stammten sie von den Spritzen? Vorsichtig fasste sie sich an den Bauch. Gott sei Dank, das Kind war noch da. Obwohl sich nichts in ihrem Bauch regte, spürte sie den Klumpen ganz deutlich.

»Harry wollte unbedingt mit mir schlafen«, sagte sie. »Er war so verrückt nach mir, dass ihm fast die Augen aus den Höhlen gesprungen sind. Aber er hat sich nicht getraut. Aus Angst vor dem Feind.«

»Das kann nicht sein, Laura. Glaub mir! Harry ist nie hier gewesen. Das bildest du dir nur ein.«

»Wie kannst du das behaupten? Du warst doch nicht dabei! Du sagst ja selbst, dass du ihn nicht gesehen hast. Woher willst du es dann wissen?«

»Weil es die Wahrheit ist.«

Geraldine streckte den Arm nach ihr aus, wollte sie berühren.

Aber Laura spürte die unreine Macht, die von ihr ausging, und versteckte ihre Hände unter ihren Schenkeln. Niemand, der nicht rein war, durfte sie berühren!

»Das kommt alles nur von diesem Teufelszeug«, sagte Geraldine, »von diesem Insulin. Das gaukelt dir irgendwelche Sachen vor, die gar nicht existieren, während du glaubst, sie wären Wirklichkeit.«

»Unsinn, Geraldine. Harry war hier. Ich erinnere mich ganz genau.« Laura blies sich eine Haarsträhne aus der Stirn. »Ich wollte ihm unser Kind zeigen. Aber als ich versucht habe, es aus meinem Bauch zu holen, ist er zu Eis geworden. Außerdem hat er von mir verlangt, dass ich mich umbringe.« Als sie das erschrockene Gesicht ihrer Freundin sah, überwand sie ihre Trauer und warf Geraldine einen aufmunternden Blick zu. »Freust du dich denn gar nicht auf mein Kind? Du sollst doch seine Patentante werden.«

Geraldine erwiderte ihren Blick mit einem Lächeln. Doch Laura spürte, wie schwer ihr dieses Lächeln fiel. Es hielt sich keine zwei Sekunden auf ihren Lippen. Dann war es tot. Wie der Klumpen in ihrem Bauch.

»Wir müssen so bald wie möglich zurück nach England«, sagte Geraldine. »Dieses Leben bekommt dir nicht.«

»Du willst mich zu meinen Eltern bringen?« Laura war entsetzt. »Auf gar keinen Fall!«

»Ja natürlich zu deinen Eltern! Sie machen sich fürchterliche Sorgen. Außerdem – wohin willst du denn sonst?«

Laura dachte fieberhaft nach, wie sie ihrer Freundin diesen Plan austreiben konnte. England war das Königreich ihres Vaters! Und ihr Vater war Lubbers – der Feind, der die Welt regierte!

Es klopfte an der Tür.

»Herein!«, rief Geraldine.

Bevor Laura protestieren konnte, betrat ein Mann den Raum, den sie noch nie zuvor gesehen hatte. Er hatte grau gewelltes Haar, trug einen dunklen Straßenanzug und war ihr auf den ersten Blick sympathisch. Obwohl er mindestens so alt war wie Harry, gehörte er nicht zu den Vätern. Das erkannte sie an dem winzig kleinen Zwerg an seiner Hand, einem richtigen Däumling. Mit dem konnte man sich bestimmt über die Erwachsenen lustig machen.

»Miss Paddington?«, fragte der Mann.

»Ja«, sagte sie.

Plötzlich war sie so aufgeregt, dass sie keinen weiteren Ton mehr hervorbrachte. Sie hatte nur einen Gedanken. War der Tag des großen Saubermachens gekommen?

Mit einer Verbeugung stellte der Fremde sich vor. »Dr. Retroverria.«

Freundlich lächelte er ihr zu. Auch Laura versuchte zu lächeln. Dabei schaute er mit seinen grauen Augen direkt in ihre Seele.

»Ich glaube, Sie werden nicht mehr lange hier bleiben«, sagte er. »Wenn Sie erlauben?« Er trat an ihr Bett und löste die Riemen, mit denen sie festgebunden war. »Ab heute werde ich mich um Sie kümmern.«

19

Eine Blondine mit schwindelerregend hohen Absätzen und hinreißender Figur führte Harry zum Büro des Sou-Präfekten. Doch er war viel zu nervös, um ihre Vorzüge zu würdigen. Er war nicht mal imstande, das bezaubernde Lächeln zu erwidern, mit dem sie versuchte, ihn aus der Reserve zu locken. Wie gebannt starrte er auf den Namen, der in goldenen Lettern an der Tür geschrieben stand: *Maurice Philibert.*

Was würde passieren, wenn er diese Tür durchschritt? Würde er die Papiere bekommen, die er brauchte, um nach Lissabon zu fahren, zu Laura? Oder würde man ihn verhaften?

»Bitte treten Sie ein«, sagte die Blondine. »Sie werden erwartet!«

Auffordernd nickte sie ihm zu und klimperte dabei mit ihren langen, schwarzen Wimpern. Harry warf ihr einen entschuldigenden Blick zu. Dann rückte er seine Krawatte zurecht, räusperte sich und trat durch die Tür. Maître Simon hatte herausgefunden, dass der Sou-Präfekt ein Onkel zweiten Grades von Florence war. Für eine Spende von dreihundert Francs, angeblich zugunsten der Feuerwehr von Ucel, hatte er sich bereit erklärt, sich um den Fall zu kümmern.

»Wie viele Frauen haben Sie eigentlich schon auf dem Gewissen, Monsieur Winter?«

Harry sah zuerst nur einen leeren Schreibtisch und dahinter eine Wand mit der Trikolore sowie mehreren eingerahmten Fotos von Maréchal Pétain. Irritiert drehte er sich um. Monsieur Philibert kam hinter einem Paravent hervor, ein untersetzter Mann mit lichtem Haar, der kurz vor der Pensionierung stand. Offenbar hatte er sich gerade gewaschen, er trocknete sich noch die Hände.

»Ich habe mit Florence telefoniert«, sagte er, ohne Harry einen Platz anzubieten, und hängte das Handtuch an einen Haken. »Es ist eine Schande.«

»Oh, geht es ihr nicht gut?«, fragte Harry.

»Wundert Sie das? Nach allem, was Sie ihr angetan haben? Sie ist so verzweifelt, dass sie in ein Kloster gegangen ist. Eine Frau, die im Geist der Aufklärung erzogen wurde!«

Harry musste schlucken. Das war nicht gerade der Empfang, den er sich erhofft hatte.

»Ich kann Ihnen gar nicht sagen, wie leid mir das tut. Bitte richten Sie ihr meine allerherzlichsten Grüße aus. Allerdings, wenn ich das hinzufügen darf, sie hat schon früher ein erstaunlich reges Interesse an spirituellen Dingen gehabt.«

»Sparen Sie sich Ihr Geschwätz!«, fuhr Philibert ihm über den Mund. »Ich weiß, was für ein gewissenloser Kretin Sie sind. Von Ihnen aus könnte Florence verrecken, es würde Sie nicht die Bohne kümmern.« Er trat an einen Aktenschrank und betätigte das Schloss. Mit lautem Ratsch schnellte die Rolltür in die Höhe. »Ich wundere mich wirklich über Ihren Mut«, sagte er, während er nach einem Ordner griff. »Dass Sie es überhaupt wagen, hier aufzutauchen! Haben Sie noch nie etwas von Paragraf 19 des Waffenstillstandsvertrags gehört? Auslieferung auf Verlangen?«

Philibert schlug den Ordner auf und fing an zu blättern. Harry fühlte sich, als hätte er mehrere Ohrfeigen gleichzeitig bekommen. Wie ein Idiot starrte er auf die Bilder an der Wand. Eines zeigte Maréchal Pétain, wie er Adolf Hitler die Hand schüttelte ... Plötzlich wusste er, wonach der Sou-Präfekt suchte: die Namensliste der Deutschen, die die Nazis zur Auslieferung beantragt hatten! Angstschweiß brach ihm aus. War er wahnsinnig gewesen, hierherzukommen? Genauso gut hätte er sich an die Gestapo um Hilfe wenden können!

»Haben Sie was gesagt?«, fragte Philibert.

»Nein, ich ... ich ...«, stotterte Harry.

»Ich-ich ... ich-ich ...«, äffte der Sou-Präfekt ihn nach. »Haben Sie einen Sprachfehler, oder was?«

Wütend knallte er ein Dokument auf den Schreibtisch. Es war mit einem Foto versehen. Als Harry das Foto sah, begann sein Herz zu galoppieren wie ein fliehendes Pferd. Sollte es wirklich möglich sein, dass ...? Das Foto gehörte ihm selbst. Er hatte es Maître Simon gegeben, für seine Papiere. Er sah darauf aus wie ein Verbrecher.

»Los, unterschreiben Sie endlich.«

Harry wusste nicht, ob er wach war oder träumte. Er nahm den Füllfederhalter, der auf dem Schreibtisch lag, und schrieb seinen Namen unter das Foto. Mit diesem Stück Papier kehrte er in die Wirklichkeit zurück. Ganz offiziell!

»Keinen Finger hätte ich für Sie krummgemacht«, sagte Monsieur Philibert. »Aber meine Nichte hat mich angefleht, Ihnen zu helfen. Sie hat sogar gedroht, sich was anzutun, wenn ich ihr die Bitte abschlage.«

»Ich ... ich weiß gar nicht, wie ich Ihnen danken soll«, stammelte Harry.

»Nehmen Sie den Wisch und verschwinden Sie! Bevor ich es mir anders überlege!«

Eilig faltete Harry den Pass zusammen und steckte ihn ein.

»Lassen Sie mich bitte sagen, wie sehr ich zu schätzen weiß, dass Sie trotz allem …«

»Raus!«

Auf dem Absatz machte Harry kehrt und stolperte zur Tür. Er konnte diesen Raum gar nicht schnell genug verlassen. Seine Hand zitterte, als er nach der Türklinke griff.

»Halt!«

Als hätte ihn jemand beim Stehlen erwischt, fuhr Harry herum. Monsieur Philibert trat auf ihn zu, die Augen zu zwei gefährlichen Schlitzen verengt.

»Eine Frage habe ich noch – von Mann zu Mann.« Er war jetzt so nah, dass Harry sein Rasierwasser riechen konnte. »Wie machen Sie das eigentlich, dass die Frauen so verrückt nach Ihnen sind?«

20

Dr. Retroverria führte Laura durch den Park zu einem Seerosenteich.

»Wollen wir uns setzen?«

Seit Beginn ihrer Gefangenschaft war es das erste Mal, dass sie hinaus ins Freie durfte. Mit ihrer Puppe in der Hand nahm sie Platz auf der Bank, die der Arzt mit einem Taschentuch für sie gesäubert hatte. Eine seltsame, ungewohnte Ruhe kehrte in ihr ein. Hier draußen sah es genauso aus, wie die Welt sich angehört hatte, als sie in ihrem Zimmer aufgewacht war und Geraldine an ihrem Bett saß. Alles war so sauber und rein wie ein Sonntagvormittag. Sogar eine Kutsche rollte den Weg entlang. Es fehlte nur das Läuten der Kirchenglocken.

»Für wen ist die Puppe?«, fragte Dr. Retroverria.

»Die ist für mein Kind«, erwiderte Laura.

»Welches Kind?«

»Das Kind in meinem Bauch.«

»Oh, sind Sie schwanger? Ich kann aber gar nichts sehen.«

»Das hat der Arzt in Avignon auch gesagt. Ich weiß es aber besser.«

»Woher nehmen Sie Ihre Gewissheit?«

»Ich spüre es in mir. Es ist schon ganz groß.«

»Vielleicht haben Sie ja gestern nur etwas Schweres gegessen. Außerdem – das, was Sie im Magen spüren, bewegt es sich denn?«

Laura kehrte ihm den Rücken zu. Dr. Retroverria war ein freundlicher Mann, und sie mochte ihn sehr – aber warum ließ er sie nicht in Ruhe? Seit seinem ersten Besuch löcherte er sie mit seinen Fragen, und egal, was sie antwortete, immer behauptete er das Gegenteil. Das Haus, in dem man sie gefangen hielt, war angeblich nicht das Haus der Angst, sondern ein Krankenhaus. Lubbers war nicht der Feind, sondern Dr. Gonzáles, der Klinikchef. Der Klumpen in ihrem Bauch war kein Kind, sondern eine Verdauungsstörung. Und Harry war niemals hier gewesen, so wenig wie ihr Vater.

»Ich denke nicht, dass Sie schwanger sind«, sagte Dr. Retroverria. »Sie bilden sich das Kind nur ein. Eine typische Körperhalluzination. Weil Sie glauben, dadurch mit Harry in Verbindung zu bleiben.«

»Ich bin beeindruckt, wie dreist Sie lügen.«

»Ich versuche nur, Sie mit der Wahrheit zu konfrontieren.«

»Aber ich weiß, warum Sie das tun. Sie haben Angst vor mir.« Laura drehte sich wieder zu ihm um. »Weil Sie die Macht in mir spüren.«

»Oh, Sie haben eine Macht?«

»Ja. Ich kann mit Tieren sprechen.«

Dr. Retroverria zuckte die Schultern. »Das ist bei sensiblen Menschen ganz normal. Mein Vater konnte das auch. Immer, wenn er in den Stall kam, hat er den Namen seines Reitpferds gerufen, und das Pferd antwortete ihm mit einem Wiehern.«

»Das meine ich nicht. Ich meine *richtiges* Reden.«

»Was bedeutet das – *richtiges* Reden?«

»Ich habe meinem Schaf in Sainte-Odile Gutenachtgeschichten vorgelesen. Es hat jedes Wort verstanden.«

»Warum nicht?«, sagte Dr. Retroverria. »Sogar ich kann ein bisschen mit Tieren sprechen, zumindest mit meinem Hund. Wenn ich *Platz* sage, setzt er sich.«

Laura blies sich eine Strähne aus der Stirn. »Sie glauben mir nicht, oder?«

»Doch, durchaus, Miss Paddington.« Freundlich erwiderte er ihren Blick. »Ich bin mir sogar sicher, dass Sie sehr gut mit Tieren umgehen können. Aber ich glaube nicht, dass Sie dafür eine besondere Macht brauchen.«

Laura packte allmählich die Wut. Warum war sie keine Seerose? Seerosen hatten keine Ohren und brauchten keine Fragen zu beantworten, die sie nicht beantworten wollten. Und Dr. Retroverria fragte ihr die Seele aus dem Leib. Das Schlimmste an seinen Reden war, dass sie langsam selber an sich zu zweifeln anfing, an ihren eigenen Sinnen, an allem, was sie hörte und sah. In ihrer Not nahm sie Zuflucht zu dem Zwerg an seiner Hand. Der Däumling zwinkerte ihr aufmunternd zu.

»Soll ich Ihnen meine Macht beweisen?«, fragte sie.

Dr. Retroverria hob überrascht die Brauen. »Ja, gerne.«

Laura richtete ihre Augen auf ihn. Während sie spürte, wie die Macht in ihr wuchs, schrumpfte Dr. Retroverria vor ihr wie die Soldaten, die sie in Sainte-Odile mit ihren Gewehren bedroht hatten.

»Na, was sagen Sie jetzt?«, fragte sie triumphierend, als er nur noch halb so groß war wie sie.

Dr. Retroverria schüttelte den Kopf. »Tut mir leid, ich merke nicht das Geringste.«

»Aber sehen Sie denn nicht, wie klein Sie sind?«

»Da müssen Sie sich bei meinen Eltern beschweren«, erwiderte er mit seinem ewig freundlichen Gesicht. »Ich habe mein ganzes Leben darunter gelitten, dass ich zu klein geraten bin. Vor allem als junger Mann. Meine Partnerin in der Tanzschule war einen ganzen Kopf größer als ich. Aber warum schauen Sie immer auf meine Hand?«

»Ich schaue gar nicht auf Ihre Hand, sondern auf Ihren Däumling. Ich würde mich lieber mit ihm unterhalten als mit Ihnen. Er glaubt nämlich, was ich sage.«

»Ach, meinen Sie den?«

Dr. Retroverria hob die Hand, die plötzlich wieder so groß war wie eine ganz normale Männerhand. Laura biss sich auf die Lippen. Verdammt – wo war der Zwerg geblieben? Alles, was sie sah, war ein verkrüppelter Daumen.

»Was empfinden Sie, wenn Sie an Harry denken?«, wollte Dr. Retroverria wissen.

Statt zu antworten, senkte Laura den Blick. Die Puppe in ihrem Schoß hatte die Schenkel weit gespreizt, als läge sie nackt in einem Bett und warte auf ihren Geliebten.

»Sie denken immerfort an ihn, nicht wahr?«

Laura nickte. »Es tut so fürchterlich weh.«

»Es tut immer weh, wenn eine Liebesbeziehung zu Ende geht. Aber gerade darum müssen Sie aufhören, an Harry zu denken.«

»Das kann ich nicht.«

»Wenn Sie nicht bereit sind, sich von Harry zu trennen, werden Sie nie gesund.«

»Dann bleibe ich lieber krank.«

»So – sind Sie denn krank?«

Nervös rutschte Laura auf der Bank hin und her. Wo zum Teufel blieb Geraldine? Sie hatte ihr versprochen, sie abzuholen! Während Dr. Retroverria sie nicht aus seinem Blick entließ, verrenkte Laura sich den Hals, um ihre Freundin irgendwo im Park zu entdecken. Doch von Geraldine war weit und breit keine Spur.

»Haben Sie mal daran gedacht, mit einem anderen Mann zu schlafen?«, fragte Dr. Retroverria plötzlich.

Laura schüttelte heftig den Kopf.

»Geben Sie es ruhig zu«, sagte er. »Ich habe gestern gesehen, wie Sie einen Wärter angeschaut haben. Ich glaube, es war Pepe. Er scheint Ihnen zu gefallen.«

Laura spürte, wie sie rot wurde. »Er ist der einzige Freund, den ich hier habe«, sagte sie leise.

»Und was ist mit mir?«, erwiderte Dr. Retroverria. »Ich bin auch Ihr Freund. Aber mich haben Sie nie so angeschaut.«

»Sind Sie mir deshalb böse?«, fragte Laura. Fast hatte sie ein schlechtes Gewissen.

Dr. Retroverria lachte laut auf. »Nein, um Gottes willen! Was sollte eine junge schöne Frau wie Sie mit einem alten Mann wie mir schon anfangen?«

Laura schielte von der Seite zu ihm herüber. »Sie sind auch nicht viel älter als Harry.«

»Ja, das stimmt«, sagte Dr. Retroverria, nun wieder ernst. »Harry ist wohl nur wenig jünger als ich.« Eine lange Weile dachte er nach. Dann fragte er: »Warum nennt er Sie eigentlich seine Windsbraut?«

Als hätte man ihr eine Spritze verpasst, sprang Laura auf. »Was fällt Ihnen ein, mich so zu nennen?«

»Nicht ich habe Sie so genannt«, erwiderte Dr. Retroverria ruhig, »sondern Harry. Ich habe ihn nur zitiert – er hat den Begriff für Sie erfunden. Allerdings würde ich gern wissen, warum.«

»Das geht Sie nichts an! Niemand geht das was an!«

Dr. Retroverria nahm seine Brille ab und schaute zu ihr auf. Laura fühlte sich plötzlich, als wäre sie nackt. Dieser Mann wollte das Geheimnis zerstören, das sie umfing. Böse knurrte sie ihn an, um sich vor ihm zu schützen. Doch sie spürte, wie ihre Macht an ihm zerschellte. Ohne sich im Geringsten beirren zu lassen, drang er immer weiter mit seinen grauen Augen in sie ein. So tief, dass sie es nicht länger aushielt.

»Scheren Sie sich zum Teufel!« Voller Wut stampfte sie mit dem Fuß auf.

Dann schwang sie sich in die Lüfte und flog davon.

21

Von Ucel bis Sainte-Odile waren es keine fünfzig Kilometer. Trotzdem war es längst dunkle Nacht, als Harry ins Dorf zurückkehrte. Wie auf dem Hinweg hatte er einen großen Teil der Strecke zu Fuß hinter sich gebracht, aus Angst vor der Gestapo, die hinter jedem Baum lauern konnte – auch mit gültigen Papieren blieb er ein *sale boche*, ein dreckiger Deutscher, der Freiwild war für jeden Denunzianten. Ab und zu hatte er unterwegs einen Bauern gebeten, ihn auf einem Karren mitzunehmen, doch nur ein einziges längeres Wegstück hatte er motorisiert zurückgelegt, auf der Pritsche eines alten, klapprigen Lastwagens, zusammen mit zwei desertierten französischen Soldaten, die keine Lust hatten, auf ihre Demobilisierung zu warten. Harry hatte ihnen dieselbe Geschichte aufgetischt wie den Bauern und dem Fahrer des Lasters: dass er aus dem Elsass stamme und nach vermissten Angehörigen suche. Fast glaubte er inzwischen selbst, dass er im Straßburger Münster getauft worden war und nicht im Kölner Dom.

Vom Turm der Dorfkirche läutete es Mitternacht. Müde rieb Harry sich die Augen. Er war um drei Uhr in der Frühe aufgebrochen und sehnte sich nach einem Bett. Aber bis zu seiner Berghütte war es noch ein Fußmarsch von über einer Stunde. Ob er sich bei Lulu eine Mütze Schlaf holen konnte, bevor er sich im Morgengrauen wieder auf den Weg machte? In dem Bistro brannte noch Licht.

Er überquerte gerade den Dorfplatz, da ging von innen die Tür auf. Obwohl er nur die Silhouette des Mannes sah, der aus dem Haus trat, erkannte er ihn sofort: Pepe – ausgerechnet!

Plötzlich war Harry wieder hellwach. Vorsichtig, um kein Geräusch zu machen, duckte er sich hinter Maître Simons Cabriolet, das mit offenem Verdeck vor der Kneipe stand. Während er sich wunderte, dass der Notar selbst in diesen Zeiten den Schlüssel im Zündschloss stecken ließ, knöpfte Pepe sich den Hosenlatz auf.

Freudig grunzend, als hätte er soeben ein Trinkgeld bekommen, strullte er gegen einen Baum. Harry kam es vor wie eine Ewigkeit. Der Scheißkerl hatte eine Blase wie ein Pferd.

Als Pepe endlich fertig war, wartete Harry, bis er in der Dunkelheit verschwunden war. Dann huschte er über den menschenleeren Platz zu der hell erleuchteten Kneipe. Zu seiner Erleichterung sah er durchs Fenster, dass nur noch seine zwei Wohltäter in der Schankstube waren, Lulu und Maître Simon. Die beiden beugten sich gerade über ein Rechnungsbuch und verglichen irgendwelche Zahlen. Bei ihrem Anblick fühlte er sich, als käme er aus dem Krieg heim. Nie hätte er sich träumen lassen, dass er mal einer Kneipenwirtin und einem Provinzadvokaten sein Leben verdanken würde. Ob er ihnen ein paar Bilder zum Abschied schenken sollte? Lulu würde zwar kaum was damit anfangen können, und auch bei Maître Simon hatte er seine Zweifel. Aber manchmal kam es einfach nur auf die Geste an.

»Nein, damit bin ich nicht einverstanden!«, zischte Lulu. »Nur über meine Leiche!«

Harry wunderte sich über den scharfen Ton und spitzte die Ohren. Offenbar stritten sich die beiden – aber worüber? Obwohl er sich nicht aus dem Schatten wagte, verstand er jedes Wort. Lulu hatte das Fenster bereits geöffnet, um zur Nacht zu lüften.

»Der Sou-Präfekt hat dreihundert Franc Schmiergeld verlangt«, sagte Maître Simon. »Die habe *ich* ausgelegt! Also müssen wir die auch verrechnen! Ganz abgesehen von meinen Anwaltskosten in der Praxis.«

»Und die hundert Franc, die ich Laura gegeben habe? Was ist damit?«

»Dagegen stehen zweihundert Franc, die ich für die Soldaten brauchte.«

»Ich will meinen gerechten Anteil! Sie haben schließlich das ganze Haus gekriegt. Da lasse ich mich nicht mit einem Trinkgeld abspeisen! Eher verrate ich Harry, dass Sie dafür gesorgt haben, dass er nicht aus dem Lager kam.«

»Ja und? Glauben Sie, ich hätte Angst vor einem entsprungenen *boche*? Ein Wort an die Gestapo – und der Herr Künstler verschwindet heim ins Reich! Wenn es nach mir gegangen wäre, hätten wir ihn sowieso gleich anzeigen sollen, als er wieder zurückkam. Aber Sie mussten ihn ja unbedingt in Ihrer Hütte verstecken!«

»Er tat mir leid – können Sie das nicht verstehen? Schließlich waren wir mal Freunde.« Lulu nahm ihre Brille ab und rieb sich die Augen. »Ach, hätten wir erst gar nicht damit angefangen. So ein nettes Pärchen.«

»Jetzt werden Sie nicht sentimental. Schließlich war es Ihre Idee.«

»Nur weil ich dachte, sie würden sowieso ihr Haus verlieren. Pepe ist an allem schuld. Er hat Harry als Erster verpfiffen.«

»Ja, die Liebe. Wo sie hinfällt, wächst kein Gras mehr. Und da haben Sie eben ein bisschen nachgeholfen. Bevor ein anderer so schlau war wie Sie.«

»Wollen Sie mir ein schlechtes Gewissen machen?«

»Nicht im Traum, Madame Lulu. Sie haben nur getan, was jeder an Ihrer Stelle getan hätte. *C'est la guerre!*« Der Notar öffnete seine Brieftasche und holte ein Bündel Scheine hervor. »Hier! Tausend Franc! Auf den Tisch des Hauses! Sind wir damit quitt?«

Als Harry die Gier sah, mit der Lulu nach dem Geld schielte, trat er vom Fenster zurück. Er hatte sich schon oft in Menschen geirrt, doch das hier übertraf alles, was ihm je untergekommen war! Die gutherzige Lulu und ihr geleckter Notar hatten alles getan, um ihn und Laura loszuwerden, damit sie sich ihr Haus unter den Nagel reißen konnten. Harry kam sich vor wie ein Bär, den man erlegt hatte und der nun zusah, wie man sein Fell zerteilte.

Nur mit Gewalt gelang es ihm, ein Niesen zu unterdrücken. Wie hatte er so dämlich sein können, solchen Menschen zu vertrauen? Am liebsten wäre er in die Kneipe gestürmt, um die beiden zur Rede zu stellen. Aber das wäre das Dümmste gewesen, was er tun konnte. Maître Simon würde keine Sekunde zögern, ihn ans Messer zu liefern, er hatte es ja selbst gesagt. Zähneknirschend fügte Harry sich in sein Schicksal. Bis zu seiner Flucht musste er so tun, als sei nichts geschehen. Er war auf die Hilfe der beiden angewiesen.

Vor Wut trat er gegen den Baum, an dem Pepe sein Wasser abgeschlagen hatte. Der Schmerz schoss ihm direkt ins Gehirn. Glückwunsch – jetzt hatte er sich auch noch den Fuß verstaucht!

Leise fluchend wandte er sich ab. Als er über den Platz humpelte, sah er Maître Simons Cabriolet. Frisch gewaschen und poliert schimmerte es im Mondschein.

Der Anblick brachte Harry auf eine Idee. War Rache wirklich süß? Vielleicht. Auf jeden Fall würde sie nützlich sein.

Kaum war ihm der Gedanke gekommen, ließ der Schmerz auch schon nach.

Während er zum Auto schlich, schaute er ein paar Mal über die Schulter, um sich zu vergewissern, dass ihn niemand beobachtete. Erst als er sicher sein konnte, dass die Luft rein war, beugte er sich über die Wagentür und zog den Zündschlüssel samt Schlüsselbund ab.

22

»Würden Sie mir die Puppe schenken, wenn ich Sie darum bitte?«, fragte Dr. Retroverria.

»Nein«, sagte Laura. »Das kann ich nicht.«

»Warum nicht? Weil Sie immer noch glauben, dass Sie schwanger sind?«

Mit beiden Händen umklammerte Laura die Puppe in ihrem Schoß, als müsse sie fürchten, dass er sie ihr entriss. Dabei wusste sie, dass er das niemals tun würde. Dr. Retroverria war ihr Arzt, das hatte sie inzwischen begriffen, und er tat alles, um sie aus dem Haus der Angst zu befreien. Aber es gelang ihm immer nur für ein paar Stunden. Für die paar Stunden am Tag, die sie miteinander redeten.

»Warum schütteln Sie den Kopf?«, wollte er wissen. »Weil Sie mir die Puppe nicht geben möchten? Oder weil Sie nicht schwanger sind?«

»Sie brauchen gar nicht so scheinheilig zu fragen«, erwiderte sie. »Ich weiß selber, dass ich nicht schwanger bin.« Sie wunderte sich, wie leicht ihr dieser Satz, gegen den sie sich so lange gewehrt hatte, plötzlich über die Lippen gekommen war. Aber sie konnte die Wahrheit nicht länger leugnen.

Dr. Retroverria hob überrascht die Brauen. »So? Sind Sie sicher? Wann haben Sie das herausgefunden?«

»Schon letzte Woche. Als ich meine Tage kriegte.«

»Nun, das kann passieren, auch bei schwangeren Frauen. Das ist zwar selten, aber nicht unmöglich. Scheinblutungen.«

»Herrgott, ich *weiß*, dass ich kein Kind bekomme! Der Klumpen in meinem Bauch hat sich kein einziges Mal mehr bewegt, seit ich hier bin. Sie haben ja selbst gesagt, was das ist – eine Halluzination! Außerdem ist es über ein Jahr her, dass ich mit Harry geschlafen habe. Wäre ich damals schwanger geworden, wäre das Kind längst auf der Welt.«

Laura schaute auf die Seerosen. Wann immer das Wetter es zuließ, führte Dr. Retroverria sie hierher an den Teich, um mit ihr auf der Bank zu sitzen und zu reden. Und nie wurde er müde, ihr seine Fragen zu stellen, eine nach der anderen, Tausende und Abertausende von Fragen, mit denen er sie zurück in jene Welt führte, die er die Wirklichkeit nannte – Frage für Frage, Schritt für Schritt.

»Wenn Sie nicht schwanger sind, warum wollen Sie mir dann die Puppe nicht geben? Wollen Sie etwa selber mit ihr spielen?«

»Nein. So ein Quatsch. Aber es wäre Verrat.«

»Verrat an Harry?«

»Natürlich. An wem sonst?«

»Ja, an wem sonst«, wiederholte Dr. Retroverria. »Aber wenn wir schon von Verrat sprechen – ist es nicht eher umgekehrt? Sie haben doch gesagt, Harry hätte *Sie* verraten, damals in Paris.«

»Harry hat mich immer wieder verraten. Nicht nur in Paris. Ich hatte so sehr gehofft, er würde mich beschützen. Aber er hat mich im Stich gelassen. Auch in Sainte-Odile.«

»Dort auch? Das wundert mich. Was werfen Sie ihm vor? Er konnte doch nichts dafür, dass man ihn verhaftet hat.«

»Sind Sie sich da so sicher?«, fragte Laura. Als er schwieg, gab sie sich selbst die Antwort. »Manchmal glaube ich, er hat sich nur verhaften lassen, um mich loszuwerden. Genauso wie der böse Zauberer in seinem Märchen. Der hat auch sein Mirakelmädchen umgebracht.«

Der Arzt schaute sie aufmerksam an. »Mirakelmädchen? Von einem solchen Märchen habe ich noch nie gehört. Würden Sie es mir erzählen?«

»Harry hat es selber erfunden. Es handelt von einem Mädchen, das so hässlich war, dass es sich nur verschleiert aus dem Haus traute.« Während sie versuchte, sich möglichst genau an alles zu erinnern, an das duftende Haar und den Zauberer und den schrecklichen Mord, sah sie Harry vor sich, im Garten ihres Hauses.

»Eine traurige Geschichte«, sagte Dr. Retroverria, als sie fertig war. »Wann hat Harry sie Ihnen erzählt?«

»Als wir zum ersten Mal das Zauberhaus besichtigt haben. Harry hat mir die Locken gezeigt. In Wirklichkeit waren sie nur Thymian. Aber er nannte sie Mirakelkraut, und zusammen haben wir das Zeug geraucht, um uns damit zu berauschen.«

»Ich verstehe. Und warum, glauben Sie, hat er die Geschichte für Sie erfunden?«

Laura zuckte die Schultern. »Keine Ahnung. Vielleicht wollte er mich damit warnen.«

»Warnen?«, fragte Dr. Retroverria. »Wovor? Vor ihm selbst?«

Laura wich seinem Blick aus. Während sie wieder auf den Teich blickte, erinnerte sie sich an die Tränen, die der Zauberer am Grab des Mirakelmädchens vergossen hatte, aus Trauer über seine Tat. Fröstelnd zog sie sich den Schal um die Schultern. Eine Ente plusterte ihr Gefieder auf, als würde auch sie frieren. Am Atlantik kam der Herbst viel früher als in Sainte-Odile. Die Blätter an den Bäumen fingen schon an, sich zu verfärben, und auf dem Teich schwamm erstes Laub.

Dr. Retroverria räusperte sich. »Warum wurden Sie neulich so zornig, als ich davon sprach, dass Harry Sie seine Windsbraut nennt?«

»Ich hatte gewusst, dass Sie irgendwann danach fragen«, erwiderte Laura. »Wahrscheinlich hat es damit zu tun, dass es mich an so vieles erinnert.«

»Woran erinnert es Sie?«

»Vor allem daran, dass Harry sich immer eingebildet hat, ich wäre seine Muse.«

»So wie das Mirakelmädchen?«

»Vielleicht.«

»Was stört Sie daran?«

»Ich weiß nicht.« Laura zögerte. »Florence war seine Muse.«

»War Florence nicht ein großer schwarzer Hund?«

»Den habe ich nur nach ihr genannt. Florence ist seine ehemalige Frau.«

»Hat Florence auch Bilder gemalt?«

»Nein. Sie war seine Muse. Das sagte ich doch!«

Dr. Retroverria nickte. »Ich glaube, ich weiß jetzt, warum Sie keine Lust haben, seine Muse zu sein. Geraldine hat mir erzählt, dass Sie ...«

»Was hat Geraldine Ihnen erzählt?«, fiel Laura ihm ins Wort. »Sie hat kein Recht ...«

Er legte seine Hand auf ihren Arm. »Es gibt keinen Grund, sich aufzuregen. Geraldine hat nur gesagt, dass Sie selbst eine Künstlerin sind. Eine großartige Künstlerin sogar.«

»Hat sie Ihnen von unserem Bild erzählt?«, fragte Laura. »Von der *Himmelsbeute*?«

»So haben Sie es getauft?« Dr. Retroverria drückte ihren Arm. »Ja, sie hat es mir beschrieben. Es muss ein wunderbares Bild sein. Das gemalte Tagebuch einer Liebe. Ich bin sicher, es wird Sie für immer mit Harry verbinden. Solange Sie leben. Und vielleicht sogar darüber hinaus.« Er machte eine Pause, bevor er weitersprach. »Aber Geraldine hat mir auch von dem anderen Bild erzählt. Dem Bild, das Sie von Harry gemalt haben. In einer Landschaft aus Schnee und Eis ...«

»Was? Über *das* Bild haben Sie auch gesprochen?«

Laura sah Harry vor sich, sein Gesicht, die harten, stechenden Augen, den Mantel, in den er sich hüllte wie in einen Panzer, als dürfe ihn niemand berühren ... Die Erinnerung überkam sie mit solcher Macht, dass sie plötzlich weinte. Dr. Retroverria reichte ihr sein Taschentuch.

»Können Sie sich vorstellen«, fragte er leise, »ohne Harry zu leben?«

Statt zu antworten, schluchzte sie in das Taschentuch. »Und wenn er nach Sainte-Odile zurückgekehrt ist, um unser Bild zu retten?«, fragte sie schließlich. »Das wäre doch der Beweis, dass er mich liebt.«

»Mag sein«, erwiderte der Arzt. »Aber solange Sie nicht von ihm loskommen, werden Sie nie wirklich frei sein. Harry wird nicht aufhören, Sie als seine Muse zu betrachten. Er braucht Sie, viel mehr als Sie ihn. Sie sind sein Mirakelmädchen. Ohne Sie wäre er aufgeschmissen.«

»Das ist doch lächerlich. Harry hat noch nie einen Menschen gebraucht.«

»Ich fürchte, da irren Sie sich«, beharrte Dr. Retroverria. »Harry braucht Sie, weil Sie ihn inspirieren. Er ist auf Ihre Einfälle angewiesen. Und wenn mich nicht alles täuscht, ist ihm seine Kunst wichtiger als alles andere, auch wichtiger als ...«

»Ja und?«, fiel Laura ihm ins Wort, bevor der Arzt den Satz zu Ende sprechen konnte. »So hatten wir es ausgemacht! Als Bedingung dafür, dass er mich aus England mitnimmt.«

»Aber Ihre Inspirationen gehören Ihnen! Sie sind Ihr Eigentum! Ihr wertvollster Besitz! Machen Sie etwas Eigenes daraus!« Dr. Retroverria nahm ihr das Taschentuch aus der Hand und trocknete ihr das Gesicht. »Sie haben keinen Grund zu weinen«, sagte er. »In Ihrem Bild haben Sie sich ja schon längst von Harry getrennt. Weil Sie ihn erkannt haben. In seiner Kälte. In seiner Unnahbarkeit. In seiner Ichbezogenheit. Tun Sie es auch im wirklichen Leben! Hören Sie auf, seine Muse zu sein!«

»Sie haben ja keine Ahnung, wovon Sie reden!«, erwiderte Laura. »Alles, was ich kann, habe ich von Harry gelernt. Sehen! Malen! Leben!«

»Vielleicht. Aber eins hat er Ihnen nicht beigebracht. Das Wichtigste von allem. Weil Sie es nur sich selber beibringen können.«

»Und was soll das sein?«

»Ohne ihn zu leben. Und zu malen. Und zu sehen.«

Laura schüttelte den Kopf. »Das werde ich niemals schaffen.«

Dr. Retroverria blickte sie streng an. »Doch, das werden Sie. Sie müssen es nur lernen. So wie Sie gelernt haben, ohne Ihre Eltern auszukommen. Und ich glaube, Sie haben damit sogar schon angefangen.«

Wieder drückte er ihren Arm. Obwohl sie die Kraft spürte, die von ihm ausging, zog sie ihren Arm zurück und wandte sich ab.

»Ich habe Sie gestern im Park gesehen«, sagte er. »Mit einem Mann.«

Laura zuckte zusammen. »Was haben Sie gesehen?«

»Sie und den Mann. Sie haben sein Gesicht gestreichelt. Und die Puppe lag auf der Bank.«

»Was zum Teufel geht Sie das an?« Laura riss ihm das Taschentuch aus der Hand. Fast war sie froh, dass er ihr einen Grund gab, wütend zu werden. Wut war immer noch besser als Trauer.

Dr. Retroverria lächelte sie an. »Sie müssen deshalb kein schlechtes Gewissen haben. Ich habe mich darüber gefreut. Fast genauso wie Pepe.«

»Wenn Sie schon rumspionieren, dann schauen Sie wenigstens richtig hin!«, rief sie. »Das war nicht Pepe! Das war Jesús! Pepe ist ein Briefträger aus meinem Dorf.«

Dr. Retroverrias Lächeln wurde noch breiter. »Sie haben vollkommen recht. Das geht mich nichts an.« Während sie sich die Nase putzte, griff er nach einer Tasche neben der Bank. »Ich habe ein Geschenk für Sie.« Er holte ein Paar Schuhe aus der Tasche und reichte sie ihr. »Würden Sie mir den Gefallen tun, sie anzuziehen?«

»Wozu soll das gut sein?«, fragte Laura.

»Nur ein kleines Experiment. Ich hoffe, es ist Ihre Größe.«

Irritiert blickte sie auf die Schuhe, zwei feste, braune Wanderstiefel mit dicker Sohle und ledernen Schnürriemen.

Dr. Retroverria nickte ihr zu. »Bitte.«

»Na gut! Auch wenn ich nicht weiß, warum.« Sie streifte ihre Sandalen von den Füßen und zog die Wanderstiefel an.

»Und?«, fragte er, nachdem sie ein paar Schritte damit gemacht hatte.

»Was wollen Sie hören?«, erwiderte sie. »Das Einzige, was mir auffällt, ist, dass sie furchtbar schwer sind.«

»Ja, zum Hüpfen und Tanzen sind sie kaum geeignet«, sagte Dr. Retroverria. »Aber wer nach den Sternen greift, sollte mit beiden Füßen möglichst fest auf dem Boden stehen. Ist es nicht ein gutes Gefühl?«

Sie ging einmal zum Teich und wieder zurück. Auch wenn sie es sich nur widerwillig eingestand: Dr. Retroverria hatte recht. Es war ein gutes Gefühl. So musste sich ein Bergsteiger fühlen, der sich wohl gerüstet auf eine Expedition begibt.

»Darf ich die Schuhe behalten?«, fragte sie.

Dr. Retroverria strahlte über das ganze Gesicht. »Ich hatte gehofft, dass Sie mich das fragen. Die Schuhe sind nämlich mein Abschiedsgeschenk.«

»Oh, gehen Sie in Pension?«

»Nein«, sagte er. »Bis dahin muss ich noch ein paar Jahre arbeiten.« Mit ernstem Gesicht nahm er ihre Hand und schaute sie an. »Was würden Sie tun, Miss Paddington, wenn Dr. Gonzáles Sie aus der Klinik entlässt?«

Mit dieser Frage hatte Laura nicht gerechnet. Sie erfüllte sie mit

Hoffen und Bangen zugleich. Aber die Verunsicherung dauerte nur einen Augenblick.

»Ich denke«, sagte sie, »ich würde mit Geraldine nach Lissabon fahren.«

»Und dort?«, wollte Dr. Retroverria wissen. »Was würden Sie in Lissabon tun? Harry suchen?«

Angespannt blickte er ihr in die Augen. Laura erwiderte seinen Blick. Dann schüttelte sie den Kopf.

»Nein«, sagte sie, »ich würde zum Hafen gehen und eine Schiffskarte kaufen. Nach Amerika. Zumindest würde ich das versuchen.«

Dr. Retroverria nahm ihr Gesicht zwischen seine Hände und küsste sie auf die Stirn.

»Ich werde mit Dr. Gonzáles sprechen. Er soll die Papiere vorbereiten.«

23

Es war eine kalte, sternklare Nacht. Wütend fegte der Mistral durch den nächtlichen Weinberg und rüttelte an den Reben, während Harry sich im Schutz der Dunkelheit dem Zauberhaus näherte. Ein Fensterladen schlug im Wind, der um die Ecken heulte und den Widerhall seiner Schritte davontrug. Irgendwo schrie ein Käuzchen.

Im Schatten der Hausgeister, die schlafend in ihren Mauernischen hockten, huschte Harry auf den Hof und tauchte seine Hände in die Regentonne, um sich die Farbreste abzuwaschen, die an seinen Fingern klebten. Er hatte gerade das Nummernschild von Maître Simons Cabriolet mit neuen Buchstaben und Ziffern übermalt. Jetzt musste er nur noch in sein Haus einbrechen, um seine eigenen Bilder zu stehlen, bevor er sich auf die Reise machen konnte. Er hatte den Tank geprüft, der Sprit würde reichen, und Lulu hatte ihn sogar mit Proviant versorgt. Er hatte ihr erzählt, dass er versuchen wollte, sich zu Fuß bis Marseille durchzuschlagen. Sie hatte keine Anstalten gemacht, ihn zurückzuhalten.

Im Mondschein sortierte Harry den Schlüsselbund, den er dem Notar entwendet hatte. Wie konnte ein Jurist so leichtsinnig sein, sämtliche Schlüssel im offenen Auto zurückzulassen? Harry hoffte nur, dass Maître Simon das Türschloss nach dem Schlüsselklau nicht abermals hatte auswechseln lassen. Zwar gab es an der Rückseite des Hauses einen Schlitz in der Mauer, durch den man in den Keller eindringen konnte, aber der Schlitz war so eng, dass nur Laura hindurchgepasst hatte.

Leise, um keinen Lärm zu machen, steckte Harry den Kellerschlüssel ins Schloss. Erst jetzt merkte er, dass seine Hand zitterte. War das ein Abenteuer, von dem er dereinst seinen Enkelkindern erzählen würde?

Gott sei Dank, der Schlüssel passte. Vorsichtig drückte er die Klinke herunter. Knarrend öffnete sich die Tür, und er schlüpfte hinein. In dem Gewölbe, in dem die Bilder lagerten, war es so finster, dass er kaum die Hand vor Augen sah. Um etwas zu erkennen, zündete er ein Streichholz an. Doch im winzigen Schein der Flamme entdeckte er kein einziges Gemälde. Nur altes Gerümpel und Brennholz für den Kamin, das sich bis zur Decke stapelte.

Harry stieß einen leisen Fluch aus. Wo waren die Bilder geblieben? Hatte Maître Simon sie weggeschmissen? Oder waren sie in der Wohnung?

Es gab nur eine Möglichkeit, es herauszufinden. Bei dem Gedanken wurde Harry übel vor Angst. Wenn Maître Simon ihn erwischte, würde er keine Sekunde zögern, ihn an die Gestapo zu verpfeifen.

Sollte er dafür sein Leben riskieren? Die paar Bilder, die er für seine Ausreise brauchte, konnte er schließlich auch noch in Marseille malen.

Harry zögerte einen Moment, dann gab er sich einen Ruck. Nein, er musste es tun, er hatte keine Wahl! Die Bilder für Debbie Jacobs waren ja gar nicht der Grund, weshalb er zurückgekehrt war. Alle Bilder, die er je gemalt hatte, konnte er ersetzen – nur eines nicht. Dieses Bild war mehr als ein Bild, es entschied über sein Leben – über alles, woran er glaubte. Er musste es retten, um es mit Laura zu Ende zu malen. Sonst war sein Leben für die Katz.

Mit klopfendem Herzen zog er sich die Schuhe aus. Während er auf Strümpfen die Treppe hinauf zur Wohnung schlich, mischte sich ein Anflug von Stolz in seine Angst. Von diesem Abenteuer würde er seinen Enkelkindern allerdings erzählen! Das erste und einzige Abenteuer in seinem Leben, bei dem er Kopf und Kragen riskierte.

War er vielleicht sogar ein Held?

In der Wohnung war alles still, nur ein regelmäßiges Schnarchen, das aus dem Obergeschoss drang, war zu hören. Harry schnupperte in der Luft: Das Treppenhaus roch nach Farbe. In dem fahlen Licht, das durchs Fenster fiel, erkannte er, dass Maître Simon das Innere des Hauses komplett renoviert hatte. Die Wände waren frisch verputzt und gestrichen, die Fußböden repariert und mit Teppichen belegt. In der Hoffnung, dass das Bild, nach dem er suchte, irgendwo aufgehängt war, öffnete er die Türen zur Küche und zum Wohnzimmer. Aber an den Wänden hingen überall nur irgendwelche Ölschinken mit Ansichten aus Avignon.

Es blieb nur eine Möglichkeit: das Atelier!

Auf Zehenspitzen setzte Harry seinen Weg fort. Mit jeder Stufe wurden die Schnarchgeräusche lauter. Das Schlafzimmer befand sich am Treppenabsatz im Obergeschoss. Die Tür stand einen Spalt weit offen. Harry spähte hinein. Auf dem Rücken schlummerte Maître Simon selig im Mondschein, das Gesicht mit einer goldenen Schlafmaske bedeckt. An seiner Seite lag Mademoiselle Lautrec, die Schauspielerin – splitternackt. Sie war so schön, dass Harry nicht anders konnte, als hinzusehen. Die Decke war ihr von den Schultern gerutscht und drapierte ihren schlanken Leib wie ein Volant.

Warum verschwendete eine solche Frau sich nur an einen solchen Mann?

Mit lautem Knall schlug der Fensterladen im Wind. Harry zuckte zurück in den Flur. Mit klopfendem Herzen hielt er die Luft an. Doch dem Himmel sei Dank – nichts rührte sich. Ein Aussetzer, und Maître Simon schnarchte ungerührt weiter. Im Rückwärtsgang, ohne den Notar aus den Augen zu lassen, tastete Harry sich zum Atelier und öffnete die Tür.

Als er sich umdrehte, hätte er fast einen Freudenjauchzer ausgestoßen. Die *Himmelsbeute* bedeckte die ganze Wand. Alle Augenblicke, die er mit Laura erlebt hatte, waren plötzlich wieder da. Dada und die Windsbraut ... Der Vogelobere und das Wildpferd ... Harry und Laura ... Nur einen Teil der Collage kannte er nicht. Laura musste das Bild gemalt haben, nachdem er verhaftet worden war. Es zeigte ihn selbst, inmitten einer Schneelandschaft. Er sah darauf aus wie Väterchen Frost.

Harry kletterte auf einen Stuhl, um die riesige Leinwand von der Wand zu nehmen. Auf dem Boden legte er sie zusammen und faltete sie zu einem Paket. Als er sie über die Schulter warf, machte er eine freudige Entdeckung: ein Regal, das bis unter die Decke gefüllt war mit den Flaschen von seinem und Lauras Wein.

Waren die Götter ihm endlich wieder gnädig?

Harry griff in das Regal, um eine Flasche mitzunehmen. Mit diesem Wein würden Laura und er in Lissabon auf ihr Wiedersehen anstoßen.

Plötzlich hörte er eine Stimme in seinem Rücken.

»Was tun Sie da?«

Die Flasche in der Hand, drehte Harry sich um.

In der Tür stand Mademoiselle Lautrec. Sie trug nur ein Negligé aus durchsichtiger Seide.

24

Dunkle Nacht umfing den Hafen von Lissabon, als Laura die Mole erreichte. Die Lichter der Stadt brachen sich in den Fluten des Tejo wie Funken der Hoffnung in der Finsternis. Eine unheimliche Stille beherrschte den Ort. Während grell beleuchtete Ozeanriesen zum Auslaufen abgefertigt wurden, hörte man das Plätschern der Wellen, die gegen die gewaltigen Schiffsrümpfe schlugen. Scharen von Menschen hasteten über den Kai, Flüchtlinge und Emigranten, die in lautloser Verzweiflung versuchten, noch eine Passage über das Meer zu ergattern, nach Amerika oder Australien, bevor das Schiff ihrer Sehnsucht den Hafen verließ. Hier, am äußersten Ende des Kontinents, strandeten all die Männer und Frauen, die auf der Flucht vor den Nazis ihre Heimat aufgegeben hatten, namenlose Existenzen aus allen Ländern Europas, für die eine Bordkarte auf einem der Dampfer das ewige Leben bedeutete. Der Hafen von Lissabon war ihre letzte Zuflucht und jedes Schiff eine Arche.

Wo war das Büro der *Cunard* Reederei?

Lauras Füße schwitzten fürchterlich in ihren Wanderstiefeln. Dr. Retroverria hatte ihr geraten, die schweren Schuhe zu tragen, solange sie in Lissabon sei, damit sie nicht auf dumme Gedanken käme. Nur mit Mühe erinnerte sie sich an den Weg, den der Hotelportier ihr beschrieben hatte. Doch als sie das Büro endlich gefunden hatte, bekam sie dieselbe Auskunft zu hören, die sie und Geraldine seit ihrer Ankunft immer wieder zu hören bekommen hatten, in sämtlichen Reedereien und Agenturen der Stadt.

»Tut uns leid. Unsere Schiffe sind bis auf den letzten Platz ausgebucht.«

Laura knurrte der Magen. Wo konnte sie etwas essen? Das *Café des Anglais*, das nur einen Steinwurf entfernt lag, kam nicht infrage. Das Lokal war der Treffpunkt aller Emigranten in der Stadt – die Gefahr, dort Harry zu begegnen, war zu groß. Trotzdem konnte sie sich nicht davon abhalten, wenigstens einen Blick in das Lokal zu werfen. Wenn Harry da war, würde sie sofort davonlaufen. War er nicht da – auch. Das Einzige, was sie wissen wollte, war, ob er die *Himmelsbeute* aus dem Zauberhaus gerettet hatte.

Mit dem Gefühl, etwas Verbotenes zu tun, betrat sie das Café. Der Raum war zum Bersten voll mit Männern und Frauen, die auf ein Wunder hofften. Auf einen Stempel im Pass oder auf ein allerletztes Ticket.

»Suchen Sie jemand?«, fragte der Kellner.

Harry war nicht da. Auf einer Tafel über dem Tresen war mit Kreide die Speisekarte angeschrieben, in einem halben Dutzend Sprachen. Laura überflog das Angebot. Warum zum Kuckuck sollte sie nicht hier essen? Sie wusste die Antwort so gut, als hätte Dr. Retroverria sie ihr ins Ohr geflüstert. Wenn sie hier blieb und Harry kreuzte plötzlich auf, wären alle guten Vorsätze dahin.

»Dort drüben wird gerade ein Tisch frei«, sagte der Kellner.

Obwohl es sie mehr Kraft kostete, als sie besaß, verließ Laura das Café, um auf der anderen Seite des Platzes nach einem Speiselokal zu suchen. Wenn Geraldine wenigstens da wäre! Mit ihrer Freundin war es viel leichter, standfest zu bleiben, als allein mit ihren Wanderstiefeln. Aber ausgerechnet heute Abend hatte Geraldine sich mit einem Literaturstudenten aus Budapest verabredet, dessen Schiff am nächsten Morgen nach Kanada auslaufen würde.

Schließlich entschied Laura sich für ein Lokal in Richtung Pier. Es war eine typische Touristenbar mit winziger Tanzfläche, auf der ein uralter Gitarrist und eine glutäugige Sängerin einen Fado intonierten. Eine Frau im Abendkleid und ein Mann im weißen Smoking versuchten, nach der wehmütigen Melodie zu tanzen. Doch sie kamen immer wieder aus dem Takt.

»Laura!«

Der Mann ließ plötzlich seine Begleiterin stehen und kam auf sie zu. Als Laura sein Gesicht sah, glaubte sie zu träumen.

»Roberto? Was machst du denn hier?«

»Ich arbeite hier, im mexikanischen Konsulat. Und du?«

»Ich … ich bin nur auf der Durchreise. Nach Amerika.«

»Willst du etwa zu Fuß dorthin?«, fragte er und blickte auf ihre Füße.

Laura musste lachen. »Du meinst, wegen der Wanderstiefel?«

Er küsste ihre Hand und schenkte ihr sein strahlendstes Lächeln. »Gleich um die Ecke gibt es ein erstklassiges Schuhgeschäft. Wenn du mir erlaubst, dir ein Paar Pumps zu kaufen, würde ich gern den Abend mit dir verbringen. Zur Erinnerung an die gute alte Zeit.«

Laura erwiderte seinen Blick. Hatte er schon immer diesen goldenen Schneidezahn gehabt? Seit Paris hatte sie nie wieder an ihn gedacht. Er hatte damals eine notwendige Pflicht erfüllt, mehr nicht … Plötzlich erinnerte sie sich an die Lust, die er ihr in manchen Nächten bereitet hatte. Der Stierkämpfer war ein sehr guter Liebhaber gewesen.

»Warum zögerst du? Wegen ihr?« Roberto machte eine Kopfbewegung in Richtung seiner Begleiterin. Obwohl sie perfekt geschminkt war, zog sie mithilfe eines kleinen Handspiegels ihren Lippenstift nach. »Kümmere dich nicht um sie. Sie ist nur eine Sekretärin. Also – nimmst du meine Einladung an?«

Sein Gesicht wurde plötzlich ernst. Wie ein Matador seinen Stier schaute er sie an. So hatte er sie auch damals angeschaut, im *Café Flore*, als er sie vor Harrys Augen erobert hatte. Obwohl Laura wusste, dass es Unsinn war, erinnerte der Blick sie irgendwie an Lubbers.

»Nein«, sagte sie. »Ich kann leider nicht. Ich … ich bin mit einer Freundin verabredet.«

Roberto war sichtlich enttäuscht. »Wenigstens auf ein Glas?«

Sie schüttelte den Kopf. »Ich habe keine Zeit – wirklich. Meine Freundin und ich reisen morgen schon ab.«

»Schade. Sehr, sehr schade.« Roberto wirkte plötzlich so traurig wie ein Matador in einer menschenleeren Arena. »Es ist immer dasselbe mit dir – eine Sternschnuppe in dunkler Nacht.« Mit einem Seufzer griff er in die Innentasche seines Smokings und holte eine Visitenkarte hervor. »Hier, die Adresse des Konsulats. Wenn du Hilfe brauchst, zögere nicht. Du kannst immer auf mich zählen. Egal, was passiert.«

25

Harry hatte das Cabriolet vor dem Eingang eines Bistros geparkt, am Stadtrand von Marseille. Schon vor einer halben Stunde hatte er ein Ferngespräch angemeldet, aber das Fräulein vom Amt hatte immer noch nicht geantwortet. Während er neben dem Telefon am Tresen wartete, hielt er durch die offene Tür den Wagen draußen im Auge. Vor dem Lokal schlich jede Menge Gesindel herum, und Autos waren in diesen Zeiten heiß begehrt, wie Harry aus eigener Erfahrung wusste. Vor allem schicke Cabrios.

Endlich meldete sich das Fräulein vom Amt. Die Verbindung war da.

»Vermissen Sie zufällig Ihr Auto?«, fragte Harry ohne Gruß in die Sprechmuschel hinein.

Maître Simon erkannte sofort seine Stimme. »Sie haben tatsächlich die Stirn, mich anzurufen, Sie gottverdammter *boche*?«

»Bitte beruhigen Sie sich«, erwiderte Harry. »Oder plagt Sie das schlechte Gewissen?«

»Schlechtes Gewissen? Ich habe meinen Arsch riskiert, um Ihnen zu helfen. Und zum Dank stehlen Sie mein Auto!«

»Oh, Sie wissen bereits, dass ich es war?«

»Das war keine Kunst. Wer außer Ihnen wäre sonst so blöd, in mein Haus einzubrechen, nur um ein vollkommen wertloses Bild zu stehlen?«

Harry ignorierte die Beleidigung. »Irgendwie musste ich mich doch revanchieren«, sagte er.

»Ich … ich verstehe kein Wort.«

»Geben Sie sich keine Mühe, Maître Simon. Ich weiß genau, was Sie getan haben, Sie und Lulu. Sie haben Lauras und mein

Vertrauen missbraucht, um sich unser Haus unter den Nagel zu reißen. Das war Betrug! Ich denke, darauf steht auch in Frankreich Gefängnis.«

Der Notar antwortete mit einem dreckigen Lachen. »Wollen Sie mir etwa drohen? Sie hoffnungsloser Spinner! An Ihrer Stelle würde ich lieber beten, statt das Maul so aufzureißen. Ich habe den Wagen zur Fahndung ausschreiben lassen. Es ist nur eine Frage der Zeit, wann die Polizei Sie schnappt. Und dann heim ins Reich!«

»Ich glaube nicht, dass das in Ihrem Interesse wäre. Oder wollen Sie Ihr schönes Cabrio nicht wiederhaben? Ich habe mir erlaubt, das Nummernschild künstlerisch aufzuwerten. Die Polizei kann lange suchen. Ich habe auch schon ein paar Käufer an der Hand.«

»Sie verfluchtes Arschloch, Sie!«

»Oh, welche Ehre! Ich dachte, ich wäre nur ein gottverdammter *boche*? Aber Schwamm drüber! Wenn Sie so freundlich wären, sich zu beruhigen, will ich Ihnen ein Geschäft vorschlagen.«

»Ein Geschäft?« Eine Weile hörte Harry nur das Rauschen in der Leitung. »Also gut, sprechen Sie.«

»Die Sache ist ganz einfach. Ihr Auto gegen meine Bilder.«

»Wie bitte?«

»Ich brauche meine Bilder, hier in Marseille. Eine amerikanische Kunstsammlerin interessiert sich für mein Werk.«

»Was? Für das Geschmiere? Das glauben Sie doch selber nicht!«

»Debbie Jacobs heißt die Dame. Vielleicht haben Sie den Namen schon mal gehört. Die Familie ist ja nicht ganz unbekannt.« Harry machte eine Pause, um den Triumph auszukosten. Dann sagte er: »Also, wenn Sie sich bereit erklären, mir die Bilder zu schicken, verrate ich Ihnen, wo Sie Ihr Auto finden.«

»Samt Schlüssel?«

»Samt Schlüssel.«

Maître Simon zögerte nur einen Augenblick. »Einverstanden«, sagte er. »Ich schicke Ihnen die Bilder. In diese amerikanische Villa, nehme ich an.«

»Sehr richtig. Villa Bel-Air, Marseille. Und bevor Sie auf dumme Gedanken kommen – ich stehe unter dem Schutz der Vereinigten Staaten von Amerika. Das *American Rescue Committee* hat sich für meine Sicherheit verbürgt.«

Durch die Leitung rauschte ein unterdrückter Fluch. »Und wo finde ich meinen Wagen?«

»Das verrate ich Ihnen erst, wenn Sie mir die Bilder schicken. Reine Vorsichtsmaßnahme. Ich denke, das werden Sie verstehen.«

Ein weiterer Fluch krächzte in der Muschel. Harry lauschte ihm mit Entzücken.

»Ach, übrigens, grüßen Sie bitte Mademoiselle Lautrec von mir«, zwitscherte er.

»Mademoiselle Lautrec?«, rief Maître Simon. »Was zum Teufel haben Sie mit ihr zu tun?«

»Nichts«, erwiderte Harry. »Richten Sie ihr nur meine Komplimente aus – das Negligé steht ihr ausgezeichnet. Fast so gut wie Ihnen die Schlafmaske.«

26

Die ganze Nacht hatte Laura gemalt. Über dem Tejo graute ein neuer Tag, und je heller es draußen wurde, desto mehr schien die Dämmerung, die durch das Fenster drang, das trübe künstliche Licht des Hotelzimmers in sich hineinzufressen, als hätte die Deckenfunzel, in deren Schein Laura gearbeitet hatte, all ihre Kraft in dieser Nacht verbraucht.

Erschöpft trat sie von der Staffelei zurück, um ihr Bild anzuschauen. War es noch ein Teil ihres gemeinsamen Bildes mit Harry? Oder gehörte es ihr ganz allein? Dr. Retroverria hatte ihr geraten zu malen, wann immer die Gefühle sie zu überwältigen drohten. Das Bild war ein Doppelporträt von ihr und Harry. Flammenumlodert erschien er darauf wie ein Geist – von seinem Körper war nur noch der Kopf zu sehen. Laura lag ihm gegenüber im Graben.

Das Pferd, das sie selbst einmal gewesen war, hatte vor der flammenden Erscheinung gescheut und sie aus dem Sattel geworfen.

Oder lag sie nur im Graben, weil sie auf Harry wartete?

Aufmerksam betrachtete Laura ihr eigenes Konterfei. Vielleicht wusste es ja mehr als sie selbst und würde ihr Aufschluss geben. Doch ihr Abbild schien sich so wenig entscheiden zu können wie sie. Die Laura, die sie gemalt hatte, schaute Harry weder freundlich noch böse an, eher nachdenklich, skeptisch, ernst. Sie hatte die Ellbogen am Boden aufgestützt, und ihre Beine waren leicht gespreizt.

Obwohl wahrscheinlich nur ein paar wenige Pinselstriche nötig waren, um die Antwort herauszufinden, zögerte Laura. War es vielleicht nicht ein und dasselbe – auf Harry zu warten und im Graben zu liegen?

Plötzlich hörte sie nebenan ein leises Flüstern. Offenbar hatte Geraldine den Studenten aus Budapest mit auf ihr Zimmer genommen, um ihm den Abschied schwer zu machen.

Die beiden Räume waren nur durch eine Verbindungstür voneinander getrennt. Obwohl Laura wusste, dass es sie nichts anging, spitzte sie die Ohren. Ganz deutlich war die Stimme ihrer Freundin durch die Ritzen zu hören.

»Warten Sie einen Moment, Mr. Paddington. Ich hole nur was zu schreiben.«

Mr. Paddington? Laura stockte der Atem. Auf Zehenspitzen trat sie näher an die Tür, um besser zu hören. Doch so angestrengt sie auch lauschte – kein Ton von einem Studenten aus Budapest.

Kein Zweifel, Geraldine war allein. Und telefonierte mit ihrem Vater!

»Wie heißt die Klinik? *St.-Elisabeth-Hospital*?«, fragte sie. »Ja, ich notiere ... Greenmarket Square, Sydney, Australien ... Und der Arzt, der sie behandeln soll, ist Dr. Harold Simpson, Chefarzt der Psychiatrie ... Richtig?«

Laura trat von der Tür zurück. Sie hatte genug gehört, um zu wissen, was sie zu tun hatte.

Sie musste das Hotel verlassen. Sofort. Ohne Geraldine.

SECHSTES BUCH

SCHARADEN

MARSEILLE / LISSABON
1940–1941

1

Die Villa Bel-Air war ein von Efeu überwuchertes Schloss, das eine halbe Wegstunde von Marseille entfernt im 19. Jahrhundert erbaut worden war. Flankiert von mächtigen Platanen, erhob es sich inmitten eines verwilderten französischen Gartens, dessen Büsche und Hecken seit Jahren nicht mehr gestutzt worden waren: eine Festung auf einem Hügel, von dem aus man einen herrschaftlichen Blick über den Park, das Tal und das Meer hatte. Hier war, unter Leitung des amerikanischen Journalisten William Dry, das *American Rescue Committee* untergebracht, eine Hilfsorganisation, die es sich zur Aufgabe gemacht hatte, namhaften europäischen Künstlern und Intellektuellen, die vor den Nazis nach Frankreich geflohen waren, die Ausreise nach Übersee zu ermöglichen.

Obwohl die Gelder so knapp waren, dass es sogar an Brennmaterial fehlte, um das wenige Essen oder auch nur Kaffeewasser auf dem sechs Meter langen Herd in der Küche zum Kochen zu bringen, war die Villa stets bis unters Dach voller Flüchtlinge, sodass zu jeder Tages- und Nachtzeit irgendjemand vor der Tür des einzigen Bads darauf wartete, endlich zum größten Luxusgegenstand des Hauses Zugang zu erlangen – einer Zinkbadewanne, die genauso aussah wie diejenige, in der zur Zeit der französischen Revolution Jean-Paul Marat gestorben war. Sobald ein Zimmer in Bel-Air frei wurde, zog sofort wieder jemand ein. Das Kommando unter den Bewohnern aber hatten die einstigen Habitués des *Café Flore* übernommen, die sich nun in der Villa um ihren Papst René Pompon scharten wie früher in ihrem Pariser Stammlokal. Während jeder auf die Zusendung irgendeines lebensnotwendigen Dokuments wartete, auf einen Pass, auf ein Visum oder eine Bürgschaft aus den Vereinigten Staaten, vertrieb man sich die Zeit in der Bibliothek, dem prächtigsten Raum im ganzen Haus, einem Salon mit vergoldeten Empire-Möbeln, scheußlichen Landschaftsbildern und einer mythologisierenden Bildertapete. Nach jeder Abendmahlzeit traf man sich hier am Kamin, um zwischen goldgerahmten Spiegeln und kunstvoll gestalteten Messingleuchtern der alten gemeinsamen Lieblingsbeschäftigung zu frönen: dem Wahrheitsspiel.

»Hast du mit der Schauspielerin geschlafen – ja oder nein?«, wollte Pompon wissen, als der Flaschenhals auf Harry zeigte.

»Wie bitte?« Harry hatte gar nicht gemerkt, dass er an der Reihe war. Er hatte gerade den Brief geöffnet, den Jeannette, die Köchin der Villa, ihm beim Abendessen gegeben hatte. Der Brief war heute angekommen und stammte von Bobby aus New York.

»Wir wollen wissen, ob du mit der Schauspielerin geschlafen hast«, wiederholte Pompon. »Der Freundin von Maître Simon.«

»Zum hundertsten Mal – nein!«

»Und warum hat sie dich dann laufen lassen?«

»Ein Kuss hat gereicht. Wenn du je einen Kuss von mir bekommen hättest, wüsstest du, warum.«

Pompon verzog angewidert das Gesicht. »Ich warne dich. Wenn rauskommt, dass du uns belügst, ist ein Pfand fällig. Ich habe in deinem Zimmer zufällig eine Flasche Wein gesehen. Die werde ich gnadenlos konfiszieren, falls du versuchst, deine Freunde …«

»Kommt gar nicht infrage!«, fiel Harry ihm ins Wort. »Die Flasche ist Privateigentum! Die trinke ich mit Laura in Lissabon. Um unser Wiedersehen zu feiern.«

»Darüber hast du nicht allein zu bestimmen! Eigentum ist Diebstahl!«

»Du kannst mich mal«, sagte Harry und verließ den Tisch.

Während Pompon die leere Flasche abermals auf dem Tisch kreisen ließ, zog Harry sich in den hintersten Winkel der Bibliothek zurück, um endlich Bobbys Brief zu lesen. Vielleicht konnte sein Sohn ihm ja aus der Klemme helfen. Seit drei Wochen war Harry jetzt in der Villa Bel-Air, doch Debbie Jacobs hatte sich immer noch nicht blicken lassen. Angeblich reiste sie nach wie vor in der Gegend herum, um Bilder für ihre Sammlung zu kaufen.

Ungeduldig öffnete er das Kuvert. Doch kaum hatte er die ersten Zeilen gelesen, verdrehte er die Augen. Bobby hatte ja schon eine Menge verrückter Ideen gehabt, um seine Eltern nach Amerika zu holen. Doch der Vorschlag, den er jetzt machte, schlug dem Fass den Boden aus. Bobby wollte versuchen, ein gemeinsames Visum für seine Eltern zu beschaffen – indem er sie als Ehepaar ausgab! Das Leben berühmter Künstler, schrieb Bobby, sei den Amerikanern mehr wert als das Leben gewöhnlicher Sterblicher. Harrys Antrag würde darum mit höchster Priorität bearbeitet, und als seine Frau könne Mathilde von der Berühmtheit ihres ehemaligen Mannes profitieren und zusammen mit ihm ausreisen. Die Tatsache, dass sie seit Jahren geschieden waren, sei dabei kein Problem. Die Scheidungsurkunde sei nie ins Französische übersetzt worden, wie es von Rechts wegen nötig wäre. Formal würden sie deshalb in Frankreich nach wie vor als verheiratet gelten.

Mit einem Kopfschütteln ließ Harry den Brief sinken. War der Junge noch bei Verstand?

»Monsieur Winter …«

Harry drehte sich um. Hinter ihm stand Jeannette und wischte sich die Hände an der Schürze ab.

»Unten in der Halle wartet eine Dame, die Sie sprechen möchte.«

»Eine Amerikanerin?«, erwiderte Harry.

Jeanne zuckte die Achseln. »Französin ist sie jedenfalls nicht.«

2

»Glück muss der Mensch haben!«

»Ja, wer hat, dem wird gegeben.«

Unter den neidischen Kommentaren seiner Freunde eilte Harry aus der Bibliothek. Er würde Debbie Jacobs kein zweites Mal warten lassen! Doch auf dem Treppenabsatz blieb er stehen. Sollte er sie auf sein Zimmer führen? Oder sollte er die Bilder lieber zu ihr hinunter in die Halle bringen?

Seit er in der Villa untergekommen war, hatte er die meiste Zeit an der Staffelei verbracht. Maître Simon hatte zwar sein Cabrio abholen lassen, aber seinen Teil des Geschäfts hatte er nicht erfüllt. Harry hatte dem Chauffeur, den der Notar geschickt hatte, die Autoschlüssel ausgehändigt, ohne ausreichend gründlich die Kiste mit seinem Eigentum zu prüfen. Unter ein paar gerahmten Bildern, die oben in der Kiste gelegen hatten, waren lauter leere Leinwände zum Vorschein gekommen. Harry wusste, das war seine eigene Schuld. Mit seiner verfluchten Angeberei hatte er den Notar ja mit der Nase darauf gestoßen, wie wertvoll seine Gemälde waren. Zum Glück hatte er wenigstens das wichtigste Bild gerettet. Die *Himmelsbeute* nahm die ganze Hauptwand seines Zimmers ein. Debbie Jacobs würden die Augen überlaufen, wenn sie das riesige Gemälde zu sehen bekam.

Harry beschloss, sie auf sein Zimmer zu führen. Die Collage würde solchen Eindruck auf sie machen, dass sie es sich als Ehre anrechnen würde, ihm helfen zu dürfen. Als er die Treppe hinunterlief, überlegte er kurz, wie er seinen Fauxpas von Paris wiedergutmachen konnte. Am besten vielleicht mit einem kleinen, selbstkritischen Scherz. »Wenn Sie mir bitte folgen würden? Die Kunst-Abteilung befindet sich im zweiten Stock ...« Doch als er die Halle betrat, war von Debbie Jacobs keine Spur. Anstelle der amerikanischen Sammlerin erwartete ihn eine englische Gouvernante.

»Geraldine? Wo kommen Sie denn her?«

»Lauras Vater hat einen Detektiv beauftragt, Sie aufzuspüren, und mich hierhergeschickt.«

»Oh, ich wusste gar nicht, dass Mr. Paddington solche Sehnsucht nach mir hat«, erwiderte Harry. »Mein Gott, was freue ich mich, Sie zu sehen«, sagte er und drückte ihre Hand. »Haben Sie Nachrichten von Laura?«

Geraldine schüttelte den Kopf. »Leider nein. Ihre Eltern und ich hatten gehofft, Sie wäre hier.«

»Aber ... aber ich dachte, sie wäre bei Ihnen. Sie wollten doch zusammen nach Lissabon!«

»Da waren wir auch.«

»Und was machen Sie dann hier?«

»Sie hat sich aus dem Staub gemacht.«

»Wer? Laura? In Lissabon?«

»Ja, sie ist über Nacht aus unserem Hotel verschwunden, ohne irgendeine Nachricht. Seitdem hat kein Mensch mehr was von ihr gehört.«

»Verflucht noch mal! Warum haben Sie nicht besser aufgepasst?«

»Ach, Sie haben ja keine Ahnung, was alles passiert ist.«

»Dann spannen Sie mich nicht auf die Folter.«

»Ich weiß gar nicht, wo ich anfangen soll«, erwiderte Geraldine. »Wir waren noch nicht an der spanischen Grenze, da hatte sie eine Art Nervenzusammenbruch, und ich musste sie in eine psychiatrische Klinik bringen.«

»Was sagen Sie da? Einen Nervenzusammenbruch? Jetzt aber der Reihe nach.«

Harry forderte sie auf, Platz zu nehmen. Als Geraldine anfing zu erzählen, traute er seinen Ohren nicht. Um Gottes willen – das hatte Laura wirklich erlebt? Irgendwo im Niemandsland der Pyrenäen? Ohne ihn an ihrer Seite? Harry war bestürzt, entsetzt, verzweifelt – und gleichzeitig zutiefst fasziniert. Geraldines Bericht mutete ihn an wie ein phantastischer Reisebericht. Seine

Windsbraut hatte sich über alle Grenzen hinweggesetzt. Sie war auf der anderen Seite gewesen, dort, wo er selber noch nie gewesen war – im wahrsten und wirklichsten Reich der Imagination … Plötzlich war ihm alles klar. Darum war Laura ihrer Freundin davongelaufen, um der Spießerwelt der Vernunft für immer zu entkommen … Ihr Mut erfüllte ihn mit einer Bewunderung, die er gar nicht an sich kannte. Er musste so schnell wie möglich nach Lissabon, um sie zu finden. Sie musste ihm alles berichten, was sie erlebt hatte – welche Dinge sie auf der anderen Seite gesehen, welche Erkenntnisse sie dort gewonnen, welche Wahrheiten sie erfahren hatte.

Er war so aufgeregt, dass er Geraldine kaum noch zuhören konnte. Erst als sie auf ihn zu sprechen kam, gelang es ihm, ihr wieder seine volle Aufmerksamkeit zu widmen.

»Der Arzt sagt, Ihre Verhaftung sei der Auslöser für ihren Zusammenbruch gewesen. Die Flucht in eine andere Welt sei die einzige Möglichkeit für sie gewesen, den Verlust zu verkraften.«

»Das hat der Arzt gesagt?« Harry fühlte sich geschmeichelt. »Ein kluger Mann.«

»Ich weiß nicht«, erwiderte Geraldine. »Schließlich hat er sie als geheilt entlassen. Und dann ist sie plötzlich verschwunden.«

»Haben Sie den Arzt gefragt, wo sie seiner Meinung nach stecken könnte?«

»Ich habe natürlich in der Klinik angerufen, aber Dr. Retroverria hat auch keine Ahnung. Das Einzige, was er kategorisch ausschloss, war, dass Sie zu Ihnen zurückkehren würde. Darauf hat er seine ganze Bibliothek verwettet. Leider hat er damit recht behalten.«

Harry runzelte verwundert die Stirn. »Wie konnte er das wissen?«

Geraldine zögerte, bevor sie eine Antwort gab. Dann sagte sie: »Dr. Retroverria behauptet, Laura liebe Sie nicht mehr. Die Trennung von Ihnen sei das einzige Ziel seiner Therapie gewesen, und erst als Laura ihm versprochen habe, nicht mehr nach Ihnen zu suchen, habe er sie entlassen. Er meint, dass sie vermutlich irgendeinen anderen Mann kennengelernt hat, mit dem sie nun zusammen ist. Das sei in solchen Fällen die klassische Reaktion.«

3

Wie Blei hingen Dr. Retroverrias Schuhe an Lauras Füßen, als sie an Robertos Seite in der mexikanischen Botschaft von Lissabon vor den Standesbeamten trat, um dem Stierkämpfer ihr Jawort zu geben. Obwohl die Schuhe fürchterlich drückten, war sie froh, dass sie sie an diesem Morgen angezogen hatte. Sie wusste nicht, ob sie es sonst geschafft hätte, diesen Schritt zu tun.

»Bist du glücklich, meine Sternschnuppe?«, fragte Roberto.

Statt einer Antwort küsste sie ihn auf die Wange. Gott sei Dank, dass sie diesem Mann begegnet war! Ohne zu zögern, hatte er ihr seinen Schutz angeboten, nachdem sie aus dem Hotel geflohen war, und sie hatte noch keine Woche bei ihm gewohnt, da hatte er ihr die Ehe angeboten. Drei Tage und zwei Nächte hatte sie noch im Gästezimmer seiner Wohnung verbracht, dann hatte die Vernunft über ihre Zweifel gesiegt. Roberto war der Ausweg aus all ihren Nöten. Als seine Ehefrau war sie sicher vor den Heimsuchungen ihrer Eltern, die sie offenbar rund um den Globus von einer Irrenanstalt in die nächste schicken wollten, um sie so lange therapieren zu lassen, bis ihr Leben jeglichen Sinn verlor. Vor allem aber war sie an Robertos Seite sicher vor Harry. Ein Mann war das beste Mittel, um einen Mann zu vergessen. Dr. Retroverria würde stolz auf sie sein. Sie war erwachsen geworden – sie war frei.

Der Standesbeamte, ein baumgroßer Mensch mit buschigem Schnauzbart, räusperte sich.

»Wollen Sie, Laura Paddington, den hier anwesenden Roberto Jiménez heiraten, ihn lieben und ehren in guten wie in schlechten Tagen und ihm die Treue halten, bis dass der Tod euch scheidet?«

Laura erwiderte seinen Blick, ohne ihn zu sehen. Sie hatte schon einmal einen solchen Schwur geleistet, in Lulus Kneipe, vor über zwei Jahren … Wie glücklich war sie damals gewesen! Sie wollte sich eine Strähne aus der Stirn blasen, wie es ihre Gewohnheit war, aber aus irgendeinem Grund, den sie selbst nicht verstand, tat sie es nicht. Als fürchte sie ein Unheil, senkte sie den Kopf und schloss die Augen.

Plötzlich sah sie Harry vor sich, so deutlich, als stünde er leibhaftig vor ihr. Mein Gott, und wenn er vielleicht gerade auf dem Weg nach Lissabon war? Sie hatte ihm doch geschrieben, dass sie hier auf ihn warten wollte …

Die Gefühle überkamen sie mit solcher Macht, als hätte ihr jemand Insulin in die Blutbahn gespritzt. Wie Wolken an einem sturmgepeitschten Horizont stürmten die Bilder auf sie ein. Dada, der Vogelobere, verschmolz mit seiner Windsbraut in einem Kuss. Aneinander gefesselt, waren sie eingeschlossen von lodernden Flammen. Während das Feuer an ihnen leckte, erhoben sie sich in die Lüfte, um gemeinsam der Höllenküche zu entkommen. Doch genau in dem Moment, in dem der Himmel sich vor ihnen öffnete, hoch oben in den Lüften, gingen sie beide in Flammen auf …

»Ist dir nicht gut, meine Sternschnuppe?«

Als Laura die Augen aufschlug, sah sie in Robertos besorgtes Gesicht. Mit einem Lächeln schüttelte sie den Kopf.

»Es ist alles gut, mir war nur für einen Moment etwas flau.«

Dann richtete sie den Blick fest auf den Standesbeamten und sagte: »Ja, ich will.«

Der Beamte nickte mit väterlicher Güte auf sie herab: »Somit erkläre ich euch zu Mann und Frau.«

4

»Ich möchte Harry Winter sprechen!«

»Wen darf ich melden?«

»Mein Name spielt keine Rolle. Sorgen Sie einfach dafür, dass er erscheint. Und zwar möglichst rasch.«

»Ich weiß gar nicht, ob er überhaupt da ist. Ich musste heute Morgen seinen Anzug aufbügeln. Ich glaube, er wollte in die Stadt.«

»Reden Sie nicht, schauen Sie nach!«

Damit beendete Debbie das Gespräch. Während die Frau, die ihr aufgemacht hatte – allem Anschein nach die Köchin –, grummelnd die Treppe hinauf verschwand, betrachtete sie die Bilder, die an den Wänden der kalten, düsteren Eingangshalle hingen. Kein Zweifel, sie stammten größtenteils von Harry Winter – solche Zypressen konnte nur er malen! Zwischen den Baumbildern entdeckte Debbie außerdem ein paar Gemälde, in denen er offenbar seine Erlebnisse im Internierungslager verarbeitet hatte. Doch auf fast allen Bildern, ob im Wald oder im Lager, sah sie immer wieder das Gesicht einer Frau: einmal gehetzt und leidend wie auf der Flucht, dann zusammen mit einem Arzt … Debbie kannte das Gesicht, es gehörte dieser beneidenswert hübschen Engländerin, die in Paris mit Harry Winter zusammengelebt und der sie ein Pferdebild abgekauft hatte. Seltsam. Harry Winter war ein phantastischer Maler, also wohl kaum ein Mann von langweiligen Prinzipien. Trotzdem schien er immer noch an dieser kleinen Engländerin zu hängen. Konnte es sein, dass er sie tatsächlich liebte? Wenn sie sich recht erinnerte, hatte er sie auch in seinen Bettelbriefen erwähnt.

Statt sich den Kopf über eine Frage zu zerbrechen, die nur das Leben beantworten konnte, wandte Debbie sich wieder den Bildern zu.

»Miss Jacobs! Was für eine Freude, Sie wiederzusehen!«

Debbie drehte sich um. Vor ihr stand Harry Winter, ausgehfein in einem frisch gebügelten Anzug, der angesichts des kalten Wetters allerdings denkbar ungeeignet schien. Seit ihrer letzten Begegnung war er so sehr abgemagert, dass Jacke und Hose ihm lose um den Leib hingen. Trotzdem sah er einfach umwerfend aus. Der hagere, aufrechte Körper, das römische Gesicht, das schlohweiße Haar, das seinen aristokratischen Schädel umwölkte – Julius Cäsar im zwanzigsten Jahrhundert! Nur mit Mühe bewahrte Debbie die Haltung, die sie sich schuldig war.

»Ich hatte nach Harry Winter verlangt«, erklärte sie, so kühl sie konnte, »nicht nach seinem Butler!«

Ein Zucken ging durch sein Gesicht. Doch es dauerte nur eine Sekunde. Dann hatte er sich schon wieder gefasst.

»Herr Winter ist untröstlich«, sagte er mit einer Verbeugung. »Wenn er gewusst hätte, dass Sie ihm die Ehre Ihres Besuchs erweisen … Aber ausgerechnet heute ist er verhindert. Ein wichtiger, ein unaufschiebbarer Termin.« Zum Beweis hob er ein Dokument in die Höhe. »Eine Vorladung auf das amerikanische Konsulat.«

»Das ist nicht Ihr Ernst!«, platzte es aus Debbie heraus.

»Leider doch. Wenn Herr Winter nur selbst da wäre, um Ihnen die Gründe auseinanderzusetzen. Aber warten Sie – er hat mir etwas für Sie gegeben.«

Während er sprach, machte er sich an einem Lüster zu schaffen, der über und über mit glitzernden Kristallfäden behangen war. Als er sich zu ihr umdrehte, hockte in seiner Hand ein gläserner Vogel.

»Was ist das?«, fragte sie überrascht.

»Eine Brosche. Bitte sehr – für Sie.«

Bevor sie reagieren konnte, drückte er ihr die Kristallfäden, die er in Sekundenschnelle zu einem Schmuckstück verknotet hatte, in die Hand. Obwohl sie sich redlich anstrengte, böse zu sein, war sie hellauf begeistert.

»Herr Winter wäre glücklich, wenn Sie diese Petitesse als Zeichen seiner Zerknirschung annehmen würden«, sagte er. »Nennen Sie einfach einen Termin Ihrer Wahl, und er wird Ihr Diener sein.« Noch bevor sie etwas erwidern konnte, fügte er hinzu: »Wie wär's mit heute Abend?«

Aufmerksam musterte Debbie sein Gesicht. Sein berühmtes Charmelächeln gab ihr recht: Auch wenn er diese kleine Engländerin liebte – vollkommen immun schien er nicht zu sein. Um sich Gewissheit zu verschaffen, beschloss sie, seinen Vorschlag erst einmal abzulehnen.

»Nein, tut mir leid«, sagte sie, »heute habe ich schon etwas vor. Ein Abendessen mit meinem Reeder. Wir müssen den Transport meiner Sammlung besprechen.«

Er zog eine Miene, als hätte sein Steuerberater ihm gerade den Bankrott erklärt. »Oh, ich sehe – Sie können nicht verzeihen.« Er machte einen Schritt auf sie zu, und mit leiser Stimme raunte er: »Ich will Sie keineswegs bedrängen, verehrte gnädige Frau, aber wenn Sie keine Gnade mit Herrn Winter haben – haben Sie Gnade mit mir! Sie haben ja keine Ahnung, was er mir antut, wenn er von Ihrer Zurückweisung erfährt.« Er beugte sich an ihr Ohr, so nah, dass sie seine Lippen an ihrem Gesicht zu spüren glaubte. »Ganz im Vertrauen, er behandelt mich wie seinen Leibeigenen.«

»Daran zweifle ich nicht«, erwiderte sie, während ein leichtes, angenehmes Kribbeln, das es nirgendwo für Geld zu kaufen gab, sich in ihrem Nacken ausbreitete. »Er scheint Sie ja nicht mal ordentlich zu füttern.«

»Ach, wäre es nur das Essen. Wenn ich ihm keine gute Nachricht von Ihnen bringe, muss ich der Prügelstrafe gewärtig sein. Die Ablehnung schöner Frauen macht ihn rasend.«

»Weiß er denn schöne Frauen zu schätzen?« Das Kribbeln wanderte von ihrem Nacken bis hinunter zum Po.

Statt einer Antwort schaute er ihr nur einmal tief in die Augen. Debbie registrierte es mit Freuden. Jetzt wusste sie, was sie wissen wollte.

»Also gut«, sagte sie, »heute Abend, zwanzig Uhr.«

Ein Strahlen ging über sein Gesicht. »Hier in der Villa?«

»Ja. Aber diesmal bestehe ich auf Pünktlichkeit.«

Er nahm ihre Hand und führte sie an die Lippen. »Sie haben mein Leben gerettet!«

Debbie konnte sich nicht erinnern, wann es zum letzten Mal so schön gekribbelt hatte. Es musste zu ihrer Collegezeit gewesen sein.

»Ich hoffe, Sie sind sich bewusst, weshalb ich Sie sehen möchte?«

Sein spöttisches Lächeln bewies, wie überflüssig ihre Frage war.

»Wenn Sie dasselbe meinen wie ich – es wäre Herrn Winter gewiss ein Vergnügen.«

Er hauchte einen Kuss auf ihre Finger, und schon war er zur Tür hinaus.

5

Warum hatte das Schicksal immer ein Janusgesicht?

Den ganzen Herbst hatte Harry vergeblich auf Debbie Jacobs gewartet, auch Weihnachten und Neujahr waren vergangen, ohne dass sie sich hatte blicken lassen – und ausgerechnet heute, an dem einzigen Tag, an dem er sich unmöglich um sie kümmern konnte, kreuzte die Frau, die wie eine Göttin die Macht hatte, über sein Schicksal zu entscheiden, in der Villa auf. Zum Glück war es ihm gelungen, sie bei Laune zu halten. Wenn er Laura wiedersehen wollte, war er auf sie angewiesen – der Weg nach Lissabon führte über Debbie Jacobs. Verließ er sich hingegen auf die Phantastereien seines Sohnes, würde man ihm bis zum St. Nimmerleinstag die Ausreise verweigern. Der einzige Grund, warum Harry sich überhaupt darauf einließ, war Mathilde. Sie hatte ihm aus der Patsche geholfen, als er im Lager gewesen war. Jetzt durfte er sie nicht im Stich lassen.

Frierend in seinem viel zu dünnen Anzug, erreichte Harry das amerikanische Konsulat im Hafenviertel von Marseille. Mathilde war schon da und sprach mit Mr. Jennings, dem Vizekonsul, als er das Dienstzimmer betrat. An Mathildes Gesicht erkannte er allerdings sofort, dass er mit seiner Einschätzung zur Lage der Dinge recht gehabt hatte.

»Sie haben das Visum abgelehnt, nicht wahr?«, fragte er.

Mr. Jennings schüttelte den Kopf. »Nein, das Visum liegt vor. Aber es wurde unter Vorspiegelung falscher Tatsachen erschlichen.« Er blätterte in seinen Unterlagen und holte ein Dokument hervor. »Ich habe ein Telegramm aus den Staaten. Unsere Behörden haben Nachforschungen angestellt und herausgefunden, dass Sie längst geschieden sind.«

»Ich dachte, das deutsche Urteil hätte ohne Übersetzung keine Gültigkeit«, erwiderte Harry lahm.

»Ich habe mit dem Konsul über den Fall gesprochen. Tut mir sehr leid, aber er ist nicht bereit, wider besseres Wissen zu handeln.«

Mr. Jennings klappte seinen Aktendeckel zu.

»Keine Chance?«

»Keine Chance.«

»Aber …«

»Spar dir die Mühe, Harry«, sagte Mathilde. »Mr. Jennings hat mir alles erklärt. Es ist zwecklos.«

Er sah ihre Enttäuschung und nahm ihre Hand. Die Tapferkeit in ihrem anständigen Gesicht war kaum auszuhalten.

»Und jetzt?«

»Mach dir um mich keine Sorgen. Carl und ich haben ja auch einen Antrag gestellt, und der sieht nach Auskunft von Mr. Jennings gar nicht so schlecht aus.« Obwohl es ihr sichtlich schwerfiel, rang sie sich ein Lächeln ab. »Lädst du mich zu einem Stück Kuchen ein?«, fragte sie. »Ich kenne hier ein nettes Café, nur zwei Straßen weiter, das von einem Kölner Konditor betrieben wird. Er backt eine wunderbare Schwarzwälderkirschtorte.«

»Aber sicher, wenn ich dir damit eine Freude machen kann.«

Harry reichte ihr seinen Arm, und mit jener Vertrautheit, die sie seit einer Ewigkeit miteinander verband und die kein Paragraf der Welt zerstören konnte, hakte sie sich bei ihm unter.

Doch sie waren noch nicht an der Tür, da hielt Mr. Jennings sie zurück.

»Eine Möglichkeit sehe ich noch«, sagte er.

»Nämlich?«, fragten Harry und Mathilde wie aus einem Munde.

Er schaute sie beide fest an. »Sie müssen noch einmal heiraten. Hier, jetzt gleich!«

»Wie bitte?«

»Sind Sie verrückt geworden?«

Mr. Jennings verzog keine Miene. »Wenn Sie Ihre Ehe erneuern, indem Sie sich vor einem Beamten der Vereinigten Staaten von Amerika das Jawort geben, ist juristisch alles in Ordnung. Dann kann ich Ihnen das Visum ohne Weiteres aushändigen. Sogar mit Einverständnis des Konsuls.«

Harry schaute erst Mathilde an, dann Mr. Jennings. Offenbar war es dem Mann ernst. Trotzdem hielt sich Harrys Begeisterung in Grenzen. Was war mit Laura, wenn er mit Mathilde nach Amerika ausreisen würde? Sollte er seine Windsbraut allein in Europa zurücklassen? Ohne zu wissen, wo sie überhaupt steckte? Daran hatte bisher noch kein Mensch gedacht.

»Kommt gar nicht infrage«, erklärte Mathilde.

»Was kommt nicht infrage?«, erwiderte Mr. Jennings.

»Noch einmal zu heiraten. Das ist doch alles Unsinn! Mein Mann – ich meine, Mr. Winter – hat sich vor Jahren von mir getrennt, weil er glaubte, mich nicht mehr zu lieben. Jetzt will ich nicht noch einmal seine Frau werden, nur damit alles seine juristische Ordnung hat. Schließlich lebe ich mit einem anderen Mann zusammen.«

Obwohl er sich dafür schämte, fiel Harry ein Stein vom Herzen. Auf Mr. Jennings machte Mathildes Rede allerdings weniger Eindruck.

»Ihre Redlichkeit in Ehren – aber ich würde Ihnen dringend empfehlen, sich die Sache zu überlegen. In Frankreich bestimmen de facto die Deutschen, auch hier im unbesetzten Teil des Landes, und wie ich aus meinen Unterlagen ersehe, sind Sie Jüdin.« Er zögerte einen Moment, dann sagte er: »Haben Sie gehört, was die Nazis in Largentière angerichtet haben? In der psychiatrischen Klinik?«

»Wie heißt der Ort?«

»Largentière«, sagte Harry. »Laura und ich sind mal da gewesen. – Bitte klären Sie uns auf, Mr. Jennings. Was ist in der Klinik passiert?«

»Ein Massaker«, sagte der Vizekonsul mit rauer Stimme. »Die Nazis haben sämtliche Patienten umgebracht. Egal ob Mann oder Frau, Kind oder Greis. Unwertes Leben, so nennen sie das ...«

Das Schweigen, das plötzlich entstand, war so intensiv, dass Harry glaubte, das Ticken seiner Armbanduhr zu hören. Als wäre es erst gestern gewesen, sah er die Patienten von Largentière wieder vor sich, die kindliche Freude in ihren Gesichtern, die Begeisterung, mit der sie gemalt hatten. »Schwester Anna!«, hatte der mongoloide Junge immer wieder gerufen, sobald er irgendetwas in den zerfließenden Farben und Formen erkannte.

»Wir sollten Mr. Jennings' Rat befolgen«, hörte Harry sich plötzlich sagen. »Lass uns heiraten, Mathilde! Es geht doch nur darum, so schnell wie möglich hier rauszukommen. Und wenn du Bedenken hast wegen Carl – das brauchst du nicht, es ist ja nur zum Schein. Wir wollen die Ehe ja nicht vollziehen. Ich würde es mir nie verzeihen, wenn die Nazis eines Tages ...«

»Auf gar keinen Fall!«, fiel Mathilde ihm ins Wort. »Was sind das für widerliche Geschäfte! Ein Leben für einen Trauschein?« Energisch schüttelte sie ihren Bubikopf. »Nein, ich mag keine Scharaden! Allein die Vorstellung ist so was von absurd, dass ich nur darüber lachen kann! Außerdem bin ich sicher, dass Bobby uns hier rausholt. Er hat uns schließlich schon bis hierher gebracht.«

Sie setzte sich ihren Hut auf und öffnete die Tür.

»Vielen Dank für Ihre Mühe, Mr. Jennings.«

Der Vizekonsul holte tief Luft. »Ist das Ihr letztes Wort?«

Mathilde nickte. »Ich bin mein ganzes Leben lang Optimistin gewesen, und ich lasse es nicht zu, dass die verfluchten Nazis auf meine alten Tage eine Pessimistin aus mir machen.« Sie warf Harry einen ungeduldigen Blick zu. »Worauf wartest du? Wenn du nicht bald kommst, schnappt uns noch jemand den Kuchen weg. Kannst du das verantworten?«

»Natürlich nicht. Ich würde mir ewig Vorwürfe machen.«

Zehn Minuten später saßen sie in dem Café, in dem ein Kanonenofen eine behagliche Wärme verbreitete. Das Lokal lag direkt am Hafen, und obwohl in fast allen Läden Eier, Zucker und Mehl rationiert waren, schmeckte die Torte besser als jede andere, die Harry je gegessen hatte. Lag es an dem Hunger, der ihn von morgens bis abends plagte? Oder lag es daran, dass sie früher in Köln jeden Sonntag zusammen in einem Café am Dom Kuchen gegessen hatten? Als er sah, wie sehr Mathilde die Torte genoss, kratzte er sein letztes Geld zusammen, und sie aßen beide zwei Stücke.

Mit einem Kuss verabschiedeten sie sich voneinander.

»Ich drücke dir die Daumen für das Visum.«

»Um mich mach dir mal keine Sorgen, Harry. Pass du lieber auf dich selbst auf.«

Als sie auseinandergingen, sah er ihr nach, bis sie mit ihrem Hut im Gewühl der Straße verschwunden war. Tapfere Mathilde. Egal, welchen Strich das Schicksal ihr durch die Rechnung machte – nie ließ sie sich unterkriegen.

Ein leichter Nieselregen fiel von dem grauen Winterhimmel. Mit einem Seufzer wandte Harry sich ab, um zur Bushaltestelle zu gehen. In der Villa wartete Debbie Jacobs, und er hatte versprochen, pünktlich zu sein.

Er konnte ja nicht ahnen, dass er Mathilde an diesem Tag zum letzten Mal in seinem Leben gesehen hatte.

6

Frühling! Frühling in Bel-Air!

Nach einem kalten, regnerischen Winter, den man in der kaum geheizten Villa nur in Mänteln und Pullovern hatte überleben können, wurden die Tage wieder länger und wärmer. Die Sonne spielte mit der Luft, und die Erde begann zu riechen. Eidechsen lugten aus ihren Verstecken hervor und huschten die Gartenmauern entlang. Zartes Grün legte sich über die Kronen der Bäume, die Fliederbüsche strotzten nur so vor Saft, und in den Hecken schäumten Wolken goldener Mimosen. Kaum senkte sich am Abend die Dämmerung über die Villa und den Park, fing irgendwo eine Nachtigall an zu singen, und am Teich quakten die Frösche. Überall paarte sich das Getier, in den Büschen, in den Beeten, in den Hecken, und während auf den Dächern die Katzen sehnsuchtsvoll miauten, war auf den dunklen Wegen im Schatten der Zypressen leises Liebesflüstern zu hören.

Auch Debbie Jacobs konnte sich des Frühlings nicht erwehren; mit derselben Macht, mit der er sich in allen Pflanzen und Tieren regte, bemächtigte er sich ihrer Natur. Sie hatte sich in Harry Winter verliebt, mehr als sie sich selbst eingestehen wollte. Jedes Mal, wenn sie in seine blauen Augen sah, durchlief sie dieses wunderbare Kribbeln. Doch während sie den Frühling in jeder Faser ihres Leibes spürte, erwies Harry Winter sich als unendlich langweiliger als sein Ruf. Schon der erste Abend, den sie mit ihm verbracht hatte, war eine einzige Enttäuschung gewesen: Wenn er nicht von seinen Bildern gesprochen hatte, dann von seiner Geliebten oder seiner ersten Frau. Kein einziges Mal hatte er versucht, Debbie zu küssen.

War der einzige Reiz, den sie auf ihn ausübte, die Aussicht, mit ihrer Hilfe aus Frankreich rauszukommen?

Unter dem Vorwand, in Marseille kein geeignetes Hotel zu finden, war Debbie schließlich in die Villa eingezogen, in der Hoffnung, dass vielleicht nur mangelnde Gelegenheit Harry davon abhielt, sich ihr zu nähern. Hunderte von Männern hatten ihr schon den Hof gemacht, und Liebe war ein Wort, das sie in allen Sprachen der Welt durchdeklinieren konnte. Doch an diesem Deutschen prallten ihre Künste auf geradezu jämmerliche Weise ab. Vielleicht hätte sie ihn noch ein paar Monate länger zappeln lassen sollen! Denn abgesehen von der gläsernen Brosche sowie einem Paar sichelförmiger Ohrringe, die er für sie in dem riesigen Küchenherd emailliert hatte, war ihr kein Erfolg beschieden, der über das bloße Geschäft hinausging. Obwohl sie alle Anstrengungen unternahm, um ihm die Papiere zu besorgen, die er für seine Ausreise benötigte, blieb er kalt und unberührbar wie ein Fisch. Nicht mal das idiotische Wahrheitsspiel, mit dem die Bewohner der Villa sich Abend für Abend wie beim Kindergeburtstag vergnügten, hatte ihr geholfen. Als Pompon sie gefragt hatte, ob sie beim Liebesakt lieber die obere oder die untere Stellung einnehmen würde, hatte Harry Winter in einem Band Baudelaire geblättert, ohne seine Lektüre auch nur für einen Augenaufschlag zu unterbrechen.

Debbie hatte darum gar keine Lust gehabt, als er sie aus Anlass seines fünfzigsten Geburtstags zu einem kleinen Fest im Kreis seiner Freunde eingeladen hatte, und es war nur Ausdruck ihrer grenzenlosen Höflichkeit, dass sie sich nun überwand, sich in das enge, dekolletierte Abendkleid zu zwängen, das sie sich kürzlich in Marseille gekauft hatte. Zu allem Überfluss fand die Party auch noch in seinem Zimmer statt, wo an der Wand für jedermann sichtbar der Grund seiner kalten Unberührbarkeit prangte: die *Himmelsbeute* – das Bild, das er zusammen mit Laura Paddington gemalt hatte.

Gab es auf der Welt überhaupt eine Frau, die gegen ein solches Bild anlieben konnte?

Es war das großartigste Bild, das Debbie jemals gesehen hatte: das ganze Drama Europas, als das Liebesdrama zweier Menschen ... Aber niemand außer Debbie schenkte dem Werk an diesem Abend Beachtung. Harrys Freunde waren vollauf damit beschäftigt, sich um eine Schüssel Pudding zu streiten, den Jeanette zu Harrys Ehren gekocht hatte. Die Milch stammte von einer sogenannten »geheimen« Kuh, die nicht von den Behörden registriert war, sodass man trotz der Rationierung, der inzwischen fast alle Lebensmittel unterlagen, die Milch direkt von dem Bauern kaufen konnte. Obwohl Debbie begriff, dass nach einem Winter, in dem es dreimal pro Woche Steckrüben gegeben hatte, der Hunger wahrscheinlich jeden Menschen in einen Banausen verwandeln konnte, vermochte sie nicht wirklich zu fassen, dass diese alberne Schüssel Pudding für alle anderen außer ihr im Raum offenbar von größerem Interesse war als das wunderbarste Werk der zeitgenössischen Kunst. Fast bedauerte sie, Harry eine Erstausgabe der *Fleurs du Mal* geschenkt zu haben. Mit einem Pfund Speck oder einem Sack Kartoffeln hätte sie unter den obwaltenden Umständen wahrscheinlich eher an sein Herz gerührt.

»Wie viel muss ich Ihnen bieten, Harry, damit Sie mir das Bild verkaufen?«, wollte sie wissen.

»Meinen Sie die *Himmelsbeute*?«, fragte er und leckte seinen Löffel ab. »Tut mir leid, die ist unverkäuflich.«

»Ich mache nur ungern Komplimente. Aber könnten fünftausend Dollar Ihre Bedenken schmälern?«

Harry schüttelte den Kopf. »Ich kann das Bild nicht verkaufen, ich habe es ja nicht allein gemalt. Mehr als die Hälfte stammt von Laura. Außerdem ist es noch gar nicht fertig.«

»Bitte, Harry, geben Sie sich einen Ruck. Wofür habe ich das viele Geld geerbt? Das Bild wäre das Prunkstück meiner Sammlung. Ich kenne kein Werk, das dieses Jahrhundert besser repräsentieren könnte.« Debbie machte eine kurze Pause, bevor sie ihr Angebot erhöhte. »Siebentausend?«, fragte sie dann. »Wenn das Gewissen Sie plagt, können Sie Lauras Anteil ja auf einem Treuhandkonto hinterlegen. Ich will Ihnen gerne erklären, wie so etwas geht.«

»Das wird nicht nötig sein«, sagte Pompon, der die Puddingschüssel an sich genommen hatte. »Nach allem, was man so hört, hat Laura ja inzwischen eine glänzende Partie gemacht.«

Debbie sah, wie Harry zusammenzuckte. Sie hatte Pompon nie leiden mögen, aber vielleicht hatte sie sich ja in ihm getäuscht.

»Was willst du damit sagen?«, fragte Harry.

»Dass Laura geheiratet hat«, erwiderte Pompon mit einem Schulterzucken. »In Lissabon.«

Harry kräuselte die Nase, und sein Gesicht schwoll an, als würde es gleich explodieren.

»Bist du neuerdings unter die Spiritisten gegangen?«, fragte er. »Oder wie kommst du auf solchen Unsinn?«

»Ist absolut kein Unsinn«, sagte Pompon. »Ich weiß es aus sicherster Quelle – vom Bräutigam persönlich. Er ist zufällig ein Freund von mir und hat es mir geschrieben.«

Die Gespräche verstummten, nur das Kratzen von Pompons Löffel war zu hören. Debbie hob die Brauen. Offenbar waren ein paar Dinge doch noch interessanter als eine Schüssel Pudding.

Plötzlich sah Harry so alt aus, wie er seinem Geburtstag zufolge tatsächlich war.

»Und wer, bitte schön, soll der Bräutigam sein?«, fragte er so leise, dass Debbie seine Worte kaum verstand.

»Kannst du dir das nicht denken?« Pompon steckte sich den letzten Löffel Pudding in den Mund und drehte ihn genüsslich auf der Zunge herum. »Roberto Jiménez«, sagte er dann.

»Der Stierkämpfer?«, rief Harry entsetzt.

»Natürlich! Was hast du denn gedacht?«

7

Die Party war zu Ende. Doch Harry war nicht nach Schlafen zumute. Obwohl er Eifersucht zutiefst verachtete, war er so eifersüchtig wie noch nie in seinem Leben. Eifersucht wie ein Paar ranziger, alter Schuhe, und er hatte das Gefühl, dass der ganze Raum danach stank. Um allein zu sein, fing er an aufzuräumen. Wie nicht anders zu erwarten, verschwanden seine Freunde bald auf ihren Zimmern, kaum dass er mit der Arbeit angefangen hatte. Lediglich Debbie Jacobs hatte ihm ihre Hilfe angeboten, doch die hatte er abgelehnt. Jetzt, nachdem er die Gläser gespült und die leeren Flaschen in den Keller gebracht hatte, war es im ganzen Haus still. Nur aus Jeanettes Zimmer war ein leises Stöhnen zu hören – offenbar hatte die Köchin sich mit dem Gärtner angefreundet.

Harry beschloss, noch ein paar Schritte im Park zu tun. Ein Spaziergang an der frischen Luft würde ihm hoffentlich helfen, seine Gefühle zu sortieren.

Doch als er auf die Terrasse trat, wurde es nur noch schlimmer. Überall raschelte und zischelte es, die laue Frühlingsnacht vibrierte schier vor Fruchtbarkeit, als habe selbst die Natur es darauf abgesehen, seine Eifersucht anzustacheln. Um den ranzigen Gestank nicht länger zu riechen, zündete Harry sich eine Zigarette an. Es half alles nichts. Als er die Treppe hinunter in den Garten ging, musste er sogar aufpassen, dass er nicht auf die Kröten trat, die scharenweise in der Dunkelheit kopulierten – fast jedes Weibchen trug ein Männchen auf dem Rücken. Mit bitterem Lächeln sah Harry ihnen zu. Am nächsten Morgen würden die Weibchen mit dem Bauch nach oben tot auf dem Teich schwimmen und lange Eischnüre hinter sich herziehen …

War er fünfzig Jahre alt geworden, damit eine Frau ihm solche Schmerzen zufügte? Wenn er wenigstens Mirakelkraut hätte oder richtigen Tabak! Stattdessen musste er diesen scheußlichen Knaster rauchen, an dem man fast erstickte.

Während er hustend den Rauch inhalierte, sah er plötzlich Pompons grinsendes Gesicht vor sich. Dem Mistkerl war es ein Genuss gewesen, ihm die Nachricht zu überbringen – fast hätte er darüber seinen Pudding vergessen. Leider hatte Harry nicht den geringsten Grund, an seinen Worten zu zweifeln. Im Gegenteil. Tief in seinem Innern hatte er schon lange befürchtet, was Pompon nur ausgesprochen hatte. Warum sonst hatte Laura das Zauberhaus verkauft und sich ohne ihn aus dem Staub gemacht? Warum sonst hatte sie die *Himmelsbeute* in Sainte-Odile zurückgelassen? Warum sonst hatte sie seinen Pass mitgenommen, sodass er sich nicht hatte vom Fleck rühren können?

Nein, Harry machte sich keine Illusionen. Geraldine hatte ihm schließlich klipp und klar gesagt, woran er war. Laura liebte ihn nicht mehr. Ihre Gesundheit war ihr wichtiger gewesen. Das war die simple Wahrheit: Sie hatte sich ihre Gesundheit um den Preis ihrer Liebe erkauft, um sich fortan mit einem Stierkämpfer zu trösten.

Plötzlich verwandelte sich sein Schmerz in Wut. Mit der Schuhspitze trat er gegen ein kopulierendes Krötenpaar, sodass es wie ein Fußball durch die Luft flog. Das war der erbärmlichste Verrat, von dem er je gehört hatte!

»Verkaufen Sie mir jetzt das Bild?«, fragte eine Stimme in der Dunkelheit.

Harry fuhr herum. Auf der Treppe stand Debbie Jacobs. Weiß schimmerten ihre nackten Schultern im Mondschein.

»Ich habe Ihnen doch gesagt, es ist unverkäuflich«, brummte er.

»Und wenn ich Ihnen zehntausend biete?«

Alles in Harry drängte danach, Ja zu sagen. Doch genau deshalb sagte er Nein.

»Ich verstehe«, erwiderte Debbie, während sie die Treppe herunterkam. »Sie hängen immer noch an ihr. Aber das macht nichts. Ich habe Wettbewerb nie gescheut. Konkurrenz belebt das Geschäft!«

Harry schüttelte den Kopf. »Laura ist nicht der Grund«, sagte er, ohne zu wissen, ob es die Wahrheit oder eine Lüge war. »Es … es ist wegen mir selbst …«

»Das ist der einzige Grund, den ich bereit bin zu akzeptieren.« Debbie steckte sich eine Zigarette zwischen die Lippen. »Haben Sie Feuer?«

»Natürlich.«

Als Harry ein Streichholz anzündete, führte sie seine Hand zu ihren Lippen. Während die Flamme zwischen ihnen zitterte, schaute sie ihm tief in die Augen.

»Was vertrödeln Sie hier Ihre Zeit, Harry? Verlassen Sie diesen verrotteten Kontinent. Kommen Sie mit mir in die USA. Ganz Amerika wartet auf Sie. Die Menschen dort werden Ihnen zu Füßen liegen.«

»Glauben Sie?«, erwiderte er. Obwohl er sich dagegen wehrte, fühlte er sich geschmeichelt.

Statt ihm zu antworten, zog sie mit einer spöttisch erhobenen Braue an ihrer Zigarette. Während ihr Blick weiter fest auf ihn gerichtet blieb, blies sie mit dem inhalierten Rauch die Flamme aus. Feinster Virginia-Tabak, wie Harry registrierte.

»Falls Sie sich nichts schenken lassen wollen«, sagte sie, »kann ich mir auch eine andere Form der Wiedergutmachung vorstellen. Es muss ja nicht immer Kunst sein.«

Harry musste schlucken. Täuschte er sich oder war ihre Stimme rauer als sonst? Erst jetzt wurde ihm bewusst, dass er nicht mal die Farbe ihrer Augen kannte. Er verfluchte seine Unaufmerksamkeit. Eine Bemerkung zu ihren Augen wäre jetzt Gold wert gewesen. Aber die Glut der Zigarette verbreitete nicht genügend Licht.

»Und – woran haben Sie gedacht?«, fragte er.

»Ich habe Durst«, sagte Debbie. »Haben Sie vielleicht noch etwas zu trinken?«

Harry zögerte. Er erinnerte sich an den Schwur, den er vor Jahren geleistet hatte, am Flussbett der Ardèche, nachdem Laura und er sich auf den Steinen geliebt hatten. Aber die Erinnerung beherrschte ihn nur eine Sekunde. Was zum Teufel zählte jetzt noch ein Schwur? Auge um Auge ... Verrat um Verrat ...

»Ja«, sagte er schließlich, und seine Stimme klang auf einmal genauso rau wie ihre. »Eine Flasche Wein habe ich noch, auf meinem Zimmer.«

»Einen guten französischen Wein?«, fragte sie. Sie war jetzt so nah, dass er ihren Atem auf seinem Gesicht spürte.

Harry nickte. »Ich habe ihn selber gekeltert. Aus dem eigenen Weinberg.«

»Wie interessant«, lächelte Debbie. »Ich kann es gar nicht erwarten, davon zu probieren …«

Als er sie küsste, erinnerte er sich. Ihre Augen waren grün.

8

»Warst du endlich beim Arzt?«, wollte Roberto wissen.

»Nein«, sagte Laura und malte weiter, ohne von ihrer Arbeit aufzuschauen.

»Warum nicht? Du hattest es mir fest versprochen.«

»Erst will ich mein Bild fertig malen.«

»Das sagst du jedes Mal. Aber mit so etwas spaßt man nicht. Wie oft soll ich dir das noch sagen?«

Statt ihm zu antworten, verdrehte Laura die Augen. Seit einem halben Jahr war sie mit Roberto verheiratet, doch kaum ein Tag verging, ohne dass er damit anfing. Wie hatte sie so dämlich sein können, ihm von der *Sache* zu erzählen? Sie hatte sie nur ganz nebenbei erwähnt, eigentlich nur laut darüber nachgedacht, ob sie sich noch in Lissabon oder erst in Amerika untersuchen lassen sollte. Seitdem kannte er kein anderes Thema mehr. Sogar wenn sie miteinander schliefen, gab er keine Ruhe. Statt sie zu liebkosen, wie es sich für einen Ehemann gehörte, tastete er an ihr herum, als wäre er ihr Gynäkologe.

»Musst du eigentlich immer malen, wenn ich mit dir spreche?«, fragte Roberto. »Ich mache mir ernsthaft Sorgen um meine Sternschnuppe.«

»Bist du mein Mann oder meine Gouvernante? Wenn du so weitermachst, werde ich in Zukunft Geraldine zu dir sagen. Und bitte hör endlich auf, mich Sternschnuppe zu nennen. Ich heiße Laura.«

»Von mir aus Laura – *Laura*! Aber das ändert nichts an der

Sache. Ich bin Mexikaner. Also trage ich die Verantwortung für dich! Schließlich bist du meine Frau!«

»Mach dich nicht lächerlich. Ich kann selber auf mich aufpassen.«

»Das kannst du nicht. Sonst wärst du längst zum Arzt gegangen!«

»Bitte Roberto, mach mich nicht verrückt. Wahrscheinlich habe ich mir ja alles nur eingebildet. Wenn du wüsstest, was ich mir schon eingebildet habe. So viel Tequilla kannst du gar nicht trinken.«

Sie trat von der Staffelei zurück und betrachtete ihr Bild. Vor der düsteren Kulisse einer Schlossruine hatten sich all die Dämonen versammelt, die sie während ihrer Krankheit befallen hatten, um miteinander ein Picknick im Grünen zu veranstalten. Eigentlich eine recht lustige Gesellschaft. Doch irgendwie hatten sie alle ihr Lachen verloren. Genauso wie sie.

»Hör endlich auf, mir auszuweichen!«, sagte Roberto. »Ich habe es selber gefühlt, mit meinen eigenen Händen. Also bestehe ich darauf, dass du dich untersuchen lässt.«

»Hat das nicht Zeit bis Amerika?«

»Wenn wir bald abreisen – ja. Wenn wir noch länger bleiben – nein.«

Als sie weiter malte, ohne etwas zu sagen, trat er zu ihr und nahm ihr den Pinsel aus der Hand.

»Lass uns abreisen, Laura. Bitte.«

»Du tust gerade so, als hätte ich was dagegen. Von mir aus jederzeit!«

»Dann pack die Koffer! Morgen läuft die *Queen Mary* nach New York aus.«

»Du glaubst doch nicht im Ernst, dass da noch Plätze frei sind.«

»Ich bin Diplomat! Ein Anruf bei der Reederei genügt, und wir bekommen jede Kabine, die wir wollen.«

»Bitte Roberto – wozu diese Eile? Du bist ungeduldiger als ein Kind. Du siehst doch, dass mein Bild noch nicht fertig ist.«

Sie wollte sich wieder der Staffelei zuwenden, doch er hielt sie zurück.

»Ist es wirklich das Bild?«

Er hob ihr Kinn, sodass ihr gar nichts anderes übrig blieb, als ihm in die Augen zu schauen. Ein Zucken spielte um seinen Mund, doch diesmal sah er ganz und gar nicht aus wie ein Matador. Eher wie ein Stier, den die Picadores schon blutig gestochen haben.

»Du hoffst noch immer, dass Harry hier auftaucht, nicht wahr?«

9

Während der Zug sich den Pyrenäenpass hinauf quälte, griff Harry in die Brusttasche seines Jacketts, um sich zum hundertsten Mal zu vergewissern, dass seine Papiere noch an Ort und Stelle waren. Bis zur spanischen Grenze waren es nur noch ein paar Minuten, und mit jedem Meter, den die Grenze näher kam, wuchs seine Nervosität.

Würden die Franzosen ihn außer Landes lassen?

Obwohl in dem Erste-Klasse-Abteil, das Debbie ihm spendiert hatte, nur noch ein älteres Ehepaar saß, das in San Sebastian seit dreißig Jahren zur Kur ging, hing ein ekelhaft ranziger Geruch in der Luft, wie von alten, ausgelatschten Schuhen. Harry wusste zwar, dass er sich den Gestank nur einbildete. Dennoch glaubte er die Ausdünstungen so deutlich zu riechen, dass sie ihm in der Nase juckten. Wenn Laura mit ihrem Stierkämpfer aus Portugal abreiste, bevor er selber in Lissabon ankam, würde er sie wahrscheinlich niemals wiedersehen.

Herrgott – warum kroch der Zug nur so fürchterlich langsam voran? Um seine Nervosität zu bekämpfen, zündete Harry sich eine Zigarette an. Gleich nach der ersten Nacht, die Debbie und er miteinander verbracht hatten, waren sie zum amerikanischen Konsulat gefahren, um ein Notvisum zu besorgen, auf das Harry als Häftling dreier Internierungslager und bekannter Hitlergegner angeblich Anspruch hatte. Das stand zwar in keinem Gesetz, doch nachdem Debbie es Mr. Jennings in der ihr eigenen unmissverständlichen Art erklärt hatte, glaubte es sogar der Vizekonsul. Ohne zu murren, hatte er angeordnet, das Dokument, das zugleich als Ersatz für Harrys verlorenen Pass gelten würde, unverzüglich auszustellen. Debbie hatte sogar schon zwei Plätze auf einem amerikanischen Clipper gebucht, der dreimal pro Woche von Lissabon nach New York flog. Harrys Ticket hatte ursprünglich einem rumänischen Dichter gehört, aber als sich herausgestellt hatte, dass die rumänische Einwanderungsquote in den Vereinigten Staaten schon für zwei Jahre ausgeschöpft war, hatte der arme Teufel sich schließlich gefreut, dass Debbie bereit war, ihm das Ticket für denselben Preis abzukaufen, den er vor Monaten dafür bezahlt hatte.

»Müssen Sie unbedingt rauchen?«, fragte die Frau im Abteil mit säuerlichem Gesicht.

»Das hier ist ein Nichtraucher!«, fügte ihr Ehemann halb entschuldigend hinzu.

»Oh pardon«, erwiderte Harry. »Das habe ich nicht gewusst.«

Eilig drückte er seine Zigarette aus und fächelte mit der Hand den Rauch fort. Das würde ihm gerade noch fehlen, dass sich jemand beim Zugpersonal beschwerte und die Aufmerksamkeit auf ihn lenkte. Bis zuletzt hatte er gehofft, er könne zusammen mit Debbie aus Frankreich ausreisen. In ihrem rosafarbenen Straßenkreuzer hätte man ihn kaum kontrolliert – Debbie brauchte ja nur einmal mit ihrem amerikanischen Pass zu wedeln, und schon knallten alle Beamten dieser Welt die Hacken zusammen. Doch so weit ging ihre Liebe nun auch wieder nicht. Sie war mit dem Auto vorausgefahren, um in Spanien ein paar Bilder für ihr Museum zu kaufen. Ihre Kunstbegeisterung hatte ihr nicht erlaubt zu warten, bis seine neuen Papiere fertig waren.

»Alles aussteigen! Endstation!«

»Oh, sind wir schon da?«

Ein Schaffner öffnete die Tür des Abteils und forderte Harry zusammen mit dem Ehepaar auf, den Zug zu verlassen.

»Und das Gepäck nicht vergessen!«

Campfranc hieß das Nest, wie Harry über dem Eingang des Bahnhofsgebäudes las – das letzte französische Dorf vor der spanischen Grenze. War das der Ort, an dem sich sein Schicksal entschied? Als er seinen Koffer über den Bahnsteig in Richtung Zollstation schleppte, sah er voller Neid eine streunende Katze, die unbehelligt von den Zöllnern unter dem Schlagbaum hindurchhuschte, um von Frankreich nach Spanien hinüberzuwechseln – einfach so, nur weil sie gerade Lust dazu hatte. Das dumme Vieh ahnte ja nicht, wie glücklich es war!

»Ihren Pass«, sagte der Grenzbeamte, als Harry im Zollhaus an die Reihe kam.

»Natürlich. Sofort.«

Mit schwitzigen Händen holte er seine Dokumente hervor. Warum zum Himmel war er nur so nervös? Sein Visum trug doch die schönsten amerikanischen Stempel, die man sich nur wünschen konnte.

»Das ist kein Pass, das ist ein Visum«, sagte der Beamte. Bevor Harry etwas erwidern konnte, reichte der Grenzer das Dokument einem Kollegen und schickte ihn damit zum Bahnhofsvorsteher. Dann wandte er sich wieder an Harry. »Öffnen Sie den Koffer!«

Unter den neugierigen Blicken des Ehepaars, das die Kontrolle bereits überstanden hatte, kam Harry der Aufforderung nach. Seine Hände waren inzwischen nicht nur klitschnass von Schweiß, sie zitterten auch noch wie Espenlaub.

»Was ist das?« Misstrauisch zeigte der Beamte auf ein paar Farbtuben, die Harry zwischen seiner Unterwäsche in einem Beutel verstaut hatte. »Sprengstoff?«

»Wo denken Sie hin – nein!«

»Was dann?«

»Malzeug! Einen Moment, ich kann es beweisen!«

Während sich immer mehr Schaulustige um ihn scharten, griff Harry nach dem Beutel. Ein paar Schreckensschreie wurden laut, als er die Schnürung löste. Er hatte nur eine Möglichkeit, den

Kopf aus der Schlinge zu ziehen. Er musste malen! Rasch öffnete er ein paar Tuben und nahm ein Stück Karton, das auf dem Boden lag. Als er zum Pinsel griff, hatte er keine Ahnung, mit welchem Motiv er den Beamten am ehesten für sich gewinnen konnte? Vielleicht mit einem Porträt von Maréchal Pétain? Er wusste nur, das Bild, das er in den nächsten Minuten auf dieses schäbige Stück Karton brachte, hier auf diesem gottverlassenen Bahnhof im Niemandsland zwischen Frankreich und Spanien, war vielleicht das wichtigste Bild seines Lebens.

»Ein Künstler!«, rief eine Frau, kaum dass die ersten Konturen sichtbar wurden.

»Wahrhaftig! Ein wirklicher Künstler!«

Ein paar Dutzend Fahrgäste umringten ihn inzwischen. Mit staunender Bewunderung sahen sie zu, wie unter ihren Augen das Gesicht einer Frau entstand. Harry spürte, er war auf dem richtigen Weg. Zum Glück hatte er dieses Gesicht schon so oft gemalt, dass er den Pinsel kein einziges Mal absetzen musste. Er kannte jedes Detail, als wäre es ein Stück von ihm – die schwarzen Augen, die feine, helle Haut, der rote Mund … Als er fertig war, fingen die Zuschauer an zu applaudieren. Sogar das säuerliche Ehepaar aus dem Zugabteil klatschte vor Begeisterung in die Hände.

»Was ist hier los?«

Harry drehte sich um. Die Leute verstummten und traten beiseite. Durch die Gasse näherte sich der Bahnhofsvorsteher, ein Mann mit kleinen Augen und einem winzigen Mund. Während er mit einem Gummiknüppel in seiner Hand spielte, warf er einen so verkniffenen Blick auf das Bild, dass es Harry kalt den Rücken herunterlief. Laura hatte alle erobert – nur nicht diesen Mann.

»Kommen Sie mit!«, sagte der Vorsteher, ohne eine Miene zu verziehen, und verlieh dem Befehl mit einem Wink seines Gummiknüppels Nachdruck.

Harry legte das Bild beiseite und folgte ihm hinaus auf den Bahnsteig, wo zwei Züge in entgegengesetzter Richtung zur Abfahrt bereitstanden. Wortlos reichte der Vorsteher ihm seine Papiere.

Harry konnte sein Glück kaum fassen.

»Soll … soll das heißen – ich bin frei?«, fragte er.

Der Beamte holte tief Luft. »Sie wissen, dass Sie nicht im Recht sind?«

Harry nickte, aufs Tiefste enttäuscht. Der Funken Hoffnung war noch schneller zerstoben, als er entstanden war.

Der Vorsteher legte bedauernd seine Stirn in Falten. »Wenn Sie im Recht wären, könnten Sie in den Zug dort steigen, der nach Madrid fährt«, sagte er und zeigte nach links. »Doch leider zwingen mich meine Vorschriften, Ihnen zu sagen, dass Sie den anderen Zug nehmen müssen, der in fünf Minuten nach Pau zurückfährt. Und bevor Sie auf dumme Gedanken kommen, Monsieur«, fügte er hinzu, »passen Sie ja auf, dass Sie nicht in den falschen Zug steigen!«

10

Unruhig spielte Debbie mit dem sichelförmigen Ohrring, den Harry für sie emailliert hatte und der seit ihrer Abreise aus Marseille täglich an ihrem Ohrläppchen hing. Seit dem Frühstück, das sie praktisch schon vor dem Aufstehen eingenommen hatte, saß sie im Foyer des *Grand-Hotel* von Lissabon und wartete. Wenn alles nach Plan gegangen wäre, hätte Harry schon gestern Abend da sein müssen. Wie verabredet, hatte Debbie am Bahnhof sämtliche Züge abgepasst, die aus Richtung Spanien angekommen waren – ohne Erfolg. Wenn er heute nicht endlich auftauchte, konnte es dafür nur einen Grund geben: Er hatte es nicht über die Grenze geschafft …

Eine junge Frau betrat die Hotelhalle und schaute sich um. Sie sah aus wie eine Französin und war fast so hübsch wie Laura. Plötzlich bereute Debbie, nicht in Marseille auf Harry gewartet zu haben. Wie hatte sie nur so egoistisch sein können? Dabei hatte er sie vor ihrer Abreise noch mit einer wunderbaren Liebesgabe überrascht. Von allen Büchern, die er je gestaltet hatte, hatte er ihr ein Exemplar geschenkt. In einem hatte sogar noch eine alte Widmung gestanden: »Für Laura. Wirklich, schön und nackt.« Konnte es einen größeren Liebesbeweis geben? Als er sie beim Abschied geküsst hatte, waren seine Augen feucht von Tränen gewesen.

Bevor die Reue sie übermannte, bestellte Debbie ein Glas Champagner. Die Bilder, die sie in Madrid gekauft hatte, waren die Ängste nicht wert, die sie nun ausstehen musste. Ja, auch wenn sie es selber kaum glauben mochte – sie machte sich Sorgen.

War es wirklich Liebe, die sie für Harry empfand?

Debbie kannte sich selbst nicht wieder, schließlich war er nicht der erste Mann in ihrem Leben. Doch jede Minute, die sie hier länger auf Harry wartete, wurde ihr zur Qual. Er hatte keinen richtigen Pass und nicht mal tausend Dollar in der Tasche – sie mochte sich gar nicht vorstellen, was ihm womöglich widerfahren war.

Um nicht darüber nachzudenken, trank sie einen Schluck. Die junge Französin hatte inzwischen den Mann gefunden, nach dem sie suchte. Während sie ihm um den Hals fiel, winkelte sie ihr linkes Bein an. Obwohl Debbie die Pose ziemlich albern fand, erregte sie ihren Neid. Das waren genau die kleinen Liebesgesten, die Männer so sehr mochten, zu denen Debbie jedoch nicht mehr fähig war. So etwas konnten nur unbekümmerte, junge Mädchen tun, die nichts von der Liebe und ihren Enttäuschungen wussten. Und Debbie kannte sie beide: die Liebe und die Enttäuschungen.

Plötzlich kam ihr ein schlimmer Verdacht. War Harry vielleicht schon in Lissabon? Bei Laura? Debbie hatte Roberto Jiménez in Estoril getroffen, bei einem Empfang des amerikanischen Botschafters im Spielcasino, und er hatte ihr erzählt, dass Laura und er ihre Abreise aus Europa planten. Laura müsste nur noch einen kleinen Eingriff hinter sich bringen, dann würden sie nach Amerika aufbrechen.

Debbie griff gerade zu ihrem Glas, da spuckte die Drehtür eine große, hagere Gestalt aus: Harry. Während sich alle Blicke in der Halle auf ihn richteten, kam er mit seinem strahlendsten Lächeln auf sie zu. Debbie sprang von ihrem Sessel auf und lief ihm entgegen.

»Gott sei Dank, du hast es geschafft!«

»Aber natürlich! Hast du etwa daran gezweifelt?«

Obwohl sein Anzug schmutzig war und von der Reise roch, drückte sie ihn an sich. Für eine Sekunde überlegte sie sogar, das linke Bein anzuwinkeln.

»Ich hatte solche Angst um dich. Du hättest schon gestern hier sein müssen.«

»Ich habe in Madrid Zwischenstation gemacht, um mir ein paar Bilder anzuschauen. Ich bin noch nie im Prado gewesen. Dieser Goya ist gar nicht so untalentiert.«

Debbie verstand – das war seine Rache, dass sie in Marseille nicht auf ihn gewartet hatte. Doch sie ließ sich nichts anmerken. Diese kleine Strafe hatte sie verdient.

Zärtlich nahm sie seine Hand. »Komm«, sagte sie und führte ihn zu ihrer Sitzecke am Kamin, »du musst mir alles erzählen.«

Noch während der Kellner Champagner einschenkte, plauderte er los.

»Ich habe um mein Leben gemalt. Zuerst habe ich wirklich gedacht, sie schicken mich zurück nach Pau. Der Stationsvorsteher konnte ja nicht einfach sagen, dass ich den Zug nach Spanien nehmen soll. Was für ein kluger Mann! Stell dir nur vor, beim Abschied hat er sogar Haltung angenommen und vor mir salutiert. ›Monsieur‹, hat er gesagt, ›ich verehre das Talent. Sie haben *großes* Talent. Ich bewundere Sie.‹«

»Deine Kunst hat dich gerettet!«, rief Debbie begeistert. »Das geht in die Kunstgeschichte ein!«

Sie war erleichtert, lachte, strahlte, himmelte ihn an, und doch war nichts genug, um ihrem Glück Ausdruck zu geben. Ja, sie hatte sich nicht getäuscht, sie liebte ihn wirklich und wahrhaftig! Während sie Gott oder wem auch immer dafür dankte, dass sie zu solchen Gefühlen noch fähig war, schloss sie ihn abermals in die Arme.

Doch als sie ihn küssen wollte, wehrte er ab.

»Hast du etwas von Laura gehört?«

Seine Frage war ein Dolchstoß in ihr Herz. Statt ihm zu antworten, ließ sie ihn los und schaute zu Boden. Nur so gelang es ihr, nicht in Tränen auszubrechen.

Harry begriff, warum sie schwieg.

»Wo ist sie? Ist sie hier? In Lissabon? Mit Roberto, diesem Kretin?«

Als Debbie den Kopf hob, sah sie sein Gesicht. Sie konnte nicht sagen, was stärker darin war: seine Liebe oder seine Verzweiflung. In diesem Augenblick begriff sie, dass sie nur eine Chance hatte, Harry für sich zu gewinnen: wenn Laura ihn zurückwies ...

»Nun mach schon den Mund auf«, drängte Harry. »Warum sagst du nichts?«

Obwohl Debbie wusste, dass sie damit alles auf eine Karte setzte, beschloss sie, ihm die Wahrheit zu sagen. Sie hatte keine andere Wahl.

»Ja«, sagte sie. »Laura ist hier, in Lissabon. Sie ist im Krankenhaus.«

11

Harry hasste Krankenhäuser, der Gestank von Karbol war ihm zuwider, und wann immer es möglich war, machte er einen Bogen um diese Kathedralen scheinheiliger Nächstenliebe, in denen weiß gekleidete Halbgötter, umflattert von schwarz gefiederten Nonnen, sich am Elend ihrer Schutzbefohlenen weideten wie einst Gottvater am Elend seines gekreuzigten Sohnes. Doch als er an diesem Vormittag im Taxi zum katholischen Stadtkrankenhaus von Lissabon fuhr, hatte er es so eilig, dass er dem Chauffeur fünf amerikanische Dollar versprach, damit er bei Rot über die Ampel fuhr. Ohne seinen Champagner auszutrinken, hatte er Debbie im Foyer des *Grand-Hotel* sitzen lassen. Er hatte sich noch nicht mal von der Reise frisch gemacht, geschweige denn den Anzug gewechselt.

Ohne nachzuzählen, warf er dem Fahrer eine Handvoll Geldscheine hin und sprang aus dem Wagen. Doch als er die imposante Eingangstreppe des Hospitals betrat, schwand sein Hochgefühl. Mit einer Mischung aus Hoffen und Bangen schaute er an dem düsteren Gebäude empor, das ihm plötzlich wie das Torhaus seiner Zukunft erschien.

Würde er seine Windsbraut zurückgewinnen?

Die Verunsicherung dauerte nur einen Moment. Entschlossen betätigte er den Klingelzug an der Pforte, erkundigte sich nach dem Zimmer, und zwei Stufen auf einmal nehmend, lief er hinauf zu der Station, die der Pförtner ihm genannt hatte.

»Wo ist Nr. 16?«, fragte er einen Krankenwärter.

»Dritte Tür links.«

Harry stolperte den Gang hinunter. Dann stand er vor ihrem Zimmer. Außer Atem klopfte er an. Hoffentlich war sie allein.

»Herein.«

Er holte tief Luft und öffnete die Tür. Zwei Augen wie Kohlestücke blickten ihn an.

»Harry …?«

»Laura! Gott sei Dank, da bist du ja!«

Mit einem Lächeln streckte sie die Hand nach ihm aus »Ich habe gewusst, dass du mich finden würdest.«

»Mein Gott, wie habe ich dich vermisst!«

Harry stürzte an ihr Bett. Zum Glück war kein Stierkämpfer im Raum. Doch als er sich über sie beugte, um sie zu küssen, hob sie die Hand.

»Bitte nicht.«

»Warum nicht?«, fragte er. »Wegen Roberto?«

Laura nickte. Entgeistert sank er auf einen Stuhl. Erst jetzt bemerkte er, wie blass und abgemagert sie war. Ihre Haut sah aus wie eine schlecht grundierte Leinwand.

»Was zum Teufel tust du hier?«, fragte er, um irgendetwas zu sagen.

Sie wandte den Kopf zum Fenster. »Erinnerst du dich an die *Sache*?«, erwiderte sie mit leiser, schwacher Stimme.

»Natürlich, ich hab dir doch immer deinen Tee gebraut. Aber ich hätte nie gedacht, dass du deswegen mal ins Krankenhaus …« Noch während er sprach, fiel ihm ein, dass der Tee gar nichts mit der *Sache* zu tun hatte. Auf einmal bekam er Angst. »Sag endlich, was los ist!«

Laura zögerte. »Nur eine kleine Operation. Wie Frauen sie manchmal haben …«

»Um Himmels willen!«

»Nichts, worüber du dir Sorgen machen musst. Ich bin nur noch ziemlich schlapp, das ist alles – die Nachwirkungen der Narkose. Sie haben mich erst gestern operiert.« Sie drehte ihren Kopf herum und richtete ihren Blick wieder auf ihn. »Bist du noch mal in Sainte-Odile gewesen?«

Zu seiner Verwunderung schaute sie ihn dabei an, als hinge ihr Schicksal von seiner Antwort ab. Warum wollte sie das überhaupt noch wissen? Sie war doch angeblich von ihm kuriert und liebte ihn nicht mehr! Ein ranziger Geruch stieg ihm in die Nase. Wahrscheinlich stammte er von den seltsamen Wanderstiefeln, die unter Lauras Bett hervorschauten.

»Ja«, sagte er schließlich, »ich war da. Aber was ist daran so wichtig? Bist du neugierig, ob im Garten noch Mirakelkraut wächst?«

Er hatte gehofft, sie mit seinem Zynismus zu treffen, doch Laura ging nicht auf seine Bemerkung ein.

»Hast du unser Bild mitgebracht?«, fragte sie.

»Die *Himmelsbeute*?« Harry erwiderte ihren Blick. Plötzlich spürte er wieder, wie sehr er sie liebte. »Natürlich habe ich das! Ich bin dafür sogar in unser Haus eingebrochen. Kopf und Kragen habe ich riskiert. Wenn Maître Simon mich erwischt hätte – nicht auszudenken!« Er machte eine kurze Pause. »Warum hast du unser Haus verkauft, Laura? Es war doch unser Zauber ...«

»Pssst ...«, machte sie.

Harry verstummte. Er war so verwirrt, dass er kaum noch wusste, was er empfand. War er traurig oder glücklich? Wütend oder beleidigt? Irgendwie war er alles zugleich.

»Eingebrochen? Du?«, fragte Laura ungläubig. »So viel ist unser Bild dir wert?« Sie lehnte sich zurück in ihr Kissen und blies sich eine Strähne aus dem Gesicht. »Dann ist alles gut«, flüsterte sie.

Ein Lächeln füllte ihren Blick, und ihr Gesicht bekam wieder die alten Farben.

Als er dieses Lächeln sah, zerstoben alle bösen Gefühle, und er musste sich mit beiden Händen am Stuhl festhalten, um nicht aufzuspringen und sie zu küssen. Eine wunderbare Gewissheit überkam ihn. Nichts, was in der Zwischenzeit passiert war, zählte, weder die Tatsache, dass Laura ihr Haus verkauft hatte, noch ihre Flucht aus Sainte-Odile – nicht mal ihre Ehe mit Roberto, diesem Kretin, spielte eine Rolle. Das alles war so vollkommen belanglos und nichtig wie ihre dumme, kleine Operation. Allein ihre Liebe zählte, ihre Liebe und ihre Kunst. Und es war nur eine Frage der Zeit, bis auch Laura das wieder begriff.

Harry beschloss, sich in Geduld zu fassen.

»Du bist auf der anderen Seite gewesen, nicht wahr?«, sagte er so leise, als wären sie in einer Kirche. »Geraldine hat mir alles erzählt.«

»Du hast Geraldine gesehen?«

»Ja, dein Vater hat sie mir auf den Hals gehetzt. Aber sag, wie war das – in San Sebastian? Es muss phantastisch gewesen sein.«

Das Lächeln verschwand aus Lauras Gesicht wie die Farbe aus einem Bild in der Dämmerung.

»Ich möchte nicht darüber reden.«

»Kommt nicht infrage. Du bist die Einzige von uns allen, die je auf der anderen Seite war. Ich kann dir gar nicht sagen, wie sehr ich dich darum beneide.«

»Bitte, Harry. Später vielleicht, aber jetzt nicht. Es ist alles noch so frisch.«

»Natürlich, die Operation.«

Harry sah, wie schwer das Sprechen ihr fiel, und obwohl es ihn entsetzliche Beherrschung kostete, hielt er den Mund. Laura war in der anderen, der wahren Wirklichkeit gewesen – was für ein unvorstellbarer Schatz! Zusammen würden sie Bilder malen, wie die Welt sie noch nie gesehen hatte.

»Ich weiß, was du denkst«, sagte sie. »Das hatten wir uns ja versprochen – ein Leben am Rande des Wahnsinns ...«

»Bis dass die Wirklichkeit uns scheide ...«

»Aber glaub mir, es war so vollkommen anders, als wir dachten. Es war die Hölle. Noch nie habe ich so etwas Schlimmes erlebt.«

»Umso besser!«, rief er. »Große Kunst entsteht aus großem Leid. Das ist es ja, was uns Menschen von den Tieren unterscheidet, mehr als alles andere! Dass wir das scheußlichste Elend in Schönheit und Kunst verwandeln können!«

Sie schüttelte den Kopf. »Ich hatte ganz vergessen, was für einen Unsinn du manchmal redest.« Dabei zog sie ein Gesicht, das Harry auf fatale Weise an ihre Freundin Geraldine erinnerte.

»Warum sagst du das?«, erwiderte er. »Willst du alles für dich behalten? Um die Bilder allein zu malen?«

Als Laura schwieg, nahm er ihre Hand und setzte sich zu ihr aufs Bett. Er hatte sich lange genug geduldet.

»Sobald du gesund bist«, erklärte er, »hole ich dich hier raus. Dann fahren wir wieder zurück.«

»Was meinst du mit ›zurück‹?« Sie runzelte die Brauen. »Zurück nach Sainte-Odile?«

»Ja! Zurück ins Paradies!«

Mit einem erschöpften Lächeln drückte sie seine Hand. »Ach Harry, wirst du eigentlich nie vernünftig?«

Er zuckte nur die Schultern. »Zum Glück weiß ich gar nicht, was das ist.«

»Nein, ich meine es ernst.« Laura schloss die Augen. »Es hat mich solche Anstrengung gekostet, nüchtern zu werden. Jetzt ... jetzt will ich nüchtern bleiben.«

»Bist du verrückt?« Harry war aufrichtig entsetzt. »Du hast die Pflicht, der Welt mitzuteilen, was du erlebt hast. Du bist eine Botschafterin – eine Botschafterin aus der anderen Welt!«

»Du hast ja keine Ahnung, wovon du redest.«

»Und ob ich eine Ahnung habe! Mein ganzes Leben habe ich mich mit nichts anderem beschäftigt.« Auf einmal kam ihm ein fürchterlicher Gedanke. »Oder willst du etwa mit dem Malen aufhören?«

Laura atmete tief durch. »Ich weiß nicht, vielleicht. Ich weiß nur – solche Reisen, wie ich sie gemacht habe, sind nicht gut für die Gesundheit.« Sie ließ seine Hand los und öffnete ihren Nachtkasten. »Ich habe ein Geschenk für dich. Von der anderen Seite.«

»Von der anderen Seite? Wirklich?«

Voller Ungeduld schaute er zu, wie sie in der Schublade kramte. Schließlich holte sie ein zotteliges Etwas hervor, aus rotem Stoff mit grünen Wollhaaren.

»Eine Puppe?«, fragte er verwundert.

Laura nickte. Sie versuchte zu lächeln, doch es gelang ihr nicht. Aus ihren Augen sprach eine Trauer, als wäre sie auf dem Grund des Ozeans versunken.

Als Harry diese Augen sah, wusste er, was für ein Geschenk das war. Unfähig zu protestieren, wartete er in stummer Ohnmacht ab, dass sie die alles vernichtenden Worte sprach.

»Die habe ich dir von drüben mitgebracht«, sagte Laura und gab ihm die Puppe in die Hand. »Nimm – sie gehört dir. Sie ist mein Abschiedsgeschenk.«

12

Die Bordkapelle spielte einen Marsch, ein kakophones Getöse von Snare-Drums und Blechblasinstrumenten, das Laura schmerzhaft in den Ohren dröhnte, während die *Fortune*, ein hochmoderner Ozeanriese der *Cunard*-Reederei, sich in quälend langsamer Lautlosigkeit von der Anlegestelle entfernte, um mit Kurs auf New York in See zu stechen.

Vom Meer frischte eine Brise auf.

»Ich hole dir dein Cape aus der Kabine«, sagte Roberto, als er sah, dass Laura fröstelte.

»Das ist lieb von dir«, sagte sie. »Und bring bitte die schwarzen Pumps mit. Du findest sie im Schuhschrank.«

Sie stand an der Reling und schaute auf die dicht gedrängten Menschen am Kai, die von ihren Liebsten an Bord des Dampfers winkend Abschied nahmen. Harry war nicht dabei – Gott sei Dank. Laura wusste nicht, was sie getan hätte, wenn dort unten irgendwo in der Menge plötzlich sein Gesicht aufgetaucht wäre. Nach ihrer Entlassung aus dem Krankenhaus hatte sie Roberto gebeten, sie in ihrer Wohnung einzuschließen, wann immer er sie für ein paar Stunden allein lassen musste. Damit sie nicht in Versuchung kam, zu Harry zurückzukehren.

Vibrierend an ihrem ganzen mächtigen Leib, drehte die *Fortune* sich um die eigene Achse, um auf Kurs zu gehen. Laura stützte sich auf die Reling und warf einen letzten Blick auf den Hafen, die Stadt, den Kontinent, den sie nun vielleicht für immer verließ. In den fünf Seekoffern, die sie gepackt hatte, waren alle ihre Bilder verstaut – auch die Bilder von Harry, die er selbst nicht mit auf die Reise nehmen konnte. Er würde im Flugzeug nach Amerika fliegen, mit Debbie Jacobs und kleinem Handgepäck, sobald seine Ausweispapiere in Ordnung waren. Laura hatte ihm seinen Pass zurückgegeben. Hätte sie ihn behalten sollen?

Dada und die Windsbraut … In den Wasserstrudeln, die an der

Bordwand aufschäumten, sah sie die zwei noch einmal auferstehen. Es war ein Bild des Grauens. In einer Hexenküche, inmitten von Fliegenschwärmen, rührte der Vogelobere in einem riesigen Menschentopf, und während ein Pferd mit angstvoll geblähten Nüstern zu fliehen versuchte, fesselte Dada es an die Flammen des Kesselfeuers. Laura krallte sich an die Reling, um nicht ins Wasser zu springen. Nie wieder in ihrem Leben, das wusste sie, würde sie ein Bild mit einem Pferd malen können.

Die Bordkapelle verstummte. Endlich konnte Laura wieder atmen – es war, als hätte der Lärm ihr alle Sinne und Poren und sogar die Lungenbläschen verstopft. Während die bunten Luftschlangen, die das Schiff wie flüchtige Erinnerungen mit dem Ufer verbanden, allmählich im Wasser versanken, um eine Schleppe aus Tausend und Abertausend Fäden zu bilden, zog Laura die Wanderschuhe aus, mit denen sie an Bord gegangen war, und warf sie über die Reling.

Die Stiefel trieben noch zwischen den Luftschlangen im Wasser, als Roberto an Deck zurückkehrte.

»Du darfst dich nicht erkälten«, sagte er und legte ihr das Cape um die Schultern. »Du bist noch geschwächt.«

Laura schlüpfte in die Pumps, die er mitgebracht hatte, und dankte ihm mit einem Kuss. Behutsam, als hätte er Angst, sie zu berühren, streifte er mit seinen Lippen ihre Wangen. Dann trat er neben sie an die Reling und schaute mit ihr über das Wasser.

»Warum bist du nicht bei Harry geblieben?«, fragte er nach einer langen, wortlosen Weile.

Während er den Blick aufs Meer gerichtet hielt, sah Laura ihn an. Wusste sie selber die Antwort? In der Stille des Ozeans waren nur noch die Schiffsgeräusche zu hören. Während die Passagiere in ihren Kabinen verschwanden, um sich für das erste Captain's Dinner umzuziehen, dampfte die *Fortune* mit gleichmäßig stampfenden Kolben in Richtung Westen, wo die Abendsonne als rotgoldener Feuerball im Meer versank.

»Harry wäre nicht stark genug, um mit mir bis ans Ende zu gehen«, sagte sie. »Du bist stark, Roberto. Darum habe ich mich für dich entschieden.«

»Du sprichst in Rätseln, Laura«, erwiderte er. »Was willst du damit sagen?«

Er drehte sich zu ihr um und sah ihr in die Augen. Aus seinem Gesicht sprach sorgende Ratlosigkeit.

Laura klammerte sich verzweifelt an seinen Blick. War er wirklich so stark, wie sie hoffte? Stark genug, um nicht davonzulaufen, wenn er die Wahrheit erfuhr?

»Ach nichts«, sagte sie und strich ihm über die Wange. »Du weißt doch, ohne dich wäre mein Visum verfallen.«

13

Es war eine mondhelle Nacht, als Harry und Debbie das Spielcasino von Estoril verließen. Debbie hatte Harry fünfzig Dollar in die Hand gedrückt, damit er nicht wie ein Bettler zusehen musste, während die anderen ihr Glück versuchten. Ihre Dollars hatten sich vermehrt, wie es sich für echte Jacobs-Dollars gehörte. Immer wieder, wenn die Kugel in der Rouletteschüssel ausgerollt und in das Zahlenfach gefallen war, hatte Debbie triumphierend in die Hände geklatscht, sodass andere Gäste voller Missgunst zu ihr herübergeschaut hatten. Für die meisten von ihnen war das Spiel bitterer Ernst. Als Emigranten, die vor den Nazis durch halb Europa geflohen waren, riskierten sie an den Tischen ihr letztes Hemd, in der verzweifelten Hoffnung, so das nötige Geld für ein Visum oder eine Schiffspassage zu gewinnen, um an irgendeinen Ort der Welt zu gelangen, wo sie ihres Lebens sicher waren. Während die armseligen Häufchen ihrer Jetons immer mehr vor ihnen auf den Tischen zusammengeschrumpft waren, hatte das Glück Harry verfolgt wie der Teufel die arme Seele – fast siebenhundert Dollar hatte man ihm an der Kasse ausbezahlt. Doch im Gegensatz zu Debbie hatte er sich den ganzen Abend lang keine Sekunde über sein Glück gefreut. Nur ihr zuliebe hatte er gelacht und getan, als wäre er genauso aus dem Häuschen wie sie.

»Ich habe Lust zu baden«, sagte Debbie auf der Uferpromenade. »Du auch?«

Ohne seine Antwort abzuwarten, streifte sie die Schuhe von den Füßen und lief hinunter zum Strand, wo sich die Wellen silbern schäumend im Mondlicht brachen. Harry blieb nichts anderes übrig, als ihr zu folgen. Als er sie einholte, hatte sie sich schon bis auf den Slip und den BH ausgezogen.

»Bist du betrunken?«, fragte Harry entsetzt.

»Nein, nur glücklich.«

»Das kannst du nicht machen! Die Portugiesen sind katholischer als der Papst! Wenn sie dich erwischen, sperren sie dich ein!«

»Seit wann bist du so spießig? Ich wollte schon immer eine Nacht im Gefängnis verbringen!«

Als bedürfte es noch eines Beweises, streifte Debbie den BH von den Schultern, zog den Slip aus, und nackt, wie ihre Mutter sie geboren hatte, stürzte sie sich ins Meer. Doch ihr weißlich schimmernder Körper war noch nicht im Wasser verschwunden, da hatte Harry sie bereits vergessen.

Wo mochte Laura jetzt sein? Hatte sie schon die Azoren erreicht? Er schaute auf seine Armbanduhr, deren phosphoreszierende Ziffern wie Glühwürmchen in der Dunkelheit leuchteten. Vor acht Stunden und dreiundzwanzig Minuten hatte sie Lissabon verlassen. Harry war in der Menschenmenge am Kai gewesen und hatte zugeschaut, wie die *Fortune* abgelegt hatte. Nur einen Steinwurf von ihm entfernt hatte Laura mit dem Stierkämpfer an der Reling gestanden. Doch sie hatte ihn nicht gesehen. Wie sollte sie auch? Sie hatte ihn ja gar nicht gesucht.

Nach ihrer Begegnung im Krankenhaus hatten sie sich nur noch ein einziges Mal getroffen, im mexikanischen Konsulat. Sie waren nicht allein gewesen. Debbie hatte Harry begleitet, um mit Roberto die praktischen Dinge zu regeln. Harry hatte von Laura seinen Pass zurückbekommen, und großzügig, wie der Stierkämpfer war, hatte er angeboten, etwaiges Sperrgut mit nach Amerika zu nehmen, da man im Flugzeug ja kaum Gepäck mit sich führen durfte. Vielleicht ein paar größere Gemälde? Zum Beispiel die *Himmelsbeute*? Während Roberto und Debbie alles Notwendige besprachen, hatte Harry die ganze Zeit ein Bild an der Wand anschauen müssen, das Laura offenbar noch vor ihrer Operation gemalt hatte: Ein schwarz-weiß gescheckter Hengst mit riesigem Gemächt, der eine zierliche braune Stute besprang. Ihr letztes Pferdebild, hatte Laura erklärt, als Antwort auf seinen fragenden Blick.

Wieder schaute Harry auf seine Armbanduhr. Wo zum Teufel blieb Debbie nur? Sie war schon eine halbe Stunde fort! Er lief ans Wasser und blickte über die schwarzen Wellen, auf denen helle Schaumkronen tanzten.

»Debbie!«, rief er, die Hände zum Trichter am Mund geformt. »Debbie!«

Der Wind wehte seinen Ruf über die Brandung. Während die kläglichen Laute sich in der rauschenden Finsternis verloren, überkam ihn ein Gefühl von Panik. Hatte auch sie ihn verlassen? Er stellte sich auf die Zehenspitzen, doch sosehr er sich den Hals verrenkte, er konnte sie nirgendwo entdecken.

»Debbie!«, rief er wieder. »Wo bist du?«

Eine kalte, feuchte Hand streifte seinen Hals.

»Hast du mich etwa vermisst, mein süßer deutscher Spießer?«

Harry fuhr herum. Da stand sie vor ihm, mit nassen Haaren und splitternackt. Das Wasser perlte an ihrem Leib wie tausend Tränen.

»Ich hatte schon Angst, du wärst ertrunken«, sagte er erleichtert. »Was soll denn aus mir werden, wenn dir was passiert?«

Ohne etwas zu erwidern, nahm sie seine Hand und führte ihn in eine kleine, dunkle Bucht, die unterhalb der Uferpromenade lag, im Schatten eines Pinienwäldchens.

»Zieh dich aus«, sagte sie. »Hier kann uns niemand sehen.«

Mit nassen Händen knöpfte sie sein Hemd auf und öffnete den Gürtel seiner Hose. Harry ließ es geschehen. Wie in einem Film sah er vor sich, was nun kommen würde – jedes Wort, jeden Blick, jede Berührung. Dada machte Männchen wie ein dressierter Pudel, ohne dass Harry etwas dabei empfand. Er war nur froh, dass sein Körper so zuverlässig reagierte. Jetzt noch ein paar passende Worte, dann durfte er endlich alles vergessen. Wie von allein kamen sie über seine Lippen.

»Ich möchte in deinen grünen Augen ertrinken …«

Während er die Worte flüsterte, ekelte er sich vor sich selbst. Wie entsetzlich falsch und verlogen das alles doch war … Ein einsames Paar am nächtlichen Strand, das silberne Licht des Mondes, das ewige Rauschen der Brandung – vielleicht fiel irgendwo sogar eine Sternschnuppe vom Himmel … Ob auch Debbie die Abgeschmacktheit dieses Augenblicks spürte?

»Komm zu mir, mein Seemann«, sagte sie, ebenso leise wie er, »hinaus aufs offene Meer …«

Sie nahm sein Gesicht zwischen die Hände und küsste ihn. Obwohl er keinerlei Erregung verspürte, tat die Berührung ihrer Lippen ihm gut. Hätte er diese Nacht ohne die Nähe eines weiblichen Körpers überlebt? Nie war ein Mensch einsamer gewesen als er – nicht einmal Adam, bevor Gott Eva erschuf … Während Harry das Salz seiner Tränen auf Debbies Haut schmeckte, sah er, dass sie im Kuss ihr Bein anwinkelte. In einem wissenschaftlichen Aufsatz hatte er mal gelesen, was diese Geste bei Frauen bedeutete. Zum Glück hatte er es vergessen.

»Ich glaube fast, ich liebe dich …«

»Ich glaube, ich dich auch …«

Mit ernstem Lächeln kniete sie sich vor ihn in den Sand, und ohne ihn aus den Augen zu lassen, streifte sie ihm die Hose von der Hüfte und zog ihn zu sich herab.

Irgendwo in der Nacht tutete ein Dampfer.

SIEBTES BUCH

KAFKAMERIKA

NEW YORK / COLORADO
1941–1942

1

Gott segne Amerika!

Ungeduldig von einem Bein aufs andere tretend, stand Bobby auf der Aussichtsplattform des Marineflughafen *La Guardia* und wartete auf die Ankunft seines Vaters. Die Fliege, die wie das weiße, kurzärmelige Hemd und die dunkelblaue Gabardinehose zu seiner Arbeitskleidung gehörte, schnürte ihm fast den Hals zu. Doch vor lauter Aufregung kam er nicht auf die Idee, sich den Kragen zu öffnen, wie er es sonst immer tat, wenn er nach der Arbeit das Museum verließ. Erst vor wenigen Stunden hatte er das lang ersehnte Telegramm bekommen, abgesendet von William Dry in Lissabon:

ANKUNFT HARRY WINTER UND BEGLEITUNG – STOP – 14. JULI NEW YORK – STOP

Kaum war das Telegramm eingetroffen, war Bobby damit zu Mr. Burns gelaufen, dem Leiter der Filmbibliothek des *Museum of Modern Art*, wo er in der Poststelle arbeitete, um den Rest des Tages freizunehmen. Obwohl sein Chef ihm erst vor einer Woche mit der Kündigung gedroht hatte für den Fall, dass er auch nur noch ein einziges Mal zu spät kommen würde oder die Arbeit eine Minute vor Dienstschluss beende, hatte er ihn schließlich laufen lassen. Ohne sich umzuziehen, hatte Bobby sich in das erstbeste

Taxi geworfen, um für umgerechnet einen halben Monatslohn zum Flughafen zu fahren.

Was bedeutete »und Begleitung«? Um seine Nervosität zu bekämpfen, steckte er sich ein Kaugummi in den Mund. Seit drei Jahren war er nun in New York, und seit drei Jahren kämpfte er darum, seine Eltern aus Europa herauszuholen. Während fast täglich neue Schreckensnachrichten über den Atlantik drangen von Hitler, Stalin und Konsorten, war er von Pontius zu Pilatus gelaufen, um die nötigen Papiere zu besorgen, bevor auch Amerika in den verfluchten Krieg eintrat. Doch sogar nachdem die Deutschen Frankreich überfallen hatten, hatten seine Eltern sich geweigert, Vernunft anzunehmen. Statt Mathilde noch einmal zu heiraten, hatte sein weltfremder Vater ihm Fotos geschickt, die ihn dabei zeigten, wie er die Mauern eines halb verfallenen Hauses irgendwo in Frankreich mit Zementreliefs und Wandfiguren schmückte, als gäbe es nichts anderes auf Gottes weiter Erde als seine Kunst.

Unentwegt kauend, schaute Bobby auf die Anzeigetafel. Die Maschine musste jeden Moment landen. Für eine Sekunde stellte er sich vor, dass seine Mutter die Gangway herunterkommen würde, um ihn in die Arme zu schließen. Eine winzig kleine Hoffnung flammte in ihm auf. Vielleicht hatten sie es ja doch noch geschafft! Solche Wunder gab es – sie machten in den Emigrantenlokalen immer wieder die Runde. Um sich vor der Enttäuschung zu schützen, die ihn so unweigerlich ereilen würde wie der nächste Verweis seines ewig missgelaunten Chefs Mr. Burns, verdrängte Bobby das Bild, kaum dass es vor seinem inneren Auge aufgetaucht war. Das *American Rescue Committee* kümmerte sich nur um berühmte Leute, und seine Mutter war nicht berühmt. Also war ihr Leben nichts wert – zumindest nicht ohne Wiederverheiratung mit ihrem ehemaligen Mann, dem berühmten Maler Harry Winter.

»Da!«, rief jemand. »Sie kommen!«

Bobby drängte an die Brüstung der Plattform, wo bereits mehrere Dutzend Menschen warteten. Tatsächlich – wie ein riesiger Vogel schwebte der *PanAm*-Clipper von dem wolkenlosen blauen Himmel auf das Rollfeld herab und breitete seine Flügel aus, um mit quietschenden Reifen zu landen. Kaum war die Maschine zum Stillstand gekommen, schwärmten Arbeiter in orangefarbenen Overalls aus und arretierten die Gangway.

Bobby stellte sich auf die Zehenspitzen. Gleich würde sein Vater mit Laura Paddington aus dem Flugzeug steigen, einer Frau, die kaum älter war als er selbst. Doch als die Tür sich öffnete und er zwischen den Passagieren seinen Vater erkannte, runzelte er die Brauen. Statt mit Laura kam Harry mit einer roten Puppe auf dem Arm die Gangway herunter. Dabei unterhielt er sich angeregt mit einer Frau, die Bobby noch nie zuvor gesehen hatte. Typisch Dada! Wahrscheinlich hatte er sie während des Flugs kennengelernt.

»Ist das nicht Debbie Jacobs?«, raunte ein junges Mädchen voller Ehrfurcht.

»Du meinst – die Millionenerbin?«, erwiderte ihre Freundin.

Bobby spuckte sein Kaugummi aus und lief hinunter in die Ankunftshalle. Als er die Zollschranke erreichte, war sein Vater schon da – umringt von Reportern, die Fotos von ihm schossen. Ein Polizist hatte ihn am Arm gepackt. Hilflos wie ein Kind stand er da, inmitten eines zuckenden Blitzlichtgewitters. Die Puppe in der Hand, mit einem schiefen Grinsen im Gesicht, blickte er in die Kameras, während die fremde Frau mit einem Beamten der Einwanderungsbehörde diskutierte.

»Nennen Sie mir die Höhe der Kaution. Ich lasse Ihnen das Geld sofort anweisen.«

»Tut mir leid, Miss Jacobs. Ich kann Ihren Begleiter nicht ohne Verhör einreisen lassen. Unmöglich! Er hat einen deutschen Pass.«

Während die Frau und der Beamte miteinander stritten, wandte Harry sich in Bobbys Richtung. Als er seinen Sohn sah, wich das schiefe Grinsen aus seinem Gesicht, und seine blauen Augen leuchteten auf. Er sagte etwas zu dem Polizisten, der ihn bewachte, doch der Polizist hielt ihn am Arm zurück.

»Das ist doch lächerlich!«, rief die Frau. »Wo ist das nächste Telefon? Ich möchte mit dem Bürgermeister sprechen!«

»Das können Sie gerne tun«, erwiderte der Beamte. »Aber ich glaube nicht, dass Ihnen das hilft. Vorschrift ist Vorschrift.«

Während die Reporter mit ihren Kameras verschwanden, schaute Bobby sich um. Wo war Laura? Plötzlich ließ die fremde Frau den Mann von der Einwanderungsbehörde stehen und kam auf ihn zu. Bobby fielen zuerst nur ihre seltsam dünnen Beine auf, die in lächerlichem Kontrast zu ihrer eckigen Figur standen. Mit einem warmen Lächeln in ihren braunen Augen streckte sie ihm eine knochige Hand entgegen.

»Sie müssen Bobby sein«, sagte sie. »Ihr Vater hat während des ganzen Flugs nur von Ihnen gesprochen.«

Als er ihre Hand nahm, zog sie ein Gesicht wie das hässliche Entlein, als es zum ersten Mal im Wasser sein Spiegelbild sah. Unsicher erwiderte Bobby ihren Händedruck. Was hatte er mit dieser Frau zu tun?

»Ich bin Debbie Jacobs«, erklärte sie. »Ihr Vater und ich …«

Bevor sie aussprechen konnte, trat Harry an die Schranke, zusammen mit dem Polizisten. Bobby ließ die Hand der fremden Frau los, um seinen Vater zu begrüßen. In einer Aufwallung der Gefühle wollte er ihn umarmen. Doch der Polizist hielt Harry immer noch zurück. Sie konnten einander nicht einmal die Hände über die Schranke reichen.

»Hello, my son«, radebrechte sein Vater, *»how are you?«*

2

Seit zwei Tagen saß Harry in der Festung von Ellis Island, einer Manhattan vorgelagerten Insel im Hafengebiet von New York, wo sich der Sitz der amerikanischen Einwanderungsbehörde befand. Durch das Fenstergitter seiner Zelle hatte er eine vorzügliche Aussicht auf die Freiheitsstatue.

»Ganz Amerika wartet auf Sie«, hatte Debbie versprochen. »Die Menschen dort werden Ihnen zu Füßen liegen ...«

Mit verächtlichem Schnauben nahm er die *New York Times*, die ein Gefängniswärter ihm am Morgen mit dem Frühstück gebracht hatte. Auf der Titelseite prangte, beinahe lebensgroß, sein Gesicht. Wie ein Idiot blickte er in die Kamera. *Deutscher Maler am Flughafen verhaftet – entarteter Künstler oder Nazi?* Noch schlimmer als seine dümmliche Miene war seine Frisur. Sein weißes Haar, das er stets mit äußerster Sorgfalt quer über den Schädel scheitelte, war so zerzaust, dass jedermann seine Glatze sehen konnte.

»Mit Ihrem Pass unterstehen Sie dem Gesetz des Deutschen Reiches«, hatte der Officer der Einwanderungsbehörde gesagt, als er ihn abführen ließ.

Der erste Abend war noch ein Vergnügen gewesen. Nach seiner Vernehmung am Flughafen hatte der Officer zwar angeordnet, ihn in Abschiebehaft nach Ellis Island zu bringen, doch da die letzte Fähre schon abgefahren war, hatte er die Nacht als Gast der *Pan American Airways* im *Belmont Plaza* verbracht, einem stinkvornehmen Hotel, wo er unter Bewachung eines Detektivs sogar mit Debbie zu Abend hatte essen dürfen. Es hatte tellergroße Beefsteaks gegeben – mehr Fleisch, als er während seiner ganzen Lagerhaft in Frankreich zu sehen bekommen hatte. Am nächsten Morgen aber war der Spaß vorbei gewesen; im Morgengrauen, mit der allerersten Fähre, hatte man ihn nach Ellis Island überführt. Seitdem schmorte er in seiner Zelle und wartete im Anblick der Freiheitsstatue darauf, dass Debbies Beziehungen fruchteten. Bei ihrem letzten Besuch war sie mit einem halben Dutzend Anwälten aufgekreuzt. Einer der Anwälte hatte ihm für heute eine Anhörung in Aussicht gestellt.

Immer wieder ging Harry eine Frage durch den Sinn, die ihn an sich selbst verzweifeln ließ. Gab es kein einziges Land auf der Erde, wo er willkommen war? Der Gedanke, dass man ihn nach Europa zurückschicken würde, war so fürchterlich, dass er sich weigerte, auch nur daran zu denken.

Ein Schlüssel rasselte, und die Zellentür öffnete sich. Ein Gerichtsdiener forderte Harry auf, sich von seiner Pritsche zu erheben.

»Bitte folgen Sie mir.«

Harry legte die Zeitung beiseite, warf einen Blick in den Spiegel, der über dem Waschbecken hing, und strich sich übers Haar. Hatte Debbie es geschafft, dass er seine Sache endlich vortragen durfte?

»Hier entlang.«

Der Gerichtsdiener führte ihn in einen Raum, der aussah wie ein Wartesaal zweiter Klasse. Doch nicht Debbie wartete dort auf ihn, sondern sein Sohn Bobby. Und drei in schwarze Roben gehüllte Richter, die wie Krähen auf einem mit der amerikanischen Fahne geschmückten Podium hinter ihrem Tresen hockten.

»Kennen Sie diesen Mann?«, wandte sich einer der Richter an Bobby und zeigte auf Harry.

»Ja, Sir, natürlich. Sein Name ist Harry Winter, und er ist mein Vater.«

Harry musste vor einer Schranke Aufstellung nehmen. War dies der Stand für die Zeugen oder die Angeklagten? Während die Richter ihn mit kritischen Blicken musterten, kam er sich vor wie ein Affe im Zoo. In der Erwartung, dass man ihn aufforderte zu reden, räusperte er sich. Doch als könne er nicht für sich selber sprechen, wandten die Richter sich wieder seinem Sohn zu, um die Befragung fortzusetzen.

»Sind Sie bereit, den Antragsteller finanziell zu unterstützen?«

»Selbstverständlich, Sir. Ich arbeite im *Museum of Modern Art* und verdiene fünfzig Dollar im Monat.«

»Und würden Sie dem Antragsteller Unterkunft an Ihrem Wohnsitz gewähren?«

Bobby zögerte einen Moment. »*Well*, Sir«, sagte er, »Wohnsitz ist vielleicht übertrieben. Ich bewohne ein möbliertes Zimmer, und ich besitze auch nur ein Bett. Aber ich denke, wenn ich meine Wirtin frage, ob ich eine zusätzliche Liege in den Raum stellen darf, wird sie nichts dagegen haben.«

»Was nun? Können Sie den Antragsteller an Ihrem Wohnsitz aufnehmen? Ja oder nein?«

»Ja, Sir«, erwiderte Bobby mit fester Stimme. »Wenn mein Vater möchte, kann er selbstverständlich bei mir wohnen.«

Harry kratzte sich am Kopf. Der Richter tat ja gerade so, als hinge sein Wohl und Wehe von seinem Sohn ab. Was sollte der Unfug? Nicht Bobby, Debbie Jacobs war seine Bürgin – eine der reichsten Frauen des Landes! Irritiert schaute er auf seinen Sohn, der den Richtern weiter Rede und Antwort stand. Harry erkannte ihn kaum wieder. Erwachsen war der Junge geworden. Mit der Fliege um den Hals, dem weißen, kurzärmeligen Hemd und der dunkelblauen Hose sah er aus wie ein richtiger Mann. Mehr als Harry selbst.

»Noch einmal, Mr. Winter«, sagte der Vorsitzende. »Sind Sie bereit, die volle Verantwortung für Ihren Vater zu übernehmen? Sodass er den Vereinigten Staaten von Amerika niemals zur Last fallen wird?«

»Ja, Sir«, erklärte Bobby, »das bin ich.«

»So wahr Gott Ihnen helfe?«

»So wahr mir Gott helfe.«

Die Richter steckten die Köpfe zusammen, um sich zu beraten. Nach einer Weile, während der nur ihre flüsternden Stimmen zu hören waren, verkündete der Vorsitzende den Beschluss.

»Hiermit sprechen wir die Empfehlung aus, den Antragsteller in die Obhut seines Sohnes Robert Winter zu entlassen, der vor diesem Ausschuss als Bürge aufgetreten ist. Der Antrag ist einstimmig angenommen.«

Während Harry sich noch fragte, was diese Empfehlung konkret bedeutete, führte der Gerichtsdiener ihn aus dem Saal. Doch nicht durch die Tür, durch die er vor fünf Minuten gekommen war, sondern durch den gegenüberliegenden Ausgang, durch den auch Bobby den Raum verließ.

Er war noch nicht auf dem Flur, da sprang ihm Debbie entgegen.

»Wann findet die Anhörung endlich statt?«, wollte sie wissen.

Harry zuckte die Schultern.

»Sie hat bereits stattgefunden«, erwiderte der Beamte an seiner Stelle. »Dem Antragsteller wurde der Zutritt zu den Vereinigten Staaten gewährt.«

Mit einem Freudenschrei fiel Debbie Harry um den Hals.

»Kann mir mal jemand erklären, was jetzt eigentlich ist?«, fragte er.

»Begreifst du denn nicht?«, rief Debbie. »Du bist frei, Harry! Ein freier Mann in einem freien Land!«

»Ist das wirklich wahr?«

Während sie sein Gesicht mit Küssen bedeckte, begriff er allmählich, was passiert war. »Was habe ich doch für einen wunderbaren Sohn«, sagte er voller Stolz.

Er machte sich aus der Umarmung frei, um sich bei Bobby zu bedanken. Doch als er sich umdrehte, senkte sein Sohn den Kopf. Mit rotem Gesicht blickte er auf seine blank polierten Schuhspitzen.

Harry konnte sich denken, warum. Er kehrte Debbie den Rücken zu und nahm Bobby beiseite. »Bist du mir böse«, fragte er, »weil ich mit Miss Jacobs gekommen bin? Statt mit deiner Mutter?«

Bobby hob den Kopf und erwiderte seinen Blick. Harry musste schlucken.

»Was soll ich machen?«, seufzte sein Sohn. »Schließlich kann sich niemand seinen Vater selber aussuchen.«

»Ach Bobby«, sagte Harry und schloss ihn in die Arme. »Ich habe gar nicht gewusst, wie sehr ich dich liebe.«

3

Die Willkommensparty fand im *Lindy's* statt, dem teuersten Restaurant der Park Avenue. Debbie thronte mit Harry in der Mitte einer endlos langen Tafel, die die ganze Fensterfront des Lokals einnahm. Sie hatte alle seine Künstlerfreunde eingeladen, die bereits den Sprung über den großen Teich geschafft hatten, und alle waren gekommen – sogar René Pompon, der seit zwei Wochen in New York war, hatte sich überwunden, Harry beim Hofhalten zu bewundern. Debbie war glücklich. Rauschendere Feste konnte es nicht mal im Pariser *Café Flore* gegeben haben. Nur eine Frage quälte sie. Ob die anderen wohl wussten, dass sie Harry erobert hatte? Ihrem vorsichtigen Versuch, bei Tisch seine Hand zu halten, war er ausgewichen, indem er in seiner Aktentasche kramte, die er aus unerfindlichen Gründen mit zu der Party gebracht hatte.

»Ist ja ganz nett hier«, sagte Pompon auf Französisch. »Aber nichts im Vergleich zum *Flore.*«

»Warum sprechen Sie eigentlich nicht englisch?«, fragte Debbie. »Als Sie eben den Wein bestellten, ging es Ihnen doch ganz flott von der Zunge?«

»Englisch ist mir zu praktisch – eine Sprache für Ingenieure«, erwiderte Pompon. »In diesem Idiom mag man Automobile oder Kühlschränke erfinden. Doch zur Erörterung wesentlicher Fragen ist es völlig ungeeignet.«

»Da muss ich dir ausnahmsweise recht geben«, pflichtete Harry ihm bei. »Französisch ist die einzige Sprache, die für einen zivilisierten Menschen infrage kommt.«

»Überhaupt – dieses Amerika. Meiner Meinung nach wird das Land maßlos überschätzt. Überall diese entsetzliche Geschäftigkeit. Manchmal komme ich mir hier vor wie in einem Albtraum von Kafka.«

»Du sagst es –*Kafkamerika*! Wenn ich nur daran denke, wie sie mich empfangen haben. Einfach menschenverachtend!« Harry nahm sein Glas und prostete Pompon zu. »*Santé, mon cher!*«

Debbie gelang es nur mit Mühe, ihre gute Laune zu wahren. Wenn man die beiden reden hörte, konnte man glauben, dass nicht amerikanische Dollars, sondern die Subtilitäten der französischen Grammatik ihnen das Leben gerettet hätten. Dabei schielte Pompon während des Gesprächs immer wieder zum Nebentisch, wo ein paar typisch amerikanische Geschäftsleute eine typisch amerikanische Käsetorte in typisch amerikanischer Geschäftigkeit verschlangen.

»Wir haben eine Mission in diesem Land«, erklärte Pompon. »Wir müssen so schnell wie möglich eine Ausstellung organisieren. Damit die Amis endlich kapieren, was wahre Kunst ist.«

»Sehr richtig«, sagte Harry. »Wir sind Kulturbotschafter. Allerdings schlage ich vor, dass wir uns nicht nur auf die Malerei beschränken. Wir müssen hier ganze Arbeit leisten. Wie wär's mit ein paar Gedichten von Pierre Lauréat im Katalog?«

Bei der Nennung des Namens wurde Pompons Miene zu Beton.

»Nur über meine Leiche«, sagte er. »Lauréat ist ein Kollaborateur!«

»Wie kommst du denn auf den Quatsch?«

»Von wegen Quatsch! Ich habe meine Informationen …«

»Dass ich nicht lache! Pierre hat meine Entlassung aus dem Lager bewirkt, er hat sich für mich beim französischen Ministerpräsidenten verwandt. Er ist ein Freund und Bruder! Seine Poesie ist das Blut in den Adern unserer Körper.«

»Und wenn du dir den Mund fusselig redest – ich traue ihm nicht über den Weg!«

»Sag ihm das ins Gesicht! Von Mann zu Mann!«

»Wie denn? Monsieur zieht die Gesellschaft der Nazis in Paris ja der unsrigen vor.«

»Willst du ihm zum Vorwurf machen, dass er in Frankreich geblieben ist?«

»Nein. Ich an deiner Stelle würde mich nur fragen, warum.«

»*Merde*«, fluchte Harry und warf sein Besteck auf den Teller, dass es nur so schepperte.

Mit einem Schlag verstummten die Gespräche. Ein verbiestertes Schweigen füllte den Raum, sogar an den Nebentischen hörten die Gäste auf zu reden und drehten sich mit großen Augen um. So viel Französisch verstanden auch sie.

Debbie sah nur eine Möglichkeit, die Party zu retten. Mit einem Fingerschnippen rief sie den Kellner herbei.

»Zum Nachtisch für jeden ein Stück von dieser wunderbaren Käsetorte.« Sie zeigte auf den Nachbartisch, und mit einem Blick auf Pompon fügte sie hinzu: »Für den Herrn bitte eine doppelte Portion.«

»Aber mit Sahne«, ergänzte Pompon in tadellosem Englisch.

Debbie spürte, wie Harry unter dem Tisch nach ihrer Hand tastete. Ihr Herz registrierte es mit einem kleinen Aussetzer. Wollte er sich bei ihr bedanken? Während sie den Druck seiner Hand erwiderte, geschah plötzlich das Wunder: Harry beugte sich zu ihr und gab ihr einen Kuss auf den Mund – mit Zunge und allem Drum und Dran!

»Aber doch nicht vor unseren Gästen«, flüsterte Debbie selig.

Als sie die Augen aufschlug, war der Friede unter den Kulturbotschaftern wiederhergestellt: Mit verklärten Gesichtern schaufelten sie ihre Torte in sich hinein. Während Harry und Pompon genüsslich schmatzend miteinander besprachen, welche Maler an der Ausstellung teilnehmen sollten, um den amerikanischen Barbaren einen Begriff von europäischer Kultur zu vermitteln, wandte Debbie sich an Bobby, der zu ihrer Rechten saß und den ganzen Abend kaum etwas gesagt hatte.

»Sind Sie glücklich, dass alles so ausgegangen ist?«, fragte sie.

»Ja, sicher. Ich ... ich wünschte mir nur, meine Mutter könnte auch hier sein.«

»Sie sind ein wunderbarer Junge.« Debbie legte ihre Hand auf seinen Arm. »Was meinen Sie – wollen wir Freunde sein?«

Schüchtern erwiderte er ihren Blick. Debbie wurde ganz warm

ums Herz. Bobby sah wirklich aus wie die Miniaturausgabe seines Vaters.

»Harry kann stolz auf Sie sein«, sagte sie. »Ich habe Todesängste ausgestanden, als er in Ellis Island saß, und ich weiß nicht, was ohne Sie bei der Anhörung geschehen wäre. Sie haben sich einfach fabelhaft benommen.«

Sie hob ihr Glas und prostete ihm zu. Doch bevor sie miteinander anstoßen konnten, ergriff abermals Pompon das Wort.

»Wer ist denn das auf deinem Schoß, Harry? Eine neue Geliebte?«

Als Debbie sich umdrehte, fiel ihr beinahe das Glas aus der Hand. Auf Harrys Oberschenkel hockte die alberne Stoffpuppe mit den Zottelfransen, die er seit ihrem Abflug in Lissabon dauernd mit sich herumschleppte. Wo kam die plötzlich her?

Als sie die offene Aktentasche sah, wusste sie die Antwort.

»Ein Geschenk von Laura«, sagte Harry. »Sie hat sie mir mitgebracht, von der anderen Seite.«

Obwohl er so gleichgültig wie möglich sprach, platzte er beinahe vor Stolz. Wie ein frischgebackener Papa saß er da und spielte mit den Ärmchen der Puppe, beglückt von den vielen neugierigen Blicken, die auf ihn gerichtet waren.

»Von der anderen Seite?« Pompon verzog verächtlich das Gesicht. »Na bravo! Dann hast du wenigstens eine Erinnerung an deine Windsbraut.«

»Wozu brauche ich eine Erinnerung?«, erwiderte Harry irritiert. »Laura wird spätestens nächste Woche hier in New York sein.«

Pompon zuckte die Schultern. »Vielleicht, vielleicht auch nicht.«

»Was willst du damit sagen? Hast du irgendwas von ihr gehört?«

»Von ihr nicht, aber von ihrem Bräutigam.« Pompon wartete, bis alle Blicke sich auf ihn richteten. »Roberto hat mich zufällig gestern Abend angerufen«, sagte er dann. »Aus Jamaika. Er und Laura verbringen dort gerade ihre Flitterwochen.«

4

Laura saß nackt am Schreibtisch ihres Hotelzimmers und schrieb. Obwohl sie außer den zwei Wattebäuschen, die sie sich gegen den Lärm der Pool-Party draußen in die Ohren gestopft hatte, nichts am Leib trug, verklebte der Schweiß ihre Poren. Doch viel schlimmer als die brütende Hitze war das ewige Salsa-Gedudel, in dessen Rhythmus das ganze Hotel zu pulsieren schien. Gleich nach dem Frühstück kreuzten die Musiker mit ihren Trommeln und Blechinstrumenten im Hotelgarten auf, und erst im Morgengrauen verschwanden die letzten Gäste betrunken in ihren Apartments, um die Party zu beenden.

Laura hatte sich während des ganzen Urlaubs nur zwei oder drei Mal am Pool blicken lassen – Roberto zuliebe. Die übrige Zeit verbrachte sie bei geschlossenen Fenstern in ihrem Zimmer, um zu schreiben. Seit ihrer Ankunft in Kingston hatte sie fast ein ganzes Buch zu Papier gebracht: hundert Seiten, die ihr Leben bedeuteten.

»Hier – eine kleine Erfrischung für dich.«

Laura zuckte zusammen. Sie hatte Roberto gar nicht gehört. Nur mit Bermuda-Shorts bekleidet, ein Handtuch um den Nacken, die Sonnenbrille über der Stirn, reichte er ihr ein eisig beschlagenes Glas Caipirinha. Obwohl die Unterbrechung ihrer Arbeit sie störte, zwang sie sich zu einem Lächeln. Roberto meinte es ja nur gut. Sie entfernte die Wattebäusche aus den Ohren und nahm ihm das Glas ab. Wie tausend winzige Kristalle glitzerten die gestoßenen Eiswürfel in der rumgetränkten Limonade, und am Zuckerrand des Glases steckte eine orangefarbene Papiersonne.

»Danke«, sagte sie und sog schlürfend an dem Strohhalm. »Sehr lieb von dir.«

»Willst du nicht rauskommen?«, fragte er. »Es ist wirklich eine tolle Party. Alle tanzen.«

»Und du musst als Einziger zugucken? Armer Roberto!«

Obwohl sie sich redlich bemühte, schaffte sie es nicht, das Lächeln auf ihren Lippen am Leben zu erhalten. Roberto sah in seiner albernen Strandkluft einfach entsetzlich aus – fast schämte sie sich für ihn. Sein muskulöser, über und über behaarter Körper gehörte entweder in einen Anzug oder in ein Torerokostüm. Alles andere war so geschmacklos wie Weihnachten auf Hawaii. Spürte er das denn nicht selbst?

Laura stellte ihr Glas ab und griff wieder nach ihrem Füllfederhalter.

»Was schreibst du eigentlich die ganze Zeit?« Neugierig beugte er sich über ihre Schulter.

»Eine Art Tagebuch. Ich glaube kaum, dass dich das interessiert.«

»Mich interessiert alles, was dich betrifft! Schließlich bin ich dein Mann!«

»Und darum musst du alles von mir wissen?«

Auf einmal empfand Laura ihre Blöße als unangenehm. Sie stand auf, ging zum Schrank und streifte sich ein Strandkleid über.

»Hast du Angst, ich will mit dir schlafen?«, fragte er beleidigt.

»Wie kommst du denn darauf? Du weißt doch, wie gern ich mit dir zusammen bin.«

»Ja, aber höchstens zweimal am Tag.«

Sie tätschelte seine Wange. »Habe ich einen Stierkämpfer geheiratet oder einen Stier?«

»Einen Stier natürlich!« Er nahm ihre Hand und küsste sie. »Ich kann dir gar nicht sagen, wie eifersüchtig ich bin.«

»Bist du übergeschnappt? Auf wen? Ich bin doch den ganzen Tag allein hier im Zimmer.«

»Auf das da«, sagte er und warf einen bösen Blick auf ihre Papiere. »Dein Tagebuch ist dir wichtiger als dein Mann.«

»Unsinn, Roberto.«

Um seinen Blicken zu entgehen, ordnete sie die Blätter auf dem

Schreibtisch. Er hatte ja recht – ihre Aufzeichnungen waren ihr tausendmal wichtiger als er. Sie waren jener Teil der Therapie, den kein Arzt der Welt ihr abnehmen konnte. Aber wie sollte sie Roberto das erklären? Er würde es ja doch nicht verstehen. Wie der Ventilator an der Zimmerdecke kreisten die Erinnerungen in ihrem Kopf, all die Schreckensbilder, die sie auf ihrer Flucht verfolgt hatten: die Leichen, die Särge, der große Feind, das Haus der Angst, der schwarze Hund ... Und Harry. Je länger sie von ihm getrennt war, umso mehr wuchs ihre Furcht, ihn wiederzusehen.

Sie öffnete eine Schublade und ließ die Blätter darin verschwinden.

»Ich habe einen Wunsch, Roberto«, sagte sie.

»Welchen, meine Sternschnuppe?«

Sie überhörte das alberne Kosewort. »Lass uns gleich nach Mexiko fahren. Ohne Zwischenstation in New York.«

»Und meine Arbeit im Konsulat? Ich habe meinen Urlaub sowieso schon um drei Wochen überzogen.«

»Bitte, Roberto ...«

»Warum? Wenn du so dringend nach Mexiko willst, gibt es dafür doch irgendeinen Grund.« Er nahm ihr Kinn in die Hand, sodass sie ihn anschauen musste. »Welchen, Laura?«

Obwohl sie das Misstrauen in seinen Augen kaum ertrug, erwiderte sie seinen Blick.

»Aber das weißt du doch, Roberto. Ich freue mich so sehr auf die Maya-Tempel. Schon als Kind wollte ich sie sehen.«

5

Der Cadillac schwankte in jeder Kurve wie ein Schiff in der Dünung, doch Debbie steuerte den mächtigen Straßenkreuzer mit bewundernswerter Lässigkeit die Bundesstraße entlang. Eine solche Lässigkeit, dachte Harry mit einem Anflug von Neid, konnte man vermutlich nicht erwerben, sondern nur ererben. Die eine

Hand am Steuer, in der anderen eine Zigarette, chauffierte Debbie ihn durch eine atemberaubende Landschaft. Unter einem kobaltblauen, von weißen Schönwetterwolken nur hier und da gefleckten Himmel öffnete sich vor ihnen der Grand Canyon, eine gigantische Schlucht steil abfallender, rostfarbener Felsen, die von dem majestätischen Strom des Colorado River durchfurcht wurde. Harry konnte es kaum erwarten, dass sie zur Aussichtsplattform gelangten, die laut Auskunft eines Straßenschilds in fünf Meilen kommen würde. Er beugte sich zum Armaturenbrett vor und stellte das Radio lauter.

»I see skies of blue, clouds of white …
Bright blessed days, dark sacred nights …
And I think to myself: what a wonderful world …«

Während Debbie den Refrain laut mitsang, ohne sich um die exakte Höhe der einzelnen Töne sonderlich zu kümmern, lehnte Harry den Arm aus dem Fenster und genoss die Fahrt. War diese grandiose Landschaft nicht der Inbegriff der USA? Auch wenn er sich größte Mühe gab, nicht dem Mythos der Amerikaner von ihrem eigenen Land auf den Leim zu gehen, fiel es ihm verflucht schwer, seinen strengen europäischen Prinzipien treu zu bleiben. Nicht nur die überwältigende Natur, auch der *Way of Life*, den diese Natur hervorgebracht hatte, war mehr nach seinem Geschmack, als er sich selber eingestehen mochte. Sicher, er wusste so gut wie Pompon, dass Amerika maßlos überschätzt wurde – die historische Aufgabe dieses Landes erschöpfte sich bekanntlich darin, bedeutenden Künstlern aus Europa bei ihrer Flucht vor den Nazi-Barbaren als Exil zu dienen, bis sie in ihre Heimat zurückkehren konnten. Doch auf dieser Reise, zu der Debbie ihn eingeladen hatte, um ihm sämtliche Wunder der USA zu zeigen, erwischte er sich immer öfter bei dem Verdacht, dass Amerika tatsächlich jenes Land der unbegrenzten Möglichkeiten sein könnte, welches die Prediger des amerikanischen Traums in ihren Kirchen und Zeitungen nicht müde wurden zu preisen.

Aber war das verwunderlich? Die neue Frau in seinem neuen

Leben, Debbie Jacobs, war schließlich die Hohepriesterin und Verkörperung dieses Traums in ein und derselben Person. Seit seiner Ankunft in den USA setzte sie alles daran, ihn in einen waschechten Amerikaner zu verwandeln. Geld, so erfuhr er durch sie, war nicht nur dazu gut, auf den Champs-Élysées zum Zeichen der Verachtung aus dem Auto geworfen zu werden – Geld machte *happy*! Wenn man Geld besaß, viel Geld, und sich auf die Kunst verstand, es in geeigneter Weise auszugeben, entpuppte sich das triste graue Leben als eine einzige knallbunte Wundertüte.

Und niemand verstand sich auf diese Kunst so gut wie Debbie. Fast täglich hatte sie eine neue, herrliche Überraschung für Harry parat. Weil zwei Amerikaner unmöglich mit dreihundert Quadratmetern Wohnfläche auskommen konnten, hatte sie ihr Apartment in der Park Avenue aufgegeben und dafür ein dreistöckiges Penthouse in der Hobson Street bezogen. Darin hatte Harry nicht nur ein riesiges Atelier mit großartigem Blick auf den Hudson, es gab dort sogar ein Zimmer ganz für ihn allein, mit einem goldenen Thronsessel, der aus einem Theaterfundus stammte und auf dem niemand außer ihm sitzen durfte.

Ja, an Debbies Seite fühlte Harry sich wie ein König – zum ersten Mal in seinem Leben hatte er keine Geldsorgen mehr. Sie hatte ihm nicht nur ein Auto gekauft, sie hatte ihn auch durch sämtliche Kaufhäuser New Yorks geschleppt, um seine Garderobe von Grund auf zu erneuern. Drei Dutzend Anzüge hingen nun in seinem Schrank! Zu ihrem Geburtstag hatte sie ihm einen weißen Pelzmantel für den Winter geschenkt, zusammen mit einer Taschenuhr aus Platin sowie einem diamantbesetzten Lorgnon, das ihm besser stand als jede Brille und mit dem er unglaublich vornehm wirkte. Und in allen großen Städten, die sie auf ihrer Reise passierten, schauten sie sich Gebäude an, darunter richtige Schlösser und Paläste, auf der Suche nach einer geeigneten Immobilie für Debbies Museum, durch das der Künstler Harry Winter endlich zu jener Geltung gelangen sollte, die ihm schon lange gebührte: als der größte und bedeutendste Künstler des zwanzigsten Jahrhunderts.

»And I think to myself: what a wonderful world ...«

Harry schaltete das Radio aus. Die Musik ging ihm plötzlich auf die Nerven.

»Singe ich sooo schief?« Debbie blickte mit gespielter Entrüstung zu ihm herüber.

»Nein, nein, ich habe nur ein bisschen Kopfschmerzen.«

Das war zwar gelogen, doch eine bessere Ausrede fiel ihm auf die Schnelle nicht ein. Nicht mal in dieser großartigen Landschaft war er vor seinen eigenen Gefühlen sicher. Wie aus dem Nichts waren die Zweifel gekommen, und der Song, der ihm vor fünf Minuten noch so vollkommen aus dem Herzen gesprochen hatte, als wäre er eigens für ihn komponiert, war ihm auf einmal unerträglich geworden. Und wenn Debbie ihm ihr ganzes Land zu Füßen legte – konnte er seine Windsbraut darüber jemals vergessen? Obwohl Laura ihm versprochen hatte, seine Bilder aus Europa mitzubringen, war sie immer noch nicht da. Pompon behauptete, es könne vielleicht noch Monate dauern, bis sie nach New York käme. Wenn überhaupt.

»Verfluchte Scheiße!«

Debbie bremste so scharf ab, dass Harry sich am Türgriff festhalten musste, um nicht gegen die Windschutzscheibe zu knallen. Als er den Kopf hob und über die Motorhaube des Cadillacs blickte, sah er, wovor Debbie ausgewichen war. Eine Schlange, so dick wie ein Männerarm und fast zwei Meter lang, wand sich über die Bundesstraße.

»Was ist das denn?«, fragte Harry.

»Eine Klapperschlange«, sagte Debbie. »Die gibt es hier überall.«

»Das muss ich mir anschauen.« Er öffnete den Wagenschlag und stieg aus.

»Warte, ich komme mit«, rief sie. »Aber pass bitte auf! Die Viecher sind giftig!«

Vorsichtig folgte Harry der Schlange bis an den Rand des Canyons. Dort richtete sie sich für einen Moment drohend auf, dann verschwand sie mit zuckender Schwanzrassel im Gebüsch. Schade, Harry hatte kaum einen Blick auf sie erhascht. Enttäuscht trat er auf einen Felsvorsprung, der aus dem Gestrüpp ragte. Vielleicht würde er wenigstens noch das Klappern hören.

»Sollen wir hier ein Picknick machen?«, fragte Debbie und öffnete den Kofferraum ihres Wagens. »In der Eisbox warten Krabben und Champagner!«

Harry antwortete nicht. Kaum war er auf den Felsvorsprung getreten, hatte er alles um sich herum vergessen. Die Aussicht verschlug ihm die Sprache: ein Anblick, den kein Museum der Welt ihm jemals bieten konnte. Dabei schien ihm jedes Detail auf geheimnisvolle Weise vertraut, als hätte er schon viele, viele Male hier auf diesem Felsvorsprung gestanden und die Aussicht in sich aufgesogen. Alles erkannte er wieder: Die grüne Gipfellinie des Berges, die unterbrochen wurde durch ein Band hellroten Steins … Den Felsen, den die Sonne aus purem Magentarot in die Erde gebrannt zu haben schien … Die gekrümmte Gipfelhaube, die sich über den verschiedenen Gesteinsschichten erhob …

»Was hast du?«, fragte Debbie besorgt. »Du bist ja ganz bleich!«

»Das ist meine Landschaft«, flüsterte Harry. »Ich habe sie schon so oft gemalt. Jetzt … jetzt sehe ich sie zum ersten Mal.«

Ungläubig starrte er auf die Felswand, die sich wie ein Monument der Ewigkeit auf der gegenüberliegenden Seite des Canyons erhob. Es waren dieselben Farben, dieselben Formen, die er immer wieder auf die Leinwand gebannt hatte, in Sainte-Odile und in Paris und sogar schon in Deutschland – ohne je zu ahnen, dass es eine solche Landschaft außerhalb seiner Seele tatsächlich irgendwo gab.

»Ich glaube fast, da schickt uns jemand ein Zeichen«, sagte Debbie.

Harry drehte sich zu ihr herum. »Was meinst du damit?«, fragte er irritiert.

»Ist das so schwer zu erraten?« Sie trat auf ihn zu und nahm seine Hand. »Was denkst du, Harry, wäre es nicht das Praktischste, wir zwei würden heiraten?«

6

Debbie hatte eigentlich allen Grund, mit sich zufrieden zu sein, als sie in ihrem Chanel-Negligé vor die drei mal fünf Meter große Spiegelwand ihres ansonsten ganz in Marmor gehaltenen Badezimmers trat, um ihr Gesicht für die Nacht zu reinigen. Nur zwei Tage nachdem sie mit Harry von ihrer Rundreise zurückgekehrt war, hatte sie ein phantastisches Gebäude für ihr Museum gefunden – nicht in Colorado oder Arizona oder Kalifornien, sondern am Liberty Square in New York. Obwohl es ein wenig abseits vom Zentrum lag, war es mit seinen großen, lichtdurchfluteten Räumen nahezu ideal. Besonders die Eingangshalle hatte es ihr angetan – der Raum war hoch wie eine Kapelle, hatte eine Empore und sah aus wie der Ballsaal eines transsilvanischen Schlosses. Was für ein wunderbarer Ort, um die Kunst dieses Jahrhunderts sowie das Werk des größten lebenden Künstlers zu feiern!

Trotzdem konnte Debbie keine wirkliche Freude empfinden. Der Grund war Harry. Sie kümmerte sich um ihn wie um ein Findelkind, das man vor ihrer Tür ausgesetzt hatte. Doch was immer sie tat, um ihm zu helfen oder sein Leben zu verschönern – nie wurde sie das Gefühl los, dass er sich tief in seinem Innern vor ihr verschloss. Darüber konnte auch die offenkundige Freude nicht hinwegtäuschen, mit der er ihre Wohltaten entgegennahm. So wie er sich weigerte, englisch mit ihr zu sprechen, strahlte er in ihrer Gegenwart stets eine kalte, innere Reserviertheit aus, als würde er all die Dinge, die sie ihm schenkte: das Auto, den Pelzmantel, ihre Liebe – nur leihweise annehmen. Hatte er Angst, sich ihr zu verpflichten? Zwar hatte sie nicht damit gerechnet, dass er sie nach ihrem Antrag am Grand Canyon gleich nach Las Vegas entführen würde, um sie vor einem aus dem Bett geklingelten Friedensrichter zu ehelichen. Doch dass er sie ohne jede Antwort auf der Straße hatte stehen lassen und über eine Woche lang kein Wörtchen dazu verloren hatte, war mehr, als sie verkraften konnte.

Sie beugte sich vor, um einen Mitesser auszudrücken. Der Anblick ihres Spiegelbilds verdarb ihr endgültig die Laune. Seit über vierzig Jahren hatte sie dieses Gesicht, und noch immer konnte sie nicht fassen, dass sie damit herumlaufen musste. Warum zum Teufel gab es keine Warenhäuser, wo Frauen wie sie volle Lippen, verführerische Katzenaugen und niedliche Stupsnäschen kaufen konnten? Ihr Gesicht sah aus wie von *Woolworth.* Nein, sie konnte es Harry nicht verübeln, dass er davongelaufen war, als sie ihm die Heirat angetragen hatte. Sie selber hätte an seiner Stelle genauso reagiert. Auf dem Absatz hatte er kehrtgemacht und war in einen Handelsposten für Touristen geflohen, wo er zwei Dutzend Kachinas gekauft hatte, bunt bemalte Schnitzpuppen, die betrunkene Hopi-Indinaner dort für drei Dollar das Stück anboten.

Debbie machte sich keine Illusionen: Harry liebte sie nicht. Aber sollte sie deshalb auf den interessantesten Mann verzichten, den sie jemals kennengelernt hatte? Nein; so schnell gab eine Debbie Jacobs nicht auf! Auch wenn sie wusste, dass Harry sie verlassen würde, sobald er sie nicht mehr brauchte, haderte sie nicht mit ihrem Schicksal. Vielmehr dankte sie Gott für jeden Tag, an dem er Laura Paddington von Amerika fernhielt und ihr auf diese Weise die Chance gab, den Augenblick der Trennung in möglichst weite Ferne hinauszuschieben.

Entschlossen, den Abend nicht ungenutzt verstreichen zu lassen, rieb sie sich also einen Tropfen Chanel No. 5 hinters Ohr, rückte den Push-up-BH, den ihr Freund Howard Hughes konstruiert hatte, unter ihrem Negligé zurecht, warf tapfer einen letzten Blick in den Spiegel und ging ins angrenzende Schlafzimmer.

»Was liest du?«, fragte sie, als sie sich zu Harry ins Bett legte.

»Eine Abhandlung über Kachinas«, murmelte er auf Französisch, ohne von seinem Buch aufzuschauen.

»Die Indianerkunst hat es dir wirklich angetan, nicht wahr?«

»Mhmm. Ich glaube, man kann von diesen sogenannten Primitiven eine Menge lernen.«

Debbie nahm ihm das Buch aus der Hand und legte es auf den

Nachtkasten. Zu ihrer Erleichterung ließ er es geschehen. Sie wollte ihm einen Vorschlag machen. Einen Vorschlag, der ihm hoffentlich gefiel.

»Ich mache mir Gedanken um Bobby«, sagte sie.

»Warum?«, fragte er und nahm die Brille ab, die er im Bett anstelle seines Lorgnons benutzte. »Soweit ich weiß, geht es ihm blendend.«

»Mag sein. Aber meinst du nicht, er hätte etwas Besseres verdient, als den ganzen Tag Filmrollen einzupacken und säckeweise zum Postamt zu schleppen?«

»Immerhin bekommt er dafür fünfzig Dollar im Monat. Davon kann sein Vater nur träumen.«

Debbie schlüpfte zu ihm unter die Eiderdaunendecke. »Darf ich?«

»Natürlich.«

Ohne dass sie ihn darum bitten musste, öffnete Harry die Beine, damit sie ihre wie immer kalten Füße zwischen seinen Waden wärmen konnte.

»Ich habe mir überlegt, Bobby einen Job anzubieten«, sagte sie und kraulte seine Brust. »Wenn die Arbeit im Museum jetzt richtig losgeht, könnte er mich bei der Organisation unterstützen, als mein persönlicher Assistent. Dich will ich mit solchen Dingen nicht belästigen. Du musst schließlich malen.«

»Was du dir nicht alles einfallen lässt …« Harry beugte sich über sie und gab ihr einen Kuss. »Danke. Das ist wirklich sehr nett von dir.«

»Du brauchst mir nicht zu danken. Ich tue das nur für mich und meine Sammlung. Du wirst sehen, das Museum wird alles in den Schatten stellen, was es bisher gab. Außerdem soll ein gewisser Harry Winter sich nicht beklagen, dass man ihm in Amerika die gebührende Würdigung verweigert …«

Während sie sprach, ließ sie ihre Hand unter seinen Pyjama gleiten und streifte gleichzeitig mit ihren Lippen über sein Gesicht.

Harry wich zurück wie ein scheuendes Pferd. »Hast du etwa Parfüm aufgelegt?«, fragte er.

»Ja, Chanel No. 5«, sagte sie so verrucht, wie sie konnte. »Magst du den Duft?«

»Ha … ha … hatschi!«, antwortete er. »Ich weiß, das ist jetzt mehr als peinlich, aber du weißt doch, ich reagiere allergisch auf das Zeug.«

»Ich dachte, das wäre nur ein Witz …«

»Von wegen.« Er packte behutsam ihr Handgelenk und legte ihre Hand zurück auf die Decke. »Sei mir nicht böse, aber ich fürchte, die Stimmung ist im Eimer.«

»Du brauchst dich nicht zu entschuldigen.« Debbie versuchte, sich die Enttäuschung nicht anmerken zu lassen. »Um ehrlich zu sein, mir ist auch nicht danach.« Um es ihm zu beweisen, rang sie sich ein Gähnen ab. »Ich muss morgen sehr früh raus. Ich hab schon um neun einen Termin mit dem Architekten.«

»Na, dann ist ja alles bestens, *darling.*« Er gab ihr einen Kuss auf die Wange. »Schlaf schön«, murmelte er, schon halb im Schlaf, und drehte sich um.

»Du auch, *chéri.*«

Sie schaute noch eine Weile auf seine Schulter, die sich gleichmäßig hob und senkte, dann drehte auch sie sich auf die Seite und knipste das Licht aus. Zwischen dem Motorbrummen der Autos drang von der Straße das Lachen und Rufen der Menschen herauf, die irgendwo da draußen in der Nacht noch ihr Glück suchten. »Schatzsucher«, hatte Harry sie einmal genannt. Während Debbie den Geräuschen lauschte, gab sie sich Mühe, die Tränen zu unterdrücken, doch sie schaffte es nicht.

Was konnte sie nur tun, damit Harry sie liebte?

Um ihn nicht wach zu machen, tastete sie im Dunkeln nach der Kleenex-Box auf ihrem Nachttisch und trocknete sich die Augen. Die Vorstellung, er könnte am nächsten Morgen die verschmierte Wimperntusche auf dem Kopfkissen sehen, war ihr ein Gräuel.

»Debbie?«, flüsterte er.

Sie antwortete nicht, sie hätte sonst laut aufschluchzen müssen.

»Debbie?«

Er legte seine Hand auf ihre Schulter, leicht und zart wie ein Vogel. Doch Debbie regte sich nicht. Wie leblos verharrte sie an seiner Seite, aus Angst, noch einmal zurückgewiesen zu werden. Während sie seine Hand auf ihrer Schulter spürte, stellte sie sich vor, wie sein Atem irgendwo im Universum mit dem ihren verschmolz – Millionen von Molekülen, die nicht voneinander zu unterscheiden waren. Die Vorstellung machte sie glücklich, und allmählich dämmerte ihr Bewusstsein in jene fremde, unbegreifliche Welt, aus der Harry seine Bilder schöpfte. Wenigstens im Traum durfte sie bei ihm sein, ganz und gar.

Irgendwann zog er seine Hand zurück. Doch Debbie war noch nicht wirklich eingeschlafen. Noch immer hörte sie das Rascheln der Decke. Während die Sprungfedern der Matratze leise quietschten, spürte sie, wie Harry hinter ihrem Rücken aufstand und das Bett verließ.

Musste er zur Toilette?

Debbie hielt den Atem an. Auf Zehenspitzen schlich er hinaus. Doch nicht ins Bad, sondern auf den Flur, wo sie wenig später die Haustür gehen hörte.

7

Bobby saß in der Cafeteria des *Museum of Modern Art* und wartete auf seinen Vater. Warum konnte Harry niemals pünktlich sein? Bobby hatte ihm doch am Telefon gesagt, dass Mr. Burns ihm nur eine halbe Stunde freigegeben hatte. Während er wie auf Kohlen saß, stolzierte Harry wahrscheinlich durch das Museum, um sich mal wieder die fünf Bilder anzuschauen, die von ihm in der deutschen Abteilung hingen. Dabei hatte sogar Mr. Burns begriffen, wie wichtig der Brief war, den Bobby von seiner Mutter bekommen hatte. Das Kuvert war in einem französischen Ort namens

Lantosque abgestempelt, *Alpes maritimes*, und hatte über sechs Wochen für die Reise gebraucht. Voller Sorge drehte Bobby den Umschlag in der Hand. Aus irgendeinem Grund, den er sich selbst nicht erklären konnte, hatte er das Gefühl, dass dieser Brief für lange Zeit womöglich der letzte war, den seine Mutter ihm schickte – wenn nicht gar für immer.

»Du wolltest mich sprechen?« Wie aus dem Nichts stand sein Vater auf einmal vor ihm. »In welcher Sprache? Deutsch, Französisch oder Englisch?«

»Mathilde hat geschrieben«, erwiderte Bobby auf Deutsch und erhob sich, um ihn zu begrüßen.

»*That's wonderful!*«, rief Harry.

»Ich wollte, du hättest recht«, sagte Bobby und reichte ihm den Brief. »Da! Lies selbst.«

Harry nahm den Brief und setzte sich. Nachdem er den Bogen auseinandergefaltet hatte, holte er das diamantbesetzte Lorgnon hervor, ohne das er nicht mehr aus dem Haus ging, und hielt es sich mit der Vornehmheit eines französischen Aristokraten vor die Augen. Unter teils bewundernden, teils amüsierten Blicken der Museumsbesucher überflog er die Zeilen. Als er zu Ende gelesen hatte, ließ er das Lorgnon in der Brusttasche seines Anzugs verschwinden. Offenbar spürte er selbst, wie unpassend eine solche Lesehilfe in diesem Moment war.

»Nein, das sind keine guten Nachrichten«, sagte er ernst.

»Mathilde schafft es nicht raus aus Frankreich. Die Schlinge zieht sich immer mehr zu.«

»Wenigstens ist sie nicht alleine und hat ein gutes Versteck.«

»Fragt sich nur, wie lange.«

»Ich weiß, was du empfindest«, sagte Harry. »Und glaub mir, ich teile deine Gefühle. Aber schwarzsehen hilft nicht weiter. Hör doch, was sie selber schreibt.« Mit langem Arm, ohne das Lorgnon zu benutzen, las er vor: »*Die Bauern hier verehren uns so sehr, dass sie uns auch vor den Deutschen verstecken würden, sollten die Nazis wirklich bis Vichy kommen und das Ruder übernehmen. Der*

Bürgermeister persönlich hat mir vor ein paar Tagen gesagt: ›Bleiben Sie hier bei uns im Dorf. Lassen Sie sich nirgendwo sonst blicken. Dann wird Ihnen nichts passieren.‹« Mit einem Lächeln, das wohl aufmunternd wirken sollte, ließ Harry den Brief sinken. »Mach dir keine Sorgen, mein Junge. Deine Mutter lässt sich nicht unterkriegen. Wie ich sie kenne, hat sie dem Bürgermeister wahrscheinlich schon eine Torte gebacken.«

»Was redest du da von Torte?«, erwiderte Bobby. »Mathilde ist Jüdin! Und wenn die Deutschen sie erwischen ...« Er sprach den Satz nicht zu Ende. »Ach Papa, warum habt ihr in Marseille nicht wieder geheiratet?«

»Das habe ich dir doch erzählt. Deine Mutter wollte nicht.«

»Ich weiß. Aber trotzdem. Dann ... dann wäre sie längst hier. Genauso wie du.«

Er schaute seinen Vater an, doch der wich seinem Blick aus. Umständlich zündete er sich eine Zigarette an und tat so, als würde er nochmals den Brief lesen. Aber Bobby kannte ihn zu gut, um darauf hereinzufallen. Harry hasste solche Situationen – wahrscheinlich dachte er gerade darüber nach, wie er sich möglichst rasch aus dem Staub machen konnte ... Während er Rauchwölkchen gegen die Decke blies und sich dabei verstohlen in der Cafeteria umsah, als würde er noch jemanden erwarten, fiel Bobby ihr erstes Wiedersehen in New York ein, lange bevor das Flugzeug seines Vaters in *La Guardia* gelandet war. Es war an einem tristen Novembersonntag gewesen, Bobby hatte damals noch in einer Druckerei gearbeitet. Er hatte fürchterliches Heimweh gehabt, und um es zu bekämpfen, war er ins Museum gegangen. Laut einem Artikel der *New York Times* hingen dort ein paar Bilder seines Vaters, zusammen mit Werken befreundeter Künstler, auf deren Schoß Bobby als Kind schon gesessen hatte. Gleich in der Eingangshalle hatte er die Bilder entdeckt. Bei ihrem Anblick war ihm zumute gewesen, als betrete er mitten in der Fremde ein Stück Heimat. Doch plötzlich, vor einer Collage von Harry, war ihm ein Detail ins Auge gesprungen – ein kleiner unscheinbarer Ausriss aus einer Tapete. Sein Herz hatte wie wild gehämmert. Das Stück Papier stammte aus seinem eigenen Kinderzimmer: Der handgroße Flecken, wo die Tapete ausgerissen war, hatte zu den Albträumen seiner Kindheit gehört. Einen ganzen Tag lang hatte er geschrien und geweint, weil ihm niemand hatte erklären können, was mit der Wand passiert war. Jetzt, nach zwanzig Jahren, hatte er das auf so geheimnisvolle Weise verschwundene Stück Tapete wiedergefunden, in unveränderter Form, hier in New York, als Teil einer Collage seines Vaters. Harry hatte ihm nie verraten, dass er der Täter gewesen war.

Bobby musterte sein Gesicht. Alles riss sein Vater aus dem Leben heraus, um es in Kunst zu verwandeln, gleichgültig, ob es ein Stück Tapete war oder eine ganze Existenz. Wusste er eigentlich, was er damit den Menschen in seiner Umgebung antat? Ja, hatte er überhaupt eine Ahnung, wer diese Menschen waren? Was sie dachten und fühlten und erlebten?

»Debbie hat mir ein Angebot gemacht«, hörte Bobby sich plötzlich sagen.

Harry schaute auf, sichtlich erleichtert über den Themenwechsel.

»Ich weiß. Ein Job für ihr Museum. Ich denke, das könnte eine Chance für dich sein.«

»Nein, das meine ich nicht …«

»Aber als Vater muss ich dich warnen«, fuhr Harry fort, als hätte Bobby gar nichts gesagt. »Lass dich nicht ausnützen. Debbie ist eine knallharte Geschäftsfrau. Obwohl sie so reich ist, dass sie vor Geld kaum laufen kann, verlangt sie von mir einen Beitrag zur Haushaltskasse. Das musst du dir mal vorstellen! Dabei besitze ich keinen einzigen Dollar. Für das bisschen, was ich bei ihr esse und trinke, soll ich Bilder malen, wie ein leibeigener Hofmaler, damit sie ihr Museum gratis bestücken kann. Na, jetzt habe ich wenigstens eine Ahnung, wie Velásquez sich gefühlt haben muss, oder Goya oder …«

»Würdest du mir bitte zuhören?«, fiel Bobby ihm ins Wort.

»Über den Museumsjob bin ich mit Debbie längst einig. Es geht um was ganz anderes. Sie hat mir noch einen Vorschlag gemacht.«

»Nämlich?«, fragte Harry irritiert.

»Sie will mich adoptieren.«

»Sie will dich WAS?« Harry war so verblüfft, dass ihm die Asche von der Zigarette fiel.

»Ja, du hast richtig gehört – adoptieren«, wiederholte Bobby. »Sie meint, als ihr Sohn würden viele Dinge leichter. Ich bekäme eine unbefristete Aufenthaltsgenehmigung, ich dürfte reisen, wohin ich will, und bräuchte außerdem keine Arbeitserlaubnis. Das ganze bürokratische Zeug.«

Als er ausgeredet hatte, sagte Harry eine lange Weile gar nichts. Bobby befürchtete einen Wutanfall. Würde er jetzt den verratenen Vater spielen? Das würde zu ihm passen, beim Abschied in Paris hatte er ja gleich mehrere Anfälle von Erzeugerliebe bekommen.

»Du hast nichts begriffen«, erklärte Harry schließlich, »aber rein gar nichts! Von wegen Aufenthaltsgenehmigung und Arbeitserlaubnis.« Er drückte seine Zigarette aus und sah seinem Sohn mit ungewohnter Feierlichkeit in die Augen. »Weißt du, was eine Adoption durch Debbie Jacobs bedeutet?« Er machte eine kurze Pause, um seinen Worten Nachdruck zu verleihen. »Du wärst ab sofort ein schwerreicher Mann!«

»Was … was willst du damit sagen?«, fragte Bobby verblüfft. »Meinst du etwa, ich soll das Angebot annehmen?«

»Du müsstest verrückt sein, wenn du es ausschlägst!«, erwiderte Harry. »Ja, kapierst du denn nicht, was für ein Glück du hast?« Mit einem Gesicht, das nicht ganz frei war von Neid, schüttelte er den Kopf. »Mein Gott, manchen gibt's der Herr im Schlaf.«

»Aber …«, sagte Bobby.

»Aber was?«

Bobby zögerte, unsicher, wie er es ausdrücken sollte. »Wäre das nicht Verrat?«, fragte er. »Verrat an meiner Mutter?«

Bevor Harry antworten konnte, trat eine junge Frau an ihren Tisch. Zuerst glaubte Bobby, dass Laura vor ihm stünde. Aber als

Harry aufsprang, um sie mit einem Kuss zu empfangen, erkannte er, dass die Frau eine völlig fremde Person war, die er noch nie im Leben gesehen hatte.

»Gütiger Himmel!«, entfuhr es ihm, als sie ihm die Hand gab. »Was für eine Ähnlichkeit ...«

»Ja, findest du nicht auch?«, erwiderte Harry und strahlte, als wohne er gerade der offiziellen Enthüllung eines seiner Bilder bei. »Darf ich vorstellen? Laureen Spielberg.« Mit charmanter Hilflosigkeit drehte er sich zu der Fremden herum und fragte sie in seinem fürchterlichen Englisch: »Habe ich dir eigentlich schon von meinem Sohn Bobby erzählt, *honey*?«

8

»Wo geht es bitte zur Damenabteilung?«, fragte Harry.

»Die Rolltreppe hinauf und dann immer nach links«, antwortete die Verkäuferin.

Harry war schon ein Dutzend Mal bei *Bloomingdale's* gewesen, dem größten und teuersten Kaufhaus von New York, doch noch immer verirrte er sich regelmäßig in diesem gigantischen Labyrinth glitzernder Träume, das sich über fünf Stockwerke erstreckte. Während Debbie in der Schmuckabteilung nach einer Brosche schaute, hatte er sich unter dem Vorwand, ein paar Anzüge anprobieren zu wollen, von ihr absentiert, um ein Kleid für Laureen zu suchen. Laureen war sein Rettungsanker, der Strohhalm, an den er sich klammerte, seit er sie in der *Columbia University* zum ersten Mal gesehen hatte, in einer Vorlesung, zu der er selber als Gast eingeladen gewesen war. Sie war Laura wie aus dem Gesicht geschnitten, eine transatlantische Zwillingsschwester, die ihm der Himmel geschickt hatte, damit er nicht an seiner Verzweiflung zugrunde ging.

»Nicht hinunter – hinauf!«, rief die Verkäuferin ihm nach, als er die falsche Rolltreppe nahm.

»Ja natürlich, danke.«

Er hatte ganz genaue Vorstellungen, wie das Kleid aussehen sollte. Laura hatte es in Sainte-Odile oft für ihn getragen: ein weißes Sommerkleid aus Leinen, das vorne durchgehend geknöpft war und bei jedem Schritt ihre Beine hatte aufblitzen lassen. Seit er das erste Mal mit Laureen geschlafen hatte, war er wie besessen von dem Gedanken, ein solches Kleid zu finden. Wenn Laureen es für ihn tragen würde, konnte er vielleicht wieder malen. Nachdem Pompon ihm erzählt hatte, dass Laura fest entschlossen sei, mit ihrem Stierkämpfer nach Mexiko auszuwandern, ohne nach New York zu kommen, hatte Harry sein Atelier kein einziges Mal mehr betreten.

Vorsichtig um sich spähend, ob Debbie hinter ihm herspionierte, schwebte er die Rolltreppe empor und wandte sich dann nach links. Doch er hatte noch nicht die Damenabteilung erreicht, da rief jemand seinen Namen.

»Harry?«

Verwundert schaute er sich um. Noch nie war er durch Zufall jemandem in New York begegnet. Doch als er die Frau sah, die ihn gerufen hatte, glaubte er für einen Augenblick an eine Fata Morgana.

»Laura?«

Sein Glück war so groß, dass ihm buchstäblich der Kinnladen runterfiel und er wie angewurzelt stehen blieb. Ein paar Leute schüttelten den Kopf über ihn, wie über einen Idioten. Doch das war ihm egal.

Laura war zu ihm zurückgekommen! Weil sie ohne ihn nicht leben konnte! So wenig wie er ohne sie!

»Wo kommst du denn her? Bist du vom Himmel gefallen?«

Endlich löste er sich aus seiner Erstarrung. Er stürzte auf sie zu, um sie zu umarmen, doch als er ihr Gesicht sah, zuckte er zurück. Sie schaute ihn an wie irgendeinen beliebigen Bekannten, ohne eine Spur von Freude oder Erregung oder Leidenschaft oder sonst einem erkennbaren Gefühl – nur mit einer entsetzlich distanzierten Freundlichkeit in den schwarzen Augen, die ihn mehr verletzte, als wenn sie ihm ein Messer zwischen die Rippen gerammt hätte. Um irgendetwas zu tun, nahm er ihre Hand. Doch die Art, wie sie ihm den Arm hinstreckte, war eher geeignet, ihn auf Abstand zu halten, als eine Verbindung zwischen ihnen herzustellen.

»Seit wann bist du in New York?«, fragte er.

»Seit zwei Wochen.«

»So lange? Ich dachte, du wärst in Mexiko. Warum hast du dich nicht gemeldet?«

Noch während er sprach, tauchte Roberto hinter ihrem Rücken auf. Harry ließ ihre Hand los.

»Was ist der Mensch, dass er Pläne macht?«, erwiderte der Stierkämpfer an Lauras Stelle mit breitem Lächeln. »Laura wollte unbedingt die Maya-Tempel sehen, und wir hatten auch schon einen Flug in meine Heimat gebucht. Aber der Konsul hat mir die Pistole auf die Brust gesetzt. Entweder New York, oder er würde mich zurück nach Europa schicken.«

Harry schaute Laura an. »Es ist also wahr. Du wolltest wirklich nach Mexiko ...«

»Ja«, erwiderte sie mit fester Stimme. »Wundert dich das?«

»Und dass du hier bist, habe ich nur dem Konsul ...«

Er verstummte mitten im Satz. Trotz aller Gerüchte hatte er die Hoffnung nicht aufgegeben und sich in der kalten Pracht seines neuen Lebens das Wiedersehen mit seiner Windsbraut sehnlicher herbeigewünscht als ein Hindu seine Wiedergeburt. Doch jetzt, da er es erlebte, war es Traum und Albtraum zugleich. Ohne den Blick von ihm zu lassen, hakte Laura sich bei Roberto unter. Obwohl sich alles in Harry dagegen sträubte, musste er sich eingestehen, dass die beiden ein hinreißendes Paar abgaben. Wie zwei Filmstars aus Hollywood – die Schöne und ihr Stierkämpfer. Er war so verwirrt, dass er keinen Ton hervorbrachte. Noch nie hatte er eine solche Mischung von Euphorie und Verzweiflung erlebt wie in diesem Augenblick.

»Sie haben sich sicher schon Sorgen gemacht«, sagte Roberto.

»Ich meine – um Ihre Bilder. Aber keine Angst, *amigo*, die Kisten sind in Sicherheit und stehen zur Abholung bereit. Eigentlich wollte ich mich längst schon darum kümmern, aber Sie wissen ja, wie das ist – keine Zeit, keine Zeit.«

Harry hörte kaum hin. Er musste unentwegt Laura anschauen, zu nichts anderem war er fähig. Erst jetzt fiel ihm auf, wie bleich sie war.

»Bist du noch krank?«, fragte er.

»Wie kommst du darauf? Nein, nein, es geht mir blendend.« Sie drückte Robertos Hand und schmiegte sich an seinen großen, starken Körper. »Nicht wahr, mein Schatz?«

»Der heiligen Jungfrau sei Dank.« Der Stierkämpfer nickte mit ernstem Gesicht. »Ich habe jeden Tag eine Kerze angezündet, damit sie wieder gesund wird, und meine Mutter hat in Mexiko sogar eine Wallfahrt für sie gemacht, zu Unserer Lieben Frau von Guadalupe.« Er hauchte Laura einen Kuss auf die Stirn. »Der Himmel hat unsere Gebete erhört. Letzten Samstag waren wir zum ersten Mal wieder aus. Wir haben sogar getanzt. – Ah«, unterbrach er sich, »ist das nicht Miss Jacobs?«

Harry drehte sich um. Von der Rolltreppe kam Debbie herbeigeeilt, trotz ihrer hochhackigen Schuhe wie stets mit sicherem Tritt.

»Ich habe überall nach dir gesucht«, rief sie von Weitem. »Was hast du hier verloren? Das ist die Damenabteilung! Wolltest du etwa ein Geschenk für mich kaufen? Aber das sollst du doch nicht! Ich weiß doch, dass du kein Geld hast!« Plötzlich hielt sie in ihrem Redeschwall inne. »Was machen Sie denn hier, Laura?«

Harry sah das Entsetzen in ihrem Gesicht. Aber es dauerte nur eine Sekunde. Dann hatte Debbie sich wieder unter Kontrolle. Mit ausgebreiteten Armen trat sie auf Laura zu, um sie wie eine alte Freundin zu begrüßen. Ohnmächtig stand Harry daneben und schaute dem absurden Theater zu.

Roberto ließ seinen Goldzahn funkeln wie einen Kirmesdiamanten.

»Miss Jacobs, wie schön, Sie zu sehen!«

Formvollendet beugte er sich über ihre Hand. Während die beiden zur Begrüßung ein paar Worte wechselten, zog Harry Laura beiseite.

»Ich muss unbedingt mit dir reden«, zischte er. »Allein!«

»Nein, Harry. Ich will nicht.«

»Warum nicht?«

»Weil es so besser ist.«

»Unsinn! Sag mir einen Ort, wo ich dich treffen kann. Oder nein – ich mache dir einen Vorschlag. Treffen wir uns im *Museum of Modern Art*, am besten gleich morgen früh, in der Cafeteria. Weißt du, wo das ist?«

Bevor sie antworten konnte, war Roberto schon wieder bei ihr.

»Wohin sollen wir Ihre Bilder bringen lassen, Señor Winter?«

Die Frage erfolgte so plötzlich wie ein Überfall. Harry brauchte eine Sekunde, um sie zu parieren. Zum Glück hatte er eine Idee.

»Laura und ich haben gerade darüber nachgedacht, ob wir nicht vielleicht zusammen ein Atelier …«

»Was sagst du da?«, fuhr Debbie dazwischen.

Harry sah die Angst in ihren Augen. Aber darauf konnte er keine Rücksicht nehmen.

»Nun, du weißt ja, Laura und ich arbeiten seit Jahren an einem gemeinsamen Werk. Da dürfte es das Beste sein, wenn wir zusammen ein Atelier beziehen.«

»Das leuchtet mir überhaupt nicht ein. Du hast das schönste Atelier, das ein Maler sich nur wünschen kann. Willst du das etwa aufgeben?«

»Ich denke nur praktisch, *darling*. Wie es sich für einen Amerikaner gehört.« Er kehrte Debbie den Rücken zu und wandte sich an Laura. »Du brauchst dir kein Atelier zu suchen. Komm einfach zu mir in meins. Es ist größer als der Zeichensaal einer Kunstakademie. Da ist Platz genug für uns beide. Was hältst du davon?«

»Nein, Harry«, sagte Laura, »ich glaube, das ist keine gute Idee.«

»Warum nicht? Du hast doch eben noch selber gesagt …«

»Gar nichts habe ich gesagt. Oder du hast mich falsch verstanden.« Sie schüttelte so energisch den Kopf, dass sich jeder Widerspruch verbot. »Das mexikanische Konsulat liegt am anderen Ende der Stadt. Es wäre also vollkommen unpraktisch. Und so europäisch wollen wir nicht sein. Das wäre ausgesprochen unhöflich unseren Gastgebern gegenüber.«

Es entstand ein betretenes Schweigen. Jeder verstand, worum es in Wirklichkeit ging. Während Harry sich die Lippe zerbiss, legte Roberto den Arm um Laura, als müsse er sie beschützen.

Debbie war die Erste, die ihre Sprache wiederfand.

»Ich gebe Ihnen vollkommen recht, Mr. Jiménez. Ich war schon ein paarmal verheiratet und kenne mich aus mit Scheidungen. Klare Verhältnisse – das ist das Einzige, worauf es ankommt. Was gehört dir und was gehört mir?« Sie reichte ihm ihre Karte. »Wenn Sie Mr. Winters Bilder vielleicht an diese Adresse schicken könnten?«

»Aber mit dem größten Vergnügen, Miss Jacobs«, sagte Roberto mit einer Verbeugung und steckte die Karte ein. »Wenn ich mir erlauben darf, schon jetzt eine Einladung auszusprechen: Sobald die praktischen Dinge geregelt sind, müssen Sie beide uns unbedingt besuchen.«

»Ja, unbedingt. Eine zauberhafte Idee.« Bevor Harry etwas einwenden konnte, hakte Debbie sich bei ihm unter und strahlte ihn mit ihren weißen amerikanischen Zähnen an, die aussahen wie der Kühlergrill ihres Cadillacs. »Meinst du nicht auch, *cheri*?«

9

Debbie hatte nicht geahnt, wie einsam und verloren eine Frau sich in einem französischen Bett fühlen konnte, wenn sie allein darin lag. Sie beugte sich zu ihrem Nachtkasten und sah auf die Uhr. Die Leuchtziffern des Weckers zeigten auf Viertel vor sechs. Um Mitternacht hatte Harry sich davongeschlichen, und er war immer noch nicht da. Seit Monaten ging das schon so, Nacht für Nacht. Kaum schlug es zwölf Uhr, verließ er das Haus und machte sich auf »Schatzsuche«, wie er seine nächtlichen Streifzüge, die oft erst im Morgengrauen endeten, selber nannte. Hatte er anfangs noch gewartet, bis sie eingeschlafen war, gab er sich inzwischen kaum noch Mühe, seine Treulosigkeit vor ihr zu verbergen.

Warum nur liebte sie diesen Mann, der sie so wenig liebte?

Debbie schlug die Bettdecke zurück und stand auf. Draußen vor dem Fenster trieben dichte Schneeflocken im Mondschein. Fröstelnd zog sie sich ihren Morgenmantel über, ein Modell aus rosa gesteppter Seide und Brokat. Ohne Licht zu machen, damit sie ihr Gesicht nicht im Schlafzimmerspiegel sehen musste, schlüpfte sie in ihre goldbestickten Pantoffeln und ging hinüber in ihr Büro. Wenn sie schon wach war, wollte sie wenigstens arbeiten. Wenn sie arbeitete, fühlte sie sich nicht ganz so wertlos.

Bevor sie sich an den Schreibtisch setzte, zögerte sie. Sollte sie sich vielleicht etwas Richtiges anziehen? Manchmal brachte Harry ja jemand mit nach Hause – in der Regel war der Besuch jung, attraktiv und weiblich. Debbie wusste stets auf einen Blick, ob Harry verliebt war oder nur so tat. Wenn er verliebt war, quollen seine Augen hervor wie bei Harpo Marx. Wenn er nur so tat, wirkten sie so stumpf und tot wie bei einem alten Zirkusclown. Die einzige Angst, die sie noch hatte, war, dass er eines Tages mit Laura heimkehren würde. Laura war die einzige Frau, die Harry je wirklich geliebt hatte, und obwohl sie jetzt seit fast einem halben Jahr in New York war, ohne dass Harry sie hatte zurückerobern können, wurde Debbie die Angst nicht los, dass sie eines Tages seinem Werben erlag.

Sie knipste die Leselampe an und setzte sich an den Schreibtisch. Nein, sie brauchte sich nicht anzuziehen, der Morgenmantel war Kleidung genug für die Flittchen, die Harry mit nach Hause brachte. Während sie von dem kalten Tee nippte, der vom Vorabend noch auf einem Beistelltischchen stand, ordnete sie ihre Unterlagen. Die Umbauten ihres Museums kamen zügig voran, ihr Architekt war ein Genie. Wenn die Wirklichkeit hielt, was seine Pläne versprachen, würden die Bilder in ihrer Galerie nicht einfach nur gezeigt, sondern regelrecht inszeniert – so etwas hatte es noch nie zuvor gegeben, in keinem Museum der Welt! Die Kosten allerdings waren gewaltig und überstiegen schon jetzt das Budget, das sie ursprünglich angesetzt hatte. Doch Geld, so hatte sie beschlossen, sollte bei diesem Projekt keine Rolle spielen.

Sie schloss die Mappe mit den Plänen und blätterte in dem Hefter mit ihren Kontoauszügen. Ach, hätte sie von allem nur so viel wie von Geld. Sie hatte alles versucht, um Harrys Liebe zu gewinnen. Sie hatte ihn mit Geschenken überhäuft. Sie hatte ihm ihr ganzes Land zu Füßen gelegt. Sie hatte seinen Sohn zu ihrem Assistenten gemacht und sogar angeboten, ihn zu adoptieren. Und als Harry einmal hatte anklingen lassen, ihre Großzügigkeit würde ihn beschämen, hatte sie ihm vorgeschlagen, ihre Ausgaben mit Bildern für ihr Museum zu verrechnen, nur damit er sich nicht gedemütigt fühlte. Doch es hatte alles nichts genützt. Sobald sie den leisesten Vorwurf erhob, er möge Rücksicht auf sie nehmen, verlangte er kategorisch ihr Einverständnis zu allem, was er tat – und sollte er den Präsidenten erschießen. Keinen einzigen Schritt kam er ihr entgegen. Nicht mal richtig Englisch wollte er lernen, so wenig wie sein Freund Pompon.

Aber hatte er nicht gesagt, er würde sie lieben? Damals, am Strand von Lissabon? Obwohl Debbie wusste, dass es falsch war, gab sie die Hoffnung nicht auf. Vielleicht würde eines Tages ja doch noch ein Wunder geschehen, und seine Worte würden wahr.

Ein leises Winseln aus dem Atelier weckte sie aus ihren Gedanken. Das musste Nscho-tschi sein, die kleine Terrierhündin, die Harry vor ein paar Wochen auf der Straße aufgelesen hatte. Er war so begeistert von der Kunst der Indianer, dass er nicht nur ein Vermögen dafür ausgab, das Haus mit Totempfählen, Masken und Kachinapuppen vollzustellen – er hatte sogar seinen Hund auf einen indianischen Namen getauft!

Wieder drang das Winseln über den Flur. Wahrscheinlich war

Nscho-tschi aufgewacht und fühlte sich einsam. Debbie verließ ihren Schreibtisch und trat durch die Tür, die den Wohnbereich von dem Atelierstrakt trennte. Mit freudigem Kläffen sprang Nscho-tschi an ihr hoch.

»Na, hast du schon ausgeschlafen?«

In dem Atelier sah es aus wie im Saustall. Überall standen überquellende Aschenbecher herum, auf dem Boden lagen leere Weinflaschen. Während Nscho-tschi hinaus auf den Flur in Richtung Fressnapf wischte, fing Debbie an aufzuräumen. Die Unordnung in dem Raum war ihr ein Gräuel, sie war ein Spiegelbild von Harrys Verfassung, seit Laura in New York aufgetaucht war. Die meisten Tage verbrachte er seitdem in einem Zustand zwischen Depression und Trance. Entweder malte er wie ein Besessener, oder aber er saß stundenlang am Fenster und rauchte eine Zigarette nach der anderen. Obwohl er eitler war als jeder andere Mann, den Debbie kannte, vernachlässigte er sein Äußeres. Oft lief er bis zum Abend im Schlafanzug herum, und er rasierte sich nur, wenn er das Haus verließ. Erschien er aber zum Essen im Anzug, frisch rasiert und parfümiert, wusste Debbie, dass sie den Rest des Tages ohne ihn verbringen würde. Den Rest des Tages und meistens auch die Nacht.

Plötzlich zuckte sie zusammen. Von der Staffelei blickten zwei tiefschwarze Augen auf sie herab: Laura. Fast auf jedem Bild, das Harry malte, prangte ihr Gesicht. Obwohl Debbie den Anblick kaum ertragen konnte, trat sie näher an die Staffelei heran. Was für ein wunderbares Bild. Es war eine prophetische Nachkriegslandschaft, eine Allegorie auf das zerstörte Europa, und gehörte zum Besten, was Harry je geschaffen hatte. Wie ein Engel aus einer anderen Welt erschien Laura darin, inmitten Fleisch fressenden Laubwerks. Ihre Schönheit tat Debbie in der Seele weh. Wie oft hatte sie Harry darum gebeten, einmal ein Bild zu malen, in dem auch sie vorkam. Sie brauchte diesen Beweis, dass auch sie einen Platz in seinem Herzen hatte. Irgendwann hatte er es ihr sogar versprochen. Doch bis jetzt hatte er keine Zeit für ein solches Bild gehabt: keine Zeit – oder keine Idee.

Debbie beschloss, sich ein Frühstück zu machen. Mit einem Teller Rührei und Schinken sowie einer Tasse heißen Kaffees im Bauch würde sie sich besser fühlen. Entschlossen, den Tag in Angriff zu nehmen, wandte sie sich von der Staffelei ab. Doch als sie sich umdrehte, sah sie durch die Tür zum Nebenzimmer Harrys goldenen Thronsessel. Darauf saß, wie eine Prinzessin, die rotgrüne Stoffpuppe, die er aus Lissabon mitgebracht hatte. Bei dem Anblick packte Debbie die Wut. Die verfluchte Puppe war an allem schuld! Harry behandelte sie, als wäre sie seine Tochter – das Bindeglied, das ihn mit seiner Windsbraut verband. Sogar zu dem schrecklichen Dinner bei Laura und Roberto im mexikanischen Konsulat hatte er sie mitgenommen. Wahrscheinlich, um sich wie in einer richtigen Familie zu fühlen – mit Vater, Mutter und Kind.

Der Abend war ein einziges Fiasko gewesen. Während Harry zu Hause wie ein ruheloser Scheintoter umherirrte, ein flüchtiger Vogel in Menschengestalt, schien er in Lauras Gegenwart wunschlos glücklich. In kürzester Zeit war er wieder zu dem Mann geworden, der er einmal gewesen war: der Große Zauberer – witzig, brillant, unwiderstehlich. Die ganze Zeit hatte er Laura mit seinen Harpo-Marx-Augen angestiert, während er die amüsantesten Anekdoten aus seinem Leben zum Besten gegeben und sich gleichzeitig über Roberto lustig gemacht hatte, dem bei der dritten Flasche Wein unvorsichtigerweise rausgerutscht war, dass er Laura vor lauter Eifersucht am liebsten in seiner Diplomatenwohnung einschließen würde, wenn er in der Stadt zu tun hatte. Harry hatte einen Witz nach dem anderen auf seine Kosten gerissen, der ganze Raum hatte von seiner Brunft gestunken wie die Besamungsstation eines Gestüts. Doch kein einziges Mal hatte er sie, Debbie, angeschaut. Sie war an dem Abend so unglücklich gewesen, dass sie sich am liebsten freiwillig zum Kriegsdienst nach Europa gemeldet hätte. Niemals würde sie die Verzweiflung in Harrys Gesicht vergessen, als er sich von Laura verabschiedet hatte.

Ob die beiden sich wohl heimlich trafen?

Durch die offene Tür kam Nscho-tschi hereingeschnurrt. Debbie nahm die Puppe von dem Thronsessel und hielt sie in die Luft.

»Da, mein Hündchen! Fass!«

Mit ihrer kleinen Schnauze fing Nscho-tschi die Puppe auf. Knurrend vor Begeisterung machte sie sich daran, sie mit ihren kleinen, spitzen Zähnen in Stücke zu reißen. Während Debbie mit bitterer Genugtuung dem Zerstörungswerk zusah, hörte sie plötzlich im Treppenhaus Schritte.

Harry kam zurück!

So schnell sie konnte, verschwand sie über den Flur in die Wohnung. Keine Sekunde zu früh! Kaum hatte sie die Tür hinter sich geschlossen, hörte sie Harrys Stimme, dazwischen das Lachen und Glucksen einer Frau.

War das Laura?

Alles in Debbie drängte danach, sich Gewissheit zu verschaffen. Um der Versuchung zu widerstehen, stellte sie das Radio an.

Solange sie nichts hörte, hoffte sie, standfest zu bleiben.

10

In voller Besetzung tönte das *Glenn Miller Orchestra* durch das Penthouse, so laut, als wäre es ein Tanzpalast. Harry zog sich den nassen Mantel aus, warf seinen schneebedeckten Hut auf einen Stuhl und öffnete die Tür zum Atelier. Ginger sah sich mit großen blauen Augen in der riesigen Wohnung um, das niedliche Gesicht erfüllt von ehrfürchtiger Bewunderung

»Ist hier noch irgendwo eine Party?«

»Wegen der Musik?«, fragte Harry. »Ich denke, das wird die Putzfrau sein. Sie ist halb taub und dreht deshalb das Radio immer auf volle Lautstärke.«

Wie es sich gehörte, half er Ginger aus dem Mantel. Seine Beute dieser Nacht hatte rote Locken, unendlich lange Beine und war mindestens so hübsch, wie sie dumm war: eine Tänzerin aus der *Banana Bar*, einem Striplokal, das er in einer Seitenstraße des Broadway entdeckt hatte. Ihre Show galt unter Kennern als Geheimtipp. Ginger entblätterte auf der Bühne nicht nur ihren vollkommenen Körper, sondern führte sich als Höhepunkt der Darbietung auch eine Banane der Marke Bonita ein. Harry war gespannt, wie das wohl schmeckte: die Haute Cuisine der Alchemie.

Obwohl er von der langen Nacht schon ziemlich müde war und auch zu viel getrunken hatte, nahm er ihre Hand und führte sie in sein Reich.

»Du kannst dich schon mal ausziehen.«

»Willst du mich etwa malen? Wie aufregend!«

Ganz in ihrem Element, begann sie sogleich, sich im Rhythmus der Musik ihre schwarzen Handschuhe von den Fingern zu zupfen, um sich sodann mit kunstvollem Schwung ihrer Hüften die Bluse aufzuknöpfen. Zum Glück registrierte Dada ihre Entkleidungskunst mit spürbarem Wohlgefallen. Harry atmete auf – nur wenn Dada reagierte, konnte er Laura ein paar Minuten vergessen. Nach der unverhofften Begegnung bei *Bloomingdale's* war er einen Monat lang jeden Morgen ins *Museum of Modern Art* gegangen, um in der Cafeteria auf seine Windsbraut zu warten. Aber Laura war nie erschienen. Das einzige Mal, dass er sie noch einmal gesehen hatte, war bei dem grässlichen Abendessen im Konsulat gewesen. Er hatte sich aufgeführt wie ein Idiot und zum Affen vor ihr und dem Stierkämpfer gemacht. Der ganze Raum hatte so säuerlich gerochen wie ein Paar alter, ausgelatschter Schuhe.

»Du schaust ja gar nicht zu!«, maulte Ginger und zog eine Schnute.

»Doch, doch!«, sagte Harry. »Mach nur weiter!«

Sie war inzwischen auf das Podest gestiegen, auf dem sonst seine Modelle posierten, und trug an ihrem Oberkörper nur noch ihren karmesinroten BH. Schnurrend wie eine Katze schob sie den engen Rock über ihre Hüften.

Harry wollte ihr gerade helfen, da flog die Tür auf. Im ersten

Moment sah er nur rosa gesteppte Seide und Brokat. Ginger stieß einen spitzen Schrei aus.

»Ist das die Putzfrau?«

Mit energischen Schritten trat Debbie auf sie zu.

»Raus!« Sie hob die Bluse vom Boden und warf sie ihr entgegen.

»Aber Harry will mich doch malen!«

»Verschwinden Sie! Sofort!«

Debbie sprach mit solchem Nachdruck, dass Ginger gehorchte. Harry strengte alle Gesichtszüge an, um sie mit einem Lächeln zu verabschieden. Doch er brachte nur eine Grimasse zustande. Während Ginger ihre Kleidungsstücke auflas und zur Tür hinausstolperte, zündete er sich eine Zigarette an. Er hatte beschlossen, die Flucht nach vorne anzutreten.

»Einfach hier hereinzuplatzen wie in einen Saloon«, sagte er so vorwurfsvoll, wie er nur konnte. »Macht man das so in Amerika? Oder hast du es vor Neugier nicht mehr ausgehalten?«

»Wenn du nicht mal so viel europäisches Taktgefühl besitzt, die Tür abzuschließen, musst du dich über meine amerikanischen Unarten nicht wundern.«

»Du hast nicht den geringsten Grund, dich aufzuregen. Wie du selber feststellen konntest, war es nur irgendein Mädchen. Nicht Laura.«

Debbie zeigte mit dem Finger auf ihre diamantbesetzte Armbanduhr. »Weißt du eigentlich, wie spät es ist?«

Harry zuckte die Schultern. »Nur der Unglückliche fragt nach der Zeit.«

»Ich kann dir gar nicht sagen, wie sehr ich dich verachte. Du siehst aus wie ein abgehalfterter Zirkusclown. Dein ganzes Gesicht ist von Lippenstift verschmiert. Aber so magst du es ja! Je billiger, desto besser!«

»Hast du was gegen billige Mädchen? Ich nicht. Sie haben den Vorzug, nicht so kompliziert zu sein wie reiche Kunstmäzeninnen.«

»Der ganze Raum stinkt nach ihrem Parfüm! Veilchen – einfach ekelhaft!«

Während Debbie das Fenster aufriss, um zu lüften, kam Nscho-tschi herein. Selten hatte Harry sich so über ihren Anblick gefreut.

»Da ist ja mein Hündchen«, rief er. »Was für ein liebes Hündchen!« Er bückte sich zu Boden und nahm sie auf den Arm. »An der kannst du dir ein Beispiel nehmen, *darling*. Nscho-tschi ist nie böse auf mich …« Plötzlich stockte er. »Wer zum Teufel war das?«

Er hatte die Puppe entdeckt, die Laura ihm geschenkt hatte. In tausend Stücke zerfetzt, lag sie auf der Türschwelle zum Nebenzimmer.

Triumphierend drehte Debbie sich herum. »Nscho-tschi«, erklärte sie. »So was passiert, wenn man nicht auf sein Hündchen aufpasst und sich stattdessen die Nacht um die Ohren schlägt.«

»Ist das wirklich wahr?«

Nscho-tschi leckte liebevoll sein Gesicht. Harry ließ sie entsetzt zu Boden fallen. Jaulend schoss sie aus dem Atelier. Sogar Glenn Miller und sein Orchester verstummten.

Harry hob verwundert den Kopf. Doch das Verstummen der Musik hatte mit seinem Schicksal nichts zu tun.

Eine bedrohliche Stille füllte den Raum.

»Achtung! Achtung!«, ertönte die Stimme eines Nachrichtensprechers. »Soeben erreicht uns eine Sondermeldung aus Hawaii. Kampfflieger der japanischen Luftwaffe haben in den frühen Morgenstunden den amerikanischen Flottenstützpunkt von Pearl Harbor angegriffen. Zahlreiche Schlachtschiffe wurden zerstört. Die Zahl der toten Marinesoldaten geht angeblich in die Tausende …«

Es dauerte ein paar Sekunden, bis die Nachricht durch den Nebel aus Alkohol und Hormonen in Harrys Kopf drang und die Worte in sein Gehirn einsickerten.

»Was … was bedeutet das?«, fragte er.

»Ich fürchte, darauf gibt es nur eine Antwort«, erwiderte Debbie. Plötzlich wurde ihr Blick ganz weich, alle Wut und Verachtung wichen aus ihrem Gesicht, um reiner, bedingungsloser Liebe zu weichen. »Du musst mich heiraten, Harry. Sofort!«

11

Einen Monat nachdem der Angriff auf Pearl Harbor die USA in den Krieg gezwungen hatte, traten Harry Winter und Debbie Jacobs vor einen Friedensrichter, um einander das Jawort zu geben. Der Krieg, der in Europa entflammt war und nun rund um den Globus brannte, hatte entschieden. Abermals hatte er Harry zu einem »feindlichen Ausländer« gestempelt, und es ging nicht an, dass eine Debbie Jacobs mit einem solchen Mann in wilder Ehe lebte, während tapfere amerikanische Soldaten im Kampf für die Freiheit ihr Leben ließen. *Make the best of it!* Umgekehrt war die Verheiratung mit einer Amerikanerin die wirksamste Maßnahme, die ein feindlicher Ausländer ergreifen konnte, um die Ausweisung aus den Vereinigten Staaten zu verhindern. Nachdem die Behörden Harry ins Hauptpostamt von Manhattan vorgeladen hatten, um ihn dort wie einen Verbrecher zu registrieren, zu fotografieren und ihm die Fingerabdrücke abzunehmen, hatte er Debbies Drängen nachgegeben und in die Ehe eingewilligt.

Da beide Brautleute zur Feststellung des Ehestands nur fremdsprachige Scheidungsurkunden vorlegen konnten, diese aber im Staat New York nicht anerkannt wurden, fand die Trauung in Nevada statt. Dort musste man zur Erlangung einer Heiratserlaubnis lediglich achtzehn Jahre alt sein und einen Bluttest machen. Weder Trauzeugen noch Blumen streuende Kinder oder Organisten waren in Nevada nötig, um den Bund fürs Leben einzugehen. Im Gegenteil. Die Eheschließung war ein so schlichter, formloser Akt, dass die Braut ihrem Mann noch nicht mal, wie in den meisten anderen amerikanischen Bundesstaaten üblich, Gehorsam geloben musste. Harry war beinahe enttäuscht.

Obwohl dem frischgebackenen Ehepaar nicht wirklich nach Feiern zumute war, gaben die zwei, kaum dass sie nach New York zurückgekehrt waren, in ihrem Penthouse ein Fest für ihre engsten Freunde. Ganz ohne Party ging es nicht. Bobby, der den Abend organisiert hatte, saß dem Brautpaar gegenüber, und obwohl Alkohol ihm weder schmeckte noch bekam, trank er bereits sein drittes Glas Champagner. Ihn hatte die Nachricht von Pearl Harbor an der Staffelei überrascht – ohne seinem Vater davon zu erzählen, hatte er vor einiger Zeit Pinsel und Farben gekauft, um in seiner Freizeit zu malen. Noch bevor der Nachrichtensprecher die Meldung zu Ende verlesen hatte, hatte Bobby gewusst, was sie bedeutete: Seine Mutter saß in der Falle – nur ein Wunder konnte sie jetzt noch aus Europa retten.

Doch davon war am Tisch keine Rede. Hier ging es ausschließlich und allein um die Frage, welche Künstler für würdig befunden werden konnten, in Debbies Museum aufgenommen zu werden. Im Bestreben, sich selber ein Plätzchen Unsterblichkeit in der Jahrhundertgalerie zu sichern, kritisierte jeder der Anwesenden alle nicht anwesenden Künstlerkollegen in Grund und Boden.

»Léger soll ein revolutionärer Künstler sein? Der ist doch nur ein kleinbürgerlicher Anstreicher …«

»Aber geradezu ein Genie im Vergleich zu Lipchitz. Dieser Dilettant hat ja drei linke Hände, und keine einzige taugt dazu, Skulpturen zu machen …«

»Hat jemand die Ausstellung von Chagall gesehen? Ich bin sicher, der würde seine eigene Großmutter mit Farbe übergießen, wenn er dafür ein paar Dollar kriegen könnte …«

Pompon, der zu seiner Verärgerung am Fußende des Tisches platziert war, erhob seine voluminöse Stimme.

»Sag mal, Harry, wird eigentlich auch Laura Paddington in der Sammlung vertreten sein?«

Die übrigen Gespräche verstummten. Harry zuckte die Schultern.

»Da musst du nicht mich fragen. *Chi paga comanda*!«

Alle Blicke richteten sich auf Debbie.

»Laura Paddington ist eine großartige Künstlerin«, erklärte sie. »Natürlich bekommt sie einen Platz in meinem Museum. Harry wird mich bei der Auswahl ihrer Bilder beraten.« Zärtlich griff sie nach seiner Hand. »Nicht wahr, *chéri*?«

»Es wird mir ein Vergnügen sein.«

»Und es stört Sie gar nicht, dass er sie noch liebt?«, wollte Pompon wissen.

»Haben Sie zu viel getrunken?«, erwiderte Debbie und ließ Harrys Hand los.

Pompon blickte triumphierend in die Runde. »Das pfeifen doch die Spatzen von den Dächern. Man braucht sich ja nur anzuschauen, was der verehrte Herr Gemahl in letzter Zeit so gemalt hat. Aber wenn Sie Zweifel haben, Miss Jacobs – pardon: Mrs. Winter – können wir gern das Wahrheitsspiel spielen.«

Während Pompon nach einer leeren Flasche verlangte, zog Harry den Kopf ein wie ein Vogel, der sich unter seinem eigenen Flügel verstecken will. Debbie versuchte zu lächeln, doch ihr Gesicht erstarrte zur Maske. Bobby wusste, warum. Auch wenn Pompon ein Ekel war, hatte er recht. Wann immer der Name Laura fiel, leuchtete das Gesicht seines Vaters auf, als hätte jemand in seinem Kopf eine Osram-Birne angeknipst. Harry hatte sogar die Idee gehabt, seine Windsbraut, wie er Laura immer noch nannte, zu der Party einzuladen, und Bobby hatte seine ganze Überredungskunst einsetzen müssen, um ihn von dem absurden Einfall abzubringen. Er selbst hatte ja auch darauf verzichtet, seine Freundin einzuladen. Weil er wusste, dass ihr Erscheinen nur für noch mehr Durcheinander gesorgt haben würde.

Da kam auch schon die Flasche.

»Ein *Jeu de vérité* auf einer Hochzeit? Das ist ja grotesk!« Harry stand auf, bevor das Spiel beginnen konnte, und verließ den Tisch. »Ich glaube, ich muss mal pinkeln!«

»Verstehe!«, lachte Pompon und prostete ihm hinterher. »Auf deine neue Freiheit!«

Draußen auf dem Flur knallte eine Tür. Mit übertriebener Fröhlichkeit wandte Debbie sich an einen ihrer ehemaligen Liebhaber, der mit am Tisch saß, und zog ihn in ein Gespräch. Ihre warmen, braunen Augen waren voller Angst, während ihre Hände, als wüssten sie nicht, wohin, immer wieder über ihr dunkles Haar strichen. Bobby schenkte sich zum vierten Mal ein. Warum ließ sein Vater diese Frau nur in dem Glauben, er würde sie lieben? Bloß weil Kaiser Hirohito seine Kamikaze-Flieger nach Pearl Harbor geschickt hatte? Nie hätte Bobby gedacht, dass eine Hochzeit eine so traurige und verlogene Angelegenheit sein könnte. Das einzig Gute daran war, dass sich dadurch die Frage nach seiner Adoption erledigt hatte.

Je länger er trank, desto weniger konnte Bobby unterscheiden, wovon ihm der Kopf eigentlich mehr schwirrte: von der Peinlichkeit der Situation, vom Alkohol oder von seinen Sorgen.

»Was ziehst du für ein Gesicht?«, fragte Harry, als er von der Toilette zurückkam.

»Ich habe Angst um Mathilde«, sagte Bobby. »Während wir hier feiern, klopft vielleicht gerade bei ihr die Gestapo an die Tür, um sie zu verhaften.«

»Du bist ein entsetzlicher Schwarzseher«, erwiderte Harry. »Genauso gut kann es sein, dass sie gerade auf dem amerikanischen Konsulat in Marseille ihr Visum bekommt. Sie hat ja selbst geschrieben, dass ihr Antrag in Bearbeitung ist.«

Obwohl er alles tat, um unbekümmert zu wirken, kannte Bobby seinen Vater gut genug, um zu spüren, wie unwohl ihm in Wirklichkeit war.

»Du musst dir keine Vorwürfe machen«, sagte er. »Dass du in Sicherheit bist, ist kein Verbrechen.«

»Das nicht. Aber … aber ich hätte vielleicht tatsächlich energischer darauf bestehen müssen, dass wir wieder heiraten.«

Für einen Augenblick sah Harry aus wie ein alter Mann. Bobby hätte ihm gern etwas Tröstliches gesagt, schließlich feierte sein Vater heute Hochzeit. Aber es fiel ihm nichts Tröstliches ein.

»Vielleicht kann ich ja helfen«, mischte Debbie sich in ihr Gespräch. »Ich habe auf einer Party vor Jahren mal mit Eleanor Roosevelt an einem Tisch gesessen.«

»Mit der Frau des Präsidenten?«, fragte Bobby.

»Mit wem sonst? Der Hummer war fürchterlich versalzen, und wir haben zusammen gerätselt, ob der Koch wohl verliebt war. Gewiss erinnert sie sich daran.«

12

»Bist du dir wirklich sicher, dass du allein zurechtkommst?«, fragte Roberto.

»Ja, Geraldine«, erwiderte Laura.

»Verdammt noch mal, du sollst mich nicht immer Geraldine nennen! Wenn das jemand hört!«

»Selbst schuld, *hombre*! Wenn du dich wie eine Gouvernante benimmst, musst du dich nicht wundern, wenn man dich wie eine Gouvernante behandelt!« Als sie sein zerknirschtes Gesicht sah, gab sie ihm einen Kuss. »Jetzt schau mich nicht so an. Ich weiß ja, du meinst es gut. – Ah, da kommt gerade ein Taxi!«

Sie sprang auf die Straße, um den Wagen anzuhalten. Der Chauffeur war ein Latino – er hatte geöltes Haar und trug eine goldene Kette um den Hals. Vom Rückspiegel seines Chevi baumelte ein Rosenkranz mit einer sternenbekränzten Madonna herab.

»*Al museo de modern art, por favor.*«

»Oh, Sie sprechen Spanisch, Miss?«

Sie warf sich auf die Rückbank und verriegelte die Tür. Erst als das Taxi sich in den sechsspurigen Verkehr einfädelte, drehte sie sich noch einmal um. Roberto stand am Straßenrand und winkte ihr mit trauriger Miene hinterher. Sie hatte ihm gesagt, sie wolle ein paar Malutensilien kaufen.

»Ich bin mit einem Mexikaner verheiratet«, sagte sie. »Da bleibt mir nichts anderes übrig.«

»Ich beneide Ihren Mann!«

Der Chauffeur warf ihr im Rückspiegel einen so feurigen Blick zu, dass die Madonna rot anlief. Laura schaute zum Fenster hinaus auf die Straße. Südamerikanische Verehrung genoss sie zu Hause mehr als genug. Obwohl sie seit einem halben Jahr spanische Vokabeln paukte, dass ihr schon die Ohren davon qualmten, traute Roberto ihr immer noch keine zwei Schritte über den Weg. Wenn sie alleine ausging, musste sie ihn einmal pro Stunde anrufen, um zu berichten, wo sie gerade steckte. Andernfalls riskierte sie, dass er einen Herzinfarkt bekam. Das konnte sie ihm nicht antun, dafür hatte er zu viel für sie getan.

»Gibt es gerade eine besondere Ausstellung, *señora?*«, wollte der Taxifahrer wissen. »Oder sind Sie vielleicht sogar selbst eine Künstlerin?«

Statt einer Antwort schloss Laura die Trennscheibe, die zwischen Vorderbank und Rücksitz angebracht war. Monatelang hatte sie das *Museum of Modern Art* gemieden, aus Angst, sie könnte Harry dort treffen. Sie durfte ihn nicht wiedersehen, zumindest nicht allein. Ein einziger Abend, und war er auch noch so schrecklich gewesen, hatte genügt, um sie wieder spüren zu lassen, was sie für ihn empfand. Obwohl Harry sich während des Essens benommen hatte wie ein Vollidiot, hätte sie ihn am liebsten an der Hand genommen, um mit ihm in den Himmel zu entfliehen. Umso schlimmer war, dass sie noch nicht mal auf Erden mit ihm zusammen sein durfte.

»Bésame, bésame mucho«, sang der Chauffeur so laut, dass es durch die Trennscheibe zu hören war, *»como si fuera esta noche la última vez …«*

Laura hatte den Bann erst aufgehoben, nachdem sie einigermaßen sicher sein konnte, dass Harry nicht mehr in der Cafeteria des Museums auf sie wartete. Obwohl sie die fünf Bilder, die dort von ihm hingen, längst in- und auswendig kannte, besuchte sie seitdem die Ausstellung mehrmals pro Woche. Wenn sie ihn nicht sehen durfte, wollte sie wenigstens in seiner Seele spazieren gehen.

»Estámos aquí!«

Laura hatte gar nicht gemerkt, dass sie schon angekommen waren. Der Chauffeur hatte die Trennscheibe geöffnet und streckte ihr seine gold beringte Hand entgegen.

»Macht einen Dollar fünfzig.«

»Stimmt so.«

Ohne auf das Wechselgeld zu warten, stieg sie aus dem Wagen.

»Grüßen Sie Ihren Liebhaber von mir!«, rief der Fahrer ihr nach.

Laura wäre am liebsten zurückgekehrt, um dem Kerl eine Ohrfeige zu verpassen. Sah man ihr so deutlich an, was sie tat? Während sie die Stufen zum Museum hinaufging, schaute sie sich immer wieder um, wie eine Ehebrecherin auf dem Weg zum Rendezvous. Jeden Moment konnte sie Bobby in die Arme laufen. Obwohl er Debbies Assistent war, musste er noch alte Fehlstunden für Mr. Burns abarbeiten ... Und wenn Harry plötzlich vor ihr stand? Vielleicht kam er ja hierher, um seinen Sohn zu besuchen? »Du kannst mich in deinen Träumen haben«, hatte er einmal zu ihr gesagt, ganz am Anfang. »Da kannst du meine Frau und Geliebte sein. Aber nur da.« Damals hatte sie nicht geahnt, dass seine Worte auf diese Weise einmal wahr werden würden.

Sie hatte gerade den Eingang des Museums erreicht, da hörte sie ihren Namen.

»Laura!«

Erschrocken fuhr sie herum. Am Straßenrand hielt ein Taxi. Die Tür flog auf, und ein Mann sprang heraus.

»Roberto? Wo kommst du denn her?«

Drei Stufen auf einmal nehmend, eilte er die Treppe hinauf. »Ich halte es einfach nicht ohne dich aus, meine Sternschnuppe«, sagte er und küsste ihre Hand.

»Hast du mich etwa verfolgt?«, fragte sie und wollte ihm die Hand entziehen.

»Ich weiß, was du hier tust«, sagte er, ohne sie loszulassen, die ganze Trauer Mexikos in seinen schwarzen Augen. »Du schaust dir seine Bilder an. Aber hab keine Angst«, fügte er hinzu, als sie protestieren wollte, »ich erlaube es dir ja, auch wenn es mir das Herz zerreißt. Ich bitte dich nur: Lass mich dabei sein! Sonst sterbe ich vor Eifersucht.«

13

Gute Nachrichten! Gute Nachrichten für Bobby!

Kaum hatte Debbie die frohe Botschaft verkündet, hatte Harry sich mit einer Kühlbox sowie einer Flasche Champagner bewaffnet und sich damit auf den Weg zu seinem Sohn gemacht. Jetzt stand er vor einem alten, rußgeschwärzten Wolkenkratzer in der achtundachtzigsten Straße und drückte auf die Klingel, die Bobbys Namen trug. Während er an der himmelhohen Hausfront hinaufschaute, ob sich in einem der zahllosen Fenster etwas regte, überlegte er, wie er die Nachricht möglichst effektvoll inszenieren konnte. Sollte er Bobby damit überrumpeln? Oder sollte er lieber eine Weile um den heißen Brei herumreden, um die Spannung zu erhöhen? Er entschied sich für die spannende Variante. Bobby hatte so oft an ihm gezweifelt, dafür durfte er jetzt ruhig ein bisschen schmoren.

Um keinen lahmen Arm zu kriegen, stellte Harry die Kühlbox ab, die er durch halb Manhattan geschleppt hatte, und drückte erneut auf die Klingel. Es war das erste Mal, dass er seinen Sohn besuchte, und er konnte es kaum erwarten, seine Wohnung zu sehen.

»Was machst du denn hier?«

Harry drehte sich um. Bobby stand am Fuß der Treppe auf dem Bürgersteig, mit einer Aktentasche unterm Arm. Offenbar kam er gerade von der Arbeit.

»Eleanor Roosevelt hat versprochen, sich um das Visum deiner Mutter zu kümmern!«, platzte Harry heraus. »Stell dir nur vor! Die Frau des Präsidenten! Persönlich!«

»Ist das … ist das wirklich wahr?«

»Was für eine blöde Frage! Wenn Debbie Jacobs etwas verspricht, dann hält sie es auch! Aber was stehen wir hier rum wie die Hornochsen? Ich habe Champagner dabei! Los, schließ auf! Damit wir anstoßen können!«

»Sollen wir nicht lieber in ein Lokal …?«, fragte Bobby.

»Kommt gar nicht infrage! Wir feiern bei dir! Ich hab mir nicht die Arme lahm geschleppt, um in irgendeiner Kneipe zu feiern. Außerdem will ich wissen, wie mein Sohn wohnt! Nur für den Fall der Fälle. Schließlich hast du bei der Anhörung geschworen, mich an deinem Wohnsitz aufzunehmen, damit ich Amerika nicht zur Last falle.«

»Es ist aber gar nicht aufgeräumt …«

»Keine Ausreden! Oder hast du jemand versteckt, den ich nicht sehen darf?«

Widerwillig öffnete Bobby die Tür. Das Treppenhaus mit seinem Schmutz und Gestank erinnerte Harry an seine alte Wohnung in Paris, nur dass es ungefähr zehnmal so viele Stufen gab, die er hinaufsteigen musste. Einen Aufzug gab es nicht. Bis in den neunten Stock musste er sich quälen.

»Ich habe dich gewarnt«, sagte Bobby.

Als Harry die Wohnung betrat, traute er seinen Augen nicht. Überall an den Wänden hingen fertige und halb fertige Bilder. Das Bett war mit einem alten Laken abgedeckt, das übersät war von bunten Farbklecksen, und in der Mitte des Raums stand eine Staffelei.

Genau so sah es in der Wohnung eines jungen Malers aus!

»Darum also wolltest du nicht, dass ich reinkomme«, sagte Harry, als er die Sprache endlich wiederfand.

Statt einer Antwort blickte Bobby zu Boden. Er war so verlegen, dass sein Gesicht und Hals mit roten Flecken gesprenkelt war. Mit einem Gefühl, als würde er träumen, schaute Harry sich um. Wohin er auch sah, entdeckte er seltsam vertraute Szenen: üppig wuchernde Fauna- und Floralandschaften, tanzende Gestalten, halb Mensch, halb Tier, die aus länglichen, grünen Blättern hervorwuchsen, Fabelwesen im Kampf mit Rieseninsekten …

Bobby hob unsicher den Kopf. »Und – was sagst du dazu?«

Harry zögerte. Was hätte er darum gegeben, wenn Mathilde bei ihnen sein könnte, um diesen Augenblick mitzuerleben.

»Und ich Dummkopf hatte immer gedacht, du würdest Kunst hassen«, murmelte er. »Weil ich sie dir verleidet hätte.«

»Könntest du dich vielleicht ein bisschen präziser ausdrücken?«, erwiderte Bobby.

Harry sah die Angst in seinem Gesicht. Er kannte diese Angst zu gut, er hatte sie selber auch gehabt, vor vielen, vielen Jahren. Es war die Angst eines jeden jungen Künstlers, der zum ersten Mal seine Bilder präsentiert.

»Du willst von mir wissen, ob deine Sachen was taugen?«, fragte Harry.

Bobby nickte. Die Flecken in seinem Gesicht hatten sich vermehrt, als hätte er Scharlach.

»Du hast Talent, gar keine Frage«, erklärte Harry. »Großes Talent sogar. Aber, wie soll ich sagen – irgendwie kommt es mir vor, als wäre es noch von alten bösen Geistern gefangen, den Geistern deiner Kindheit. Wahrscheinlich, weil du dich immer gegen sie gewehrt hast. Davon musst du dich befreien, die Mauern einreißen, die du als Kind aufgerichtet hast. Aber wenn dir das gelingt …« Er sprach den Satz nicht zu Ende. »Hast du schon mal daran gedacht, etwas Größeres zu malen?«

»Ich …ich habe eine Anfrage von einem Bekannten«, stammelte Bobby. »Er hat ein Haus in Greenwich Village. Darin gibt es ein riesiges Badezimmer. Dafür soll ich ein Fresko machen.«

»Großartig«, rief Harry. »Aber ein Fresko ist keine einfache Sache. Das muss gut vorbereitet werden.« Er dachte kurz nach. »Vorschlag: Ich schicke dir in den nächsten Tagen ein paar ordentliche Malleinwände. Außerdem lasse ich bei *Peterson's Art Supplies* ein Konto für dich eröffnen. Dort kannst du dann alles bestellen, was du brauchst. Pinsel, Farben, Terpentin. Auf meine Kosten!«

»Aber … aber ich weiß ja noch gar nicht …«

»Kein Aber!«, schnitt Harry ihm das Wort ab. »Ich kann dir gar nicht sagen, wie glücklich du mich machst. Mein halbes Leben habe ich darunter gelitten, dass du alles ablehnst, was mir so wichtig ist. Und jetzt stelle ich fest, dass mein Sohn ein wahrhaftiger

Künstler ist!« Er stockte, plötzlich war ihm etwas eingefallen. »Habe ich dir eigentlich je gesagt, dass du es warst, der Dada erfunden hat?«

»Dada? Ich? Dein Alter Ego – und ...«

»Über das *Und* wollen wir jetzt lieber schweigen!«, lachte Harry. »Du hattest als Kind ein Steckenpferd, erinnerst du dich? Irgendein Trottel hatte es dir geschenkt, statt mir ein Bild abzukaufen, obwohl du damals noch viel zu klein warst, um ohne Hilfe damit durch die Wohnung zu reiten.«

»Du meinst das Steckenpferd, mit dem sie dich später für eine Zeitschrift fotografiert haben? Und das du dann mit nach Paris genommen hast?«

»Genau! Das hattest du Dada getauft. Du hast es über alles geliebt, manchmal bist du mitten in der Nacht aufgewacht und hast gebrüllt, dass du dein Dada willst. Als ich dann den Einfall zu diesem Vogelwesen auf meinen Bildern hatte, brauchte ich dafür einen Namen. Da fiel mir dein Dada ein.« Bei der Erinnerung musste Harry schlucken. »Ich bin so stolz auf dich, mein Junge. Und wenn du es ganz offiziell hören willst: Ja, deine Sachen sind gut, manche sogar sehr gut, und wenn du möchtest, werde ich dir Bild für Bild zeigen, was dir bereits gelungen ist und was du noch besser machen kannst.«

»Das würdest du wirklich tun?«

»Und ob! Vorausgesetzt natürlich, du nimmst von einem alten Esel wie mir noch Ratschläge an.« Er öffnete die Kühlbox und holte den Champagner hervor. »Jetzt haben wir doppelten Grund, anzustoßen. Hast du zwei Gläser?«

»Gläser nicht, aber Tassen.«

Während Bobby zum Spülstein ging, um sie zu waschen, drehte Harry an dem Drahtverschluss der Flasche und löste den Korken.

Da klopfte es an der Tür.

»Willst du nicht nachschauen, wer das ist?«

Zögernd ging Bobby zur Tür. Als er aufmachte, hatte Harry zum zweiten Mal an diesem Tag Grund, an seinen Augen zu zweifeln.

»Laureen?«

Er hätte sie fast nicht erkannt. Seit Laura in New York war, hatte er den Kontakt zu ihr abgebrochen. Die Ähnlichkeit war einfach zu groß.

»Wo… woher hast du gewusst, dass ich hier bin?«

Harry stellte die Flasche auf den Tisch, damit sie ihm nicht aus der Hand fiel. Hoffentlich kam Laureen nicht auf die Idee, ihn zu küssen! Doch seine Sorge war überflüssig. Während er noch überlegte, wie er eine solche Peinlichkeit vermeiden konnte, nahm Laureen Bobby in den Arm, und ohne sich im Geringsten zu genieren, gab sie ihm einen Kuss, mitten auf den Mund.

Harry kam aus dem Staunen nicht mehr heraus.

»Was … was hat das zu bedeuten?«

Er brauchte ein paar Sekunden, bis er begriff. Wie eine Ratte fiel die Eifersucht über ihn her und nagte an seinem Ego. Doch bevor sie richtig zubeißen konnte, übermannte ihn die absurde Komik der Situation. Eine Commedia dell'Arte war im Vergleich dazu ein Trauerspiel!

»Wer … wer zum Teufel … hat sich das ausgedacht?« Er bekam einen solchen Lachanfall, dass er sich fast verschluckte. »Himmel, Arsch und Zwirn – mein eigener Sohn! Spannt mir die Freundin aus! Hinter meinem Rücken! Ha… Hatschi! Meinen aller… allerherzlichsten Glückwunsch!«

Immer noch lachend, nahm er Bobby in den Arm. Als er sich ein bisschen beruhigt hatte, beugte er sich an sein Ohr, und so leise, dass Laureen ihn nicht hören konnte, flüsterte er: »Schlaft ihr miteinander?«

Bobby nickte, rot wie ein Puter.

Harry drückte ihn an sich.

»Na Gott sei Dank!« Er nahm das Gesicht seines Sohns zwischen die Hände und gab ihm einen Schmatz auf die Stirn. »Vielleicht verstehst du jetzt deinen missratenen Vater endlich ein bisschen besser …«

14

Debbie und Harry standen mit einem Glas Wein in der Hand auf der Terrasse ihres Penthouse und genossen den lauen Frühlingsabend über New York. Während über dem Hudson die Sonne unterging, drang von der Straße das Rauschen des Verkehrs zu ihnen herauf wie das Rauschen aus einer anderen Welt.

»Ich möchte nicht wissen, was für ein dämliches Gesicht ich gezogen habe«, sagte Harry. »Zum Glück hat mich außer den beiden niemand gesehen. Mein Ruf wäre sonst für alle Zeit ruiniert.«

Vor lauter Lachen hatte er noch immer Tränen in den Augen. Seit er von Bobby zurückgekehrt war, hatte er die ganze Zeit von nichts anderem als von seiner unverhofften Wiederbegegnung mit Laureen in der Wohnung seines Sohnes erzählt. Er hatte so gute Laune, dass er trotz der vorgerückten Stunde keinerlei Anstalten machte, auf Schatzsuche zu gehen.

Debbie war hellauf begeistert. »Was für ein Triumph für Bobby. Ich glaube, das ist seine Unabhängigkeitserklärung! So was hat sich noch keiner bei dir getraut.«

»Außer meinem Sohn hätte ich das auch keinem anderen Mann gestattet.«

»Und ich hatte schon Angst, Bobby hätte einen Vaterkomplex.«

»Gott sei Dank hast du dich geirrt. Sonst hätte er mich womöglich nicht nur betrogen, sondern umgebracht!« Bei der Vorstellung war Harry für einen Moment sichtlich erschrocken. »Ich hoffe, du lernst Laureen bald kennen«, sagte er dann. »Ein tolles Mädchen. Stell dir vor, sie hat ihren Hund an der *Columbia University* eingeschrieben, nachdem man ihr verboten hatte, ihn mit in den Hörsaal zu nehmen. Jetzt ist der Köter rechtmäßig immatrikuliert, hat einen Studentenausweis, und niemand kann sie mehr hindern, zusammen mit ihm in die Vorlesung zu gehen. Sie will ihn sogar zum Examen anmelden.«

»Offenbar ist sie genauso verrückt wie du. Hattest du dich damals deshalb in sie verliebt?«

»Ach Debbie, das sind doch olle Kamellen.« Er stellte sein Glas ab und nahm ihre Hände. »Ich hoffe so sehr, dass die beiden glücklich miteinander werden.«

»Das Mädchen kenne ich ja noch nicht«, sagte Debbie, »aber um Bobby mache ich mir keine Sorgen.« Mit einem Grinsen fügte sie hinzu: »Bei dem Vater.«

Halb geschmeichelt, halb entsetzt, schaute er sie an. »Glaubst du, dass der Junge mal so wird wie ich?«

»Du meinst, ein Mann, den die Frauen lieben?« Debbie erwiderte zärtlich seinen Blick. »Ich muss dir ein Geständnis machen, Harry. Auch wenn ich weiß, dass ich es besser nicht tun sollte.«

»Nämlich?«

»Dass du der liebenswerteste Mistkerl bist, den ich kenne.«

»Danke für die Blumen! Das ist ja ein wunderbares Kompliment.«

»Nein, Harry, das meine ich im Ernst. Obwohl du mich so oft betrogen hast, hast du mich nie hintergangen, sondern immer mit offenen Karten gespielt. Dafür bin ich dir dankbar.«

Harry war für einen Augenblick stumm. »Weißt du eigentlich, was für ein großartiger Mensch du bist?«, fragte er schließlich. Er zog sie zu sich und gab ihr einen Kuss. »Ach ja«, sagte er, als ihre Lippen sich lösten, »fast hätte ich es vergessen. Ich habe eine Überraschung für dich.«

»Eine Überraschung? Was denn?«

Harry zuckte die Schultern. »Nichts Besonderes, nur eine Kleinigkeit. – Ein Bild!«

Debbie stieß einen Freudenschrei aus. Aufgeregt folgte sie Harry ins Atelier. Während er zwischen gerahmten Leinwänden, indianischen Totempfählen und bunten Kachinapuppen kramte, klopfte ihr das Blut in den Adern. War das Wunder eingetreten, auf das sie so lange vergeblich gewartet hatte? Hatte sie doch einen Platz in seinem Herzen?

»Ah, da ist es ja!«

Endlich hatte er gefunden, wonach er suchte. Das Bild war hinter einer Gruppe Kachinapuppen versteckt – ungefähr fünfzehn mal fünfzehn Zentimeter Leinwand auf einem Keilrahmen.

»Das ist für dich. Mein Hochzeitsgeschenk.«

»Da… danke«, stotterte Debbie. »Wie … reizend von dir.«

Irritiert nahm sie das winzige Bild in die Hand. Es zeigte eine gepanzerte Rittergestalt mit einem Pferdekopf, der Harrys Züge trug. Dem Mann gegenüber war eine Frau abgebildet, in der Debbie sich selbst wiedererkannte. Die Frau griff dem Ritter brutal zwischen die Beine.

»Du musst auch auf die Rückseite schauen«, sagte Harry.

Sie drehte das Bild um. Er hatte eine Widmung darauf gekritzelt: *Von Harry Winter für Debbie Jacobs.* Sechs Worte, einschließlich der Vor- und Nachnamen. Sie versuchte zu lächeln, aber sie schaffte es nicht. Die Widmung war noch schlimmer als das Bild. So förmlich und lieblos wie die Unterschrift unter einem Vertrag oder auf einem Scheck.

Debbie spürte, wie ihr die Tränen kamen. Sie hatte immer gewusst, dass Harry sie nicht liebte. Aber noch nie hatte er es ihr so deutlich zu verstehen gegeben wie mit diesem Geschenk zu ihrer Hochzeit.

»Was ist?«, fragte er. »Gefällt es dir nicht?«

Das Bild in der Hand wie ein totes Stück Holz, hob Debbie den Kopf.

»Hat es schon einen Namen?«, fragte sie.

»Ja«, sagte Harry. »Es heißt *Die Gegenpäpstin.*«

Durch den Schleier ihrer Tränen sah Debbie die Bilder rings umher an den Wänden. Überall, wohin sie schaute, erblickte sie immer nur ein Gesicht: Laura – wieder und wieder.

15

Laura schaute voller Anspannung auf den Umschlag des Briefs, der soeben für sie gekommen war. Der Absender war ein New Yorker Verlag, dem sie vor zwei Monaten ihr Manuskript geschickt hatte. Um den Brief ungestört lesen zu können, eilte sie die Treppe hinauf in ihr Atelier, das Roberto unterm Dach für sie eingerichtet hatte. Seit sie das Manuskript abgeschickt hatte, lauerte sie jeden Morgen auf den Postboten. Zum Glück war es ihr gelungen, den Briefkasten vor ihrem Mann zu leeren – Roberto hätte sonst keine Ruhe gegeben, bis sie ihm verraten hätte, was es mit dem Brief auf sich hatte.

Mit klopfendem Herzen drehte sie den Umschlag in den Händen. Die erste Reaktion auf ihren Text – wie würde das Urteil lauten?

Kurz entschlossen öffnete sie das Kuvert, faltete den Bogen auseinander und begann zu lesen.

Sehr geehrte Mrs. Jiménez,

mit großem Interesse haben wir Ihr Manuskript gelesen. Zu unserer Freude können wir Ihnen heute mitteilen, dass wir den Text sehr gern in unser Verlagsprogramm aufnehmen würden.

Diese Mitteilung darf ich Ihnen im Namen unserer gesamten Lektoratskonferenz machen. Alle Mitarbeiter unseres Hauses sind von Ihrem Manuskript begeistert. Selten haben wir ein so erschütterndes und gleichzeitig literarisch so überzeugendes Selbstzeugnis zu lesen bekommen. Ein Meilenstein in der psychologischen Prosa dieses Jahrhunderts!

Bitte melden Sie sich, damit wir einen Termin ausmachen und möglichst rasch einen Vertrag aufsetzen können.

In Erwartung Ihres Anrufs bin ich mit herzlichen Grüßen

Ihr Simon Shoemaker

Ungläubig ließ Laura den Brief sinken. Der Inhalt übertraf alles, was sie erwartet hatte. Sie hatte den Text eigentlich nur geschrieben, um sich von ihrer Angst zu befreien – ihrer Angst vor den Dämonen in ihrer Seele und den Bildern, die sie blind gemacht hatten. Von dem Verlag hatte sie sich lediglich ein paar Worte zur literarischen Qualität des Manuskripts erhofft. Und jetzt ein solches Angebot …

Was sollte sie tun?

Vollkommen durcheinander starrte sie auf die *Himmelsbeute*, die die ganze Längsseite ihres Ateliers einnahm. Die Vorstellung, dass bei einer Veröffentlichung ihres Manuskripts Scharen wildfremder Menschen den Text zu lesen bekämen, um in ihr entblößtes Herz zu schauen, erregte sie und machte ihr gleichzeitig Angst.

Sie war so verwirrt, dass sie kaum noch klar denken konnte. Tausend Argumente und Gegenargumente schwirrten ihr durch den Kopf. Dabei kam ihr ein Gedanke immer wieder. Mit der Veröffentlichung ihres Leidensberichts wäre die Ablösung von Harry offiziell – es gäbe kein Zurück mehr.

Aber war sie wirklich zu einem solchen Schritt bereit?

»Wir haben Besuch, Sternschnuppe.«

Ohne anzuklopfen, war Roberto in ihr Atelier getreten, zusammen mit einer Frau.

»Debbie – Sie?«

»Bitte entschuldigen Sie den unangemeldeten Überfall. Aber ich muss mit Ihnen sprechen. Dringend!«

Obwohl Debbie sich alle Mühe gab, so kontrolliert zu wirken, wie es ihrem dunkelblauen Kostüm sowie ihrer zum Knoten gebändigten Frisur entsprach, erkannte Laura, dass ihre Beherrschung nur Fassade war.

»Würdest du uns bitte allein lassen, Roberto?«

»Aber warum, Sternschnuppe? Ich könnte uns doch einen Tee …«

»Bitte!«

»Ja, sicher, wenn du meinst. Falls du mich brauchst – ich bin in meinem Büro.«

Wie ein Pferd, das auf den leisesten Wink seiner Reiterin reagiert, obwohl es ihr an Kraft und Größe um ein Vielfaches überlegen ist, verließ Roberto den Raum. Debbie wartete, bis er die Tür hinter sich geschlossen hatte.

»Ich möchte Sie bitten, sich endlich zu entscheiden!«, sagte sie. »Ich halte das ewige Hin und Her nicht mehr aus.«

»Wovon reden Sie?«, fragte Laura.

»Von Harry natürlich! Er liebt Sie wie ein liebeskranker Kater. Kehren Sie zu ihm zurück, oder lassen Sie ihn endlich in Frieden.«

Laura wusste nicht, wie ihr geschah. Debbie verlangte genau die Entscheidung von ihr, mit der sie in ihrem Innern rang, seit sie in New York war.

»Ich … ich hatte nicht gewusst, dass Sie Harry so nahestehen«, sagte sie schließlich. »Ich hatte gedacht, Sie hätten ihm nur geholfen, weil Sie seine Kunst schätzen.«

Statt einer Antwort hob Debbie die rechte Hand, an deren Mittelfinger ein goldener Ring steckte.

»Sie sind – verheiratet?«

»Ja, verflucht noch mal! Ich bin seine gottverdammte Ehefrau!«

Wie ein Glas, das schon seit Langem einen Sprung hat und plötzlich bei einer harmlosen Berührung zerbricht, zersprang ihre Miene in tausend Stücke. Laut schluchzend brach sie in Tränen aus.

Laura hatte das Bedürfnis, sie zu berühren. Aber sie traute sich nicht. Ohnmächtig sah sie zu, wie Debbie um ihre Fassung rang.

»Die Heirat war ein Fehler«, sagte Debbie, als sie wieder sprechen konnte. »Ich weiß ja, dass Harry mich niemals lieben wird. Weil er keine andere Frau lieben kann als Sie.«

Behutsam legte Laura ihr die Hand auf die Schulter. »Ich kann Ihnen gar nicht sagen, wie leid mir das tut.«

»Ach, reden Sie doch keinen Mist!« Debbie schüttelte sie ab. »Glauben Sie, ich wäre blind? Ich habe doch gesehen, wie Sie ihn bei unserem Abendessen angeschaut haben. Als würden Sie nur darauf warten, dass er mit einer schwarzen Kutsche vorfährt, um Sie zu entführen.«

»Das … das haben Sie gesehen?«

Debbie nahm ein Tuch aus der Kleenex-Packung, die auf einem Tisch neben der Staffelei lag, und putzte sich geräuschvoll die Nase.

»Ich mache Ihnen jetzt einen Vorschlag, der für uns alle das Beste ist.« Sie zögerte einen Moment, dann wischte sie sich noch einmal über die Nase, warf das Papiertaschentuch in einen Abfalleimer und sagte: »Wenn Sie sich nicht entscheiden können, dann tue ich es für Sie: Kehren Sie zu Harry zurück!«

Laura glaubte, nicht richtig zu hören. »Wie … wie können Sie so etwas vorschlagen? Sie lieben ihn doch genauso wie ich!«

»Das ist allein mein Problem«, erwiderte Debbie, »und geht Sie nichts an. – Nein!«, schüttelte sie den Kopf, als Laura widersprechen wollte, »eine andere Lösung gibt es nicht. Und falls Sie glauben, mein Vorschlag wäre ein Ausdruck von Nächstenliebe, so irren Sie sich. Der Grund ist ganz und gar praktischer Natur: Harry braucht Ruhe für seine Arbeit – ich brauche Liebe zum Leben. Wir können uns beides nicht geben. Punkt!«

»Aber warum glauben Sie, dass ausgerechnet ich …«

»Darum!« Debbie nahm ihre Hand und zerrte sie vor die *Himmelsbeute.* »Wenn Sie nicht den Mut haben, Ihren Gefühlen zu folgen – tun Sie's für Ihre Kunst. Oder wollen Sie behaupten, das Bild wäre fertig?«

»Nein, das ist es nicht«, sagte Laura. »Aber wie zum Teufel stellen Sie sich das vor?«

»Das ist Ihre Sache. Sie sind die Künstlerin. Sie und Harry müssen das Bild vollenden. Für mein Museum. Es wird darin einen Ehrenplatz bekommen, als wichtigstes Exponat der gesamten Ausstellung.«

»So einfach geht das nicht«, protestierte Laura. »Ich weiß ja nicht mal, was Harry dazu …«

»Halten Sie endlich den Mund und machen Sie sich an die Arbeit!«, fiel Debbie ihr ins Wort. »Mein Museum wird in sechs Wochen eröffnet, und ich habe keine Lust, mir bei der Vernissage leere Wände anzuschauen!«

16

»Ich kann mich also darauf verlassen, dass Sie meine Ehre und die meiner Frau nicht antasten werden?«, wollte Roberto wissen. »Ihr Wort als Ehrenmann?«

»Ich weiß nicht, ob ich so etwas bin«, erwiderte Harry. »Um ehrlich zu sein, ich hege gewisse Zweifel an meiner Satisfaktionsfähigkeit.«

»Ich warne Sie! Ich werde mir jederzeit erlauben, das Atelier zu betreten. Ohne Ankündigung! Ich bin Mexikaner!«

»Mach dich nicht lächerlich«, sagte Laura. »Nimm dir lieber ein Beispiel an Miss Jacobs. Apropos: Sie wartet im Salon darauf, dass du sie endlich verabschiedest.«

Mit sanfter Gewalt schob sie ihren Mann die Treppe hinunter. Harry atmete auf. Nie hatte Debbie ihm ein schöneres Geschenk gemacht als mit ihrer unverhofften Eröffnung, Laura wolle mit ihm an der *Himmelsbeute* weiterarbeiten, um die Collage zu vollenden. Seit er aus Europa fort war, hatte er das Bild nicht mehr gesehen.

Vor der Tür ihres Ateliers blieb Laura noch einmal stehen.

»Auch wenn Roberto nur ein mexikanischer Stierkämpfer ist«, erklärte sie, »in einem hat er recht. Es geht ausschließlich um unser Bild.«

»Wie wenig du mich kennst«, erwiderte Harry, halb amüsiert, halb beleidigt. »Habe ich mich je um etwas anderes gekümmert als um die Kunst?«

Laura quittierte seine Auskunft mit einer erhobenen Braue. Dann öffnete sie die Tür und betrat das Atelier.

Unsicher, was ihn erwartete, folgte Harry ihr nach.

Es war, als folge er ihr in eine andere Welt. Plötzlich war er wieder daheim, in Sainte-Odile, in ihrem Zauberhaus. Ein Wald voller Zeichen und Symbole, der bevölkert war von tanzenden Feen und Kobolden, empfing ihn auf der anderen Seite. Geierköpfige Kavaliere spazierten zwischen schwarzgrünen Farnen und riesenblättrigen Bäumen an margeritenbewarzten Riesenbrüsten vorbei … Fliehende Pferde flogen unter den Augen wachsamer Nachtigallen durch die Lüfte … Fleischfressende Pflanzen überwucherten Abgründe der Glückseligkeit. Und überall die Windsbraut und Dada – die Windsbraut und der Große Zauberer … Harry glaubte sogar, die leisen Töne eines Walzers zu hören, wie aus weiter, weiter Ferne, mit dem Knistern und Knacken einer uralten Schellackplatte.

»Dafür hat es sich gelohnt …«

»Was murmelst du da?«

Harry drehte sich zu Laura um. »Habe ich dir eigentlich erzählt, wie viel ich riskiert habe, um die *Himmelsbeute* aus unserem Haus zu retten?«

»Das brauchst du nicht«, erwiderte sie mit einem Lächeln, das alles verriet, was er von ihr wissen wollte. »Aber«, fügte sie nach kurzem Zögern hinzu, »darum geht es jetzt nicht.« Sie trat an ihren Malschrank und kramte in einer Schublade.

»Sondern?«

»Darum, wie wir das Bild fertig bekommen.«

Während sie sprach, blitzte plötzlich ein Messer in ihrer Hand auf. Harry zuckte zusammen. Bevor er reagieren konnte, fing sie an, die Nähte der Collage aufzutrennen und die Bilder auseinanderzureißen.

»Bist du verrückt?«

»Ich glaube nicht.«

»Was zum Teufel tust du dann da?«

»Nur, was getan werden muss. Wir müssen noch mal von vorn anfangen.«

Unbeirrt fuhr Laura fort, die Collage in ihre Einzelteile zu zerlegen, Bild für Bild, das ganze Tagebuch ihrer Liebe. Harry brauchte eine Weile, dann begriff auch er. Ja, Laura hatte recht – die Collage war in ihrer jetzigen Gestalt ein kunterbunter Flickenteppich. Sie hatten die Teile zusammengenäht, wie sie entstanden waren, ohne Sinn und Verstand, einfach in der zeitlichen Abfolge ihrer Entstehung. Eine solche Wiedergabe aber konnte bestenfalls Abbild, niemals Sinnbild ihrer Liebe sein – und allein darauf kam es an. Dafür mussten sie der inneren Logik ihrer Collage nachspüren, jener geheimen Beziehung der Bilder untereinander, die jede wahre Komposition bestimmt wie ein Magnet, der unter einer Platte, dem Auge verborgen, dafür sorgt, dass in einem Haufen loser Eisenspäne auf der Oberfläche eine Ordnung und Struktur entsteht.

»Gut«, sagte Harry, als Laura alle Nähte aufgetrennt hatte, »fangen wir also noch mal von vorne an.«

Er räumte die Möbel beiseite und breitete die Bilder auf dem Boden aus, damit alle Stücke so zusammenfinden konnten, wie sie ihrer inneren Bestimmung nach zusammengehörten. Das Schaukelpferd, das sich in ein Wildpferd verwandelte ... Die Einkleidung der Braut ... Das Schloss von Largentière ... Der Große Zauberer in der kältestarren Eiswüste ... Die Windsbraut im Graben, nachdem das Pferd sie abgeworfen hatte ... Stunden verbrachten sie damit, die gemalten Augenblicke ihrer Liebe aneinanderzufügen. Doch wie sie die Teile auch drehten und wendeten – das endgültige Bild wollte ihnen nicht gelingen. Die Collage hatte tausendundeine Facette, aber keine wirkliche Form, keine Komposition, keine Seele. Irgendetwas fehlte – das Ende, die Auflösung, die Katharsis. Es war, als stünden sie vor einer verschlossenen Tür, und jemand hatte den Schlüssel weggeworfen.

Während sie nebeneinander am Boden hockten, näherten sich draußen auf dem Flur Schritte.

»Roberto?«, flüsterte Harry und rückte unwillkürlich ein Stück beiseite.

Die Klinke bewegte sich, langsam und zögernd, als könne derjenige, der vor der Tür stand, sich nicht entscheiden, ob er hereinkommen sollte oder nicht.

»Heirate nie einen Mexikaner«, flüsterte Laura.

»Keine Angst. Eine Amerikanerin reicht mir.«

Als sie lachten, verschwanden draußen die Schritte.

»Oh, ich glaube, jetzt haben wir ihn verscheucht«, sagte Harry.

Ohne auf seine Bemerkung einzugehen, wandte Laura sich wieder ihrer Arbeit zu. Sie war plötzlich so ernst, dass es dafür nur einen Grund geben konnte. Kaum hatte Harry verstanden, verging auch ihm das Lachen. In dem kurzen, verschwörerischen Augenblick, in dem sie sich über Roberto lustig gemacht hatten, schien alles so wie früher gewesen zu sein. Doch Harry wusste, der Himmel war der Himmel, und er hatte ihm gerade nur so viel preisgegeben vom Paradies, wie für ein Erdenkind nötig war, um an der Wirklichkeit zu verzweifeln. Nein, nichts war so wie früher, gar nichts! Zu deutlich war der Abstand, mit dem Laura sich umgeben hatte wie mit einer unsichtbaren Aura. Sie war ihm so nah – und doch so fern, wie von einem anderen Planeten.

Wo war seine Windsbraut geblieben? Gab es sie nur noch in ihrer Kunst?

»Wenn du malst«, sagte er, »bist du wenigstens dann noch auf der anderen Seite?«

Laura dachte kurz nach. Dann schüttelte sie den Kopf. »Nein«, sagte sie. »wirklich nicht. Ich könnte genauso gut kochen oder Rosen schneiden oder Schlittschuh laufen. Es ist ein ruhiger, angenehmer Gemütszustand. Von der anderen Seite kommen nur die Ideen. Aber mit meinem Leben hat das nichts mehr zu tun. Das führe ich allein, auf dieser Seite.«

Ihre Antwort war so ernüchternd wie schwarzer, ungesüßter, bitterer Kaffee nach einer durchfeierten Nacht.

»Das glaube ich nicht!«, erwiderte Harry. »Das redest du dir nur ein!«

»Vielen Dank, Dr. Freud. Gott sei Dank wissen Sie besser, was ich empfinde, als ich selbst. Bitte schicken Sie mir die Rechnung.«

»Mach dich nur lustig. Aber ich durchschaue dich. Du willst nur deine Gefühle verbergen. Vor allem vor dir selbst.«

Er versuchte, ihren Blick aufzufangen. Doch sie schaute angestrengt zu Boden, wo die Bilder vor ihnen lagen.

»Soll ich dir sagen, weshalb uns die Collage nicht gelingt?«, fragte er.

»Wenn das die Rechnung nicht unnötig in die Höhe treibt.«

»Weil du dir nicht eingestehst, dass du mich immer noch liebst.«

Laura zuckte zusammen. Wieder versuchte er, sie anzuschauen. Aber noch immer hielt sie den Blick gesenkt.

»Hör endlich auf, dir was vorzumachen«, sagte er. »Ich weiß auch so Bescheid. Jeder Augenaufschlag, jedes Lächeln verrät dich.«

»Halt endlich den Mund«, zischte sie mit bleichem Gesicht, »Als ob ich das nicht alles selber wüsste, du gottverdammter Klugscheißer!«

17

Wie leicht und einfach war alles gewesen, früher, als Laura sich entschlossen hatte, London und ihre Eltern zu verlassen, um die Apfelmalerei bei Professor Bonenfant aufzugeben und mit Harry nach Paris zu ziehen. Keine Sekunde hatte sie damals überlegt – der Himmel hatte für sie entschieden, und sie war dieser Entscheidung gefolgt, als gäbe es gar keine andere Wahl.

Aber jetzt?

Noch nie in ihrem Leben war sie so unsicher gewesen wie in diesen Wochen, in denen sie Tag für Tag mit Harry zusammen war, ohne seine Frau zu sein. Wenn er da war und sie miteinander arbeiteten, war sie glücklich, erfüllt von einer Ruhe, die sie seit ihrer Zeit in Sainte-Odile nicht mehr empfunden hatte. Stunden um Stunden verbrachten sie in nahezu vollkommener Selbstvergessenheit, oft ohne zu sprechen, weil ein Blick oder eine Geste genügte, um einander zu verstehen, und ihr Gespür füreinander war wie damals so sicher und intensiv, dass sie, ohne sich umzudrehen, wussten, wann immer der eine hinter dem anderen stand. Doch wenn Harry abends fortging, war das Atelier so groß und still und leer, dass die Verzweiflung Laura überkam wie ein riesiger schwarzer Vogel und sie nur darauf hoffte, dass das Telefon klingelte und sie wenigstens seine Stimme noch einmal hören konnte, bevor die Nacht sie verschluckte. Schon ein Dutzend Mal hatte sie ihren Koffer gepackt, um zu ihm zurückzukehren. Und genauso oft hatte sie den Koffer wieder ausgepackt und war bei Roberto geblieben.

War es ein Fehler gewesen, die Schuhe, die Dr. Retroverria ihr geschenkt hatte, über Bord zu werfen? Manchmal, wenn sie schlaflos an Robertos Seite im Bett lag und in der Dunkelheit ein Paar hellblauer Augen sah, die sie mit ihren Blicken sezierten, hatte sie Angst, wieder verrückt zu werden. Nur wusste sie nicht, wann die Gefahr größer war: wenn sie bei Roberto blieb oder wenn sie zu Harry zurückkehrte.

»Ich glaube, es hat keinen Sinn«, sagte sie und warf das Stück Leinwand hin, das sie und Harry seit über einer Stunde auf dem Boden hin und her geschoben hatten, um den passenden Platz für das Bild in der Collage zu finden. »Bis zur Vernissage sind es keine zwei Wochen mehr, und wir haben immer noch keine Lösung.«

»Wundert dich das? Kunst ist noch nie aus einer Lüge entstanden.«

»Fängst du schon wieder damit an?«

»Ich habe niemals damit aufgehört. Herrgott, Laura, du musst diesen Stierkämpfer verlassen!«

»Damit ich wieder im Irrenhaus lande?«

»Und das hier – ist das kein Irrenhaus?«

Sie stand auf und trat ans Fenster. Auf der Straße spielten ein paar Kinder. Sie hatten einem Hund eine Blechbüchse an den Schwanz gebunden und bogen sich vor Lachen, während das arme Tier wie vom Teufel gejagt vor sich selbst davonrannte.

»Du hast ja keine Ahnung, was ich durchgemacht habe«, flüsterte sie.

»Du meinst – in San Sebastian?«, erwiderte er ebenso leise.

Laura nickte. »Ich will das nicht noch mal erleben, Harry. Und du kannst mich nicht davor bewahren, im Gegenteil.«

»Wahrscheinlich hast du recht. Ich allein würde das nicht schaffen. Aber zusammen …« Er sprach den Satz nicht zu Ende. »Wo ist dein Vertrauen geblieben, Laura? Hast du das schon per Post nach Mexiko geschickt? Als Opfergabe für deine Maya-Tempel?«

Wütend drehte sie sich zu ihm um. »Hast du noch immer nicht begriffen? Wenn ich zu dir zurückkehre, könnte ich genauso gut wieder nach London fahren, zu meinem Vater.«

»Habe ich dich je wie dein Vater behandelt? Habe ich dich eingesperrt oder gefoltert?«

»Ich halte das nicht mehr aus! Ich will nüchtern sein, Harry – NÜCHTERN! Hörst du?«

»Auch wenn du dein Eheversprechen brichst, brauchst du mich nicht anzuschreien. Erstens habe ich noch ganz gut funktionierende Ohren, trotz meines Alters, und zweitens …«

»Zweitens?«

Er zögerte. Dann sagte er: »Weil es mir wehtut, Laura.«

Seine Augen waren ganz leer. Bei seinem Anblick, wie er da auf dem Boden hockte, vor ihren Bildern, und sie mit diesen leeren Augen ansah, spürte Laura ein Mitleid, das schlimmer war als jeder eigene Schmerz. Was war aus ihm geworden? Ein ausgestopfter Zauberer, von dem man nur noch ahnen konnte, welche Kunststücke er einst vollbracht hatte.

»Es geht nicht anders, Harry«, sagte sie. »Nur wenn ich nüchtern bleibe, werde ich nicht wieder verrückt. Das ist meine einzige Chance.«

»Und was hast du davon?« Plötzlich sprang er auf und packte ihre Arme. »Soll ich dir sagen, warum wir jeden Tag scheitern? Darum!«

Er presste sie an sich, um sie zu küssen. Mit Gewalt stieß sie ihn zurück.

Doch er ließ sie nicht los. Wie zwei Schraubzwingen umspannten seine Hände ihre Arme.

»Wie soll unser Bild fertig werden, wenn es nicht wahr ist?«, fragte er.

»Manche Dinge sind vollkommen, bevor sie vollendet sind.«

»Von wem hast du denn die Weisheit? Von Franz Schubert? Dass ich nicht lache! Seine Sinfonie blieb nur deshalb unvollendet, weil er an der Syphilis verreckte!«

Voller Verachtung schleuderte Harry ihre Arme von sich und wandte sich ab. Während sie auf seinen Rücken starrte, tauchte plötzlich ein Bild aus ihrer Seele auf, das dort lange Zeit verschollen war. Er lag nackt auf einem Felsen, am Ufer der Ardèche. Brütend heiß schien die Mittagssonne vom Himmel, eine Libelle tanzte über das Wasser, über sein Gesicht und seinen Körper, der noch die Narben ihrer Liebkosungen trug. Damals hatte sie mit jeder Faser ihres Leibs gewusst, dass sie nie wieder einen Mann so sehr lieben würde wie diesen Mann in diesem Augenblick …

Mit der ganzen Wucht der Wahrheit überkam sie die Erinnerung.

Doch ihre Erinnerung war nicht die einzige Wahrheit. Es gab noch eine andere Wahrheit, die sie aber niemals aussprechen durfte. Weil Harry sie nicht verkraften würde.

Was sollte sie tun?

Sie ging zum Schrank, holte ihr Manuskript daraus hervor und drückte es ihm in die Hand.

»Was ist das?«, fragte er.

»Ein Text, den ich geschrieben habe.«

»Und was soll ich damit?«

»Lesen, natürlich, verdammt noch mal!«

»Weshalb?« Widerwillig blickte er auf den Packen Papier in seiner Hand. »Ich bin im Moment an keiner Lektüre interessiert.«

Laura biss sich auf die Lippe. »Ich brauche deinen Rat«, sagte sie schließlich. »Ein Verlag hat mir angeboten, mein Manuskript zu drucken. Aber ich bin mir nicht sicher, ob ich das wirklich möchte.« Und als er immer noch zögerte, fügte sie hinzu: »Betrachte es als eine Art Wahrheitsspiel. Damit wir endlich wissen, was aus uns wird.«

18

Statt auf Schatzsuche zu gehen, blieb Harry an diesem Abend zu Hause. Er hatte beschlossen, die Nacht mit Laura zu verbringen, zum ersten Mal nach langer Zeit. Kaum war er ins Penthouse zurückgekehrt, schloss er sich in sein Atelier ein und begann, ihr Manuskript zu lesen. Bereits nach wenigen Zeilen hatte er vergessen, wer und wo er war. Mit jeder Seite drang er tiefer in die Seele seiner Geliebten ein, fasziniert und voller Bewunderung, mit welchem Mut und welcher Klarheit sie ihren Zusammenbruch sowie die Stationen ihrer Reise auf die andere Seite beschrieb, ohne Rücksicht auf sich selbst, bis zu ihrer Rückkehr und Genesung. Ein paar Mal musste er weinen, manchmal auch laut lachen. Noch nie aber hatte er sich seiner Windsbraut so nahe gefühlt wie bei der Lektüre dieses Berichts, nicht mal in den Stunden innigster Zärtlichkeit. Und noch nie hatte er so deutlich seine eigene Unfähigkeit zu spüren bekommen, das Leben mit einem anderen Menschen wirklich zu teilen. Laura war durch die Hölle gegangen, und er hatte nicht mal geahnt, was mit ihr geschehen war.

»Und – was sagst du dazu?«, fragte sie, als er am nächsten Morgen bei ihr erschien.

»Es ist großartig. Bisher habe ich immer gedacht, so was könnte man nur mit Pinsel und Farbe hinkriegen, allenfalls noch mit Tönen. Aber nicht mit Buchstaben.«

Harry sah, wie stolz sein Lob sie machte. Sie hatte ihn mit ihrem

Text gezwungen, sich im Spiegel ihrer Seele anzuschauen. Das hatte noch niemand vor ihr geschafft, und das wusste sie. Doch er sah auch die Unsicherheit in ihrem Gesicht.

»Du meinst also, ich soll es veröffentlichen?«

»Was für eine Frage! Glaubst du, Michelangelo hat jemanden gefragt, ob er die Pietà ausstellen soll? Du *musst* das Buch herausbringen! Was anderes kommt gar nicht infrage. Oder ich zeige dich bei der Ausländerbehörde an, wegen Kapitalverbrechen an der Kunst. Dann schmeißen sie dich raus aus Amerika, und kein Diplomat oder Stierkämpfer kann dir mehr helfen.«

»Aber – ist es nicht zu privat? Zu intim?«

»Alle Kunst ist privat und intim! Nur darum ist sie ja wahr. Die Wahrheit wächst weder an den Bäumen noch im platonischen Ideenhimmel, sondern allein in der Seele des Künstlers. Glaubst du, Michelangelo hätte seine Pietà schaffen können, wenn er nicht selbst den Schmerz durchlitten hätte, den er mit seiner Skulptur zum Ausdruck bringt?«

»Trotzdem …«

»Kein Trotzdem!«

Laura zog ein Gesicht, als würde ihr irgendetwas zu schaffen machen. Statt sich über seine Begeisterung zu freuen, schien sie beinahe traurig. Eine Weile dachte sie nach, so intensiv, dass Harry glaubte, ihr Gehirn arbeiten zu hören.

»Dann bist du also wirklich der Meinung, ich soll das Angebot des Verlags annehmen?«, fragte sie schließlich.

»Ja natürlich! Was soll ich denn noch sagen, damit du mir endlich glaubst?«

Er wollte sie küssen. Doch sie hob abwehrend die Hände.

»Nein, Harry, keinen Kuss. Du hast es selber so entschieden.«

»Wann denn das?«

»Gerade eben.«

»Ich? Dass ich dich nicht küssen darf? Ausgerechnet!«

»Doch Harry. Du oder das Wahrheitsspiel. Das kannst du dir aussuchen.«

»Jetzt verstehe ich überhaupt nichts mehr. Was meinst du mit Wahrheitsspiel?«

Irritiert musterte er ihr Gesicht. Sie war so blass, als wäre sie krank. Während er versuchte, in ihren schwarzen Augen zu lesen, verhärtete sich ihre Miene wie zu einem Schutzschild. Als wolle sie dahinter alle Gefühle wegsperren, die womöglich aus ihrem Innern nach außen drangen.

Plötzlich wusste er: Irgendetwas war mit ihr geschehen, was nicht in ihrem Manuskript stand. Etwas, das sie gegen ihn einnahm. Etwas, das es ihr verbot, ihn zu küssen.

Wie eine Marionette, der man die Fäden abgeschnitten hatte, ließ er die Arme fallen.

»Soll das heißen, ich … ich darf dich nie wieder …?«

Laura legte ihm einen Finger auf die Lippen. »Pssst …«

Harry taumelte einen Schritt zurück. Er kam sich vor wie ein Affe, der hinter einen Spiegel gefasst hatte in dem Glauben, dort sein wahres Abbild zu finden, doch dessen Hand ins Leere griff. Welches Geheimnis verbarg Laura vor ihm? Ohne wirklich zu wissen, was geschehen war, ahnte er, dass San Sebastian nicht nur der Ort ihres Zusammenbruchs gewesen war, sondern zugleich einen unwiderruflichen Wendepunkt in ihrem Leben markierte. Es war, als hätten sie plötzlich die Rollen getauscht, als habe nun sie ein Keuschheitsgelübde geleistet, wie damals er selbst, ganz zu Beginn ihrer Liebe. »Irgendjemand ist immer das Opfer«, hatte sie damals gesagt … Er war vollkommen ratlos. Alles, was er wusste, war, dass ihre Entscheidung irgendwie mit der Wahrheit ihres Bildes zu tun hatte, mit dem fehlenden Schlüssel oder Schlusspunkt der Komposition. Und je deutlicher er das spürte, desto größer wurde seine Verzweiflung.

»Warum?«, fragte er. »Ich begreife es nicht. Wir sind doch füreinander geboren.«

»Das hatte ich auch gedacht«, erwiderte Laura. »Und wahrscheinlich stimmt es sogar. Trotzdem dürfen wir nicht zusammen sein.«

»Hast du Angst, wieder verrückt zu werden«, fragte er. »Wenn es das ist, das würde ich verstehen. Aber ich glaube, das ist es gar nicht, so wenig wie das Wahrheitsspiel – egal, was du damit meinst. Es ist etwas anderes. Bitte sag mir, was es ist.«

»Das … das kann ich nicht.«

»Dann kann ich deine Weigerung nicht akzeptieren.«

»Es wird dir nichts anderes übrig bleiben.« Sie strich sich eine Strähne aus der Stirn, die sich aus ihrer Frisur gelöst hatte. »Bitte Harry, hör auf, dich und mich zu quälen. Die Sache ist entschieden. Es geht nicht, es gibt kein Zurück mehr. Es … es ist unmöglich.«

»Red keinen Unsinn! Wenn man sich liebt, ist nichts unmöglich!«

Laura schaute ihn an. Ihr blasses Gesicht war starr wie eine Maske. Nur ihre Augen lebten noch. Feucht schimmerten sie von den Tränen, die aus ihrem Innern an die Oberfläche stiegen. Bevor eine Träne hervorquellen konnte, senkte sie den Blick.

»Du hättest nicht die Kraft, diesen Weg mit mir zu gehen«, flüsterte sie. »Du würdest daran zerbrechen. Du selbst – und vielleicht auch deine Kunst.«

Während sie sprach, hörte Harry Schritte auf dem Flur.

»Ist es wegen deinem Mann?«, sagte er, ohne sich darum zu kümmern, ob Roberto ihn hörte. »Dieser Kretin hat dich nicht verdient.«

»Vor allem hat er nicht verdient, dass du ihn beleidigst.«

»Aber er ist deiner nicht würdig! Ihr passt so wenig zusammen wie eine Blechtrommel und eine Harfe.«

Laura schüttelte den Kopf. »Ich weiß, Roberto ist ein einfacher Mensch, mit einem schlichten Gemüt. Aber genau darum ist er der Richtige. Er ist der Mann, den ich jetzt brauche. Er wird mich begleiten.«

»Wenn du dich selbst nur hören könntest! Alles verrätst du, was uns heilig war!« Harry nahm ihre Hand. »Du weißt, ich glaube weder an Gott noch an das klerikale Ungeziefer in den Kirchen.

Aber ich glaube an die Sünde. Und du machst dich der größten Sünde schuldig, die ein Mensch überhaupt begehen kann: der Sünde wider die Liebe.«

Er zerquetschte fast ihre Hand, in der verzweifelten Hoffnung, ihre Maske irgendwie zu durchdringen, den Panzer aufzubrechen, mit dem sie sich umgeben hatte.

»Es ist die große Liebe, die uns verbindet, Laura! So etwas wird zwei Menschen nur einmal im Leben geschenkt!«

»Ich weiß, Harry«, sagte sie. »Aber – zur großen Liebe gehört auch, dass man weiß, wann sie zu Ende ist.«

Noch während sie sprach, machte sie sich von ihm los, mit einer einzigen flüchtigen Bewegung, wie man einen Handschuh abstreift. Harry glaubte, verrückt zu werden. Noch nie hatte er sich so sehr nach Laura gesehnt wie in diesem Augenblick. Doch als hätte ihn jemand zur Ader gelassen, versagte sein Begehren angesichts ihrer Entschlossenheit. Er registrierte es, wie man den Krankheitsbefund eines Arztes registriert.

»Ich habe es dir schon einmal gesagt«, hörte er ihre Stimme, »ich will nüchtern sein. Um endlich frei sein zu können.«

Harry schloss die Augen und holte tief Luft. War das wirklich ihr letztes Wort? Voller Angst hob er noch einmal den Blick.

»Endgültig?«, fragte er.

Laura nickte. »Es war schön mit dir in den Wolken, mein Großer Zauberer, aber das Leben findet auf Erden statt. Es ist Zeit für mich, zurückzukehren.«

ACHTES BUCH

DAS LETZTE BILD

MANHATTAN
1942

1

Debbie hatte es geschafft, sie hatte ihr großes Ziel erreicht! In einer Woche würde ihr Museum eröffnet: *The Century Gallery of Modern Art* – eine Ausstellung, in der sich die Kunst des zwanzigsten Jahrhunderts widerspiegelte, das geistige Drama einer ganzen Epoche. Sämtliche Werke, die bei der Vernissage gezeigt werden sollten, waren schon eingetroffen und hingen zum größten Teil an den Wänden, von den bedeutendsten Künstlern der Welt, von Picasso und Malewitsch, Kandinsky und Mondrian, Braque und Léger – ja sogar von Chagall hatte Debbie ein paar Bilder in ihre Sammlung aufgenommen, auch wenn dieser gottlose Russe für ein paar Dollar seine eigene Großmutter mit Farbe übergossen hätte.

Die Architektur des Museums hatte fast noch mehr von Debbies Geld verschlungen als die Bilder, die darin gezeigt werden sollten. Dafür hatte der Architekt gehalten, was seine Pläne versprochen hatten, und das Gebäude, in dem früher ein Schneider seine Werkstatt betrieben hatte, in einen magischen Ort der Überraschungen verwandelt. Alle Stilrichtungen der modernen Malerei waren darin vertreten, jede mit einer eigenen Abteilung. Die Werke der Abstrakten schienen frei im Raum zu schweben, der Saal mit kinetischer Kunst war voller rotierender und beweglicher Apparaturen. Am aufregendsten aber war die surrealistische Galerie in der Eingangshalle, wo die ungerahmten Gemälde auf unsichtbare Träger montiert waren und so ein Raumerlebnis schufen, in dem Realität und Illusion kaum voneinander zu unterscheiden waren.

Nur eine Wand war immer noch leer, ein drei Meter hoher und zehn Meter breiter, wie die Apsis eines Altars zum Halbrund gewölbter Erker in der Eingangshalle, der für das wichtigste Exponat der ganzen Sammlung reserviert war.

»Glauben Sie, die *Himmelsbeute* wird noch rechtzeitig fertig?«, fragte Bobby, der Debbie bei der Hängung der Bilder assistierte.

»Was weiß ich?«, erwiderte sie. »Mit mir spricht ja keiner.«

»Aber Sie müssen doch wissen, ob Harry daran arbeitet!«

»Das Einzige, was ich weiß, ist, dass die *Himmelsbeute* ein einziger Torso ist.« Debbie zuckte die Achseln. »Kein Wunder – statt zu malen, gibt mein Mann ja lieber idiotische Interviews.«

»Interviews?«

Sie sah an Bobbys Gesicht, dass er keine Ahnung hatte, wovon sie sprach.

»Ein Reporter der *Washington Post* hat ihn nach seiner Meinung über primitive Kunst in Amerika gefragt. Und wissen Sie, was er geantwortet hat? ›Großartig! Das Beste, was ich hierzulande gesehen habe.‹ Wie kann man nur so dämlich sein! Da muss ja jeder normale Mensch glauben, Harry Winter ließe nur solche Amerikaner als Künstler gelten, die einen Kopfputz tragen und in Kriegsbemalung um einen Marterpfahl herumtanzen.«

»Aber das hat er doch gar nicht so gemeint. Das ist doch nur seine Begeisterung für die Indianerkunst.«

»Das brauchen Sie mir nicht zu erzählen, schließlich bin ich seine Squaw. Unser Haus ist inzwischen der reinste Wigwam – in jedem Zimmer nichts als Kachinas und Masken und Totempfähle. Ein Vermögen kostet mich sein Indianertick! Trotzdem darf er so etwas nicht in der Öffentlichkeit sagen. Er kann sich doch an fünf Fingern ausrechnen, wie das bei den Pressefritzen ankommt! Und das eine Woche vor der Eröffnung!«

»Wenn die Leute seine Bilder sehen, werden sie verstehen, wie er die Bemerkung gemeint hat.«

»Ja – *wenn*!«, schnaubte Debbie. »Ach Bobby, Sie sind ein guter Junge. Aber manchmal glaube ich, Sie bewundern Harry mehr, als er verdient. Sie haben einen Vaterkomplex! Dabei ist Ihr Vater selber ein großes Kind. Immer muss er im Mittelpunkt stehen. Jedes Gespräch wendet er so, dass alles sich um ihn dreht, egal, bei welchem Thema. Ist Ihnen schon mal aufgefallen, wie er auf seinen Bildern posiert? Am liebsten in seinem weißen Pelzmantel – wie ein regierender Renaissancefürst! Als könne er nur existieren, wenn die Menschen ihn lieben und das Licht der Öffentlichkeit auf ihn strahlt. Ich bin sicher, das allein ist der Grund, warum er diesen Unsinn über die Primitiven gesagt hat. Nur damit die Journalisten über ihn schreiben – Harry Winter, der große Künstler aus Deutschland, das letzte Rätsel des Abendlandes …«

Debbie hatte sich so sehr in Rage geredet, dass Bobby verstummte. Um die Peinlichkeit zu übergehen, trat er an die Wand und rückte ein Bild zurecht.

»Tut mir leid«, sagte Debbie, »ich möchte Sie nicht negativ beeinflussen. Im Gegenteil – ich wünsche mir nichts mehr, als dass Sie und Harry sich verstehen und ein gutes Verhältnis zueinander haben. Irgendwie meinte ich nur … Ich dachte, ich könnte vielleicht … Ach, ich weiß auch nicht. – Bitte entschuldigen Sie, ich rede zu viel.«

Es entstand ein betretenes Schweigen. Zum Glück hatte Bobby eine Frage.

»Wo ist die Collage jetzt überhaupt?«, wollte er wissen.

»Die *Himmelsbeute*?« Dankbar griff sie die Frage auf. »In einer Seemannskiste. Darin hat Laura sie letzte Woche zu uns nach Hause geschickt. Ach, hätte sie das Bild nur gelassen, wo es war. Als die Kiste ankam, hat Harry sich in die Leinwand gewickelt wie ein alter Indianer in seine Pferdedecke, wenn er zum Sterben in die Berge geht. Stundenlang hat er so dagesessen, auf seinem goldenen Thron, eingewickelt in diese riesige, zusammengeflickte Leinwand, und hat auf den Hudson gestarrt. Noch nie habe ich bei einem Menschen eine solche Trauer gesehen. Mein Gott, dass Harry dazu überhaupt fähig ist ...«

Sie spürte, wie ihr die Tränen kamen, und griff nach Bobbys Hand. Unsicher erwiderte er ihren Blick. Der Junge sah seinem Vater so verteufelt ähnlich, dass es kaum auszuhalten war.

»Er hat mich doch auch geliebt, oder?«, flüsterte sie. »Bitte sagen Sie es mir! Sonst werde ich noch verrückt! Er *muss* mich doch geliebt haben!«

Während die Tränen ihr über die Wangen rannen, lief Bobby rot an. Vor lauter Verlegenheit schlug er die Augen nieder.

»Ja, Debbie«, sagte er so leise, dass sie ihn kaum verstand. »Bestimmt hat er das. Ganz sicher sogar.«

2

Der Portier der *Banana Bar,* ein Zwei-Meter-Hüne in einer roten, goldbetressten Zirkusuniform, zwinkerte Harry verschwörerisch zu.

»Ich habe dem Kellner gesagt, er soll Sie an einem Tisch in der ersten Reihe platzieren.«

Harry drückte ihm ein Trinkgeld in die Hand und tastete sich in die Richtung, in die der Portier zeigte. Durch den Rauch konnte er in der Dunkelheit kaum etwas erkennen. Aber die kreischende Jazzmusik, die irgendwo eine unsichtbare Band produzierte, reichte halbwegs zu seiner Orientierung. Wenn ihn nicht alles täuschte, näherte Ginger sich gerade dem Finale.

»Was soll ich Ihnen bringen, Mister?«, fragte der Kellner.

»Whiskey!«

Harry ließ sich auf einen Stuhl fallen. Die *Banana Bar* war nicht das erste Lokal, das er an diesem Abend besuchte. Während er in den Taschen seines Anzugs nach seinem Lorgnon suchte, blickte er zur Bühne. Ginger trug nur noch einen Slip, schwarze Netzstümpfe und ein Paar hochhackige Pumps. Wie ein Alkoholiker auf Entzug, der eine Schnapsflasche entdeckt hat, stierte er auf ihren sich rhythmisch windenden Körper. Das war die Medizin, die er jetzt brauchte! Doch sosehr er sich bemühte, die Wirkung der Arznei zu spüren – sie erreichte ihn nur in homöopathischen Dosen. Obwohl der Tisch so nah am Bühnenrand stand, dass er Ginger beim Ausziehen hätte helfen können, ohne sich vom Stuhl zu erheben, nahm er ihre Entkleidungskunst wie durch einen Nebel wahr. Wo war das verfluchte Lorgnon? Endlich fand er es in der Brusttasche. Doch als er es vor die Augen hob, machte das die Sache nur noch schlimmer. Ginger verschwamm in den geschliffenen Gläsern wie ein Fisch in Brackwasser. Entsprechend müde fiel Dadas Reaktion aus.

»Ihr Whiskey, Mister.«

Harry steckte das Lorgnon wieder ein. Während der Kellner das Glas abstellte, setzte die Musik aus. Nur das Rühren eines Jazzbesens war noch zu hören. Begleitet von einzelnen Paukenschlägen, entledigte Ginger sich ihrer allerletzten Kleidungsstücke. Jetzt trug sie nur noch ihre Pumps. Mit einem Gesicht, als nähere sie sich der Ekstase, nahm sie die Banane entgegen, die ein Mann aus dem Publikum ihr reichte. Quälend langsam ließ sie die Hüften kreisen und spreizte die Schenkel. Während sie die Banane auf ihren Körper richtete, setzte die Musik wieder ein. Angetrieben von den Snare-Drums, schwoll sie zum Crescendo, ein plötzlicher Tusch – dann erlosch das Licht, und Ginger war verschwunden.

»Oooooohhhhh …«

Das Stöhnen, in dem sich die Enttäuschung der Zuschauer entlud, war noch nicht verstummt, da flammte ein Lichtkegel auf, und ein Conferencier in einem Glitzersmoking sprang auf die Bühne. In der Hand hielt er ein Mikrofon, mit so weit abgespreizten Fingern, dass Harry sich wunderte, warum es nicht zu Boden fiel.

»Nur eine kurze Pause, dann kommen wir zum Höhepunkt!«

Ein paar Pfiffe wurden laut.

»Geduld, Geduld!«, rief der Conferencier und hob die Arme.

»Damit ihr euch bis zur Rückkehr unserer Künstlerin nicht langweilt, erzähle ich euch eine Geschichte von meinem Vetter Johnny, dem berühmten Frauenarzt. Wollt ihr seine Geschichte hören?«

»Jaaaa!«

»Also gut. Aber haltet euch fest, Jungs, und die Damen hören besser fünf Minuten weg.« Der Conferencier strich sich über seine Schmalztolle und grinste, bis alle Blicke auf ihn gerichtet waren. »Kommt doch eines Tages eine Frau mit ihrem Staubsauger in die Praxis von Vetter Johnny und sagt …«

Während er von Vetter Johnnys Patientin berichtete, die in so heftiger Liebe zu ihrem Roover-Staubsauger entbrannt war, dass die beiden nur mit Mitteln der Notfallchirurgie voneinander hatten getrennt werden können, schaute Harry sich um. An den meisten Tischen saßen Paare. Komisch – er hatte nie verstanden, was Frauen sich vom Besuch eines Striplokals erhofften.

»Ja, meine Damen, wie heißt es so richtig in der Reklame?«, fragte der Conferencier, um sich nach einer Kunstpause selber die Antwort zu geben: *»Die gute Wahl – Roover!«*

Das Publikum brüllte vor Lachen, vor allem die Frauen, als Ginger plötzlich aus der Dunkelheit an Harrys Tisch auftauchte. Ihre Blöße hatte sie mit einem Kimono bedeckt. Harry erhob sich von seinem Stuhl, um sie zu begrüßen. Während sie auf ihn zu stöckelte, spürte er, wie betrunken er war. Sosehr er sich auch das Gehirn zermartete, er konnte sich nicht mehr erinnern, ob er schon mal mit ihr geschlafen hatte oder nicht.

»Ich habe nur für dich getanzt«, schnurrte sie, als sie sich zu ihm setzte.

»Und ich habe nur für dich geguckt.«

»Wie du immer redest! So süß! Ich glaube, so könnt nur ihr Franzosen reden.« Sie trank einen Schluck von seinem Glas. »Ich hab mich schrecklich gefreut, als du plötzlich reinkamst. Hast du mich sehr vermisst?«

»Ich dachte, vielleicht könnten wir heute nachholen, was wir damals …«

»Willst du mich malen?« Sie strahlte über ihr ganzes hübsches Gesicht. Plötzlich kam ihr ein Gedanke, zumindest krauste sich ihre Nase. »Aber deine Putzfrau! Was wird die dazu sagen?«

»Keine Angst, der hab ich freigegeben, damit sie ihre Enkelkinder hüten kann.«

»Wunderbar! Ich bin schon ganz aufgeregt! Wie soll ich posieren? Vielleicht so?«

Ginger warf den Kopf in den Nacken, schürzte die blutroten Lippen und klimperte mit ihren schwarzen, künstlichen Wimpern. Ein Mann, der mit einer dünnlippigen Begleiterin am Nebentisch saß und Harry auf seltsame Weise an Professor Hirngiebel im Lager von Les Milles erinnerte, schielte voller Neid zu ihm herüber.

»Übrigens«, gurrte Ginger, »ich hab heute dein Bild in der Zeitung gesehen.«

»Du liest die *Washington Post*?«, staunte Harry.

»Nicht direkt. Im Drugstore wickeln sie darin immer die Kondome ein.«

»Ach so. Und – wie fandest du mich?«

»Den Artikel habe ich nicht gelesen – er war so schrecklich lang. Aber auf dem Foto hast du wahnsinnig süß ausgesehen!«

Sie beugte sich vor, um ihn zu küssen. Harry sah ihre nackten Brüste unter dem Kimono: zwei weiße Äpfelchen mit rosa Blüten, die in ihrer Verhüllung noch appetitlicher wirkten als auf der Bühne. Sogar Dada nahm sie endlich zur Kenntnis.

»Ich kann gar nicht erwarten, dass du mich endlich malst«, hauchte sie.

»Mein Pinsel ist schon bereit«, raunte Harry.

»Einmal muss ich noch auf die Bühne, dann hab ich frei.«

»Dann wird es ja höchste Zeit, die Farben anzurühren.«

Dada bekundete inzwischen spürbares Interesse. Würde er heute endlich herausfinden, über welche alchemistischen Künste Ginger verfügte?

Harry wollte sie gerade küssen, da sah er wieder den Mann am Nebentisch. *Sie denken an Ihre Frau, nicht wahr?*, hatte Professor

Hirngiebel ihn auf ihrer Irrfahrt von Les Milles nach Bayonne gefragt, als sie durch die Waggontür die Flüchtlinge gesehen hatten, die draußen auf einem Feld an ihnen vorübergezogen waren. *Ihre Liebe spürt man in jedem Pinselstrich …* Harry hatte damals gestaunt, dass ausgerechnet ein Theologe ihn so gut verstand.

»Was hast du, mein Süßer? Ist dir nicht gut?«

Ginger zog eine Schnute, als hätte jemand sie gefragt, wie viel eins und eins sind. Dadas Interesse schwand schlagartig dahin. Harry wollte einen Schluck von seinem Whiskey trinken, um sich wieder in Stimmung zu bringen. Doch der Rand seines Glases war so sehr mit Lippenstift verschmiert, dass es ihn plötzlich ekelte.

»Tut mir leid, *honey*«, sagte er. »Irgendwie klappt das nicht mit uns beiden.«

Bevor Ginger etwas begreifen konnte, sprang er auf, warf ein paar Dollar auf den Tisch und stolperte hinaus.

3

»Sehnsuchtsbrücke« nannten die New Yorker die Brooklyn Bridge, jene gewaltige Hängebrücke, die aus den Arbeiter-Vororten im Süden der Stadt nach Manhattan führte, mitten hinein in den unwiderstehlich strahlenden Traum von einem besseren Leben. Für Harry jedoch war die Brücke in dieser Nacht ein schwarzer, gigantischer Albtraum aus Stahl, die Endstation all seiner Hoffnung. Wie von Dämonen gehetzt, war er aus der *Banana-Bar* geflohen und stundenlang durch die Straßenschluchten dieser fremden, abweisenden Stadt geirrt. Ohne zu wissen, wie er hier gelandet war, starrte er nun in die Fluten des East River, inmitten einer unwirklichen Wirklichkeit, deren Zeit sich mit keiner Uhr messen ließ. In wenigen Tagen würde Debbie ihr Museum eröffnen. Was dann? Würde er Laura noch einmal sehen, wenn ihr gemeinsames Bild dort hing? Dieses unfertige, unvollkommene, nur durch das Leben zu beendende Bild? Dieser Flickenteppich ihrer gelebten und ungelebten Augenblicke? Harry wusste es nicht. Er wusste nicht einmal, ob Laura zur Vernissage kommen würde. Sie hatte der *Himmelsbeute* einen Brief beigelegt. Darin hatte sie geschrieben, er dürfe damit machen, was er wolle. Was immer er entschied, wie die Collage endgültig aussehen würde, ja sogar ob sie überhaupt ausgestellt werden sollte – sie würde seine Entscheidung akzeptieren.

Konnte ein Mensch auf brutalere Weise Abschied nehmen?

Ein blassrosa Lichtstreifen, beinahe unmerklich noch, der im Osten die Wolkendecke über dem kohlengrauen Häusermeer aufhellte, kündigte den neuen Tag an. Frierend schlug Harry den Kragen seiner Anzugjacke hoch. Würde er das Ende dieses Tages erleben? Noch war der Morgen kaum zu erahnen, doch New York, dieses Ungeheuer von einer Stadt, die niemals schlief, erwachte, ohne ein Auge zugetan zu haben. Überall, sowohl in den Fabriken von Brooklyn als auch in den Bürotürmen von Manhattan, flammten Lichter auf, um die Dunkelheit zu durchlöchern, und der Verkehr auf der Brücke belebte sich von Minute zu Minute. Arbeiter und Angestellte, die zu Fuß oder auf Fahrrädern von einem Stadtteil zum anderen hetzten … Autos und Lastwagen, die zweispurig in beide Richtungen über die Brücke donnerten, sodass die riesige Hängekonstruktion davon erbebte … Dazwischen die Straßenbahn, die bimmelnd irgendwo auf der einen Seite des Flusses aus dem Untergrund auftauchte, um bimmelnd auf der anderen irgendwo wieder im Erdboden zu verschwinden …

Müde rieb Harry sich die Augen. War er wirklich das Ungeheuer, als das er sich schon seit Jahren in Verdacht hatte? Ein Mensch, der anderen Menschen wie ein Monster erschien? Ein Chamäleon der Gefühle, aus Liebe und Abwehr, Leidenschaft und Kälte, das er mit Lauras Hilfe überwunden geglaubt hatte?

»Ich halte das nicht mehr aus!«, hatte sie gesagt. »Ich will nüchtern sein, Harry – NÜCHTERN! Hörst du?«

Während die Erinnerung wie Sodbrennen in ihm brannte, dämmerte ihm, dass Laura ihn zu Recht verlassen hatte, dass sie ihn hatte verlassen müssen. Weil er sie genauso behandelt hatte wie alle anderen Frauen vor ihr auch. Mit Ironie statt mit Zärtlichkeit. Mit Spott statt mit Wärme. Mit geistreicher Distanz statt mit vorbehaltloser Hingabe. Als wäre sein Herz gefangen in einem Panzer aus Eisen.

»Hatschi!«

Süßlicher Veilchengeruch kitzelte ihm in der Nase: Gingers Parfüm. Um nicht zu erbrechen, zündete er sich eine Zigarette an. Doch von dem Rauch auf leeren Magen wurde ihm noch mehr übel als von dem ekelhaften Veilchenduft. Angewidert warf er die Zigarette über das Geländer. Unter ihm, in den schwarzen Fluten des Flusses, trieb etwas Helles vorbei, ein Laken oder ein Stück Segel oder Plane, wahrscheinlich von einem der zahllosen Schiffe, die auf dem East River verkehrten. Wie das Kleid einer Frau bauschte es sich in der Strömung. Harry musste an Florence denken. Auch sie hatte am Geländer einer Brücke gestanden, damals in Paris, und er hatte sie ausgelacht. Jetzt wusste er, was sie durchgemacht hatte. War er auch so eine Witzfigur wie sie? Sie eine gescheiterte Ophelia? Er ein gescheiterter Hamlet? Er konnte sich nicht mal erinnern, wie Hamlet geendet war. Hatte er sich selbst umgebracht? Oder war er umgebracht worden? Er ärgerte sich, dass er in der Schule nicht besser aufgepasst hatte. Wenn er sich nur erinnern könnte – vielleicht hätte ihm das jetzt geholfen.

Hinter ihm stießen krachend zwei Autos zusammen, im nächsten Moment ging ein wütendes Hupkonzert los. Harry drehte sich nicht mal um. Sollte er sich erschießen? Mit einer Pistole war Selbstmord eine sichere Sache – aber woher bekam man eine Pistole? Nie hätte er sich träumen lassen, wie schwer es war, sich umzubringen, wenn man es ernst meinte. In der Phantasie war Selbstmord ein Kinderspiel – aber in der Wirklichkeit? Gift war auch keine Lösung. Man musste schon Apotheker sein, um an die richtigen Wirkstoffe zu kommen. Sich vor einen Zug werfen? Bei der Vorstellung drehte sich ihm der Magen um. Blieb nur ertränken. Aber wozu hatte er schwimmen gelernt?

Einsam wie nie zuvor in seinem Leben, schaute er hinunter auf die schäumenden Wasserstrudel, die sich um den Stützpfeiler der Brücke bildeten. Seit seiner Kindheit hatten solche zerfließenden Formen ihm geholfen, irgendeinen Ausweg zu finden, wenn er sonst keinen Ausweg wusste. Jetzt aber versagten sie ihm ihre Hilfe: Alles, was er in den Fluten des Flusses sah, war seine eigene Vergänglichkeit. Wer würde die Rede an seinem Grab halten? Sein Freund Lauréat oder Pompon? Oder vielleicht Bobby, sein Sohn? Dieser wunderbare Junge, der alles getan hatte, damit er in dieses Land, das ihn nicht haben wollte, einreisen durfte? Vor seinem inneren Auge sah er die Menschenmassen, die an sein Grab pilgern würden, um ihm die letzte Ehre zu erweisen – Tausende und Abertausende verzweifelter Menschen, die bitterlich um ihn weinten. Die Vorstellung seiner Beerdigung war Harry ein kleiner Trost. Schade, dass er das nicht mehr erleben würde.

»Es geht nicht anders, Harry. Nur wenn ich nüchtern bleibe, werde ich nicht wieder verrückt. Das ist meine einzige Chance … Um endlich frei sein zu können.«

Plötzlich erblickte er seine Windsbraut in den Strudeln und Wirbeln des Wassers. Von schwarzen Mirakellocken umschäumt, erhob sich ihr Gesicht aus den Fluten, so wirklich und wahrhaftig, als hätte er sie gemalt. Doch statt ihn zu trösten, machte die Vision ihn wütend. Warum war sie immer noch da, nachdem sie doch mit ihm gebrochen hatte? Warum ließ sie ihn nicht einfach in Ruhe? Harry fühlte sich wie der mongoloide Junge in der Anstalt von Largentière. Der arme Teufel hatte auch in allen Farben und Formen immer nur ein und dasselbe Bild gesehen, Schwester Anna, das Gesicht der von ihm vergötterten Ordensfrau.

»Ich weiß, Harry, aber zur großen Liebe gehört auch, dass man weiß, wann sie zu Ende ist …«

Mit einem Lächeln warf Laura ihm aus ihrer fernen dunklen Tiefe eine Kusshand zu.

»Es war schön mit dir in den Wolken, mein Großer Zauberer, aber das Leben findet auf Erden statt. Es ist Zeit für mich, zurückzukehren.«

Während die Wut einer grenzenlosen Trauer wich, beugte Harry sich über das Geländer und schloss die Augen. Wieder lächelte seine Windsbraut, hob den Arm, um ihn zu sich zu winken.

»Möchtest du, dass ich zu dir komme?«, flüsterte er.

Laura nickte. Obwohl sich alles in ihm sträubte, ihre Entscheidung zu akzeptieren, begriff er, dass ihm keine andere Wahl blieb. Ja, seine Windsbraut hatte recht. Es gab nur eine Möglichkeit, mit ihr zusammen zu sein.

Harry öffnete die Hände und ließ das Geländer los.

4

Laura schloss die Augen und holte tief Luft. Dann öffnete sie die Tür zu ihrer Wohnung. Roberto erwartete sie bereits in der Eingangshalle.

»Woher kommst du?«, fragte er.

»Du musst nicht alles wissen, was ich tue.«

»Warst du wieder im Museum? Um seine Bilder anzuschauen?«

»Das geht dich nichts an.«

Sie zog den Mantel aus und warf ihn über ein Sofa. Die meisten Möbel waren schon mit Leinentüchern abgedeckt, der Inhalt der Schränke zum größten Teil in den Kisten und Koffern verstaut, die überall in der Wohnung herumstanden. Laura musste vor der Abreise nur noch ein paar Kleidungsstücke packen.

»Und ob mich das was angeht!«, erklärte Roberto. »Ich habe das Recht, die Wahrheit zu erfahren! Du bist meine Frau!«

»Richtig. Ich bin deine Frau – nicht deine Tochter. Oder willst du, dass ich dich nur noch Geraldine nenne, wenn wir in Mexiko sind?«

Roberto verzog das Gesicht, als hätte er einen Tritt in den Unterleib bekommen. Für einen Augenblick lag es Laura auf den Lippen, ihm zu sagen, wohin sie in aller Herrgottsfrühe verschwunden war. Es stimmte ja, er hatte alles Recht der Welt, die Wahrheit zu erfahren. Nicht, weil sie seine Frau war, sondern weil er der einzige Mensch war, der …

Bevor sie den Mund aufmachen konnte, reichte er ihr einen Brief.

»Von deinem Verlag«, sagte er. »Er kam, als du fort warst.«

Zum Glück lächelte Roberto schon wieder. Während er ihr aufmunternd zunickte, öffnete sie den Umschlag. Er enthielt den Vertrag für ihr Manuskript. Der Verlag hatte ihr zwei Exemplare geschickt – beide waren bereits unterschrieben. Sie brauchte nur noch gegenzuzeichnen.

»Zahlen sie dir eigentlich ein Honorar?«, wollte Roberto wissen.

»Ja, zweihundertfünfzig Dollar.«

»Ist das viel?«

»Du meinst – für so eine Art von Arbeit?« Laura zuckte die Schultern. »Keine Ahnung. Aber ich glaube, es ist genug, um nicht beleidigt zu sein.«

»Und wann soll das Buch erscheinen?«

»Schon im nächsten Herbst.«

Zwischen Robertos Lippen blitzte der goldene Schneidezahn auf. »Das ist ja großartig! Meine Frau ist eine Schriftstellerin! Was meinst du, soll ich schon mal eine Liste machen, wem wir das Buch alles schicken?«

»Damit kannst du warten, bis ich den Nobelpreis bekomme!« Sie fuhr ihm lachend durchs Haar. »Schön, dass du dich so mit mir freust.«

Während sie anfing zu packen, fragte Roberto ihr ein Loch in den Bauch. Ob es wohl ein Foto von ihr auf dem Umschlag geben würde … Ob sie Lesungen in Buchhandlungen geben wolle … Ob ihr Buch auch in England erscheine … Geduldig gab sie ihm Antwort auf alles, was er wissen wollte. Seine simplen Fragen taten ihr gut. Sie halfen ihr, den Schmerz zu vergessen. Den Schmerz und die Angst. Sie hatte noch eine letzte Untersuchung machen lassen. Die Untersuchung hatte nichts Neues ergeben.

Sie nahm einen Arm voll Jacken, Hemden und Mänteln von der Garderobe und trug ihn zu einer Reisetruhe.

»Hast du schon die Tickets?«, fragte sie, während sie die Kleidungsstücke verstaute.

»Noch nicht«, erwiderte er. »Aber das Reisebüro hat vor einer Viertelstunde angerufen und gesagt, dass sie für uns bereitliegen. Wir können sie heute abholen, wenn du willst. Allerdings …«

»Ja?«

»Ich meine, wenn du vielleicht … wenn du vielleicht lieber erst noch mal…«

Laura spürte, dass er etwas sagen wollte, sich aber nicht traute, und drehte sich zu ihm um. Roberto schaute auf seine Schuhspitzen, als wäre irgendwo am Boden ein Souffleurkasten eingelassen, von dem er sich Hilfe erwartete.

»Was willst du mir sagen?«

Er hob den Kopf und erwiderte ihren Blick. »Möchtest du wirklich schon vor der Vernissage abreisen?«, fragte er schließlich. »Wenn du meinst, du müsstest auf mich Rücksicht nehmen – das musst du nicht. Wir können jederzeit umbuchen.«

Sie sah, wie schwer ihm der Vorschlag fiel, und zwang sich zu einem Lächeln.

»Das ist sehr, sehr lieb von dir, Roberto, und ich weiß es wirklich zu schätzen, dass du das fragst. Aber nein«, sagte sie und schüttelte den Kopf. »Ich möchte, dass wir alles so lassen wie geplant.«

»Wirklich?«

»Wirklich.«

Laura kehrte ihm den Rücken zu, damit er endlich aufhörte zu fragen. Um die Tränen zu unterdrücken, beugte sie sich wieder über die Truhe und fuhr fort zu packen. Packen war das Einzige, was ihr jetzt half. Als könnte sie mit ihren Kleidern all ihre Gefühle in die Kisten und Koffer stecken, um sie für immer hier in New York zurückzulassen.

»Und euer Bild?«, fragte Roberto. »Willst du es nicht noch einmal sehen?«

5

Eilig nahm Bobby seine Aktentasche vom Tisch. Er war spät dran, Debbie wartete bestimmt schon auf ihn. Sie wollten heute zusammen entscheiden, mit welchen Bildern sie womöglich die Wand bestücken würden, die ursprünglich für die *Himmelsbeute* vorgesehen war. Doch es gab einen Grund für seine Verspätung – einen so wunderbaren Grund, dass Debbie ihm gewiss verzeihen würde. Seine Mutter hatte ihm zum Geburtstag geschrieben! Der Umschlag des Briefes war zwar durch die Schnüffelei der Zensoren fast völlig zerstört, aber der Inhalt klang so federleicht und hoffnungsfroh, als gäbe es weder Adolf Hitler noch Joseph Stalin und erst recht keinen Krieg.

Obwohl Bobby den Brief schon ein Dutzend Mal gelesen hatte, musste er ihn noch einmal lesen, bevor er sich auf den Weg ins Museum machte.

Als ich so alt war wie Du, empfand ich es als mein größtes Geschenk, dass ich nicht allein im Leben stand. Von ganzem Herzen wünsche ich Dir, mein großer Junge, dass Dir dasselbe Glück beschieden ist und Du die Tage – und Nächte – nicht allein verbringen musst. Hoffentlich hast Du eine Frau an Deiner Seite, die Dir immer wieder gibt, was nur liebende Frauen einem Mann zu geben vermögen …

Mit einem Grinsen blickte Bobby auf das ungemachte Bett, in dem er vor einer Stunde aufgewacht war: zusammen mit Laureen. War seine Mutter eine Hellseherin?

Neulich hat sich auch das Konsulat wieder gemeldet. Obwohl es noch keinen konkreten Termin gibt, sind meine Koffer gepackt. Viele Menschen hier haben schreckliche Angst, weil sie niemanden haben auf der Welt. Wie gut geht es mir doch im Vergleich zu ihnen! Außerdem, Du weißt ja, ich habe ein Schiff mit dem Namen Zuversicht.

Auf dem werde ich vielleicht manchmal ein bisschen nass, aber was immer passiert – es ist unsinkbar und kann niemals untergehen …

Konnte es ein schöneres Geburtstagsgeschenk geben? Obwohl die Post von Europa nach Amerika manchmal zwei Monate dauerte, hatte seine Mutter das Kunststück fertig gebracht, dass der Brief tatsächlich heute Morgen, am Tag seines Geburtstags, eingetroffen war – so pünktlich wie mit der Stadtpost von Köln. Wenn das kein gutes Omen war!

Er faltete den Brief zusammen und steckte ihn in sein Jackett, damit er ihn bei sich hatte und lesen konnte, wann immer er wollte. Sobald er den Brief las, hörte er seine Mutter reden, in ihrem gemütlichen rheinischen Dialekt, als würden sie wie früher bei einer Tasse Kaffee und einem Stück Schwarzwälderkirschtorte zusammensitzen und miteinander plaudern. Und was für entsetzliche Sorgen hatte er sich während der vergangenen Wochen und Monate gemacht! In seiner Schwarzmalerei hatte er sogar schon befürchtet, er würde womöglich nie wieder einen Brief von seiner Mutter bekommen …

Er nahm eine Tasse von seinem Geburtstagstisch, an dem er mit Laureen gefrühstückt hatte, bevor sie zur Vorlesung gegangen war, und schenkte sich die letzten Tropfen von dem Champagner ein, den Harry bei seinem Besuch für sie dagelassen hatte.

»Auf unser Wiedersehen!«, prostete er seiner Mutter im fernen Frankreich zu.

Der Champagner war warm und hatte keinerlei Kohlensäure mehr. Aber er schmeckte herrlich.

Als Bobby die Tasse ins Spülbecken stellte, klopfte es an der Tür.

Verwundert blickte er über die Schulter. Wer war das? Vielleicht sein Vater? Um ihm zu gratulieren? Bei der Vorstellung setzte sein Herz vor Freude für einen Schlag aus. Wenn jetzt auch noch sein Vater aufkreuzen würde, wäre das der schönste Geburtstag in seinem ganzen Leben!

»Einen Moment«, rief er auf Deutsch, »ich komme!«

Als er die Tür aufmachte, stand nicht Harry auf dem Treppenabsatz, sondern …

»Debbie – Sie?«

Unwillkürlich schaute er auf die Uhr. Er wollte eine Entschuldigung für seine Verspätung stammeln, doch bevor er das erste Wort hervorbrachte, sagte sie:

»Harry ist verschwunden!«

Bobby fiel ein Stein vom Herzen. »Für einen Moment dachte ich schon, es wäre etwas Schlimmes passiert. Das ist doch nicht das erste Mal, dass mein Vater …«

Als er Debbies Gesicht sah, verstummte er. So sahen Menschen aus, die Angst hatten. Wirkliche Angst.

»Ich hatte so sehr gehofft, dass ich ihn hier finden würde«, sagte sie. »Weil Sie doch heute Geburtstag haben.«

»Machen Sie sich keine Sorgen«, versuchte Bobby sie zu beruhigen. »Wenn mein Vater verschwunden ist, ist er bisher noch immer wieder zurückgekommen.«

»Ich weiß«, erwiderte Debbie. »Aber diesmal ist es anders. Ich kann Ihnen jetzt nicht erklären, warum, Sie müssen es mir einfach glauben. – Ach Bobby, und das an Ihrem Geburtstag!« Plötzlich nahm sie ihn in den Arm und drückte ihn an sich, so fest, als wollte sie ihn zerquetschen. »Bitte entschuldigen Sie, ich habe Ihnen ja noch gar nicht gratuliert.«

6

Der Cadillac parkte vor dem Haus. Debbie drückte Bobby ein paar Dollar in die Hand und setzte sich ans Steuer ihres Wagens. Bobby sollte sich ein Taxi nehmen und ins Museum fahren, damit jemand da war, falls Harry sich vielleicht dorthin verirrte. Unterdessen würde sie selbst ihr Glück im mexikanischen Konsulat versuchen. Irgendwo musste Harry ja stecken!

Zum Glück war der morgendliche Berufsverkehr schon vorüber, und die mittägliche Rushhour hatte noch nicht eingesetzt. Trotzdem kam Debbie langsam genug voran, um ihr Gewissen zu prüfen. Wem galt eigentlich ihre entsetzliche Angst, die sie seit dem frühen Morgen durch die ganze Stadt trieb? Ihrem verschwundenen Ehemann, der sie ja doch nicht liebte und auch niemals lieben würde? Oder dem Glanzstück ihrer Ausstellung, mit dem sie die Kunstwelt von der Einmaligkeit ihres Museums überzeugen wollte? Obwohl es keinerlei Anzeichen gab, weder von Harry noch von Laura, dass sie die Arbeit an ihrem gemeinsamen Bild zu Ende bringen wollten, hatte Debbie die Hoffnung nicht aufgegeben, ihr Museum doch noch mit der *Himmelsbeute* zu eröffnen. Trotz allem, was geschehen war. Aber wenn Harry bis zur Vernissage unauffindbar blieb, war diese Hoffnung endgültig zerstört, genauso wie ihre Ehe.

Und wenn er sich etwas angetan hatte?

Eine halbe Stunde später erreichte sie das mexikanische Konsulat. Vor dem Gebäude stand ein riesiger Möbelwagen. Gott sei Dank – Laura war noch nicht abgereist. Debbie traf sie in der Eingangshalle, wo sie gerade ein paar Möbelpacker dirigierte, die irgendwelche Kisten ins Freie schleppten.

»Ist Harry hier?«, fragte sie ohne eine Begrüßung.

»Nein, wie kommen Sie darauf?«, erwiderte Laura. »Ich hab ihn seit Tagen nicht gesehen.«

»Ich glaube Ihnen kein Wort«, sagte Debbie und schob sie beiseite.

»Was ist denn in Sie gefahren?«

Ohne eine Antwort stürmte Debbie die Treppe hinauf. Doch das Atelier war menschenleer. An der Wand, an der früher die *Himmelsbeute* gehangen hatte, war die Tapete in Fetzen heruntergerissen. Debbie stürmte weiter ins Schlafzimmer. Aber auch hier keine Spur von ihrem Mann.

»Können Sie mir sagen, was das soll?«, fragte Laura.

Als Debbie in das Gesicht ihrer Rivalin sah, schlug ihr die Wahrheit entgegen wie aus einem brennenden Dornbusch. Laura war genauso ahnungslos wie sie.

In diesem Augenblick begriff Debbie, wem ihre Angst galt. Sie schlug die Hände vors Gesicht und brach in Tränen aus.

»Kommen Sie, Sie müssen sich setzen.«

Laura legte einen Arm um sie und führte sie zu dem einzigen Stuhl, der noch im Raum stand. Debbie schmiegte sich an ihre Schulter wie ein Kind. Es dauerte mehrere Minuten, bis sie sich so weit beruhigt hatte, dass sie wieder sprechen konnte. Dann berichtete sie, was geschehen war: dass Harry seit über zwei Tagen verschwunden war, ohne irgendein Lebenszeichen zu hinterlassen. Und dass er versucht hatte, die *Himmelsbeute* zu verbrennen.

»Das hat er wirklich getan?«, fragte Laura entsetzt.

Debbie nickte. »Ja. Vorgestern. Er hat die Leinwand ins Wohnzimmer geschleppt, der Kamin brannte schon, ein richtiger Scheiterhaufen. Zum Glück habe ich rechtzeitig bemerkt, was er vorhatte, und konnte ihn daran hindern. Als ich die Leinwand wegschloss, damit er es kein zweites Mal versuchen konnte, hat er das Haus verlassen und ist verschwunden.«

»Seitdem haben Sie ihn nicht mehr gesehen?«

Debbie hob den Kopf und schaute Laura an. »Zwei volle Tage. Das ist noch nie passiert. Glauben Sie, er ist imstande und ...«

Sie sprach den Satz nicht zu Ende.

»Und tut sich etwas an?« Laura schüttelte den Kopf. » Nein«, sagte sie, ohne eine Sekunde nachzudenken. »Ausgeschlossen. Niemals.«

7

Wie ein Gummiball sprang Nscho-tschi in die Höhe und kläffte sich die Seele aus dem wuscheligen Leib. So groß war die Freude, ihr Herrchen wiederzusehen.

»Ist ja schon gut«, sagte Harry und hob sie auf den Arm. »Was hab ich nur für ein feines Hündchen. Braves Hündchen, liebes Hündchen. Aber jetzt ist es genug. Ich habe zu tun!«

Er setzte Nscho-tschi auf den Boden und schaute sich um. Gab es in diesem Haus irgendwo so etwas wie eine Brechstange? Das einzige Werkzeug, das infrage kam, war der Schürhaken des Kaminbestecks. Harry holte ihn aus dem Wohnzimmer und brach damit den Wandschrank auf, in dem Debbie die *Himmelsbeute* vor ihm weggeschlossen hatte, wie vor einem armen Irren.

»Na, da staunst du, was?«, fragte er Nscho-tschi, die ihm mit schwarzen Knopfaugen und schräg geneigtem Kopf zusah. »Herrchen macht sich wieder an die Arbeit!«

Er nahm die Leinwand und trug sie in sein Atelier. Die Collage befand sich noch im selben Zustand, in dem Laura und er sie bei ihrer letzten Sitzung zurückgelassen hatten. Manche Teile, für die sie bereits den endgültigen Platz in der Komposition gefunden hatten, waren miteinander vernäht, die anderen lose aufeinandergeschichtet. Harry faltete sämtliche Stücke auseinander und breitete sie auf dem Boden aus.

Die Mitte der Collage ließ er frei. Darin würde er das letzte Bild einfügen.

Ja, er hatte das Zentrum gefunden, nach dem Laura und er so lange Zeit vergeblich gesucht hatten. Den Magneten, der dem Beziehungsgeflecht der einzelnen Teile Ordnung und Struktur verlieh. Die Seele, die das Abbild ihrer Liebe in ein Sinnbild verwandelte – den Schlüssel und Schlusspunkt der Komposition. In den strudelnden Fluten des East River war Harry das Bild plötzlich erschienen. Die Idee war so einfach und zwingend und unabweisbar gewesen, dass er kaum glauben konnte, dass sie ihm nicht schon viel früher gekommen war. Und er selber hätte beinahe alles zerstört.

Nscho-tschi winselte vor der Tür.

»Nein«, rief Harry, »du musst draußen bleiben!«

Ja, sollten sie ihn ruhig alle ein wenig vermissen. Der Einzige, um den es ihm leidtat, war Bobby. Wenn er sich nicht täuschte, hatte sein Sohn heute Geburtstag. Sobald die Arbeit es zuließ, würde er ihm am Abend einen Besuch abstatten.

Ob Debbie wohl schon daran dachte, die Vernissage zu verschieben?

Während er klammheimlich die Vorstellung genoss, wie die anderen sich um die Ausstellung ängstigten, trat er an das Regal, in dem die grundierten, auf Keilrahmen gespannten Leinwände lagerten. Welches Maß würde er brauchen? Vielleicht ein Meter auf ein Meter? Das Bild würde so stark in seiner Wirkung sein, dass ein kleineres Format vielleicht sogar den größeren Effekt erzielen würde.

Er hatte gerade eine geeignete Leinwand gefunden, da fing Nscho-tschi draußen an zu kläffen.

»Nein – hab ich gesagt!«

Harry nahm den Keilrahmen aus dem Regal und brachte ihn zur Staffelei. Plötzlich hörte er Schritte. Im nächsten Moment ging die Tür auf.

»Gott sei Dank, du lebst!«

Er stellte den Rahmen auf die Staffelei und drehte sich um. Als er Debbie sah, machte er unwillkürlich einen Schritt zurück. Noch nie hatte er sie in einem solchen Zustand gesehen. Ihr Haar war aufgelöst, ihre Augen gerötet, und in ihren Stöckelschuhen trat sie so unsicher auf wie ein kleines Mädchen in den Schuhen seiner Mutter.

»Natürlich lebe ich«, sagte er, beinahe schuldbewusst. »Was bleibt mir anderes übrig? Zum Sterben fehlt mir das nötige Talent.«

Bei dem Wort Sterben zog sie ein Gesicht, als müsse sie weinen. Harry nahm sie in den Arm und gab ihr einen Kuss auf die Stirn.

»Jetzt beruhige dich«, sagte er. »Du siehst doch, mir ist nichts passiert.«

»Dir nicht«, flüsterte sie. »Aber …«

»Aber was?«

»Ach nichts.« Debbie machte sich von ihm los und schüttelte den Kopf. »Ich lass dich jetzt in Ruhe. Offenbar hast du ja beschlossen, wieder zu arbeiten.«

8

Von ihrem Taxi aus beobachtete Debbie den Eingang des *Waldorf Astoria.* Sie hatte den größten Konferenzsaal des Hotels gemietet, um vor der Presse für ihr Museum zu werben. Hundert Journalisten hatte sie eingeladen, und zweihundert hatten sich angemeldet.

Ungeduldig verfolgte sie nun ihr Kommen. Sie wollte sich den Pressefritzen erst zeigen, wenn die ganze Meute versammelt war. Die wichtigsten Redakteure erschienen natürlich wie immer zuletzt. Als endlich auch die Kritiker der *New York Times* und der *Washington Post* in der Drehtür verschwunden waren, verließ Debbie das Taxi und machte sich auf den Weg.

Im Foyer wartete Bobby, der die Veranstaltung organisiert hatte. Debbie begrüßte ihn mit einer Umarmung. Bobby war ihr Verbündeter. Ohne ihn hätte sie ihr Ziel nie erreicht.

»Sie kommen allein?«, fragte er. »Ohne Harry?«

»Harry arbeitet.«

»Alles andere wäre auch ein Wunder gewesen.«

»Sind Sie immer noch enttäuscht, weil er nicht zu Ihrem Geburtstag gekommen ist?«

Bobby zuckte die Schultern.

»Das dürfen Sie nicht. Harry ist ein Künstler, für ihn gelten andere Regeln als für normale Menschen.«

»Das ist zumindest seine Sicht der Dinge.«

»Auch meine«, erklärte Debbie.

»Die Journalisten werden jedenfalls enttäuscht sein«, sagte Bobby. »Wir haben ihn in der Einladung als wichtigsten Künstler der Ausstellung bezeichnet. Hoffentlich gibt es keinen Aufstand. Glauben Sie, dass er wenigstens fertig wird?«

»Um ehrlich zu sein«, erwiderte Debbie, »ich weiß es nicht. Harry arbeitet hinter verschlossenen Türen. Ich darf sein Atelier nicht betreten. Falls er es schafft, will er die Collage diese Nacht aufhängen. Allein. Das ist alles, was ich aus ihm rausbekommen habe.«

»Und Laura? Wird sie zur Eröffnung kommen?«

Debbie schüttelte den Kopf. »Nein, Laura und ihr Mann fliegen morgen nach Mexiko.«

»Das ist nicht Ihr Ernst!«

»Doch. Leider.«

»Was ist der Grund?«, fragte Bobby. »Es ist doch auch ihr Bild, genauso wie seins.«

»Das darf ich Ihnen nicht sagen.«

»Weshalb nicht?«

»Weil ich Laura versprochen habe, es nur einem Menschen zu sagen – Harry.«

Bei der Erinnerung an das Gespräch wuchs ihr ein Kloß im Hals. Mit einem irritierten Stirnrunzeln erwiderte Bobby ihren Blick.

»Jetzt ziehen Sie kein solches Gesicht«, sagte Debbie und gab ihm einen Klaps. »Es gibt gute Nachrichten aus dem Weißen Haus.«

»Wegen meiner Mutter?«

»Ja! Irgendein hohes Tier hat dem amerikanischen Konsulat in Marseille die Bewilligung für ihre Einreise in die USA gekabelt. Jetzt müssen nur noch die Franzosen das Ausreisevisum abstempeln, und Ihre Mutter ist frei.«

Die Besorgnis verschwand aus Bobbys Gesicht, als hätte jemand sie mit einem Schwamm weggewischt. »Ach Debbie«, rief er und gab ihr einen Kuss. »Ich weiß gar nicht, wie ich Ihnen danken soll.«

»Ich schon«, erwiderte sie lachend. »Halten Sie mir da drinnen die Meute vom Hals. – Aber jetzt kommen Sie. Wir dürfen sie nicht länger warten lassen. Ich hör sie schon knurren.«

9

Als Harry das Museum betrat, war die Eingangshalle in tiefe, dunkle Schatten gehüllt. Nur die bunten Neonlichter draußen von der Straße, die im Rhythmus der Reklame durch das Fenster schienen, beleuchteten mit lautlosem Flackern die Bilder von Debbies Sammlung an den Wänden: *The Century Gallery of Modern Art.* Harry fühlte sich, als würde er sich in einen Schlafsaal schleichen, in dem Seite an Seite, wie in einer Jugendherberge, lauter alte Bekannte schliefen. Ja, sie waren alle in diesem Museum versammelt, die größten und bedeutendsten Künstler dieses Jahrhunderts, seine Freunde und Widersacher, aus den verschiedensten Ecken und Enden Europas, Weggefährten seines Künstlerlebens, die er zum Teil schon seit Jahrzehnten kannte. Vereint in Erwartung des kommenden Tags, an dem über ihrer aller Rang in der Kunstwelt neu entschieden würde, blickten sie im zuckenden Licht der Reklame auf ihn herab: Picasso und Matisse … Malewitsch und Léger … Mondrian und Kandinsky … Braque und Chagall … Dix und Miró …

Harry schaltete das Licht an.

»Wenn ihr darauf spekuliert habt, ich würde es nicht mehr schaffen, habt ihr euch zu früh gefreut!«

Er ließ die Leinwand zu Boden, die er in einer Jutehülle hierher transportiert hatte, und rollte sie zu Füßen seiner Rivalen aus. Ja, er war noch rechtzeitig fertig geworden! Alle Stücke waren bereits miteinander vernäht. Nur das letzte nicht, das Bild, nach dem er so lange gesucht hatte. Das wollte er erst hier in die Collage einfügen, am Ort ihrer ersten Präsentation.

War die *Himmelsbeute* jetzt vollkommen?

Mit einem Föhn hatte er das Bild getrocknet, das er nach durchgearbeiteter Nacht im Morgengrauen fertiggestellt hatte und nun mit den anderen Teilen vernähte, im Zentrum und Herzen der Komposition. Noch einmal hatte er Laura gemalt, zum allerletzten Mal, um eine Wahrheit erträglich zu machen, die in Wirklichkeit nicht zu ertragen war. Wie eine Himmelfahrt hatte er das Bild angelegt, doch statt in die Wolken aufzusteigen wie die Madonnen und Heiligenfiguren der alten Meister, kehrte seine Windsbraut aus den Lüften auf die Erde zurück. Um ihre Erdenfahrt herum waren all die anderen Bilder gruppiert, die er und Laura im Laufe der Jahre gemalt hatten, nach der Logik ihres inneren Zusammenhangs – die ganze Geschichte ihrer Liebe. Dutzende von Augenblicken, die sie dem Himmel gestohlen hatten ... Und auch die Augenblicke, die der Hölle entstammten ... Von Dada und dem Wildpferd ... Von der Windsbraut und dem Großen Zauberer ... Von Harry und Laura ...

»Verflucht!«

Er hatte sich in den Finger gestochen, ein Tropfen Blut quoll aus der Kuppe hervor. Er leckte den Finger ab und hielt ihn in die Höhe. Vielleicht war es kein Zufall, dass er sich verletzt hatte, vielleicht hatte sein Unterbewusstsein ihn gesteuert – weil er sich vor sich selbst seiner Tränen schämte ... Ach was, er hatte keinen Grund zu weinen, er hatte akzeptiert, dass Laura ihn verlassen hatte, dass ihre Liebe für immer beendet war. Was zählte das Leben im Vergleich zur Kunst? *Ars longa, vita brevis*! Zwar hatte er Laura verloren. Doch dafür hatte er mit ihr ein Kunstwerk geschaffen, das in die Geschichte eingehen würde: ein Bild, das nur mit den größten Werken der größten Genies vergleichbar war und das noch Generationen von Menschen bewundern würden, für ewig und alle Zeit.

Damit die Leinwand keinen Schaden nahm, verband Harry den blutenden Finger mit seinem Taschentuch und machte sich wieder an die Arbeit. Jeder Stich dauerte eine Ewigkeit. Eigentlich konnte er sich nicht über mangelndes handwerkliches Geschick beklagen. Er benutzte bei seiner Arbeit alles mögliche Gerät, um irgendwelche Gegenstände in Kunst zu verwandeln. Nur mit Nadel und Faden tat er sich schwer – über eine halbe Stunde brauchte er für die paar Nähte.

Er hatte die Arbeit beinahe beendet, da hörte er eine Stimme.

»Brauchen Sie Hilfe oder kommen Sie allein zurecht?«

Harry drehte sich um. In der Tür stand eine Frau – Laura. Eine Weile starrte er sie wortlos an. Er wollte etwas sagen, doch seine Zunge versagte ihm den Dienst, als hätte irgendetwas in ihm Angst, dass die Frau in der Tür nur ein Traum war und sich verflüchtigen würde, sobald er den Mund aufmachte.

Es gab nur eine Möglichkeit herauszufinden, ob die Erscheinung tatsächlich Laura war.

Er ließ seine Arbeit liegen und trat auf sie zu.

»Ich glaube, wir kennen uns«, sagte er. »Haben wir nicht schon mal miteinander geschlafen?«

»Ja«, erwiderte sie mit einem spöttischen Lächeln, »ich erinnere mich, wenn auch nur flüchtig. Haben Sie nicht versucht, mich zu befriedigen?«

»Laura ...«

Er nahm ihre Hand und führte sie an seine Lippen. Nein, sie war kein Geist, kein Hirngespinst, keine Ausgeburt seiner gequälten Seele. Sie war es, wirklich und wahrhaftig – seine Windsbraut, die Liebe seines Lebens!

»Du bist zurückgekommen«, flüsterte er. »Mein Gott, ich kann dir gar nicht sagen, wie glücklich ich bin. Und ich Idiot hatte schon geglaubt ...«

»Pssst«, machte sie und legte einen Finger auf seinen Mund. Sie trat zu ihm an die Collage. »Du hast unser Bild also doch noch vollendet?«

»Ja«, sagte Harry. »Es war meine einzige Chance, mich nicht umzubringen. Gefällt es dir?«

»Es ist wunderbar. Auch wenn noch eine winzige Kleinigkeit fehlt.«

»Was?«, fragte Harry. »In der Gerätekammer sind Pinsel und Farben.«

Laura schüttelte den Kopf. »Nein, mein Geliebter, nicht jetzt. Jetzt möchte ich mit dir feiern, unser Bild, in dieser Nacht, bevor die anderen kommen ...«

Während sie sprach, streifte sie sich den Mantel von den Schultern. Darunter trug sie das weiße Leinenkleid, das Harry so sehr an ihr mochte.

»Machst du das Licht aus?«, fragte sie.

»Natürlich«, sagte er und betätigte den Schalter. »Aber seit wann schämst du dich vor mir?«

Eingetaucht in das bunte, unstete Licht der Reklame, lächelte sie ihn an.

»Nicht vor dir, mein Geliebter – nur vor denen da.«

Während sie den obersten Knopf ihres Kleides öffnete, deutete sie mit dem Kinn auf die Bilder an den Wänden.

»Ich möchte diese Nacht allein sein mit dir. Ganz allein. Nur wir beide, Harry, du und ich …«

10

Ihr Bett war schon bereit. Nackt, die Körper ineinander verschlungen, sanken sie auf die *Himmelsbeute* herab.

Eingehüllt in die zusammengeflickte Leinwand, die sie durch halb Europa und bis nach Amerika geschleppt hatten, liebten sie sich im Schattenspiel der flackernden Lichter. Alle Gefühle, zu denen Laura fähig war, verschmolzen in diesem einen Augenblick, in dem sie noch einmal den ganzen Orbit ihrer Liebe durchlebten. Wie zwei Schnecken krochen ihre Leiber ineinander, um miteinander zu tanzen und zu explodieren und in die Lüfte zu entschwinden. Ihre Sinne waren bis zur Bewusstlosigkeit geschärft. Es gab keine Ränder mehr, keine Grenzen – ihre Haut war seine Haut, seine Lippen waren ihre Lippen. Ihr Ich löste sich auf, um in dem anderen Körper aufzugehen, während dieser zugleich vollkommen Besitz von ihr nahm.

Ja, Harry und sie waren eins, eine Atmung, eine Bewegung, ein Fühlen, in diesem Augenblick jenseits der Zeit, in dem Vergangenheit und Zukunft in der Gegenwart verschwanden. Der Große

Zauberer und seine Windsbraut – sie waren für immer und ewig vereint …

Irgendwann hörte Laura seine flüsternde Stimme.

»Werd' ich zum Augenblicke sagen,
Verweile doch! Du bist so schön!
Dann magst du mich in Fesseln schlagen,
Dann will ich gern zugrunde geh'n …«

Verwundert suchte sie in der Dunkelheit seinen Blick. Hatte er das wirklich gesagt? Oder hatte sie das nur selber gerade geträumt?

»Ich wusste ja gar nicht, dass du Gedanken lesen kannst«, sagte sie.

»Du hast dich eben nie wirklich für mich interessiert«, erwiderte Harry, »so wenig wie für Goethe.« Er zog sie zu sich und gab ihr einen Kuss. »Meintest du das, was wir eben gemacht haben, mit der winzigen Kleinigkeit, die noch fehlt?«

»Pssst …«

»Also, wenn du mich fragst, eine winzige Kleinigkeit würde ich das nicht gerade nennen.«

Laura löste sich aus seiner Umarmung.

»Wie hast du das Bild genannt?«, wollte sie wissen.

»Die Windsbraut kehrt zur Erde zurück.«

Laura nickte. Obwohl sie alles getan hatte, um ihre letzte Wahrheit vor Harry zu verbergen, fühlte sie sich von ihm in diesem Augenblick in einer Weise verstanden, wie noch nie ein Mensch sie verstanden hatte.

Jetzt war sie sicher, er würde sie auch morgen verstehen.

»Ein schöner Titel«, sagte sie leise. »Besser kann man es nicht ausdrücken.«

»Ein so großes Kompliment für einen so einfachen Titel?«, fragte Harry verwundert. »Das bin ich ja gar nicht von dir gewohnt.« Er stützte sich auf den Ellbogen und richtete sich auf. »Kann es sein, dass du mir etwas verschweigst?«

»Seit wann bist du so misstrauisch?«, erwiderte sie so unbekümmert wie möglich. »Fast wie ein Mexikaner.«

Er nahm ihr Kinn in die Hand und schaute sie an.

»Kommst du morgen zur Vernissage?«

Alles Sezierende verschwand aus seinen hellen Augen, um einer Zärtlichkeit zu weichen, die Laura bestürzte. Sie musste ihre ganze Kraft aufbieten, um diesen Blick zu erwidern. Zu deutlich spürte sie die eigentliche, die wirkliche Frage, die sich hinter seinen bangen Worten verbarg.

»Hab keine Angst, mein Geliebter«, sagte sie. »Was immer geschieht – ich werde bei dir sein.«

11

Die *Century Gallery of Modern Art* platzte buchstäblich aus den Nähten. Hunderte von Menschen drängten sich am Tag der Eröffnung in den Ausstellungsräumen, und draußen vor dem Eingang wand sich die Schlange derjenigen, die zusätzlich Einlass begehrten, zwei Blocks die 58th Street West hinunter. Debbies Einfall, sämtliche Einnahmen der Vernissage dem Roten Kreuz zugutekommen zu lassen, hatte ihre Werbewirkung nicht verfehlt.

Die größte Zuschauermenge staute sich in der Eingangshalle, direkt vor der *Himmelsbeute*, wo Harry und Debbie die Gäste empfingen. Die Passage vor der Collage war das Nadelöhr, durch das alle Neuankömmlinge mussten, um Zutritt zu der Jahrhundertschau zu erlangen. Keiner konnte die Ausstellung betreten, ohne das Werk zu sehen, das Harry und Laura geschaffen hatten. Manche Zuschauer quittierten den Anblick mit lauten Begeisterungsrufen, andere starrten das Bild fassungslos an und weigerten sich weiterzugehen. Harry freute sich über jede Beifallsbekundung wie ein Kind an seinem Geburtstag. Er hatte es gerade noch rechtzeitig geschafft, die Collage vor dem Ansturm aufzuhängen und sich selber für den Festakt umzuziehen. Er wollte Debbie bei den Honneurs nicht im Stich lassen, das war er ihr schuldig – als sein Abschiedsgeschenk.

»Ich bin so froh, dass du mir zur Seite stehst«, raunte sie ihm zu, während sie beide irgendwelche fremden Hände schüttelten. »Ich danke dir sehr.«

Sie hatte sich eigens für diesen Tag ein weißes Abendkleid anfertigen lassen, von demselben Schneider, der bis vor Kurzem in den Räumen ihres Museums eine Werkstatt betrieben hatte, und sah für ihre Verhältnisse großartig aus. Als Schmuck trug sie zwei Ohrringe: einen von Harry und einen von Alexander Calder – zum Zeichen ihrer Überparteilichkeit im Streit der abstrakten und figurativen Malerei. Nur das demonstrativ zur Schau getragene Lächeln, mit dem sie jeden Gast begrüßte, wirkte irgendwie gequält, als würde sie sich auf geradezu fanatische Weise dazu zwingen, glücklich zu erscheinen. War das die Nervosität? Oder ahnte sie, was diese Nacht passiert war? Harry beschloss, ihr alles zu beichten, sobald die Party vorüber war. Debbie hatte ein Recht darauf zu wissen, dass Laura und er wieder ein Paar waren. Sein schlechtes Gewissen beruhigte er mit dem Gedanken an ihr Geld. Sie hatte Gott sei Dank genug davon, um sich mit ein paar Picassos und Mondrians über ihre Trennung hinwegzutrösten.

»Oh wie wunderbar, dass Sie gekommen sind, Monsieur Bonenfant!«

In dem kleinen älteren Herrn, den Debbie mit überschwänglicher Begeisterung empfing, erkannte Harry Lauras Lehrer aus London wieder. Dankbar griff er die Ablenkung auf.

»Der Apfelprofessor!«

»Und wer sind Sie?«, fragte Bonenfant. »Der Prinzregent?«

»Wie bitte?«

Harry fühlte sich, als hätte ihn jemand beim Stehlen in Nachbars Garten erwischt. Zum Glück kam Debbie ihm zu Hilfe

»Aber Sie kennen doch Mr. Winter!«, rief sie. »Er ist der wichtigste Künstler dieser Ausstellung. Das Werk, vor dem wir gerade stehen …«

»… zeigt eindeutig die Handschrift meiner Meisterschülerin Laura Paddington«, fiel Bonenfant ihr ins Wort.

»Wollen Sie behaupten, Sie könnten das auf einen Blick unterscheiden?«, fragte Harry verblüfft. »Welche Partien von ihr sind und welche von mir?«

»Selbstverständlich. Zum Beispiel hier, das Mittelstück, die verkehrte Himmelfahrt, die ist mit ziemlicher Sicherheit *nicht* von Laura, sondern von Ihnen.«

Während Bonenfant sich eine Brille aufsetzte und näher an das Bild herantrat, registrierte Harry aus den Augenwinkeln, wie ein paar Kritiker neugierig zu ihnen herüberschielten. Sogar der Vertreter der *Washington Post*, der ihm mit seinem Zitat über die Kunst der Primitiven so sehr geschadet hatte, hob interessiert eine Braue. Harry wollte die Chance nutzen und setzte zu einem Extempore an, um die *Himmelsbeute* vor der Presse zu erläutern. Doch der Apfelprofessor kam ihm zuvor.

»Aber was ist damit?«

Bonenfant zeigte auf ein winzig kleines Vogelwesen in der Mitte des Bildes, das Harry selbst erst beim Aufziehen der Collage entdeckt hatte: einen Miniatur-Dada, der in die Wolken entschwand, während die Windsbraut zur Erde niederfuhr. Laura hatte ihn in der Nacht, als Harry schon geschlafen hatte, in das Bild eingetragen. Die letzte Kleinigkeit, die in der Collage noch gefehlt hatte.

»Keine Frage, das hat meine Schülerin gemalt.« Der Professor nahm seine Brille wieder ab und schaute sich suchend um. »Aber sagen Sie mal, wo steckt sie eigentlich?«

Harry stellte sich auf die Zehenspitzen, doch er konnte Laura nirgendwo entdecken. Als er am Morgen aufgewacht war, hatte ihn ihr Verschwinden noch nicht überrascht. Wahrscheinlich war sie nach Hause gefahren, um sich für die Vernissage zurechtzumachen. Frauen waren bekanntlich eitel, und Laura hatte sich nie abgemeldet, wenn sie für kurze Zeit verschwand. Doch allmählich machte er sich Sorgen, ob sie ihr Versprechen wirklich halten würde. Vielleicht hatte ihr Mann sie ja erwischt und hinderte sie zu kommen. Die einzige Nachricht, die sie hinterlassen hatte, war ihr Eintrag auf dem Bild gewesen.

»Warum verrenkt ihr euch die Köpfe?«, fragte Debbie. »Laura ist doch längst da!«

»Wo?«, fragte Harry und drehte sich um

»Was für eine dumme Frage!«

Debbie zeigte auf die *Himmelsbeute*. Dabei zog sie ein Gesicht, das Harry noch mehr irritierte als ihre kryptische Auskunft. Genau so sahen Menschen aus, die sich davor drücken, einem die Wahrheit zu sagen!

Bevor er nachfragen konnte, was los war, klingelte Bobby mit seinem Glas.

»*Ladies and gentlemen*! Darf ich für einen Moment um Ihre Aufmerksamkeit bitten?«

12

Mit ernster, feierlicher Miene trat René Pompon an ein Stehpult, um die Eröffnungsrede zu halten. Umständlich ordnete er sein Manuskript, hüstelte gegen den Handrücken und zupfte so lange an der Chrysantheme in seinem Kopfloch, bis alle Gespräche verstummt waren.

»Wie könnt ihr anfangen, bevor Laura da ist?«, zischte Harry seinem Sohn ins Ohr.

»Anordnung von Debbie«, erwiderte Bobby.

»Aber wir müssen doch …«

»Pssst …«

Während die Radioreporter ihre Mikrofone richteten, füllte knisternde Spannung den Raum. Hier und heute würde die Kunst neu definiert, alte Götter vom Sockel gestoßen und neue Götter erhoben!

»*Mesdames et Monsieurs* …«

Kaum hatte Pompon die ersten Worte gesprochen, machte sich

Verwirrung breit. Wollte dieser Froschschenkelfresser seine Rede tatsächlich auf Französisch halten? Doch nach der Begrüßung atmete das Publikum auf.

»Wir sind hier und heute zusammengekommen«, erklärte Pompon in tadellosem Englisch, »um die einzige Wirklichkeit in Augenschein zu nehmen, die in unseren Augen zählt: die Kunst. Zugleich wollen wir den Versuch unternehmen, die Frage ihrer Bedeutung in unserem Jahrhundert zu klären. In welchen Werken welcher Künstler erkennen wir den Geist der Zeiten wieder, deren Schöpfer und gleichzeitig Kinder wir sind?«

Während Pompon seinem Publikum die Idee der *Century Gallery of Modern Art* erläuterte, spürte Harry, wie Debbie ihn mit ihren Blicken suchte. Unwillkürlich zog er den Kopf ein. Die fanatische Art und Weise, mit dem sie jedermann anstrahlte, als wäre sie ihr eigener Cadillac, machte ihn nervös. Inzwischen war er fast sicher, dass sie etwas ahnte. Um sie nicht zu reizen, lächelte er ihr zu, so gut er konnte, und drehte sich dann zur anderen Seite, wo die *Himmelsbeute* hing.

Kaum hatte er den Kopf abgewandt, umfing ihn die Gegenwart des überdimensionalen Flickenteppichs wie ein unsichtbarer Schutzschild, der ihn gegen alle Widrigkeiten dieser Welt feite. Während er den Blick über die einzelnen Teile der Collage schweifen ließ, sah er immer nur Lauras Gesicht. Die schwarzen Augen, die roten Lippen, die porzellanweiße Haut – wieder und wieder und wieder … Plötzlich breitete sich ein warmes Gefühl in seinem Körper aus, so kitschig und innig und wunderbar wie bei einem verliebten Friseurgehilfen aus Köln-Nippes.

Konnte es sein, dass er tatsächlich glücklich war?

Schneller, als er sich für seine Gefühle schämen konnte, gestand er sich die Wahrheit ein: eine Wahrheit, die sich in keiner Sprache der Welt ausdrücken ließ. Die Wahrheit einer Wirklichkeit, von der weder Pompon noch Debbie, noch das Publikum etwas ahnte, sondern nur er – er ganz allein! Wie ein Betrunkener lächelte Harry in sich hinein. Noch vor wenigen Stunden hatten er und

Laura sich in diesem Saal geliebt, genau an der Stelle, an der Pompon jetzt seine Rede hielt.

»Dem französischen Historiker Michelet war es vorbehalten, der *Hexe* nach Jahrhunderten der Verfolgung endlich Gerechtigkeit widerfahren zu lassen. Dabei charakterisiert er sie mit einer Eigenschaft, die schon allein darum unser Interesse verdient, weil sie nur einer Frau zu eigen sein kann: Ich meine *den Illusionismus lichtvollen Wahns.* Auf wen könnte diese Charakteristik in heutiger Zeit besser zutreffen als auf Laura Paddington? Noch immer haben manche arglosen Touristen, die sie vor Jahren im Pairser *Café Flore* erlebten, sich nicht von dem Schock erholt, als Laura sich während einer Unterhaltung im Kreis ihrer Freunde plötzlich die Schuhe auszog, um sich ihre Fußnägel mit Senf zu lackieren …«

Ein paar Kritiker lachten mit wissender Miene auf. Während das Publikum unsicher in ihr Lachen einfiel, sah Harry seine Windsbraut vor sich. Ja, ein Töpfchen Senf genügte ihr, um die ganze Welt zu verzaubern. Gleich bei ihrem ersten Gespräch, in diesem schrecklichen Londoner Pub, den sie nur ausgesucht hatten, weil das Essen dort vollkommen ungenießbar war, hatte sie mit Senf ein Bild für ihn gemalt – mit einer Serviette als Leinwand. Und später in Paris, bei ihrem Debüt im *Café Flore*, hatte sie mit Senf die Speisenfolge ihres alchemistischen Menüs auf den Wandspiegel geschrieben.

»Von all den Gästen, die sie zu ihren berühmten Liebesmählern lud, war ich wohl der einzige, der ihre Kochkunst zu würdigen wusste. Obwohl sie viele Stunden liebevollster Sorgfalt auf die Zubereitung der Speisen verwandte, waren sie nicht nach jedermanns Geschmack. Einmal sah ich mich gezwungen, einen Hasen mit Austern stellvertretend für all diejenigen zu verspeisen, die es lediglich beim Genuss des Duftes bewenden lassen wollten. Nach diesem Erlebnis, ich gestehe es frei, habe ich mich nicht gar zu oft danach gedrängt, an ihren Tafelrunden teilzunehmen …«

Bei der Erinnerung musste Harry grinsen. Wie ein Gemälde stand die Szene noch vor ihm. Pompon hatte damals auf den

Nachtisch spekuliert und dann nicht mal den Hauptgang geschafft. Was für ein dummes Gesicht hatte er gezogen, als er von der Wahrheitssuppe probierte!

»Warum erzähle ich Ihnen das?«, fragte Pompon. »Weil Laura Paddington zusammen mit meinem Freund Harry Winter ein Bild geschaffen hat, das ich ohne Zögern als das bedeutendste Kunstwerk dieses Jahrhunderts bezeichnen würde. *Himmelsbeute* ist das Sinnbild einer Liebe und zugleich ein Dokument unserer Zeit. Es verweist auf die transzendentale Beheimatung des Menschen im Reich des Unsichtbaren, ohne seine Verwurzelung in jenen Gefilden zu leugnen, die wir gemeinhin Wirklichkeit nennen ...«

Harry traute seinen Ohren nicht. René Pompon, sein alter Widersacher und Neider, der Mann, der ihm viele Jahre seinen Ruhm als Künstler genauso missgönnt hatte wie seinen Erfolg bei den Frauen, nannte ihn plötzlich seinen Freund und erklärte die *Himmelsbeute* zum bedeutendsten Kunstwerk des Jahrhunderts? Wenn Laura jetzt da gewesen wäre, Harry hätte sie an der Hand genommen, um mit ihr in die Lüfte zu entschwinden. So begnügte er sich mit einem triumphierenden Blick auf die Bilder seiner Rivalen.

»Auf diese Weise wird das Kunstwerk selbst zur Definition der Kunst: als wechselseitige Durchdringung von Realität und Imagination. Realität ohne Imagination ist Stumpfsinn, Imagination ohne Realität Irrsinn. Diese Erfahrung hat Laura Paddington mit einer Radikalität gemacht, die unsere Bewunderung verdient. Als Einzige von uns allen hat sie den Mut gehabt, sich auf eine Reise des Geistes zu begeben, von der gewöhnliche Menschen zurückzukommen wenig Aussicht haben. Und bis heute hat sie sich die Sehnsucht nach jenen fernen Ufern bewahrt, um uns mit ihrer Kunst Gelegenheit zu geben, auf ihren Spuren zu wandeln ...«

Als würde jemand ein Brennglas auf ihn richten, spürte Harry plötzlich Debbies Blick im Nacken. Gegen seinen Willen drehte er sich um. Als ihre Blicke sich begegneten, sah er, dass ihre Augen feucht glänzten. Fing sie gleich vor lauter Glück an zu heulen? Oder war er selber der Grund ihrer Tränen? Harry schickte ein

Stoßgebet zum Himmel. Debbie war imstande, ihm an ihrem eigenen Ehrentag in aller Öffentlichkeit eine Szene zu machen!

Abrupter, als es seine Absicht war, kehrte er ihr den Rücken zu und schaute zur Tür. Wenn Laura jetzt nicht endlich kam, würde sie noch den größten Triumph ihres Lebens verpassen. Aber statt Laura betrat nur ein Botenjunge in Pagenuniform und Käppi den Eingang. In der Hand trug er einen Brief.

Harry runzelte die Stirn. Was hatte das zu bedeuten?

Der Junge wandte sich an einen Museumswärter, die beiden wechselten ein paar Worte, dann zeigte der Museumswärter auf Harry.

Harry beschlich ein ungutes Gefühl. Mit dem Brief in der Hand, steuerte der Junge direkt auf ihn zu.

»Das Abenteuer dieser Reise hat Laura Paddington jetzt noch einmal gewagt, und wie immer hat sie ihr ganzes Leben in die Waagschale geworfen, ohne zu wissen, ob es eine Rückfahrkarte gibt. Davon zeugen die herrlichen Bilder, die sie in die *Himmelsbeute* eingebracht hat. Diese Bilder sind Ansichten des *Wunderbaren.* Ganz durchdrungen von okkultem Licht, vergegenwärtigen sie uns ein Land, in dem noch niemand von uns war, doch das uns allen in die Kindheit scheint ...«

Während Pompon in seiner Rede fortfuhr, als würde sonst nichts geschehen auf dieser Welt, als wäre der Brei seiner Worte der Fluss der Zeit, in dem das Leben der ganzen Menschheit sich vollzog, überreichte der Bote Harry den Brief.

Harry hätte viel dafür gegeben, jetzt eine Brille zu haben. Aber er hatte nur sein Lorgnon. Also nahm er die alberne Lesehilfe und führte sie vor die Augen.

Der Umschlag trug seinen Namen. Die Schrift war die seiner Windsbraut.

Ohne dem Jungen ein Trinkgeld zu geben, riss Harry den Umschlag auf.

Kaum hatte er die ersten Zeilen überflogen, erstarrte er. Nur der Brief in seiner Hand zitterte, als habe ihn ein Schüttelfrost befallen.

13

Während Du diese Zeilen liest, mein Großer Zauberer, sitze ich schon im Flugzeug. Ja, Deine Windsbraut fliegt noch einmal durch die Lüfte, um in einer anderen Welt zu landen, an einem fremden, unbekannten Ort, wo vielleicht ganz neue wunderbare Abenteuer auf mich warten …

Harry ließ den Brief sinken. Während er versuchte, die Worte zu begreifen, hörte er den Applaus, mit dem das Publikum Pompon für seine Rede dankte, wie das Rauschen eines fernen Meeres.

Was war das für ein Traum, in den er da hineingeraten war? Von was für einer Welt redete Laura? Von was für einem Flugzeug, in dem sie angeblich saß?

Als er den Kopf hob, begriff er, dass er nicht träumte. Während der Applaus verebbte, eilte Debbie durch die Menschenmenge auf ihn zu, mit einem Gesicht, wie nur die Wirklichkeit es hervorbringen konnte. Harry wusste selber nicht, warum, aber plötzlich erschien sie ihm wie eine Ärztin oder Krankenschwester, für eine Sekunde bildete er sich sogar ein, ein Häubchen mit dem Rote-Kreuz-Zeichen auf ihrem Haar zu sehen. Alles angestrengte Strahlen war aus ihrem Gesicht verschwunden, das weiße amerikanische Cadillac-Gebiss war weggesperrt hinter zwei dünnen, zu einem Strich aufeinandergepressten Lippen – die braunen, tränenfeuchten Augen ein einziger, kummervoller Blick.

»Ich verstehe kein Wort«, flüsterte Harry. »Was hat das zu bedeuten?«

»Komm«, sagte sie und fasste ihn unterm Arm, »ich werde dir alles erklären.«

Die behutsame Art, mit der sie zu ihm sprach, ängstigte ihn noch mehr als die Vorstellung einer Szene. Fast wünschte er sich, sie würde ihn beschimpfen. Wie einen Kranken, der ohne fremde Hilfe nicht laufen kann, führte sie ihn fort, weg von der *Himmelsbeute*, in die hinterste Ecke des Raums, wo eine Stellwand die

Nische vom Rest der Eingangshalle abtrennte. Als eine Woge sinnloser Laute schlug das Vernissagengeschwätz hinter ihnen zusammen.

»Wo ist Laura?«, fragte Harry.

»In Mexiko.«

»Was zum Teufel soll das heißen? Sie ist doch zu mir zurückgekommen. Hier in diesem Raum, keine zehn Stunden ist das her.«

»Ich weiß«, sagte Debbie. »Ich habe sie selbst zu dir geschickt.«

»*Was* hast du?« Harry schnappte nach Luft. »Aber warum ist sie dann nicht hier? Sie hat mir doch versprochen, dass sie heute ...« Er sprach den Satz nicht zu Ende. »Weißt du irgendwas, was ich nicht weiß?«

Debbie zögerte, unschlüssig, wie sie anfangen sollte. Dann hob sie den Blick und schaute ihm fest in die Augen.

»Laura war noch einmal bei mir, allein.«

»Bevor sie zu mir kam?«

Debbie nickte. »Sie hat mich aufgesucht, um mir den Grund ihrer Entscheidung mitzuteilen – warum sie Roberto nach Mexiko begleitet. Die beiden sind heute Morgen geflogen.«

»Dann hat sie es also wirklich wahr gemacht ...« Harry spürte, wie ihm die Worte auf den Lippen erstarben. »Warum hat sie es mir nicht selbst gesagt? War sie dafür zu feige?«

Debbie schüttelte den Kopf. »Sie konnte es nicht. Aber glaub mir«, fügte sie nach einer kurzen Pause hinzu, »Feigheit war nicht der Grund. Eher Rücksicht auf dich. Sie dachte, es wäre leichter für dich, wenn du es durch jemand anders erfährst als durch sie selbst.«

»Was wollte sie mir leichter machen?«, rief Harry so laut, dass ein paar Vernissagegäste leise um Ruhe zischten. »Ihren Verrat? Los, sag schon! Spann mich nicht auf die Folter!«

Debbie musste schlucken, so schwer fielen ihr die Worte.

»Laura ist krank«, erklärte sie schließlich.

»Ja und? Das ist doch kein Grund ...«

»Doch«, fiel Debbie ihm ins Wort. »Laura war schon immer

krank, die ganze Zeit, seit ihr euch kennt – sogar schon bei eurer ersten Begegnung in London. Aber statt zum Arzt ist sie mit dir gegangen.«

Harry zuckte zusammen. »Du meinst – die *Sache*?«

Plötzlich erinnerte er sich. Es war ein Tag wie heute gewesen, der Tag einer Vernissage. Sie hatten vor der Garderobe der Galerie gestanden, und er hatte sie aufgefordert, ihn in ein Restaurant zu begleiten. Ihre Freundin hatte was von einem Arzttermin getuschelt, und für eine Sekunde hatte er gefürchtet, Laura würde ihm einen Korb geben. War die *Sache* schon damals der Grund für ihr Zögern gewesen?

»Warum … warum hat sie mir die Wahrheit nicht gesagt? Eine Krankheit, das ist doch nichts, was man verschweigen muss.«

Eine Träne quoll aus Debbies Augen und rann an ihrer Wange herab.

»Laura wird die Krankheit nicht überleben.«

»Um Himmels willen – was sagst du da?«

Die Eröffnung traf ihn so unvermittelt, als hätte Debbie auf ihn geschossen. Obwohl er mit dem Kopf den Sinn der Worte Buchstabe für Buchstabe verstand, war der Schock so groß, dass sein Herz sich weigerte, ihre grausame Wahrheit zu fühlen.

»Ich muss zu ihr«, erklärte er, wie betäubt.

Debbie schüttelte den Kopf. »Das geht nicht. Ich habe dir doch gesagt, sie fliegt gerade nach Mexiko. Wahrscheinlich ist sie sogar schon gelandet.«

»Und du hast es gewusst … Und hast es mir verschwiegen …« Harry hatte nicht mal die Kraft, sich zu empören. »Besorg mir bitte ein Taxi.«

»Wo willst du hin?«, fragte Debbie.

»Zum Flughafen. Ich nehme die nächste Maschine. Ich muss jetzt bei ihr sein. Laura braucht mich.«

Er wollte sich abwenden, um selber ein Taxi zu rufen, aber er konnte es nicht. Während er wie angewurzelt dastand, festgenagelt unter Debbies Blick, hallten seine eigenen Worte in ihm wider wie ein leeres Echo, als hätte jemand anders sie an seiner Stelle gesprochen. Laura braucht mich … Laura braucht mich … Er wusste, er musste jetzt traurig sein, verzweifelt, entsetzt. Doch nichts davon war der Fall. Er war einfach nur gelähmt, gefangen in einer Wirklichkeit, die ihm selber so fremd erschien wie all die sinnlosen Gedanken und Fragen, die sein Gehirn auf einmal produzierte, als würde es ohne sein Zutun in seinem Schädel funktionieren. Wo war sein Pass? Wie viel Bargeld hatte er dabei? Reichte es für ein Ticket nach Mexiko? Brauchte er ein Visum?

»Sie wusste, dass du so reagieren würdest«, sagte Debbie. »Deshalb hat sie mich gebeten, es dir zu sagen. Sie will nicht, dass du ihr folgst.«

»Woher willst du das wissen?«

»Sie hat es mir selbst gesagt.«

»Aber warum?«

»Weil sie dich kennt, Harry. Sie weiß, dass du nicht für den Tod geschaffen bist. Du bist für das Leben geschaffen, für die Liebe, für die Kunst. Sie hätte nicht an deiner Seite sterben können.«

Während Debbie sprach, erreichten ihn endlich ihre Worte, sickerte die Wirklichkeit in ihn ein, in sein Gehirn, in seine Seele, in jeden gottverdammten Millimeter seines Wesens. Auf einmal hatte Harry ein Gefühl, als würde jemand irgendwo in seinem Innern einen Schlüssel abziehen, und sein Herz hörte auf zu schlagen.

»Soll das heißen – sie hat mich verlassen, weil sie … weil sie nicht will … dass ich … dass wir …?«

Debbie nahm seine Hand. »Sie hat dich verlassen, weil sie dich liebt, Harry. Das ist das, was ich dir sagen soll. Weil, Liebe ist die einzige Kraft, die stärker ist als …«

Sie sprach das Wort nicht aus. Harry verstand sie auch so.

Debbie drückte seine Hand.

»Bitte, lass mich jetzt allein«, flüsterte er.

»Sicher, Harry. Natürlich.«

Während sie seine Hand losließ, schloss er die Augen. Er sah sie vor sich, Laura, ihr lachendes Gesicht, vor Jahren in Lulus Kneipe, als sie sich mit Pepes Segen das Jawort gegeben und einander versprochen hatten, niemals nüchtern zu sein, um für immer am Rande des Wahnsinns zu leben, bis dass die Wirklichkeit sie scheide.

Jetzt war die Wirklichkeit da. Und die Wirklichkeit war der Tod.

Hab keine Angst, mein Geliebter. Was immer geschieht – ich werde bei dir sein …

Dunkle Nacht umfing sie, hüllte ihre nackten Leiber ein, während durch die Fenster die bunten Neonlichter der Reklame draußen schienen. Plötzlich begriff Harry den Sinn dieser Worte, der letzten Worte, die Laura zu ihm gesagt hatte. Und erst indem er diese Worte begriff, begriff er ihr ganzes gemeinsames Leben, alle Augenblicke ihrer Liebe, ihrer Kunst, ihrer Collage, begriff das alles erst jetzt, im Lichte dieser neuen, letzten, fürchterlichen Wahrheit. Laura hatte ihm damals in London versprochen, ihm ihre Jugend zu schenken, ihm, dem alten Mann, im Bewusstsein, dass sie selber diese Jugend nicht bis zur Neige würde trinken können …

Ich habe alles nur für mich getan, Harry, nicht für dich, für mich ganz allein …

Woher nur hatte sie die Kraft genommen, eine solche Realität zu akzeptieren, die Krankheit und den Tod?

Als Harry die Augen aufschlug, war Debbie verschwunden. Unter ihrer Führung zog die Vernissagengesellschaft gerade in den zweiten Raum der Galerie, wo die Werke der Abstrakten hingen.

Harry schaute auf den Brief, der immer noch in seinen Händen zitterte. Die letzten Zeilen enthielten die Antwort auf seine Frage. Trotz seiner Tränen konnte er sie lesen. Weil er sie mit dem Herzen las.

Erinnerst Du Dich, wie entsetzt Du damals warst, als ich die einzelnen Teile der Himmelsbeute *miteinander vernähte? Ich bin so glücklich, dass es dieses Bild von uns gibt. Ich wollte etwas haben, das nur uns beiden gehört. Wann immer einer von uns daran arbeitet, wann immer einer von uns es ansieht oder auch nur daran denkt, werden wir zusammen sein. Egal, wo der andere gerade ist. Solange wir leben … Und vielleicht sogar darüber hinaus …*

Wie eine Erlösung überkam ihn plötzlich der Schmerz, zusammen mit der Erinnerung, Bild für Bild, das ganze Tagebuch ihrer Liebe, die Ausbeute all der unwirklichen, überwirklichen Augenblicke, die sie dem Himmel gestohlen hatten … Wieder sah er Laura vor sich, beim Rauchen von Mirakelkraut, in ihrem Garten, in ihrem Weinberg, mit einem Glas von ihrem eigenen Wein prostete sie ihm zu … Er sah sie, wie sie zusammen gemalt hatten, in ihrem Atelier, in der Schlossruine von Largentière, zusammen mit den Verrückten, die so viel besser sehen konnten als alle sogenannten normalen Menschen … Sah, wie Laura und er sich geliebt hatten, in ihrem Zauberhaus, im Schutz der Penaten, am Ufer der Ardèche, während eine buntgefleckte Libelle über das glitzernde Wasser schwebte … Ihr Gesicht, als er niesend aus seinem Albtraum aufgewacht war und geglaubt hatte, er hätte sie verlassen, das unfassbare Glück, als sein suchender Blick sie fand – Laura, nackt auf einem Stein, die Füße im seichten Wasser, in dem ein Schwarm winzig kleiner Fische um ihre Waden flitzte und tausend Schatten auf den hellen Sandboden warf …

Ja, sie waren zusammen im Paradies gewesen. Sie hatten die Dämonen der Wirklichkeit bezwungen, mit ihrer Liebe und mit ihrer Kunst.

Adieu, mein Geliebter, Dada, Harry. Nein, nicht Adieu – ich gehe dir nur voraus, auf die andere Seite … Dort bin ich bei dir … wenn du malst … wenn du träumst … Dort warte ich auf dich, mein Geliebter, voller Freude auf unser Wiedersehen …

Hörte er wirklich ihre Stimme, oder waren es seine eigenen Worte, die aus ihrem Brief zu ihm sprachen? Noch einmal ließ Harry den Blick über die Collage schweifen. Die erste Begegnung … Das Schaukelpferd und das Wildpferd … Die Einkleidung der Windsbraut … Der Große Zauberer im klirrenden Frost … Ihr Doppelporträt … Sie hatten den Zauber ihrer Liebe für immer gebannt, in jedem ihrer Bilder. Und auch wenn eine Wolkenwand sie nun trennte, Laura zur Erde niederfuhr, auf ihrem allerletzten Bild, und Dada in den Himmel entschwebte, so einsam und verloren wie ein Atom im Universum, konnte dieses Paradies ihm niemand mehr nehmen, kein Dämon und kein Mensch …

Plötzlich flammten Lichter auf, und geblendet vom gleißenden Schein, hörte er eine Stimme, die seinen Namen rief, wie Gottes Stimme am Tag des Jüngsten Gerichts.

»Harry Winter!«

Auf dem Absatz fuhr er herum. Applaus brandete auf. Harry hob die Hände gegen das Licht. Dutzende von Scheinwerfern waren auf ihn gerichtet und mindestens so viele Kameras. Eine Meute von Reportern stürmte auf ihn zu, rief seinen Namen, um ihn als den wichtigsten Künstler des zwanzigsten Jahrhunderts zu feiern, ihn und die *Himmelsbeute*, das Bild einer Jahrhundertliebe, das größte Kunstwerk der modernen Zeit.

Ein Reporter hielt ihm ein Mikrofon vors Gesicht. Blinzelnd erkannte Harry einen Mann, der ihm zum Verwechseln ähnlich sah. Groß und hager stand er vor ihm, in aufrechter Haltung, ein Gesicht wie Cäsar. Obwohl sie einander noch nie persönlich begegnet waren, kannte Harry ihn seit mehr als einem halben Menschenleben – ein Malerkollege aus Deutschland, der offenbar auch vor den Nazis geflohen war. Wie war noch sein Name? Der Aufdruck seiner Baseballkappe wies ihn als Reporter der *Herald Tribune* aus.

»Eine Frage, Mr. Winter«, sagte er. »Man nennt Sie den Großen Zauberer, den Mann, der die Menschen und Dinge verwandelt. Gilt das auch für Sie selbst?«

»Ich … ich weiß nicht, was Sie damit meinen«, erwiderte Harry verwirrt.

»Ganz einfach. Die *Himmelsbeute* ist ein gemeinsames Werk von Laura Paddington und Ihnen. Kein einzelner Künstler hätte es erschaffen können. Ist der Abschied vom eigenen Ich, die Doppelung in der Kunst, also der Preis für die Unsterblichkeit?«

EPILOG

NACH DEM GROSSEN REGEN

MEXIKO / SAINTE-ODILE 1955

1

Laura saß am Küchentisch und putzte Gemüse für ein Molé, ein scharfes, mexikanisches Ragout, dessen Rezeptur einer alten Legende zufolge kannibalischen Ursprungs war. Gleich nach dem Frühstück hatte sie mit der Arbeit begonnen. Sie und ihr Mann erwarteten am Abend zwei Dutzend Geburtstagsgäste, und ein gutes Molé musste mindestens sechs Stunden auf dem Herd garen. Beim Kochen in ihrer Küche ging Laura inzwischen mit der gleichen Sorgfalt vor wie beim Malen in ihrem Atelier. Die Vorbereitung eines Molé hatte für sie etwas Meditatives, ja Feierliches, wie die Vorbereitung einer heiligen Handlung. Als beste Grundlage für das Ragout hatte bei den Azteken schließlich ein katholischer Erzbischof gegolten.

»Komm schon!«, drängte ihr Mann. »Jetzt sag endlich! Was ist die große Überraschung, die du mir versprochen hast?«

»Nein, Pawel, erst will ich die Glückwünsche lesen. Du kennst doch meine Rituale.«

»Dann hoffe ich nur, dass der Postbote bald kommt.«

Mit einer Gemüsebürste reinigte sie eine Paprika, bevor sie die sonnenpralle Frucht in Streifen schnitt. Sie hatte früher nie besonderes Aufheben um ihren Geburtstag gemacht. Doch seit der Arzt ihr gesagt hatte, sie habe den Kampf gegen die *Sache* gewonnen, hatte dieser Tag für sie eine vollkommen neue Bedeutung. Die Götter hatten ihr zum zweiten Mal das Leben geschenkt …

Kein anderer Tag war darum besser geeignet, Pawel zu sagen, was sie selbst erst seit achtundvierzig Stunden wusste.

War das nicht Grund genug, ausnahmsweise von ihrem Ritual abzuweichen?

»Also gut.«

Sie streifte das zerkleinerte Gemüse in eine Schüssel und wischte sich die Hände an der Schürze ab. Doch als sie sich vom Tisch erhob, klingelte es an der Tür.

»Ausgerechnet jetzt!«, brummte Pawel.

»Pech gehabt«, lachte Laura, »die Götter haben anders entschieden.«

»Du und deine Götter«, erwiderte ihr Mann. »Na schön, dann gehe ich so lange ins Atelier und räume ein bisschen auf. Unsere Gäste wollen sicher heute Abend deine neuen Maya-Bilder sehen.«

Während er die Treppe hinauf verschwand, öffnete Laura die Haustür. Der Postbote war schon wieder fort, aber der Briefkasten quoll von seiner Hinterlassenschaft über. Laura nahm das dicke Bündel Post und setzte sich die Brille auf, die sie seit ein paar Monaten brauchte. Als Erstes wollte sie Robertos Glückwünsche lesen, wie jedes Jahr. Sein Brief war nicht zu übersehen: eine aufklappbare, überdimensionale Schmuckkarte mit goldenen Lettern und aufgeklebten bunten Glasperlen, die in der Sonne glitzerte und funkelte wie der Altar Unserer Lieben Frau von Guadalupe. *Meine Sternschnuppe...* Noch immer sprach er sie mit diesem Kosenamen an, obwohl Laura sich nur wenige Monate nach der Ankunft in Mexiko von ihm getrennt hatte. Er war ein herzensguter Kerl, doch sie hatte ihn nie wirklich geliebt. War das ein Wunder? Pawel, den neuen Mann in ihrem Leben, hatte sie bei einem Interview kennengelernt. Er war ein in Polen gebürtiger Journalist und hatte sie für eine große Tageszeitung porträtiert. Sie hatten sich auf Anhieb so gut verstanden, als würden sie sich seit einer Ewigkeit kennen. Mit ihm konnte sie auf Erden alt werden, ohne den Himmel ihrer Jugend zu verleugnen.

»Was meinst du, sollen wir das nicht im Wohnzimmer aufhängen?«

Pawel stand auf dem Treppenabsatz vor dem Atelier und hob mit beiden Armen Lauras neuestes Bild in die Höhe: *El mundo mágico* – ein großformatiges Gemälde, das sie der Geisterwelt der mexikanischen Ureinwohner gewidmet hatte.

»Lieber nicht«, erwiderte sie. »Dann reden heute Abend alle nur über das Bild, und kein Mensch interessiert sich mehr für mein Molé. Außerdem mögen die Götter es nicht, wenn man sie dauernd verpflanzt. Häng es wieder an seinen Platz.«

Im Stehen überflog sie die Absender der Gratulanten. Die meisten Glückwünsche stammten von Galeristen und Verlagen, nicht nur aus Mexiko, auch aus Amerika und Europa. Sowohl als Malerin wie auch als Schriftstellerin hatte sie inzwischen fast weltweit Anerkennung gefunden – Dutzende von Interviews hatte sie am Vortag gegeben, sogar das Fernsehen war zu Aufnahmen in ihr Haus gekommen. Nur einer hatte nicht gratuliert: Harry. Seit ihrer Trennung hatten sie einander weder gesehen noch geschrieben. War er immer noch verletzt, weil seine Windsbraut aus dem Schatten des Großen Zauberers getreten war? Oder wusste er, dass der Abschied von ihm das einzige Tor gewesen war, durch das sie hatte schreiten müssen, um ein neues, eigenes Leben zu beginnen? Er hatte es bei ihrer ersten Begegnung selbst gesagt: »*Mors porta vitae.* Die Auferstehung ist im Preis inbegriffen.«

Mit dem dicken Packen Briefe in der Hand kehrte Laura in die Küche zurück. Sie hatte so viel Post bekommen, dass sie unmöglich alle Glückwünsche vor dem Kochen lesen konnte. Sie würde die übrigen Briefe darum erst öffnen, wenn das Ragout auf dem Feuer stand. Immerhin hatte sie ihr Ritual ja so weit erfüllt, dass sie Pawel nun die große Überraschung verkünden durfte, ohne die Rache irgendwelcher Dämonen herauszufordern.

»Wo bleibst du?«, rief sie ins Treppenhaus hinauf.

»Einen Moment, ich muss nur noch einen Bilderhaken einschlagen.«

Sollte sie schon jetzt die Flasche Champagner aus dem Keller holen, die sie für diesen Tag gekauft hatte? Oder sollte sie mit dem Anstoßen bis zum Abend warten, wenn die Gäste da waren? Einen winzig kleinen Schluck Alkohol hatte der Arzt ihr erlaubt. Während Pawel oben im Atelier anfing zu hämmern, legte Laura die Post auf den Küchenschrank. Sie hatte beschlossen, mit ihrem Mann alleine anzustoßen. Das war eine Sache, die sie nur mit ihm feiern wollte, zu zweit.

Als sie den Kellerschlüssel vom Haken nahm, fiel ihr Blick auf einen Brief, der in den USA abgestempelt war. Sie erkannte die Handschrift sofort – er stammte von Bobby. Überrascht griff sie nach dem Umschlag. In der ersten Zeit nach ihrer Ankunft in Mexiko hatten sie und Bobby sich regelmäßig geschrieben. Doch seit ein paar Jahren war ihr Kontakt so gut wie erloschen, und zum Geburtstag hatte er ihr noch nie gratuliert.

Was war der Grund, ihr jetzt zu schreiben?

Mit dem Finger öffnete Laura das Kuvert. Schon nach der ersten Zeile musste sie schlucken. Bobby hatte Nachricht von seiner Mutter bekommen – nach über zehn Jahren, in denen er nichts von ihr gehört hatte, hatte ihn ein letzter Brief Mathildes erreicht, auf Umwegen rund um die ganze Welt. Die meisten Wörter und Sätze, schrieb Bobby, waren geschwärzt gewesen, außer der Anrede und den Grüßen hatten die Zensoren fast nur das Rezept für eine Schwarzwälderkirschtorte lesbar gelassen. *Bitte schick das Rezept auch an Laura weiter, ich hatte ihr doch versprochen, dass ich meine Lieblingstorte für sie backen wollte …* Mathilde hatte den Brief in einem kleinen polnischen Ort geschrieben, Auschwitz war sein Name. Dort war sie, so hatte das Jüdische Dokumentationszentrum Bobby aus Paris mitgeteilt, kurz vor Kriegsende in den Gaskammern der Nazis umgekommen. Das Visum, das die Amerikaner ihr bewilligt hatten, war offenbar nur wenige Tage zu spät ausgefertigt worden. Als die französische Post die Vorladung des Konsulats Mathilde hatte zustellen wollen, hatte die Gestapo sie schon verhaftet und in das Internierungslager Drancy verschleppt, von wo aus bis zum 31. Juli 1944 regelmäßig Güterzüge nach Polen abgegangen waren, in das große Vernichtungslager ... Als PS hatte Bobby seinem Brief eine Nachricht von seinem Vater hinzugefügt: Harry habe New York inzwischen verlassen und sei nach Frankreich zurückgekehrt. Er habe »Kafkamerika« satt – ein für alle Mal.

Ein Lippenpaar streifte zärtlich Lauras Nacken.

»Jetzt ist aber Schluss mit der Glückwunschleserei!«

»Mein Gott, wie kannst du mich nur so erschrecken!«

Laura fuhr herum. Ihr Mann schaute sie erwartungsvoll an. Er war so gespannt, dass er es kaum noch aushielt.

»Und?«, fragte er. »Rückst du jetzt endlich mit der großen Überraschung heraus?«

»Ach, Pawel ...«

Laura ließ den Brief sinken. Für einen Moment dachte sie daran, alle Geburtstagsgäste anzurufen, um sie wieder auszuladen.

Doch hätte Mathilde das gewollt?

»Du hast ja geweint«, sagte ihr Mann. »Ist etwas passiert? Oder sind das Freudentränen?«

Als Laura die ängstliche Hoffnung in seinen Augen sah, beschloss sie, den Tag so zu begehen, wie sie es sich vorgenommen hatte. Nein, sie wollte Pawel nicht enttäuschen. Mit einem Lächeln zwang sie sich zurück in seine Welt. Schließlich war das die Welt, für die sie sich entschieden hatte.

»Wenn der Arzt sich nicht irrt«, sagte sie, »wird es wohl Zeit, dass ich allmählich häkeln lerne.«

»Dann ist es also wirklich wahr?«, erwiderte er, immer noch unsicher, ob er glauben durfte, was er glauben wollte.

Laura nickte. »Ja, Pawel«, sagte sie, »du und ich – wir bekommen ein Kind.«

»Was bist du nur für eine wunderbare Frau!« Strahlend vor Glück schloss er sie in die Arme und drückte sie an sich. »*Du* hast Geburtstag«, flüsterte er, »und machst *mir* das schönste Geschenk meines Lebens.« Er fasste sie bei den Schultern und sah ihr ins Gesicht. »Hast du schon einen Namen?«

Laura dachte nur einen Augenblick nach. »Wenn es ein Mädchen wird«, sagte sie, »würde ich es gerne Mathilde nennen.«

»Und bei einem Jungen?«

Das Bild eines Schaukelpferdes blitzte eine Sekunde vor Lauras innerem Auge auf. Ein kleiner Junge, der ihm seinen Namen gab. Doch sie verwarf den Gedanken so schnell, wie er ihr gekommen war. Die Zeiten waren vorbei.

»Ich bin sicher«, sagte sie, »uns wird schon ein passender Name einfallen. »Hauptsache, wir vergessen nie, was anfangen heißt.«

2

Von alledem hatte Harry nicht die leiseste Ahnung, als er viele Tausend Kilometer entfernt, am anderen Ende der Welt, aus einem verbeulten, mit Schulkindern und Marktfrauen, Weinbauern und Wandertouristen vollgestopften Omnibus stieg, der ihn von Avignon nach Sainte-Odile gebracht hatte. Seit seiner Flucht bei Nacht und Nebel aus dem Dorf, im Cabrio von Maître Simon, war es das erste Mal, dass er hierher zurückkehrte: an den Ort, an dem er so glücklich gewesen war wie an keinem anderen Ort der Welt in seinem Leben.

Ein wenig beklommen, fast ängstlich, schaute er sich um. Würde die Realität der Erinnerung standhalten?

Während die Luft über dem Tal vor Hitze im Sonnenlicht flirrte, sog er den vertrauten Duft von Lavendel und Thymian ein. In den Gräsern und Büschen zirpten wie früher die Zikaden, und auch das Dorf, das am anderen Ufer des ausgetrockneten Flussbetts im Schutz der schrundigen, zerklüfteten Felswand vor sich hinträumte, schien unberührt von den Wechselfällen der Zeit. Alles war wie damals, als Laura und er den Bus zum ersten Mal hier verlassen hatten, eine Station vor dem Dorf, um die letzten Meter zu Fuß zu gehen. Nur, dass er diesmal allein gekommen war.

Sollte er erst einen Gang durchs Dorf machen? Um zu schauen, was sich verändert hatte und was geblieben war? Harry beschloss, gleich hinauf zum Zauberhaus zu gehen – schließlich hatte er dafür die lange Reise unternommen. Abgesehen von ein paar Weinbauern, mit denen er auch früher nicht viel zu tun gehabt hatte, gab es sowieso keinen Menschen mehr in Sainte-Odile, den er noch kannte. Lulu war letztes Jahr an einem Schlaganfall gestorben, Pepe lebte angeblich in irgendeinem Heim für Gehörlose – und Maître Simon, mit dem Harry von Amerika aus telefoniert hatte, betrieb inzwischen eine Rechtsanwaltskanzlei in Marseille. Nein, er könne ihm nicht weiterhelfen, hatte der Notar am Telefon gesagt, er habe das Haus nach Kriegsende verkauft. Gaston Cheval heiße der neue Besitzer – ein Futtermittelhändler aus Aix. Das Fräulein von der Auskunft würde ihm sicher weiterhelfen.

Monsieur Cheval, ein freundlicher, wohlbeleibter Mann Mitte fünfzig, erwartete ihn bereits im Hof, zusammen mit einem schwanzwedelnden Hütehund. Harry hatte ihn von Avignon aus angerufen, um sein Kommen anzukündigen – von seiner Kaufabsicht hatte er ihn bereits von Paris aus informiert. Der neue Besitzer des Hauses hatte sich verhandlungsbereit erklärt.

»Willkommen in der alten Heimat, Monsieur Winter.«

Zu Harrys Überraschung waren die meisten der Figuren, mit denen er die Fassade des Hauses versehen hatte, um es gegen die Dämonen der Wirklichkeit zu schützen, noch so erhalten, wie er sie in Erinnerung hatte. Nach wie vor beherrschten all die Sphinxe und Minotauren, die Riesen und Sirenen mit ihrer Magie den Ort, an dem Laura und er die Liebe neu erfunden hatten. Von jeder Brüstung, von jedem Fenstersims, von jeder Mauer beugten sie sich über ihn herab, wie ein phantastischer Stammesrat, um ihn mit strengen Blicken zu prüfen. Nur wo früher das Mirakelkraut wuchs, befand sich heute ein reinliches, frisch gejätetes Gemüsebeet, auf dem, wenn Harry sich nicht täuschte, Kartoffeln und Möhren gezogen wurden.

»Bewohnen Sie selber das Haus?«, wollte er wissen. »Oder haben Sie es vermietet?«

»Weder noch.« Monsieur Cheval schüttelte den Kopf. »Ich habe damals das Haus gekauft, um an den Wochenenden mit meiner Familie hierherzukommen. Meine Frau arbeitet gern im Garten, und ich kann mich hier wunderbar entspannen. Aber seit die Kinder erwachsen sind …« Er trat an das Haus und holte sein Schlüsselbund aus der Tasche. »Wenn Sie erlauben.«

Quietschend öffnete sich das Tor. Der Keller war stockdunkel und roch nach Schimmel, aber als das Licht anging, machte Harry eine Entdeckung, die ihn wie ein wunderbarer Traum umfing. Am anderen Ende des Gewölbes wucherte aus einer silbrig schimmernden Felswand ein dichter, üppiger Wald hervor, eine düstere, unheimliche Landschaft, die von Verwüstung und Tod gezeichnet war: *Nach dem großen Regen …* Fast hatte er das Bild vergessen. Er hatte es nach seiner Flucht aus Les Milles gemalt, in Lulus Berghütte, wo er sich wochenlang vor der Gestapo und ihren französischen Helfershelfern hatte versteckt halten müssen.

»Es freut mich, dass ich Ihnen Ihr Eigentum zurückgeben darf«, erklärte Monsieur Cheval, während er das Bild zusammenrollte und Harry aushändigte. »Madame Lulu hat mir die Leinwand gebracht – zwei Tage vor ihrem Tod. Bis zuletzt hat sie behauptet, Sie würden noch einmal wiederkommen. Sie scheint Sie gut gekannt zu haben.«

Er zog den Kopf ein und ging voraus zur Treppe. Mit der Leinwand unter dem Arm, folgte Harry ihm die Stufen hinauf. Die Räume oben in der Wohnung waren in einem erstaunlich guten Zustand. Monsieur Cheval hatte sich die Wochenenden auf dem Land offensichtlich einiges kosten lassen. Harry musterte jeden Winkel. Die Wände waren allesamt frisch gestrichen, weder die Böden noch die sanitären Einrichtungen wiesen reparaturbedürftige Schäden auf – sogar der Herd in der Küche glänzte, als habe eben erst jemand die Kochfläche mit einem Scheuermittel blank gewienert. Und aus jeder Nische, aus jedem Winkel, wohin Harry auch immer schaute, grüßte ihn irgendein Fresko, irgendeine Kachel, irgendeine Leiste, die Laura mit ihrer Kunst verzaubert hatte.

»An welchen Preis haben Sie gedacht?«, fragte Harry.

»Zwanzigtausend neue Franc«, erwiderte Monsieur Cheval.

»So viel? Wir haben damals nur ein Zehntel für das Haus bezahlt.«

»Mag sein. Aber damals gab es darin auch noch keine Kunstwerke.«

»Sie meinen, ich soll jetzt unsere eigenen Sachen bezahlen, das, was Laura und ich selbst …«

»So ist das Leben«, fiel der Futtermittelhändler ihm lachend ins Wort. »Alles, was mit dem Mauerwerk dauerhaft verbunden ist und sich nicht ohne Gewalt entfernen lässt, gehört mit zum Haus. Das hat mir Maître Simon schriftlich bestätigt.«

»Aber das ist Diebstahl!«, protestierte Harry.

Monsieur Cheval zuckte die Schultern. »Sie können es sich ja überlegen. Ich habe keine Eile zu verkaufen.« Zum Zeichen, dass die Besichtigung beendet war, ging er zurück zur Stiege. »Vielleicht möchten Sie noch einen Blick auf den Weinberg werfen? Ein Bauer aus der Nachbarschaft kümmert sich um die Pflege der Reben und besorgt die Ernte. Wir keltern jedes Jahr zwei- bis dreihundert Flaschen. Ich weiß ja nicht, wie viel Sie selber davon trinken, aber in ein paar Jahren kommen Sie allein durch den Wein auf Ihre Kosten.«

Harry blieb nichts anderes übrig, als die Kröte zu schlucken. Monsieur Cheval war ein Kaufmann, er hatte die Rechtslage mit Sicherheit geprüft. Während Harry ihm zurück auf den Hof folgte, überschlug er die Finanzen. Obwohl Kosten-Nutzen-Rechnungen nicht gerade seine Stärke waren, wurde ihm rasch klar, dass der Preis, gemessen am Marktwert seiner Werke, alles andere als übertrieben war. Seit seinem Triumph bei Debbies Museumseröffnung machten Kunstsammler auf der ganzen Welt sich einen Sport daraus, völlig absurde Summen für seine Bilder zu bieten.

»Sind fünfzehntausend ein Angebot?«, fragte Harry, als sie wieder ins Freie traten.

»Siebzehn fünf«, erwiderte der Futtermittelhändler. »Allein

das Bild, das ich Ihnen zurückgegeben habe, ist doppelt so viel wert. Kein Hahn hätte danach gekräht, wenn ich es mir unter den Nagel gerissen hätte. Ich denke, das wissen Sie so gut wie ich.«

Gegen seinen Willen musste Harry grinsen. Im Vergleich zu den Ganoven von Galeristen, mit denen er in Paris zu tun hatte, war dieser Futtermittelhändler der reinste Unschuldsengel.

»Also gut«, sagte er. »Siebzehn fünf. Aber das Bild gehört mit zum Geschäft und wird in den Vertrag aufgenommen.«

»Ganz, wie Sie wünschen.« Monsieur Cheval streckte ihm die Hand entgegen. »Dann sind wir uns also einig?«

»Ich denke schon.«

Harry wollte bereits einschlagen, da hörte er plötzlich in seinem Rücken ein leises Plätschern. Als er sich umdrehte, sah er den Hund des Hausbesitzers. In aller Seelenruhe pinkelte der Köter auf einen kleinen Gnom, mit dem Harry vor Jahren einen Prellstein verziert hatte.

»Das dürfen Sie nicht persönlich nehmen!«, lachte Monsieur Cheval.

Irritiert ließ Harry die Hand sinken. Hatten seine Figuren, hatte der Ort seine Magie verloren? Während der Köter weiter sein Geschäft verrichtete, blickte Harry noch einmal auf das Haus. Von der Höhe des zweiten Stockwerks, zwischen einem Riesen mit mächtiger Knollennase und seiner prallbrüstigen Begleiterin, hielt sich ein Flügelwesen zum Abflug bereit: Dada, der König der Vögel, Harrys Alter Ego. Voller Sehnsucht schaute er in die Ferne, doch wie von bösen Geistern gebannt, war er unfähig, sich in die Lüfte emporzuschwingen. In der Mitte seines Leibs, dort, wo einst seine Männlichkeit gesessen hatte, klaffte ein Loch – die Wunde, die Laura ihm geschlagen hatte.

Harry fühlte sich, als hätte ihm jemand einen Eimer kaltes Wasser über den Kopf geschüttet. Hatte er den Verstand verloren, an diesen Ort zurückzukehren?

Wie aus einer anderen Welt hörte er auf einmal Lauras Stimme. *Zur großen Liebe gehört auch, dass man weiß, wann sie zu Ende ist*… Es war wie eine Offenbarung. Nein, es gab keinen Weg zurück, weder in die Vergangenheit, noch zu seiner Windsbraut – nicht einmal ins Zauberhaus. Laura hatte es immer gewusst, schon in Lissabon, als er an ihrem Krankenbett saß, hatte sie das zu ihm gesagt. Nur er, obwohl so viel älter und erfahrener als sie, hatte über zehn Jahre gebraucht, um diese schlichte Wahrheit zu begreifen. Nicht Krankheit oder Tod hatte sie aus ihrem Paradies vertrieben, sondern die Liebe selbst. Ihr Bewusstsein war der Sprung in der gläsernen Schale des Glücks, der nicht zu reparieren war, ohne dass die Schale zerbrach. So schmerzlich Harry diese Erkenntnis berührte, empfand er zugleich ihre melancholische Schönheit. Auch darin waren die Kunst und die Liebe eins. Es gab sie nur einmal, unwiederbringlich, in der Ewigkeit eines Augenblicks, und nichts und niemand auf der Welt hatte die Macht, diesen Augenblick zurückzurufen. Wer es versuchte, zerstörte für immer das Glück, das er einmal besessen hatte.

»Die Nacktheit der Frau ist weiser als die Lehre des Philosophen«, murmelte er.

»Wie bitte?« Monsieur Cheval starrte ihn an wie einen Irren.

»Tut mir leid«, erklärte Harry. »Ich fürchte, die Sache hat sich erledigt.«

Ohne sich zu verabschieden, wandte er sich ab und stolperte davon, den Weinberg hinunter zur Straße. Er musste zurück nach Paris, so schnell wie möglich, zurück in sein Atelier, zurück an seine Staffelei – den einzigen Ort auf der Welt, wo er wirklich zu Hause war.

Noch hatte Harry kein Bild im Kopf, nur eine Idee – jenen Traum von einem Gedanken, der eben in ihm aufgestiegen war. Trotzdem wusste er schon jetzt, dass es ein großartiges Bild werden würde.

NACHBEMERKUNG

Himmelsdiebe ist die Geschichte einer Jahrhundertliebe: die Geschichte zweier Menschen, die mit ihrer Liebe und ihrer Kunst das Licht der Menschlichkeit am Leben erhielten in einer der finstersten Epochen Europas. Mit ihren Hoffnungen und Ängsten, mit ihren Zweifeln und Verzweiflungen, mit ihren Sehnsüchten und Ausflüchten verkörpern und kommentieren sie das Schicksal eines ganzen Kontinents, in der Mitte des 20. Jahrhunderts.

Dennoch ist dieser Roman, obwohl er Motive aus dem Leben real existierender Personen aufgreift, keine Tatsachen-Biografie. Vielmehr ist er das in künstlerischer Freiheit gestaltete Porträt zweier Liebender, vergleichbar einem Porträt in der Malerei: eine Komposition aus realistischer Wiedergabe von Fragmenten belegter Sachverhalte sowie frei erfundenen Elementen – keine Abbildung bloßer Fakten, sondern eine Verdichtung von Tatsachen und Legenden, von Geschehnissen und Deutungen, von Überliefertem und Imaginiertem.

In dieser Verschmelzung von »Dichtung und Wahrheit« weiß ich mich eines Sinnes mit dem Prototypen meines männlichen Protagonisten. Dieser hat für seine *Biographischen Notizen* den Untertitel »Wahrheitsgewebe – Lügengewebe« gewählt, um den künstlerischen Prozess zu kennzeichnen, in dem er selbst die Daten seiner Vita interpretierenden Veränderungen unterzog, um so die eigene Identität im Auf und Ab des Lebens nach einem Idealmuster zu rekonstruieren. Und ähnlich der von ihm entwickelten Technik der Frottage, bei der durch Schraffieren die Seele eines Werkstoffs auf das Papier gebannt wird, um aus den so gewonnenen Strukturen etwas Neues entstehen zu lassen, habe ich versucht, gleichsam meinen Papierbogen über den Stoff seiner Vita zu legen, um diesen schreibend weiterzuentwickeln und zu gestalten, als einen in sich geschlossenen Erzählkreis, der den Geist und die Kräfte erfasst, die die zur Sprache kommenden Ereignisse auf unsichtbare Weise bestimmen.

Noch einmal also: *Himmelsdiebe* ist keine Tatsachen-Biografie, sondern ein Roman auf der Grundlage eines historischen Stoffes. Zwar zählen einige Vorbilder meiner Handlungsträger zu den bedeutendsten Künstlern des 20. Jahrhunderts. Die im Roman dargestellten Handlungen und Konflikte aber sind zum großen Teil frei erfunden. Rückschlüsse auf die wahren Vorkommnisse und Begebenheiten, insbesondere die Privatsphäre der beteiligten Personen betreffend, sollen in keiner Weise nahegelegt oder ermöglicht werden. Alle intimen Szenen sowie die Dialoge und Darstellung der Gefühlswelt aller Handlungsträger sind reine Fiktion.

Dies gilt unter anderem und besonders für die *Sache*. Diese ist, wie zum Beispiel auch die *Himmelsbeute*, Lauras und Harrys gemeinsames Bild, eine freie Erfindung des Autors.

Peter Prange, Pfingsten 2010

DANKE

»Das Gefühl schuldiger Dankbarkeit ist eine Last«, so eine bekannte Lesebuchweisheit, »die nur starke Seelen zu ertragen vermögen.« Solche Stärke, ich gebe es zu, ist meiner Seele nicht zu eigen. Darum will ich mich schleunigst bei allen bedanken, die zur Entstehung dieses Romans beigetragen haben. Dies sind insbesondere:

Roman Hocke. In den turbulentesten Phasen meines Autorenlebens hat er mich unbeirrbar geführt und geleitet. Nicht nur als mein Agent, sondern auch und vor allem als mein Freund.

Bernadette Schoog. Es fehlte nicht viel, und sie hätte mich an den Schreibtisch geprügelt. Weil sie immer an diesen Stoff geglaubt hat. Wie kaum jemand sonst.

Prof. Dr. Dr. h.c. Georg Sandberger. Er hat mich vor Fallstricken gewarnt, von denen ein argloser Schriftsteller sich nichts träumen lässt. Alles, was recht ist!

Dr. Hermann Noetzel. Die Psychologie der Protagonisten ist eigentlich Sache des Autors. Doch hier war professionelle Unterstützung gefragt. Er hat mir geholfen, meinen eigenen Irrsinn und den meiner Figuren in vernünftige Bahnen zu lenken.

Lilian Noetzel. Als eine Schriftstellerin, die ich um ihre Bildersprache beneide, hat mir ihr Zuspruch besonders gutgetan. Keine Selbstverständlichkeit unter Kollegen.

Dr. Walter Springer. Er hat mir die Sicherheit gegeben, dass alles seine kunsthistorische Richtigkeit hat. Mit Genauigkeit und Sachverstand.

Prof. Axel von Criegern. Er hat das Manuskript mit dem Blick des praktizierenden Künstlers gelesen. Damit die Bilder stimmen.

Dr. Sebastian Fitzek. In seinen Psychothrillern spannt er seine Leser mehr auf die Folter als jeder andere deutsche Autor. Im wirklichen Leben ist er die Hilfsbereitschaft in Person.

Stephan Triller. Trotz seiner zur Schau gestellten Coolness ist er ein so guter Freund, dass man sich manchmal schwere Zeiten wünscht. Nur damit seine Qualitäten zum Einsatz kommen.

Marcel Hartges. Er versteht sich nicht als Verleger von Büchern, sondern von Autoren. Mit dieser Maxime hat er mich erobert.

Dr. Doris Janhsen. Sie hat mir während des Lektorats viele lustvolle Qualen bereitet. Nur auf die letzte, den Abgang, hätte ich gerne verzichtet.

Markus Dockhorn. Auch unter Zeitdruck hat er stets sein freundliches Wesen bewahrt. Und bei der Herstellung nie die Nerven verloren.

Serpil Prange. Mein größter Dank gilt meiner Frau. Weshalb mir jetzt tatsächlich die Worte ausgehen.

Horacio Vázquez-Rial

Tango, der dein Herz verbrennt

Roman. Aus dem argentinischen Spanisch von Petra Zickmann und Manel Pérez Espejo. 640 Seiten. Piper Taschenbuch

Wie die sehnsuchtsvollen Klänge der Bandoneons läßt Horacio Vázquez-Rial die faszinierende Metropole Buenos Aires im Rahmen einer atemberaubenden Familiengeschichte neu erstehen. In kraftvollen Bildern erzählt er von der Ära des Aufbruchs in der Geburtsstadt des Tango, als alles möglich erschien.

»Horacio Vázquez-Rial erzählt eine opulente Familiensaga, die zur Liebeserklärung an Buenos Aires gerät. Seine Helden, die trotz der Verbindungen zur Unterwelt ihr Herz auf dem rechten Fleck haben, werden hin- und hergerissen zwischen Liebe und Leiden, Lust und Tod, Laster und Moral.«
Welt kompakt

05/2568/01/L

Toni Jordan

Tausend kleine Schritte

Roman. Aus dem australischen Englisch von Brigitte Jakobeit. 272 Seiten. Piper Taschenbuch

Grace Lisa Vandenburg zählt alles, was sie umgibt, jede Kleinigkeit: die Schritte bis zu ihrem Lieblingscafé (920), die Streusel auf ihrem Orangenkuchen (12–92) und die Buchstaben ihres Namens (19). Erst Seamus O'Reilly und sein unwiderstehlicher Wunsch, hinter das Geheimnis ihres Lebens zu kommen, lässt sie die Kontrolle verlieren.

»Ein hinreißendes Plädoyer für alle kleinen und selbst die größeren menschlichen Macken.«
Brigitte

»Eine kuriose und witzige Liebesgeschichte – von Herzen empfehlenswert.«
Westdeutscher Rundfunk, Christine Westermann

05/2569/01/R